经·典·新·读

专家音频解读

英雄沉入海底,何尝不是英雄一生中最大的挑战,也是一场同宇宙的挑战

——解读者 崔一非

Moby Dick

白鲸(上)

[美]麦尔维尔／著　罗山川／译

名家全译本
国际大师插图

中央编译出版社
Central Compilation & Translation Press

图书在版编目(CIP)数据

白鲸(上下)/(美)麦尔维尔(Melville,H.)著;罗山川译.—北京:中央编译出版社,2010.12 (2024.7 重印)

ISBN 978-7-5117-0666-9

Ⅰ.①白… Ⅱ.①麦…②罗… Ⅲ.①长篇小说-美国-近代 Ⅳ.①I712.44

中国版本图书馆 CIP 数据核字(2010)第 236211 号

白鲸（上下）

策划编辑	苗永姝
责任编辑	韩慧强
特约编辑	陈万亭　刘晟男
责任印制	李　颖
出版发行	中央编译出版社
地　　址	北京市海淀区北四环西路69号（100080）
电　　话	（010）55627391（总编室）　（010）55627319（编辑室） （010）55627320（发行部）　（010）55627377（新技术部）
经　　销	全国新华书店
印　　刷	北京盛通印刷股份有限公司
开　　本	880毫米×1230毫米　1/32
字　　数	505千字
印　　张	21
版　　次	2010年12月第1版
印　　次	2024年7月第6次印刷
定　　价	49.80元

新浪微博：@中央编译出版社　　微　信：中央编译出版社（ID：cctphome）
淘宝店铺：中央编译出版社直销店（http://shop108367160.taobao.com）　（010）55627331

本社常年法律顾问：北京市吴栾赵阎律师事务所律师　闫军　梁勤
凡有印装质量问题，本社负责调换，电话：（010）55627320

麦尔维尔像

译 序

美国作家赫尔曼·麦尔维尔（Herman Melville，1819—1891），1819年出生于纽约，与惠特曼、霍桑是同时代人。他出身名门：外祖父是独立战争中功勋卓著的将军，据说还是纽约州阿尔巴尼的首富；祖父是波士顿茶叶党成员，独立战争中的少校；父亲是专营纺织品的进口商。他9岁时，家道中落；12岁时，父亲去世。他从此辍学，走向了社会，在银行、农场和商店都打过工。15岁之后他在哥哥的皮革行里干了两年。皮革行经营失败，他又去当了几个月的乡村小学教师。随后，他上了一艘商船做水手。商船上的艰苦劳动和非人待遇让他大失所望。终于，21岁时，他在走投无路的情况下，突发奇想，登上了去南海做处女航的捕鲸船"阿库斯奈特"号。两年半里，他换了3艘捕鲸船，后来又在美国军舰"合众国"号上做了一年半水手。这时他虽然才25岁，但已经积累了成为一名伟大作家不可或缺的丰富的生活经验了。

《白鲸》（又名《莫比·迪克》）是他的第六部作品，也是他的代表作。这部作品出版于1851年，这时他刚三十出头。

这部作品以捕鲸船"裴廓德"号亚哈船长疯狂地向一条毁了他一条腿的大鲸（即白鲸）报仇为主线，既旁征博引，对鲸类王国从古到今方方面面做了巨细无遗的介绍，又以作者的亲身经历对捕鲸业的全生产过程做了准确生动的描述,其间通过许多动人的故事情节刻画了众多鲜明的人物形象。最后,故事以连着3天的穷追猛打,连船带人与白鲸同归于尽收场。

如果说,亚哈称得上伟大的话,那也"只不过是精神上的病态"。他孤僻、冷酷、刚愎自用,丢肢后成了个复仇狂,一意孤行的结果,落了个"孤寂的一生,孤寂的死"。独夫的下场往往如此。他临死前说:"我现在才感到我绝顶的伟大就寓于我最深沉的悲痛之中。"他自以为最终达到了目的,灵魂找到了归宿,却也毁掉了生活中最美好的事物。亚哈的悲剧固然可以说是性格的悲剧,却也集中表现了当时原始的捕鲸方式下的无数普通捕鲸人的共同命运。"众所周知,(美国的)捕鲸船的船员乘船出海,能原船返回的很少。"亚哈也并非不值得同情,听听他在决战前夕对大副斯达巴克说的那番话:"……连续不断捕鲸40年!40年艰辛,40年危险,40年狂风暴雨里!40年生活在无情的大海上!……我年过50才和她结婚,第二天就出海奔合恩角去了……亚哈老头是个多大的傻瓜——傻瓜——老傻瓜啊!干吗要这么拼命地追击呢?干吗要这么卖力气地扳桨,投标枪,扎鱼枪,累得腰酸背痛,胳臂发麻呢?亚哈现在又发了多大的财,得了多大的好处呢?……"可惜亚哈没有再追问下去:是谁发了大财?是谁得了天大的好处?否则,他也许就不会那么恨白鲸,不会"在它身上看到一种隐藏有费解的歹毒意图的暴力"。身上真正隐藏有费解的歹毒意图暴力的是在当时新形势下出现的资本主义生产关系,那个"歹毒意图"无非是想获得"把造币厂铸造的银圆数个精光的暴利"。白鲸何罪之有?!用斯达巴克的话说:"它袭击了你纯粹是出自最盲目的本能!"

不仅无罪,卷首那80条为全书定下基调的摘录绝大部分甚至是赞颂大鲸的。作者甚至把大鲸理想化了:"我深深感到,在鲸身上,我们看到了一种坚强独特的生命力之罕见的品质,坚墙厚壁之罕见的品质,胸怀博大之罕见的品质。啊!人们,赞美鲸,以鲸为表率吧!你也能置身冰雪之中而仍然浑身温暖！你也能生活在这世界上而不为这世界所左右！"从对白鲸的间接描述看，它表现得大智大勇，逍遥自在，只求保卫自己和同伴的生存权，从未滥伤无辜，连在最后被连续追击的3天里，它本来还是想赶自己的路，并不想多惹事的；看来作者那些赞美之词白鲸更应该受之无愧。

作者对当时的文明社会进行了全方位的抨击。"这个邪恶的世界没有一处是干净的。"到处是不公正，不公平，是虚伪和欺骗。"有了所有权，整个法律都向着你。""那位以拯救灵魂为己任的大主教每年收益达10万镑，全是从千百万累断腰的工人那本来就不够吃的面包和乳酪上硬刮下来的，他们的灵魂根本用不着那位主教大人来拯救，肯定都会升入天堂。"而上帝则是冷漠的。"……那艘杀人越货的海盗船照样毫发无损地在航行——而突如其来的闪电却把邻船打得粉碎，它本来会把个顾家的丈夫送到盼望的亲人张开的双臂中去的。"难怪作者自称他写了一本邪书；仔细读来，这本"邪书"却让人深感到是一部悲天悯人的传世之作。

在这本"邪书"里，作者热情地歌颂了处于这个文明社会最底层的人们，那些卑贱的水手、异教徒、黑人、印第安人。正是他们的纯洁、英勇、见义勇为、团结友爱，使他得出了"在下者比在上者更显得高贵"的结论。作者说："捕鲸船曾经是我的耶鲁大学和哈佛大学。"那他们一个个就全都是他的老师，是他们教育了他该怎样对待生活。他甚至让他的代言人以实玛利和他们中的一位，那个异教徒标枪手魁魁格，结成了心腹之交。"我碎裂的心和愤怒至极的手不再想反抗这个狼的世界。这个野蛮人，有一种安抚一切的精神力量，替它开脱了。"文明人的影响只会败坏野蛮人的心灵，倒是野蛮人的纯朴净化了文明人的心灵，这实在不能不说是个莫大的讽刺，也分明显露出了作者的爱憎。

这本"邪书"也凝聚了作者艰难困苦的生活经历所引发的对人生的思索，往往给人一种沉重感，引人深思。稍稍上了点儿岁数的中国读者，相信会很容易接受这本书，而且肯定会被这本书深深吸引的，因为他们亲身经历或耳闻目睹的苦难太多了，他们有着与作者太多的共同感受。

  本书根据的原文版本有三种：*An Airmont Classic*，*A Bantam Classic*和*A Signet Classic*。前两种是湘潭师范学院外语系资料室提供的，后一种是在美国加州学习的一位朋友赠送的。译者谨在此表示衷心的感谢。

  这本书之难译是预料中的。译者所具备的唯一条件是也曾有过二十又一年风华正茂时的社会底层的生活经历，而且动笔移译时年已六十有四，名利于我已如浮云。这至少能让我严肃认真尽我所能地来译好这部经受住了时间考验的名著。足足花了一年半的时间，其间不知有过多少蹀躞斗室的白天，顿悟披衣的夜晚，终于总算吁出了一口长气。面对这厚厚的一本清样，我自己都不敢回想这五百多个日日夜夜是怎样熬过来的。我绝不是以此来祈求读者的宽容。译好这样一本内涵丰富的书，本来就不是区区如我力所能及的。我真心实意祈求的是读者最严格的批评。

罗山川

主要人物表

亚哈船长 本书主人公之一。"裴廓德"号捕鲸船的船长,怪僻、冷酷、刚愎自用。在捕鲸过程中被一条名为"莫比·迪克"的白鲸毁掉了一条腿后,他就成了一个近乎丧失理智的复仇狂。最终,疯狂的复仇导致了他的死亡,同时,也给"裴廓德"号以及所有水手、标枪手带来灭顶的灾难。

以实玛利 本书的叙述者——"我"。原是一个厌世的年轻人,做过商船水手,因为无所事事、欲寻求刺激而成为"裴廓德"号的水手。在上船前,他结识了野蛮人魁魁格,两人成为生死与共的朋友,共同登上了"裴廓德"号。"裴廓德"号覆灭后,"我"是唯一的幸存者。

魁魁格 "我"的心腹之交,来自罗科伏柯岛屿的一个未开化民族。因为打算与"我"生死与共,而登上了"裴廓德"号捕鲸船,成为大副的标枪手。他虽然是个文身生番,但远比文明社会的人要纯洁、勇敢、高尚,在船上数次舍己救人,其言行教会了"我"宽容和友爱。最终,他与其他水手、标枪手一起葬身海中。

斯达巴克 "裴廓德"号的大副。出身南塔开特的海员家庭,父兄皆死于海中。他是一个既勇敢又十分理性的海员,曾力阻亚哈船长疯狂的报复行动,遭到拒绝。最终英勇地死在这场与白鲸的较量中。

斯塔布 "裴廓德"号的二副。乐天派,总叼着一只烟斗,逍遥自在、无所畏惧。在危险面前沉着镇定,性格随和。

弗拉斯克 "裴廓德"号的三副。是个五短三粗、面色红润的小伙子,无知无识,勇猛、好斗。

塔希蒂格 印第安人,二副的标枪手。

达格 黑人,三副的标枪手。个子巨大无比,一身蛮力,耳戴两个大金箍。

皮普 "裴廓德"号上一个敲手鼓的小黑人。聪明、快活、爽朗,经常为水手们敲手鼓欢呼、打气,然而在一次从小艇坠入海中、死里逃生后,精神受到极大刺激,变得疯疯癫癫。

费达拉 袄教徒。跟随"裴廓德"号出海,曾预言亚哈船长将死于此次航行中,自己则会死在亚哈船长之前,最后这些话全都应验。

词　源

（由某初级中学一位患肺病去世的助理教员提供）

这位脸色苍白的助理教员——衣破，心劳，体弱，脑竭；这会儿如在眼前。他老拿一块罕见的手绢掸他那些旧辞典和语法书，那手绢上嘲弄地印有五彩缤纷的万国旗。掸着掸着，他总难免想到自己死亡将至。

当你着手去教别人，教他们怎样用我们的语言称呼鲸鱼时，往往出于无知而漏掉了H这个字母，而恰恰是这个字母几乎是这个词的全部意义所在，你讲授错了。

哈克鲁特

鲸。瑞典文和丹麦文为hval。这种动物是基于其圆筒状或圆滚而得名；因为在丹麦文里，hvalt是"半圆形"或"穹隆形"的意思。

《韦氏辞典》

鲸。更直接地来源于荷兰文和德文的Wallen；古代英语Walwian，滚动、翻滚的意思。

《理查逊辞典》

ר ן	希伯来文
x η γ os	希腊文
CETUS	拉丁文
WHCEL	古代英语
HVALT	丹麦文
WAL	荷兰文
HWAL	瑞典文
WHALE	冰岛文
WHALE	英文
BALEINE	法文
BALLENA	西班牙文
PEKEE—NUEE—NUEE	斐济语
PEHEE—NUEE—NUEE	埃罗曼戈安语

摘 录

（由某图书馆初级管理员提供）

我们将会看到，这个纯粹的、辛勤的钻研者和穷书蠹式的可怜的初级管理员，似乎翻遍了世界各地的图书馆和书摊，将任何书中所能找到的以任何观点随意提到大鲸的文字，不管是神圣的还是亵渎的，都摘录了下来。因此，请务必不要把摘录中这些杂乱无章的有关鲸的文字，不管它们怎样具有权威性，当作真正可靠的鲸类学看待，至少不要把每一则都作如是观。源于古代作家及在此处摘引的诗人们的有关文字，之所以弥足珍贵或饶有趣味，一般说来，纯粹在于它们就许多国家许多代人，包括我们自己的国家、我们自己这一代在内，如何随意说过、想过、想象过和歌颂过的这种大海兽，向我们提供了一个概貌。

作为你的注释者，且让我祝你一路平安，你这可怜的初级管理员。你属于那闻达无望、脸呈菜色者之流，世界上任何美酒都暖不热这类人的心，并且对他们来说，就连淡雪利酒也嫌太凶了。不过，倒是有人有时乐意跟他们一起诉诉衷肠，跟他们同声一哭；跟他们一起苦中作乐；酒酣耳热，无所不谈，愁苦中倒也并非没有几分愉快——别太死心眼儿了，你们这些无名之辈！因为不管你们如何自找苦吃以取悦于世，这世道照样永远不会向你们道一声好！我要是能把汉普顿宫和杜依勒利宫给你们腾出来就好了！不过，你们还是咽下眼泪,赶紧一心一意爬到最高的桅上去;因为那些先你们而去的朋友正在腾出七重天,让长期在那里养尊处优的天使长米迦勒和迦百列及拉斐尔给你们腾地方哩。在这里,你们只是在一起相互碰撞破碎的心——而在那里,你们相互碰撞的将是不碎的酒杯!

上帝就造出大鱼。

《圣经·旧约·创世记》①

它行的路随后发光,令人想深渊如同白发。

《圣经·旧约·约伯记》②

耶和华安排一条大鱼吞了约拿。

《圣经·旧约·约拿书》③

那里有船行走,有你所造的鳄鱼游泳在其中。

《圣经·旧约·诗篇》④

到那日,耶和华必用他刚硬有力的大刀刑罚鳄鱼,就是那快行的蛇;刑罚鳄鱼,就是那曲行的蛇,并东海中的大鱼。

《圣经·旧约·以赛亚书》⑤

而且,无论什么东西来到这怪物的无底深渊似的大嘴里,不管是动物、小舟还是石头,全都落进了它那有恶臭的大食管,消失在它那

---

① 见该书第一章二十一节。
② 见该书第四十一章三十二节。
③ 见该书第一章十七节。
④ 见该书第一〇四篇二十六节。
⑤ 见该书第二十七章一节。

无底洞似的大肚子里。

霍兰译普卢塔克：《伦理学》

印度洋里有许多种最大的鱼，其中叫作Balane的鲸，其体积大达四亩地。

霍兰：《普利尼》

我们刚刚出海两天，就在日出前后看到许多鲸和其他大海兽。大鲸中有一条奇大无比……它张着大嘴朝我们游来，所到之处，周遭掀起波涛，前边搅起泡沫。

图克译琉善：《真实的历史》

他访问了这个国家，附带想猎捕马面鲸①。它的牙非常贵重，他带了一些献给国王……最好的大鲸，他是在本国捕捉到的；其中有些长达48码，有些长达50码。他说，他们6个人两天里打到了60条大鲸。

奥特口述，阿尔弗来特王笔录于公元890年

一切其他东西，不管是动物还是船只，一进了这种巨兽（鲸）可怕的深渊似的大嘴，就立刻被吞没，而白杨鱼却到里面去休息，还在里面睡觉，平安无事。

蒙泰涅：《为雷蒙·塞邦辩护》

咱们逃吧，逃吧！我敢打赌，那要不是伟大的先知摩西在耐心的约伯的传记中所说的大海兽，就让魔鬼抓了我去。

拉伯雷

---

① 马面鲸——原文为horsewhale，遍查《韦氏大辞典》《牛津大辞典》及美国《百科全书》，无着。疑即抹香鲸，今姑略按字面译出，以存疑。

这条大鲸的肝可以装满两车。

斯托：《年鉴》

大海兽使海洋像沸滚的大锅一样沸腾。

培根勋爵译：《诗篇》

提到大鲸巨大的身躯，我们至今没有明确的概念。它们长得非常肥，从一条大鲸身上提炼出的油，多到了令人难以置信的地步。

培根勋爵：《生死史》

鲸脑油是治疗内伤的灵丹妙药。

亨利国王

很像条大鲸。

哈姆雷特

没有哪种医术能治好他的病，
谁一头扎到他胸前，伤了他的心，
让他辗转反侧，痛苦万分，
就该再回到谁跟前去才是办法，
犹如受伤的大鲸飞速穿过海洋来到岸边。

《仙后》

庞大如大鲸，它一动弹就会使平静的海洋沸腾起来。

威廉·戴夫南特爵士：《冈迪伯特》序

鲸脑油究竟是什么，人们弄不清楚，也情有可原，因为博学的霍斯曼在他花了30年心血的著作中尚且明明白白地说：一无所知。

>托马斯·布朗爵士《鲸脑油与抹香鲸》

犹如斯宾塞笔下的塔卢斯拿着现代的连枷
它用它笨重的尾巴威胁要毁灭一切。
它腰间挂着标枪,
背上露出枪尖。

>沃勒:《夏岛之战》

由人工创造出来的那个巨大的利维坦,称为教会国家或市民国家(拉丁文为Civitas)——只不过是种人造的人。

>霍布斯:《利维坦》开头第一句

傻瓜曼索尔嚼也不嚼就把它吞了下去,仿佛它是大鲸嘴里的一尾小鱼。

>《天路历程》

大海兽利维坦,
上帝创造的最大之物
在海里游。

>《失乐园》

利维坦,最大的生物,
躺在海里像海岬,
或睡或游,像活动的陆地
它的鳃吸进一个大海,
一吐气又喷出一个大海。

>《失乐园》

巨大的鲸在海中游,身体外面是无尽的水,身体里面是无尽的油。

富勒:《俗国与圣国》

紧紧埋伏在海岬后面
巨大的利维坦在守候猎物,
一举就吞下了小鱼群,
它们误闯进了那大张的嘴。

屈莱顿:《奇异的年代》

趁大鲸浮在船尾,人们砍下它的头,用小艇把头尽量往岸边拖,可是在离岸水深十二三英尺处就搁浅了。

《托马斯·埃奇十次航行斯匹次卑尔根记》,
收入珀切斯编《游记》

一路上他们看到许多大鲸在海中嬉戏,从长在肩上的管口往外喷出水花。

托·赫伯特爵士:《亚非航行记》,
收入哈里斯·科尔编《游记》

他们在这里看到大群大鲸,数量之多使他们不得不小心翼翼地前进,生怕他们的船会和它们相撞。

斯考顿:《第六次环游记》

我们从易北河起航,风向东北,船名"约拿在鲸腹"号。
有人说大鲸的嘴是张不开的,那只不过是个神话。
水手频繁地爬上桅顶,看是不是能看到一条大鲸,因为第一个发现者可以得到一个金币的奖赏。

听他们说，在设得兰群岛附近捕到的一条大鲸，肚子里有一桶多鲱鱼。

船上的一个标枪手告诉我，有一次他在斯匹次卑尔根捕到一条大鲸，通身雪白。

《1671年格陵兰之行》，收入哈里斯·科尔编《游记选》

有几条大鲸闯上了这一带海岸（法弗）。1652年，有一条，骨架长达80英尺，（据说）除了大量的油以外，光鲸须就重达500磅。它的嘴可以拿来做毕费仑花园的大门。

西鲍尔德：《法弗与金罗斯》

我同意试试，看能不能杀得了这条抹香鲸，因为我还没听说过有人杀死过这种大鲸，它这么凶猛，又游得这么快。

理查德·斯特拉福德：《百慕大来信》，菲尔译，1668年

海里的大鲸，
听上帝的话。

《新英格兰小祷告书》

我们也看到了大量的大鲸，在南海看到的比在我们的北方看到的多得多，可以说，是一百比一。

考利船长：《环球航行记》，1729年

大鲸的呼吸总有一股令人难以忍受的气味，闻了头昏脑胀。

乌略亚：《南美航行记》

对五十名精选的美女，

我们托以重任。
我们知道防范再严也往往失败,
尽管裙衬鲸箍,手执鲸肋。

《鬈发遭劫记》

假如就身躯大小拿陆地动物和海洋动物作比较的话,我们会发现那简直不值一提。大鲸无疑是世界上最大的动物。

哥尔斯密:《博物学》

要是你想起给小鱼们写个童话的话,你会让它们像大鲸一样说话的。

哥尔斯密致约翰逊

下午,我们遥望远处,以为看到了一块岩石,后来才知道是条死鲸,几个亚洲人把它杀死后正把它往岸上拖。他们似乎不想让我们看到而极力藏身在大鲸后面。

库克:《航行记》

对比较大的鲸,他们轻易不敢攻击。对其中某些鲸,他们非常害怕,甚至一出海都不敢提到它们的名字,他们还随艇携带牛马粪、石灰石、松木以及其他类似性质的东西,以便用来吓退它们,使它们不致过于靠近小艇。

乌诺·冯·托罗伊关于1772年本克斯与索兰德冰岛之行的信札

南塔开特人发现的抹香鲸是一种既活跃又凶猛的动物,去猎捕它们必须极其机灵和勇敢。

托马斯·杰弗逊1778年就大鲸事致法国外交部部长的备忘录

请问阁下，世界上有什么东西能与之匹敌？

埃德蒙·伯克向议会介绍南塔开特捕鲸业情况

西班牙——一条搁浅在欧洲海岸上的大鲸。

埃德蒙·伯克（出处不详）

国王第十项日常收入来自对王家鱼即大鲸和鲟享有的特权。据说这是由于国王保卫了海域，使之不受水陆盗贼侵犯之故。这两种鱼，无论搁浅在岸上还是在海滨捕到，都归国王所有。

布莱克斯通

水手们当即围拢来做死亡游戏。
罗德蒙将带倒钩的标枪高举过头，
跟着便准确地一下一下往下扎。

福尔克纳：《船难》

屋顶、教堂、尖塔，通明透亮。
火箭自行发射，
匆匆一现的火光
照遍寰宇。
为了表达笨拙的喜悦，
一条大鲸朝天喷水，
把海洋送上天空，
水与火就此展开了较量。

库柏：《女王莅临伦敦》

一下子以极大的速度从心脏里喷出10至15加仑血来。

约翰·亨特：《解剖小鲸记》

大鲸主动脉的内径比伦敦桥喷水装置的主要水管还要粗,那迅猛通过管道的水流,就冲力的速度而言,也赶不上从大鲸心脏里喷出的血。

佩利:《神学》

鲸是没有后肢的哺乳动物。

尼维埃男爵

在南纬40°一带,我们看到了抹香鲸,但到5月1日才开始捕猎,那时海里举目皆是。

科尔内特:《为扩展捕抹香鲸业之航行记》

各种不同颜色形状的鱼,
在我下面的自由世界里游呀,
滚呀,潜呀,在嬉戏,在追逐,在争斗,
语言难以描绘,水手前所未见;
大至可怕的利维坦,小至昆虫,
万千生物遍布海洋:集结成
浩浩荡荡的群体,有如浮动的岛屿,
为神秘的本能所指引,
穿过那杳无人迹、荒凉的水域,
尽管四面八方都有贪婪的敌人来袭。
大鲸、鲨鱼和巨兽,武装起头部或嘴,
用剑、锯、螺旋形的角或钩状的獠牙。

蒙哥马利:《洪荒前的世界》

咿哟!赞美吧!咿哟!歌颂吧,
朝鱼族之王。

浩瀚的大西洋里
没有比这更雄伟的鲸；
遨游在北极海里的
没有比它更壮硕的鱼。

查尔斯·兰姆：《大鲸的胜利》

  1690年，有几个人在高山上看到大鲸在相互喷水嬉戏，其中一人突然说，那——指着大海——是个绿色牧场，我们的后代有一天会到那儿去谋生的。

奥贝德·梅西：《南塔开特史》

  我给苏珊和我自己建了个小屋，用鲸颚骨做了个哥特式拱门。

霍桑：《故事新编》

  她来为她的第一个情人定做一块纪念碑，他是40年前在太平洋里死于大鲸的。

霍桑：《故事新编》

  "不，先生，那是条露脊鲸，"汤姆答道，"我看到它喷水；它喷出了两道彩虹，跟基督徒想象的一样美。它是只十足的油桶，那家伙！"

库柏：《领港员》

  报纸送进来了，我们在《柏林公报》上看到，大鲸登上了柏林的舞台。

爱克曼：《歌德谈话录》

  "天哪，蔡斯先生，怎么回事？"我答道，"大鲸把船撞穿了。"

《南塔开特捕鲸船"埃塞克斯"号失事记》。该船在太平洋遭到一条大抹香鲸攻击,最终被毁。

作者:该船大副,南塔开特人欧文·蔡斯,1821年,纽约

一天晚上,一个水手坐在支桅索上,
风在呼啸;
灰蒙蒙的月光时明时暗,
一条大鲸在海里遨游,
磷光在它的尾波中闪烁。

伊丽莎白·奥茨·史密斯

为了逮住这条大鲸,几只小艇放出去的捕鲸索总长达10400码,将近6英里长……

有时,这条大鲸把尾巴往空中一甩,仿佛抽了一鞭似的噼啪有声,三四英里外都能听见。

斯哥斯比

在这轮新的攻击下,这条被激怒的大鲸痛得发狂,一个劲儿地翻滚;它竖起了头,张开大嘴,见物就咬;它对准小艇冲去,那些小艇被迫火速划开,有时就整个儿给毁了。

这样一种很有趣,从商业观点看又很重要的动物(如抹香鲸),近年来,无数观察者,其中有许多是很有能力的,必然有很多很方便的机会对它们的习性进行观察,然而,他们对这种动物的习性竟完全不予考虑,或者很少生出好奇心,这实在是一件令人非常惊奇的事。

托马斯·比尔:《抹香鲸史》,1839年

抹香鲸头尾均拥有可怕的武器，不仅比露脊鲸武装得更为完备，而且更经常地喜欢进攻性地使用这些武器，使用起来还很有点狡猾大胆又恶作剧的味道，以致大家认为，在已知的所有鲸类中对它进行攻击是最危险的。

弗雷德里克·德贝尔·贝内特：《环球捕鲸记》，1840年

10月13日。"那边在喷水，"桅顶上大声喊道。

"什么地方？"船长问道。

"在背风面船头三个罗经点处，先生。"

"提起舵轮，稳住！"

"是，先生。"

"桅顶上，喂！还看得见那大鲸吗？"

"看得见，看得见，先生！一大群抹香鲸哩！在那儿喷水！还跃出水面哩！"

"大声喊！一看到就喊！"

"是，是，先生！在那儿喷水！在那儿——在那儿——在那儿喷水——喷水——喷！"

"有多远？"

"两英里半。"

"乖乖！这么近！全体集合！"

J.罗斯·布朗：《捕鲸巡航铜版画集》，1846年

捕鲸船"环球"号属于南塔开特岛，发生在这条船上的可怕的交易，我们就要谈到。

《"环球"号哗变记》，幸存者莱伊和赫西口述，1828年

有一回，一条被他打伤的大鲸追击他，他用鱼枪挡了一阵；可是后来这愤怒的巨兽向小艇冲来，他和同伴们看到无法躲避，赶紧跳入

水中，才幸免于难。

《泰尔曼和贝内特的传道日志》

"南塔开特本身，"韦伯斯特先生说，"是国家财产非常可观而又独特的一部分。它有八九千人口，靠海为生，从事最大胆、最艰苦的行业，每年为国家增加大量财富。"

丹尼尔·韦伯斯特就请求在南塔开特建设防波堤一事在美国参议
院上所作演说的报告，1828年

大鲸正好落在他身上，大概当场就把他压死了。

亨利·T. 奇弗牧师：《大鲸和捕手》即《普雷布尔船长返航途中搜集到的捕鲸冒险故事及捕鲸人传记》

"你要是弄出一丁点儿声音来，"塞缪尔回答说，"我就叫你完蛋。"

《反叛者塞缪尔·康斯托克传》，其弟威廉·康斯托克作。《捕鲸船"环球"号记》另一版本

荷兰人和英国人之所以往北冰洋航行，是想看有无可能发现一条通往印度的航线，虽然他们的主要目的没有达到，却发现了大鲸的栖息地。

麦卡洛克：《商业辞典》

这些事情是互为因果的；球弹回来，结果又弹了出去；一旦发现了大鲸的栖息地，捕鲸人似乎就间接地发现了那条神秘的西北航线的新线索。

引自未发表的某作品

在海上遇到一艘捕鲸船，靠近一瞧，不为之一愣，简直是不可能的事。这种船减帆慢驶，桅顶上配备有瞭望人，聚精会神地扫视四下里辽阔的海面，那神态跟一般正常航行的船截然不同。

《美国探险远征记：海流与捕鲸》

伦敦郊区和别处的行人也许还能想起在这些地方看到过竖起的弧形大骨头，或是作通道的拱门，或是作凉亭的入口，可能有人告诉了他们，这都是大鲸的肋骨。

《赴北冰洋捕鲸的故事》

等那些小艇追击回来，艇上的白人才发现他们的大船已经被船员中的一些野蛮人霸占了。

捕鲸船"荷波麦克"号失而复得的报道

众所周知，（美国的）捕鲸船的船员乘船出海，能原船返回的很少。

《捕鲸船巡游记》

突然，一个大块头从水里冒出来，笔直地往上一冲。那肯定是大鲸。

《米里亚姆·科芬》或《捕鲸者》

那条大鲸肯定给标枪投中了；可是你想想看，一匹野性未驯的马驹子，你仅仅用一根索子缚住它的尾巴，怎么能制服得了它。

《捕鲸记》

有一回，我看到两条大鲸，可能是一公一母，一前一后慢慢地游着，距岸不到一石之遥（火地岛）。岸上是一株枝叶扶疏的山毛榉树。

达尔文：《博物学家航行记》

"倒划！"大副大喊道，因为他刚转过头来就看到一条大抹香鲸大张着嘴已经到了小艇艇首跟前，眼看就会艇毁人亡——"倒划，拼命倒划！"

《杀鲸者沃顿》

高兴吧，我的孩子，永远不要灰心，
勇敢的标枪手正在打大鲸！

南塔开特歌谣

啊，罕见的老鲸，生活在狂风暴雨中，
强权即公理的大海是它的家，
它就是代表强权的巨人，
无边无际的大海之王。

大鲸之歌

目 录

第一章	幻影重重	1
第二章	旅行袋	7
第三章	大鲸客店	11
第四章	被单	25
第五章	早餐	29
第六章	街道	31
第七章	小教堂	34
第八章	讲坛	38
第九章	讲道	41
第十章	心腹之交	51
第十一章	睡衣	55
第十二章	传记	57
第十三章	独轮车	61
第十四章	南塔开特	66
第十五章	杂烩	69
第十六章	船	72

第十七章	斋戒	86
第十八章	画押	92
第十九章	预言家	96
第二十章	启航前的忙碌	100
第二十一章	上船	103
第二十二章	愉快的圣诞节	107
第二十三章	下风岸	112
第二十四章	辩护人	114
第二十五章	附言	119
第二十六章	骑士和随从（上）	120
第二十七章	骑士和随从（下）	124
第二十八章	亚哈	129
第二十九章	亚哈登场，斯塔布配搭	134
第三十章	烟斗	137
第三十一章	助梦波	138
第三十二章	鲸类学	141
第三十三章	斯培克辛德	154
第三十四章	船长舱的餐桌	157
第三十五章	桅顶瞭望人	163
第三十六章	后甲板	170
第三十七章	日落	178
第三十八章	黄昏	180
第三十九章	前半夜班	182
第四十章	午夜，水手舱	184

第四十一章	莫比·迪克	193
第四十二章	大鲸的白色	203
第四十三章	听！	213
第四十四章	海图	215
第四十五章	我宣誓	220
第四十六章	猜想	229
第四十七章	织垫人	232
第四十八章	第一次放下小艇	235
第四十九章	贪婪的人	245
第五十章	亚哈的小艇和艇员	248
第五十一章	神灵——喷水	251
第五十二章	"信天翁"号	255
第五十三章	联欢会	257
第五十四章	"动嚩"号的故事	261
第五十五章	关于鲸的荒谬的画像	282
第五十六章	错误较少的鲸画和真实的捕鲸场面画	287
第五十七章	五花八门的鲸，诸如画里的，牙雕的，木刻的，薄铁板做的，石化的，山脊象形的，星星乱真的	291
第五十八章	浮游生物	294
第五十九章	大乌贼	297
第六十章	捕鲸索	300
第六十一章	斯塔布杀死了一条大鲸	304
第六十二章	投枪	310

第六十三章	叉柱	312
第六十四章	斯塔布的晚餐	314
第六十五章	端上餐桌的鲸	322
第六十六章	大杀鲨鱼	325
第六十七章	割取鲸脂	327
第六十八章	毛毯	329
第六十九章	葬礼	332
第七十章	狮身人面怪	335
第七十一章	"耶罗波恩"号的故事	338
第七十二章	猴索	344
第七十三章	斯塔布和弗拉斯克杀死了一条露脊鲸;而后关于它的对话	348
第七十四章	抹香鲸头——对比观	354
第七十五章	露脊鲸头——对比观	358
第七十六章	破城槌	361
第七十七章	海德堡大油桶	363
第七十八章	蓄水池和水桶	365
第七十九章	大草原	369
第八十章	脑壳	372
第八十一章	"裴廓德"号遇见"处女"号	375
第八十二章	捕鲸业的声誉和荣耀	386
第八十三章	从历史上看约拿	390
第八十四章	投杆	393
第八十五章	喷泉	396

第八十六章	尾巴	402
第八十七章	大舰队	407
第八十八章	学校与校长	419
第八十九章	有主鲸和无主鲸	422
第九十章	要正面还是反面	426
第九十一章	"裴廓德"号遇见"玫瑰蓓蕾"号	429
第九十二章	龙涎香	436
第九十三章	遭遗弃者	439
第九十四章	捏挤	444
第九十五章	黑袍法衣	448
第九十六章	炼油间	450
第九十七章	灯	455
第九十八章	装舱与打扫	456
第九十九章	古金币	459
第一〇〇章	腿和臂。南塔开特的"裴廓德"号遇见伦敦的"撒米耳·恩德比"号	466
第一〇一章	玻璃酒瓶	473
第一〇二章	在阿萨息斯的树荫处	478
第一〇三章	鲸骨架的尺寸	483
第一〇四章	化石鲸	486
第一〇五章	鲸的庞大身躯会缩小吗？	491
第一〇六章	亚哈的腿	495
第一〇七章	木匠	498
第一〇八章	亚哈和木匠	501

第一〇九章	亚哈和斯达巴克在船长舱里	506
第一一〇章	魁魁格待在棺材里	509
第一一一章	太平洋	515
第一一二章	铁匠	517
第一一三章	熔炉	520
第一一四章	镀金工	524
第一一五章	"裴廓德"号遇见"单身汉"号	526
第一一六章	垂死的鲸	529
第一一七章	看守死鲸	531
第一一八章	象限仪	533
第一一九章	蜡烛	536
第一二〇章	头更结束前的甲板上	544
第一二一章	午夜——船首楼舷墙	545
第一二二章	午夜上空——雷电交加	547
第一二三章	滑膛枪	548
第一二四章	罗盘针	552
第一二五章	测程仪和测量绳	556
第一二六章	救生圈	561
第一二七章	甲板上	565
第一二八章	"裴廓德"号遇见"拉结"号	568
第一二九章	船长室	572
第一三〇章	帽子	574
第一三一章	"裴廓德"号遇见"喜悦"号	579
第一三二章	交响曲	581

第一三三章	追击——第一天……………………	586
第一三四章	追击——第二天……………………	595
第一三五章	追击——第三天……………………	604
尾声	………………………………………………	616
关于《白鲸》	…………………………………………	618
作者年表	……………………………………………	625

第一章　幻影重重

　　叫我以实玛利吧。几年以前——别管它究竟是多少年——我口袋里没有几个钱，或者说根本就没有什么钱，岸上又没有什么特别让我感兴趣的事，我想还不如到海上去散散心，去看看水上世界。这是我消愁解闷、调节血液循环的一种方式。每逢我发现自己终日噘着个嘴，每逢我觉得自己的心情像是阴雨潮湿的十一月天，每逢我发现自己不由自主地驻足在棺材店门前，或者碰上哪家出殡就跟在后面，特别是当我的忧郁症压得我喘不过气来，非得有很强的自我约束力才不致特意走到街上去不假思索地把人家的帽子一顶一顶打下来时——这时，我认为是非得尽快到海上去不可了。出海总比照自己的脑袋来一枪强。伽图拔剑一抹，冷静地结果了自己；我却不事张扬地上了船。这并没有什么可奇怪的。只不过人们不知道罢了，其实差不多所有的人迟早都会在不同程度上对海洋怀有跟我非常近似的感情的。

　　设想你现在置身在曼哈顿岛城，四面码头环绕，如珊瑚礁环绕西印度小岛一般——商业随来自四面八方的碎浪包围着它。左右两边的街道都通向水边。最远的闹市区是炮台，那儿海浪冲洗着宏伟的防波堤，凉风习习，几个钟头前，这风还不知道陆地在哪里呢。瞧瞧那边有多少观赏海景的人。

　　一个风和日丽的星期天下午，绕城一周看看去。从柯利亚斯·胡克出发，到柯恩梯斯·斯立甫，再从那里经过怀特豪尔往北。看到些什么呢？城市周围仿佛哨兵林立，成千上万的人站在那里，一声不响，沉醉在海景里，有的靠在木桩上，有的坐在码头外端，有的在察看中国船只的舷墙，有的高高地趴在索具上，仿佛想把大海更好地欣赏一番。不过，这都是些内地人；一个星期倒有六天关在木架泥糊的屋子里——捆在柜台前，钉在凳子上，铆在写字台边。那么，这是怎么回事？绿色的田野都没了吗？他们到这里干什么来啦？

可是，你瞧！更多的人上这儿来了，直奔水边而来，好像决意要跳水似的。真怪！好像非得到陆地边边上来才心满意足；在那边仓库的浓荫下闲逛一番还不够。不，他们硬要到海边边上来，只要不掉下海去就行。他们就那么站在那里——几英里路长——几十英里路长。他们都是内地人，来自大街小巷，东西南北。然而，他们都走到一起来了。请告诉我，是不是那些船上罗盘针的磁力把他们吸引来的？

比方说，你是在乡下，在一个湖沼遍布的高原。你信步走去，十有八九会走进一条溪谷，在溪流的深潭边停住脚步。真是鬼使神差。就像让一个最心不在焉的人沉醉在最深的幻梦里，然后叫他站起来，随意走动，他准会把你领到一个有水的地方，假如那一带有水的话。要是你在美洲大沙漠里口渴难当，而碰巧你的商队里又有一位形而上学先生，你不妨做做这个试验。一点不假，正如谁都知道的，沉思和水总是结合在一起的。

可是，这儿说的是位艺术家。他想给你画幅遍地浓荫、幽静如梦、最富于浪漫情调的萨科流域风景画。画里最主要的因素是什么？自然，画里有挺拔的树，一株株还全是空心的，里面仿佛有个隐士和耶稣受难像，还有沉睡的草原，躺着的牛群，远处的小屋上升起了袅袅的炊烟。遥远的树林深处，一条迂回曲折的小径伸向满身青翠的层峦叠嶂。然而，尽管这幅画如此迷人，尽管这株松树把声声叹息像松针似的抖落在牧羊人头上，但是，除非牧羊人的眼睛盯住了他面前那道富有魔力的溪流，否则这些精心的构思便都会白费。到六月里的大草原上去走走吧，当你在绵延几十英里深可没膝的卷丹草中一步步往前迈时——美中不足的是什么呢？——水——那儿一滴水都没有！如果尼亚加拉瀑布白练凌空的不是水，而是黄沙，你还会不远千里去观赏一番吗？为什么田纳西州一个穷诗人，在突然得到两大把银子后，会考虑是买一件急需的上衣好呢，还是花在徒步旅行去罗卡韦海滩好？为什么身心健壮的小伙子差不多迟早都会渴望出海呢？为什么当你有生以来头一次登上一艘海轮，头一次听到人家告诉你，你和你的船现在都已经见不着陆地时，你心头会感到一种神秘的颤动呢？为什么古代波斯人把大海奉若神明呢？为什么希腊人单给大海一位神，而且是朱庇特的亲兄弟呢？这一切肯定不是毫无意义的。而那西萨斯的传说含意就更深了，美少年那西萨斯因为抓不着自己映在清泉中的影子而苦恼，终致投水自溺。可是，我们自己在江河湖海中也看到了同样的影子，那是无从把捉的幽灵般的生命的影子。这就是对一切的答案。

　　话说回来，当我说每逢我感到视力有点儿模糊，肺部好像不适就想出海时，我的意思并不是说以一个乘客的身份去出海。因为以乘客身份出海，必须有个钱袋，钱袋里又必须有货，要不然就等于是破布一块。此外，乘客还会晕船——变得爱争吵——晚上睡不着——一般说来，并没有多大乐趣；——不，我绝不以乘客身份出海，我也从不以船队司令、船长或者厨师身份出海，虽然我也称得上是名老练的水手。我心甘情愿把这些职位让给那些喜欢荣誉和名气的人。就我来说，不管什么样光荣体面的劳动、考验和艰苦，我一概不想沾边。别说让我照管什么大船、三桅船、双桅船、纵帆船等等之类，我连自己还照管不过来哩。至于以厨师身份出海吧——我承认那也够光彩的，因为在船上，厨师大小也是个头目——不知怎的，我从来就不喜欢焙烤仔鸡；——虽然仔鸡一旦烤好，牛油加得恰到好处，盐和胡椒也放得合适，那我比谁都更加赞不绝口，即使还不到五体投地的程度，却也是礼敬有加的。正是由于古埃及人对烧朱鹭、烤河马有一种盲目崇拜的偏爱，你才能在他们那些大烤房似的金字塔里看到这些动物的木乃伊。

不，我一出海就总是当一名再普通不过的水手，一头扎进水手舱，高高地趴在桅顶上。不错，他们是支使我干这干那，让我在桅桁上跳来跳去，像五月里草地上的蚱蜢一般。一开头，这种情况是够不愉快的。它有些伤人的自尊心，特别是如果你是出身于像范·伦塞勒，或伦道夫，或哈狄卡纽特这样的名门望族。假如就在你把手伸进柏油罐子之前，你还是位祸福一隅的乡村教师，连牛高马大的孩子站在你面前都战战兢兢的，那就更叫人受不了。老实说，从小学教师到水手这种大起大落，简直令人有切肤之痛，非得受过像辛尼加和禁欲主义者所受过的那种磨炼，你才能苦笑着忍受。不过，即使是这种大起大落，时间一长，也就无所谓了。

假如有个老混蛋船长命令我拿把扫帚去打扫甲板，那又怎么样呢？我的意思是说，把这种羞辱拿到《新约》的天平上去称一称，又算得了什么呢？你以为天使长迦百列会因为我迅速而恭敬地执行了那个老混蛋的命令而多少有点儿瞧不起我？谁不受人使唤，你倒说说看。那么，好啦，不管那些老船长怎么使唤我——不管他们怎样欺凌我，我都自我宽解地知道这是正常现象；世界上的人无一例外都是这样那样地受到完全同样的待遇——就是说，或是从形而下观点看，或是从形而上观点看，反正逃脱不了；所以，这种普遍存在的欺凌人人有份，大家应该相互抚摸彼此的肩胛骨，心满意足才是。

再者，我之所以总是以水手身份出海，是因为他们非得为我的辛劳付酬不可，至于乘客，我从没听说他们给过乘客一个子儿，相反，乘客自己还得掏钱给他们。你付钱给人家，跟人家付钱给你，这中间的区别可大着哩。付钱给人家这种行为也许是伊甸园里那两个偷禁果的遗留给我们后人最不好受的惩罚了。可是，人家付钱给你——那个滋味世界上有什么能与之媲美？人们接过钱来时那种温文尔雅的举止实在不可思议，因为我们是那么真心实意地相信，金钱是人间万恶之源，有钱人绝对进不了天堂。啊！我们是多么欢欢喜喜地自投地狱啊！

最后一点,我之所以总是以水手身份出海,是为了船首楼甲板上那有益身心的劳作和纯净的空气。因为在这个世界上逆风永远多于顺风(这得以从不违反毕达哥拉斯的格言为前提),所以在大多数情况下,后甲板上船长呼吸的空气都是来自船首楼甲板上水手们的二手货。他以为他先呼吸到了这空气,其实不然。在许多别的事情上,老百姓以极为类似的方式领导他们的领袖们,而领袖们对此却很少觉察。但是,为什么我在作为商船水手多次出海之后,居然想起要到捕鲸船上去呢?这个问题,只有那个警官似的看不见的命运之神——他老监视着我,秘密地跟踪我,无法解释地左右我——只有他才能说得清楚。至于我偏偏上了这条捕鲸船,毫无疑问,那只是老天爷早已拟定好的宏伟的节目单中一个微不足道的细节而已。它作为一个小过门或者独唱穿插在两个大型节目演出之间。我想,戏单上的这个部分肯定有点像下述的样子:

一个叫以实玛利的人出海捕鲸

虽然我说不上来为什么那些剧院经理,也就是命运之神,偏偏拨拉我去演捕鲸人这么个破角色,却选定旁人去演崇高悲剧里的高贵角色、高雅喜剧里的轻松角色和闹剧里的逗乐角色——虽然我说不上来为什么偏偏是这样;然而,等我回想起当时种种情况,除了哄骗我上当,让我误以为这是出自我独立的自由意志和审慎的判断所做出的选择外,当时通过各种伪装狡猾地摆在我面前的那些缘由和动机,我想我现在也多少能看出一些。

主要的动机就在于大鲸自身,它在我心头压倒了一切。这样一个可怕而又神秘的巨兽激起了我极大的好奇心。其次是大鲸那岛屿般的身躯翻腾在荒凉而辽阔的大海,这是与大鲸联系在一起的无从诉说、难以形容的危险,再加上巴塔哥尼亚无尽的风光惊人的美,这一切都促使我向我的愿望一边倒。对别人来说,这一切也许不成其为诱惑;

可对我来说，遥远的事物总让我心痒难熬。我爱远航旁人不敢涉足的海洋，爱登上野蛮人居留的海岸。凡属美好的东西我都不会视而不见；可怕的事物，我敏于觉察，而且善于与之相处——只要人们容许我——因为一个人待在哪里与哪里的人友好相处是只有好处的。

基于这些原因，所以我想做一次捕鲸航行。在促使我做出这一决定的狂想里，那神奇世界的大闸门敞开了，无尽的大鲸队伍排成两行，缓缓地游进我的灵魂深处，而在游过无数对之后，中间突然冒出一个巨大的有头罩的怪物，像是半空中的一座雪山。

第二章　旅行袋

我往旧旅行袋里塞了两件衬衣,往腋下一夹,便动身去往合恩角和太平洋。离开了古老的曼哈托这满不错的城市,我顺利地抵达了新贝德福。那是12月里的一个星期六晚上。令我大为失望的是,开往南塔开特的小邮船已经开出,要去那儿,就只有到下星期一再说了。

由于准备到捕鲸船上去吃苦受罪的小伙子大多都先停留在这个新贝德福,再从这里登船出海,不妨在此说明一下,我可没有这样的打算。我已经拿定主意,要出海就非得从南塔开特上船不可,因为与那古老而著名的小岛有关的种种事物无不给人一种美好、热闹的印象,格外中我的意。再则,尽管新贝德福近来已逐渐垄断了捕鲸业,尽管可怜的老南塔开特在这方面已远远落在它后面,然而,南塔开特却曾经是它伟大的先驱——这个迦太基的泰尔——美洲的第一条死鲸被拖上岸来的地方。那些土著捕鲸人,红种人,最初不就是从南塔开特出发去追击大海兽的吗?第一只单桅小帆船,装了不少从国外进口的鹅卵石——众口相传就是这么说的——向大鲸投去,看是不是够得着,以便及时从船首斜桁上投出标枪,这第一只单桅小帆船不就是冒着危险从南塔开特出发的吗?

如今,我得在新贝德福待上一个夜晚,一个白天,再加一个夜晚,才能乘船奔赴我那命中注定的港口,于是,当务之急就是这一天两夜到哪儿去吃饭睡觉的问题了。那是一个很暧昧的,不,是一个很黑、很阴沉的夜晚,刺骨的寒冷,冷冷清清。这地方我一个熟人都没有。我焦急地用锚爪探测了一下口袋,只摸出几块银币来,"所以,无论你去哪儿,以实玛利,"当时我站在一条荒凉的街道中间,肩上扛着旅行袋,这样对自己说,"你比较比较看吧,朝北是一片阴沉,朝南是一片黑暗——你可以凭你的智慧决定,随便到哪儿去过夜,我亲爱的以实玛利,不过你一定要问问价钱,千万别太挑剔。"

走走停停,我走过了好几条街,从那块"十字标枪"招牌门前经过——不过,那家旅店看来太贵、太豪华了。再往前走,从"剑鱼客店"明亮的红色窗子里射出刺目的光来,似乎把店前成堆的冰雪都融化了,因为其他地方的冰雪都凝固有十英寸厚,成了一条坚硬的"柏油路"——我站在这层高出来的坚如燧石的路面上,真把我累得够呛,因为我的靴跟在经过艰苦卓绝的服役之后,已经处于非常悲惨的境地了。"还是太贵、太豪华了。"我在这家客店前略微停了停,瞧了瞧投射在街道上的那片炫目的光,听了听里面碰杯的声音,心里不禁想道,"还是往前走吧,以实玛利,"我终于对自己说,"你没听见吗?从这门前走开,你那双打补丁的靴子堵着道哩。"于是乎我又往前走。这回我本能地顺着往海边的街道走,因为在那边肯定会有最不舒服却也最便宜的客店。

这么阴沉的街道!两旁的房屋全笼罩在一片黑暗之中,零零落落地见到一点烛光,像是一支点燃的蜡烛在坟墓中四处流动似的。在晚上这个时刻,又赶上周末,这个地段荒凉得跟没有住人差不多。不过,没多大会儿,我便来到一线朦胧的亮光前,那是从一座低矮的建筑里透出来的,大门敞开,像是欢迎人进去。它的样子很随便,好像是专门建来供大众使用的似的;于是,我就走了进去,我干的头一件事便是在门口的煤灰箱上绊了一个跟头。"哈!"就在飞扬的煤灰差点儿让我窒息时,我想道:"哈,这些灰烬是从那座毁灭了的城市蛾摩拉①飞来的吗?不过,不是有'十字标枪'和'剑鱼'在前

---

① 见《圣经·旧约·创世记》第十八章、第十九章。

吗？"——那么，这家店的招牌就该是"陷阱"了。没管这么多，我爬起身来，听到里面大声说话的声音，便继续往前走，推开了里边的第二道门。

门里的情景像是伟大的黑人议会①在陀斐特开会一般。许多黑面孔从成排的座位上转过来瞧；再往前看，一个黑人牧师正在讲坛上拍打一本书。原来是座黑人教堂；传道者讲的是地狱里的阴森可怖，以及那里边哀哭悲号和咬牙切齿的情景。"哈，以实玛利，"我一边退一边嘟囔道，"'陷阱'这块招牌上还得加上'招待恶劣'几个字。"

我继续往前走，终于来到了离码头不远的一处朦胧的光亮前，还听到半空中有种凄凉的吱嘎声；抬头一瞧，看到门上挂着一块晃晃悠悠的招牌，上面有幅白色的画，隐隐约约看得出是笔直射向高空的一股喷雾，下面是这几个字——大鲸客店——彼得·咖芬②。

棺材？——大鲸？——两者这么异乎寻常地联系在一起可不是什么好兆头，我心中暗想。不过，据说咖芬这个姓在南塔开特很普通，我猜想这个彼得准是那边过来的移民。由于灯光很昏暗，这地方当时又非常之安静，这要坍的小木屋又像是从什么大灾地区装车拖运过来的，再加上这摇摇晃晃的招牌诉穷似的吱嘎声，我心想要找便宜客店，看来非此莫属了，而且准能在这里喝上最好的土咖啡。

这是个有点儿古怪的地方——一栋人字顶的旧房子，有一边像是瘫痪了，可怜巴巴地歪在那里。它坐落在一个险峻的四无遮拦的拐角上，一股叫友拉革罗的狂风在这里不停地呼啸着，比当年刮坏保罗乘坐的船③的那风还要来得凶猛。然而，对于任何一个待在房间里，双脚安闲地搁在壁炉架上等烤暖了好去睡觉的人来说，友拉革罗却是一股极其愉快的和风。"对这股叫作友拉革罗的狂风的评价，"一位

---

① 黑人议会：宗教改革议会（1529—1536）的又一名称。

② 咖芬：原文为coffin，意译为棺材。

③ 见《圣经·新约·使徒行传》第二十七章。

古代作家说——他的作品现存的孤本正好在我手里——"决定于你是从把冰冻隔绝于外的玻璃窗里往外瞧呢,还是从一个没有装玻璃因而里外都是冰冻的窗子往外瞧,而唯一的玻璃装配匠就是死神那家伙。瞧法不同,对友拉革罗的评价自然有天壤之别。"太正确了,当这段文字浮现在我的脑海里时我不禁想道——老黑体字呀,你说得很有道理。不错,我这双眼睛就是窗子,我这身体就是这栋房子。然而,非常遗憾的是人们不去堵死那些大大小小的裂缝,不去到处塞上一点儿棉花。不过,现在去做任何补救都已经太迟了。宇宙已经完工;已经封顶盖石,零砖碎瓦一百万年前就已经运走。那要饭的拉撒路[①]躺在那里,头枕街沿石,冷得牙齿直打战,浑身发抖,把身上的破布片也抖掉了,他也许可以两耳塞上破布!嘴里衔个玉米芯,可那也挡不住狂暴的友拉革罗。友拉革罗啊!穿紫袍的老财主说——(他以后还有一件颜色更深的袍子穿)——呸,呸!多棒的霜冻之夜;猎户星座多亮;北极光多美!让他们去神聊四季常夏的温室里那可贵的盛夏气候;我要的是用我自己的炭火给自己创造出来一个夏天的特权。

可是,拉撒路又怎么想呢?他能举起他那冻得青紫的双手到壮丽的北极光里去暖和暖和吗?难道他不宁愿待在苏门答腊,也不待在这里吗?难道他不更愿意舒舒服服地躺在赤道线上,甚或,老天爷在上,索性钻到火坑里,以避开面临的严寒?

如今,那个拉撒路竟然落难到躺在老财主门前的街沿石上,这可比一座冰山竟然漂移到摩鹿加群岛的一个小岛前停住还要来得稀奇。然而,老财主本人,他也像沙皇一样,是住在叹息呻吟冻结成的冰宫里,而且身为戒酒协会的主席,他喝的只是孤儿们温温热热的眼泪。

不过,现在别这么哭哭啼啼地诉苦了,我们要去捕大鲸,以后哭的日子还多着哩。还是把靴子上凝结的冰刮掉,进去看看这个"大鲸"是个什么样的地方吧。

---

① 见《圣经·新约·路加福音》第二十七章。

第三章　大鲸客店

　　一走进这人字顶的大鲸客店，我便发现自己置身在一条装有老式护壁板、矮阔迂回的过道里，令人联想起一条报废的旧船的舷墙。在一边的护壁板上挂着一幅很大的油画，已经给烟熏得模糊不清了，在不均匀的交叉光线下看去，只有经过苦苦研究，反复分析，再仔细查明画中周遭的事物，才能对这幅画的含意有所了解。这样大块大块莫名其妙的阴影和影子，你最初还几乎以为是一个雄心勃勃的年轻画家力图在新英格兰女巫胡作非为时期勾勒出妖言惑众的混乱景象。可是在一再仔细端详、反复思考之后，加之又打开了过道后面的小窗户，你终于得出结论，这样一个想法，尽管很荒唐，可能并不是完全没有根据的。

　　但是，最使人迷惑不解的是：在这幅画的中央，有一种叫不出名来的泡沫，上面依稀浮着3根蓝色的直线，直线上面高悬着一团又长又软又怪又黑的东西。真是一幅泥泞、潮湿、黏糊糊的画，神经过敏的人看了准会心烦意乱。然而，它却透露出一种无限的、难以捕捉到的、难以想象的崇高性，在它跟前一站真有点儿挪不开步，逼得你不由自主地立下誓来，非把这幅怪画弄个明白不可。不时有一个突如其来却可惜靠不住的想法掠过心头。——那是午夜狂风大作的黑海，那是地、水、火、风四大自然力之间的一场狠斗，那是一丛枯萎了的石楠，那是北国的冬景，那是冰封的时间之流解冻了。可是，这些猜想最终都在画中央那团怪东西跟前站不住脚。一旦把那东西弄明白了，其他的就都会迎刃而解。不过，且慢！那东西不是有点儿像条大鱼，甚至就是大海兽吗？

其实，作者的构思似乎是这样的——这是我个人最终的推测，我跟一些上了岁数的人就此画交谈过，因而也部分地综合了他们的意见。这幅画画的是强飓风中一艘合恩角船；这艘业已半沉只剩下3根光秃秃的桅杆在外面的船还在那里挣扎；一条激怒的大鲸打算整个儿跃过这艘船，只怕会被戳穿在这3根桅杆上。

过道对面的墙上挂满了排列整齐的具有异教色彩的奇形怪状的棍棒和枪矛。有的密密麻麻地布满了像锯齿一般闪光的牙齿；有的饰有一绺绺头发；有一支是镰刀形的，装有一个横扫的大柄，像是一个长胳臂的割草人在新刈过的草地上留下的扇形表面。你瞧着这东西便发抖，不知道那穷凶极恶的吃人生番和野人可曾用这样一件大砍大劈的凶器把人成片地砍翻。夹杂在这些东西中间的是一些古老生锈的捕鲸枪和标枪，全都已经损坏变形。其中有些还是赫赫有名的武器。这支如今弯得不成样子的捕鲸枪，原先长长的，50年前，内赛恩·斯温就曾用它从日出到日落一天之内杀过15条大鲸。而那支标枪——如今跟一只螺丝锥没什么两样——是在爪哇海域投出的，当场就给大鲸带着逃跑了，若干年后，这条大鲸在布朗可角附近被打死。原先那个标枪头是在鲸尾附近扎进去的，像寄居在人体内的一根不肯安静的针，足足跑了40英尺，最后发现嵌在这条鲸的背峰里。

穿过这条昏暗的过道，再通过那边一条低低的拱道——在古代这肯定是一条与各处火炉相通的总烟囱——就走进了这客店的堂屋。这是个更加昏暗的地方，上面是又低又笨重的横梁，下面是旧得粗糙起毛的厚木板，踩在上面，让人几乎以为是踩在一只破船的底舱板上，特别是又赶上这么一个狂风呼啸的夜晚，这艘抛锚在拐角的破旧的方舟摇晃得非常厉害时，这种感觉就更加强烈了。堂屋的一边摆着一张搁架似的又长又矮的桌子，放满了破裂的玻璃器皿，装着从这个辽阔的世界最偏僻的角落里搜集来的落满了灰尘的稀罕物品。堂屋较远的一个角落里，突出来一个黑乎乎的小间——酒吧间——有点儿像露脊鲸的头。不管怎么样，那儿竖着鲸颚那块巨大的拱形骨，阔得很，下面几乎可以通行一辆马车。小间里面是一些简陋的搁架，摆满了旧圆酒瓶，普通瓶子，长颈瓶。在这足以迅速毁灭一切的鲸颚里，一个干瘪的小老头，活像是被诅咒的约拿①再世（他们也就是叫他这个名字），在里面忙个不停，他看中了水手们的钱，把精神错乱和死亡高价卖给他们。

最可恶的是他把"毒汁"倒进去的那些玻璃杯。外表上它们确是一个个的圆柱体——里面，这些坏透了的圆鼓鼓的绿色玻璃杯却欺诈地往下越来越小，最后是个骗人的厚厚实实的底。在这些拦路抢劫的酒杯外面还粗糙地刻有一些平行的线条。倒到这根线，只收你一个便士；到下一根线，就加一个便士；以此类推，等倒满一杯——这种合恩角量器，你可以一口就喝掉一个先令。

一走进这堂屋，我发现许多年轻水手围坐在桌旁，在暗淡的灯光下欣赏各式各样的骨雕手工品。我找着店老板，跟他要个房间，回答是都满了，一张空床都没有。"不过，等一等，"他敲敲前额，又说，"你不反对跟个标枪手共用一张床，对吗？我想你是去捕鲸的，所以最好习惯这类事儿。"

我跟他说我从不喜欢两个人睡一张床，要是非这样不可的话，那要看这个标枪手是个什么样的人，要是他（店老板）实在没有别的地方给我过夜，而这标枪手又确实不讨人嫌，那在这么冷的夜晚，与其再在一个陌生的城市里瞎转悠，还不如跟个规规矩矩的人共用一张床睡一下算了。

"我也这么想来着。很好，坐吧。晚饭呢？你吃晚饭吗？晚饭马上就得。"

我在一张破旧的高背长靠椅上坐下，那上面到处留下了小刀的刻

---

① 见《圣经·旧约·约拿书》。

印,像炮台公园里的长凳一样,一个在想心事的水手坐在这长靠椅的一端,拿着大折刀还在往上面加工,低着头在两腿之间的空当上一个劲儿地刻着什么。看来他是想刻一艘张着满帆的船,不过进展不大。

后来,我们中间有四五个人终于给叫到隔壁一间房子里去吃饭。那房子里冷得跟冰岛一样——根本没有生火——店老板说他生不起。只点了两支牛脂烛,若明若灭,像裹上了一层包尸布。我们只好把紧身短上衣扣得严严的,用冻得半僵的手指把滚烫的茶捧到唇边。不过,饭菜倒很实惠——不仅有肉和土豆,还有汤团,天哪!晚饭有汤团!一个身着绿色连披肩厚外套的小伙子像刚从饿牢里放出来似的在专心对付那些汤团。

"小伙子,"店老板说,"你肯定会做噩梦的。"

"老板,"我悄悄说,"这不是你说的那个标枪手吧?"

"不是,不是,"他说,那神情很有点儿可疑,"那个标枪手是个黑皮肤的家伙。他从不吃汤团,他不吃——他什么都不吃,只吃牛排,而且要吃半生半熟的。"

"见他的鬼去吧。"我说,"那个标枪手在哪里?在这里吗?"

"他一会儿就来。"他回答道。

我也无可奈何,不过,我开始对这个"黑皮肤"的标枪手存了几分戒心。不管怎么着,我下定决心,要是我们非得睡到一起不可的话,那一定要他脱掉衣服先睡下,我才睡。

吃过晚饭,他们又都回到酒吧间去了,我不知道干什么好,就决定做个旁观者,来打发这个晚上。

没多大会儿,就听到外面一阵喧闹声。店老板跳起身来,嚷道:"那是'逆戟鲸'号上的人。今天上午,我看到它在附近海面发信号;出海3年,今天满载而归。乌拉,朋友们!我们马上可以听到斐济群岛最近的新闻啦。"

过道里响起了沉重的水手靴子声,门给猛地推开,一伙够邋遢相的水手一拥而入。他们裹在毛茸茸的水手外套里,羊毛围巾捂住了头，一个个补丁摞补丁，破破烂烂，胡子成了硬邦邦的冰柱，就像是闯进了一群拉布拉多的熊。他们刚刚下船，这是他们上岸后进的头一栋房子。难怪他们径直朝鲸嘴——酒吧间走去，在那里面忙乎的满面皱纹的小老头约拿，一会儿就都给他们斟上了满满的一杯。其中一个诉苦说得了重感冒，头痛得厉害，约拿一听，马上给他配了一服杜松子酒加糖浆黑如沥青的饮剂，并赌咒发誓说，这是治一切伤风感冒的特效药，不管已经拖了多久，也不管是在拉布拉多沿海得的，还是在一座冰岛的顶风面得的，一服就灵。

　　一会儿，酒劲儿就冲上头来。这是常有的事，连酒量特大的酒鬼刚上岸都难免。于是，他们就手舞足蹈，大吵大闹起来。

　　然而，我注意到，其中有一个却有点儿与众不同，虽然他似乎并不想用自己清醒的面孔来破坏船友们的好兴致，可总的来说，他并不掺和到他们的喧闹中去。这个人登时引起了我的兴趣。既然海上诸神已经决定，他很快就要做我的船友（虽然就这段记述而言，他只是我的同店宿伴），我冒昧在这里稍做介绍。他足足有6尺高，双肩宽大，胸膛像个潜水箱。我还很少看到有人有这么一身健美的肌肉。他的脸是深褐色和赭色的，使他的牙齿在对比之下更白得耀眼；他那双眼睛深沉的阴影里则浮现着似乎并没有给过他多少欢乐的回忆。他的口音一听就知道是南方人，而从他颀长的身材看，我想他一定是弗吉尼亚州阿列根尼亚山脊上高大的山民。在他的伙伴们纵饮狂欢达到顶峰时，他却悄悄地溜开了，一直等到他成为我在海上的船友后才又见着他。然而，他刚溜走几分钟，他的船友们就发现了，看样子他跟他们很合得来，因此他们就喊"布金敦！布金敦！布金敦哪去了？"并且争先恐后地冲出去找他。

　　这时大约9点，堂屋里经过这一阵狂欢之后，似乎静得有点儿瘆人，我暗自庆幸，刚好在这伙水手进来之前想到了一个小主意。

　　没人愿意两人共睡一张床。实际上，连自己的亲兄弟，你也很不愿意跟他在一张床上睡。我不知道这是怎么回事，不过人们睡觉的时候总喜欢一人独处。如果是在一个陌生城市的陌生客店里,跟一个陌生人睡在一起,那你的反感就不知会有多大了。世界上也没有任何理由,说什么我作为水手就低人一等,非得两个人睡一张床不可;正如岸上的单身国王是一个人睡,海上的水手也是一个人睡的。不错,水手们都睡在一个舱里,可是他们各有各的吊铺,各盖各的毯子,可以脱得精光地睡。

我越想到这个标枪手,就越不想跟他睡到一张床上去。他既是个标枪手,那这么设想就不会过分:他的衬衣或者羊毛衫(随季节而定)只怕不会太干净,也肯定不会挺柔软。一想到这里,我浑身就像抽风似的难受。再说,现在已经很晚了,我那位挺不错的标枪手也该回来睡觉了。假如他半夜三更跌跌撞撞地闯进来扑到我身上——我又怎么知道他是从哪个肮脏被窝里钻出来的呢?

"老板!我改变主意了。——我不跟那个标枪手睡了。我睡睡这张板凳看。"

"悉听尊便;对不起,我没法给您腾出一块桌布来做褥子,这木板又粗糙得要命。"——他一边摸摸凳面上的节疤和坑洼。"不过,等一下,骨雕佬,酒吧间里我有个木匠用的刨子——等一等,喂,我会让你睡得挺舒服的。"说着,他就找来了刨子;他先用他的旧绸手绢掸了掸板凳,就使劲儿地在我的床上刨开了,一边还像只猩猩似的龇着牙笑。刨花左右纷飞;后来刨刀碰上一个推不动的节疤,卡住了。店老板差一点儿把手腕都扭伤了。我劝他别再刨了——这张床够软的了,挺合适,我还不知道怎么往死里刨就能把一块松木板变成一条鸭绒褥子。于是,他又龇牙一笑,收拾起刨花,扔进堂屋中央的大炉子里,便又忙他的事去了,扔下我一个人发呆。

这时,我量了量板凳,发现还短1英尺;这倒可以搬张椅子来凑合。可是还窄了1英尺,屋子里另外一条又比刨过的这条高出约4英寸——所以配不到一起。于是,我把头一条板凳靠着室内唯一的一面空墙平行放着,中间稍稍留一点儿空隙,好搁下我的背脊。可是,我很快就发现从窗台下面袭来好大一股冷风,这个安排根本就行不通,特别是从那扇摇摇晃晃的门缝隙里吹进来另一股冷风,跟窗台下袭来的这股汇合起来,就在我打算过夜的那块地方周围形成了一个跟着一个的小旋风。

但愿魔鬼抓了那个标枪手去,我心中暗骂道。不过,且慢,难道我不能抢先一步到他的房里——从里面把门插上,赶紧睡到他的床上,随他怎么擂门,给他个不理不睬吗?看来这主意不坏;可是再一想,我就把这想法放弃了。因为谁敢说,第二天早晨,我的头一伸出房门,那个标枪手不会正好站在门口,准备一家伙把我揍倒呢!

我又朝周围瞧了瞧,看来除了在别人床上对付一晚没有别的办法,我开始回过头来想,也许归根到底是我对这个尚未谋面的标枪手怀有不应有的偏见。我想,还是再等一等,他肯定快回来了。那时我再仔细观察观察他,也许到头来我们会成为特好的睡伴——这可说不准。

可是,虽然其他的住客单个地、三三两两地陆续进来睡觉,我那位标枪手却不见踪影。

"老板!"我说,"他怎么回事——他老这么晚吗?"这时已经快12点了。

店老板又吃吃地干笑起来,似乎有什么我所不知道的事情让他乐不可支。"不,"他回答道,"一般说来,他不是个睡懒觉的人——睡得早,起得早——对啦,他是那种抓得到虫儿的早起的鸟。——不过,今天晚上,你听我说,他出去兜售东西去了,我也不知道他究竟为什么这么晚还没回来,除非,也许,他卖不掉他的头。"

"卖不掉他的头?——你在瞎编些什么来蒙我?"我登时火冒三丈,"老板,你真的是说,这个标枪手真的在这个神圣的星期六晚上,或者不如说是礼拜天早晨,在这个城市到处兜售他的头?"

"正是这个意思,"店老板说,"我还跟他说过这里卖不掉,市场上已经积压了。"

"积压什么了？"我大喝道。

"当然是头啰；这世界上头不是太多了吗？"

"老板，我跟你一是一，二是二，说明白，"我说得很冷静，"你最好别跟我瞎编这么一套鬼话——我又不是三岁小孩。"

"可能不是，"他掏出一根火柴，削成牙签，"不过那个标枪手要是听到你在糟蹋他的头，只怕他非把你揍扁了不可。"

"我要打破他的头。"我一听店老板这些莫名其妙的胡说八道，不禁又大动肝火。

"它已经打破了。"他说。

"打破了，"我说——"打破了，真的吗？"

"肯定是真的，正因为这样才卖不出去，我想。"

"老板，"我像暴风雪中的赫克拉火山一般，压着满腔怒火，朝他走过去——"老板，别削了。咱们双方都把话说明白，现在就说明白。我到你这里来，问你要张床睡；你告诉我只能给我半张床，那一半给了个标枪手。而关于这个标枪手，此人我到现在还没见过面，你却一直跟我讲他许多非常离奇的令人恼火的鬼话，打算让我对你安排给我做睡伴的这个人产生厌恶感；而睡伴，老板，这可是人与人之间一种极端亲密、相互信赖的关系。我现在要你老老实实讲出来。告诉我这个标枪手是谁，是个什么样的人，我跟他一起过夜会不会出问题。首先，得请你收回他卖头的鬼话，要是真像你说的那样，那我认为就再好不过地证明了这个标枪手是个十足的疯子，而我是不打算跟个疯子睡到一张床上去的；而你，老兄，我说的是你，老板，你，老兄，明明知道，还极力骗我这么做，这就触犯了刑法，你要为此负法律责任的。"

"哇，"店老板长抽了一口气，说道，"这个动不动张嘴就骂的家伙竟长篇大论讲起道理来了。不过，你别急，别急，我跟你说的这个标枪手刚从南海来，他在那边买了一批用防腐药物保存完好的新西兰头（这是了不起的古董，你也知道），他只卖剩一个了，就这一个，他准备今天晚上去卖掉,因为明天是礼拜天,人人都上教堂去,你却满街卖人头,不太合适。上个礼拜天,他就要去卖的,给我拦住了,他正好拿了四个人头,串在一起,活像一串洋葱似的,正准备出门哩。"

这番说明解开了我压在心头的谜团,也证明了这个店老板毕竟并没有拿我当宝耍的意思——不过,又出来一个问题:一个标枪手星期六晚上出去,一直到安息日凌晨,去干像卖偶像崇拜者的头这样的吃人生番干的勾当,叫我怎么看待他呢?

"没有错,老板,那个标枪手是个危险分子。"

"他房租可是按时付。"店主回答道,"不过说来也是,实在太晚了,你不必跟他讲客气啦——那张床挺不赖:我跟萨耳结婚那天晚上睡的就是这张床。两个人在上面随便怎样折腾都有的是地方,好大一张床。嗨,后来萨耳还总把我们的沙姆和小约翰搁在脚头。可是,有天夜里,我在梦里在床上乱爬一气,不知怎的,把沙姆给挤到了地板上,差点把胳臂都跌断了。打那以后,萨耳说这张床睡不得了。这边来,我马上给你个亮儿。"说着,他就给我点燃了一支蜡烛,朝我举着,给我领路。可是,我拿不定主意;他猛一瞧角落里的钟,大喊道,"我发誓,现在已经是礼拜天了——那个标枪手今晚不会回来了;他在什么地方抛锚啦——那就快点吧,走吧,你不走?"

我想了想,然后我们走上楼梯,他把我带到一个小房间里,冷得像蛤蜊,还确实有张巨大的床,还真大得几乎可以并肩睡下四个标枪手。

"好啦,"店老板把蜡烛往房中间一个破旧的船用柜子上一放,那柜子既当洗脸架又在房中间当桌子用。"好啦,这下舒舒服服睡一觉吧,晚安。"我转过脸来,不再瞧那大床时,他已经不见了。

我掀开被罩,弯腰察看这张床。这床虽然算不上太讲究,却满过得去。然后,我瞧了瞧房间四处。除了这张床和房中间那张桌子外,就看不到什么别的家具了,只有四面墙壁,外加一个粗糙的搁架和一块糊了一层纸的隔火板,纸上画了一个人在捕鲸。还有些东西跟这个房间毫无关系,有一张捆得很严实的吊床,扔在角落里;还有一个海员用的大帆布袋，里面装着那个标枪手的全部衣服，毫无疑问，那就等于是陆上的一口衣箱了。在壁炉上面的架子上，还有一包奇形怪状的骨制鱼钩，床头还竖着一支长长的标枪。

但是，这搁在柜子上的是什么东西呢？我把它拿起来，在烛光下摸摸闻闻，试遍了各式各样的办法，想得出个满意的结论。最后我只能把它比作门口的大擦鞋棕垫，四周饰有一些丁零当啷的小穗穗，有点儿像印第安人穿的鹿皮靴周围染色的豪猪刺。这垫子当中有个洞或者裂口，就像你在南美人穿的套头披风上看到的那样。可是，一个大脑正常的标枪手会套上块擦鞋垫子，就这么一身打扮，大摇大摆地在一个文明城市的街道上走，这可能吗？我套上它，试了试，它毛毰毰的，又特别厚，压在身上像镣铐般沉，还感觉得有点儿潮，好像这个神秘的标枪手下雨天穿过似的。我穿上它走到贴在墙上的一面破镜子跟前，啊，我有生以来还从没见过这么一副怪相。我赶紧三下两下把它扒下来，连脖子都扭了一下。

我在床边坐下，捉摸起这个卖人头的标枪手和他的擦鞋棕垫来。想了一阵之后，我从床边站起身来，脱掉短外衣，站在房中间又想。然后我又把上衣脱掉，光穿件衬衣又想了一阵子。但是，因为我上半身的衣服都脱掉了，这时感到很冷了，想起店老板说的，这么晚了，那个标枪手今晚根本不会回来了的话，我不再犹豫，赶紧脱掉裤子和靴子，吹灭蜡烛，一仰身就上了床，一切就听天由命了。

说不准究竟那褥子里是塞的玉米芯，还是破瓷碎陶，反正我翻过来，滚过去，好长时间睡不着。最后总算迷迷糊糊地打起盹来，正要进入梦乡的时候，突然听到过道里一阵沉重的脚步声，跟着就从房门底下透进来一线亮光。

老天爷保佑我，我心想，肯定是那个标枪手，该死的人头贩子回来了。可是我还是一动不动地躺着，并且决定一定要等他先跟我说话，我才开口。这时，那陌生人一手拿着蜡烛，一手拿着那个没卖掉的新西兰头，走进房来，一眼也没有朝床边瞧，就把蜡烛搁在离我老远的一个角落的地板上,着手解起我先前提到过的那个大帆布袋上纠结的绳子来。我急于看到他的面孔,可是他背着我在解开袋口的工夫,没法子看到。然而,等他解开了袋口转过身来——嗬,天哪,真可怕!这样一张脸!那是一张黑里透出紫黄色的脸,到处贴满了略带黑色的大方块。对啦,不出我所料,他是个很可怕的睡伴;他跟人家干了一仗,脸给人家划开了花,刚从外科医生那儿来,就是这个模样。但是,他碰巧把脸转过来,正对着烛光,就在那一瞬间,我看得清清楚楚,他脸上那些大方块根本不是贴的橡皮膏。那是些各式各样的色斑。开头我不懂那是怎么回事;但是,很快我就想起点儿头绪来了。我想起一个白人的故事——也是个捕鲸者——他落在吃人生番手里,被文了身。我断定,这个标枪手,在他多次远涉重洋的航行期间,肯定也碰上过类似的冒险事件。不过,那又算得了什么呢!我想,那只不过是他的外表;不管什么样的皮肤下面都可能有老老实实的正派人,可是,他那可怕的肤色又是怎么回事呢,我指的是方块刺花周围与刺花毫无关系的那部分皮肤的颜色。当然,那很可能是热带的太阳晒成的一种肤色,不过我从来没听说过炎热的太阳会把一个白人晒成紫黄色。可我又从来没有去过南海;也许那边的太阳会对皮肤产生这种特殊效果。就在我这些想法闪电般地掠过心头时,这个标枪手根本没有注意到我。他只顾忙他的,费了一番力气把袋子解开后,他就伸手进去摸,一会儿就掏出一把可以说是战斧样的东西,和一个带毛的海豹皮钱包。他把这两样东西搁在房中间的柜子上,然后拿起那个新西兰头——一件很可怕的东西——塞到袋子里。他这就摘下帽子——一顶新海獭皮帽——嗬,我差点儿又惊奇得叫出声来。他头上没有头发——有几根也不值一提——只在头顶上留下一丛,编成结,立在前额上。这时他那颗带紫色的秃头看去活像是个发霉的骷髅。要不是这个陌生人正好站在我和房门之间,我会比狼吞虎咽吃下我的晚餐还要快地冲出房间。

尽管如此,我还想从窗口溜出去什么的,可是这是二楼,窗口开在后墙上。我绝不是个胆小鬼,可我一点儿都摸不清这个卖人头的紫色家伙究竟是怎么回事。无知是恐惧之母。这个陌生人实在处处都让我惊慌失措,狼狈不堪。我承认,这时我怕得要命,就像是深更半夜魔鬼亲自闯到我房间里来了一样。总之,当时我怕得连话都不敢跟他说,不敢要他就他身上那些似乎令人不解的事物做个满意的解答。

这时,他还在接着往下脱,终于把胸脯和胳臂都露出来了。千真万确,他这部分盖在衣服下的肌肤上也像他的面孔一样布满了同样的方块;他的背上也尽是同样的黑方块;他好像参加了一场17世纪欧洲的30年战争,贴了一身橡皮膏,刚刚逃了回来。尤有甚者,连他两条腿上都尽是斑点,仿佛一群墨绿色青蛙在往小棕榈树上爬。现在已经很清楚了,他肯定是个什么可恶的野蛮人搭上了南海一艘捕鲸船,就这样来到了这个文明国家。一想到这里,我就浑身发抖。还是个人头贩子——说不定卖的就是他亲兄弟的头。他也可能看中我的头——天啊!瞧瞧那把战斧!

可是现在没有时间发抖,因为这个野蛮人这时又在着手一件完全吸引住了我的注意力的事,并且使我确信他肯定是个异教徒。他走到搭在椅子上的带兜帽的短上衣,或者是斗篷,或者是厚外套跟前,在几个口袋里摸了一阵,最后掏出了一个奇形怪状的小偶像来。那偶像背是驼的,颜色就像刚生下3天的刚果婴儿。我想起那个用防腐药物保存好的头,开头几乎以为这个黑肤色的矮人也是用同样方式保存下来的真正的婴儿。但看到它硬邦邦的,还像打磨光亮的乌木一样反光,我断定它肯定是个木偶,事实证明也确实是。因为这时这野蛮人走到空壁炉跟前,挪开了那糊了一层纸的隔火板,把这个驼背小偶像像打保龄球用的瓶形木柱一般竖起在两个柴架中间。壁炉里的烟道壁和砖全都熏得乌黑,所以我觉得这个壁炉倒是他的刚果偶像一个很合适的神龛或者小教堂。

这时,我极力眯起眼睛朝那个半隐半现的偶像望去,一边忐忑不安地瞧着随后会怎样。只见他首先从斗篷口袋里掏出一捧刨花来,小心翼翼地放在那个偶像前面；刨花上面放一小块船用饼干，然后用蜡烛火苗点着刨花，烧起一堆祭火。片刻之后，他急急忙忙伸手到火中去抓饼干，又更快地缩了回来，反复多次之后（他的手似乎因此烧伤得很厉害），终于把饼干抓到手，然后他吹了吹，让饼干凉一点儿，沾的灰也少一点儿，就毕恭毕敬地献给那个小黑人。可是，这个小魔鬼似乎一点儿也不欣赏这么干的供品，嘴唇一动不动。这个膜拜者在做出这些举动时，喉咙里还发出一种更为奇怪的声音来，似乎在用一种拙劣的歌唱方式做祈祷，或者在唱什么异教赞美诗，这时他的脸怪不自然地抽搐着。最后，他把火弄灭了，很不礼貌地拎起那个小偶像，随手又塞进了斗篷口袋，就像猎人随手带起一只死山鹬一般漫不经心。

他这些怪异的举动越发让我感到不安，加之从一些明显的迹象看，他这些正经事儿即将结束，马上就要跳到床上和我睡到一起来了，我想现在是时候了，趁着蜡烛还没有吹熄，赶紧把禁制了我这么久的魔力打破，要不就来不及了。

可又不知道说什么好，这时候真能把人急死。只见他从桌上拿起那把战斧，检查了一下斧刃那头，就把它凑到烛火跟前，嘴咬着斧柄，喷出大口大口的烟来。跟着，这个野蛮的生番就把蜡烛吹灭，咬着那把短柄战斧，跳上床来和我睡在一起。我大叫起来，这时我再也憋不住了；他吃了一惊，陡地发出一阵哼哼声，随即伸手来摸我。

我结结巴巴地不知说了些什么，一边直躲他，滚到了墙边，然后又求他，这时也顾不上他是什么来路了，求他安静下来，让我起来，重新把亮儿点着。但是，他喉咙里咕噜作声的回答使我马上明白他根本没听懂我的意思。

"你的究竟是谁？"——他终于说——"你的不说，他妈的我宰了你。"他一边说，一边在黑暗中把又可作烟斗用的点着了的战斧在我周围挥舞起来。

"老板，快来呀，彼得·咖芬！"我大声叫嚷，"老板！值班的！咖芬！天使们呀！救救我！"

"说！你的告诉我你的是谁，要不，他妈的我宰了你！"那个生番又吼道，其时，那个烟斗斧在一轮吓人的挥舞之下，炽热的烟灰在我周围洒落，弄得我以为我的衬衫都会烧着了。好在谢天谢地，老板擎着亮儿进来了。我一跃下床，朝他跑过去。

"好啦，好啦，别怕，"他又咧着嘴笑，"我们的魁魁格不会伤你一根毫毛。"

"别跟我嬉皮笑脸的，"我喝道，"为什么你不早告诉我这个该死的标枪手是个吃人生番？"

"我还以为你知道；——我不是跟你说了他在城里到处卖人头吗？——不过，还是起锚上床去睡吧。魁魁格，听着——你懂我，我懂你——这个人你的一起睡——你的懂？"

"我懂的很。"——魁魁格咕哝道，一边抽开了烟斗，一边在床上坐起来。

"你的上来！"他又说，边拿他那烟斗斧示意，边把衣服扔到一边。他这么做时，真的不仅很有礼貌，还透着和蔼可亲。我站着不动，瞧了瞧他。尽管他满身刺花，总的来说，他还是个干干净净、五官端正的生番。我这么大惊小怪干什么，我心想——这个人跟我一样，也是人，我怕他，他不也同样有理由怕我吗？与其跟一个醉醺醺的基督徒睡，还不如跟一个清醒的生番睡哩。

"老板，"我说道，"叫他收起他那把战斧，或者烟斗，或者随便你怎么叫的那玩意儿吧；总之叫他别抽了就是，那我就答应上床跟他一起睡了。我可不喜欢身边有个人躺着抽烟。那很危险。再说，我又没有保火险。"

老板照样跟魁魁格说过后，他马上就同意了，并且又很客气地打手势招呼我上床去——他自己尽量让到一边去，等于是说——我连你的腿都不会碰一下。

"晚安，老板，"我说道，"你好走了。"

我上了床，有生以来还没有睡得这么香过。

第四章　被单

第二天天亮时，一醒来就发现魁魁格的胳膊非常亲昵地搁在我身上，几乎让人以为我就是他的妻子。被单是零星碎布头拼拢来的，尽是五颜六色的小方块和三角形块；而他这只刺了花的胳臂则布满了绵绵无尽的克里特迷宫似的图案，色彩的明暗深浅无一处雷同——我想，这是在海上胳臂不时暴露在阳光下，衬衫袖子不时随意卷起来所致——他这条胳臂，嘿，看去简直就是这床百衲被单的缩影。确实，我刚醒来时，看到这条胳臂大部分摊在被单上，二者的色彩融合无间，很难分清哪是胳臂，哪是被单；只因为感觉到身上有股重量和压力，我才知道魁魁格在抱着我。

当时我的感受很奇特。且让我慢慢道来。记得我小时候也碰到过颇为类似的情况；那究竟是确有其事还是一个梦，我至今不能百分之百地断定。那情况是这样的：当时我正在玩什么玩得很起劲儿——我想是钻烟囱吧，因为几天前我看到一个打扫烟囱的小孩这么做过；而那时我的继母，不晓得为什么，老打我，或者不让我吃晚饭就叫我去睡觉——我继母就抓住我双腿把我拖出了烟囱，并立即打发我去睡觉，尽管那时才下午2点，那天是6月21日，是我们那个地区一年中最长的白昼。我很难过。可是，毫无办法，我只好爬上3楼，到我的小房间里去，尽可能慢地脱衣服，以消磨时间，末了一声长叹，便钻进了被子。

我躺在床上，闷闷不乐地想着非得整整16个小时之后才能起来。

在床上躺16个小时！想到这一点，我腰背就痛了。而且这时候还很亮；太阳打窗口照进来，街上是轰隆隆的马车声，屋子里到处是欢声笑语。我越来越躺不下去——终于爬起来，穿上衣服，脚上只穿着袜子，悄悄走下楼来，找着继母，一下跪到她跟前，恳求她格外开恩，为我的过错，用拖鞋狠狠揍我一顿；任何处罚都行，就是别罚我难耐难熬地在床上躺这么长时间。但她不愧是世界上最慈爱、最有责任心的继母，我只好又回到我的小房间里去。我眼睁睁地躺了好几个钟头，当时的心情比以后任何时候，甚至比以后遭遇到最大的不幸时还要坏得多。后来我准是打瞌睡做起噩梦来了；等我慢慢地慢慢地从瞌睡中醒来——仍半沉浸在梦境里——我睁开眼睛，原先阳光灿烂的房间现在裹在无边的黑暗中了。登时我感到浑身一震；什么也看不见，什么也听不到；只感觉到仿佛有一只异乎寻常的手搁在我的手上。我的胳臂搭在被单上，那只异乎寻常的手的主人，一个无以名之难以想象默不作声的人影或者幽灵似乎紧挨我的床边坐着。我躺在那里，仿佛躺了若干万年似的，吓僵了，不敢把手抽出来；然而我始终在想着，要是我的手稍稍动一下，那可怕的魔法就会破了。我不知道这种感觉最后是怎样悄悄离开我的；但等我第二天早上醒来，我浑身战栗地记起了这一切，以后多少天，多少个星期，多少个月，我一直在白费力气地穷思冥想！想弄清这个神秘事件。而且，一直到此时此刻，我还经常就这一幻觉苦思苦想。

  如今，撇开那种极大的恐惧不论，当时那只异乎寻常的手搁在我手上的感受，就其奇异性而言，跟我一觉醒来看到魁魁格那只异教徒的手紧抱着我时的感受非常相似。但昨晚上发生的一切，我终于一件件都清清楚楚很清醒地回忆起来了，我这才注意到自己所处的可笑的窘境。因为虽然我试图挪开他的胳膊——解开他那新郎似的搂抱——然而，尽管他睡着了，仍然紧紧地抱着我，仿佛除了死神，没有任何东西能把我们这一对分开。这时我只想喊醒他——"魁魁格！"——可是他唯一的回答就是一串鼾声。于是，我翻了个身，觉得脖子像是套在马颈圈里似的；突然又觉得有点儿轻微的擦伤。我把被单掀开，那把烟斗斧赫然躺在这个野蛮人身边，像个尖嘴猴腮的婴儿一般。这处境还真够瞧的，我心想；大白天跟个吃人生番和一把烟斗斧躺在一间陌生屋子里的床上！"魁魁格！——你做做好事，魁魁格，醒醒吧！"最后，由于我一通使劲儿的挣扎，又反复地大声跟他说，这样成亲似的紧抱着一个同性很不像样，才总算让他发出了一阵咕哝声；随即他就把胳臂抽了回去，浑身一抖动，像是刚从水里上来的纽芬兰狗一般，然后像支枪杆般僵直地坐了起来，瞧着我，边擦着眼睛，好像完全想不起来我怎么会到这里来了，不过他似乎在慢慢清醒过来，隐隐约约地记起我来了。这时，我静静地躺着盯着他，已经不太担心害怕了，反倒专心致志地细细打量起这个极为古怪的家伙来。这时，他似乎终于认可了我的睡伴身份，好像接受了这一事实；于是，他跳下床来，边说边比画，意思是：对不起，他先穿衣服，然后离开，把整个房间留给我，我再起床穿衣服。我心想，魁魁格呀，在这种情况下，这真是个非常文明的提议；不过，事实是，这些野蛮人天生就有一种为他人着想的意识，不管你怎么说；他们天生很有礼貌，这一点很令人惊奇。魁魁格在这方面特别值得我称道，因为他待我非常有礼貌，非常体贴，而我对他却粗鲁之至，真是于心有愧；我在床上盯着他，观察他穿着打扮的每一个动作，这时我完全让好奇心主宰了自己，竟弃自己的教养于不顾了。尽管如此，像魁魁格这样的人不是每天都见得到的，他和他的举止很值得格外关注。

他的穿着打扮是从头上开始，先戴上他那顶獭皮帽，顺便说一句，一顶很高的帽子，然后——仍然没有穿裤子——四处找他的靴子。可他下一个动作竟是趴在地上——手里拎着靴子，头上戴着帽子——钻到床下面去了；究竟他为什么要这样干，我说不上来；接着便是一阵杂乱的剧烈喘气声和使劲儿声，我估计他是在使劲套靴子；虽然我从没听到过有哪条礼仪规则规定，穿靴子时不得让人瞧见。可是,你明白吗?魁魁格是一种处于过渡期的生物——既不是毛虫,也不是蝴蝶。他的文明程度还只刚刚进化到以最奇特的方式来显示其蛮夷风尚的地步。他受的教育还没有完成,还是个肄业生。要说他没有稍稍文明化一点儿,他很可能根本不会为穿靴子的事这么自找麻烦;可是话又说回来,要说他已经不是个野蛮人了,那他也绝不会想到爬到床底下去穿靴子。最后,他爬了出来,帽子弄瘪了,皱巴巴地压在眼睛上,开始在房间里吱嘎作响一步一跛地走动,好像不大习惯穿靴子似的,偏偏他那双又潮又皱的牛皮靴子——很可能又不是定做的——在这严寒的早晨,一举步很有点儿夹脚,让他很难受。

这时,我看到窗子上没有窗帘,街道又很窄,从对面的房屋可以把这房间里的一切看得清清楚楚,加之又看饱了魁魁格那很不雅观的姿态,他只戴顶帽子,穿双靴子,身上几乎一丝不挂地在室内快步走动;我极力求他快一点儿穿着打扮什么的,特别是赶紧把裤子穿上。他答应了,就着手盥洗。在清晨这时候,一个文明人是会洗脸的;可让我大为惊异的是,魁魁格只洗了洗胸脯、胳臂和双手就算完事。然后他穿上背心,又从作洗脸架用的桌子上拿起一块硬肥皂浸在水里,就开始往脸上涂肥皂沫。我正在瞧他把刮脸刀藏在哪里,哎哟,他竟从床头抄起了那支标枪,卸掉长长的木杆,去掉枪鞘,在靴子上来回荡了两下,大步走到贴在墙上的那面破镜子跟前,使劲儿地刮起,或者还不如说戳起脸来了。我心想,魁魁格呀,你这真是高度利用罗杰斯最好的带刃工具啦。不过,后来等我得知标枪头是用最好的钢打就的,并且那长长的笔直的枪刃又总是磨得格外锋利时,对他这种举动便不以为奇了。

他穿着打扮剩下的部分很快就完成了,于是,他裹在宽大的水手短上衣里,心满意足地拿起标枪,像一个元帅拿起权杖一般,昂首阔步走出了房间。

第五章　早餐

　　我很快盥洗完毕，下楼来到酒吧间里，愉快地和咧着嘴大笑的店老板打招呼。我对他并没有什么恶感，虽然他在我的睡伴问题上跟我开了不少玩笑。

　　不管怎样，开怀大笑总是一件大好事，可惜的是，这样的大好事太难得了一点儿。所以，如果有谁自身成了人家捧腹大笑的笑料，他大可不必打退堂鼓，不妨愉快地越发装疯卖傻，让人家笑个够。而那个身上有什么东西让人家捧腹大笑的人，可以肯定，他多半要比你想象的深沉得多。

　　酒吧间里这时挤满了住客，他们都是昨天晚上来投宿的，我还没有来得及好好看一看。他们差不多都是捕鲸者，大副啦，二副啦，三副啦，船上的木匠啦、桶匠啦、铁匠啦，标枪手啦，看船的啦；满脸络腮胡子、棕色皮肤、肌肉结实的一群；头发蓬乱、许久未剪、全都穿着水手短上衣作晨服的一伙。

　　你一眼就看得出来他们每人上岸多长时间了。这个小伙子健康的双颊晒得像太阳烤熟了的梨子一般，闻起来还带点儿麝香味，他肯定从印度洋航行归来上岸还不到3天。坐在他旁边的那个人，面色稍稍浅一点儿，可以说有点儿椴木味道。第三个人的脸上仍然留着热带的黄褐色，不过稍稍有点儿发白，他肯定已经在岸上待了几个星期。可是，像魁魁格的脸，有谁说得准？那张脸，画上了各种颜色的线条，有点儿像安第斯山脉的西坡，齐整地显示出一条又一条对比鲜明的气候带。

"开餐啦,嗬!"这时老板一边喊道,一边猛地把门推开,我们就都进去吃早饭。

人们常说,凡是见过世面的人,举止都会从容不迫,与人相处都会沉着冷静。其实,也不尽然,新英格兰的大旅行家莱迪亚德和苏格兰的大旅行家芒戈·帕克,这两位,在客厅里比谁都缺乏自信。但是,像莱迪亚德那样,仅仅只坐狗拉雪橇横过西伯利亚,或者像可怜的芒戈那样,全部的经历只是饿着肚子在非洲当地人的腹地里漫长而孤独地漫游了一番——这种旅行,我看,可能不是获得良好的社会教养的最佳方式。再说,大体而言,这种事情是到处都可以碰到的。

这些感想是我们在饭桌边坐下后我正准备听一些有趣的捕鲸故事时引发的;使我大为惊奇的是,他们几乎全都默不作声。不仅默不作声,一个个看去好像还都局促不安的样子。不错,坐在这儿的是一伙老练的水手,其中许多人曾经毫不怯场地在波涛汹涌的大海上逼近大鲸——还是头一次和大鲸打交道——眼都不眨地把它们斗死;然而,这会儿他们一起坐在桌边共进早餐时——职业相同,经历相似——却你看看我,我看看你,驯顺得像是青山州里一群从未远离过羊圈的绵羊一般。真是奇观;这些腼腆的熊,这些羞怯的捕鲸勇士!

但是,说到魁魁格——嘿,他坐在他们当中——碰巧还是坐的首席,冷静得像冰柱一般。确实,他的教养我无法恭维。他带着标枪来进早餐,毫无顾忌地使用它,在桌子上伸过去把牛排戳过来,使许多脑袋当场就有头破血流的危险;这种臭搞法连最钦佩他的人都没法诚心诚意地为他辩护。可是这件事他却的确做得非常之冷静,而谁都知道,在绝大多数人看来,任何事情只要做得冷静,便是做得有教养。

我不准备谈及魁魁格所有的怪癖;为何不沾咖啡和热肉卷啦,如何专心致志于半生半熟的牛排啦。够了,早餐吃完,他也和其他人一样,起身来到堂屋里,点起他那只战斧烟斗,坐在那里安安静静地消化,一边抽着烟,头上还是那顶须臾不离的帽子,我却出去转悠去了。

第六章　街道

如果说，我头一眼看到像魁魁格这样一个化外之民在一个文明城市的上流社会中随意走动而不胜惊奇的话，那么，这种惊奇感在我首次大白天里漫步在新贝德福的街道上时就迅速离我而去了。

在任何一个不大不小的海港靠近码头的通衢大街上，总可以看到来自世界各地难以名状的稀奇古怪的人物。即使是在百老汇和费城的栗树街，有时也会有地中海的水手挤到吓坏了的太太们身边去，伦敦的摄政王大街对东印度水手和马来人来说也并不陌生；在孟买的阿波罗公园，精力旺盛的美国佬经常吓着了当地人。但是，新贝德福远远压倒了利物浦的水街和伦敦的瓦坪。在水街和瓦坪，经常看到的只不过是水手；可是在新贝德福，你会看到真正的吃人生番，十足的野蛮人，站在街角上聊天；其中有许多还是赤身裸体一丝不挂的。初来此地的人看了真会目瞪口呆。

不过，除了斐济人、东加托波亚尔人、埃罗曼哥亚人、邦南及亚人、柏莱及亚人，以及那些从事捕鲸业的在街上司空见惯地摇摇晃晃的地道的野蛮人以外，你还会在新贝德福街头看到别的更为奇怪，肯定更为可笑的景象。每个星期，都会有许多佛蒙特州和新罕布什尔州的愣头青来到这个城市里，急于在捕鲸业中大捞一把，且显姓扬名。他们绝大部分都很年轻，体格健壮；是些砍伐过森林现在想扔下斧头拿起捕鲸枪的家伙。其中有许多就像是他们所来自的青山州[①]一样土里

[①] 青山州：位于美国东北角的佛蒙特州的别名。

土气。在有些事情上,你会以为他们就像是刚生下来的婴儿。你瞧!那个神气十足地拐过街角来的家伙。他头戴獭皮帽,身穿燕尾服,腰束水手带,还别了一把带鞘的刀。这边又过来一个头戴防水帽身披黑色毛皮大氅的家伙。

城里的阔大少没有一个比得上乡下的阔大少——我说的是那种地地道道的乡巴佬阔大少——这号人物,在三伏天去割他那二亩地的草,生怕晒黑他那双手,会戴上鹿皮手套。如今,当这么一位乡巴佬阔大少突然心血来潮,跑来从事伟大的捕鲸业,他一来到这个海港,你就等着瞧他的笑话吧。就拿他那身海上装备来说,他要人家在他的背心上钉上按扣,帆布裤子上缝上吊带。唉,可怜的乡巴佬!等暴风雨把你连人带按扣、吊带,一切的一切一口咬住时,你那些吊带在头一阵呼啸而过的狂风中便会通通绷断。

可是,别以为这个著名的城市里只有标枪手、吃人生番和乡巴佬供旅游者欣赏。完全不是这样。新贝德福还是个很奇妙的地方。要不是因为有了我们这些捕鲸者,这片土地也许至今仍然会像拉布拉多海岸一样荒僻。即使这样,它的部分边远地区仍足以吓人一跳,它们太贫瘠了。只有这城市本身也许是整个新英格兰最宜于居住的地方。这是个充满了油的地方,一点儿也不假;不过不像迦南乐土那样,那还是个遍地玉米和美酒的地方。这儿的街道上并没有牛奶在奔流,春天里也不是满街铺满鲜蛋。然而,尽管是这样,新贝德福所拥有的贵族化的宅邸,华丽的公园和花园,在整个美洲没有哪个地方比得上。它们都是从哪里来的?怎么会生根在这片一度是贫瘠的火山岩渣般的土地上?

你去瞧瞧那边那座高大的府第周围象征性的铁标枪,你的问题就找到答案了。不错,所有这些富丽堂皇的住宅和花团锦簇的庭园都来自大西洋、太平洋和印度洋。它们全都是用标枪戳中,从海底一直拖到这里来的。请问,魔术家亚历山大先生有这样的本事吗?

据说,在新贝德福,做父亲的拿大鲸给女儿作嫁妆,侄女们则每人打发几条海豚。你应该到新贝德福去看看婚礼的盛况。因为,据说,他们家家都有油库,鲸脑油烛夜夜满不在乎地点个通宵。

到了夏天,这城市更是迷人;到处是挺拔的枫树——一条条翠绿金黄长长的林荫道。8月里,美丽的七叶树枝繁叶茂,枝形烛架一般,呈尖细直立的圆锥状,矗立空中,向过路人献出一树繁花。人的创造力真是无所不能;在新贝德福许多街区,主在造物的最后一天扔在一旁的那些贫瘠无用的岩石,人的创造力却给它们一一铺上了艳丽夺目的花坛。

而新贝德福的女人,她们就像她们自己花园里盛开的玫瑰。可是玫瑰花只在夏季才开;而她们脸上娇嫩的粉红色,却像七重天的阳光,一年四季都灿烂辉煌。别处都看不到她们这样花一般的容貌,除非到塞勒姆去。据说那儿的年轻姑娘吐气如兰,她们的水手情哥离岸老远就能闻到那股麝香气息,仿佛他们是驶近香气四溢的摩鹿加群岛,而不是清教徒似的沙漠。

第七章　小教堂

　　这个新贝德福还有个捕鲸者的小教堂,即将出发去印度洋或太平洋的心事重重的捕鲸者很少有不到那里去做礼拜的。我当然不能当面错过。

　　上午首次到街上转悠了一气回来之后,我又专为完成这项使命出去了。这时天气已经由冷的艳阳天变成风猛雪劲的蒙蒙雨雪纷飞天。我紧裹在一种用熊皮料子做的毛茸茸的短上衣里,顶着顽强的暴风雪夺路前进。一进教堂,便看到一小群零零散散的水手、水手的妻子和寡妇。四下里是一片令人感到压抑的寂静,只偶尔为暴风雪的呼啸声所打破。每一个默默无言的礼拜者似乎有意不和别人坐在一起,仿佛各人默默的忧伤都是孤立的,无法沟通的。牧师还没有来,这些零零散散如孤岛般的男女默不作声地坐着,目不转睛盯着几块大理石石碑,那碑镶着黑边,嵌在讲坛两边的墙上。其中3块上面有如下的字样,不过我不敢说记得一字不差:

纪　念

约翰·塔尔伯特

　　1836年11月1日,于巴塔哥尼亚海面寂寥岛附近落海身亡,时年18岁。

　　特立此碑作为纪念

他的姐姐纪念

> 纪　念
>
> 罗伯特·朗，威利斯·埃勒里
>
> 内森·科勒门，沃尔特·坎尼
>
> 塞斯·梅西，塞缪尔·格莱格
>
> "伊莱扎"号所属一小艇上之全体船员
> 1839年12月31日于太平洋滨海渔场为一大鲸连艇拽去失踪。
> 　　特立此碑作为纪念
>
> 　　　　　　　　　　　　　　他们幸免于难的船友

> 纪　念
>
> 故伊齐基尔·哈代船长
> 1833年8月3日于日本沿海在其小艇艇首为一抹香鲸所害。
> 　　特立此碑作为纪念
>
> 　　　　　　　　　　　　　　他的未亡人

　　我抖掉我那上了一层冰釉的帽子和短上衣上的雨雪，靠门边坐了下来。令我大为吃惊的是，我一侧过脸来，竟发现魁魁格在我旁边。他为现场的肃穆气氛所感染，专注地瞧着这一切，脸上充满好奇、不肯轻易相信、想一探究竟的神情。这个野蛮人似乎是在场的人中唯一注意到我进来的人；因为只有他不识字，因此他没有去看墙上那些冷冰冰的碑文。在这些来做礼拜的人当中，是不是有名字刻在石碑上的水手的亲属在内，这我可不知道；可是，捕鲸业中的意外事件未经记载在案的不可胜数，从在场的几个妇女的神情上可以明显地看出，即使一种遗恨终生的忧伤没有挂在脸上，我敢肯定，在我面前聚集在这里的这些妇女，一看到那些阴冷的石碑，一定又触动了她们未愈合的心伤，旧创又在重新流血。

啊！你们那些有亲人长眠在青草下的人；你们可以站在花丛中指指点点说——这儿，这儿，躺着我的亲人；你们不能理解郁结在这些妇女心头的悲伤。那些镶黑边的大理石墓碑下没有骨灰，那是何等悲惨的空空荡荡！那些如实报道的碑文令人多么绝望！那些字句似乎在啮蚀所有对主的信仰，使葬身鱼腹连坟墓都没有的死者永远不能复活，它们给人的是多么致命的空虚感和自发的对主的背叛啊！这些石碑立在这里还不如立在象岛①石窟里。

死者是列在哪种人口普查簿里，为什么俗话说"死人口最严"，虽然他们知道的秘密比古德温沙洲②还多！这是怎么回事，人刚一启程去另一个世界，我们就在他的名字前面给加上一个意义深长的非基督教的词儿，然而如果他是乘船去这个世界极其遥远的东印度群岛，我们却并不这样称呼他；为什么人寿保险公司为永远活在记忆中的人付给死亡赔偿金；整整60个世纪前就已死去的古代亚当却得了什么永恒的不能动弹的瘫痪症，在苟延残喘死沉沉地昏睡哩；对于那些我们既然确信已经居住在难以形容的极乐世界中的人，怎么百般慰藉，我们仍然不能缓解心头的悲伤呢；为什么生者极力要使死者沉默，因而只要风闻坟墓中略有响动便会全城惊惶。这一切都并不是没有含意的。

可是，信仰就像豺狼，是靠在坟墓间觅食为生的，它甚至把全部希望都寄托在这些死者的疑惧上。

我在启程赴南塔开特的前夕，在那个阴沉压抑的日子里，在暗淡的光线下，看那些大理石碑，读那些先我而去的捕鲸者的命运，心头是什么滋味，那是用不着说的了。是呀，以实玛利，同样的命运可能也会降临到你身上。但是，不知怎的，我的情绪竟又高涨起来了。使我快活的诱因似乎是就要上船了，提升的大好时机在望了——是呀，

---

① 象岛：孟买湾的一个小岛，以石窟庙宇闻名于世，窟壁上刻的是印度教的神像。
② 古德温沙洲：位于英国肯特郡东海岸外，变化不定，船只在此极易出事。

破艇一只将使我遐迩闻名,永垂不朽。是的,捕鲸这个行业总是要死人的——一眨眼工夫,一个人便乱哄哄地被推入了永恒。不过,那又怎样呢?我认为我们对生死问题的理解大错而特错。我认为人们此时此地称之为我的影子的正是我真正的本体。我认为,在看待精神方面的事物上,我们实在太像在水中观察太阳的牡蛎,把浑浊的水当成了稀薄的空气。我认为我的躯壳只不过是我真正的本体之残渣。谁要我的躯壳,尽管拿去好了,实际上,那不是我。所以,还是为南塔开特之行山呼万岁吧;船破也好,身亡也好,我都不在意,因为我的灵魂,就是朱庇特亲自动手,也不能损其分毫。

第八章　讲坛

我坐下没有多久,便进来了一个上了年纪身子还挺结实的人;那扇暴风雨猛烈撞击的门在他进来后又马上砰的一声弹回去,会众全都欻的一下掉过头来尊敬地瞧着他,这足以证明这个健壮的老人就是牧师了。不错,他就是著名的梅普尔神甫,捕鲸者都这样称呼他,在捕鲸者中间,他是位深受爱戴的人。他年轻时曾做过水手和标枪手,不过已经献身圣职多年了。我见到他时,他已经跨入历尽沧桑的冬天,但身体健康,老当益壮;他那种样子的高龄似乎正焕发出二度青春,因为他所有的皱褶纹路中都透出某种类似鲜花乍开的柔和光辉——春天的翠绿甚至在严冬二月积雪的覆盖下探出了头。事先没有听说过这位梅普尔神甫的人,头一次见到他,没有不感到极大的兴趣的,因为他表现出的一般牧师身上所没有的某些特点都可以和他过去出生入死的海上生活经历挂上钩。他进来时,我注意到他没有带伞,也肯定不是乘自己的马车来的,因为他的雨帽还在流淌着融化了的雪水,他那件海员蓝色的粗呢大衣吃足了水,重得好像要把他拖到地板上去。然而,他把帽子、大衣和套鞋一一脱下,挂在邻近一个角落里的一个小空当里,穿得整整齐齐,默默地走到讲坛边。

这个讲坛很高,跟大多数旧式讲坛一样,由于采用正规的梯子来登上这样一个高度,势必与地板形成很长的坡度,从而大大缩小这个小教堂本就很小的面积。于是,那个建筑师似乎是在梅普尔神甫的授意下,不采用正规的梯子,而代之以一个垂直的侧梯,就像海上用来从小艇攀登上大船的那种梯子一样。一位捕鲸船船长的妻子给小教堂送来了一副为这梯子作扶手用的红绒线织的漂亮的舷梯索，加上梯子自身做得很好看，又全部染成了赤褐色，考虑到这是个什么样式的小教堂，整个装置看上去非常协调。梅普尔神甫先在梯脚下停了停，双手握住舷梯索上作装饰用的绳疙瘩，朝上望了望，然后用一种真正水手式的却又不失牧师身份的灵巧，手倒手地攀登梯级，仿佛在登上他的船只的大桅楼一般。

这侧梯的垂直部分，跟通常那种摇荡的舷侧梯一样，是用绳索裹上布做成的，只有梯级是用的木头，所以在每一级都有个接头。我头一眼看到这个讲坛时，就看出这些接头尽管用在船上很方便，用在这里却似乎是多余的。因为我没有料到，梅普尔神甫在登上讲坛后，竟慢慢转过身来，俯身讲坛外，慢条斯理一级一级地把这侧梯拉上去，一直把整个侧梯收上去放在讲坛里为止，剩下他一个人待在他那固若金汤的小小"魁北克"中。

我思考过一阵子，却始终未能充分理解他这样做的用意。梅普尔神甫在真诚和圣洁上素享盛誉，我不可能怀疑他只不过是靠玩弄阴谋诡计来谋取名气。不，我心想，他之所以这样做肯定是出自某种严肃认真的考虑；而且，这肯定是象征什么非肉眼所能窥见的东西。那么，难道他是想用这种肉体上和人们隔离开来的举动来表示他精神上也暂时割断了和外在世界的一切联系？是的，因为这个传达主的旨意让世人心中重新充满欢乐的讲坛，对于上帝的这个忠诚的仆人来说，我想，不外乎一个万物俱备的堡垒——一个险峻的艾伦勃莱茨坦要塞，铜墙铁壁之中还有一口永不枯竭的水井。

但是，这侧梯还不是这个地方唯一的借自这位牧师以往的海上生活的奇特之处。在讲坛后面两边的大理石纪念碑之间的墙上挂着一幅大油画：一艘船正顶着罕见的狂风暴雨奋勇前进，想摆脱下风岸的巉岩峭壁和滔天白浪。但是，在雨沫横飞和乌云翻滚之上，却涌现一片小岛似的阳光，托出一张天使的脸；这张光辉的脸发出一束光，远远地落在颠簸不已的船的甲板上,有点儿像现在镶在"胜利"号甲板上纳尔逊中弹倒下处以作纪念的那块银牌。"啊,大无畏的船,"那位天使似乎在说,"冲呀,冲呀,你这大无畏的船,勇敢地把住舵;你瞧!太阳正在突围;乌云在散开——湛蓝的晴空就在眼前。"

除了这道侧梯和这幅油画带有浓厚的海上情调外,讲坛本身也不是没有一丝这样的味道。讲坛正面嵌的那块木板就像是又陡又阔的船头,而搁《圣经》的那块突出的涡卷形木板则是仿照船头那提琴头似的铁喙式样。

还有什么能比这更富有含意吗?——因为讲坛历来处于人间的最前列;其余的一切都跟在后面;讲坛领导着整个世界。上帝那惩罚的暴风雨就是首先从那里被远远看到的。而相当于船头的讲坛必须经得起最先的冲击。上帝的风,不论好坏,也是首先在这里被祈求转为顺风。不错,这世界就是一艘扬帆远航的船,而没有哪次航行是没有风险的;讲坛就是它的船头。

第九章 讲道

梅普尔神甫直起身来，用一种平等的柔和声调吩咐分散的人群聚拢来。"右舷通道的，喂！向左舷靠——左舷通道的，向右舷靠！往船身中部靠拢！往船身中部靠拢！"

长凳之间响起了一阵笨重的水手靴低沉的嘈杂声和轻得多的女鞋的滑动声，然后一切重归于寂静，所有的眼睛都转向了传道者。

他稍停了停，然后跪在讲坛前头，一双棕色的大手交叉在胸前，闭目仰首，极其虔诚地做起祷告来，像是跪在海底做祷告一般。

做完祷告后，他就拖着庄严的长音，就像是大雾中海上一艘正在沉没的船所发出的连续不断的钟声一般——他用这种声调朗读起如下的圣诗；但朗读到最后一节时，他却态度一变，洪亮的充满欢乐的声调冲口而出——

> 大鲸的肋骨和恐怖，
> 　陷我于无边的黑暗，
> 神光普照的波涛滚过，
> 　托着我向毁灭沉没。
>
> 我看到地狱的血盆大口，
> 　里面是无尽的痛苦悲伤；
> 唯身历者始知道——

啊，我正坠向绝望之渊。
黑暗中，几乎失去信心，
　　我高声叫喊主，
他俯耳倾听我的申诉——
　　大鲸不再将我囚禁。
宛如乘坐灿烂的海豚星，
　　他迅速飞来拯救；
我看到救主的脸庞，
　　一如闪电，庄严，夺目。

我的歌将永远记载
　　那可怕，那快乐的时刻；
荣耀归于主，
　　归于万能、仁慈的主。

　　差不多所有的人都一起唱起了这首圣诗，歌声越来越大，盖过了暴风雪的呼啸声。稍稍停顿一下之后，这位传道者慢慢翻着《圣经》，最后，按住要讲的那一页，说："亲爱的船友们，盯牢《约拿书》第一章的最后一节——'耶和华安排一条大鱼吞了约拿'。"
　　"船友们，这卷书，总共只有四章——四股纱——是这本缆索似的圣书里最小的组成部分之一。然而约拿的海底申诉是发自何等的灵魂深处啊！这个预言对我们是意义多么深远的教训！鱼腹里的颂歌又是多么高尚！多么像汹涌澎湃的巨浪！我们感觉到大水在我们头顶上翻腾。我们和他一道落到了海底，四周是海草和烂泥。可是《约拿书》里的这一教训要告诉我们的是什么呢？船友们，这是一个双股头的教训：一股是针对我们这些有罪的人大家的，一股则是针对上帝的这个舵工我个人的。我们都是有罪的人，这个教训是就我们全体而言的，因为它讲的是约拿犯罪、冷漠、猛然醒悟到恐惧、迅速受到惩罚、悔恨、祷告、最后得救及大喜的故事。跟众人中所有的罪人一样，亚米太的这个儿子所犯的罪就是任性地违抗主的命令——我们现在别管那个命令是什么，也别管是怎样传达给他的——他认为那是一个难以执行的命令。但是，主要我们去做的一切事情都是难以做到的——要记住这一点——所以，他总是命令我们，而不是极力劝告我们。而我们如果遵循主的旨意行事，我们就必须违背自己的意愿；而要违背自己的意愿这一点，正是执行主的旨意之所以感到困难的全部症结所在。"

"约拿不仅犯下了违抗命令罪，还因为想躲开主而进一步犯了藐视罪。约拿以为人类造的船会把他送到主统治不到而只归人间的船长们统治的国度里去。他在约帕的一些码头躲躲藏藏，想找一艘去他施的船。这里也许隐藏着一个至今尚未被人发现的含意。根据普遍的说法，他施很可能就是现代的加的斯城。有学问的人都这么认为。那么，请问船友们，加的斯城又在哪里呢？是在西班牙。是古代约拿从约帕出发，走水路所能到达的最远的地方，那时大西洋还几乎不为人所知。因为约帕就是现代的扎发，船友们，它位于地中海最靠东的海边，在叙利亚那里，而他施，或加的斯，则在约帕以西两千多英里，正好出了直布罗陀海峡。那么，船友们，你们是不是看出来了，原来约拿是想远走高飞来躲避主。这个可怜虫。啊！最可鄙、最可笑了；帽子拉到眉毛，眼睛不敢瞧人，躲躲藏藏回避主；在码头上鬼头鬼脑地转悠，一艘船一艘船地打听，像个可耻的小偷，急于漂洋过海。他衣冠不整，慌慌张张，要是那时有警察，只要怀疑有点儿什么地方不对头，只怕脚还没踏上甲板就给抓起来了。他明摆着是个逃犯！没有行李，没有帽盒，没有提包，没有旅行袋，——没有朋友陪他到码头来给他送行。最后，经过多方躲躲闪闪地打听，总算发现一艘开往他施的船在装最后一批货，于是他上了船，准备进舱去见船长。这时，所有的水手注意到这个陌生人贼眉鼠眼的样子，都停下来不装货了。约拿看出苗头不对，可是他再怎么装得从容镇静也没用，再怎么堆起满脸可怜的笑容也白搭。那些水手根据直觉，觉得这个人绝不是个好人。他们半真半假相互说起了悄悄话：'杰克，这个人抢了寡妇的钱'；'乔，你注意到没有，这是个犯重婚罪的'；'小哈，我看他不是蛾摩拉古城越狱在逃的奸夫，就准是所多玛城漏网的杀人犯'。还有个水手跑到靠船的码头上去看贴在柱子上的告示。告示上写着，悬赏500金币通缉一名杀父犯。告示上还附有该犯的图像。那水手边看告示，边将约拿和那告示上的图像做比较，而所有有同感的水手则围住了约拿，准备下手抓他了。约拿吓得直哆嗦，脸上装得若无其事，却更显得胆怯心虚。他矢口否认是怀疑对象，但越否认，就越引起怀疑。他索性装疯卖傻；后来水手们弄清他不是被通缉的那个人，就散开了，他就向舱里走去。"

"'谁呀？'在写字台边忙着的船长嚷道，他正匆匆填写报关表格——'谁呀？'这么普普通通的一声招呼竟把他吓破了胆！他当时又想转身就逃。可是，他还是挺住了。'我想搭这艘船去他施，请问是不是快开船了，先生？'船长明知来人就在面前，但一直没有抬头，在忙个不停；这时一听到对方说话过分地谨慎小心，马上抬起头来警觉地打量他。'一涨潮就开。'好大一会儿，船长才慢慢回答，一边还是全神贯注地瞧着他。'不能再早一点儿吗，先生？'——'对出门办正经事的旅客不能再早了。'哈，约拿，这又是背后一刀。船长已经闻出了点儿什么气味，不过约拿赶紧把他引开了。'我就搭这条船，'他说，'船钱是多少？——我现在就给。'而确实在开船之前，他就给了船钱，上了船，因为这事特意记载在《约拿书》中，船友们，好像是告诉我们这并非闲笔，不要轻易放过。一联系上下文，这一笔也确实意义深长。"

"你们看，船友们，这个船长很有眼力，罪犯只要露出点儿马脚，他就能觉察出来，可是他的贪婪却暴露出他的眼力不过是一文不值。在这个世界上，船友们，罪犯只要留下买路钱，就可以到处通行无阻，连护照都不要；而正派人，要是一文莫名，那就任何地方都进不去。所以这个船长在表态之前就准备先掂掂约拿钱袋的分量。他要了3倍的船钱，而约拿也同意了。这一来，船长就知道了约拿肯定是个逃犯；但同时他又决定只要这个逃犯舍得花钱铺路，那就睁一只眼闭一只眼算了。然而等约拿讨好地掏出钱袋来时，十分警觉的船长仍不敢有丝毫大意。他敲敲每一个金币，听真假。'没有假币，管它的呢。'他咕哝了一声。于是约拿就作为乘客给登记上了。'请指点一下我的卧舱位置，先生。'约拿说，'我一路上很累，需要睡一觉。''你的样子是很累了。'船长说，'就在那儿。'约拿进了卧舱，想把门锁上，但锁眼里没有钥匙。船长在外面听到他在那里白费力气瞎摸，不禁独自低声笑了，一边咕咕哝哝说牢房只有从外面锁门，绝不允许从里面锁门之类。约拿连衣服也没有脱，又满身尘土，就这样往睡铺上一躺，他发现这间小小的单人卧舱顶棚低到几乎贴着了前额。舱里闷得很，约拿直喘气。这个低矮的洞穴，而且，还位于船的吃水线之下，约拿待在里头，这时有一种不祥的预感，仿佛那困在鲸腹深处最小的牢房里窒息欲死的时刻提前到来了。"

"他的舱里，一盏用螺丝拧在舱侧一根轴上摇摆的灯，在轻轻地来回摆动；而这艘船，由于最后装上的一批货物的重量，向码头一边倾斜，那盏灯，连灯身带火焰，虽然还在轻轻地来回摆动，却始终和卧舱保持相应的倾斜度；虽然，实实在在地说，灯本身总是垂直的，它却因而使卧舱的倾斜更为明显。这灯使约拿大为惊慌，把他吓坏了；他躺在卧铺上，苦恼万分，两只眼睛在舱里骨碌碌转个不停。这个到目前为止一切顺利的逃犯觉得无论瞧哪儿都没有安全感。可是那盏貌似倾斜实则垂直的灯却使他越来越害怕。地板、顶棚、舱侧全都错了位。'啊，我的良心也这样倒悬着哩！'他唉声叹气说，'笔直朝上，它就这样燃着；可是我的心房却全都歪斜变形了！'"

"他像一个通宵纵酒狂欢后赶紧上床的人，头还发晕，但仍清醒地感觉到良心在刺痛他，就像踢马刺在扎罗马赛马，只是那踢马刺扎在他身上要深得多；他也像个癫痫发作的病人，在头晕目眩的极大痛苦中翻滚折腾,只求上帝让他早点儿离开这个世界;最后,在痛苦的旋涡中,他失去了知觉,就像一个流血过多的人休克了一样,因为他的伤口是在良心上,而良心出血是没有什么药止得住的;所以,约拿在铺位上痛苦地挣扎了一阵之后,这场超出他心灵负荷的古怪灾难终于使他精疲力竭地睡着了。"

"这时,涨潮了;缆绳解开了,这艘没人前来送行祝福的船离开了冷冷清清的码头,滑向大海,向他施驶去。那艘船,船友们,是有案可查的第一艘走私船!走私品就是约拿。但是大海起来反抗了,它不愿意承载这个丧心病狂的家伙。于是海上狂风大作,船眼看就要遭殃。水手长赶紧召集全体水手来减轻船的重量,箱子、大包、坛子都哗啦啦往海里扔;但是风势不减,人们大喊大叫,船板上杂沓的脚步声就在约拿的头顶上像打雷一样;船上全乱了套,这个可憎的约拿却还在底舱呼呼大睡。他看不到乌黑的天,翻腾的海,感觉不到船正颠簸得异常厉害,也完全没有听到或者注意到那条大鲸正从远处猛冲过来,此刻甚至张着大口劈波斩浪紧紧追赶他。哎,船友们,约拿这时正在船底侧——就是我前边提到的卧舱的一个睡铺上酣睡。但是束手无策的船长来到他那里,朝他那睡死了的耳朵尖叫:'你这沉睡的人哪,为何这样呢?起来!'这凄厉的叫声把约拿从昏睡中惊醒,他摇摇晃晃地站了起来,跌手跌脚地走到甲板上,抓住一根桅索,朝海面望去。但这时,一个大浪像一头豹子跃过舷墙,直扑到他身上。巨浪就这样一个接一个扑到船里,排水口泄不赢,就咆哮着在船头船尾涌来涌去。船倒还没沉,但已经把水手们一个个淹得半死。而这时,从头顶上厚厚的乌云的一线缝隙里,银色的月亮正好露出了惊恐万状的脸盘,吓呆了的约拿瞧见那船头耸立的斜桅猛地高高翘起,又狠狠地朝一片混乱的大海摔了下来。"

"恐惧像巨浪,接二连三大叫大嚷地穿过他的灵魂。这时已经很清楚了,他那惊恐畏缩的样子无一处不表明他是逃避上帝的罪犯。水手们注意到了,越来越多的人肯定起了疑心,最后,为了彻底弄清事情的真相,他们决定用掣签的办法请上苍来裁决,看究竟是因谁的缘故使他们遭这大风。掣签掣出了约拿。果真是他,他们好愤怒啊,纷纷提出质问:'你以何事为业?你从哪里来?你是哪一国、哪一族的人?'不过,我的船友们,现在请注意约拿的态度。这些怒不可遏的水手仅仅问他是谁,从哪里来,而他除了一一回答了那些问题,还回答了一个他们不曾提出的问题,不过这不问自招的供认是上帝严厉的手迫使他做出的罢了。"

"'我是希伯来人。'他说——接着又说——'我敬畏耶和华那创造沧海旱地的天神!'哦,约拿,你敬畏他?嗯,那你还是敬畏的好!于是,他就一五一十把整个情况和盘托出;水手们因此越来越害怕,但他们还是怜悯他。这时,他还没有祈求上帝的宽恕,因为他清楚他的罪太重了,会受到非常严厉的惩罚,可怜的约拿痛哭流涕,求他们把他抬起来,抛到海中,因为他知道他们遭这大风是因他的缘故;可是水手们不忍心这样做,他们想用别的办法来挽救这条船。但是,全不管用;愤怒的大风刮得更猛了,于是他们都一只手举起祈求上帝,另一只手并非情愿地抓着约拿。"

"他们把约拿像铁锚一样抬起来,抛在海中。这时好像从东方漂浮过来一层油似的,登时风平浪静,因为约拿把大风也一道带走了,留下一个平滑的海。当时他是在一片乱哄哄的大混乱的旋涡中下去的,根本没注意到像下锅似的掉到了一张正在等着他的大张着的嘴里;那鲸鱼咧嘴龇牙,就像在他的牢房上插上了许多插销。于是,约拿在鱼腹中祷告耶和华。且让我们来看看他祈求些什么,好从中吸取一个重大的教训。且说约拿虽然罪孽深重,但他并不哭哭啼啼求耶和华直接援救。他觉得这可怕的惩罚是他罪有应得。他心甘情愿听凭上帝处置。尽管他身心均痛苦万分,他仍旧面向他的圣殿。船友们,他这是出自内心的真诚的忏悔;不是大吵大闹要求宽恕,而是对所得的惩罚表示心悦诚服的感激之情。他这一举动使上帝高兴到何等地步,从他终于从大海和鱼腹中得救就可以看出来了。船友们,我让约拿在你们面前亮相，不是要你们学他的坏样子，而是让他给你们树起一个忏悔的典范。首先是不要犯罪；但万一犯了罪，记住，要像约拿那样忏悔。"

这位传道者在说这些话时，屋子外面疾风劲雨尖厉的呼啸声似乎给他增添了新的力量。他描述约拿的海上风暴时，好像自己也给颠簸得摇来摆去。他宽厚的胸膛似乎随着海啸在起伏；他摇摆的双臂仿佛是自然界两大元素风和水在混战；而从他黝黑的额角隆隆远去的雷鸣，从他眼睛中射出的闪电，都使他纯朴的听众带着一种他们从未感受过的敬畏看待他。

在他再一次默默地翻着《圣经》时，他的神情缓和下来了。最后，他闭上眼睛，一动不动地站了一会儿，像在和上帝交谈，又像在沉思。

但是，他重又俯向听众，低垂着头，脸上是十分深切的又极有男子气的谦恭神情，说了下面这番话：

"船友们，上帝只搁了一只手在你们身上，可是压了两只手在我身上。我已经根据可能纯属我个人最肤浅的理解向你们宣讲了约拿告诫所有犯罪者的教训；因为是对所有犯罪者，所以这个教训也是对你们而言的，而对我而言的成分则更多一些，因为我犯的罪比你们谁犯的都大。如今我多么愿意从这个桅顶上下来，坐到你们中间，像你们一样地听讲，让你们中间某个人对我宣讲另一个更为可怕的教训，那是约拿作为上帝的舵工对我的告诫。约拿，作为神意选定的舵工——先知，或者说，真理的代言人，受主的嘱托去向邪恶的尼尼微人传达那些不受欢迎的真理，却唯恐引起尼尼微人的敌意而怕得要死，拒不执行使命，想从约帕乘船去他施以逃避职责，逃避上帝。但是上帝无所不在；他施他永远也到不了。像我们看到的那样，上帝安排了一条大鲸袭击他，把他一口吞到活地狱里，那大鲸且迅速地一扭一拐，一直把他拖到'海的深处'，那儿急转的旋涡把他吸下万丈深渊，'海草缠绕他的头'，无边无际的灾难的海水在他头上翻滚。然而，甚至当大鲸躺在海底的时候，那是任何测锤都够不着的地方——'阴间的深处'，甚至在这时候，这个在鱼腹中忏悔的先知一祷告，上帝就听到了。于是，上帝吩咐鱼；那鱼就一跃而起，从冰冷刺骨漆黑的大海深处冲向温暖愉快的太阳、充满欢乐的天空和大地，'把约拿吐在旱地上'；耶和华的话二次临到约拿；而约拿，遍体鳞伤，精疲力竭，两只贝壳样的耳朵里还回响着大海所特有的各种声音——执行了万能的主的吩咐。是什么吩咐呢，船友们？当面向虚伪宣告真理！这就是主的吩咐。"

"船友们，这就是那另一个教训；愿天降灾给疏忽了这一教训的那个永生之主的舵工；愿天降灾给那个抵挡不住诱惑、放弃了宣告福音之职责的人！愿天降灾给那个往海上泼油以平息上帝特意掀起的风浪的人！愿天降灾给那个只求博得他人欢心而不求他人存畏惧之心的人！愿天降灾给那个把名声看得重于德行的人！愿天降灾给那在这世界上落井下石的人！愿天降灾给那执意弄虚作假，即使是出于无奈的人！还有，愿天降灾给那个如大舵工保罗所说的传福音给别人，自己反被弃绝了的人！"

他低下头，默然不语片刻，旋又抬头面向听众，眼中流露出极大的喜悦，无比虔诚地大声说——"但是，啊，船友们，悲伤的反面必定是喜悦。而且，悲伤有底，喜悦无顶。主桅的高度不是远远超出内龙骨的深度吗？喜悦——一种至高的内在的喜悦，归于那敢于在傲慢的诸魔和当权者面前挺身而出坚定不移的人。喜悦归于那个在这卑鄙奸诈的世界之船下沉时强壮的胳膊仍然挺得住的人。喜悦归于那个为了真理绝不让步，并把所有的罪恶，即使是在议员和法官的庇护下，也要通通揭露出来，全部杀死、烧死、消灭光的人。喜悦——最高的喜悦归于那个不承认任何法律和君王，只承认耶和华，只笃信天国的人。喜悦归于那个连喧嚣鼓噪的群众之海的狂波巨澜也丝毫不能撼摇他那久经考验的龙骨的人。而永恒的喜悦和愉快将归于那个在临终时还能以最后一息说——'啊，父亲！——首先是您的威力使我得知您的存在——无论是入地狱还是进天国,我这就走了'的人。我努力想整个儿属于您,而不是整个儿属于这个世界,或者属于我自己。不过,这也不值一提。永恒只应归于您;如果一个人竟想活得比他的上帝还长,那他算什么呢?"

他没再往下说了,只缓缓地摆摆手表示祝福,然后双手掩住脸,就这样跪着,一直到听众都散了,他还一个人留在那里。

第十章　心腹之交

　　我从小教堂回到大鲸客店后，发现只有魁魁格一个人在店里；他是在最后祝福之前不久离开的。他坐在壁炉前的一条凳子上，双脚搁在炉边，一手拿着他那个小黑人偶像，凑到面前，聚精会神地盯着它的脸，一边用大折刀轻轻削它的鼻子，一边怪声怪气地自顾自哼着曲子。

　　但是，他一看到有人进来了，就收起偶像；随即走到桌子跟前拿起一本大书，又坐回到凳子上，把书放在膝上，开始很有规律地数起书页来；每50页——大概是——就停一会儿，茫然地瞧瞧四周，发出一声表示惊奇的拖长的咯咯口哨声。然后，又开始数第二个50页；每次似乎都是从1开始，好像他最多只能数到50，而仅仅是因为看到一下子有这么多个50，使他对于页数之多大为诧异。

　　我坐在那里饶有兴趣地观察他。虽然他尚未开化，脸又给毁得很丑——至少我不觉得讨厌——他的容貌却有一种令人看去绝不会感到不愉快的东西。一个人的灵魂是隐蔽不了的。透过他浑身可怕的刺花，我想我看到了许多迹象足以表明他有一颗纯朴诚实的心；他那一双大眼睛，黑亮、深沉、勇猛，似乎象征着他有一种无所畏惧、敢于面对万千魔鬼的气概。这还不算，在这个异教徒身上有着某种高贵的气质，即使他的粗野也不能有损它分毫。他看上去好像一辈子从来没有卑躬屈膝过，也从来没有亏欠过人什么。究竟是不是因为他的头剃光了，他的前额才更为显著地突出，才显得更为宽阔饱满，这我就不

51

敢妄下断语了；但是，可以肯定的是，他的头，从颅相学的角度来看，是百里挑一。听起来似乎很荒谬，可是它确实让我想到华盛顿将军的头，就是最常见的胸像上的。魁魁格的头，从眉毛往上，也同样有一个有规则地逐渐后退的长长坡度，眉毛也长出好多，就像树木丛生的两个长长的海岬。魁魁格就是一个生番化了的乔治·华盛顿。

　　我这么细细端详他时，也装着有点儿像是在瞧窗外的暴风雪，他根本就没有注意到有我这么个人在，连瞧都没瞧我一眼；他似乎是全神贯注在数那本奇书的页数。考虑到头天晚上我们俩还挺合得来地睡在一起，特别是早晨醒来还发现他一只胳臂亲热地搂着我，我觉得他这种冷淡很令人费解。不过野蛮人不能一概而论，有时候你还真不知道该怎样看待他们才好。一开头他们令你望而生畏；他们的纯朴所表现出的沉着冷静像是苏格拉底式的智慧。我也注意到魁魁格从不和店里的其他水手打交道，即便有，也很少。他从不主动接近别人，似乎无意于扩大自己的生活圈子。这一切使我觉得分外出格；可是，再一想，其中似乎有某种几乎可称得上是崇高的东西在。这么一个人，离家大概有两万英里之遥，那是说，如果取道合恩角的话——那是他唯一的回家之路——独自一人置身于陌生人中间，好像一下子给扔到了木星上似的；然而他似乎非常之自在，仍然保持极度的宁静；满足于以自己为伴，总是一人独处。看来还很有点儿高雅的哲学味道；虽然，毫无疑问，他从来没听说过世界上还有哲学这么个东西，不过也许，要做真正的哲学家，我们这些凡夫俗子大可不必标新立异，或者孜孜以求。我一听到某某人自吹为哲学家，就断定，他像个消化不良的老太婆，一定"把药罐子给打破了"。

　　当我坐在这间很寂静的房子里时，炉火开头很旺了一阵儿，把房间烧暖以后，已经不再那么旺得炽人，只让人觉得身上暖暖和和的，再往后就只剩下余烬上的红光了；窗外暗下来了，阴影如幽灵在向窗前逼近，朝里窥视我们这静默寂寞的一对；外边暴风雪呼呼的吼声令人敬畏地越来越大；我开始有一种很奇怪的感觉。我感到我的内心在融化。我碎裂的心和愤怒至极的手不再想反抗这个狼的世界。这个野蛮人，有一种安抚一切的精神力量，替它开脱了。他坐在那里，淡漠地看待一切，就是这份淡漠表明一种人品，里面没有潜伏文明世界的虚伪和不露声色的欺诈。他浑身野性，是个难得一见的怪物；可我却开始感到自己被他神秘地吸引住了。而他身上那像磁铁一样如此吸引我的东西也正是那些使许多人避之唯恐不及的东西。不妨和这个异教徒交个朋友，我想，既然已经看透文明人的亲切友好只不过是空空洞洞的表面文章。我把凳子挪到他身边，做了些主动结交的手势和暗示，一边没话找话地和他聊。开头他根本没有觉察到我的意图；但是等我提到他头天晚上的热情相待，他马上领会了，问我晚上是不是还和他睡一张床。我告诉他是；他听了似乎很高兴，也许还有点儿引以为荣。

于是我们一起翻那本大书。我尽力向他解释这本书的用处以及几幅插图的意思。就这样我很快引起了他的兴趣。我们又进而费力地聊起这座有名的城镇附近许多值得一看的名胜古迹。随后我提出一起抽袋烟，他就拿出烟袋和斧头烟斗，一声不响地递给我。我们就用那只野气十足的烟斗轮流抽起来，不断有规律地递来递去。

要是这个异教徒的心里对我还有什么隔膜的话，愉快友好地抽上这阵子烟之后，他心底的冰块就全融化了，我们成了非常要好的朋友。我很喜欢他，他似乎也很自然地出自内心地喜欢我；抽过烟后，他把前额贴着我的前额，搂着我的腰说，从今以后我们就算"结婚"了，按他家乡的话说，意思就是，从今以后，我们是最要好的朋友了；只要有急难，他甘愿为我去死。这话如果是出自我的同胞之口，这种突如其来的友情之火未免显得太欠考虑，太难令人相信；但是，出自一个纯朴的野蛮人之口，老经验就不管用了。

吃过晚饭，我们又一起聊了会儿，抽了几袋烟，就一道到我们俩的房间里去。他把那个用防腐药物保存好的人头送给了我；又掏出他那大烟袋，在烟草下面摸了一会儿，拿出30来个银币，摊在桌子上，一丝不苟地分成两等份，把一份推到我这边，并说这是我的了。我正要婉言推辞，他却还没等我开口就已经把它们全倒进了我的裤口袋。我只好收下。然后他开始做晚祷告，他拿出那只偶像，挪开那块糊了层纸的隔火板。从他某些手势和迹象来看，我想他似乎很希望我跟他一起做；但是由于非常清楚后果如何，我颇为犯难：万一他真的邀我一起做，我是同意呢，还是不同意？

　　我是个虔诚的基督徒，在正经八百的长老会的关怀下出生长大。我怎么能跟个野蛮的偶像崇拜者扯在一起去参拜他那块木头呢？但是，崇拜是什么呢？我想。以实玛利呀，你现在是不是以为那个号令天地——异教徒等等一律包括在内——宽宏大量的神会妒忌一块无足轻重的黑木头呢？绝不可能！但是，崇拜究竟是什么呢？——执行上帝的旨意——那就是崇拜。但上帝的旨意又是什么呢？——以欲汝之同胞施于汝者施于汝之同胞——那就是上帝的旨意，喏，魁魁格就是我的同胞。那我希望这个魁魁格给我做什么呢？嘿，要他跟我一起做长老会独有的崇拜仪式。自然而然地，我就得跟他一起做他的那一套；因此，我就得成为个偶像崇拜者。于是我点燃刨花，帮着立起那清清白白的小偶像，和魁魁格一起把烧过了的硬饼干献给它，对它行两三次额手礼，吻吻它的鼻子。做完这一切之后，我们就脱衣睡觉，自觉对自己、对他人都心安理得，无所愧疚。不过，在入睡之前，我们还聊了会儿。

　　怎么会这样，我也不知道；可朋友之间推心置腹地交流交流，除了床上没有再好的地方了。据说，丈夫和妻子就是在床上互相敞开心扉，有的老两口子还经常躺着一起回忆往事，往往聊到半夜过后。那么，魁魁格和我——情投意合的一对，就正是这样躺着度我们心灵的蜜月。

第十一章　睡衣

我们俩就这样躺着，聊聊睡睡，睡睡聊聊，魁魁格还不时亲热地把他那双刺花的棕色腿搁在我的腿上，一会儿又挪开；我们就这样自由自在地和睦相处；后来，聊天聊得睡意全无，我们又都想起床了，虽然那时离天亮还早。

是的，我们经常通夜不眠；老这么躺着，时间一长就觉得很累，于是，不知不觉，一点儿一点儿地，我们竟整个儿坐起来了，衣服裹得紧紧的，靠着床头，四条腿尽量蜷起，两个鼻子紧贴膝盖，就像搁在汤壶上；我们觉得这样暖和，舒服，特别是因为室外很冷就更觉如此；确实也因为我们没有被褥，屋子里又没有生炉子的缘故。我们之所以感到暖和舒服，还有一个更重要的原因；我认为，要真正使全身感到暖和，就必须使身体的某一小部分受点冻，因为在这个世界上本无所谓质量，只有通过对比才知道事物的好坏。事物总是因其相互联系而存在。如果你自吹全身无一处不舒服，而且长时间如此，那人们就不再认为你无一处不舒服了。但是，如果像魁魁格和我这样坐在床上，鼻子尖和头顶略有寒意，那么，确实，就整体而言，你会有一种非常舒服的实实在在的温暖感。因此，卧室里绝不应该安装火炉，那是有钱人自己和自己过不去的一种摆设。为了达到这种享受的顶峰，不要别的，只需一床毯子把你和你的那份舒适跟外面的冷空气隔开来就行了。于是乎你躺在那儿，就像是冰冷的水晶宫中一星温暖的火花。

我们就这样蜷缩着坐了一阵，我突然想起要睁开眼睛；因为我只要是躺在床上，不管是白天还是晚上，也不管是睡着了还是没睡着，我总是把眼睛闭上，好让躺在床上的那种舒适感更浓一些。因为你对你之所以是你永远不会有正确的感觉，除非你把眼睛闭上；好像黑暗竟是我们的本质得以存在的一个不可或缺的因素，虽然我们的躯壳更喜欢光明。那时我一睁开眼睛，从我自己制造的愉快的黑暗里走出来，进入半夜12点黑灯瞎火所强加于我的影影绰绰的幽暗世界，我有一种不快的反感。我毫不反对魁魁格提的也许最好点灯的建议，反正我们已经毫无睡意；再说他很想安安静静地抽几袋烟。就这么着吧，虽然头天晚上我对他在床上抽烟还非常厌恶，你看，一旦有了感情从中起作用，我们固执的偏见会变得多么有伸缩性。这时我最喜欢的就是魁魁格在我身边抽烟了，哪怕是在床上，因为这时他似乎在充分享受一种宁静的家室之乐。我也不再过分地关心店主的火险单了。我所关心的只是和一位真正的朋友共抽一只烟斗，共盖一床毯子那种相互高度信任的愉快。我们肩上盖着两件毛茸茸的外套，斧头烟斗在我俩手中递过来递过去，慢慢地在我们头上升起了一层华盖似的蓝色烟雾，新点燃的灯照得它清晰可见。

究竟是不是烟雾缭绕的华盖把这个野蛮人卷到了非常遥远的地方，我可说不上；不过，这时他谈起了他的故乡；我很想了解他的过去，便要求他谈下去。他欣然同意了。虽然那时他的话有很多听不懂，但后来我对他的那种语不成句的表达方式逐渐熟悉了，他随后的自述终于使我能把他的过去勾勒出一个大致的轮廓。

第十二章 传记

魁魁格是罗科伏柯人，那是个远在西南方的岛屿。那个地方任何地图上都找不到；凡属理想的地方，地图上是绝对找不到的。

还是个很小很小的小野人时，他腰上围一块草席，在老家的森林里到处乱跑，屁股后面紧跟着一群不停嘴的山羊，好像他也是一棵嫩绿的树苗似的；甚至就在那时候，在魁魁格雄心勃勃的灵魂深处已经潜伏着一种强烈的愿望，想到文明世界多见识见识，不光是去看看一两个捕鲸好手。他父亲是个大酋长，是个国王；他叔叔是个祭司长；在母系方面，他夸耀说，他的姨娘全是战无不胜的勇士们的妻子。他血管里流的是高贵的血——高级材料；可惜只怕在他未受到良好教育的青少年时期所养成的生番习性把它给损坏了。

一条萨格港的船访问了他父亲治下的海湾，魁魁格想乘这条船去文明世界。但是船上的水手已经满员，就没有答应他的请求，连他父亲国王的全部权势也不起作用。但是魁魁格发誓非去不可。他知道船离岛后要经过一个海峡，便一个人划了一只独木舟，先期到那个很远的地点等着。那海峡一边是珊瑚礁，一边是块狭长的低地，上面红树丛生，延伸到水中。他把独木舟藏在树丛里，还让它浮着，头朝海面，自己坐在船尾，桨低低地握在手中；等那条船一过来，他便疾如闪电地冲出去，够到船边；脚往后一蹬，把独木舟踢翻沉没；攀着大船的锚链往上爬，一个翻身便四肢摊开地躺在甲板上，随手死死地抓住一个环端螺栓，发誓绝不松手，哪怕把他砍成碎块。

船长威胁要把他扔下海去也没用；在他两只袒露的手腕上架上一柄弯刀也无济于事，魁魁格不愧是国王的儿子，毫不畏缩。他那种不顾一切的大无畏精神以及想看看文明世界的狂热愿望打动了船长，船长终于发了慈悲，对他说随他的便，他想怎么着就怎么着吧。但是这个年轻英俊的野蛮人——这个海上的威尔斯王子却从没有进过船长的舱。他们把他安插在水手中间，让他做一名捕鲸手。但是，像沙皇彼得甘愿在国外的造船厂里干体力活一样，魁魁格对似乎让他有失身份的事也丝毫没有不屑为之的意思，只要让他获得启蒙愚昧同胞的力量，他就非常高兴了。因为在内心里——他是这么跟我说的——有一个长远的打算在激励他，就是学习文明人的技艺，好使他的人民生活得比现在更快活一些，更重要的是，生活得比现在更好一些。但是，唉！捕鲸者的所作所为很快就使他明白，即使是文明人也可能既可怜又可鄙，其程度远远超出他父亲治下的那些野蛮人。最后，抵达萨格港，他亲眼看到水手们在那里干了些什么；随后继续航行来到南塔开特，又看到他们怎样花天酒地，可怜的魁魁格怅然若失。他心想，这个邪恶的世界没有一处是干净的，我还是一辈子做个异教徒吧。

就这样在心灵深处他还是原先那个偶像崇拜者，然而他却是生活在文明人中间，跟他们穿一样的服装，学着讲他们那莫名其妙的语言。难怪他的举止古里古怪，虽然离开老家已经有些时候了。

我拐弯抹角地问他，是不是打算回去，继承王位；因为他最后提到他父亲很老，很衰弱了，可能已经去世了。他的回答是没有这个打算，暂时还没有；又补充说，他担心的是，文明的影响，或者不如说文明人的影响，已经使他不适合登上那在他之前已经有30位异教徒国王登上过的圣洁的宝座。不过，没过多大会儿，他又说，他会回去的，——只等他觉得自己重新受了一次洗礼就立刻回去。然而，目前，他打算乘船到处走走，五洲四海荒唐一番再说。他们已经把他培养成个标枪手，这支有倒钩的武器现在就充当他的权杖了。

关于他未来的活动，我问他近期有何打算。他说还是出海，干老行当。听他这一说，我说我的计划也是捕鲸，并告诉他我准备从南塔开特出海，因为那是敢于冒险的捕鲸手登船出海最有希望的港口。他当即决定陪我去那个岛，同上一条船，同值一个班，同划一只小艇，同吃一样的伙食，总之，和我有福同享，有祸同当；手携手，勇敢地去生死两个世界闯荡一番。这一切我都欣然同意，因为现在我不仅很喜欢他，也因为他是一个经验丰富的标枪手，对我这样一个只在商船上做过水手，海上生活虽说很熟悉，对捕鲸的奥秘却一无所知的人，一定会很有帮助。

他最后一袋烟抽完时，他的自述也结束了。魁魁格拥抱了我，把前额抵着我的前额，随后吹熄灯，各自滚过一边，打了几个翻身，很快便都睡着了。

第十三章 独轮车

第二天上午，我把那个用防腐药物保存好的人头处理给一个理发的作人头模特儿以后，便把我和同伴的账结了，不过，用的是同伴的钱。那咧着嘴笑的老板，还有那些房客，对我和魁魁格之间突如其来的友谊似乎都觉得非常有趣——特别是因为头天我进店时老板向我编了这个如今和我形影不离的人一大通荒唐无稽的鬼话，当时把我吓得只想离他远远的。

我们俩借了一辆独轮车，装上我们的全部家当，包括我自己那寒碜的旅行袋，魁魁格的大帆布袋和吊铺，推着离开客店，朝停泊在码头上的南塔开特"摩斯"号小纵帆邮船走去。一路上，人们直瞧我们；倒不怎么瞧魁魁格——因为在街上，像他这样的野人经常看到，已经不以为奇了——而是瞧他和我在一起，关系怎么这么亲密。可是，我们根本不予理睬，只顾轮流推着小车。魁魁格不时停下来，整一下标枪头的护套。我问他为什么把这么个累赘带上岸来，是不是所有的捕鲸船都备有标枪。他回答说基本上备了，不过他偏爱自己的标枪，因为是用纯钢打的，在多次生死搏斗中经受过考验，跟鲸鱼的心脏打交道很少闪失，总之，正像内地许多收获作物和割草的人一样，他们到农民的草场上去干活总带着自己的大镰刀——虽然绝不是非得自备不可——尽管是这样，魁魁格还是有他个人的理由，宁愿用自己的标枪。

他从我手里接过独轮车后，说了一个他头一次见到这种小车时的有趣故事。那是在萨格港，他的船主人借给他一辆独轮车，让他装上那口沉重的箱子推到他住宿的地方去。怎样正确使用这种小车，他装得挺在行，实则一窍不通——他先把箱子搁上，捆得牢牢的，然后把小车扛上肩，大步走上码头。"咳，"我说道，"人们哪会想到你这么笨。他们不笑话你吗？"

听我这么一说，他又跟我讲了个故事。他所在的罗科伏柯岛上的居民在举行婚礼时，把嫩椰子芳香的汁液挤到一个像大酒钵的染了色的大葫芦里，然后把这个"大酒钵"放在一块摆酒席的垫子当中，这是最引人注目的装饰品。有一次，一条大商船刚好在魁魁格的妹妹——刚满10周岁的美丽小公主——举行婚礼的时候停靠在罗科伏柯岛，船长——根据众人的说法，是一位很讲排场注重礼节的绅士，至少就一位船长来说是如此——被邀请出席宴会。这时，所有的客人都聚集在新娘的小竹屋里，这位船长正步走了进去，被安排在贵宾席上落座，坐在祭司长和国王——魁魁格的父亲中间，面前就是那个"大酒钵"。做过感恩祷告后，——因为那些人也跟我们一样，也做饭前祷告——不过魁魁格告诉我，和我们的做法不一样，我们在这时候总是俯下头来瞧着自己的盘子，而他们则相反，学鸭子的样，抬头仰望美味佳肴的伟大恩赐者——好啦，做过感恩祷告后，祭司长便用岛上最古老的仪式来开席，那就是：在轮流饮用大酒钵中赐福的椰汁之前，先把他已经圣化的并能使人圣化的手指在大酒钵里浸一浸。那位船长考虑到自己的座位紧挨着祭司长，看到他这一举动——寻思身为一船之主，显然应该优先于一个小岛之王，特别是这又是在国王自己家里——于是他从容地在"大酒钵"里洗起手来。我想他准是拿"大酒钵"当作餐桌上的大洗指碗了。"哎，"魁魁格说，"现在你又怎样想呢？——我们那些人不会笑话他吗？"

后来，我们登上了那条小纵帆船，付了船费，安顿好行李。船升起了帆，平稳地朝阿库希奈河下流驶去。河的一侧，新贝德福的梯形街道展现在眼前，街道上冰封的树木在晴空中闪着寒光。一大堆一大堆桶像大小山头堆积在各个码头，浪游世界的捕鲸船终于沉默下来，安全地停靠在一起；而从另一些船上则传来了木匠、桶匠的声音，还夹杂有火炉熔化沥青的声音，这一切象征着新的巡航即将开始；往往是一个最危险而漫长的航行刚刚结束，第二个接着又开始；而第二个一结束，第三个马上又开始，就这样一个连一个，永远不会终止。人间的一切努力就是这样无尽无休，难忍难受。

　　船进入到宽阔些的水域，凉爽的清风沁人心脾；小"摩斯"号船头激起高高的浪花，就像一匹小马驹在喷响鼻。我使劲儿地嗅着那剽悍的气息！——我用力地踩踏那收通行税的路！——那盖满了奴性的脚印和蹄痕的大路；我不由得转向大海，赞赏它那不让任何痕迹留下的博大宽宏。

　　面对这泡沫飞溅的喷泉，魁魁格似乎和我一样，陶醉得脚步踉跄了。他黝黑的鼻孔胀开了；他锉得尖尖的牙齿露出来了。我们飞呀，飞呀，飞驶在海面上；"摩斯"号向大风致敬，时而俯伏，低头，像奴隶在苏丹面前那么恭顺。它一倾斜，我们就跟着冲向一边；每股绳索都绷得像电线一样发出铮铮声；两根高大的桅杆都吹歪了，像陆龙卷风下的美人蕉一般。我们站在向前猛冲的船首斜桅旁，那剧烈摇摆的情景把我们整个儿吸引住了，根本没注意到其他乘客嘲笑的眼光，他们像是一群没出过海的水手，看到两个结伴同行的人居然这么合得来，觉得简直不可思议；好像白人总得比白化了的黑人高出一头似的。不过，那群人中间是有几个呆子，有几个乡巴佬。从他们傻到了家这一点看，准是从傻子王国里挑出来的。魁魁格发现一个这样的呆鸟在他背后学他的样子，这家伙活该倒霉了，我想。这个身强力壮的野蛮人扔下标枪，一把抓住他，以惊人的熟练和力气，将他整个儿扔起老高，刚等他翻了半个筋斗，就轻轻地在他屁股上一拍，把他拨正。那家伙吓得喊破了嗓子，落下来竟双脚着地。这时魁魁格转过身来，背朝着他，点着他那斧头烟斗，递给我吸一口。

　　"船长！船长！"那乡巴佬高声喊叫，朝船长跑去，"船长，船长，你看这魔鬼。"

"喂，你老兄，"船长嚷道，他瘦得像块船板，神气十足地朝魁魁格大步走来，"你那样做究竟是什么意思？你不知道你会把那家伙弄死吗？"

"什么他说？"魁魁格朝我稍稍转过身来问道。

"他说，"我回答道，"你差点儿弄死了那个人。"边指着那个还在发抖的乡巴佬。

"弄死他，"魁魁格嚷道，刺了花的脸扭成个怪模样，满脸不屑的神气，"哦，他只是小小的鱼；魁魁格不杀这么小小的鱼：魁魁格杀大鲸！"

"喂，"船长大喝道，"要是你还在船上这么胡来，我会杀了你，你这个生番；你留点儿神。"

但是巧得很，船上这时出现了紧急情况，倒是船长自己非得留点儿神不可了。原来主帆受风压力太大，帆索给挣开了，巨大的帆杠便飞快地左右来回横扫，整个后甲板都在它扫荡范围之内。那个被魁魁格很不客气地整了一下的可怜虫就给扫到海里去了；这时所有的水手都惊慌失措；谁要想抓住那根帆杠让它停下，那简直是疯了。那帆杠几乎一秒钟之内就可以从左到右又从右到左扫一个来回，而且随时都有崩成碎片的可能。什么都干不了，只能干着急；甲板上的人一窝蜂全都朝船头跑过去，站在那里盯着那根帆杠，好像它是条发怒的鲸鱼的下颚似的。正当大家都不知如何是好时，魁魁格灵敏地双膝着地，迎着头上来回疾扫的帆杠爬过去，刷地一下抓住一根绳索，把一头固定在舷墙上，把另一头像扔套索一样扔出去。正当那帆杠在他头上掠过时，绳头一下把它缠住，再猛地一扯，那根圆木就给套住了，于是万事大吉。纵帆船又在风中跑起来了，正当水手们忙着放下船尾小艇时，魁魁格脱光上身，从船边一纵身，划出一道优美的长长的弧线。约莫有3分多钟，魁魁格像条狗似的游着，长长的胳臂直向正前方甩去，两个结实的肩膀交替地在冰冷的水花中显露出来。我瞧着这位伟大光荣的伙伴,但没见他救上什么人来。那个乡巴佬已经沉下去了。这时魁魁格往上一跃,上身笔直露出水面,很快朝四周扫了一眼,好像是瞧瞧究竟是怎么回事,然后一个猛子扎下去就不见了。几分钟以后他又浮上来了,一只手划着水,另一只手拖着个死人。那只小艇很快就把他们拉了上来。可怜的乡巴佬被救活了。大家都赞扬魁魁格是见义勇为的英雄;船长也向他道歉。从那以后,我就像船底的藤壶跟住了他,而且一直跟到他最后永远潜下海再也没有上来那一天为止。

世界上难道真有人这样迟钝?他似乎根本没有想到应该得到溺水者救援会的奖章。他只要求给他拿点儿水——淡水——来把身上的海水洗掉就行;海水洗掉后,他又穿上干衣服,点燃烟斗,靠在舷墙上,温厚地瞧着周围的人,似乎在对自己说:"这是个互相帮助、合伙经营的世界,到处都一样。我们野蛮人应该帮助这些文明人。"

第十四章　南塔开特

一路上再没有发生什么值得一提的事了，我们一帆风顺，平安地抵达了南塔开特。

南塔开特！把地图拿出来瞧一瞧。你会看到它处在世界上一个什么样的真正的角落；看到它怎样独自待在那儿，远离海岸，比厄梯斯通灯塔还要孤单。瞧瞧它——只不过一个小山丘，一弯沙地；整个海滩平平的一望无余。那儿的沙子多得很，你要是用它做吸墨纸，包你20年也用不完。有些爱开玩笑的人会跟你说：他们得在沙滩上种杂草，因为那儿没有自然生长的草；他们从加拿大进口蓟草；油桶漏了，他们得漂洋过海去弄塞子；在南塔开特，人们把木头片片搬来搬去，其珍贵程度可以和耶稣遇难的十字架碎片在罗马人心目中的地位相比拟；那儿的人在住宅前面种植毒蕈，热天好在蕈荫下乘凉；在南塔开特，一根青草就是一个绿洲，要是走上一天能看到3根青草，那就是一个大草原了；那儿的人穿流沙鞋，有点像拉伯兰人的雪靴；南塔开特被大海封锁、围绕，没一条路和外界相通，完全成了一个孤岛，以至于有时候甚至当地人的桌子椅子上都粘上了蛤贝，就像黏附在海龟背上似的。但是，所有这些夸大其词的胡言乱语也无非只表明南塔开特与伊利诺伊州截然不同而已。

红种人最初是怎样来到这个岛上的，我们且来听听这个奇妙的传说。据说很久很久以前，一只老鹰突然袭击新英格兰海岸，攫走了一个印第安婴孩。父母大声哭喊，眼看着孩子在辽阔的海面上消失不见了。他们决定朝那个方向追下去。他们俩乘独木舟出发,经过一段艰险的航行,发现了这个岛,在岛上找到一个空空的牙骨盒——那可怜的印第安婴孩的骨骸。

这些南塔开特人,生长在沙滩上,居然爱上了海,在海上谋生,这多么令人惊奇!最初,他们只是在沙滩上抓些螃蟹、圆蛤之类;后来胆子大了,就带着网涉水去捕鲭鱼;经验多了,他们就划船去捕鳕鱼;最后就出动一队队大船去闯荡普天下的海洋了,不断地做环球旅行了,准备进军白令海峡了;并且一年四季跟海洋中自大洪水时代幸存下来的精力最旺盛的生物斗争不止,跟海洋中最可怕、最大的生物斗争!那喜马拉雅山一般的古盐海乳齿象,它潜在的威力令人恐惧到极点,见到它比遭到它最大胆、最凶狠的攻击更令人害怕!

这些裸体的南塔开特人,这些海上隐士,就是这样从他们那海中的小蚁丘出发,一个个像亚历山大大帝一样,侵占并征服了普天下的水域,瓜分了大西洋、太平洋和印度洋,就像三股海盗势力瓜分了波兰一样。让美国把墨西哥并入得克萨斯州,把古巴叠在加拿大上;让英国人挤满整个印度,挂出他们在阳光下耀眼生辉的旗子;地球上三分之二的地盘是南塔开特人的。因为海洋是他们的;他们是海洋的主人,犹如君主是帝国的主人;其他水手仅仅有通行权而已。商船只不过是伸长的桥;兵舰只不过是浮动的碉堡;甚至海盗船和私掠船,虽然也像拦路强盗剪径一样行劫海上,但也只掠夺别的船,犹之如它们自己是小片片的陆地一样,它们掠夺的也是别的小片片陆地,而从来没有想过要打深不可测的大海本身的主意。只有南塔开特人,居住在海上,横行在海上;只有他们,照《圣经》上的说法是,坐船下海,把大海当作他们的专用农场,来回耕耘。那里是他们的家,那里有他们的事业,即使诺亚亲身经历的大洪水再来也不能使之中断,虽然大水淹没了中国几百万人。他们生活在海上,犹如草原松鸡生活在大草原上;他们出没于惊涛骇浪之中,他们攀登海浪,一如追捕小羚羊的猎人攀登阿尔卑斯山。经年累月,他们不知有陆地,以至于一旦登陆,仿佛是到了另一个世界,比地球人登上月球还不习惯。以海为家的海鸥,太阳一下山,就收拢翅膀,在波浪的轻轻抚慰下入睡;同样,夜幕降下时,南塔开特人在四顾茫茫的大海中落下帆,躺下来休息,一群群海象和鲸鱼就在他们的枕头下面奔驰。

第十五章 杂烩

　　等小"摩斯"号找妥地方抛锚停靠，魁魁格和我上岸时，已经是夜里了；办不了什么事，只能找个地方吃饭睡觉去。大鲸客店的老板曾经向我们推荐过他表弟荷西亚·胡赛开的炼锅客店，说那是全南塔开特最干净的客店之一，而且向我们保证老表荷西亚（他是这样称呼他的）做的杂烩很有名气。一句话，他的意思再明白不过，除了去炼锅客店尝尝那里的家常饭菜，不可能有更好的选择了。他告诉我们的走法是：顺着右手边的一个黄色仓库往前走，等看到左手边出现一所白色教堂，就顺着那所教堂继续往前走，一直走到偏右三个方位的一个拐角处为止，然后再向我们碰到的头一个人打听炼锅客店在哪里。他介绍的这曲里拐弯的走法一开头可把我们给弄糊涂了，特别是在起点问题上，因为魁魁格坚持说黄色仓库——我们出发的第一个点——肯定是在左手边，而我则理解大鲸客店老板说的是右边。然而，在黑暗中瞎摸索了一阵，又不时敲开老百姓的门问路，最后总算来到一个似乎不会有错的地方了。

　　那是一栋古老的房子，门前竖着一根旧中桅，桅顶横木上挂着两口漆成黑色的大木锅在轻轻摆动。横木上的角有一边给锯掉了，结果这旧中桅看去就很像个绞架。也许我当时对这类见闻过于敏感，可是我在瞪着这个绞架时仍不由得隐隐约约感到不安。我一打量剩下的那两个角，脖子便感到一阵痉挛：是的，还有两个角，一个是魁魁格的，一个是我的。这不是好兆头，我想。我到第一个捕鲸港后，住的客店那老板就姓棺材；捕鲸人教堂里的墓碑又都瞪着我；而这里又是一个绞架！还有一对特大号的黑锅！这对大锅是不是在拐弯抹角地暗示灼热的地狱呢？

这时，出来了一个妇女，我这才回过神来。这女的，满脸雀斑，黄头发，穿一件黄色睡衣，站在走廊里一盏摇曳的灯下面。那灯是暗红的，很像一只受伤的眼睛。女人起劲儿地骂一个着紫色绒衬衣的男人。

"快点滚蛋，"她对那男的说，"免得我来收拾你！"

"来吧，魁魁格，"我说，"没错。那是胡赛太太。"

果然是。荷西亚·胡赛先生出门了，不过胡赛太太处理他的全部事务完全胜任。她听我们说要吃晚饭，要住一晚，就暂时没有再骂下去，把我们领到一个小房间里，让我们在一张刚刚用过餐还没有来得及收拾的桌边坐下，转过身来问我们："蛤蜊还是鳕鱼？"

"鲤鱼怎么个吃法，太太？"我很客气地问。

"蛤蜊还是鳕鱼？"她又重复了一遍。

"蛤蜊作晚餐？一个冷蛤蜊，是吗，胡赛太太？大冷天里这样的接待不是太黏糊糊、太冷了一点儿吗，是不是，胡赛太太？"

可是胡赛太太急于继续骂那个穿紫绒衬衣的男人（他正在大门口等着挨骂哩），我的话她似乎只听到"蛤蜊"这个词儿，就匆匆地朝通向厨房的一扇敞开的门走去，大喝一声"两个人一个蛤蜊"，就不见人了。

"魁魁格，"我说，"我们两人一个蛤蜊，你以为这顿晚餐我们能勉强对付过去吗？"

然而，从厨房里逸出来的那股又暖又香的蒸气打消了我们对于前景似乎过于暗淡的想法。热气腾腾的杂烩一端上来，这个谜就很愉快地解开了。哪，亲爱的朋友！请侧耳倾听。它是用榛子般大小、鲜嫩多汁的小蛤蜊和捣碎了的硬饼干及切成小片的咸肉拌匀而成，外面浇上一层黄油，再撒上胡椒粉和盐。我们的胃口在大冷天的一番旅途劳顿后本来就已经格外地好了，特别是魁魁格看到他最喜爱的海味当前，再加上这杂烩的味道实在太好，我们很快就把它干掉了。我往椅背上靠了一会儿，想起胡赛太太说的要蛤蜊还是鳕鱼的话，我想不妨做个小小的试验。于是，我起身站到厨房门口，一字一顿地说："鳕鱼。"说完又返身坐下。不大会儿，那股喷香的蒸气又飘过来了，不过味道不一样，随即一份精致的鳕鱼杂烩摆在我们面前。

我们便继续我们的本职工作，当我们的勺子在碗里频繁地往返之际，我暗自思忖，这东西对脑袋是不是会有影响？那句说是使人变蠢的有关杂烩脑袋的话是怎么说的来着？"可是，慢点儿，魁魁格，你碗里那不是条活鳝鱼？你的标枪呢？"

在所有有鱼腥气的地方，炼锅客店是鱼腥气最重的，它确实名副其实；因为它那大锅总在煮杂烩。早餐是杂烩，中餐是杂烩，晚餐还是杂烩，吃得你生怕衣服上都会钻出鱼骨头来。屋前好大一片地方都铺满了蛤蜊壳。胡赛太太戴的是一条光亮的鳕鱼椎骨项链，荷西亚·胡赛的账本是用最好的老鲨鱼皮装订的。牛奶也有一股鱼腥味。开头我怎么也弄不清是什么原因，后来有一天早晨我偶然沿着沙滩在几条渔船中间散步，看到荷西亚的花斑乳牛在大嚼鱼杂碎，而且，千真万确，它在沙滩上走时每只蹄子都套上了一个剁下来的鳕鱼头，看起来就像穿着跛跟鞋似的，我这才恍然大悟。

吃过晚饭，胡赛太太给了我们一盏灯，并指点我们去客房最近的路；可是，当魁魁格准备头一个上楼时，这位太太却伸出手来要他把标枪给她；她不许把标枪带进客房。"为什么不行？"我问道，"每个真正的捕鲸手都是枕着标枪睡觉——你这里为什么不行？""因为那样太危险。"她说，"小斯梯格斯航海背时，来到这里，出海4年半，只带回来3桶鱼肚肠，就死在我一楼后面一间客店里，腰里插着他自己的标枪；打那以后，我就不许住客夜里带这种危险的武器到房里去。所以，魁魁格先生，"（她已经知道他的名字了），"我一定要拿了你这支铁器，替你保管，明天再给你。可是，那杂烩，明天早餐是蛤蜊还是鳕鱼，呢？"

"两样都要，"我回答道，"再来两条熏青鱼，变变花样。"

第十六章 船

　　我们躺在床上安排明天的计划。但是让我大为吃惊而且非常关心的是,魁魁格毫不含糊地告诉我,他已经一再问过约约——他那尊小黑偶像的名字——约约跟他说了两三次,并且在各个方面都执意坚持这一点,即不要两人一起到港口那些捕鲸船中去,不要一起去挑选船只;不要那样做,嘿,约约很认真地吩咐说,挑选船只的事应交给我一个人去办,因为约约很想帮助我们;并且为了帮助我们,已经挑好了一条船,如果让我自己去挑,我,以实玛利,也肯定会发现,它完全像是偶然出现似的;而且我还必须马上就上那条船去做水手,暂时不去管魁魁格。

　　我还忘了提到,魁魁格在很多事情上非常相信约约卓越的判断力和惊人的预见力,对约约很尊敬,把它看作一尊满不错的神,这尊神总的来看也许心地非常善良,但它那些仁慈的意图并不总是都能实现的。

　　如今,魁魁格的这个计划,或者还不如说约约的计划,涉及我们挑选船只的事;我一点儿都不喜欢那个计划。我在很大程度上得依赖魁魁格的聪明才智来选定一条最适于保证我们生命财产安全的船。但是不管我怎么反对都不起作用,我只好勉强同意;随即就准备全力以赴,很快把这桩小小的麻烦解决。第二天一早,我留下魁魁格关起门来和约约一起待在我们那间小客房里——因为那天好像是个什么四旬斋或者斋月,或者是魁魁格和约约禁食、禁欲、祈祷的日子;究竟是怎么回事,我始终没弄明白,因为,我虽然专心钻研过好几次,却总也掌握不了他那些仪式和39条戒律——那就让魁魁格在他那斧头烟斗上禁食,让约约在献给它的刨花之火上取暖去吧。我出发到船队去,转悠了老半天,没有目标地问了好多人,终于打听到有3条船——"魔闸"号、"珍馐"号和"裴廊德"号,准备做一次为期3年的航行。"魔闸"的出处我不知道;"珍馐"明显得很;"裴廊德",你肯定记得,是马萨诸塞州印第安人一个很有名的部落,如今已经和古代的米提亚人一样灭绝了。我仔细打量了"魔闸"号,还四处打听它;又跳上"珍馐"号;最后上了"裴廊德"号,到处瞧了瞧,终于拿定主意,这就是我们所要的船。

也许在你们那时候你们见到过许多古老的船,这我可不清楚——方头的横帆船;巨大的日本舢板;黄油箱似的帆桨并用的快艇等;但我敢说,你绝没有见过"裴廊德"号这样罕见的古老的船。它是一种老式船,只是比较小。由于长年累月在四大洋中饱经风雨侵蚀,霜雪摧残,它那古老的船体已经褪色发黑,外貌就像一个远征过埃及和西伯利亚的法国掷弹兵。它那年事已高的船艏像是长了胡须。它那些桅杆——是后来在日本海岸某处砍来的,原先的就在那里被一场暴风吹折掉到海里去了——它那些桅杆僵硬地挺立着,就像科隆三老王的背脊骨,它那古老的甲板已经破旧,有了裂纹,就像是坎特伯利大教堂里为纪念贝克特大主教在他被刺倒下的地方铺下的那块供朝圣者膜拜的石板。但是在这些老古董上面还增加了一些新奇的特征,无不与它从事了半个多世纪的艰险事业有关。老船长皮勒,原先是多年的大副,后来有了自己的船并任船长,现在是个退休的水手,也是"裴廊德"号的主要股东之一——就是这个皮勒老头,在他担任大副期间,在这船原有的奇形怪状上经过精心选材和设计,里里外外,镶嵌装修,使之另有了一种古雅别致的味道,只有海盗头子索基尔·黑克雕刻的圆盾或床架才能与之媲美。这条船打扮得像脖子上挂着沉重象牙饰物的野蛮的埃塞俄比亚皇帝。船上战利品随处可见。它就像一个吃人生番,用敌人的骸骨装饰自己。它那没有嵌木板的敞着的舷墙像个延长的下颚,上面到处插着抹香鲸尖锐的长牙当作钉子,牢牢系上充当船身肌腱的旧麻绳。那些肌腱并不散布在陆地树木的劣质木料中,而是巧妙地穿过用海兽之牙制成的滑轮。它不屑在至关重要的舵上安装一个旋转舵轮,却闹着玩似的装上一个舵柄;可那舵柄则是用它世仇的整块狭长的下颌骨精雕细刻而成。舵手在暴风雨中把着那只舵柄稳住船,就像鞑靼人勒紧他暴烈的坐骑下颚叫它停住一样。它是一条高贵的船,可不知怎的又是一条非常忧郁的船!凡是高贵的东西都给人那种感觉。

这时,我朝后甲板瞧去,想找个管事的,向他提出自己想当水手,参加这次航行。最初一个人也没有看见,可是我注意到主桅后面一点儿支起了一个样子挺古怪的帐篷,或者说棚屋更合适些。那像是在港口停泊时临时支起来的。它呈圆锥形,约10英尺高,由取自露脊鲸颚中、上部位厚石板似的大块又长又黑的软骨组合而成。这些"厚石板"在甲板上用带子围成一个圈,大头朝下,相互倚靠,结成一个毛丛丛的尖顶,蓬松的须毛来回摆动。就像是古代某个波托沃塔米酋长的头顶髻。面向船头开了个三角形的出入口,所以船前方的一切,住在里面的人都看得见。

后来,我总算看到了一个人,半隐半现在那所古怪的房子里,样子像是个管事的;可是那时正是中午,船上的工作已经停下来了,那个人也暂时卸下了发号施令的重担,正在休息。他坐在一条老式的橡木椅上,上面弯弯曲曲地刻满了古怪的图案;椅子的底座很大,也是用建造那棚屋的软骨拼成的。

我看见的那个上了岁数的人,外表也许没有什么太特别的地方;他棕色皮肤,肌肉结实,跟许多老水手一样,身上按照公谊会教徒式样裁做的蓝色粗呢外衣裹得严严实实;只是他眼睛周围非常微小的皱纹交织成了一张几乎难以觉察的细网,那微小的皱纹肯定是由于长期在风下航行眼睛老顶风观察所致——因为这样一来,眼睛周围的肌肉势必像个钱袋一样收拢米。眼周的这种皱纹倒很有点儿不怒而威的气势。

"您是'裴廓德'号的船长吗?"我走近帐篷门问道。

"假如是的话,你找他有什么事?"他回答道。

"我想来当水手。"

"你想,是吗?我看你不是南塔开特人——曾经在一只穿了底的小艇上待过吗?"

"没有,先生,从来没有过。"

"对捕鲸这一行一窍不通,我想——呃?"

"是一窍不通,先生;但是我肯定很快学会。我曾经在商船上当水手跑过几趟,我想——"

"商船水手顶个屁。别跟我说那些废话。看到那条腿了吗?——我要叫你那条腿从屁股那里搬家,要是你再跟我扯什么商船水手。商船水手,真是!看来你还挺得意,当过几天商船水手。不过,抛锚吧!伙计,你怎么想起要去捕鲸的,呃?——看来有点儿问题,是不是,呃?——没当过海盗吧,当过吗?你刚抢光了你的船长吧,是不是?——你不会一出海就谋害船上的头头们吧?"

我严正声明自己清清白白,绝不会干这种事。我看出来在这些半开玩笑的挖苦话后面,这个老水手,作为一个孤岛上的朴实的南塔开特人,满脑子岛民的偏见,对所有的外地人都不大信任,除非他们是科德角人或维因耶德人。

"可是你怎么想起要去捕鲸的?在我考虑雇用你之前,我要把这一点弄明白。"

"那好,先生,我想去看看捕鲸是怎么回事。我想去看看世界。"

"想去看看捕鲸是怎么回事,呃?你见过亚哈船长吗?"

"亚哈船长是谁,先生?"

"哦,哦,我早知道你没见过。亚哈船长就是这条船的船长。"

75

"那我弄错了。我还以为我是在跟船长本人说话哩。"

"你是在跟皮勒船长说话——就是跟你对话的人，小伙子。'裴廓德'号这次出海，准备工作归我和比尔达船长负责，我们两个负责供应它所需要的一切，包括水手在内。我们俩都是它的股东和代理人。可是，我要说的是，要是你真像你说的那样想知道捕鲸是怎么回事，那我还可以在你签下合同不能反悔之前让你多少知道一点儿那是怎么回事。去瞧瞧亚哈船长，小伙子，你就会发现他只有一条腿。"

"您这是什么意思，先生？是不是那条腿给鲸鱼搞掉了？"

"给鲸鱼搞掉了！小伙子，你过来一点儿：那是给那条曾经弄碎一条小船的穷凶极恶的抹香鲸吞掉了，嚼得嘎嘣嘎嘣响，整个儿嚼光了——唉，唉！"

他的想象力让我颇为吃惊，也许他最后那两声感叹中出自内心的悲痛也使我颇为感动，可是我尽可能平静地说："您所说的肯定是真的，先生；可是我怎么会知道那条鲸就格外凶猛呢，虽然我确实满可以从那一事故的简单事实中做出那样的推论。"

"喂喂，小伙子，你还嫩得很，明白吧；你倒还并不怎么胡吹。不错，你说你出过海，靠得住吗？"

"先生，"我说，"我想我跟您说过我出过4趟海，是在商——"

"再别提那个！记住关于商船水手我说过些什么——别惹翻我——我不爱听。不过，让咱们把话都说明白。我已经向你透露了一点儿捕鲸是怎么回事，你是不是还想干？"

"想干，先生。"

"很好。那么，你敢不敢对准一条活鲸的喉咙甩一标枪，然后猛追下去？回答，快点！"

"我敢，先生，假如百分之百非这样做不可的话；那就是说，不想让鲸干掉的话；这种情况，我想不会发生。"

"好极了。那这样，你是不仅要去亲自体验一下捕鲸是怎么回事，还想去看看世界吗？你刚才是不是这么说的？我想没错。那好，就请往前走,到船头迎风的地方去瞧瞧,然后再回来告诉我看见了些什么。"

有一阵子我站着没动,这个奇怪的要求搞得我有点儿糊涂了,不知道该当他是说着玩的还是认真的。可是皮勒船长眉头一皱,脸一板,吓得我赶紧行动。

我走上前去,朝船头上风头瞧过去,只见这下了锚随潮水摆动的船这时正侧身面对辽阔的海面。眼前一望无际,但非常单调而严峻,看不出有半点儿变化。

"好啦,报告吧,看见了什么?"我一回来,皮勒就问。

"没有什么,"我回答道——"尽是水,不过视野很开阔,要起风暴了,我想。"

"那么,你说看看世界现在又怎么想呢?你是不是想绕过合恩角多看看它呢,呃?你站在这里还没有看够吗?"

我有点儿犹豫,但是捕鲸我是非去不可的,我决心去;而"裴廓德"号跟哪条船都可以比一比——我认为比哪条船都强——我把这些想法都告诉了皮勒。他看到我如此坚决,便表示同意雇用我。

"那你马上签约好了。"他接着说,"跟我来。"他一边说,一边起身领我下甲板,来到舱里。

坐在船尾肋板上的是一个在我看来很不寻常很令人吃惊的人物。他就是比尔达船长。他和皮勒船长是这条船最大的股东;其他股份则是在一群领年金的老年人手中。有时候在这些地区是这种情况;还有寡妇,失去父亲的孩子,以及受监护的未成年人,他们每人拥有的股份价值相当于船上一小段船骨,或一英尺船板,或一两根钉子。南塔开特把钱投资在捕鲸船上,正如人们把钱投资在信誉良好、红利可观的股票上一样。

且说比尔达,跟皮勒一样,实际上也跟另外好多南塔开特人一样,是个公谊会教徒,这个支派是最先来到这个岛安居下来的;一直到今天,岛上的居民一般都还在很大程度上保留公谊会的特征,只是在个别过于特殊的地方受一些纯属外来的非同类的东西影响有所减轻而已。因为即使在公谊会教徒中,也有一些残暴的水手和捕鲸手。他们是好斗的公谊会教徒;是有仇必报的公谊会教徒。

所以在他们中间,男人便出现了这种情况,他们按《圣经》上的名字命名——这是岛上一种异常普遍的风尚——并从小就接受了"你、您"这种庄重而引人注目的公谊会的习惯用语;后来在他们大胆勇猛充满无穷无尽的冒险生活里,仍然奇妙地结合进了这些不因年龄增长而消失的特点,从而形成一种猛打猛冲浑身是胆的性格,满够得上做个斯堪的纳维亚海员或一个充满诗人气质的罗马异教徒。而当这些东西和一个志在四方、善于思考、天生神力的人结合起来,再加上他在遥远的海洋上和在此处从未见过的北方星座下所度过的那些漫长值班之夜的寂寥和孤独,这个人便走上了无视传统、独立思考的路;同时又从大自然纯洁、无私、坦诚的胸怀得到它一切温柔的或粗犷的印象,并主要由此(不过也得到某些意外机缘之助)学会了一种豪放遒劲、自视极高的语言——这个人便成了一个杰出人物——一个为崇高的悲剧而生的壮丽人物。从戏剧角度来看,无论是出身还是环境,都丝毫无损于他在性格深处有一种近似任性支配他人的病态心理。因为所有伟大人物的悲剧均系某种病态心理所致。千万记住这一点,雄心勃勃的年轻人啊,世人的伟大都只不过是精神上的病态。不过我们暂时还用不着和这样一个人打交道,我们要打交道的是完全不同的另一个人,也仍然是个很了不起的人,如果他确实与众不同的话。但那也不过反映了公谊会教徒之另一面,再加上独特的环境影响而已。

比尔达船长,跟皮勒船长一样,也是个生活富裕、退休了的捕鲸手。不同的是,皮勒船长对于所谓严肃的事物满不在乎,并且确实把那些彼此雷同的严肃事物看作是最无聊的东西——比尔达船长则不仅原先就接受过公谊会最严格的南塔开特教派教旨的教育,后来还长期生活在海上,还看见过合恩角周围岛上许多赤身裸体的纯朴居民——这一切都丝毫没有影响这个土生土长的公谊会教徒,他连外表也没有丝毫改变。尽管他具有这种无隙可乘的不变性,可敬的皮勒船长身上那种平平常常的首尾一贯性他却有所欠缺。虽然,由于良心的责备,他不肯拿起武器去抵抗来自陆地上的侵略者,他自己却毫无节制地侵略了大西洋和太平洋;他虽然坚决反对人类自相残杀,他自己却穿上紧身短上衣杀得大鲸一桶又一桶地流血。虔诚的比尔达如今在他沉思默想的晚年怎样在回忆中调停这些事情以求得内心的平静,这我就不得而知了;不过他好像不太在乎,很可能他早就得出了这样一个明智的结论,即人的宗教信仰是一码事,这个世界却是另一码事。这个世界是将本图利的。从一个穿着单调得不能再单调的黄褐色短打的船长小厮爬到一个穿着敞胸大坎肩的标枪手;从标枪手爬到船老大,然后是大副、船长,最后成为船老板;比尔达,正如我前边提到的,已经结束了他冒险的海上生涯,在60岁这个夕阳无限好的年龄整个儿从动荡的生活中退了下来,把余年花在安静地享受丰厚的积蓄上。

说来遗憾,比尔达如今名声在外,人们称他是无可救药的老守财奴,在船上他是个尖刻冷酷的工头。在南塔开特,人们跟我说,虽然听起来很像是个非常离奇的故事,说他率领那条旧船"卡脱古"号一上岸,他的船员大部分就直接抬进医院,一个个筋疲力尽,衰弱至极。作为一个虔诚的人,特别是作为一个公谊会教徒,拣最不难听的话来说,他心肠也实在太狠了一点儿。然而,他们说他从不骂他的水手,但不知怎的,他却能迫使他们在极恶劣的条件下一个人顶几个人地为他卖苦力。他当大副时,那双黄褐色的眼睛狠狠地一瞪你,你就会六神无主,只有赶紧抓起一件什么工具——一把斧头或者一只绕绳铁杠,在随便什么东西上面发疯似的猛干起来。偷懒耍滑在他面前通通销声匿迹。他自身就再好不过地体现了那种功利主义的性格。他身材瘦长,没有一点儿多余的肉,没有不必要的胡须,他下巴上只有稀疏的几根软软的绒毛,就像他那阔边帽磨得只剩下不多的几撮绒毛一样。

这就是我跟着皮勒船长来到舱里所看到的坐在船尾肋板上的那

个人。舱里相当挤,比尔达老头身板笔挺地坐在那里,他老是这样子坐,从不倚着靠着,这样也省得磨坏长大衣的下摆。他的阔边帽搁在旁边;双腿僵硬地交叉着;黄褐色的罩衫一直扣到下巴;眼镜架在鼻子上,似乎在聚精会神地读一本很沉闷的书。

"比尔达,"皮勒船长喊道,"又在看那本书了,比尔达,呃?据我所知,你已经把那些经书研究了30年啦。研究到哪儿啦,比尔达?"

好像对他这位老伙伴渎神的谈吐早就习惯了似的,比尔达对他这次不敬之举没有理睬,只是安静地朝他抬起头来,一看到我,便又询问地瞧了他一眼。

"他说要到我们船上来,比尔达。"皮勒说,"他想当水手。"

"你想吗?"比尔达瓮声瓮气地说,同时朝我转过身来。

"想。"我无意之间也用公谊会的习惯用法回答。他是个非常热诚的公谊会教徒。

"你觉得他怎么样,比尔达?"皮勒问道。

"他行。"比尔达说,边看了看我,然后瞧着书又颇为清晰地喃喃拼读下去。

我觉得他是我所见过的最古怪的老教徒,特别是和皮勒相比。他的朋友兼老伙伴皮勒似乎是个动不动就大喊大叫的人。可是我什么也没说,只是很机警地打量四周:皮勒这时打开一口箱子,拿出船上的契约,把鹅毛笔和墨水放到面前,在一张小桌边坐下。我想现在得拿好主意给我什么条件我才答应走上这趟船。我已经打听到干捕鲸这一行是不发工资的;所有的人手,包括船长在内,都按利润分成,谓之分红;红利则是参照各人在船上所任职务的重要程度按一定的比例而定。我也知道自己是个新手,分到的红利不会很多;可是考虑到我已经过惯了海上生活,我会掌舵、打绳结等所有的船上活计,我想根据我所打听到的情况,他们给我的红利不会少于二百七十五分之一——也就是说,是这趟航行纯收入的二百七十五分之一,最后折算出来是多少不管。虽然这二百七十五分之一的红利,人们称它为长红,不过总比没有强。要是这趟航行运气好,很可能能把在船上穿烂的衣服挣回来。至于在船上白吃3年牛肉,白住3年,就更不在话下了,那是分文不用付的。

可能有人认为要这样来攒一大笔钱,实在太可怜了——一点儿也不错,这种方式确实是太可怜了,不过我从来没想过要发大财,在我要去挂着"雷云"这块讨厌招牌的客店投宿的时候,如果有个地方马上能提供食宿,那我就太知足了。总的来说,我觉得二百七十五分之一的红利是比较合理的,不过要是他们给我二百分之一,我也不会觉得过分,因为我个子高大结实。

尽管我是这么想,但有一件事却让我有点儿不敢相信我会拿到一份比较丰厚的红利:还在岸上,我就听到有关皮勒船长和他那位令人莫名其妙的老友比尔达两人的一些情况;说他们两人因为是"裴廓德"号的主要股东,所以,其他零散的小股东便把船务管理几乎全交给了他们两人,也许这吝啬的比尔达老头在雇用人手方面可能有很大的发言权也说不定,特别是现在我又看到他在船上,挺自在地坐在船长舱里读《圣经》,就像坐在自己家里一样。这时,皮勒在白费劲儿地用他的大折刀修理鹅毛笔,眼前的事与比尔达也很有利害关系。令我大为吃惊的是,这老头根本就不理睬我们,只自顾自继续咕咕哝哝念他的书:"不要为自己积攒财宝在地上,地上有虫子——"①

"好啦,比尔达船长,"皮勒打断他说,"你说我们给这小伙子多少红利?"

"你说了就是,"回答的声音半死不活,"我看七百七十七分之一不算太多吧,是不是?——'地上有虫子咬,能锈坏,只要积攒——'"

积攒什么!我心里想,这样的红利!七百七十七分之一!好啊,

---

① 见《圣经·新约·马太福音》第六章。

比老头,你是决心把我算上一个,不让我积攒许多红利在这个地上。地上有虫子咬,能锈坏。那确实是个超级长红;数字之大一开始或许真骗得了陆地上的人,但只要稍微动动脑子就会发现,七百七十七虽然是一个相当大的数字,但一把它变成分母,你就会看出,嘿,七百七十七分之一红利比七百七十七块金币要少好多;当时我就是这么想的。

"咳,见你的鬼,比尔达,"皮勒嚷道,"你这不是在蒙骗人家吗!他应该拿得比那多。"

"七百七十七分之一。"比尔达又重复了一遍。眼睛都没有抬,又继续咕哝咕哝,"'因为你的财宝在那里,你的心也在那里。'"

"我准备给他写三百分之一,"皮勒说,"你听到没有,比尔达!三百分之一的红利,喂。"

比尔达放下书,很严肃地朝他转过身去说,"皮勒船长,你为人慷慨,但你必须考虑你对此船及其他股东承担的义务——那许许多多的孤儿寡妇——如果我们给这个小伙子的劳动报酬过于丰厚,那就无异于夺走了那些寡妇、那些孤儿嘴里的面包。七百七十七分之一,皮勒船长。"

"你这个比尔达!"皮勒大吼一声,一跃而起,在舱里四下走动,脚下船板嘎吱嘎吱直响。"该死,比尔达船长,在这些问题上我要是照你的话办,那我的良心早就会重得拖都拖不动,早就会重得把那到合恩角航行过的最大的船都压沉。"

"皮勒船长,"比尔达坚定不移地说,"你的良心也许能吃10英寸水或者10英寻水,那我说不准;不过由于你仍然是个不肯悔改的人,皮勒船长,我最怕的是你的良心穿了孔;只怕你到头来会一直沉到火坑里去,皮勒船长。"

"火坑!火坑!你侮辱我。嗬!叫人忍无可忍,你侮辱我。这是奇耻大辱,骂人家非下地狱不可。纯粹放屁!比尔达,有本事你再说一遍,惹起我的火来,我会——我会——是的,我会把一头山羊连毛带角活吞下去。滚出去,你这个虚伪无耻、面目可憎、呆头呆脑的家伙——马上滚!"

皮勒大发雷霆,朝比尔达猛冲过去,可是比尔达这时惊人的敏捷,身子一歪一闪躲开了。

"裴廓德"号两位主要股东兼负责人之间的这场大发作吓了我一跳,我不大想上一条老板之间不和且又暂时归他们负责的船了,我从门口闪开给比尔达让出一条路,我想他肯定急于要躲开盛怒之下的皮勒。但是,使我大为吃惊的是,他竟安安静静地在肋板上坐了下来,似乎丝毫没有避开的意思。他似乎对这不知悔改的皮勒和他的那一套习惯了。至于皮勒,把满腔怒火像刚才这样子发泄一通之后,似乎没有剩下什么了,也安静得像一只绵羊一样坐了下来,只不过身子微微有点儿抽搐,好像还很激动似的。"哟,"他终于吹了一声口哨,"风暴已经过去了,我想。比尔达,你过去很会磨鱼枪,请你修修那支笔,好吗。我这把大折刀不快了。好样儿的;谢谢你,比尔达。那么,小伙子,你叫以实玛利,你刚才是不是这么说的?好啦,以实玛利,给你写下来啦,三百分之一的红利。"

"皮勒船长,"我说,"我还有个朋友也想当水手——我明天把他带来行吗?"

"行,"皮勒说,"把他带来,我们看看人。"

"他要多少红利?"比尔达哼着说,眼睛从刚刚重新埋下头去读着的书本上抬了起来。

"啊,这个你别管,比尔达,"皮勒说,"他捕过鲸吗?"他转过脸来朝我问道。

"他杀死的鲸我数都数不过来,皮勒船长。"

"好,那你带他来。"

签过约后,我就走了。毫无疑问,今天上午干得不错。"裴廓德"号也正是约约看中的那条带魁魁格和我远航合恩角的船。

可是没有走出多远,我就想起那位将与我一起远航的船长还没有见到；虽然这种情况也确实不少，一条捕鲸船要一切就绪，所有人员都已上船，只等船长来发号施令，这时他才露面；因为船在海上的时间往往拖得很长，其间返航靠岸休整的时间又非常之短，船长要是有家或者其他他特别关注的事，船回港后的事宜及下次出海前的准备工作他都不管，而是交给船主去处理。不过在义无反顾地把你的一切都交到他手里之前先去瞧瞧他是个什么样儿总没有坏处，于是转过身来我又走到皮勒船长跟前，问他在哪里可以找到亚哈船长。

"你找亚哈船长干什么？没有你的事了，已经雇用你了。"

"是呀，不过我想见见他。"

"可我怕你现在见不着他。我也不太清楚他是怎么回事；他现在整天闷在家里；说是害病吧，又不像。事实上，他没有病；不过，不，他又不是正常人的样子。总之，小伙子，他经常不肯见我，所以我怕他也不会见你。他是个怪人，这位亚哈船长——有些人是这么看——不过也是个好人。啊，你会很喜欢他的；不要怕，不要怕。他是个不信神又像神的杰出人物；这位亚哈船长，他不怎么说话，不过他一旦说起话来，你最好好好听着。你注意，我预先警告你了；亚哈与众不同，他上过大学，也在吃人生番中间待过，比大海还要深的奇迹他也司空见惯，习以为常了，他那支可怕的标枪收拾过比大鲸还要有力、还要不可思议的敌人。他那标枪！哈！在我们整个岛上数他那支最锋利、最准！啊！他不是比尔达船长；不，他也不是皮勒船长；他是亚哈，小伙子；而古代的亚哈，你知道，是个王呢！"

"而且是个很坏的王。这个邪恶的王被杀以后，那些狗，它们不是都去舔他的血了吗①？"

"过来——到这边来，这边来，"皮勒说，眼睛里那意味深长的神情几乎吓了我一跳，"你听着，小伙子，在'裴廓德'号上那千万说不得。任何地方都说不得。这名字不是亚哈船长自己起的。那是他

---

① 见《圣经·旧约·列王纪上》第二十二章。

那精神恍惚的寡母(在他还只有12个月的时候就去世了)一时心血来潮冒出的一个愚蠢无知的怪念头。可是格黑德的老太婆提斯蒂格却说这个名字总归会证明是预言性的。而其他像这老太婆一样的蠢货也许也会跟你这么说。我想警告你,那是撒谎。我很了解亚哈船长。多年前我做他的大副,跟他一起出过海。我了解他的为人——一个好人——不是那种虔诚的好人,像比尔达那样,而是个不信神的好人——有点儿像我——只不过比我强得多就是了。嗯,嗯,我知道他从来都不是很快活的样子;我也知道在返航回家时他像中了邪似的有点儿心神不定;但是正如任何人都可以看到的,那是他那流血的残肢痛得太厉害所致。我也知道,自从上次航行那条可诅咒的鲸咬掉他一条腿以后,他情绪就变坏了——非常之坏,有时甚至蛮不讲理;不过都会过去的。咱们干脆一次讲清楚,你只管放心,小伙子,跟一个情绪不好的好船长出海要比跟一个笑呵呵的坏船长出海强。这就再见啦——也别错怪了亚哈船长,因为他是碰巧有了这么个邪恶的名字。再说,老弟,他还有个妻子——结婚以来还不到三个航程——一个挺可爱、挺照顾他的姑娘。你想一想看,亏得有这个可爱的姑娘,这老头还有了个孩子哩,你是不是还认为亚哈坏透了,无可救药了呢?不,不,小伙子,尽管他身子残了,情绪不好,但他还是很有人性的!"

我走开时,心事重重。偶然得知亚哈船长的情况,心里隐隐约约有一种非常痛苦的感觉。不知怎的,当时我很同情他,为他难过,但究竟为了什么我可说不上,想必是因为他那么不幸丢了一条腿的缘故吧。然而,同时我对他又有一种奇特的敬畏。那种敬畏我也说不清楚,也不太像是敬畏;我也不知道是种什么感觉。可是我感觉得到它;而它又并不使我不愿意靠近他;虽然对他身上那种好像很神秘的东西我又很不耐烦,毕竟当时我对他的情况知道得太少了。然而我的思路后来又转到别的方面去了,于是面目模糊的亚哈就暂时从我的脑海里溜走了。

第十七章　斋戒

由于魁魁格的斋戒或者禁食和禁欲要持续一整天，天黑以前我不打算去打扰他；因为我对别人的宗教义务，不管它有多可笑，我都非常尊重；即使是一群蚂蚁在膜拜一只毒菌，或者在我们地球的某些地区，其他一些生物以别的星球上所没有的奴颜婢膝跪拜在死去的地主之灵前，仅仅因为在他的名下还拥有并出租有庞大的产业，我心里都丝毫没有瞧不起的意思。

嗨，我们这些虔诚的长老会基督徒对待这类事情应该宽宏大量，不要因为其他生灵、异教徒在这些问题上有些半疯半傻的怪诞想法而妄以为自己不知比他们高明到哪里去了。眼前就有个魁魁格对约约和斋戒肯定持有一种荒谬透顶的观点——可是那又怎么样呢？魁魁格知道他在干些什么，我想；他似乎心满意足；那就让他那样好了。我们再怎么跟他争辩也没有用的，随他去，咳，上帝宽恕我们大家——长老会教徒和异教徒都一视同仁——因为我们的头不知怎的都破损得很厉害，亟待修补。

快黑的时候，我想他所有的功课和仪式肯定都做完了，就站到他房前去敲门，可是没人应；我想开门，可里面又插上了。"魁魁格，"我贴着钥匙孔轻轻地喊——里面鸦雀无声。"喂，魁魁格！你为什么不说话？是我——以实玛利。"但是，仍然跟先前一样一片寂静。我慌了，这么老久都没有动静；我想他很可能是中了风。我从钥匙孔往里瞧，偏偏那门洞又是对着一个不规则的房角，钥匙孔里瞧见的只是房间左边一个弯弯的角落，能看到的只有床尾竖板的一部分和一线墙壁。让我吃惊的是我看到了靠墙立着的魁魁格的标枪木杆。那支标枪明明头天晚上我们上楼时老板娘已经拿走了的。这就怪了，我想；但是不管怎么样，现在标枪立在那里，而他又很少或没有不带着标枪上船的，那他肯定还在房间里，这不可能有错。

"魁魁格！——魁魁格！"——毫无动静。肯定出了什么事。中风！我想把门撞开，可怎么也撞不开。我赶紧下楼，向我碰到的头一个人——女仆急急忙忙说了我的怀疑。"啦！啦！"她嚷了起来，"我想一定出了什么事。早饭以后我去收拾床铺，门就是锁着的，一只老鼠的声音都听不见；从那时候起一直是那样，一点儿响动都没有。我还以为你们两个都出去了，怕行李丢就锁了门。啦！啦！太太！——老板娘！出人命啦！胡赛太太！中风啦！"——她边嚷边朝厨房跑，我紧跟着。

胡赛太太很快就出来了，一手拿个芥末罐，一手拿个醋瓶，她正在拾掇那些调味瓶，嘴里骂着那黑小孩。

"柴房！"我喊道，"怎么走？看在上帝份儿上快跑，去拿个什么东西来撬门——斧子！——斧子！——他中了风；没错！"——我一边这么大声喊着，一边却又稀里糊涂空手冲上楼梯。这时，一手芥末罐一手醋瓶满脸五味瓶色的胡赛太太发话了。

"你怎么啦，小伙子？"

"拿斧子来！看在上帝分儿上，快去找大夫，叫个人，我来撬门！"

"喂，"老板娘说，急忙放下醋瓶，好腾出一只手来，"喂，你是说要撬开我的门？"她一把抓住我的胳臂说："你怎么回事？你怎么回事，船伙计？"

我尽可能平静而迅速地向她讲清了情况。她下意识地把醋瓶轻拍着半边鼻子，默想了一会儿就叫喊起来："是的！我把它放在那里以后就没有去看过。"她跑到楼梯下面一个小房间前,朝里一瞧,就跑来告诉我魁魁格的标枪不见了。"他自杀了,"她喊道,"真倒霉。又一个斯梯格斯——又一条床单完蛋啦——上帝怜悯他可怜的母亲!——这会把我的屋子给毁了。那可怜的小伙子有心上人吗?那姑娘在哪里?——嗨,贝蒂,到漆匠斯纳尔斯那里去一下,要他给我漆块牌子,写上——此处不准自杀,客厅不许抽烟;——这就等于一石二鸟。杀死啦?愿上帝怜悯他的鬼魂!那是什么声音?你,小伙子,站住!"

她随即跑上楼来,就在我又准备撞门时拦住了我。

"不行,我不允许破坏房子。去叫个锁匠来,离这里大约1英里处有一个。不过,等一下!"她把手伸进口袋,"这儿有一片能开,我想;咱们试试看。"于是拿着那片钥匙在锁眼里一转。可是,唉!魁魁格把门插上了,还是开不开。

"只好撞开了。"我说,往后退一点儿,铆足了劲。这时老板娘又拦住我,说我不该破坏她的房子。可是我挣脱了她,把整个身子对准目标猛地撞去。

一声巨响,门打开了。门把手砰地撞在墙上,泥灰飞上了天花板。哟,天哪!魁魁格就坐在房间正中央,沉着冷静,屏神敛息,盘着腿,双手扶住约约在头顶上。他眼观鼻,鼻观心,像尊雕像般坐着,没有一点儿生命的迹象。

"魁魁格,"我走到他跟前说,"魁魁格,你怎么啦?"

"他这样子坐了一整天,是吗?"老板娘说。

但是,不管我们怎么说,他就是一言不发;我真想把他推倒,让他换个姿势,因为老那样太难受了,那似乎是一种很痛苦很不自然的坐姿;很可能他已经这样子坐了8个或者10个小时以上,而且一顿饭都没有吃。

"胡赛太太,"我说,"不管怎么的,他还活着,因此你请便吧,我亲自来料理这件古怪事。"

老板娘一走,我就关上了门,极力劝他坐到椅子上,可是白搭。他就那么坐着;随便有点儿什么反应都成——我说尽了好话,哄他,骗他——他就是纹丝不动,一言不发,甚至瞧都不瞧我一眼,就当房子里没有我这个人一样。

我想,是不是他斋戒时非得这样子呢?莫非他老家岛上的人都这样盘着腿斋戒吗?肯定是这样;是的,这是他的宗教仪式的一部分,我想;那好吧,就让他这么坐着;毫无疑问,迟早他会起身的。他不可能老这么坐着,好在他的斋戒一年才一次;那时我还不相信会准时执行。

我就下楼吃晚饭去了。有些水手刚刚做了一次他们称之为葡萄干布丁的航行(就是乘纵帆船或横帆双桅船的短期捕鲸航行,只限于在赤道以北的大西洋范围内)归来,正滔滔不绝讲着他们的见闻,我坐着听了好久;快到11点我才上楼去睡觉,心想魁魁格的斋戒这时肯定已经收场了。可是不然;他还在原来的地方,连一英寸都没有挪动。我开始有点儿烦了;这么头上顶块木头,盘着腿坐在冰冷的房间里,一坐就是一整天又半个晚上,恐怕只能说是愚蠢透顶,精神失常。

"看在老天面上,魁魁格,起来活动活动,吃点儿东西。你会饿坏的;你会把自己弄死的,魁魁格。"可是他一声不吭。

实在拿他毫无办法,于是我决定上床睡觉。没有问题,要不了多久,他也会上床睡的。不过在上床之前,我拿起我那沉甸甸的熊皮外套给他披上;因为看样子夜里会很冷,而他又只穿了件普通的短上衣。上床后好长时间,我想尽了一切办法也没有一丝睡意。我吹熄了蜡烛;可是一想到魁魁格——离我不到4英尺——孤零零地、不舒服地坐在冷冰冰的黑暗里,就让我觉得很不是滋味。想想看,一个完全清醒的异教徒在房间里盘腿坐着做他那枯燥无味莫名其妙的斋戒功课,而你通夜就睡在那个房间里!

不过不知怎的我终于睡着了,一觉睡到天亮才醒来;朝床外一望,他还蹲在那里,好像用螺丝拧在地板上了似的。但是,第一线阳光刚照进窗口,他就起身了,关节僵硬,嘎嘎作响,神情却很愉快,一跛一跛地朝我躺着的地方走过来,把他的前额紧贴我的额头,说他的斋戒结束了。

唉,我在前面提到过,对任何人的宗教信仰,我都不反对,只要他不因为别人不和他持同样的宗教信仰就伤害或侮辱别人就行。可是当一个人的宗教信仰变得过于狂热对自己纯粹是一种折磨的时候,同时,使我们这个地球成了一个住起来很不舒服的客店时,我想那就应当是把那个人拉到一边和他就这个问题好好辩论一番的时候了。

而我现在对魁魁格做的正是这事。"魁魁格,"我说,"上床吧,躺下来,听我跟你说。"于是,我就说开了,从原始宗教的兴起和发展一直说到现代的各种宗教,其间我又苦口婆心地向他说明这些四旬斋啦,九月斋啦,以及在冰冷沉闷的房间里长时间的盘腿打坐啦,都纯粹是胡闹,对健康有害,对灵魂无益;总之,明显地违背了卫生规律和常识。我也跟他说,他这个野人在别的事情上都很通情达理,唯独这件事让我痛心,让我非常痛心,因为他如今对待他那可笑的斋戒的态度竟愚蠢到了可悲的地步。此外,我也极力说服他,禁食会搞垮身体,精神也会随之垮掉;而一切源自禁食的思想都必然处于半饥饿状态。这就是为什么大多数患消化不良症的笃信宗教的人对来世都抱有如此消沉的观点的道理。总而言之,魁魁格——这时我说得有点儿离题了,地狱这个观念最初是来源于一个没有消化的苹果馅饼,此后通过禁食所培育的遗传性的消化不良,这观念便永远流传下来了。

于是我问魁魁格他自己是不是也曾有过消化不良的时候;我把这概念说得非常清楚,以便于他领会。他说没有,仅仅在一次难忘的场合有过。那是在他父亲举行的一次盛宴之后,是庆祝一次大胜仗,在下午2点钟左右杀死了50个敌人,就在当天晚上全部煮熟吃掉了。

"别说了,魁魁格,"我听了浑身发抖,"行了行了。"因为不用他再往下说我也知道结论了。我曾经见过一个水手,他去过那个海岛，告诉我岛上的习惯就是这样，每逢打了一次大胜仗，就在得胜者的院子或园子里将所有被杀死的敌人来个全烧全烤；然后将他们一个个放在大木盘里，周围搁上面包、果和椰子，像一盘肉菜烩饭。他们嘴里再搁上点儿芹菜，然后带着胜利者的问候遍送亲朋好友，好像这些礼物就是一只只圣诞火鸡似的。

尽管我费尽唇舌，却并不认为我关于宗教的那些话能给魁魁格留下了多少印象。因为，首先，不知怎的，他在听这个重大的话题时，似乎很迟钝，当然，从他自己的观点来考虑也许不是这样；其次，我说的他听懂的不到三分之一，虽然我把意思表达得简单明白；末了，他肯定自认为关于真正的宗教他懂得比我多。他赏脸似的带着一种关怀与怜悯的神情瞧着我，好像他觉得这么聪明的一个小伙子居然如此无可救药地醉心于虔诚地宣扬异端邪说，实在可惜。

后来我们终于起床穿好衣服；魁魁格放开肚子，早餐大吃特吃了一顿各式各样的杂烩，以至于老板并没有因为他头一天的禁食捞到多少油水。之后，我俩就出发上"裴廓德"号去，一路上用大比目鱼骨刺剔着牙。

第十八章　画押

我们朝码头尽头的"裴廓德"号走去,魁魁格照常带着他的标枪,皮勒船长从他那棚屋里用粗哑的嗓门大声跟我们打招呼,说他没想到我的朋友是个生番,并进一步宣布生番不得上船,除非他们先行出示证件。

"你那是什么意思,皮勒船长?"我说,随即跳上舷墙,我的同伴则留在码头上。

"我的意思是,"他回答道,"他必须出示证件。"

"对,"比尔达船长在皮勒背后,从棚屋里探出头来瓮声瓮气地说,"他必须出示改变信仰的证件。这小魔王,"他又转过脸来朝魁魁格说,"你现在跟任何一个基督教堂有联系吗?"

"嗨,"我说,"他是第一公理会的教友。"应该在这里说明一下,有许多在南塔开特船上干活的文了身的野人最后都改信了基督教。

"第一公理会,"比尔达嚷道,"什么?就是在德脱罗诺米·科尔曼执事的教堂里做礼拜的?"他边说着,边取出眼镜,用一块黄色的大花绸手绢擦了擦,小心翼翼地戴上,走出棚屋,僵硬地靠在舷墙上,仔细地打量了魁魁格好久。

"他做教友有多长时间?"他转过脸来问我,"我看不太长,小伙子。"

"是的,"皮勒说,"而且他还没有正式行过洗礼,要不他脸上那股子晦气多少能洗掉一些。"

"现在，老老实实说吧，"比尔达说，"这个腓力斯人是德脱罗诺米执事宣道会的正式教友吗？我每个主日都在那里，可从来没看见他上那里去过。"

"关于德脱罗诺米执事或者他的宣道会我一无所知，"我说，"我所知道的是这个魁魁格生来就是第一公理会教友。他本人就是个执事，魁魁格是个执事。"

"小伙子，"比尔达很严厉地说，"你跟我开什么玩笑——你给我说清楚，你这个小赫梯人。你说的是什么教派？回答我。"

看到他这样紧追不舍，我就说："我说的是，先生，古老的天主教派，就是你和我和那边的皮勒船长、这边的魁魁格，我们大家，普天之下所有的人全都归属的那个教派，是全世界都敬仰的那个伟大而永存的第一公理会；我们大家都归属于这个教派；我们中间只有极少数怀有怪想的人才和这伟大的信仰毫无关系；在这个信仰下我们大家手携手。"

"捻接，你该说手捻接手。"皮勒走上前来喊道，"小伙子，你最好到船上来当牧师，而不是当水手；讲道讲得这么好，我从来没听到过。别说德脱罗诺米执事——就是梅普尔神甫也讲不了这么好，而他还很有点儿名气哩。上船，上船；别管它什么证件不证件。喂，告诉那个廓霍格——你怎么叫他来着？告诉廓霍格过来。天哪，他有一支多好的标枪！看来像是好钢打的；而且他还很会使的样子。喂，廓霍格，或者随便叫什么名字，你在捕鲸小艇头上站过吗？你戳过大鲸吗？"

魁魁格一言不发，野里野气地一纵身，上了舷墙，从舷墙上又一跳，就到了挂在船侧的一只捕鲸小艇的艇头上；然后左膝绷直，标枪平举，好像是这样喊道：

"船长，你看到小滴柏油腊边的水上？看见了吗？好，当它一只鲸眼，好，焦！"于是瞄得准准的，他嗖地掷出标枪，那铁家伙正好从比尔达的阔边帽上飞过，又干净利落地越过船甲板，把那滴闪闪烁烁的柏油打得无影无踪。

"焦，"魁魁格沉着地回收标枪索，说，"要是那是鲸的眼睛，哼，腊条鲸死了的。"

"快，比尔达，"皮勒说，他这位伙伴因为标枪贴着脑袋飞过，吓得退到舱门口去了。"快点儿，哎呀，你这比尔达，快把船上的合同拿来。我们一定要把海奇霍格，就是说廓霍格，安排在我们的一只小艇上。你听着，廓霍格，我们打算给你九十分之一的红利，那比历来南塔开特哪个标枪手拿的都多。"

于是我们走进舱里，令我大为高兴的是魁魁格很快就被登记为船员了，我也是一个。

等预备工作做妥，皮勒把签约的事全准备好了时，他对我说，"我想，那个廓霍格不会写字，是不是？喂，廓霍格，见你的鬼！你是签名还是画押？"

但是先前已经经历过两三次同样场面的魁魁格，丝毫没有不好意思的样子，而是拿起递过来的笔，仿照他手臂上刺的花纹，在合同上的签名处画下一个正好互相对应的古怪圆形的图案；再加上为皮勒船长所一再弄错的名字，大致就成了下面这个样子：

廓霍格

他的 ∞ 画押

在这段时间里，比尔达船长一直坐着，很认真地打量魁魁格，后来终于很严肃地站起来，在他那阔下摆的黄褐色外套的大口袋里摸了一阵，掏出一包小册子，挑了一本标题叫"末日来临"又叫"刻不容缓"的，放到魁魁格双手里，然后双手紧紧握住魁魁格的双手和那本小册子，认真地瞧着他的眼睛说："小魔王，我必须对你尽到责任；我是这条船的大股东，自然关心全体船员的灵魂；我最担心的就是你仍死抱住你那异教徒的一套不放，我恳求你，不要永远做魔鬼的奴隶。摈弃偶像崇拜和可怕的魔鬼；趁神谴尚未来临，赶紧回头；当心啦,噢,啊!天哪!掌好舵,避开那火坑吧!"

比尔达老头的语言里保留有他海洋生涯中的某些东西,和《圣经》词汇、家乡土话杂乱地搅和在一起。

"打住,打住,比尔达,别毁了我们的标枪手。"皮勒嚷道,"虔诚的标枪手绝对成不了好标枪手——他没有了那股子鲨鱼劲儿;一个标枪手要是不像鲨鱼一样贪婪残忍,那他就一文不值。小伙子纳特·斯凡因就是个例子,他曾经是全南塔开特和维因耶德最勇敢的捕鲸艇杀手,去做了礼拜后,就再也不行了。他老为他那讨厌的灵魂担心,非常害怕,以致看到大鲸就退缩不前,就赶紧避开,生怕出意外,怕万一船沉了会去见海神。"

"皮勒!皮勒!"比尔达仰起头,举起双手,说道,"你我都曾经历过许多危险的时刻,你皮勒又不是不知道害怕死亡是怎么回事,你怎么还用这种罪孽深重的借口来胡说八道。你说的不是心里话。你老实说,这艘'裴廓德'号那次在日本海面碰上台风,3根桅杆掉到海里,那次航行你是亚哈船长的大副,那时你没有想到死亡和最后的审判吗?"

"听听他说的,听听他现在说的,"皮勒叫道,大步横过舱房,双手深深插进口袋,"你们大家都来听听他说的。想想看!在我们认为船随时都可能下沉的时候!这时会想到死亡和最后审判吗?什么?在3根桅杆声如雷鸣不停地撞击着船身的时候,在海浪前后夹击打得我们一身浪花的时候,会想到死亡和最后审判吗?不,那时候没有工夫去想死亡。亚哈船长和我当时想的只是活命,是如何把全体船员都救出来——如何支起应急桅杆,如何开进最近的港口;那就是我当时所想的。"

比尔达没有再说了,只是扣起大衣,大步走上甲板,我们随后跟着。他站在甲板上,安闲地照看着几个帆工在船腰修补中桅帆。他不时弯腰捡起一块布片,或者扯下一个涂过柏油的麻绳头,要不这些东西就会白糟蹋了。

第十九章　预言家

"船友们,那条船雇用了你们吗?"

魁魁格和我刚离开"裴廓德"号,正往回溜达,各自想着心事,突然一个陌生人停在我们面前,硕大的食指平指着"裴廓德"号,向我们提出了上面那个问题。他穿得很寒碜,一件褪色的上衣,一条打补丁的裤子,脖子上围了块破黑手帕。一场融合性天花从四面八方涌过他的面孔,使他的脸就像是一条急流干涸后露出的棱纹交错的河床。

"那条船雇用你们了吗?"他重问了一句。

"你说的是'裴廓德'号。"我说,特意跟他多磨一会儿,好仔细观察他。

"嗯,'裴廓德'号——就是那边那条船。"他说,同时把整条胳臂缩了回去,然后很快又笔直地伸出去,尖尖的食指像装上的刺刀直接捅向目标。

"是的,"我说,"我们刚刚签了合同。"

"合同上涉及你们的灵魂吗?"

"涉及什么?"

"哦,也许你们根本就没有。"他说得很快,"没有也不要紧。我知道好多人都没有,——祝他们万事如意;而他们也确实没有还好些。灵魂这玩意儿有点儿像四轮马车的第五个轮子。"

"你在那里叽里咕噜些什么,船友?"我问道。

"不过，他有的是，足以弥补其他人在这方面的缺陷。"这陌生人突然说道，还紧张地特别强调那个"他"字。

"魁魁格，"我说，"咱们走，这家伙不知是从哪里跑出来的；他说的人和事我们都不清楚。"

"站住！"那陌生人喝道，"你说的一点儿不假——你们没有见过老雷公吧，见过吗？"

"老雷公是谁？"我问道，一下子又被他那疯里疯气一本正经的神态铆住，走不动了。

"亚哈船长。"

"什么！就是我们那条'裴廓德'号的船长？"

"嗯，我们老水手中间，有些人就是这么叫他。你们没有见过他吧，是不是？"

"没有，我们没有见过。他们说他病了，不过好多了，不久就会痊愈。"

"不久就会痊愈！"陌生人笑起来了，是那种装腔作势的嘲弄意味的笑，"听着，亚哈船长痊愈了，我这条左臂也就痊愈了，不前不后。"

"你知道他什么情况？"

"他们跟你们谈了什么情况？说说看！"

"他的情况他们跟我们说的不多，只听说他捕鲸是把好手，对待船员是个好船长。"

"那是真的，那是真的——是的，这两条是千真万确。不过，他一下命令，你一定会跳起来。走上前来，咆哮一声，咆哮一声就走——人家就是这么说亚哈船长的。可是，好久以前在合恩角附近发生的那件事，他像死了一样整整躺了三天三夜，那件事他们一点儿都没有提吗？——一点儿都没有听说，呃？一点儿也没有听说他往里吐痰的那个银葫芦？他们也一点儿没有提到他如何应了预言，在上次航行中丧失了一条腿。所有，这些事以及别的什么事，你们一点儿都没有听说，呃？是的，我想你们没有。你们怎么听得到？这些事有谁知道？并不是所有的南塔开特人都知道，我想。不过，无论如何，也许你们听说过那腿的事，他怎么丢掉的吧；嗯，你们一定听说过，我想。哦，是的，那事几乎谁都知道——我的意思是谁都知道他只有一条腿；都知道那一条腿给一条抹香鲸搞掉了。"

"喂，朋友，"我说，"我不知道你唠唠叨叨说的什么，我也不想知道，因为在我看来，你脑子肯定有点儿不对劲。不过，要是你是说的亚哈船长，是说的那边那条船'裴廓德'号，那我可以告诉你，关于他丢腿的事我全清楚。"

"全清楚，呃——你肯定？——全清楚？"

"非常肯定。"

那个叫花子似的陌生人手指指着"裴廓德"号，眼睛瞄着，这样一动不动地站了一会儿，似乎是沉溺在一种深感不安的冥想之中；然后，微微一惊，转过脸来对我们说："雇用你们了，是不是？名字已经写在合同上了？好啦，好啦，签就签了；要来的终归要来；话又说回来，也许结局不会那样。不管怎么样，一切都已经定下来了，都安排好了；总得有水手跟他一起去，我想；是这些人去，还是另外一些人去，反正都一样，上帝怜悯他们吧！早安，船友们，早安；愿冥冥上苍保佑你们；对不起耽误了你们。"

"喂，朋友，"我说，"你要是有什么重大事情要告诉我们，你就说吧；不过，要是你只想糊弄我们，那你这套把戏就找错了对象；我要说的就是这些。"

"说得好，我很喜欢人家这样直截了当地说话；你正是他要的人——你们这一号。早安，船友们，早安！啊！你到了那里，请告诉他们我已经决定不成为他们中间一员了。"

"嗳，老伙计，你那样吓唬不了我们。一个人要装得好像知道什么了不得的秘密，那是太容易不过了。"

"早上好，船友们，早上好。"

"早上是好，"我说。"走吧，魁魁格，别理这疯子。不过，且慢，请告诉我你的名字，好吗？"

"以利亚。"

以利亚！我想了想，我们就走开了，两人都按各自的方式对这个衣着褴褛的老水手评论了一番，一致认为他只不过是个骗子，想吓唬吓唬人而已。但是我们也许还没有走上100码，正要拐弯时，我偶然回头一瞧，没想到以利亚竟跟在我们后面，虽然是远远地。不知怎的，一看到他我就激灵了一下。我也没对魁魁格说他在后面跟着，而是和我的同伴继续往前走，心里想倒要看看他是不是也跟着我们拐弯。他还真跟着拐了；看来他是在跟踪我们，可是什么意图我就怎么也想象不出。这种情况，再加上他那含含糊糊、半隐半露、云遮雾罩的一席话，在我心中引发了各式各样不甚分明的惊异感，也引发了几分忧虑，无不牵扯到"裴廓德"号，还有亚哈船长，还有他失掉的那条腿，还有合恩角的突然发病，还有那银葫芦，还有前一天我离开"裴廓德"号时皮勒船长所说的有关他的话，还有老太婆提斯蒂格的预言，还有我们已经签约的这趟航行，还有许许多多其他一时还看不清的事情。

我决心弄清楚这个衣着褴褛的以利亚是不是真的在跟踪我们，我和魁魁格特意穿过马路，再往回走。可是以利亚却一直往前走过去了，似乎没有注意到我们。这使我松了一口气；同时再一次暗自断定，在我看来这也是终审判决，他是个骗子。

第二十章 启航前的忙碌

过了一两天,"裴廓德"号上一片繁忙。不仅旧帆在抓紧修补,新帆也运上船来了,还有一匹匹的帆布、一盘盘的索具。总之,一切都表明出海前的准备工作在迅速接近尾声。皮勒船长很少或根本不上岸,而是整天坐在棚屋里密切注视着那些水手;比尔达则忙于采购,那些雇来装货和整理索具的人要忙到好晚。

就在魁魁格签约的第二天,凡是船上人员投宿的客店都通知到了,船员的行李必须在天黑前送上船去,因为谁也不知道船什么时候启航。所以,魁魁格和我把行李运上船后,还是决定船不开就一直在岸上过夜。看来他们往往通知得过早,结果船还是好几天待着没动。不过这也不奇怪;在"裴廓德"号一切就绪之前,有好多事情要做,不知有多少事情要考虑到。

谁都知道,好大一堆东西——床啦,平底锅啦,刀叉啦,铲子钳子啦,餐巾啦,核桃夹子啦,等等,全是居家过日子所必备的。捕鲸完全一样,因为它非得在辽阔的海洋上居家过日子达3年之久不可,远离杂货店、小贩、医生、面包店和钱庄。商船虽然也有同样的问题,但和捕鲸船比,程度上大不一样。因为捕鲸船除了航程极长,捕鲸专有的设备过多,以及在偏僻的港口补充设备根本不可能之外,还必须记住,捕鲸船是所有船只中最容易出各种各样的事故的,特别是决定捕鲸成败的那些专用设备最容易遭到毁坏和损失。所以,必须准备好备用的小艇、圆木、绳索和标枪等等。除了船长只有一个,船本身不能有副本之外，几乎一切都要有备用品。

我们到达这个海岛后的这段时间，"裴廓德"号大量的物资储备已接近完成，包括牛肉、面包、淡水、燃料、铁箍和桶板等。不过，如前面提到的，还得花些时间继续把各式各样大大小小的零星物品送到船上来。

干这工作的主要是比尔达的妹妹，一位非常果断、不知疲倦，但心地善良的、瘦弱的老太太。她似乎下定决心，只要她力所能及，就要保证"裴廓德"号顺利出海，什么都不缺。她一会儿给伙房拿来一坛子泡菜，一会儿把鹅毛笔送到大副的办公桌上，供他记航海日志，再一会儿又拿来一卷绒布供背部有风湿的人护腰。她名叫慈善，人人都叫她慈善大婶；女人里头，这个名字大概只有她最当之无愧了。这位菩萨心肠的慈善大婶就像是仁爱会的修女，到处忙个不停，只要是能给船上的人确保安全、增进舒适、带来安慰的事情，她无时不准备以她的手和心全力以赴去做；这条船和她敬爱的哥哥有关，她自己也投资了几十块辛苦积攒下的银圆。

然而，这位心地极好的公理会女教友却吓了我一跳。最后一天她上船来时竟然一手拿一把长柄油勺，一手拿一支更长的捕鲸枪。比尔达自己和皮勒船长的忙劲儿也毫不逊色。拿比尔达说，他随身带着一张所需物品的长长的单子，每送到一件，他就在单子上所记该物品的后面打个记号。皮勒则不时从他那鲸骨窝棚里一跛一跛地走出来，朝在舱口下干活的人吼，朝桅顶上装配索具的人吼，末了又吼着拐回窝棚去。

在准备工作忙碌进行的这些日子里，魁魁格和我经常到船上来看看，也经常问及亚哈船长，他身体怎么样了，他准备什么时候上船。对这些问题他们的回答总是他现在一天比一天好，随时都可能上船；这期间，两位船长，皮勒和比尔达，可以照料为这次航行做准备的一切事宜。我心里其实很明白，要是我不是在骗自己，我并不太想这样子承担这长时间的一次航行。哪有船就要驶向无边无际的大海了，还没有见到船上说一不二的独裁者这个人的道理。有时候就是这样，只要你已经陷进去了，哪怕你怀疑这事有点儿不对头，你甚至对你自己都会百般粉饰化解这种怀疑。我就正是这种情况。于是我什么都没有说，也尽量什么都不去想。

最后终于宣布第二天何时启航。于是第二天早晨，魁魁格和我很早就离开了客店。

第二十一章　上船

我们走近码头时还不到6点,东方还笼罩在灰蒙蒙若隐若现的一片薄雾中。

"几个水手在前头跑,我要是没看错的话,"我对魁魁格说,"不可能是影子,太阳一出来就开船;快走!"

"站住!"猛听到一声喊,喊的人随着就到了我们背后,一只手搭在我俩肩膀上,然后挤到我俩中间,身子稍稍前倾地站住,在朦胧的曙光中,很奇怪地仔细瞧了瞧魁魁格,又瞧我。原来是以利亚。

"上船吗?"

"请你把手挪开。"我说。

"喂,"魁魁格说,一抖身子,"走开!"

"那么,不上船了?"

"不,上船,"我说,"可那关你什么事?你知不知道,以利亚先生,我认为你有点儿不太礼貌?"

"不,不,不,我倒不觉得。"以利亚说,用一种非常费解的眼神很慢、很奇特地瞧过我以后,又瞧魁魁格。

"以利亚,"我说,"请你做好事走吧。我们还要去印度洋和大西洋,最好别耽误我们。"

"你们是……你们是早饭以前就回来?"

"他疯了,魁魁格。"我说,"走吧。"

"喂!"站着没动的以利亚喊道,我们刚走上几步又招呼我们。

"别理他,"我说,"魁魁格,走。"

但是他又悄悄地跟了上来,突然一拍我的肩膀说:"你刚才有没有看到什么东西像几个人朝那条船走去?"

这个单刀直入实实在在的问题让我一愣,我回答说:"是的,我想我是看见了四五个人,可是很模糊,不敢肯定。"

"很模糊,很模糊,"以利亚说,"早上好。"

我们又离开了他,可是他又悄悄地跟了上来,又碰碰我的肩膀说:"看看还能不能找着他们,好吗?"

"找着谁?"

"早上好!早上好!"他回答道,又走开了,"啊!我本想警告你们——不过不要紧,不要紧——反正都一样,又都是自家人——今天早晨霜很重,是不是?再见。不会很快再见到你们。再见面那就是在大陪审团面前了。"说完这些疯疯癫癫的话,他就真的离开了,当时我对他这种极端无礼的举动百思不得其解。

我们终于上了"裴廓德"号,发现船上非常寂静,没有一个人走动。舱门从里反锁上了;舱口都盖着,杂乱地堆放着索具。往前走,来到水手舱,发现那滑动的舱口开着。看到里面有亮,我们就下去了,只看到一个老索匠裹着件破烂的粗呢上衣直挺挺地躺在两个箱子上,脸朝下,埋在交叉的双臂里,正睡得香。

"我们刚才看到的那些水手呢?魁魁格,他们能到哪里去呢?"我怀疑地瞧着熟睡中的老索匠说道。不过,这时我没头没脑提到的现象,魁魁格在码头上似乎根本就没有注意到,所以要不是以利亚那个无法解释的问题,我准会以为是自己看花了眼。不过,我还是放弃了自己的看法;又指着那个在睡觉的人对魁魁格开玩笑地暗示说,也许我们最好挺直身子陪着这具尸体坐着,并要他照办。他把手放在那个睡着了的人的屁股上,好像是摸摸看够不够软和;然后,二话不说,一屁股坐在上面。

"我的天,魁魁格,别坐到那上面。"我说。

"啊，很好的座位，"魁魁格说道，"我老家的坐法，不会伤着他的脸。"

"脸！"我说，"你管那个叫脸？那倒是一张很乐意做好事的脸；可是你瞧他呼吸得好困难，他在使劲儿拱；下来，魁魁格，你太重了，会压坏那可怜家伙的脸。下来，魁魁格！听着，他很快就会把你给颠下来。真怪，他怎么就不醒。"

魁魁格挪动身子，就在那人的头边坐下，点燃了斧头烟斗。我坐在那人脚边。烟斗就在那人身上不断递过来递过去。这时，我也学他的样用破碎的句子问他。他向我解释，在他那个海岛上，由于什么长短沙发全没有，于是国王、酋长和其他头面人物一般都有把下等人养肥了当椅子坐的习惯；同时为了把屋子布置得很舒适，你只需买上十来个懒汉，把他们散放在窗间、墙边和凹壁里就行了。此外，这种椅子外出旅行也很方便，比那种可以折叠成手杖的庭园座椅要好得多；必要时，一个酋长会把他的侍从叫过来，要他变成一条长椅待在枝叶扶疏的树下，也许就在潮湿的沼泽地上。

魁魁格跟我讲这些事情时，每次从我手里接过斧头烟斗时，总要把斧头那一面在那睡着的人头上比画两下。

"那是干什么，魁魁格？"

"很容易，杀掉他；啊！很容易！"

他沉浸于有关烟斗斧头漫无边际的回忆中，似乎就因为它那两大用途，一是用来砍碎敌人的脑袋，一是用来抚慰自己的灵魂。这时那个在睡觉的老索匠突然引起了我们的注意。由于浓浓的烟雾这时已经充满了狭小的舱房，这人开始有了反应。他先是呼吸时咕哝咕哝作响，然后鼻子似乎感到不舒服，接着翻了一两个身，终于坐了起来，擦着眼睛。

"喂！"他终于出声了，"你们这两个抽烟的是什么人？"

"水手，"我回答道，"什么时候开船？"

"哦，哦，你们是船上的，是吗？今天开。船长昨晚上了船。"

"哪个船长？——亚哈？"

"除了他还有谁？真是。"

我正想再问问他亚哈的情况，突然听到甲板上有了声音。

"喂！斯达巴克起床了。"那索匠说，"他是个精力旺盛的大副，那人；还是个好人，一个虔诚的人，不过都起来了，我得干活去。"边说着，他边往甲板上走。我们随后跟着。

这时已是日出雾散。不大一会儿，水手三三两两陆续上了船；索匠们忙开了；大副、二副、三副也都很忙；岸上还有几个人正在把最后一批各式各样的东西搬上船来。这期间，亚哈船长一直待在船长舱里，没有露面。

第二十二章　愉快的圣诞节

终于，快中午时，索匠们最后一批离开了船，"裴廓德"号起锚离开了码头，一贯体贴人的慈善大婶带来了她最后的礼物——一顶睡帽给她妹夫二副斯塔布，一本备用《圣经》给管理员，也坐捕鲸小艇离开了——这之后，两位船长，皮勒和比尔达，从舱里出来，皮勒转过身来对大副说：

"现在，斯达巴克先生，一切都安排妥当了吧？亚哈船长一切就绪——刚才和他谈过了——再不要从岸上拿什么东西上来了吧，呃？好，那就叫所有的水手过来，在船尾这里集合——见他们的鬼！"

"再忙也用不着骂娘，皮勒，"比尔达说，"你去吧，斯达巴克老弟，照我们的吩咐行事。"

这是怎么回事！就要启航了，皮勒船长和比尔达船长还在后甲板上指手画脚，发号施令，好像要在海上做这条船的联合司令，就跟他们在港口所表现的那样。而亚哈船长，则至今还没有看见他的影子；只是他们说他在船长舱里。不过，当时的想法是，船启动以及把它顺利驶出海去，都不是非要他在场不可。实际上，那根本就不是他的分内职责，那是领港的事；同时因为他还没有完全恢复——他们是这么说的——所以，亚哈船长就待在舱里。这一切看来自然得很；特别是在商船上，许多船长在起锚以后好长时间都不在甲板上露面，而是待在船长舱里和岸上的亲朋饮酒告别，一直到他们最后和领港一起离船为止。

不过,也没有多少时间来考虑这件事,因为皮勒船长这时非常活跃。训话和下令似乎主要由皮勒独揽,比尔达不大参与。

"都到船尾这儿来,你们这些兔崽子,"他看到水手都在主桅旁磨磨蹭蹭,就嚷道,"斯达巴克先生,把他们都撵到船尾来。"

"把那边的帐篷拆掉!"——是第二道命令。我前面已经提到,这鲸骨大帐篷只是在船进港以后才搭起来;在"裴廓德"号上,30年来,谁都知道下令拆帐篷是起锚之后的第一件事。

"卷绞盘!给我上!跳!"——是接着的一道命令,水手们赶紧抄起杠子。

且说启动船时,领港总是站在船头部位。而这个比尔达,和皮勒一道,除了其他职务外,还是南塔开特领了执照的领港——人家怀疑他之所以要做领港,是为了给他有股份的船只节省一笔领港费,因为他从不为别的船领航——比尔达,嘿,这时可能正忙于观看船头那边越来越近的铁锚,隔三岔五还唱上几句沉闷的赞美诗,为绞车前的水手鼓劲儿。他们都诚心诚意地放开嗓门唱着关于布布巷风化区姑娘们的合唱。然而,两三天前,比尔达还跟他们说过,不准在船上唱亵渎神圣的歌,特别是在船启动的时候;而他的妹妹慈善大婶则在每个水手的铺位上放了一本瓦茨的圣诗精选。

这时,皮勒船长在船尾照料,只见他暴跳如雷,破口大骂。我还真有点儿怕锚还没起上来船倒给他弄沉了。想到碰上这么个魔鬼做领港来开始这次航行,今后我们两个不知要冒多少风险,我不由得住了手,往杠子上一靠,并要魁魁格也住手。我还在自我安慰,心想也许可以指靠虔诚的比尔达得救,尽管他只同意给我七百七十七分之一的红利,正出神时,突然觉得屁股上狠狠地挨了一下,回过头来一瞧,不禁大惊失色,那幽灵般的皮勒船长正从我身边把腿缩回去哩。这是我挨的第一脚。

"在商船上也是这么起锚的吗?"他大吼道,"绞呀,你这蠢货;绞,使劲儿!你们为什么不绞,喂,你们大家——绞呀,廓霍格！绞，你这红胡子；绞那里，戴无边帽的；绞，那穿绿裤子的。绞呀，喂，你们大家，把吃奶的力都使出来！"这么嚷着、吼着时，他围着绞车转，随心所欲地给这个一脚，给那个一脚，比尔达则继续领唱赞美诗。我心想，皮勒船长今天肯定喝了什么。

锚终于绞上来了，升起了帆，我们便出海了。那是个又短又冷的圣诞节。当北方短暂的白天消失在黑夜中时，四望已经几乎全是荒凉的大海了，寒冷刺骨的浪花着身便成冰，我们好像披上了一身光亮的盔甲。舷墙上一长排一长排的冰齿在月光下闪闪发亮，巨大的弧形冰棱像巨象的长牙从船首垂了下来。

瘦长的比尔达，作为领港，带领人值第一班。当这条古老的船深深扎进碧绿的海面，整条船蒙上一层寒霜时，风在呼啸，索具咯咯作响，不时可以听到比尔达沉着镇静的歌声：

> 滔天的洪水尽头是芬芳的田野，
> 一望翠绿玉立亭亭。
> 宛如犹太人眼中的古迦南，
> 约旦河滚滚奔流其间。

这美妙的歌词从来没有像那时那么悦耳动听。它们充满了希望与憧憬。尽管狂暴的大西洋上冬夜寒冷难当，尽管我双脚湿漉漉，上衣湿淋淋，当时在我看来，前面还是有很多愉快的避难所；草原和林中空地永远是那样充满生机，一到春天便是一片新绿，无人践踏，不会枯萎，繁密茂盛一直到盛夏。

终于我们在海面上驶出了好远，两个领港都不需要了。那条一直跟着我们的结实的小帆船开始靠到我们的船边来。

看到皮勒和比尔达，特别是比尔达船长，在这个时候竟然大动感情，很令人感到奇怪，但并非不感到愉快。因为他们还不愿意离船；非常不愿意就此离开一条航程如此漫长而又危险的船——要航行到合恩角和好望角两个多风暴的海角以远去；一条他有好几千块辛辛苦苦赚来的银圆投资的船；一条他一位老船友担任船长的船；这位老船友，年纪跟他差不多，又将担着极大风险和无情的鲸颚打交道；他不愿意跟这么一件从各方面来说都是他的命根子所在的东西告别——可怜的比尔达老头拖延了好久，焦虑地在甲板上踱来踱去，一会儿又跑下船长舱去说句告别的话，一会儿又回到甲板上来，望望上风头，望望那以遥远的东方大陆为界的辽阔无际的海洋，望望陆地，望望上空，望望左边、右边，每一处都望到了又哪儿都没有望到。最后，他机械地把根绳子绕在栓子上，冲动地抓住皮勒的手，举起一只灯笼，站了一会儿，满怀豪情地凝视着他的脸，好像在说："只好这样，皮勒老弟，我能挺住；真的，我能挺住。"

至于皮勒自己，倒还想得开一些；但是他再怎么想得开，那灯笼靠近他的脸时，也能看见泪水在眼眶里闪烁。他也不止一次在舱里、甲板跑上跑下——一会儿在舱里说上一句，一会儿又跟大副斯达巴克说上一句。

但最后他很果断地对他的伙伴说："比尔达船长，老船友，咱们得走啦。转一转主帆桁！小船，喂！准备靠拢，咳！小心，小心！比尔达，老伙计，做最后的告别吧。祝你好运，斯达巴克——祝你好运，斯塔布先生——祝你好运，弗拉斯克先生——再见啦，祝你们大伙好运——3年后的今天，我会在南塔开特老家给你们准备好一顿热气腾腾的晚饭。好哇，走啦！"

"愿上帝保佑你们，它的圣灵永远守护你们，朋友们。"比尔达老头几乎是东拉西扯地念叨，"希望你们现在会有好天气，这样，亚哈船长很快就可以在你们中间走动走动——他缺的就是好太阳，你们走的这条热带航线会有的是。你们几位副手，捕鲸时要小心。你们标枪手，没有必要不要拿小艇去冒险；上等白杉木板一年之内足足上涨了百分之三。也别忘了做祷告。斯达巴克先生，提醒那个桶匠别浪费了备用的桶板。哦！缝帆针都搁在那个绿色橱柜里！主日别捕得太多,朋友们;不过有好机会也不要错过,老天爷送上门来的厚礼不收也不合适。那个糖浆桶得留点儿神,斯塔布先生;我记得有点儿漏。船要是停靠海岛,弗拉斯克先生,注意别去乱搞女人。再见,再见啦!那乳酪不要在货舱里搁得太久,斯达巴克先生,会坏的。黄油省着点儿——两毛钱一磅哩,再提醒你一句,要是——"

"得啦,得啦,比尔达船长;别没完没了——走吧!"皮勒随即催他翻过船舷,两人双双落进了小船。

大船和小船分开了。寒冷潮湿的夜风从中穿过。一只尖叫的海鸥在头上盘旋。两条船都颠簸得很厉害。我们心情沉重地高呼了三声,就像命中注定似的盲目冲进了寂寥的大西洋。

第二十三章　下风岸

倒回去几章,曾提到个叫布金敦的,一个刚上岸的高个子水手,在新贝德福的一家客店里碰到的。

在那个冷得令人直哆嗦的冬天,要报仇的"裴廓德"号,一头扎进冰冷歹毒的波涛时,我看到掌舵的竟是布金敦!我对他既同情,又敬畏,仲冬时刚结束一趟为期4年的危险航程上岸,居然毫不休息又奔向另一趟仍然是充满风险的航程。陆地好像烫脚似的,世界上最令人惊奇的事情往往是难以表达的;最深切的思念不会写在墓志铭上;这短短的一章就是布金敦没有墓碑的坟墓。我只想说一句,他的处境就像一条风雨飘摇的船,正艰难地顺下风岸行驶。港口倒很愿意援助;港口是慈悲为怀的;入得港来,便是安全、舒适、炉边、晚饭、暖和的毛毯、朋友,这一切对于我们人来说都是亲切美好的。可是,在那样的暴风中,港口、陆地便成了船只最大的威胁;它必须逃避一切款待;稍微碰一下陆地,哪怕只龙骨轻轻擦一下,整个船身都会颤抖不已。它必须扯起满帆逃离海岸;这样做,就必须和那股想把它往岸上吹的风苦斗,千方百计回到那遭受狂风吹打的空旷宽阔的海面上去;为了避难反而孤独无助地自投险境;应该是它唯一的朋友反而成了不共戴天的死敌!

现在,你明白了吗,布金敦?你似乎多少看清了一点儿那难以忍受的真理;一切深刻认真的思考都只不过是灵魂无畏的拼搏以求保持它海阔天空的独立性;而天地间最狂暴的风不是勾结在一起一心要把它扔上那貌似忠诚、奴性十足的海岸？

不过，正因为最高的真理仅仅存在于广阔无垠中，犹如上帝般无所不在，变幻不定，因此，在那呼啸的无垠中死去远远胜过屈辱地奔向下风头，即使下风头可以活命。因为那时，啊，就会像一条虫似的怯懦地爬上岸去！那太可怕了！难道所有这些殊死的斗争真是那么白费力气？鼓起勇气来，鼓起勇气来，啊，布金敦！坚强地挺住吧，你这备受尊崇的人！冲出危险的浪花，跃上你完美的顶峰！

第二十四章　辩护人

由于魁魁格和我现在正式干上了捕鲸这个行当，也由于这个行当不知怎的在陆地人看来是种有点儿煞风景、不太体面的职业，所以，我很想说服你们，你们这些陆上人，这样看待我们这些捕鲸人是不公平的。

首先，一个不容讳言的事实是，捕鲸这个行当在一般人看来不能和所谓的自由职业相提并论。如果把一个陌生人引进大城市任何一个五花八门的社交团体，比方说，把他作为一个标枪手介绍给大家，人家也只不过就他的功过稍稍议论一番而已；但如果他仿照海军官员，居然也在名片上印上他职业的简称字母S. W. F.（抹香鲸猎捕业），人家就会认为这种做法过于放肆、可笑之至了。

毫无疑问，世人之所以拒绝给我们捕鲸人以应有的礼遇，一个主要的理由是：他们认为我们的职业再往好里说也只不过是一种屠宰性的行当；而一旦积极从事这一行当，我们就被说得一无是处。我们是屠夫，那不假。但是，世人无不乐于尊崇的所有陆海军司令也都是屠夫，而且是获得血腥气最重的奖章的屠夫。至于说我们的行业不干净这一提法，我马上可以提供你某些至今罕为人知的事实，它们，总的来说，将无可辩驳地至少将捕鲸船列为我们这个干净的地球上最干净的事物之一。但是，即令上述指责所言不虚，试问又有哪条捕鲸船杂乱无章的甲板比得上那充满无法形容的死尸臭的战场？而从那种战场上归来的士兵，太太们还给他们敬酒哩。如果说士兵敢于冒生命危险，这个想法大大提高了公众对于士兵职业的评价，那我可以跟你打赌，许多曾满不在乎地走上炮台的老兵猛一看到抹香鲸那在他头上刮起一股旋风的巨大尾巴，准会畏缩不前。因为人类所能理解的恐怖怎能同上帝的奇观和恐怖二者合而为一的东西相比呢？

不过，虽然世人瞧不起我们捕鲸人，他们却不知不觉地对我们表示最大的敬意；而且十二分地崇拜！因为差不多所有点燃在世界各地的大小灯烛，就像点燃在神龛前似的，都在赞美我们。

但是，且让我们从其他角度来看看捕鲸业，用各式各样的天平来掂掂它的分量，看看我们捕鲸人究竟是些什么样的人，又曾经干过些什么。

为什么荷兰人在德·威特时代有过捕鲸舰队的司令？为什么法国的路易十六自己掏腰包到敦刻尔克装备捕鲸船，并还从我们自己的南塔开特岛聘请几十个家庭到那里去呢？为什么英国在1750年至1788年给捕鲸人员的奖金高达100万镑以上呢？最后一点，我们美国现在的捕鲸人数又怎么会超过世界上所有其他有组织的捕鲸人的总和，捕鲸船队的船只多达700艘以上，配备的人员达18000人，每年耗费达400万元，处于服役期的船只总值达2000万元，每年运回我们港口的收获高达700万元？如果在捕鲸业中没有某种很有威力的东西，怎么会有这一切？

不过，这些连我要说的一半都不到；请再往下看。

我不客气地断言，任何一个以全世界为己任的哲学家无论如何也无法指出在过去10年中有任何非暴力的力量对全世界所起的作用，总的来说，超过了不可一世的捕鲸业。捕鲸业总是这样那样地引发了许多重大事件，这些又大大影响随后发生的事情，因此满可以把捕鲸业比作那位埃及母亲，她那下一代还在腹中没有出世，就又孕育了再下一代。要把所有这些事件分门别类一一写下来，那会是一件永远写不完的白费力气的工作。我们在这里就简单地列举几件算了。多少年来，捕鲸船在发现最遥远、最罕为人知的地区上一直是开路先锋。它远征过没有海图、库克和范库弗都没有去过的海洋和群岛。欧美的兵舰今天之所以能平安地停泊在一度为野蛮人所有的港口里，是应该向捕鲸船鸣炮致敬的，是捕鲸船最先给它们引的路，是捕鲸船首先在他们和野蛮人之间做了沟通。他们尽可以随意歌颂他们远征探险的英雄，那许多位库克和许多位克鲁生斯丹恩；但是我说许多来自南塔开特没有留下姓名的船长，和你们的库克、你们的克鲁生斯丹恩同样伟大，甚至还要伟大得多。因为他们是孤立无援赤手空拳地，是在隶属于异教徒的、鲨鱼出没的海域上，是在海图上没有记载的、荆棘丛生的海岛旁，和前所未见的怪异与恐怖作战，而这，率领有大队船只、配备有毛瑟枪的库克也不见得会乐于去试试。所有那些在以往的南海航行中大肆宣扬的东西，在我们英勇的南塔开特人一生中就不值一提了，常常是，范库弗专门拿出两三章来写的冒险事迹，这些人却认为在船上普通的航海日志中都不值得落下一笔。这世道啊！这世道啊！

在捕鲸船绕过合恩角进行作业之前，在欧洲与太平洋沿岸那一长列富饶的西班牙诸省之间，没有商业往来，没有其他交往，只有殖民关系，是捕鲸船率先打破了西班牙国王的独霸政策，接触到那些殖民地。要是有足够的篇幅，我可以很清楚地说明，怎样从那些捕鲸船开始，后来终于把秘鲁、智利和玻利维亚从旧西班牙的枷锁下解救出来，并在这些地区永久建立了民主制度。

澳大利亚，相当于地球另一边的伟大的美洲，就是捕鲸船引进文明世界的。在一个荷兰人出于错误首先发现它之后，其他船只都把那一带海岸当作疫病流行的蛮荒之地而长期远远地躲开；但是捕鲸船却到了那里。捕鲸船才是现在那强大的殖民地的母亲。此外，头一批移民在澳大利亚定居的初期，多次依靠在那一海域偶然抛锚的捕鲸船施舍的饼干才免于饿死。玻利尼西亚无数的小岛也有过同样的情况，因在贸易上给予捕鲸船很多优惠，这就为传教士和商人开辟了道路，还有不少捕鲸船把初期的传教士送上头一批目的地的事例。要是那关门上锁的岛国日本也变得好客起来的话，那完全得归功于捕鲸船，因为捕鲸船已经来到它的大门口了。

但是，假如在所有这些事实面前，你仍然声称，从美学观点上说，捕鲸业不能引起任何值得赞美的联想，那我就准备拿起长矛跟你斗上50回，每次准杀得你丢盔卸甲，败下阵来。

你会说，没有哪位著名的作家写过大鲸，没有哪位著名的编年史家记载过捕鲸业。大鲸没有著名作家写过，捕鲸业没有著名编年史家记载过？那有关我们的大海兽的头一篇报道是谁写的？不是伟大的约伯[①]吗！关于捕鲸航行的头一篇记事又是谁写的？不就是艾尔弗雷德大帝亲自执笔把当时的挪威探险家沃瑟所说的记下来的吗！又是谁在议会里对我们致以热烈的颂词？不就是埃德蒙·伯克吗！

这都一点儿也不假，可是捕鲸人自己却都是些可怜虫；他们出身贫贱。

出身贫贱？可在这一点上他们也有胜过皇室出身的东西在。本杰明·富兰克林的祖母玛丽·莫雷耳，嫁了南塔开特一个老移民，婚后叫玛丽·福尔杰，也是一长串福尔杰和标枪手的女祖宗——都是高贵的本杰明的亲戚——今天他们把带钩枪从这半个世界投到了那半个世界。

这也说得不错；可这一切等于承认捕鲸业并不怎么值得人尊敬。

捕鲸业不值得人尊敬？捕鲸业是属于皇室的！根据英国有关的古老法规，鲸被定为"御鱼"[②]哩。

哦，那只不过是虚有其名！鲸自己可从来没有摆出那种不可一世的架子来过。

鲸从来没有摆出不可一世的架子来过？一位罗马将军在进入全世界的首都时，在为他举行的一次盛大的凯旋式上，从叙利亚沿海一路护送回来的大鲸骨骸在鼓钹喧天的行列中不是最引人注目的东西吗？

---

① 见《圣经·旧约·约伯记》第四十一章。
② 这一点以后几章中将另有述及。——原注

既然你这么旁征博引，就算是这样，可是，不管你怎么说，捕鲸业没有什么真正的威严可言。

捕鲸业无威严可言？我们行业的威严是连老天爷都承认的。鲸鱼座就是南天的一个星座！还有什么可说的！在沙皇面前你压低帽子，而对魁魁格你就脱帽致敬吧！再也不需要说什么了！我认识一个人，他一生中捕获过350条鲸。我认为那个人比古代那位夸耀攻下了350座城池的大将更了不起。

至于我本人，如果在我身上还真有点儿什么尚未发现的可取之处；如果在那个沉寂的小天地里我并非没有理由企望的名副其实的声誉我能受之无愧；如果今后我能够做一点儿总的来说人人都想完成而不想半途而废的事情；如果在我死后，我的遗嘱执行人，说得更合适一点儿，我的债权人，在我的抽屉里找到了什么珍贵的手稿，那我预先在这里把一切荣誉和光荣全归之于捕鲸业，因为捕鲸船曾经是我的耶鲁大学和哈佛大学。

第二十五章　附言

　　为了维护捕鲸业的威严，我很乐意单纯提出一些具体事实。但是，一个辩护人，在摆出事实之后，对他所辩护的事业可能极有说服力而又言之成理的推测竟只字不提——这样一个辩护人，难道不该受到责备？

　　谁都知道，国王或女王举行加冕礼时，要为他们的庆祝仪式接受一番奇特的梳妆过程，就是现代也一样。有一种所谓盐缸式的仪式，也可能有一种调味瓶式的仪式。他们究竟怎样用盐的——谁知道呢？然而，我可以肯定的是，加冕时国王的脑袋是一丝不苟地抹上了油的，甚至就像是一盆色拉。他们给国王的脑壳抹油的意图是不是跟给机器抹油一样，好让脑壳内部运转得灵活些呢？这里大可玩味之处是这道庄严的工序所涉及的至关重要的尊严问题，因为在日常生活中，我们对一个头发抹油且油味刺鼻的人的评价是下贱、可鄙。老实说，一个有脑子的人除非是作为外敷用药才使用发油，他很可能是什么地方有块癫疤。要不，一般来说，这个人不可能有多大出息。

　　不过，这里唯一要考虑的事情是——加冕时用什么油？肯定不会是橄榄油、植物性发油、蓖麻油，也不会是熊油、普通鲸油、鱼肝油。那么，除了未经加工、未受污染、所有油中最纯净的抹香鲸油以外，还能有什么别的油呢？

　　想想看，你们这些忠诚的不列颠人！是我们捕鲸人供应你们的国王和女王加冕用的涂料哩！

第二十六章　骑士和随从（上）

"裴廓德"号的大副是斯达巴克，南塔开特人，祖祖辈辈都在公理会。他个子高，人诚恳，虽然出生在冰天雪地的海岸，但似乎很能适应热带气候，他那一身肉硬得就像是烤过两次的饼干。把他运到东印度群岛，他身上的血也不会像瓶装啤酒一样变酸。他一定是出生在大旱闹饥荒期间，或者是在他的国家盛行的某个禁食日。他还只经历过大约30个干旱的夏季；那些个夏季把他烤得干干的，全身没有一点儿多余的肉。但是这一点，就是说他的干瘦，似乎不是那种折磨人的忧虑重重的象征，也不像是身体有病的迹象，仅仅是整个人凝缩成了这个样子。他绝不难看；恰恰相反。他干净绷紧的皮肤非常贴身，紧裹在里面的是内在的健康和饱满的精力，就像是一个复活了的古埃及人。这个斯达巴克似乎准备挺住漫长岁月的来临，而且就像现在这样地挺住；因为不管是南极的冰雪还是赤道的太阳，他像丝毫不受影响的航海时计，他内在的精力保证他在任何气候条件下都能应付裕如。往他的眼睛深处瞧去，你似乎看到了仍滞留在那里的他一生中泰然身历的无数危难的影像。他坚定沉着，他一生绝大部分是很有感染力的充满行动的哑剧，而不是由单调的声音组成的篇章。然而，尽管他非常冷静坚毅，他身上的某些品质有时却影响更大，甚至在某些情况下几乎起了一边倒的作用。作为一个海员来说，他过于认真，又生来就对大自然怀有深深的崇敬，因此长期生活在荒凉的海上那种孤独感便使他变得非常迷信；不过他这种迷信，不知怎的，似乎与众不同，与其说是出于无知，不如说是来自智慧。外在的怪异和内心的直觉在他身上合而为一。而这些东西如果有时软化了他那焊铁般的灵魂，那他对他那远在家乡的黑白混血的年轻妻子和小孩的思念就更加柔化了他性格中原有的粗犷，使他更易于接受那些潜在的力量的影响。这些潜在的力量会在一些老老实实的人心中克制住那种胆大妄为的冲动，这种冲动许多人在捕鲸业非常危险复杂多变的情况下表现得太常见了。

"我绝不允许在我的小艇上有一个不怕大鲸的人。"斯达巴克说。他这话的意思似乎不仅仅是说，最可靠、最有实效的勇气只能来自对所遭遇到的危险做出清醒的判断，而且也是说，一个完全无所畏惧的人比起胆小鬼来是更加危险的伙伴。

"对，对，"斯塔布说，"斯达巴克嘛，是捕鲸业中你到处都可以见到的那种特别小心谨慎的人。"不过，斯塔布心目中或者差不多所有其他捕鲸人心目中的"小心谨慎"究竟是什么意思，我们很快就会明白的。

斯达巴克绝不是那种一味追求惊险刺激的骑士；他从不把勇敢看作一种内在的情操，而仅仅看作是一种有用的东西，能在一切关键场合派上用场。此外，他也许认为在捕鲸这个行业中，勇敢是船上大家的主要给养之一，就像牛肉和面包，是不能白白地浪费掉的。因此，他不喜欢在日落之后还放下小艇去追捕大鲸，也不赞成和一条过于顽抗的大鲸一直斗下去。因为，斯达巴克认为，我来到这凶险的海洋来捕杀大鲸为的是谋生，不是来充当它们的食物而让它们吃掉。成千上万的人就是这样给吞掉的，这一点斯达巴克很清楚。他自己的父亲是怎么死的？在那深不可测的海洋里，他到哪里去寻找他哥哥那被撕碎的肢体？

斯达巴克虽然脑子里装着这样一些回忆，而且如前面提到过的，还非常迷信，尽管这样，他的胆量仍然有增无减，确实到了无以复加的地步。不过，对于一个具备他这样素质的人，有他这样可怕的经历和回忆的人，这些东西居然没有在他身上引发一种因素，潜伏下来，在适当的条件下，突破理智的控制，激发起他所有的勇敢，这不符合常情。不过，就算他很勇敢，那也主要只是一种见之于一些无所畏惧的人的那种勇敢，那种勇敢虽然通常能坚定不移地对抗海洋、风暴、大鲸，或者世界上任何普通的不合理的恐怖，却抵挡不住那些更大的恐怖，因为那些主要来自精神方面的恐怖有时会由于一个强有力的人暴怒之下一皱眉、一板脸而使你感受到威胁。

但是，假如以下的叙述会通过实例把可怜的斯达巴克的大无畏精神贬得一钱不值，那我真有点儿不忍心写下去，因为揭露灵魂中那种勇敢精神的崩溃实在是一件最可悲而且最令人震惊的事情。人看上去可能像联合证券公司或者国家一样极其可恶，世界上也会有恶棍、傻瓜、杀人犯，也有人有一张讨厌的枯槁的脸。但是人类，按照我们的理想，应该是非常高贵而又容光焕发，应该是雄伟堂皇而又光彩照人的生物，因此谁有了不光彩的污点，他所有的同伴都会赶紧把最贵重的袍子都甩掉，避之唯恐不及。我们在自己内心所感觉到的那种男子汉气概，深藏在我们内心的最深处，尽管外在的名气似乎全部离我们而去，它却仍然完整无损；因此，一个丧失了男子汉气概的人那种暴露无遗的惨状只会教看到的人痛苦的心上流血。即使是最虔诚的人，看到这样一种可耻的景象，也免不了要责怪几句那不予制止的命星。但是我所探讨的这种令人肃然起敬的尊严，并不是帝王将相所有的那种尊严，而是大量存在于平民百姓中的那种尊严。你会看到它在挥镐抡锤的胳膊上发光。那种平民的尊严，从上帝那儿连绵不断地从四面八方辐射而来。他自己！伟大至尊的上帝！天下子民的中心和行止范围！他的无所不在，赐给了我们神圣的平等。

那么，如果今后我把高贵的品质（虽然并不明显）献给那些最卑贱的水手、叛教者和遭摈弃者，如果我围绕他们编织出崇高的悲剧美，如果我甚至让他们中间最悲伤、最卑微的一员完善自我达到崇高的顶峰，如果我用一点儿天上的光来渲染那个工人的胳臂，如果我给他悲惨的日落铺上一片彩虹，那么，请别理睬凡人的批评，证明我没有做错吧,你公正的平等之神,你的仁爱已经犹如天幕将我们一视同仁地覆盖!请证明我没有做错吧,你伟大的博爱之神!你连那邪恶的罪犯班扬,那脸色苍白、罕见的诗人都没有抛弃;你甚至用千锤百炼的纯金叶包扎了塞万提斯那穷老头的断臂;你还从沙滩上捡起安德鲁·杰克逊,把他扔上战马,并大声疾呼让他登上了比王位还高的宝座!你以有力的步伐走遍大地,不断地从你的气概不凡的子民中挑选出最优秀的战士。请证明我没有做错吧,上帝!

第二十七章　骑士和随从（下）

斯塔布是二副，科德角人，因此，按照当地的习惯，都叫他科德角佬。他是个乐天派，胆子不小，但绝不逞英雄，危险当前，满不在乎，在从事最危险的追击时，总是不辞劳苦，沉着镇定地忙个不停，就像个长年雇用的细木工。他脾气好，人随和，有点儿马虎，指挥他的捕鲸艇打起生死难卜的遭遇战来，就像举行晚宴似的，他的水手都是他请来的客人。他喜欢把他的小艇布置得舒舒服服的，就像一个老车夫喜欢把他的座位弄得舒舒服服的一样。逼近大鲸时，在生死立见的决战中，他冷静潇洒地投出他那支无情的鱼枪，就像一个吹着口哨的补锅匠摆弄榔头一样。等非常非常贴近那愤怒的巨兽时，他还会哼起家乡的老曲。对这个斯塔布来说，长期的海上生活已经把死神的血盆大口变成了安乐椅。对死亡本身他是怎么想的，那很难说。连究竟是不是想过它都可能是个问题，不过假如酒足饭饱之余，他的思想还真的偶尔转到那方面去的话，那毫无疑问，他准像一个好水手那样，把它看成是一种叫值班人上桅顶的呼唤，去全力寻觅他只要听到号令便马上能找到的东西。

在这个世界上，随处可见兢兢业业的小贩，背负重载，被压得几乎头触地面，而斯塔布肩负着人生的重担却能一路上走得轻松愉快，逍遥自在，无所畏惧，之所以能如此，也许还有什么别的东西在起作用，也许还有什么别的东西使他具有那种近乎离经叛道的半庄半谐的性格；那个东西一定就是他的烟斗。因为他那又短又黑的小烟斗，像他的鼻子一样，是他脸部的一个正式组成部分。他一早从床上爬起来，你要看到他的嘴里没有烟斗，那几乎就跟看到他脸上没有鼻子一样。他总准备好了一整排装好了烟丝的烟斗，插在床头一个伸手可及的架子上。他一上床，就挨个儿用，拿将灭的这个点着另一个，一直到架子上的烟斗全部抽完为止，然后又全部装好准备重新使用。因为斯塔布一起床，不是先套上裤子，而是先叼上烟斗。

我认为这样连续不断地抽烟至少是形成他那种独特气质的原因之一。因为谁都知道，这地面上的空气，无论是陆上的还是海上的，都严重感染了无数人所身受的各种无以名状的灾难，这些人临终都吐出了它，正如霍乱流行时，许多人在外面走动都用一块有樟脑气味的手绢掩住嘴，斯塔布的烟气也许起了一种防止感染人间一切苦难的作用。

三副是弗拉斯克，蒂斯伯里人，那是在马撒的维因耶德。一个五短三粗脸色红润的小伙子，特别好与鲸斗。不知怎的，他似乎认为这巨兽既冒犯了他个人，也冒犯了他祖辈，因此对他来说这就成了一个荣誉攸关的问题，碰上了就非得把它们干掉不可。有关那巨兽威风凛凛的块头和神出鬼没的方式，他没有丝毫敬意；碰上它们可能有危险因而在心头引起哪怕是类似恐怖的感觉，他也丝毫没有意识到，他不识深浅地以为这堪称海中一绝的大鲸只不过是一种放大了若干倍的老鼠，或者水耗子而已，只需稍微动动脑子，多少花点儿时间和力气就可以把它给宰了、烹了。他这种无知的、无意识的无所畏惧使他在和大鲸打交道时显得有点儿滑稽。他追击大鲸是为了寻开心，因而一趟为期3年远至合恩角的航程对他来说只不过是一件延续那么长时间的开心事罢了。正如木匠的钉子有粗细之分，人类也可按此区分。小伙子弗拉斯克属于粗钉那一类，这类钉子就是起个钉得紧、经得久的作用。"裴廓德"号上的人都管他叫中柱，因为在体型上，他很像北极捕鲸人如此称呼的那种又短又方的木头；它凭借许多呈辐射状嵌在它上面的桁木，支撑船身抗住那不断冲击的海浪冷漠的冲撞。

且说这三位副手——斯达巴克、斯塔布和弗拉斯克，都是船上举足轻重的人物。根据通行的传统习惯，他们是统率"裴廓德"号上3条小艇的头目。在亚哈船长很可能亲自带队出击的那种大阵式下，这三位头目便成了联合船长。或者这三人拿起了长长的锋利的捕鲸枪，便成了3个最突出的枪手，即使是在标枪手中间也数得着。

由于在这种出名的捕鲸业中，每位副手或者头目像中世纪的骑士那样，总由各自的小艇上的舵手或标枪手做随从，在某些节骨眼儿上递上一支新的鱼枪，如果原先的那支在攻击时拧坏了或者弄弯了；而且由于二人之间通常都有很亲密的友谊，所以如果我在这里写下哪些人是"裴廓德"号上的标枪手以及哪个标枪手跟随哪位头目，我想那是完全应该的。

头一个要说的便是魁魁格，大副斯达巴克把他挑去做了自己的随从。不过魁魁格我们已经很熟悉了。

第二个便是塔希蒂格，是格黑德的纯印第安人。格黑德位于马撒的维因耶德最西面的一个海角，那里至今还残留少数红种人，那地方长久以来一直供应邻近的南塔开特海岛许多最大胆的标枪手。在捕鲸业中，人们就按他们的出生地叫他们格黑德佬。塔希蒂格一头又长又稀的黑发，高高的颧骨，以及对一个印第安人来说够黑够圆的眼睛——它们的圆而大是东方式的，炯炯有神则是南极式的——这一切足以肯定他是那些自豪的武士猎手的纯种后代，他们为了搜索新英格兰大角麋，手持弓箭，跑遍了本土的原始森林。但是，塔希蒂格现在不再在山林中嗅着气味跟踪野兽，而是来到海上跟踪追击大鲸了；后代万无一失的标枪毫不逊色地取代了先辈百发百中的神箭。看到他那蛇一般柔软的四肢上的茶色肌肉，你会觉得一些早先来到这里的清教徒的迷信绝非没有来由，并且会很有几分相信这个野蛮的印第安人就是魔王的儿子。塔希蒂格是二副斯塔布的随从。

标枪手中数第三的是达格，一个黑如煤炭的巨人，是个黑种人，走起路来像狮子,活脱一个亚哈随鲁王①。他耳朵上挂着两个大金箍。这两个金箍实在太大了,水手们都管它们叫螺栓环,可以把中桅帆的升降索拴在上面。达格少年时代曾自动跑上停泊在他故乡一个荒凉海湾的一艘捕鲸船当水手,除了非洲、南塔开特以及捕鲸船最常去的异教徒港口外,再没有去过什么别的地方,虽然在一些雇人特别挑剔的捕鲸船上过了好多年战功显赫的捕鲸生活,仍然保留了他全部的野蛮习性,立着像只长颈鹿,不穿鞋还有6英尺5英寸,在甲板上一走动,非常壮观。抬头一望他,便由不得你不敛气屏息;一个白人站在他面前就像是一面来到堡垒跟前请求停战的白旗。说来奇怪,这个威严的黑人,第二个亚哈随鲁王达格,竟是小个子弗拉斯克的随从。这小个子往他身边一站,也就是国际象棋的一个棋子罢了。至于"裴廓德"号上其余的人,应该说明的是,在现代美国捕鲸业中雇用的成千上万名水手当中,美国人不到一半,不过所有的头目几乎全是美国人。其实,美国捕鲸业的情况和美国陆军、海军、商船船队以及雇来修建美国运河和铁路的工程人员的情况一样。我之所以说一样,是因为在上述所有这些场合,美国人大方地提供脑力,而世界上其他地方的人则慷慨地供应体力。捕鲸船上的水手很多来自亚速尔群岛,从南塔开特出航的捕鲸船经常在这里停靠,好从那尽是码头的海岸上找些能吃苦耐劳的农民来当水手。同样,格陵兰岛的捕鲸船从赫尔或伦敦开出来,在设得兰群岛靠岸,把所缺的水手全部补齐,返航路过这里时,再让他们上岸回家。究竟是怎么个情况,也说不清楚,不过,岛上的居民似乎都是顶呱呱的捕鲸人。"裴廓德"号上的水手就差不多全是岛民,他们也是一些与世隔绝的人。我之所以这样称呼他们,不是说他们与大陆隔绝,而是说他们各自生活在自己的小天地里。不过现在,大家来到一条船上相依为命,这些与世隔绝者之间关系可好哩!一个来自天涯海角底层的代表团在"裴廓德"号上陪伴亚哈老头,要

---

① 见《圣经·旧约·以斯帖记》。

把人间的不平倾诉在那很少有人生还的审判台前。黑小子皮普——他就从来没有回来过——哦，不！他是去而复返的。这来自亚拉巴马州的可怜孩子！你不久就会看到他在这命途多舛的"裴廓德"号的船楼上敲着手鼓。在大限到来之前，他被经常叫来，高高地在宽敞的后甲板上和天使们在一起，使劲儿敲响手鼓，时而为懦夫打气，时而为英雄欢呼！

第二十八章 亚哈

离开南塔开特好几天了，还是一直没有看到亚哈船长露面。3个副手定时轮流值班，似乎没有什么东西给人以相反的印象，说他们不是船上唯一的指挥者；只是有时看到他们从船长室出来下达立即执行不容更改的命令，才知道他们原来只不过是在替别人发号施令。是的，船上最大的头头和独裁者就在那里，不过到目前为止没有获准到那神圣的隐居所似的船长室去的人还没有机会看到他就是了。

每次我在舱里休息后，来到甲板上，总是马上朝船尾凝神望去，看是不是有什么生面孔；因为我最初对这位知之甚少的船长所感到的那种隐隐约约的不安，现在来到四望皆水的大海中就简直使我心烦意乱了。有时，衣着褴褛的以利亚那些烦人的胡扯竟带着一种我前所未知的神秘力量涌上心头，这就更加莫名其妙地让我坐立不安。我心情好的时候，对码头上那个古怪的预言者那些煞有介事的奇谈怪论总能一笑置之，不以为意，现在却真让我不知如何是好。不过，不管我忧虑也好，不安也好——姑且以此名之吧——每当我一瞧自己的周围，就觉得这种心情似乎完全没有根据。因为，虽然那些标枪手以及绝大部分水手，比起我过去所熟悉的商船的温顺船员来，要野蛮得多，异教徒味儿重得多，也鱼龙混杂得多，但我仍然把这种心情归之于——而且是完全正确地归之于——我已义无反顾地从事的野性十足的斯堪的纳维亚人职业的可怕独特性。不过，多亏船上3位主要头目，那3位副手的神态才真让人吃了定心丸似的，消除了那些没有多少根据的忧

虑，令人满怀信心愉快地去应付航行中出现的各种情况。这3个人都很出色，既是头目又是水手，要找到3个比他们更好的可就不那么容易了。而且他们3个还都是美洲人，一个南塔开特的，一个维因耶德的，一个科德角的。这时，正当圣诞节，船一出港便驶入了冰寒刺骨的北极气候海域。幸亏我们一直是朝南走，船一分一度往南纬移动，逐渐甩脱了那冷酷的冬天和难以忍受的气候。在这段过渡期间，有天早晨，天色不像平常那么阴霾，可也够灰暗阴沉的，船赶上顺风，正以一种报复性的蹦跳和怒气冲冲的速度在冲刺，我登上甲板去值午前班，眼睛刚朝船尾栏杆一瞄，便有所预感似的打了个冷战。活生生的现实还没让我来得及害怕，亚哈船长赫然站在后甲板上。

他似乎没有什么病象，也不像是有病初愈，他看上去像是刚从火刑柱上解下来，大火舔遍全身，把四肢都烧红了，但没有烧掉，也丝毫没有损坏他那上了岁数的粗壮结实身体。他整个高大的身材似乎是用纯青铜浇铸成的，并且是在一个不能改动的模子里成型的，就像意大利雕塑家切林尼铸的宙斯之子柏修斯一样。从他的灰发丛中一路往下经过晒成茶色的脸和脖子的一侧，然后隐没在衣服里，是一条棍子似的细长的铅灰色里泛白的疤痕。它就像是闪电劈在大树上留下的那条垂直的裂缝：有时一道闪电凌空劈在一株大树高耸挺拔的枝干上，一根树枝也没有劈掉，只是从树巅到树根一路往下剥皮挖槽，然后往地里一钻，消失得无影无踪，那大树还是枝青叶绿，却留下了一道烙痕。那疤痕究竟是生来就有的，还是重创后愈合的伤疤，没人能肯定。好像大家有个默契似的，在整个航程中很少有人或者根本就没人提及，3位副手更是守口如瓶。不过，有一次，塔希蒂格的长辈，格黑德的一个印第安老水手却算命似的断定亚哈是在满40岁的时候才有了那样一道烙印的，并且不是和人打架而是在海上和风暴的一场搏斗中落下的。然而，这一荒唐的说法被曼克斯默岛一个老头拐弯抹角的一番推论给否定了。这老头说起话来半死不活的，他以前从没离开过南塔开特，也从没见过这野性十足的亚哈。尽管如此，那古老的海上传说，再加上远古以来的轻信，便轻易地赋予了这个老头以超自然的辨别力。所以，当他说要是哪一天亚哈船长安安静静地死去——这样的事不大可能发生，他又嘟哝了这么一句——那么，谁来安葬死者，准会发现死者身上从头到脚的这条印痕。他这番话也没有哪个白人水手认真地反驳。

亚哈那冷酷的模样以及身上那道铅灰色的烙印，猛然看到，让我非常震动，有一阵子竟没有注意到他那压倒一切的冷酷很大程度上是来自支撑着他半个身子的那条古怪的白腿。我早先就听说过这条象牙色的腿是在海上用抹香鲸的牙骨打磨光滑后做成的。"哦，那是在日本海给弄断的，"有一次那个格黑德老印第安人说，"不过，像他船上断了一根桅杆一样，他不用返港修理就又换了一根。他有的是桅杆。"

他那奇特的姿势给我的印象很深。在"裴廓德"号后甲板的每一边，贴近中桅支桅索处，有个钻孔，钻入船板大约半寸深的样子。他那条鲸骨腿就稳稳地插在那个钻孔里，一只胳臂抬起，抓住一根支桅索；站得笔直，眼睛直望颠簸不已的船头的正前方。在他那目不转睛、无所畏惧、直望前方的目光中，透露出毫不动摇的坚忍精神，坚定不移、毫不妥协的顽强意志。他一言不发，他手下的几个头目也默不作声，不过从他们最细微的动作和表情上明显地看得出来，他们在安静不下来的头头的目光下如果不是觉得很不舒服，至少也是很不自在。不仅那样，心情郁闷的亚哈站在他们面前，脸上有一种备受折磨的神情，让人感觉到一种发自某种巨大痛苦的、莫可名状的凛然不可侵犯的尊严。

他首次公开露面后不久便又回到船长舱去了，不过自此以后，水手们每天都能见到他了；他或是站在那个钻孔里，或是坐在他自备的牙骨小凳上，或是在甲板上慢慢走动。随着天气不再是那么阴沉沉的，甚至还开始有点儿暖和了，他也就越来越不过隐居生活了。好像船只出海，并不是别的东西而只是海上严冬的荒凉景象才使他如此深居简出。因此，不久他就差不多老是待在外面了。不过，到目前为止，不管他说了些什么，或让人感觉到他说了些什么，在这终于有了阳光的甲板上，他像一根多出来的桅杆显得多余。但是，"裴廓德"号现在还只是在赶路，还没有进入正式的巡弋阶段，所有需要督促的捕鲸准备工作，3个副手一般都能应付裕如，所以眼下很少或者根本就没有什么事情需要惊动他，要他亲自出马，就这样，在那段空隙里，他额头上重叠的云层暂时散了。云总是爱堆积在最高的山峰上的。

不久，那如美妙的歌声般诱人、如节日般愉快的温暖天气到来了，他的心情也似乎越来越好。因为当四月和五月这两个脸色红润、蹦蹦跳跳的少女又回到那为严冬占领的拒人于千里之外的树林子，即便是枝干光秃、表层粗糙、惨遭雷击的老橡树，也至少会抽出几根嫩绿的新芽，来欢迎这两位满怀喜悦的来访者。亚哈对那如少女般嬉戏诱人的气氛终于也同样做出了一点儿反应，脸上不止一次展现了一丝花骨朵般的快意。换了别人，那骨朵儿早就绽了开来，笑容满面。

第二十九章　亚哈登场，斯塔布配搭

又过了几天，"裴廓德"号已经把冰啦、冰山啦全甩在后面，正劈波斩浪穿过春光明媚的基多海域。在海上，春天似乎永远把守在热带那永恒的八月的门槛上。那些凉暖宜人、天高云淡、鸟语花香、流光溢彩的白昼，就像盛着波斯冰冻果汁的水晶高脚杯，堆满了——盖满了作玫瑰露香的雪花。那些星光灿烂的夜晚仿佛是傲慢的贵妇人，身着缀满钻石的天鹅绒盛装，在家独自高傲地思念那在外东征西讨的爵爷，那头顶金盔的太阳！谁要想睡觉，还真难在这如此迷人的白昼和如此诱人的夜晚之间做出抉择。但是那正当芳龄、魅力无穷的天气绝不只是对外在世界施展魔力。它也使内在的心灵失去了宁静，特别是在静谧柔和的傍晚时分。于是，犹如明净的冰冻结了万籁俱寂的黄昏的千姿百态，回忆也凝成了水晶。而所有这些难以捉摸的因素越来越在亚哈身上发挥作用。

人一上了年纪总难得入睡；好像活得越长，就越不想和任何类似死的东西打交道。在船长们中间，那些白胡子老头经常晚上起来，到夜幕笼罩下的甲板上去转转。亚哈也不例外；只不过近来他待在甲板上的时间似乎很长，以致严格说来，他多是从甲板上下去到舱里瞧上一眼，而不是从舱里上来到甲板上瞧一眼。"对像我这么个上了年纪的船长来说，"他经常喃喃自语道，"走下这狭小的舱口，到我那墓坑似的床铺上去，就像往坟墓里走似的。"

所以，差不多每24小时，等夜班人员安排停当，甲板上的人为甲板下睡觉的人放哨,这时要是把一根绳索拽上船首楼,水手们不会像白天那样往地上一摔,而是小心地放好,生怕打扰了在睡觉的船友;等周围变得这么一片没有半点响动的寂静时,这时,习惯性地,那默不作声的舵手会目不转睛地盯着船长舱舱口,不大一会儿,那老头就出现了,抓着铁栏杆,一步一跛地走。这时他很有点儿体贴入微的劲儿,从不到后甲板去巡视。因为对于3位非常疲倦的副手来说,要是在离他的牙骨脚跟才6英寸处休息,那他们耳边就只会回响着他那咚咚作响的噪音,就会尽做些鲨鱼把牙咬得嘎巴响的噩梦了。但是,有一次,赶上他情绪很坏没有注意到这些细节,正在脚步沉重像滚木头似的从船尾栏杆到主桅来回走动时,怪脾气的二副斯塔布从舱里上来,用一种不大有把握、祈求的幽默口吻说,亚哈船长要是有兴致在船板上走走的话,没人能说个"不"字,不过也许可以想个什么办法把噪音捂住一点儿,接着又含含糊糊、吞吞吐吐地说了些什么弄团麻屑,把那牙骨脚跟插到里面之类的话。唉!斯塔布,那时你太不了解亚哈了。

"你把我当炮弹往炮膛里塞吗,斯塔布?"亚哈说道,"不过,你走吧,我忘了。回到你那夜间的坟墓里去吧;像你这样躺在那儿的裹尸布里,最后拿来做填料。——下去,狗东西,狗窝里去!"

没想到这老头猛然之间这么盛气凌人,发作一通,斯塔布吃了一惊,哑了一会儿场,才激动地说:"我不习惯有人跟我这样说话,先生,我很不喜欢这样,先生。"

"住口!"亚哈牙咬得轧轧响,气冲冲地走开了,好像是怕一时控制不住自己。

"不,先生,还没说完哩,"斯塔布鼓起勇气说,"别以为我好说话,可以随便叫我狗东西,先生。"

"那就多叫你几声驴子、骡子、野驴。滚,要不我宰了你!"

亚哈边说边朝他冲过去,神情十分可怕。斯塔布不觉直往后退。

"以前从来没有哪个这样对待我,我不狠狠给他一拳的。"斯塔布发现自己正往舱口下走,不禁喃喃自语道,"真是怪事。站住,斯塔布。不知怎的，现在我还真不知道是回去揍他一顿呢，还是——还是怎么啦？——跪在这里给他祈祷？是呀，我心里是起了这么个念头；可是那会是我有生以来头一次做祈祷。真怪，非常怪；他也很古怪，嗯，这老家伙从头到脚是我斯塔布航海以来碰到过的最古怪的人。看他向我扑过来的那股狠劲儿！——他那双眼睛简直要喷出火来似的！他疯了吗？不管怎么说他心里肯定有事，就跟甲板要是砰砰作响那上面肯定有什么东西一样。如今一天24小时中，他在床上的时间不超过3小时；而那3小时他还没好好睡。那个叫汤团的小厮有天早晨不是告诉我他发现老头子吊床上的被子总是乱七八糟的，床单捅到了脚头，被单滚得跟麻花差不多，枕头热得吓人，就像搁过一块烧得滚烫的砖头似的？一个一团火似的老头！我看他准是有了岸上一些人所说的心病。据说，那是种什么三叉神经痛——比牙痛还厉害。好啦，不说了；反正我也说不上那是什么玩意儿，但愿上帝保佑我别跟它沾边儿。他这人尽是解不开的谜。汤团告诉我他怀疑老头子每天夜里都到后舱去，我真纳闷他到那里去干什么，为了什么？我倒真想知道。有人在那里跟他约会？那不挺怪吗，呃？不过，说不定那也是老花样了——还是打个盹儿吧，咳，一个人出生到这个世界上来，哪怕只为了马上就能睡上一觉，那也值得。如今我既然想到了这一点，那也不妨提提。刚生下的婴儿做的头一件事就是睡觉，那也有点儿怪。咳，不过，细细一想，世界上无事不怪。不过，那是违背我的原则的。不动脑子，是我的第十一诫；而能睡便睡，则是第十二诫——又转回来了不是。不过，那又怎么样呢？他不是叫我狗东西吗？活见鬼！他一个劲儿叫我驴子，还骡子、公驴、野驴的挂上一大串！他还不如索性踢我一脚哩。也许他真踢了也不一定，我没有觉得就是，当时他那杀气腾腾的模样不知怎么还真把我吓坏了。好像是有根白骨一晃，我究竟怎么啦？连站都站不稳了。惹翻那个老头还真够倒霉的。老天爷在上，我一定是在做梦，可是——怎么啦？怎么啦？怎么啦？——不过还是不要声张的好。那就还是回吊铺上去吧；到明天早上，这让人心烦的梦怎么圆大白天里自有办法。"

第三十章 烟斗

斯塔布走开后,亚哈还靠着舷墙站了一会儿,然后又像近来常做的那样,叫过来一个值班水手,让他到舱里去把他的牙骨小凳拿来,还有烟斗。他凑着罗经柜上的灯火点着烟斗,把小凳搁在迎风那一边的甲板上,就坐下来抽烟。

在古挪威时代,那些爱海的国王的宝座据说都是用鲸牙做的。看到亚哈坐在那只三脚牙骨凳上,谁不会联想到它就象征着他的王位呢?亚哈就是甲板上的可汗,海上的王,大海兽的主子。

坐了好一阵子,浓浓的烟雾接连不断地从他嘴里喷出来,风一吹又扑到他脸上。"怎么如今抽烟也不再消愁解闷了。"他终于拿掉烟斗自言自语道,"啊,我的烟斗!要是你都不起作用了,那我的日子肯定不会好过了!我这是在无意识地受罪,而不是享受。唉,还一直蠢里蠢气地顶着风抽。还一口紧接一口地抽,就像一条垂死的鲸,我在我最后的日子里所喷出的也仿佛是最无法摆脱的烦恼。我跟这只烟斗还有什么交道可打?这东西本来就是为心境宁静的人准备的,让柔和的白烟缭绕在柔和的白发上,而不是在像我这样蓬乱的铁灰色发绺上。我再也不抽了——"

他随手把还燃着的烟斗扔到海里。那火在波浪里哗的一声就灭了。同一瞬间大船冲过那只下沉的烟斗冒起的泡泡。亚哈把帽子拉低,摇摇晃晃地在甲板上走来走去。

第三十一章　助梦波

第二天早晨，斯塔布看到弗拉斯克，便走了过去。

"昨晚上我做了个从来没做过的怪梦，方柱。老头子那条鲸骨腿，你是知道的，嘿，我就是梦见他用那条腿踢我。我也想还敬他一下，天啊，我的小兄弟，就一脚踢过去。于是乎，一声疾呼！亚哈好像变成了一座金字塔，而我，就像个大傻瓜，照着金字塔踢个不停。但是，更奇怪的是，弗拉斯克——你也知道，所有的梦都是好奇怪的——就在我火冒三丈的时候，不知怎的我好像跟自己说，让亚哈踢一脚，也算不了太大的侮辱。'嗨，有什么好吵的？'我心里想，'又不是条真腿，只不过是给条假腿踢了一下而已。'同样是挨了一下，是有生命的东西打的还是无生命的东西打的，这中间有天大的区别。这就是为什么挨一拳比挨一棍要百倍难受的道理。真腿——那踢一下就是真侮辱，我的小兄弟。我一直在对自己说，请注意，当我傻乎乎地一个劲儿踹那该死的金字塔时——这一切简直太不符合常情，'喂喂，'我一直在对自己说，'他那是什么腿，一根棒棒而已——一根鲸骨棒。不错，'我心里想，'只不过是闹着玩打了一棒——实际上，他也只不过打了我一鲸骨棒——而不是卑鄙地踢了我一脚。再说，'我心里想，'你瞧一眼看看，嘿，那一头——就是下面的那一部分——那一头好小啊。要是一个大脚片子农民踢了我一脚，那就是一个天大的侮辱。可我受到的侮辱只不过是削得尖尖的那么一小点儿而已。'不过，弗拉斯克，这就说到这个梦最可笑之处了。当我一个劲儿猛踢那金字塔时,一条浑身獾毛的雄性老人鱼,背上有个驼峰,一把抓住我的肩膀,把我扳转身来。'你在干什么?'他说。我滑倒了!老兄,我真吓坏了,这么一副面孔!不过,不知怎的,过了一会儿,我就不害怕了。'我在干什么?'我终于说道,'那关你什么事?我倒想知道知道,驼背先生!你想让我踢你一脚?'老天爷作证,弗拉斯克,我的话刚出口,他就转过身来,屁股朝着我,弯下腰,提起当布片子的一团海草——你猜我看到了什么?——哈,老兄,他屁股上插满了穿索针,针尖朝外。我转念一想说,'老伙计,我不踢你算了。''聪明的斯塔布,聪明的斯塔布。'他嘟嘟哝哝念个不停,就像一个钻进烟囱的怪物在嚼着自己的牙龈。我看到他没完没了地念他那'聪明的斯塔布,聪明的斯塔布',心想还不如继续踢那金字塔。可是,我刚刚抬起脚,他就大吼起来,'别踢!''喂,怎么回事,老伙计?''喂,听我说,'他说道,'咱们来辩论辩论这个侮辱问题。亚哈船长踢了你一脚,是不是?''是呀,他踢了我一脚,'我说,'就踢在这里。''好的,'他说,'他是用的鲸骨腿,是不是?''是的,是鲸骨腿。'我说。'那好,'他说,'聪明的斯塔布,你有什么可抱怨的呢?他不是一番好意才踢你吗?他不是用什么一般的松木腿踢的你,对不对?对,你是给一个大人物踢了,而且用的是一条漂亮的鲸骨腿,斯塔布。那是一种光荣,我认为那是一种光荣。听着,聪明的斯塔布。在古代的英格兰,那些最大的侯爷们认为被女王打个耳光是最大的光荣,并因此被授予嘉德勋章;而你斯塔布也大可以夸耀一番,说你被亚哈老头踢了一脚,并因此成了个聪明人。记住我说的;尽管让他踢,把那看作是种光荣,千万不要还脚,因为你搞不赢的,聪明的斯塔布。你没有看到那座金字塔吗?'话一说完,他不知怎的就古里古怪地游进空中不见了。我打起鼾来;翻了个身,发现自己身在吊床!哎,你怎么看这个梦,弗拉斯克?"

"我搞不清。不过,据我看似乎有点儿蠢里蠢气。"

"可能,可能。可是这梦使我变聪明了,弗拉斯克。亚哈站在那里,正斜望着船尾前边,你看到没有?喂,弗拉斯克,你最好让那老头一个人待着;千万别跟他说话,不管他说什么。嘿!他在嚷嚷什么?听!"

"桅顶上的,嗨!注意观察,每个人都算上!附近有大鲸!要是看到一条白色的,就拼命追!"

"你怎么看,弗拉斯克?他喊得是不是有点儿怪,呃?一条白鲸——你注意到没有,老兄?你瞧——就要发生什么大事了。你就做好准备吧,弗拉斯克。亚哈有件非同寻常的心事,不过,别说了,他过来啦。"

第三十二章 鲸类学

我们已经开始勇敢地行驶在大海上，但很快就会迷失在见不到岸、见不到港口的汪洋之中。在尚未迷失之前，在"裴廓德"号沾满海草的船身与大海兽盖满藤壶的身躯并排奋进之前，不妨先来做好一件几乎是不可或缺的事：彻底了解下述有关大海兽的各种比较特殊的阐述和引喻。

我极愿将大鲸主要的种类做个比较系统的说明。然而，这绝不是件轻而易举的工作。为了把这一团乱麻的各个组成部分分门别类，试尽了一切办法。且听听近代最优秀的权威是如何说的。

"动物学上没有哪个分支其复杂的程度可以和所谓鲸类学相比拟。"1820年，斯哥斯比船长说。

"即使我有这个能力，我也没有这个打算，来研究一种行之有效的方法，将鲸类动物归类分科……在研究这种动物（抹香鲸）的历史学家中间存在着极大的分歧。"1839年，外科医生比尔说。

"在深不可测的大海中不宜于进行我们的研究工作。""我们对鲸类动物所知极为有限。""一个布满荆棘的领域。""所有这些零零碎碎的说明仅起到折磨我们这些博物学家的作用而已。"

动物学和解剖学方面的名家如伟大的居维埃、约翰·亨特以及莱松关于大鲸都是这么说的。不过，这方面真正的知识虽少，有关的书却很多。有很多人或多或少写到过大鲸，其中有出名的，也有不出名的；有老的，也有新的；有陆上的，也有海上的。不妨列举几位——

《圣经》的作者们、亚里士多德、普利尼、艾特罗万第、托马斯·布朗男爵、格斯纳、雷、林尼厄斯、隆德列修斯、威洛比、格林、阿蒂第、西鲍尔德、布里松、马登、拉塞配德、博纳太埃尔、德马雷斯、居维埃男爵、弗列达里克·居维埃、约翰·亨特、欧文、斯哥斯比、比尔、贝内特、罗斯·布朗、《米里亚姆·科芬》的作者、奥耳姆斯特德、契弗牧师。所有这些人所写的究竟有什么基本的概括性的意义,上引片段可见一斑。

　　在上列有关描写大鲸的作者名单中,只有那些名列欧文之后者曾经看到过活鲸;而这些人中间只有一位是真正的职业标枪手兼捕鲸人。我说的是斯哥斯比船长。在弓头鲸又称露脊鲸这个科目上,他是现存的最优秀的权威,但是斯哥斯比对巨大的抹香鲸一无所知,也没有说过片言只语。和抹香鲸相比,那露脊鲸就不值一提了。在这里提醒一下,露脊鲸是海中王位的篡夺者。它甚至还算不上是鲸中最大的。然而,由于它长期以来享有的特权,以及距今大约70年前,人们对抹香鲸一无所知,而且这种无知到今天除了少数几个科研角落和捕鲸港外仍然占据统治地位,于是这种假冒为王就毫无破绽地站住脚了。把过去许多大诗人关于这大海兽的绝大部分引喻都找来看看,就可以肯定,在他们心目中,露脊鲸是毫无对手的海上君王。不过,发表一个新的公告的时候终于到来了,到张贴文告的查林十字架上去看看吧:听着,普天之下的百姓——露脊鲸已经被废黜了——现在登基的是大抹香鲸!

　　现存的书只有两本自称把抹香鲸刻画得栩栩如生,但这一意图远未落实。这两本书是比尔和贝内特写的;两人都在英国南海捕鲸队上做过医生,并且两人都一丝不苟,诚实可靠。他们的书中关于抹香鲸的原始材料很少,不过就其所涉及的方面而言,这些材料都是弥足珍贵的,虽然绝大部分限于科学的描述。然而,无论是客观的描述还是主观的歌颂,至今在任何文献中都见不到抹香鲸的全貌。它的情况大有别于其他已被捕获的大鲸,它的生活状况还没有文字记载。

如今大鲸亟须进行通俗全面的分类,哪怕现在只拿出一个比较简单的大纲式的东西来,再让后来的耕耘者去填满各个栏目也行。由于眼下没有更合适的人来担任这一工作,我冒昧自荐来试试。我不敢说能搞得很完善,因为人世间的事情往往力求完善反而漏洞百出。我也不妄图对所有的种类做详尽的解剖学方面的描述,或者——至少在此——做很多任何方面的描述。我在这里给自己定下的目标仅仅是勾勒出鲸类学系统化的草图。我只管图纸设计,不管具体施工。

但这是一项费力不讨好的工作;邮局里一般的拣信员是胜任不了的。要摸到海底去跟踪它们,要去探索这世界最难描述的内脏、肋骨,甚至骨盆,这是一件很可怕的事。我有多大能耐,竟想去钩住这大海兽的鼻子!约伯身受的那场可怕的嘲弄就够吓坏我的了。"它(大海兽)岂肯与你立约?人指望捉拿它是徒然的!"①但是,我跑了许多图书馆,航遍了海洋;我只能用这双看得见的手来和大鲸打交道。我是认真的:一定要试试。有些准备工作得先行安排。

第一,大鲸究竟是不是鱼,在某些方面这仍然是个众说纷纭的问题,这证实了鲸类学这门科学悬而未决、有待确定是当务之急。林厄尼斯在他写于1777年的《自然之体系》一书中宣称:"据此我把大鲸从鱼分离出来。"但是,据我所知,一直到1850年,鲨鱼和河鲀,青鳞鱼和鲱鱼,都没有按林厄尼斯明确的宣告行事,仍然和大海兽共海而居,分享一切。

林厄尼斯之所以要开除大鲸的鱼籍,其理由如下:"因为它们有拥有两个心室的温暖的心脏,有肺,眼皮可以活动,耳朵是空的,而且雌性还有乳房,从自然规律来说,当然区别于一般鱼类。"我把这些理由说给我的两个朋友西米恩·麦赛和查利·科芬听,想听听他俩的意见。他俩都是南塔开特人,是在某次航行中和我一起进餐的伙伴。他俩一致认为这些理由都站不住脚。查利甚至很不客气地说那纯

---

① 见《圣经·旧约·约伯记》第四十一章。

粹是胡说八道。

不妨把我的看法也亮出来。我自愿退出这场争论。我还是采取老式立场，认为大鲸是鱼，并请神圣的约拿来支持我。这个最基本之点定下来之后，下一个问题就是，鲸体内有哪些不同于其他鱼类之处。林厄尼斯已经列举了如上那几条。简而言之，就是鲸有肺，并且血是热的；而所有其他的鱼则没有肺，血是冷的。

第二，怎样根据鲸明显的外部特征来给它下个定义，以便一劳永逸地给它一个明确的标志？不妨说得简短一点儿，鲸就是一种会喷水、尾部平直的鱼。这就说到了点子上。这个定义虽然简短之至，却是反复思考的产物。海象也会喷水，在这一点上很像鲸，但海象毕竟不是鱼，因为它是两栖动物。但这一定义的第二点同第一点联系起来便更有说服力。几乎谁都肯定注意到了这一事实，即所有为陆地人所熟悉的鱼，尾部都不是平直的，而是垂直的，或者说是从上到下的。而会喷水的鱼，虽然尾部形状和不会喷水的鱼相似，却无一例外都是平放着的。

根据上述给鲸下的定义，对见多识广的南塔开特人视为大鲸同类的任何海族，我绝不把它们排斥在大海兽的亲属之外，而对权威人士迄今视为异类的任何鱼类，我也绝不把它们同大鲸扯到一块①。因此，所有体形较小的、会喷水的、尾部平直的鱼都应包括在鲸类学的这一平面图中。然后，再就整个鲸群来个大的划分。

第一：根据大小，我把鲸基本划分为三部分（再细分为章），不分大小，全包括在内。

（一）对开本型鲸；（二）八开本型鲸；（三）十二开本型鲸。

我把抹香鲸列入对开本型，逆戟鲸列入八开本型，小鲸列入十二

---

① 我知道称为鱼的拉马丁鱼和人鱼（南塔开特的科芬家族称之为石鲈和牝豚鱼）迄今仍被许多博物学家划入鲸类。但因为石鲈是一种有腐臭味的、下贱的鱼，主要潜伏在河口，以水草为生，特别是因为它们不会喷水，我认为它们不配划入鲸类，谨送给它们一本护照，让它们离开鲸类学王国。——原注

开本型。

对开本型，包括下列各章：1. 抹香鲸；2. 露脊鲸；3. 脊鳍鲸；4. 座头鲸；5. 剃刀鲸；6. 黄腹鲸。

第一部分（对开本型）第一章（抹香鲸）。这种鲸，过去英国人含糊地称之为喇叭鲸、赘疣鲸和砧头鲸，现代法国人称之为卡沙洛，德国人称之为波茨鱼，还有一个长长的学名Macrocephalus（疣猪属鲸）。它无疑是地球上块头最大的居民；所有的鲸中数它最难对付。在外观上它威风凛凛。最后一点，它的商业价值高得无与伦比：珍贵的鲸脑油只能从它身上获得。它所有的特征将在其他地方详加阐述。我现在主要得跟它的名称打交道。从语言学的角度来考虑，这是很荒谬的。几个世纪以前，人们对抹香鲸的本来面目几乎一无所知，它的油也只是偶尔从它搁浅死去的尸身上获得。那时候，鲸脑油似乎普遍认为是来自当时英国人所知道的格陵兰鲸或露脊鲸。这也真够糊涂的。鲸脑油（Spermaceti）这个名称本身就是对露脊鲸一种颇能引人发笑的嘲弄，它的头一个音节不已经在字面上就表明它是来自抹香鲸（Sperm whale）吗？那时候，鲸脑油也是非常稀罕的，不是用来照明，而仅仅用作油膏和药剂。只有在药房里才买得到，就像我们今天去药房买一盎司大黄一样。我是这么想的，随着时间的推移，鲸脑油真正的性质逐渐为人们所知，而买卖人之所以仍然保留它原来的名称，无疑是考虑到这个名称在表明它的稀罕性上具有非常特殊的意义，借以提高它的身价。因此，这个称呼最终必须授予那真正提供这种油的鲸。

第一部分（对开本型）第二章（露脊鲸）。由于它最早被人类捕获，在这一点上它可说是最古老的。它提供众所周知的商品鲸须，以及人们特地称之为"鲸油"的油，一种低档商品。在捕鲸人中间，它被不加区分地冠以如下许多名称：鲸、格陵兰鲸、黑鲸、大鲸、真鲸、露脊鲸。取了这么多名字，这一种类究竟是什么样子便很有点儿含混不清。那么我划入对开本型的第二类鲸又是什么鲸呢？在英国博物学家眼中是大须类鲸，英国捕鲸人称之为格陵兰鲸，法国捕鲸人称之为巴利安·奥第奈尔，瑞典人称之为格罗兰·沃尔鱼。它就是200多年来荷兰人和英国人在北极海上捕获的那种鲸；就是美国捕鲸人在印度洋、巴西沿海、挪威西海岸以及他们称之为"露脊鲸巡游场"的世界其他各地所长期追捕的那种鲸。

有人居然想在英国人所说的格陵兰鲸和美国人所说的露脊鲸之间找出不同之处来，但他们对它们许多大的特征看法却又完全一致，并且提不出任何决定性的论据来支持二者截然不同的看法。正是立足于极不可靠的差别上的那些无穷无尽一分再分的细节，使博物学的某些部分变得令人反感的复杂。我们将在别的地方阐述抹香鲸时再来较为详细地讨论露脊鲸。

第一部分（对开本型）第三章（脊鳍鲸）。我把一种怪兽列入这一条目之下，这怪兽有鲸、高喷鲸和长约翰鲸等不同名称，几乎在所有的海洋中都可以见到，是人们经常提到的一种鲸，它的远距离喷水常为横渡大西洋的纽约邮船上的乘客所津津乐道。脊鳍鲸的长度和长须跟露脊鲸很相似，只是腰围小些，颜色浅些，近似橄榄色。它那巨大的嘴唇像根锚链，是巨大的皱纹交错歪斜重叠而成。它最易识别的最大特点，即它那据以得名的鳍，常常是一个很明显的目标。它那鳍大约有3至4英尺长，直立在背部较后处，呈三角形，顶部极为尖锐。这个动物即使其他部分一点儿也看不见，那孤立的鳍也经常可以清清楚楚地看到突出在水面上。当海面相当平静，稍稍有点儿涟漪时，这暑针似的鳍挺立着，影子投映在微波荡漾的海面上，那围绕着它的水圈让人觉得有点儿像日晷。在那只亚哈斯的日晷①上，日影经常往后退。脊鳍鲸不喜群。它似乎不屑与同类为伍，就像有些人不喜欢人类一样。它很内向，总是独来独往，出人意料地在最偏僻、最阴沉的海域露出水面。它那股直射空中的喷泉就像是竖立在荒野上的一根愤世

---

① 见《圣经·旧约·以赛亚书》第三十八章。

嫉俗的长矛。在游泳上它是一把天生的快手，以人类现有的能力休想撵上它。这种巨兽带着那背上的标志似乎是它的族类中被放逐的谁也杀不了的该隐①。脊鳍鲸，由于有长须，有时就和露脊鲸一道，在理论上归入所谓须鲸类，就是说，有须的鲸。关于这些所谓的须鲸，似乎有好多个品种，不过，大多罕为人知。阔鼻鲸、钩鼻鲸、矛头鲸、隆背鲸、低颚鲸和突嘴鲸，是捕鲸人为其中少数几种取的名字。

　　在此很有必要提醒一点，即不管"须鲸"这一名称在归纳某类鲸上多么方便，要是根据长须，或者驼峰，或者大鳍，或者牙齿，来对这种大海兽做个明确的划分，却只会白费力气，尽管这些显著的部分或者特征，比起它同类所有的任何其他孤立的身体特征来，似乎更适于作为正规的鲸类学分类的依据。这怎么说呢？须知长须、驼峰、背鳍和牙齿这些东西所代表的特征是散见于所有鲸的，与它们的结构在其他更为关键的细目上究竟有些什么特色毫无关联。因此，抹香鲸和座头鲸各有驼峰一座，然而其相似之处仅此而已。而这同一个座头鲸和格陵兰鲸，二者均有长须，其相似之处也仅此而已。上述其他特征均可按此类推。在不同种类的鲸之间，彼此形成毫无规律可循的组合；或者，要是把其中任何一类孤立起来看，却又毫无规律地独具特色。这种情况使所有的鲸类学家都一筹莫展。

　　但是，也许可以这样设想，在鲸的内部器官上，在它的结构上——至少在那上面我们可以找到正确分类的依据。举个例子，在格陵兰鲸的结构上有什么东西比它的长须更引人注目？我们已经知道光根据它的长须是不可能将格陵兰鲸正确地分类的。可是假如你转而着眼于各种大海兽的内部，那你就会发现，对分类学家来说，其内部的特征比起那些业已列举的外部特征来，其利用价值还不到五十分之一。那么，还有什么别的办法吗？没有别的办法，只有从它的身躯，从它整个庞大的体积着眼，大胆地按照这个方法来分类。这就是我们

---

① 见《圣经·旧约·创世记》第四章。

在这里采用的书目提要分类法；这是唯一可望有成的方法，因为只有这种方法才是切实可行的。且继续往下说。

第一部分（对开本型）第四章（座头鲸）。这种鲸常见于北美洲沿海一带。它经常在那一带被捕获。它像个小贩似的背着个大包袱；或者你不妨称它为象鲸和城堡鲸。无论如何，它这一通用的名称并不足以把它和别的鲸区别开来，因为抹香鲸背上也有个驼峰，只不过小一点儿而已。它的油不太值钱。它也有须。它是所有的鲸中最爱嬉戏、最快活的一员。它弄出来的那些五光十色的泡沫和浪花，一般说来，比别的鲸都多。

第一部分（对开本型）第五章（剃刀鲸）。关于这种鲸，除了它的名称外，其他方面人们所知极少。我曾在离合恩角相当远的海面上看到它。它性格孤僻，既躲避捕鲸人，也躲避专家学者。虽然它绝不是懦夫，可它总是隐身水下，只能看到它的背部呈长而尖的脊状露出水面。放过它吧。关于它我也就知道这么多，其他人也不会比我强。

第一部分（对开本型）第六章（黄腹鲸）。也是一位性格孤僻的先生，腹部呈浅黄色，肯定是下潜过深擦过炼狱的顶瓦时留下的。轻易看不到它的踪影；我也只在南洋较偏僻的海面上看到过它。你得当心它会把你几个绳厂的捕鲸索都给拖走。关于它的奇闻倒不少。再见吧，黄腹鲸！关于你的真实情况我再也说不出什么来了，即使是最老的南塔开特人也一样。

第一部分（对开本型）就这样结束了。现在开始第二部分（八开本型）。

八开本型[①]中等大小的鲸都包括在内，目前可以列举出来的有：1. 海豚鲸；2. 黑鲸；3. 一角鲸；4. 逆戟鲸；5. 长尾鲸。

[①] 为什么这一部分的鲸不称为四开本型，道理很简单，因为这个目的鲸，虽较前一目的鲸体形较小，却酷似其缩影，而书籍装订者手下的四开本，虽然比对开本要小，却没有按比例缩小以保持对开本的外形，而八开本则做到了这一点。——原注

第二部分（八开本型）第一章（海豚鲸）。这种鲸，它那粗重响亮的呼吸声，或者还不如说吹气声，给陆上人提供了一条谚语①。它虽然是大海中人们很熟悉的居民，一般却并不把它算作鲸。可是它却又具备这种大海兽所有的大的特征，因此绝大多数博物学家已经确认它是鲸。它是那种八开本型的中等身材，15至25英尺长，腰围尺寸与之相称。它喜群；从来没人把它看作正式的捕猎对象，虽然它油相当多，而且还是很好的照明用油。有些捕鲸人认为，这种鲸一出现，便是大抹香鲸前来的预兆。

第二部分（八开本型）第二章（黑鲸）。对所有的鲸我都采用了捕鲸人所通用的名称，因为一般说来，这些名称都取得很合适。至于偶尔有个别名称有点儿含糊或者词不达意的，我也会指出来并建议换一个。关于黑鲸这一名称我就准备这么做，因为黑色几乎是所有鲸的共色。所以，还是劳驾叫它鬣鲸吧。它的贪婪是出了名的，并且由于它嘴唇的内角向上翘的缘故，它脸上老挂着靡菲斯特魔鬼般的狞笑。这种鲸平均16至18英尺长。海洋中几乎到处都可以见到它。它游泳时，那钩状脊鳍很独特地露在外面，有点儿像罗马式的鼻子。抹香鲸捕猎者赶上找不到捕猎对象时，有时也捕杀鬣鲸，以便能持续供应船上廉价的照明用油——正如有些节俭的家庭主妇，碰上没有客人，又是独自在家时，就点难闻的牛脂烛，而舍不得点好闻的蜡烛。这种鲸的脂肪层虽然很薄，有些也能提炼出30多加仑油来。

第二部分（八开本型）第三章（一角鲸），就是尖鼻鲸。这是名字取得很古怪的又一例，之所以如此命名，我想是由于它那独特的角一开始就被人误认为是个鹰钩鼻子的缘故。这种鲸长约16英尺，角的平均长度为5英尺，有的超过10英尺，甚至达到15英尺。严格说来，它的角只不过是一颗突出的獠牙，从牙床上笔直长出来，稍稍有点儿下弯。但这牙只见于左边，影响就很坏，给它的主人带来一种类似笨

---

① 英谚语中有To puff and blow like a Grampus（又喷唾沫又吹气，咋咋呼呼像条海豚鲸）的说法。

149

手笨脚的左撇子的神态。这牙质角或牙质矛究竟起什么作用,还很难说。它似乎不像箭鱼和长喙鱼把剑形喙拿来当武器用,虽然有些水手告诉我一角鲸拿它当耙使,用来翻掘海底寻找食物。查利·科芬说那是当冰镩用的,因为一角鲸在北极海里,一旦想升上水面,发现头上盖了一层冰,就拿角往上捅,就此破冰而出。不过你很难证实这两种猜测。我个人认为,不管一角鲸把这只边角真正派什么用场——不管是什么——它要是在阅读小册子时把它这角当裁纸刀使,那肯定是方便之至。这一角鲸,我还听到有叫它长牙鲸、带角鲸和独角鲸的。它肯定是生物界各个王国中几乎都可见到的独角现象的一个很奇特的例子。我从某些隐居的古代作者的著作中得知这种海兽的角在古代被看作是解毒的特效药,因此配制这种药可以赚大钱。人们也把它蒸馏成一种嗅盐,供贵妇人晕厥时用,正如雄鹿角之制成鹿精一样。早先这角本身曾被视为珍奇之物。有书记载说马丁·弗罗比歇爵士某次航行归来,那条出生入死的船顺泰晤士河而下时,贝斯女王从格林尼治宫窗口朝他恩宠有加地挥了挥戴着钻戒的手;书上说,"马丁爵士某次航行归来,屈膝敬献给女王陛下一只一角鲸又大又长的角,后来好长时间一直挂在温莎宫里"。一位爱尔兰作家十分肯定地说,莱斯特伯爵也曾屈膝敬献给女王陛下一只角,不过那只角是来自陆地上一独角兽。

一角鲸通身乳白色,点缀着圆形和椭圆形的黑点,很像一只美丽的豹子。它的油非常高级,又清又纯,不过很少,而它又很难捕获。它主要见于两极周围的海洋。

第二部分(八开本型)第四章(逆戟鲸)。关于这种鲸,南塔开特人准确掌握的情况很少,职业博物学家更是一无所知。从我远远看它的情况来看,它的大小跟海豚鲸差不多。它非常凶猛——有点像斐济鱼。有时它咬住对开本型大鲸的嘴唇,像水蛭般吊在那里,那巨大有力的海兽气得要死却也无可奈何。从没有人追捕它。我都没听说它有什么样的油。给这种鲸取这么个名字并不太合适,它不说明任何问题①。因为凡属生物,陆上的也好,海中的也好,无一例外全是杀手;波拿巴家族和大鲨鱼全包括在内。

第二部分(八开本型)第五章(长尾鲸)。这位先生以尾闻名,把尾巴当鞭子,用来抽击敌方。它登上对开本型大鲸的背,人家一游动,它就用尾巴鞭打它,算是干了活,抵作搭乘费。有些小学教师就是这样混日子的。它比逆戟鲸更不为人所知。二者均为不法之徒,哪怕在无法可依的海洋上都算得上。

第二部分(八开本型)就这样结束了。现在开始第三部分(十二开本型)。

十二开本型连最小的鲸都包括在内:1. 乌拉鲸;2. 海盗鲸;3. 白嘴鲸。

那些碰巧对这个题材没有特别下功夫研究过的人可能会觉得奇怪,怎么一般4英尺或5英尺的鱼居然也算作鲸——这个词儿,按照一般的理解,总是和巨大联系在一起。但是,根据我给鲸下的定义来看——即会喷水、尾平直的鱼皆为鲸,上述列入十二开本型的动物确实都是鲸。

第三部分(十二开本型)第一章(乌拉鲸)。这是一种很普通的小鲸,几乎到处都可见到。它的大名是我取的;因为小鲸不止一种,必须有所区别。我之所以叫它乌拉鲸,是因为它们总是嘻嘻哈哈,成群结队地出游,在辽阔的大海上老是朝空中跳跃,就像7月4日国庆节人群抛向空中的帽子一样。它们一出现,总会引起水手们的欢呼。它们兴致很高,在微波起伏的海上总是顶风而游。它们是喜欢在风前嬉闹的顽童。人们把它们的出现看作是幸运的预兆。你要是看到这些快快活活的小鲸而无动于衷、不欢呼雀跃,那就请老天爷帮帮你吧;你身上太缺少那股子善意的逗闹起哄的劲儿了。一条养尊处优、脑满肠肥的乌拉鲸可以足足给你1加仑好油。而从它的口腔部位提炼出的那种

---

① 逆戟鲸原文为Killer,直译即杀手或凶手,故作者有此言。

纯净浅色的液体更是特别珍贵。宝石匠和钟表匠都离不了它。水手们把它滴在细磨石上。此外，小鲸肉也很好吃。你可能从没想到过小鲸也会喷水。那倒是确实的，它那股喷泉很小，不是一眼就能看见的。不过下次你要是有机会的话，仔细观察观察它；那你就会看到在你面前的是一条具体而微的大抹香鲸。

第三部分（十二开本型）第二章（海盗鲸）。十足一个海盗，非常凶猛。只出没于太平洋，我想。它比乌拉鲸稍稍大一点儿，但体态结构上很接近。一触怒它，它会像鲨鱼一样吞掉你。我多次放下小艇去追它，但还没见过它被捕获过。

第三部分（十二开本型）第三章（白嘴鲸）。这是小鲸中最大的一种，迄今还只在太平洋里发现过它。沿用至今的唯一英文名称——露脊小鲸，是渔人给它取的，因为它主要出现在那种对开本型大鲸附近。在外形上它和乌拉鲸稍有不同，没有那么圆胖，腰围没有那么粗，确实，它那身段很有点儿像衣着整齐的绅士。它背上无鳍（大多数小鲸都有），有一条可爱的尾巴，一双淡褐色多愁善感的印第安人眼睛。可是它的白嘴却造成了压倒一切的破坏性效果。从它整个的背部到两侧的鳍是一片深黑色，然而有一条界线，清清楚楚一如船身上那叫作"吃水线"的标志。那条界线贯穿头尾，上下截然两色。界线之上为黑色，之下为白色。白色覆盖它一部分头和它整个嘴，看去就像刚刚从抢劫粗粉袋的犯罪现场逃脱似的。一副羞愧难当、粉脸苍白的模样！它的油跟一般小鲸没有多大差别。

这种系统的分类就到十二开本型为止，因为小鲸已经是鲸类中最小的了。以上，所有闻名的大海兽都已经到齐了，不过，还有一些难以确定、行踪诡秘、半属传说的鲸，我作为一名美国捕鲸人，也只是耳闻，未曾目睹。我准备用水手们的称呼——列举它们；因为这样一个名单对鲸的调查者可能会很有用处，他们可以据以完成，我只不过是做了个起头的工作。如果今后下述任何一种鲸被捕获并被记录下来,那就可以很容易地将之按体型大小归类:宽喙鲸、旧缆鲸、笨头鲸、南非鲸、领头鲸、大炮鲸、瘦鲸、铜皮鲸、大象鲸、冰山鲸、圆蛤鲸、蓝鲸等。根据冰岛、荷兰和古代英国一些权威人士的著述,还可以将那些尚不明确的、有各种各样古怪名称的鲸,再开列几张名单。但我认为那些名称都已经过时,故略而不提;并且我也不得不怀疑,那些名称只是叫得响亮,大海兽长大海兽短的,其实纯属捕风捉影。

最后一点:我一开头就说过,这个分类法不会在我手里一下子就告完备。诸位现在已经很清楚,这绝非自谦之词。不过,我现在就要把我这未完工的鲸类学分类草草撂下了,甚至于就像那么竣工的科隆大教堂,起重机还留在未完成的塔顶上就撂下了一样。一项宏伟的工程,头一批建筑师可以开个小小的头,至于主体部分,更为困难的部分,总是留待后人去完成的。上帝总让我一事无成。这整卷分类学只不过是个草稿——不,只能说是草稿的草稿。克竟全功是需要时间、力气、金钱和耐心的啊!

第三十三章　斯培克辛德

说到捕鲸船上的头目,在此处写一写船上特有的内部情况似乎再好不过了,这种情况源于头目中标枪手阶级的存在,这个阶级自然是除了捕鲸船队外不为别的船舶所知的。

标枪手职业特别受到重视从以下事实可以看得很清楚。200多年前,在古荷兰捕鲸业中,捕鲸船的指挥权原先并不是完全掌握在现在称为船长的人手中,而是和一个叫作斯培克辛德的头目共同掌握。斯培克辛德这个词的字面意思是割油者。然而,经过一段时间以后,由于习惯,割油者成了首席标枪手。那时候,船长的职权仅限于指挥航行和一般管理;至于捕鲸以及与之有关的事情,则由斯培克辛德,即首席标枪手全权负责。在英国格陵兰捕鲸业中,古荷兰这个头目的职位,在错写成"斯培克西昂尼尔"的头衔下仍然保留下来了,但先前的权限却大大压缩了,如今只是个高级标枪手而已,因此,不过是船长手下低而又低的一个下属。然而,鉴于捕鲸的成败与标枪手的表现大有关系,而且在美国捕鲸业中,由于他不仅是捕鲸小艇上一个举足轻重的头目,而且在某种情况下(捕鲸场上值夜),甲板上大小事宜均归他指挥。因此,根据海上主要的政治准则,名分上他应该和普通水手分开来住,在专业特长的优势上也应该和他们有所区别,虽然他总是被他们亲热地看作他们中间的一员。

可见与海上官兵的主要区别就是这个——前者住船尾,后者住船首。因此,不管是捕鲸船也好,商船也好,3位副手和船长住在一起;

同样，在大多数美国捕鲸船上，标枪手也住船尾，就是说，他们在船长舱里用餐，睡在船长舱旁边另门出入的舱里。

在整个漫长的南下捕鲸航行期间（是自古至今人类所做的最长的航行），船上人生死与共，休戚相关，这个集体的全体成员，无论职务高低，进账靠的不是固定的工资，而是共同的运气，以及共同的警觉、勇猛和勤劳。虽然这一切在某些情况下会导致纪律松弛，不如一般商船严格。然而，不管这些捕鲸人多么像古老的米索不达米亚家族那样在好些方面沿袭古风住在一起，至少后甲板上那种礼仪烦琐的形式实际上仍然并未放松，更没有废置。确实，在许多南塔开特捕鲸船上，你可以看到船长在后甲板上来回一走，那种趾高气扬、唯我独尊的神态在海军中也不过如此；不，犹有过之，那神态逼得你拿出与面对皇上相差无几的毕恭毕敬的样子来，好像他穿的是皇上的紫袍，而不是一身褴褛的海员蓝粗布呢。

虽然"裴廓德"号那位阴沉的船长最不喜欢摆出那副最为肤浅的派头，虽然他所苛求的仅仅是立即百分之百地执行命令，虽然他从不要求人家在踏上后甲板之前先脱掉鞋子，虽然有时候，由于和行将细述的事件有关的特殊情况，或是出于谦虚，或是作为警告，或是什么别的原因，他跟他们说话有失常态，但即使是他亚哈船长也绝不会不遵守海上种种至高的形式和习惯。

或许，人们最终会看出他有时可以说是借这些形式和习惯做掩护，偶尔也利用它们假公济私。要不然，他头脑中某种唯我独尊的思想也不会那么放肆表现出来；正是通过那些形式，这种唯我独尊的思想才得以具体化为不可抗拒的独裁。因为一个人无论怎么天生才智过人，也绝不可能就此窃据高位，凌驾于他人之上，除非他借助于某种形式的算计和防范，而这种算计和防范本身总或多或少让人感到卑鄙可耻。正是这种情况使帝国中上帝属意的真正优秀的子民永远登不上人间的竞选讲坛，而把普天之下最高的荣誉归于另一些人，那些人之所以名至实归，与其说是因为他们比平庸的大众确实优秀得多，还不如说是因为他们比极少数洁身自好、不屑钻营的精英相差得太远。这些卑劣的事物里潜伏着巨大的威力，一旦套上极端政治迷信的光环，便会在某些非常庄严的场合让白痴也掌握了权力。而那顶地理上的帝国的王冠一旦套上一颗至高无上的脑袋，比如尼古拉沙皇，那么，平民百姓便会诚惶诚恐地匍匐在不敢仰视的至尊之前了。悲剧作家要把一个不屈不挠的性格的那种气势磅礴、横冲直撞的精神面貌描绘出来，无论如何都不要忘记这里所提及的暗示。附带说一句，这对他的艺术是非常非常之重要的。

　　不过，我的亚哈船长却仍然完全以一副南塔开特人脸色严峻、须发稀松的样子闪现在我眼前。在这段涉及帝王的插话中，必须承认我只不过是在和一个像他这样的可怜的老捕鲸人打交道，因此，一切显示权势的服饰与鞍鞯均与我无缘。亚哈啊！你内在的伟大之处将只能求之于苍天，索之于深海，拟之于无形的长空！

第三十四章　船长舱的餐桌

中午，小厮汤团从船长舱舱口探出他那苍白的面包似的脸来，通知主人开饭了。主人这时坐在挂在船尾背风处的一只小艇上，刚刚观察完太阳，正在一块光滑的大奖章似的平板上默默地计算纬度，那平板就搁在他那鲸骨腿上端，专供他日常使用。瞧他毫不理睬这声招呼的样子，你也许会以为阴沉的亚哈没有听见。可是他却随即起身抓住后桅支桅索，翻身上了甲板，用一种平常的并不显得高兴的声音说了声，"吃饭了，斯达巴克先生"。立即下舱去了。

第一酋长斯达巴克，等他这位苏丹的脚步声终于一点儿也听不到，估计他已经在餐桌前落座之后，一下子跳了起来，在甲板上打了几个转身，郑重地瞧了瞧罗经柜，带着几分高兴地说，"吃饭了，斯塔布先生"。随即就下舱去了。第二酋长在索具旁边转悠了一下，然后轻轻摇摇主转帆索，看看这根至关重要的绳索是否一切正常，接着把这重复过无数遍的重唱句照样又来一遍，"吃饭了，弗拉斯克先生"。便在前两位之后也下去了。

可是这位第三酋长，这时看到只有他独自一人在后甲板上，似乎摆脱了某种奇怪的拘束，顿时感到浑身轻松自在。只见他朝前后左右机警地瞧了瞧，然后踢掉鞋子，突然就在苏丹的头顶上跳起激烈无声、疾风般的水手舞来；随手又巧妙地把帽子扔进后桅楼，让它权当衣帽架，就载歌载舞地奔舱口而去。至少在逗留在甲板上的这段时间里，他都是反所有其他游行队伍之道，以音乐舞蹈殿后。但是，一到舱口要下舷梯时,他就收住了脚步,整个儿换上了另一副面孔,于是,无拘无束兴高采烈的小个子弗拉斯克便扮成了贱民或者奴隶,来到了亚哈王跟前。

说起来像下面这种情况,在海上那种最矫揉造作的习俗所培植的怪事中,还不是最不足为奇的:在甲板上众目睽睽之下,有些头目,一旦气来了,对他们的总头头也会怒目相对,出口不逊;然而如果马上让这些头目下船长舱去进例行的午餐,总头头在餐桌上首一坐,他们十有八九却又立即变得毫无抵触情绪,虽说不上赔礼道歉和低声下气。这种情况很令人惊奇,有时还让人觉得滑稽可笑。为什么会有这种突如其来的变化?是个问题,也许不是。既成其为伯沙撒①巴比伦之王;还谦恭有礼,并不盛气凌人,肯定自有几分世俗的庄严。不过,谁要是在自己的餐桌上适当地拿出一副声势显赫、才智过人的派头来招呼客人,那他的权力和威信肯定暂时不会有问题,他的王者气派也会超过伯沙撒,因为伯沙撒毕竟不是最伟大的。谁只要请朋友吃过一顿饭,谁就尝到了做恺撒大帝的滋味。那是一张具有无可抗拒的魔力的社交王牌。如今,要是手上不仅有了这张王牌,再加上作为一船之长的无上权力,那么,根据推论,你就可以得知刚刚提到的那种海上生活奇特现象的缘由了。

亚哈就像白色的珊瑚滩上一只一声不响、满头鬃毛的海狮,盘踞在他镶着牙骨的餐桌上首,周围是它那些好斗的但仍充满敬意的小海狮。每个头目都在等着轮到分给他的那份菜。在亚哈面前,他们都像小孩一样;然而亚哈脸上似乎丝毫见不到东道主的得色。老头子在切割面前主菜时,他们一个个都全神贯注地瞧着他手中的餐刀。我想他们准是生怕玷污了这神圣的时刻,谁都一声不吭,连无关宏旨的天气都没人谈。绝对的鸦雀无声!等亚哈用刀叉夹着块牛肉伸出去,示意斯达巴克把盘子挪过去,大副就像接受施舍似的接过那块肉,小心地

---

① 见《圣经·旧约·但以理书》第五章。

切着,要是偶尔餐刀碰着了盘子,还会小吃一惊,然后不出声地嚼,再慢慢咽下去。因为,在船长舱的餐桌上,就跟德国皇帝在法兰克福谦恭地宴请那7位选帝侯的加冕宴席一样,不知怎的也同样庄严肃穆,谁都一言不发地吃着。虽然,亚哈老头并不禁止用餐时说话,只是他自己从不作声。因此,可以想象,当一只老鼠突然在底舱里大吵大闹对噎住了的斯塔布是个多大的安慰。至于可怜的弗拉斯克,他是这个乏味的家庭宴席上的满崽,小家伙,分到的那一份是成牛肉里的胫骨,要不,就是鸡爪子。对于弗拉斯克来说,敢于自己挑菜,在他看来,往轻里说,也等于是犯了偷窃罪。要是他在这张餐桌上随意挑了菜的话,那毫无疑问,他再也别想在这个诚实无欺的世界上抬起头来了。尽管如此,说来奇怪,亚哈可从来没禁止过他。而弗拉斯克要是真随意挑了菜的话,那也是亚哈根本就没有注意到。弗拉斯克最不敢随意取用的是黄油。究竟他是以为船老板不给他黄油吃是怕那东西会糊起他那张开朗乐和的脸,还是他认为在这没有集市的大海上要航行这么久,黄油是有钱没处买,因此不是给他这样等而下之的小头目准备的呢?唉!不管他怎么想,弗拉斯克呀,反正黄油没他的份儿!

还有一点,弗拉斯克是最后一个下来用餐的,却头一个起身离开餐桌。想想看!这样一来,为了抢时间,弗拉斯克这顿饭就只好三口两口硬塞下去。斯达巴克和斯塔布都比他先吃,而他们又有慢悠悠地最后离开餐桌的特权。要是偏又赶上斯塔布(他的级别比弗拉斯克也不过就高那么一点儿)胃口欠佳,显出就要搁下刀叉的样子,那弗拉斯克就只有赶紧加油,那天他会吃不上三口就得起身。因为让斯塔布先于弗拉斯克回到甲板上去,那是违反海上生活神圣的惯例的。因此,弗拉斯克有次私下里承认,自从他荣升三副的那天起,除了每天或多或少的饥饿感以外,他从不知道有什么别的好处。因为他从没有吃饱过,一天到晚总是饿着肚子。弗拉斯克心想,我的肚子永远不会有安静和舒畅的时候了。我大小也是个头目,可是我多么想像过去当水手时那样待在船首楼里手里攥着块老牛肉。现在算是尝着升官的滋味了。名声好听全是假的。这生活多荒唐啊!再说,要是"裴廓德"号上随便哪个水手竟然对弗拉斯克的提升心怀不满的话,他只需在吃饭时间到船尾去,在船长舱的天窗上偷偷地往里瞧一眼弗拉斯克,看到他坐在令人敬畏的亚哈面前那副发愣的傻样,心里也就坦然了。

且说亚哈和他的3个副手组成了"裴廓德"号船长舱里的第一桌。待3个头目按照进舱时相反的顺序离开后,那脸色苍白的小厮便把帆布桌布收拾干净,或者还不如说匆匆整理了一下。于是,3个标枪手便被叫来就餐,他们是残羹剩饭的承受人。他们把地位显赫的船长舱变成了下人的临时食堂。

有船长在座的餐桌上,有一种令人难以忍受的拘束和无以名状的看不见的威严气氛,而这些下等人标枪手单独在一起则无拘无束,自由自在,彼此之间完全平等,毫无顾忌,二者之间形成了一种奇异的对比。他们的上司3位副手吃饭时上下颚一张一合都生怕弄出一点儿声音来,这些标枪手却嚼得津津有味,吧唧吧唧直响。他们吃起饭来像贵族老爷旁若无人;他们填起肚子来就像在印度群岛的船只整天往上装香料似的。魁魁格和塔希蒂格的食量大得惊人,残羹剩饭全部下肚还没有填满,脸色苍白的小厮汤团常常不得不端上一大块整腰腌牛肉,就像从一条整牛身上挖下来的似的。汤团要是反应不快,没有灵敏得像三级跳远似的赶紧走开,塔希蒂格就会很欠绅士风度地照他背上甩过去一把叉子,像掷标枪似的,催他快走。有一次,达格心血来潮,要帮助汤团加强记忆力,就把他整个儿拎起来,头倒插在一个大空盘里,塔希蒂格则拿把餐刀,在他头上比画出一个圆圈,准备剥他的头皮。这个脸像面包的小厮,破产的面包商和医院护士的后代,是个天生胆小怕事、浑身哆嗦的小家伙。由于一天到晚都看得见亚哈那令人害怕的阴沉的脸,再加上这3个野人每天下来用餐时胡搞一气,弄得他整天提心吊胆。通常是,把标枪手要的东西都拿来之后,他就赶紧躲到隔壁的食物贮藏室去,离他们的爪子远远的,不时还心有余悸地从门缝里瞧瞧他们,等他们走了以后才敢出来。

看到魁魁格高坐在塔希蒂格对面，锉得尖尖的牙齿和这印第安人的牙齿对比鲜明，还真值得一看。达格打横坐在地板上，因为他要是坐在凳子上的话，他那有如扎彩灵车般的头便会碰着舱顶低矮的横梁；他那巨大的四肢一动，那低矮的舱身便会晃动，就跟船上装运了一头非洲大象一样。尽管他是这样一个庞然大物，这个黑人却吃得非常有节制，甚至可以说是非常挑剔。这么魁梧、粗大、宏伟的一个人吃得这么少，却能保持旺盛的精力，这似乎是不可能的事。不过，毫无疑问，这个高贵的野人饱餐痛饮了天地间取之不尽的元气，他那翕张的鼻孔也吸进了宇宙间生命的精华。牛肉和面包是造就不了或者说哺育不出巨人来的。但是，魁魁格吃喝起来咂嘴咂舌，发出极大极不文雅的吧唧吧唧声——难听极了——声音之大，使抖个不停的汤团几乎老要瞧瞧自己瘦弱的胳膊上是不是也留下了齿印。而每逢塔希蒂格大声喊他出来，要剔他的骨头，这傻乎乎的小厮便吓得浑身大抖特抖，几乎把贮藏室周围挂着的那些坛坛罐罐都给碰碎。这些标枪手都随身带着细磨石，用来磨标枪和其他武器，吃饭时，他们会故意拿出来磨餐刀。那刺耳的磨刀声更丝毫不会让可怜的汤团得到片刻安宁。他怎能忘记，在岛上的那些日子里，魁魁格少不了是其中一个，肯定参与了某些轻率的杀人大宴。唉！汤团呀！一个白人侍者竟然要去伺候吃人生番，也真难为你了。他搭在胳臂上的不应该是餐巾，而应该是圆盾。不过，让他大为高兴的是，这3位海上武士会按时起身离去。对他那轻信传闻的耳朵来说，他们每走一步，他们那好斗的四肢百骸，便会像摩尔人鞘中的弯刀，发出金属碰撞的叮当声。

但是，这些野蛮人虽然在船长舱里用餐，并且名分上也住在那里，可是他们活动惯了，坐不住，因此除了吃饭时间以外，他们很少待在船长舱里，只是临睡觉之前，到各自的住处去时，打那里经过一下。

在这一件事情上，亚哈似乎跟美国大多数捕鲸船船长意见一致，他们，作为同一个阶层的人，认为船长舱应该纯粹属于船长，仅仅是出于礼貌才准许其他人任何时候都可以进来。所以，实际上，"裴廊德"号上的3位副手和标枪手说是住在船长舱里，还不如说是住在船长舱外更合适些。因为即使他们真进了船长舱，那也只不过像临街的门，一推，那门便进屋晃了一下，旋即又弹了回来，人还是长期待在屋子外面。不过他们并不因此而有多大损失。船长舱里是没有友情的；就人际关系来说，亚哈是难以接近的。在名义上，他也入了基督教，却仍然是个局外人。他生活在这世界上，就像是定居在密苏里州的最后一头凶猛的熊。等春天和夏天一过去，这只犹如林中野人洛冈一般的熊，便钻到树洞里，舔着自己的脚掌度过冬天。亚哈也一样，在严峻凄凉的晚年，把自己封闭起来，在郁郁寡欢、闷闷不乐中打发日子！

第三十五章　桅顶瞭望人

我跟其他水手轮流值班,头一次,正好赶上好天气,轮到我上桅顶瞭望了。

在大多数美国捕鲸船上,几乎是船一离港,桅顶上就安排了人瞭望,哪怕要走上15 000英里以上才到达正式的巡弋海域,哪怕出航了三四年或者五年之后,在快要到家的返航途中,只要船上还有什么容器没有装满——比方说,还有一个空瓶子——那么,桅顶值班就会继续安排到最后一刻。不等它的天帆桅顶驶进桅杆林立的港口,便绝不放弃再捕一条大鲸的希望。

由于桅顶瞭望,不管是靠岸或是航行时,都是一件由来已久且很有意思的事,我们且在这里稍稍多说几句。据我看,最早的桅顶瞭望人是埃及人,因为我反复查证也没有发现有比他们更早的瞭望者。虽然他们的先辈,巴别塔①的建造者们,肯定是想把他们的塔建成全亚洲或全非洲最高的桅顶;然而(在最后搁上桅顶杆之前),他们的大石桅可以说是被愤怒的上帝刮起的大风扫到海里去了,所以我们不能说巴别塔的建造者比埃及人还早些。而且,说埃及人是一个桅顶瞭望者的民族,这是以考古学家共同的看法为依据的,他们认为头一批金字塔就是为研究天文学建造的:这一理论最有力的依据是,这些大建筑的四周全是独特的梯形结构;那些古代的天文学家便是跨大步踏着这

---

① 见《圣经·旧约·创世记》第十一章。

些梯级登上塔顶，为发现了新星而大声叫喊，就像是现代船只上的瞭望者发现了一艘船或一条刚刚露头的大鲸。在古代有一个著名的基督教隐士，在沙漠上给自己建立了一根高高的石柱，并在石柱顶上度过了自己整个后半生，食物则用一只滑车往上吊。他就是一位典型的不屈不挠的桅顶瞭望者。不管是起雾、打霜、落雨、下冰雹或雨夹雪，都不能把他赶下桅顶。他勇敢地面对一切，在桅顶上坚持到生命的最后一息，名副其实地死在自己的岗位上。至于现代的桅顶瞭望者则是一群死气沉沉的人，纯粹是些石人、铁人、铜人，在挺住风暴上倒挺行，对发现任何异常事物及时叫喊这一任务却完全不能胜任。有个拿破仑，矗立在约150英尺高的旺多姆圆柱上，双臂交叉，也不在乎是谁在统治下界，管他是路易·菲立浦也好，路易·布朗也好，路易·魔鬼也好。伟大的华盛顿也高高挺立在巴尔的摩那高耸的大桅顶上，脚下的大桅柱就像是大力神赫尔克里斯立的一根柱子，标志着凡人难以逾越的人间壮丽的极限。钢炮起锚机底座上的海军大将纳尔逊也屹立在特拉法加广场的桅顶上，即使伦敦的烟雾把他弄成模糊一团，也不失为英雄隐藏于此的标志，因为凡有烟处就必定有火。但是，伟大的华盛顿也好，拿破仑也好，纳尔逊也好，不管他们所注视的这个困扰不安的世界怎样狂热地祈求他们的谕示，他们对来自下界的呼声都充耳不闻；人们不管怎样揣测，他们都认为他们的魂灵可以透过未来的浓雾，远远看到那些应该避开的浅滩和暗礁。

把陆地上的桅顶瞭望者和海上的桅顶瞭望者混为一谈，无论从哪方面说，都似乎缺乏根据。可是实际则不然。有一点可以看出二者完全可以相提并论。这一点，南塔开特唯一的历史学家奥贝德·麦西说得很清楚。可敬的奥贝德告诉我们，在捕鲸业初期，在船只正式下水追逐猎物之前，岛上居民沿海岸立起高高的圆木，瞭望者便踏着钉在上面的楔子爬上去，有点儿像鸡上楼进埘一样。几年前，新西兰的海湾捕鲸人也采用了这个办法，他们一发现大鲸，便立即通知停靠在岸边待命出发的小艇。但是，这种做法现在已经过时了，我们还是回到唯一的正经八百的桅顶,海上捕鲸船的桅顶上来吧。那3个桅顶上从日出到日落都安排得有人。水手们轮流值班(跟轮班掌舵一样),每2小时一换。在热带地域,赶上风平浪静的好天,在桅顶上值班最惬意不过了。不,对一个爱沉思冥想的人来说,那简直是一种莫大的享受。你往那儿一站,在寂静的甲板上空100英尺处,两腿叉开,好像那些桅杆是巨大的高跷,海中最大的巨兽像是在你脚下和两腿之间游泳,甚至就像是船只一度在横跨古罗兹岛港口入口处的著名的太阳神大雕像的两腿之间驶出驶入一般。你往那儿一站,迷失在连绵无尽的大海之中,一切都很平静,只有波涛汹涌翻腾。那昏睡的船懒洋洋地颠簸前行。和煦的贸易风催人欲醉。这一切好像把你融化了,直弄得你一身软绵绵的。大体说来,在这种热带捕鲸生活中,日子过得平淡无比。你听不到什么消息,读不到什么刊物,日常琐事加油加醋故作惊人地渲染一番也绝不会让你上当不会让你不必要地激动;你听不到国内的苦难,不用怕证券破产,股票下跌;你从不用担心下一顿有什么吃的——因为你3年多的膳食都稳妥可靠地贮藏在桶子里,你的菜单也是不变的。

  一只南下的捕鲸船在长达三四年的航行中,你花在桅顶上的时间零零碎碎加起来通常会有好几个月。最令人难受的是,在你献出相当一部分有生之年的处所,竟然没有任何使生活稍稍舒适一点儿或者有助于培植起一种如归之感的设施,诸如一张床铺、一个吊床、一个烛台架、一个岗亭、一个讲道坛、一张躺椅,或者任何其他能让人舒服地小憩片刻的小设备。你最经常的栖息处是在上桅顶上那叫作桅楼横木的两根平行细木棍上(几乎是捕鲸船所特有的)。一个新手站在这上面,给海浪一颠簸,那种舒服感就跟站在公牛角上一样。一点儿不假,天气奇寒时,你可以把值班大衣当房子带上去。不过,严格说来,那件加厚的值班大衣不能算作房子,就跟裸体不能算作房子一样,正如灵魂附着在肉体里,不能在里面自由行动,甚至不冒毁灭的危险也别想从肉体里出来(就像一个无知的进香人想在冬天穿过冰雪覆盖的阿尔卑斯山一样），一件值班大衣与其说是一间房子，还不如说是个封套，或者说是裹在你身上的另一层皮。你不能在体内摆上一个搁架或者五斗柜，同样你也不可能把值班大衣变成一个舒适的小房间。

关于这一切，最为遗憾的是，南下捕鲸船不像格陵兰捕鲸船，桅顶上安装有称作"桅楼守望台"的那种令人羡慕的小帐篷式的讲道坛，瞭望人待在里面可以免受冰冷的大海上无情的气候变化之苦。斯立特船长写了一部标题叫"为搜索格陵兰鲸及附带重新发现古格陵兰已湮灭无闻的冰岛的殖民地而做的一次冰山间的航行"的炉边记事。在这部杰作中，斯立特船长就快船"格拉西尔"号上新发明的"桅楼守望台"，为所有桅顶瞭望者做了一个引人入胜的详细报道。他称它为"斯立特氏桅楼守望台"，以纪念他自己。他作为这一新事物的原始发明者和专利人，丝毫没有那种可笑的假谦虚，认为既然我们可以用自己的名字来为自己的孩子命名（我们做父亲的总归是自己的孩子的原始发明者和专利人吧），那同样我们发明的任何其他东西自然也可以用我们自己的名字来命名。外形上，斯立特氏桅楼守望台有点儿像大酒桶或者大管子。不过，上面是敞着的，安了一个活动的侧面屏风，刮大风时可以给你的头部挡风。守望台是固定在桅顶上，你只能从台底一道活门进去。在靠后这一面，或者说靠船尾这一面，有一个挺舒适的座位，座位下面是个小柜，可以放雨伞、毛围巾和外套。座位前面有个皮架，可以搁扩音筒、烟斗、望远镜和海上用的其他小物件。斯立特船长亲自登上他这个守望台瞭望时，他跟我们说他总带着一支来复枪（也固定在皮架子上）、一个火药筒和子弹，以便击杀走散了的一角鲸以及在那一带海域成群出现到处游荡的独角鲸。由于波浪的阻挠，在甲板上很难射中它们，但是从高处往下射击，那就是另一回事了。他说得眉飞色舞，看来他很有兴致义务介绍一番他那桅楼守望台优越性的一切细节。他把很多方面说得很详细，还就这个桅楼守望台所做的实验对我们做了很有科学性的描绘。他说他在守望台上备有一个小罗盘,目的在于克服所谓"局部引力"对所有罗盘磁铁所引起的误差;这种误差是由于甲板上有铁物在罗盘附近与之处于同一水平所引起的,而从"格拉西尔"号的情况来看,则得归因于船上水手中有太多累坏了的铁匠。但我认为,虽然这位船长对甲板上这种现象考虑得很周到,也很合乎科学,然而,不管他对他那些"罗盘偏差""方位罗盘观测"以及"近似误差"说得如何头头是道,其实他自己知道得很清楚,他在这种高深的有关磁学的思考方面钻得并不深,以致那装得满满当当的小套瓶并没有引起他的注意,这小套瓶就在他那守望台伸手够得着的地方。虽然,总的说来,我非常敬佩,甚至热爱这位勇敢、正直、有学问的船长;然而,令我大为不满的是,这小套瓶肯定一直是他无比忠诚的伴侣和安慰者,而他居然把它完全忽略了,只顾待在桅杆20来码高处的鸟巢中,戴着两指手套,包着头巾,研究数学。

不过,即使我们这些南下捕鲸人不像斯立特船长和格陵兰捕鲸人在高处有一个遮风挡雨的小间,然而我们大部分时间泛舟其上的诱人的海洋和对比鲜明的晴空却大大弥补了这一缺陷。就拿我来说,我总是非常悠闲地溜上索具,在顶上歇一歇,和魁魁格或我碰上的任何一个刚下班的人聊上几句。然后,再上去一点儿,一条腿懒散地搁在中桅帆桁上,观赏一番水上牧场的风光,最后才登上我的目的地。

且让我在这里说说心里话。我坦白地承认我值班实在很不像样。因为宇宙的大问题老在我脑子里转,我怎么会——既然独自一人处于这样一个极易浮想联翩的高处——我怎么会不疏忽职守,没有执行好一切捕鲸船上这一长期有效的命令:"时刻警惕着,发现情况及时呼叫。"

也让我在这里真心实意地提醒你们,你们,南塔开特的船老板们!千万别往你们那需要高度警惕性的捕鲸业中录用那些疏眉深目、爱做不合时宜的冥想的小伙子;这些家伙会带着哲学家的脑袋而不是数学家的脑袋上船来。嗨,千万要注意这种人。鲸总是要先发现才能捕杀的；而这样一个眼窝深陷、年纪轻轻的柏拉图门徒会拖着你绕地球转上10个圈也不让你发上一品脱鲸脑油的财。这些警告绝不是多余的。因为时下许多罗曼蒂克、无病呻吟、心神恍惚的年轻人把捕鲸业看作世外桃源，他们对尘世的操心劳碌感到厌倦，一心想从柏油和鲸脂中寻找乐趣。恰尔德·哈罗德①就经常栖身在一艘不走运的、一无所获的捕鲸船上，郁郁不乐地喊道：

汹涌翻腾吧，你深深的暗蓝色海洋，翻腾吧！
多少艘捕鲸船飞速掠过，往返徒劳。

这种船的船长们就像是录用了那些心神恍惚的年轻哲学家，却又责怪他们对航行没有表现出足够的"兴趣"，言外之意在说他们已经不可救药、胸无大志到这种地步，内心深处竟唯愿看不到大鲸就好。不过，再怎么说也白搭。那些年轻的柏拉图门徒总认为他们自己视力不佳，他们是近视眼。这样，就是把视神经绷得再紧又有什么用？他们把观剧望远镜落在家里了。

"咳，你这猴子，"一个标枪手对那些小伙子中的一个说，"我们巡航都快3年了，你还一条大鲸都没发现过。只要你上了桅顶，大鲸就跟鸡牙齿一般稀罕。"也许是很稀罕，也许极目望去，远处多得很；但是这个心不在焉的年轻人，他的思绪合上了波浪的节拍，不知不觉完全进入了一种像抽醉了大烟似的昏沉沉、茫茫然、一无所知的幻想境界，终于忘了身在何处，把脚底下神秘的海洋当作广蔽人类与自然的深蓝无底的灵魂的视觉形象；而那躲着他的半隐半现、一掠而过的美丽奇特的东西，那看不真切的形体逐渐显露、依稀可见的鳍，在他看来，只是川流不息充塞灵魂的那些无从捉摸的思想的化身。就这般迷迷糊糊地，你的生命逐渐向其来源处消逝，扩散到无垠的时

---

① 拜伦《恰尔德·哈罗德游记》中的主人公。

空，就像无神论者克兰默的骨灰抛撒空中，最终成为泥土一般。

　　如今，你的身子已无生命可言，只是随着微微颠簸的海来回摆动而已。而船的颠簸来自大海；大海的起伏则来自上帝莫测高深的潮汐。但是，当你如此这般睡去，如此这般入梦时，你的手或脚要是挪动了一点点，要是抓牢什么的双手突然松开，你会吓个半死，回到现实中来。你就翱翔在笛卡儿旋风之上了。也许，某个夏天中午，天气晴朗，你像嗓子眼堵住了似的尖叫一声，从半空中掉进大海，再也没有上来。你们这些泛神论者，可得多加小心啊！

第三十六章　后甲板

[亚哈上，随后全体上]

烟斗事件后不久，一天上午刚吃过早饭，亚哈像往常一样，打舱口舷梯登上甲板。大多数船长都爱在这个时间到甲板上散散步，就跟乡下绅士喜欢在早饭后到花园里转上两圈一样。

他几个老圈圈来回一走，船板上就响起了鲸骨腿从容的脚步声。那地方他来回走得多了，都盖满了一行行脚印特殊的凹痕，像地质石一般。你要是也仔细端详过他那垄沟起伏的前额，你也会在那儿看到更为奇特的脚印——他的大脑从不休息，老在反复思考、来回斟酌留下的脚印。

但是，在这一天，他额上那些垄沟似乎更深，甚至就像他这天上午紧张不安的脚步留下了更深的凹痕一样。这天，亚哈思想负担很重，从主桅到罗经柜一成不变地来回走着。你几乎可以看到，他一拐弯，他的思想也拐弯，他来回地走，他的思想也来回地走；确实，他已经完全听任自己的思想支配自己了，他外在的行为举止似乎只不过是内在模式的翻版罢了。

"弗拉斯克，你看出什么来没有？"斯塔布悄悄说，"他脑子里的小鸡正在啄壳呢，马上就要破壳而出了。"

时间在一分一秒地过去。亚哈一个人在船长舱里待了一会儿，马上又到甲板上来回地走，脸上还是那副不达目的死不回头的神色。

天快要黑了。他突然在舷墙边站住，鲸骨腿插在钻孔里，一只手抓住支桅索，命令斯达巴克把全体人员都叫到船尾来。

"先生！"大副吃惊地说，因为除了特殊情况，船上很少甚至从来不下这样的命令。

"把全体人员都叫到船尾来。"亚哈又重复了一遍，"桅顶上的人，喂！下来！"

全体人员集合后，都带着一种好奇而又并非全不理解的脸色瞧着他，因为他看去就像是暴风雨将临时地平线上风起云涌的样子。亚哈迅速瞧了一眼舷墙外面，目光又由近到远把水手全扫了一遍，然后好像跟前一个人都没有似的重又脚步沉重地在甲板上来回地走。他低着头，半压低帽子，继续走来走去，毫不理会水手中间诧异的小声议论。斯塔布小心翼翼地悄悄对弗拉斯克说，亚哈肯定是把他们召集拢来看他走路的本事。不过，这种情况并没有持续多大一会儿。他猛地一戳停住脚步，大声嚷道：

"喂，你们看到大鲸的时候，怎么办？"

"高声喊嘛！"20个声音冲动地齐声回答。

"好！"亚哈喊道，语调里流露出极端的赞赏。没想到他那突如其来的问题竟能如此吸引他们，使他们这么兴奋。

"下一步怎么做呢，弟兄们？"

"放下小艇追呀！"

"追到什么程度呢，弟兄们？"

"不是鲸死，就是艇破。"

这老头听到这样一次又一次大声地回答，脸上显出了越来越古怪和强烈的喜悦和赞许的神色。船员们则开始好奇地互相望着，好像觉得这事太不可思议，怎么这么一些毫无意义的问题会弄得他们自己这么激动。

但是，当亚哈对他们说出下面一番话时，他们又变得迫不及待，跃跃欲试。亚哈仍将那条鲸骨腿插在钻孔里，身子半转了过来，一只手举得高高地够着支桅索，紧紧地几乎是使出全身力气抓住它，说：

"你们全体桅顶值班人员以前都听我下过关于一条白鲸的命令。你们注意啦！你们看到这枚西班牙金币了吗？"说着，他便朝太阳举起了一枚光灿灿的金币，"这一枚就值16块钱，弟兄们。看到了吗？斯达巴克先生，请把那边那个大木槌递给我。"

等大副去拿槌子时，亚哈默不作声，只是慢慢地在外套下摆上擦着那枚金币，好像要把它擦得更亮一点儿似的，一边自顾自低声哼唱，那声音听起来格外地闷声闷气，也不知道哼些什么，就像他体内精力旺盛的生命之轮转动的嗡嗡声。

他从斯达巴克手里接过大木槌，朝主桅走去，一手举着木槌，一手亮着金币，高声说道："你们中间，无论是谁，要是大声叫喊发现一条皱额钩嘴的白头大鲸；你们中间，无论是谁，要是大声叫喊发现那条右边尾叶上有3个孔的白头大鲸——注意啦，你们中间，无论是谁，要是大声叫喊发现那条大鲸，他就可以得到这枚金币，小伙子们！"

"乌拉！乌拉！"水手们挥舞帽子，为亚哈把金币钉牢在桅杆上这一举动而大声欢呼。

"我说的可是条白鲸。"亚哈接着说，把大木槌往地上一扔，"一条白鲸。把眼睛削尖了，弟兄们。特别注意那水泛白的地方。哪怕只看到一个水泡，也要大声喊叫。"

在甲板上集合后整个这段时间里，塔希蒂格、达格和魁魁格一直比其他人更感兴趣、更觉诧异地在一旁观看，待听到皱额钩嘴的白头大鲸，三人都吃了一惊，好像各自想起了什么难以忘怀的往事。

"亚哈船长，"塔希蒂格说，"你说的那条白鲸肯定就是有些人叫它莫比·迪克的那条大鲸。"

"莫比·迪克？"亚哈喊道，"那你也知道这条大鲸喽，塔希？"

"它下潜的时候，先生，尾巴是不是摆动得有点儿特别？"这格里特佬很慎重地问道。

"它喷水也不一样,水柱很粗,也很急,是不是,亚哈船长?"达格问道。

"它还有一、二、三——啊!好多铁在它皮里,船长,"魁魁格不连贯地嚷道,"都拧成——拧成个——个——"个了半天找不着那个词儿,就把手像起瓶塞似的拧了一圈又一圈——"个——个——"

"螺丝锥!"亚哈嚷道,"是呀,魁魁格,好多标枪都拧弯了,留在它身上;对,达格,它喷出的水柱很粗,像一整捆麦子,也很白,就像我们南塔开特一年一度剪下的一大堆羊毛一样;是的,塔希蒂格,它那尾巴扇动起来就像一块撕破了的三角帆在狂风中翻飞一样。它是死神和魔鬼的化身!弟兄们,你们看见过的就是莫比·迪克——莫比·迪克——莫比·迪克!"

"亚哈船长,"斯达巴克说,他和斯塔布及弗拉斯克一样,越来越惊奇地瞧着他们的顶头上司,不过似乎终于想起了什么,多少解开了心中的疑团,"亚哈船长,我听说过莫比·迪克——莫非是莫比·迪克搞掉了你的腿?"

"谁跟你说的?"亚哈嚷道,然后停了停,"是的,斯达巴克;是的,我的弟兄们;是莫比·迪克弄断了我的腿;是莫比·迪克搞得我如今要靠这条假腿过日子。是呀,是呀!"他大声喊叫,野兽般凄厉地呜咽,就像一只被击中心脏的麋鹿在哀号。"是呀,是呀,是那死白鲸让我落了个残疾;让我永远成了个装假腿的没用的水手!"然后他两臂一甩,痛心疾首地大喊,"是呀,是呀!我要追到好望角,追到合恩角,追到挪威西海岸的大旋涡,追到地狱里的火海,不逮住它绝不罢休。要你们到船上来就是为了这事,弟兄们!一定要穷追不舍,它到哪儿就追到哪儿,不管天涯海角,要追得它喷血掉鳍。怎么样,弟兄们,你们大伙还干不干?我看你们一个个都是好样儿的。"

"干,干!"标枪手和水手全向这激动的老人涌过来,大声回答,"削尖眼睛寻找白鲸,磨快鱼枪对付莫比·迪克!"

"愿上帝保佑你们。"他好像是一边呜咽一边喊道,"愿上帝保佑你们，弟兄们。小厮，多拿点儿酒来。可是你怎么板着个脸，斯达巴克先生？你不想追捕那条白鲸吗？对莫比·迪克不感兴趣？"

"我对钩嘴有兴趣。再厉害的嘴我也有兴趣，亚哈船长，要是它正好出现在我们执行任务的途中。可是我到这里来是来捕鲸的，不是来为我的头头报仇的。就算你逮住了它，报了仇，你又能弄到多少桶油呢，亚哈船长？在我们的南塔开特市场你赚不到多少钱。"

"南塔开特市场！哼！不过，请拢来一点儿，斯达巴克；你要的红利还低了一点儿。要是用金钱做量具，按一个畿尼约四分之三英寸计，普天下的会计师都用畿尼环绕他们的大会计室即地球一圈，看需要多少畿尼，来计算地球的价值的话，那么，就可以告诉你，我要报的这个仇远远超出这条大鲸的面值！"

"他在捶打自己的胸膛哩。"斯塔布悄悄说道，"那是为了什么？据我看，那响声倒是很大，可是很空洞。"

"找个哑巴畜生报仇！"斯达巴克嚷道，"它袭击了你纯粹是出自最盲目的本能！简直是发疯！跟一个哑巴畜生发这么大火恐怕是亵渎神明的，亚哈船长。"

"你再给我听着——你这眼光短浅的家伙。一切看得见的东西，喂，都只不过是纸板做的假面具。但是，在每件事中——在人的行动中，在不容置疑的行为中——某种尚未发现但是可以推断的东西在冥顽不灵的面具后面显出了它的本来面目。人类要是能捅破那假面具就好了！囚犯除了打穿围墙怎么能跑出来？对我来说，那白鲸就是那道围墙，它箍着我。有时我觉得外面什么也没有。可是我受够了。它使我不得安宁。它压着我。我在它身上看到一种隐藏有费解的歹毒意图的暴力。我恨的主要是那种让我费解的东西；不管那白鲸是执行者还是主谋，我都要找它算清这笔账。别跟我说什么亵渎神明，老兄。即使是太阳侮辱了我，我也会对它不客气。太阳能那么干，我就会对着来；自从有所谓公平竞争以来，万物便相互戒备。但是，老兄，即使是公平竞争也控制不了我。那么，是谁控制我呢？真理是没有疆界的。别那么瞧着我!一个傻瓜盯着瞧你比一群恶棍怒目而视还要难受!你看,你看,你的脸一阵红一阵白;我的脾气惹得你也来火了。不过,你听我说,斯达巴克,脾气来了说的话,就等于没有说。有许多人说话激烈,并无恶意。我并不想惹你生气。算了吧。看哪!瞧那边那些土耳其人褐斑点点的脸——一幅幅太阳大手笔绘成的朝气蓬勃、栩栩如生的图画。那些异教徒豹子——满不在乎、不信神的家伙,他们在生活,既不对他们所感受的狂热生活寻根究底,也不做出解答!这就是水手,老兄,水手就是这样!在白鲸这个问题上,他们和亚哈不是完全一致吗?你瞧瞧斯塔布!他在乐!再瞧瞧那个智利人!他一想起这事就哼鼻子。你这株东倒西歪的小树在席卷一切的飓风下是挺不起腰来的,斯达巴克!而那又会怎样呢?你考虑考虑吧。只不过是要你帮着戳一条鲸;对斯达巴克来说只不过是举手之劳。还有什么呢?在全体水手都在为这微不足道的狩猎磨刀霍霍的时候,南塔开特的第一支鱼枪,肯定不会退缩不前吧?哦!你很紧张;我看出来了!大浪在给你打气哩!说呀,你倒是说呀!——是呀,是呀!那么,你的沉默就是回答。准是我大张的鼻孔里喷射出来的什么东西,让他给吸进肺里去了。斯达巴克现在站过来了;除非背叛自己,他现在不会反对我了。"

"愿上帝保护我——保护我们大家!"斯达巴克喃喃道。

但是,亚哈看到他一番话征服了大副,得到了他的默认,十分高兴,根本没听到他那预兆性的祈祷,更没有听到底舱里低沉的笑声,也没有听到索具在风中那预兆性的飕飕抖动声,还有风帆仿佛心都沉下去后那空洞的拍打桅杆声。这些声音他都没有听见,因为斯达巴克下垂的眼睛带着顽强的生命力重新亮起来了,舱底的笑声消失了,风在不停地吹,帆吃满了风,船仍如先前一样颠簸着前进。啊,你们这些规劝和警告!既然来了,为什么又匆匆离去?但与其说你们是警告,不如说是预言,你们这些迹象!然而,与其说是外在的预言会兑现,还不如说是先前那些内在的东西会证实。因为即使没有外力强迫我们,我们本身最内在的需求仍然会驱使我们不顾一切。

"拿酒来!拿酒来!"亚哈嚷道。

他接过灌满了的酒壶,朝标枪手们转过身来,命令他们亮出武器;然后让他们靠近绞车在他面前站成一排,手里拿着标枪。他的3个副手则拿着鱼枪站在他身旁,其余的船员站成一个圆圈围着他们。他站了一会儿,打量每一个船员。但是他那些船员狂热的眼睛瞧着他时,就像是大草原上狼群充血的眼睛瞧着它们的首领即将冲在前头率领它们追踪野牛一般。不过可惜呀!它率领它们掉进了印第安人暗设的陷阱。

"轮流喝!"他嚷道,一边把装得满满的、沉甸甸的酒壶递给最近的水手,"现在让水手们喝。挨个儿传,传吧!小口喝——慢慢咽,弟兄们;这酒像撒旦的蹄子,凶着哩。唔,唔,都管够。顺着圈子传。人家毒蛇攫食般的眼睛一瞪就交出去。好极了。差不多喝光了。那边去,这边回。递给我——空了!弟兄们,你们就像是匆匆的岁月;这么满溢的生命就这样大口大口吞掉了。小厮,再装满!"

"注意啦!我的勇士们,我把你们全体召集到这绞盘跟前,叫你们几位副手拿着鱼枪站在我身旁;你们几位标枪手则拿着武器站在那儿,而你们,健壮的水手们,把我圈在中间,这样,我可以在一定程度上复活我的祖辈捕鲸人一个高尚的习俗。哟,弟兄们,你们就会看到——哈!小厮,就回来啦?还真快。给我吧。嗨,这酒壶现在又灌满了,你不会是圣·维杜的小鬼吧——走开,你这打冷战的家伙!"

"往前来,副手们!把你们的鱼枪正对着我交叉举着。好极了!让我摸摸那交叉的地方。"说着,他伸直胳臂一把抓住了那3支一般齐、闪着寒光的鱼枪的交叉点,接着猛地用力一拧,同时目光聚精会神地从斯达巴克扫到斯塔布,又从斯塔布扫到弗拉斯克。看来他很想凭借一种无以名之的内在意志力,趁大家大吃一惊时,把蓄积在自己那莱顿电瓶似的有吸引力的生命中的激情灌输给他们。这3个副手在他那坚强有力、不动声色、神秘莫测的样子前退缩了。斯塔布和弗拉斯克掉过头去；本分的斯达巴克则低头瞧着脚下。

"白搭！"亚哈嚷道，"不过，也许还可以。因为你们仨哪怕只遭到一次这样强烈的电击，我自己身上的那种电玩意儿，那东西就可能全部放出去了。或许这一下会把你们当场电死，或许你们并不需要它。把鱼枪放下吧！现在，你们3位副手，我指定你们仨去为我那三位异教徒亲人敬酒——那边那3位最可敬的绅士和贵族，我勇猛的标枪手。有失身份？那伟大的教皇把自己的三重冕当水罐给叫花子洗脚，又该怎么说呢？啊，我亲爱的主教们！你们会出于谦虚主动去做的。我不命令你们；你们会自愿去的。把标枪上的绳子割断，把枪杆拔出来，你们这几个标枪手！"

三个标枪手不声不响地执行了命令，这时就倒钩朝上地拿着那约莫3英寸长的枪头站在他面前。

"别让那锋利的钢尖戳着我了！把它们斜拿着；倒过来！你们不知道那高脚杯哪是底吗？把插口朝上！对啦，对啦。现在，你们几位敬酒的，上前去。那标枪头，你们拿过来；我斟酒时，拿好啦！"他随即就慢慢地一个头目一个头目地走过去，拿着酒壶往那些枪头插口里注满烈酒。

"现在，三对三，你们站好啦。赞美这威力无比的圣餐杯吧！赐给他们，你们这些人现在都成了这个永不分离的同盟中的成员了。哈，斯达巴克！不过现在已经生米煮成熟饭了！那边那点头认可的太阳正准备尝尝哩。喝吧，你们这些标枪手们！喝呀，并且发誓，你们这些站在捕鲸小艇头上殊死作战的人——打死莫比·迪克！要是我们不追击莫比·迪克，把它打死，上帝会追击我们的！"高高的高脚钢杯举了起来，在一片呐喊、诅咒白鲸声中，杯中的烈酒也同时被吱的一声一饮而尽。斯达巴克脸色发白，掉过头去，浑身直抖。再一次，也是最后一次，那灌满了的酒壶又在狂热的船员中间传来递去。等亚哈那只闲着的手朝他们一挥，他们就都散了。亚哈也回到了自己的舱里。

第三十七章 日落

[船长舱；靠后窗；亚哈一人坐着，凝视窗外]

我驶到哪里，哪里就留下一道又白又浑的痕迹；灰蒙蒙的水道，白花花的水壁。眼红的大浪打横里涌过来想淹没我的航迹；随它们去；反正我先过去了。那边，满溢的高脚酒杯边，暖浪红似酒。金色的夕阳悬临大海。太阳有如潜水鸟——从中午就慢慢下潜——下去了；我的灵魂却往上升！它已经厌倦于攀越那无尽的山峦。那么，是我戴的王冠太重了吗？这顶伦巴第的铁冠。然而，许多宝石把它打扮得灿烂辉煌。我，这个戴的人，倒看不到它四射的光芒，只隐隐约约觉得戴着它，让我眼花缭乱，头昏脑涨。它是铁的——我知道——不是金的。它也裂开了——这我能感觉到。那锯齿状的边缘把我擦伤得好厉害。我的脑袋好像在跟硬邦邦的金属撞。是呀，我的头倒是个钢脑壳，在最伤脑子的战斗中是不需要再戴头盔的！

我的额头感到闷热？啊！那是时候不对，正如日出老激励我想有所作为，而日落则使我安静下来一样。再没有什么别的。这光亮很可爱，可是它并没有照亮我。一切可爱的事物都使我痛苦，因为我再也不能享受它们。天生有最高的理解力，我却缺少最起码的条件去享受一切；真该死，好狡猾，好恶毒！永世不得超生！再见——再见！
[他挥挥手，离开了窗口。]

这应该不算什么太难的事。我想起码要找到一个很顽强的人。可是我这独齿轮跟他们那些大小轮子组装在一起，他们就转动起来了。

或者，换个说法，比如他们就像许多蚁冢大小的火药堆排在我面前，而我呢，就是他们的火柴。啊，难哪！因为要点燃别人，火柴必须牺牲自己！凡是我敢于承担的，我就有决心；凡是我有决心的，我就一定做！他们以为我疯了——斯达巴克就这么想；可我是恶魔附体，我是疯中之疯！只有彻底疯了的人才会平心静气地解剖自己！预言说我会落个残疾；——还真是的！我丢了一条腿。现在我预言，肢解我者我必肢解之。那么，就让我做个预言者兼执行人吧。这可是超出你们，你们伟大的众神过去的所作所为了。我笑你们，嗤，你们，你们这些玩板球的、搞拳击的，你们这些如聋子柏克和瞎子本第格之类的拳师！我绝不会像小学生一样对那些欺善怕恶的家伙说，去找个个儿和你们相当的，别来打我！是的，你把我打倒了，可是我又站起来了，而你却溜了，不见了。从你隐身的棉花包包后面站出来吧！我没有那么长射程的枪，够不着你。喂，亚哈向你致意哩；来瞧瞧你能不能躲开我。躲开我？你躲不开的，除非你销声匿迹！人们已经盯上你了。想躲开我？那条通向我既定目标的路已经铺上铁轨，我的灵魂就在那槽槽上飞奔。跨越原始峡谷，穿过崇山峻岭，钻进急流深处，我直朝目标奔去！这条铁路毫无障碍，毫不弯曲！

第三十八章 黄昏

［斯达巴克靠着主桅］

我的灵魂顶不住,给压倒了,而且是给个疯子!真是令人难堪的讽刺,一个头脑健全的人竟然在这样一个战场上放下了武器!不过他打了好深一个钻孔,把我的理智全都炸飞了!我想我已经看到了不信神的结局,可是觉得自己偏偏又在帮他走上这个结局。不管我愿不愿意,一种不可名状的东西把我跟他绑在一起,一根我没有刀子可以割断的大缆把我朝他那边拖。这可怕的老人!谁在控制他——不错,对所有那些在他上面的人,他跟他们讲民主;可是,你瞧,他对他手下的人有多霸道!啊!我对我那可悲的职务看得很清楚——只有服从的份儿,可又想背叛;更糟糕的是,憎恨中又杂有几分怜悯!因为在他的眼睛中我看出会有大祸临头,我要是赶上,也会一筹莫展。不过,还有希望。时光流逝,潮涨潮落,其间还大有回旋余地。那可恨的大鲸有辽阔的海洋供它游泳,正如小小的金鱼有个玻璃缸一样。他那侮辱上天的意图,上帝可能搁置一边。我本应欢欣鼓舞,可我的心沉得像铅块,高兴不起来。我整个这座钟已经停摆了,我的心就是那控制一切的钟摆。我失去了开钟的钥匙,无法再使它重新摆动了。

［船首楼传来一阵狂欢声］

啊,上帝!跟这样一些没有多少爱心的异教徒水手一起航行!这批不知在贪婪的大海边什么地方钻出来的狗崽子,那白鲸在他们眼中是半神半人。听,那失去理性的狂歌劲舞!船头是纵情欢乐!船尾却始终鸦雀无声!我觉得这如实反映了生活。那欢乐地摆好阵势挑战的船头一马当先,在闪亮的海面奔驰,仅仅是为了拖着后面那位阴沉的亚哈,他一动不动地坐在船尾的船长舱里,沉思默想,脚底下是船迹中阴沉沉的水,再往前,尾波贪婪的汩汩声追逐着船头。那久久的狂闹令我毛骨悚然!安静!你们这些狂欢者,要警惕啊!啊,生命,在这样的时刻,灵魂感到沮丧,却又无能为力——犹如被硬塞给一些粗野幼稚的东西来消受——啊,生命!现在我才感受到了你面临的潜在威胁!可是受威胁的不是我!威胁对我早不起作用了!我决心以出自人性的柔情来和你们斗一斗看,你这邪恶的难以捉摸的未来!和我站到一起来,支持我,约束我吧,你神圣的感化力啊!

第三十九章　前半夜班

前桅楼〔斯塔布独处，修理着转帆索〕

哈！哈！哈！哈！哼！清清我的嗓子！——我一直在思考，而这几声"哈哈"，便是我思考的最终产物。为什么这样？因为哈哈一笑是对一切费解的事最聪明、最容易的回答；而且不管发生什么事，总有一个自我安慰的良方——那万无一失的良方便是：一切都是命中注定的。他和斯达巴克的谈话我没有听全，不过就浅见所及，斯达巴克当时的脸色跟我那天晚上所感觉的没有什么区别。那老蒙古人也肯定已经把他收拾得服服帖帖。我看出来了，知道了；要是有天赋，可以很容易地就预见出来了——因为我一瞧他的脑壳就看出来了。不赖，斯塔布，聪明的斯塔布——这是我的头衔——好啦，斯塔布，那又怎么样呢，斯塔布？就这么个臭皮囊。将来一切会怎么样我不知道，但是不管将来发生什么事，我都会笑呵呵地挺身而上。你那些可恶的家伙竟都会逗乐讨好！我觉得挺滑稽。发，拉！利腊，斯基腊！我的心肝小雪梨这会儿在家里干什么？把眼睛都要哭瞎了？——正在招待刚进港的标枪手，也许，快活得像快速帆船上的三角旗，我也一样——发，拉！利腊，斯基腊！啊——

今晚我们将开怀畅饮，
去爱吧，短暂的欢乐
犹如杯边浮起的泡沫

沾嘴就破灭。

多漂亮的诗节——谁叫我？斯达巴克先生？是，先生——他是我的顶头上司，他也有他的顶头上司，要是我没有弄错的话。——是，是，先生，就来，把这活收个尾——来啦。

第四十章 午夜，水手舱

标枪手们和水手们

〔前帆升起，值夜班的或站，或逛，或倚，或躺，姿态各异，全在合唱〕

再见，再见，西班牙女士们！
再见，再见，西班牙女士们！
我们的船长已经下了命令。

南塔开特水手甲：

哦，伙伴们，别自作多情啦；那会影响消化的！我起个调，跟上来！

〔开始唱，众跟上〕

我们的船长站在甲板上，
　小望远镜在手中，
眺望那些壮观的大鲸
　在到处喷水。
哦，小桶在你们的小艇里，伙伴们，
　站到转帆索旁去，
我们将捉住一条雄伟的大鲸，

倒着手拉吧,伙伴们!
要高高兴兴的,伙伴们,永远不要灰心!
我们的标枪手正在出击!

后甲板传来大副的声音:
八击钟啦,喂,前边的!

南塔开特水手乙:
别唱啦!八击钟啦!你听见没有——钟僮?快去敲8下,你这皮普!你这黑小子!我来喊换班。我这张嘴最适合干这个——大桶一般大。好啦,好啦,(把头俯向舱口)右舷的——班——啦,喂!八击钟啦,喂,下边的!滚上来吧!

荷兰水手:
今儿个晚上睡得真香,老弟;这夜晚真好睡。我看这是我们的老蒙古人的酒起了作用;有的醉成了一团泥,有的却越唱越来劲儿。我们唱;他们睡——是呀,躺在那里,就像是舱底的大酒桶。又该他们啦!喂,拿这铜唧筒好好给他们来几下。告诉他们别跟妞儿做美梦啦。告诉他们该复活啦,该吻别啦,该清醒清醒啦。就这么着——就这样;你的喉咙不会因为吃阿姆斯特丹的牛油吃坏的。

法国水手:
嘘,伙伴们!趁着去布兰克特湾停泊之前,咱们再来一两曲快三步。你们说怎么样?换班的来啦。腿都准备好!皮普,小皮普!敲起你的手鼓吧!

皮普(绷着脸,还没睡醒):
不知道搁哪儿啦。

法国水手：

那你就敲肚皮，摇耳朵。跳吧，弟兄们。喂，只许高高兴兴。乌拉！该死，你不跳吗？好，现在排成单行，马上就跳双曳步舞？使劲儿跳吧！腿呀！腿呀！

冰岛水手：

我不喜欢你们的地板，老弟，弹性太大了。我跳惯了冰地板。对不起，给你们泼了冷水，请原谅。

马耳他岛水手：

我也得请你们原谅：请问姑娘们在哪里？除了傻瓜还有谁会右手握着自己的左手，跟自己说，你好吗，舞伴？我非得有舞伴不可！

西西里水手：

对，要有舞伴和一块草地！——那我才跟你们跳，而且，像蚱蜢一样跳！

长岛水手：

得啦，得啦，你们这些不知足的家伙。够可以的啦。玉米地松土要及时，喂。大家快去跳吧。啊！音乐响起来了；快走吧！

亚速尔群岛水手（走上舷梯，把手鼓扔上舱口）：

给你，皮普；还有两根绞车系缆柱；上来吧！喂，伙伴们！〔一半人随着手鼓起舞；有的到舱里去了；有的在一盘盘索具中间或躺或睡；很多人在咒骂〕

亚速尔群岛水手（在跳舞）：

使劲儿呀，皮普！敲呀，钟僮儿！快些，重些，别歇气，快些，钟僮儿！响亮些，把铃铛儿都敲碎！

皮普：

你是说小铃铛？——又有一个没啦，丢了。我就这样乱敲一气啦。

中国水手：

那你就咬紧牙齿乱敲一气吧，把自己当作个宝塔。

法国水手：

乐疯了！举起你的大铁环，皮普，等我跳过去再放下来！三角帆扯破了！快跑吧！

塔希蒂格（静静地抽烟）：

那是个白人，他认为那个好玩。哼！我才不费这个劲。

曼克斯岛老水手：

我不知道那些快活的小伙子有没有想到他们是在什么上面跳舞。我要在你们坟墓上跳舞，我要——那是你们的情妇最厉害的威胁，那可比拐角处的顶头风还厉害得多。基督啊！关心关心这些乳臭未干、愣头愣脑的水手吧！好啦，好啦；多半这整个世界就像你们学者说的是个球，因此把它当个舞厅①也没有什么不对。跳吧，小伙子们，你们还年轻；我也年轻过哩。

南塔开特水手丙：

歇会儿吧！——哎呀，这比在无风的海上划着小艇追大鲸还要

---

① 球，原文为ball；舞厅，原文为ball-room。二词共一ball，文字游戏耳。

糟——给我们抽一口吧,塔希。[他们停下来不跳了,三五成群地聚在一起。这时天空变黑——起风了]

东印度水手:
　　真的!伙伴们,得很快收帆。神圣的恒河涨水起风啦!你板起了一张黑脸,湿婆神!

马耳他岛水手(斜躺着,挥着帽子):
　　现在请海浪——雪的帽子跳啦。它们的缨穗很快就会抖动起来。但愿这些海浪全是女人,那我情愿淹死,永远跟她们在一起跳舞!她们那交叉的双臂下藏着熟得快要爆开的葡萄,她们在跳舞中挺起暖烘烘、软乎乎的胸脯送过来的眼波——地上没有什么东西有这么甜蜜——天上也可能比不上!

西西里水手(斜躺着):
　　别跟我说那个!你听着,小伙子——四肢飞速交错——腰肢柔软地扭动——羞羞答答——抖抖颤颤!嘴唇!胸脯!屁股!都挨了挨;不断地接触又分开!可别去试那个味,你得注意,你会吃不消的。呃,异教徒?(捅了捅他)

塔希提水手(斜躺在席子上):
　　万岁,我们那些舞女神圣的裸体!——希瓦——希瓦呀!啊!举目是低低的帐篷和高高的棕榈树的塔希提!如今我仍然躺在你的席子上,只是下面不再是柔软的泥土。我看到人家在树林里把你编好,我的席子!头一天我把你从林子里拿出来时,你还是绿油油的,如今已经破旧干枯了。哎呀!你我都是不堪回首!要是就这样把它移植到那边的水土,那又会怎样呢?当山洪从皮罗希提的顶峰跃下,淹没村庄时,我不是听到了咆哮声吗?——该死!该死!起来吧,挺直腰杆,

去迎接它！（一跃而起）

葡萄牙水手：

汹涌的海浪多么凶地冲击着船身啊！准备收帆吧，伙伴们！风在乱刮一气，就像是交叉的剑，马上就要刺过来了。

丹麦水手：

噼啪，噼啪，老船呀！只要你还能噼啪一气，你就还挺得住！好得很！那边那大副可生怕你会出事。他的恐惧不亚于卡特盖特岛要塞，它正在那里用风暴冲击下的大炮和波罗的海对抗，而大炮上海盐都结起了硬块！

南塔开特水手丁：

提醒你一声，他是接到了命令的。我听见亚哈跟他说要他坚决顶住暴风，有点儿像人们用手枪打开排水口一样——把船直冲过去！

英国水手：

该死，不过这老头确实了不起！没得说，我们这些小伙子非帮他逮住那条大鲸不可！

全体水手：

对！对！

曼克斯岛老水手：

那3根松木桅抖得好厉害！松树是最过硬的树，随便移栽到什么土壤上都能成活，而这里除了水手们身上那不成其为泥土的泥土外什么别的泥土也没有。稳住，掌舵的！稳住。这种天气，不怕死的也会赶紧往岸上跑，海船会翻会裂开。我们的船长是有胎记的；瞧瞧那边，伙伴们，天空中也有个胎记——样子好可怕的，你们看，其余则是一片漆黑。

达格：
那又怎么啦？谁怕黑就是怕我！要说黑，我数头一号！

西班牙水手：
（旁白）他想吓唬咱们，哦！——旧恨还没有消哩。（挺身而上）嘿，标枪手，你那种族，无可否认，是人类的黑暗面——而且是坏到极点的黑暗面。实事求是。

达格（凶狠地）：
胡说。

圣·约哥水手：
那个西班牙佬不是疯了，就是喝醉了。不过，不可能疯了，要按他那情况看，准是咱们老蒙古人的烈酒有点儿后劲儿。

南塔开特水手戊：
我看见什么啦——闪电？是的。

西班牙水手：
不是闪电，是达格在龇牙。

达格（跳起来）：
趁早赔不是，矮子！白皮仔，胆小鬼！

西班牙水手（迎上去）：

一刀捅了你！大个子，胆小鬼！

全体：

吵架啦！吵架啦！吵架啦！

塔希蒂格（喷了口烟）：

地上在吵架，天上也在吵架——神和人——都爱吵架！哼！

贝尔法斯特水手：

吵架啦！哎呀，吵架啦！天呀，吵架啦！你们就干吧！

英国水手：

谁也不要占便宜！夺掉那西班牙佬的刀子！拉开场子！

曼克斯岛水手：

场子是现成的。你瞧！宽敞得很。在那宽敞无比的场子里，该隐打死了亚伯[①]。干得漂亮，干得好！不是吗？那为什么上帝要给你安排场子？

从后甲板传来大副的声音：

升降索旁的人！紧紧抓住上帆！准备收缩中帆！

全体：

风暴来啦！风暴来啦！赶快，伙伴们！（他们散开了）

皮普（缩到绞车下面）：

[①] 见《圣经·旧约·创世记》第四章八节。

伙伴们？愿上帝照顾这样的伙伴们吧！克里希，克腊希！三角帆支索完啦！砰啪！天啊！趴下，皮普，顶上的帆桁又掉下来了！真比待在刮旋风的林子里还要糟。末日到了！现在还有谁会爬上树去摘栗子？不过，他们都上那边去了，一个个骂骂咧咧的，我还是待在这里。愿他们前程远大；他们正在往天堂赶路。抓紧点！真见鬼，好大的风暴啊！但是，那边那些家伙还要坏——他们是你的白风暴，他们。白风暴？是白鲸，嘘！嘘！他们说的我刚才在这儿都听到了，而白鲸——嘘！嘘！——他们只提到一次！而且只是在今天晚上——吓得我像我的手鼓一般浑身发抖——那个蟒蛇般的老头要他们宣誓去追捕它！你高高地在那片黑暗中什么地方的伟大的白人上帝啊，怜悯怜悯趴在这里的这个小黑人吧，让他离那些没心没肺啥也不怕的人远些吧！

第四十一章　莫比·迪克

我，以实玛利，是水手中的一员，我和他们一道大声喊叫，和他们赌咒发誓，而且我喊得比谁都响亮，誓发得比谁都重，都狠，因为我心里害怕。我心里有一种强烈而神秘的同情感。亚哈那难以抑制的仇恨就像是我的一样。带着极大的好奇心，我打听清了那凶恶的怪物的事，我和其他人都发了誓，要以牙还牙，报仇雪恨。

前些时候，虽然只是隔三岔五地，这条独来独往、离群索居的白鲸出没在捕抹香鲸的人最常去的那些偏僻海域。可是，他们并不是都知道有这么一条白鲸；看见它的人倒不少，认出它来的却不多；至于那些认出了它又实地跟它干过并输给它的人就为数更少了。因为，一则捕鲸船不多，二则它们又杂乱无章地散布在整个海面上，而且有的还冒险地到偏远海域去捕猎，一连十几个月碰不上一艘船通点儿信息是常事。每艘船航期没有一定，出航的次数又没有规律。这一切，再加上其他情况，直接的和间接的，有关莫比·迪克的消息报道便无法在分散全球的捕鲸船队中间传布开来。这说法完全有可能。据说有几条船在某时某地碰上了一条特别大、特别凶的抹香鲸，那条鲸在对它的攻击者造成极大的损失后便逃得无影无踪。在有些人心目中那条大鲸就是莫比·迪克。据我看，这不是什么嫁罪于它的臆断。然而，由于近来捕抹香鲸的船只多次遭受那个怪物凶猛、狡猾、恶毒攻击的种种实例，因此，那些没有弄清对手偶尔糊里糊涂地败在莫比·迪克手下的捕鲸人，绝大多数也许宁愿把它所引起的非同一般的恐惧归于捕抹香鲸业整体面临的危险,而不愿归于个别的原因。于是乎,基本上,亚哈和那条大鲸灾难性的遭遇至今犹被等闲视之。

至于先前听说过白鲸的人,偶然看到它,最初几乎没有一个不是非常勇敢、毫无畏惧地放下小艇就追,就像追其他抹香鲸一般。但是,最后随着这些攻击而来的竟是这样的灾难——水手不仅拧了手腕子,扭了脚脖子,断了胳臂、缺了腿,或者给吞食了肢体——而且严重到把命都搭上。那一而再再而三的灾难性挫折所带来的恐惧全归于莫比·迪克一身,许多大胆的追捕者终于得知白鲸的故事之后,便大大动摇了信心。

各式各样不着边际的谣传也不是没有夸大失实之处,这就把这些死里逃生的遭遇渲染得更加吓人。因为不仅荒唐的谣言会自然而然地从一切恐怖事件本身生发出来——就像朽木上会长出蕈子来一样,而且在海上生活中,只要稍有事实依据,荒唐的谣言便会比陆地生活中来得多得多。由于在这一点上海洋超过陆地,所以捕鲸业有时在传布谣言上,就离奇性和恐怖性而言,也超过了海上所有其他行业。因为捕鲸人作为整体而言,不仅未能免除所有水手世代相传的无知与迷信,而且在所有的水手中间,他们无疑是与海洋中一切令人惊骇的事物最直接地打交道的:他们不仅身临其境地目睹海中最令人惊奇的事物,还要和它们拼命干上一场。而且在十分偏僻的海域,行驶一千里,经过一处处海岸,你也见不到一缕炊烟,受不到任何招待。在这样荒凉的海上,从事这样一个行业,捕鲸人势必为各种各样神秘的力量所包围,想象力便会孕育出许多耸人听闻的传说。

这就难怪关于白鲸那些业已过分夸大的谣传,一经在辽阔的海面上传布开来,便声势越发浩大,并和各式各样可怕的暗示及粗具雏形的认为它代表超自然力的说法结合起来,最终便赋予了莫比·迪克一种并非得自外界的新的恐怖。所以,在许多场合它终于引起了莫大的恐慌,使听说过那些谣传的捕鲸人中很少有人愿意去冒被它一口吞掉的危险。

不过也还有其他更为重要、更为实际的因素在起作用。即使是在今天，大有别于其他鲸类的抹香鲸，它原有的威信在就整体而言的捕鲸人心目中仍未消失。今天有些捕鲸人在主动出击格陵兰鲸或露脊鲸时表现得非常机智勇敢，却或许会——或由于缺少这方面的经验，或唯恐力不胜任，或出于胆怯，而拒不与抹香鲸交手；不管怎样，有许多捕鲸人，特别是那些不挂美国旗的船，就没有攻击过抹香鲸。他们对这种大海兽唯一的了解还局限于早先在北海追捕的那种瞧不上眼的怪兽。这些人只是坐在舱口，像小孩坐在炉边似的，又着迷又害怕地听着南海捕鲸那些耸人听闻的故事。真正要对大抹香鲸这一超乎寻常的庞然大物了解真切，莫过于站到截击它们的那些小艇头上。

现在业经证实的抹香鲸之力大无穷似乎是在传说时代即已略见端倪；有些博物学家——奥拉森和波佛尔森——就写过抹香鲸不仅令海洋中任何其他生物望而生畏，而且难以置信地残暴到老想喝人血的地步。甚至晚近到居维叶时代，也仍然保留这样的印象，有点儿出入也不大。因为这位男爵本人在他的《博物学》一书中就断言所有的鱼（鲨鱼也包括在内）一看见抹香鲸就"怕得要命"，"常常在慌忙逃窜中一头撞在岩石上，登时身亡"。尽管捕鲸业中普遍的经验可能对诸如此类的报道有所修正，然而报道中所提到的极端可怖处，甚至于波佛尔森所说的喝人血这一点，在捕鲸业这一行业新老交替中，又在捕鲸人的心中复活了。

所以，有不少捕鲸人被有关莫比·迪克的谣传和奇闻吓坏了，一提到它，便想起捕抹香鲸业以往那些日子，那时候很难劝动经验丰富的捕猎露脊鲸的人投入和抹香鲸作战的大胆冒险中。这些人认为追捕其他大海兽也许还有希望，但是要去追击抹香鲸这样的鬼怪，拿鱼枪瞄准它，却不是凡人力所能及的。谁要去试，准是活得不耐烦了。在这一点上，有些广为人知的文献可供查询。

尽管如此，还是有人置这一切于不顾，准备追捕莫比·迪克；还有更多的人，由于只偶然隐隐约约地听说过它，既未获悉任何一次具体灾难的异乎寻常的细节,又未得闻那些神乎其神的渲染,便勇气十足地摩拳擦掌,只要碰上了它就决不回避。

有一个荒唐的联想值得一提,因为它与有迷信思想的人心目中的白鲸联系在一起,那就是他们有个古怪的想法,认为白鲸是无所不在的,认为它确实在两个地方同时出现过。

既然有这样一些肯定是非常轻信的人,这种迷信就绝不会完全没有市场。正如海流的秘密,即使是专家一再探测,也始终没有揭开一样,抹香鲸藏身水中的许多方式,在很大程度上它的追踪者也无从知晓。他们只能不时做出一些想入非非、自相矛盾的猜测,特别是弄不清它所凭借的那种神秘的方法,怎么在下潜到极深处后,竟能以极快的速度转移到非常遥远的地方。

为美、英捕鲸船所熟知,且为权威的斯哥斯比多年前记录在案的一件事,就是在太平洋极北海面捕获的大鲸,身上竟然带有格陵兰海上中的标枪钩。人们还发现有些大鲸所受的两次攻击相距的时日并不太多。因此,一加推算,有些捕鲸人便认为对人类一直是个问题的西北航线,对大鲸来说,却从来不是个问题。所以,在现代人的切身体验中,关于古代葡萄牙内地斯特列洛山的奇迹(据说在山顶附近有一个湖,湖面上浮着好些船的碎片),以及叙拉古附近那阿列都沙喷泉更为奇妙的传说(人们认为喷泉的水是通过一条地下通道来自圣地),这些荒唐无稽的说法与捕鲸人的亲身经历几乎完全吻合。

有些捕鲸人就是通过亲身经历被迫熟悉了诸如此类的奇迹,他们也知道白鲸在经受多次的猛攻之后仍旧安然无恙地逃走,因此他们的迷信又深了一层也就不足为怪了。他们宣称莫比·迪克不仅是无处不在,而且是永生的(因为永生无非是时间上的无处不在);认为尽管它身上给插上了密如树林的投枪,它照样能安全地游走;要是真戳得它喷出浓浓的血来,这样的景象也只不过是假象,因为在几百里外毫无血迹的波涛中你又可以再一次看到它那雪白的喷水。

但是撇开这些迷信的推测不论,光凭这怪物那肉眼可见的形状以及无与伦比的特点，也足以极大地激发你的想象力。因为与其说是它出乎寻常的庞大使它大大有别于其他抹香鲸，还不如说是在其他地方提到的——一个与众不同的雪白的皱额，还有一个高如金字塔的白色驼峰。这些是它非常引人注目的特征。根据这些标志，即使是在无边无际的连海图都没有的海洋上，那些熟悉它的人老远就可以把它辨认出来。

它身体的其余部分密布条纹斑点，以及和全身同样颜色的大理石花纹，因而获得了"白鲸"这样一个独特的称号。要是在正午时分看到它掠过深蓝色的大海，留下一道奶油状泡沫的乳白色路迹，在强烈的阳光下闪耀着金色的光辉，你会觉得，这个称号，印证它那光彩照人的模样，也确实是名实相符。

令人对它自然而然地感到畏惧的与其说是它那超乎寻常的庞大、它那显眼的颜色，甚至它那畸形的下颚，还不如说是它那份无可比拟、极工心计的狠毒。根据一些专门的报道，它在猛然发起攻击时多次显示了这一点。凌驾一切之上的是它那暗藏杀机的退却，怕就怕它使出这一招来。因为，眼看它在捕鲸人欣喜欲狂的追击下惊恐万状地逃走，有好几次它竟陡然掉过头来向追击者冲过去，不是把他们的小艇弄得粉碎，就是把他们恐惧万分地赶回大船。

为了追击它已经搭上了几条命。虽然类似的事故在岸上很少传开，在捕鲸业中却绝非罕见。然而，在大多数情况下，这类事故似乎是白鲸极其恶毒的有预谋的暴行，以致那些断肢或丧命事件，人们并不完全认为是一种智力低下的生物造成的。

那么，当那些越发不顾一切的猎手，从小艇碎片和被撕裂的伙伴们半沉半浮的肢体中间，从大鲸在暴怒下喷出的白色浆液中间，奋力游出，来到那仿佛在笑迎新生婴儿或新娘的宁静而恼人的阳光下时，他们心头的怒火给扇到什么程度，就请你去判断吧。

一个船长周围的3只小艇都给撞破了，桨和人都掉在旋涡中打转转，只有他这个船长从碎裂的小艇头上抓起一把刀子，就像阿肯色州人扑向对手一样,朝大鲸猛扑过去,在它身上盲目地摸索,想把6英寸长的刀子刺进它那体内6英尺深处的心脏。那位船长就是亚哈。这时,莫比·迪克那镰刀状的下颚突然在他身下扫过来,就像刈草机在田野里割掉一根青草一样,一下就把他一条腿吞掉了。就是缠头巾的土耳其人、雇来的威尼斯人或马来人,也不敢明目张胆地对他进行如此狠毒的袭击。难怪亚哈自从那次几乎丧命的遭遇之后,便对那大鲸怀着狂热的复仇心。而在他近乎发疯的精神病态中,这复仇之心便越发强烈,到后来,他不仅认为他所有肉体上的痛苦和它分不开,就是在智力上和精神上所受的刺激也和它分不开。这大鲸在他面前游动,就像是所有心怀恶念的力量的化身。那些思想深沉的人感觉到这些力量一直在蛀蚀他们,直到他们剩下半颗心、半拉肺苟延残喘为止。那种一直难以捉摸的恶念,即使是现代基督徒也把半个世界归于它统治之下。它也是古代东方拜蛇教将之雕成偶像敬畏膜拜的东西;亚哈却不像他们那样顶礼膜拜它,而是把这一概念精神错乱地转移到可憎的白鲸身上,以自己断肢之躯坚决与它对抗。那一切格外激怒折磨人的事物,那一切搅起事物沉渣的东西,一切带有恶意的真实,一切瓦解体力封闭大脑的玩意儿,一切在生活中和思想上对牛鬼蛇神那种难以理解的信奉,一切邪恶,等等,在气得发疯的亚哈看来,都明白无误地体现在莫比·迪克身上,对它进行攻击也就势在必行了。他把他整个种族有史以来普遍感到的愤怒和憎恨都堆在那大鲸白色的驼峰上;而他的胸膛就像是一门白炮,把他沸腾的心当作炮弹发射出去。

要说他在刚一断肢的那一瞬间就出现了这种偏执狂,那也不太可能。在他拿着刀子冲向那个怪物时,只不过是想发泄一下他个人那突如其来的狂热仇恨;当他受到那断肢的一击时,很可能只在肉体上感到一种难以忍受的疼痛,再没有别的。然而,在由于这次冲突而被迫返航途中,一天又一天,一个星期又一个星期,长达好几个月时间,亚哈和难以忍受的疼痛共一张吊床,直挺挺地躺着,在仲冬时节绕过那冷冷清清、寒风呼啸的巴达哥尼亚角。只是在这时候,他那残缺的

身体和拉了一道长长口子的灵魂二者所流的血才彼此交流,而且完全融合在一起,这才使他疯了。之所以说只是在那时候,在返航途中,在那次冲突之后,他才成了偏执狂,是因为有这一事实,在返航途中,他已经精神错乱,隔三岔五说胡话了;并且他虽然断了一条腿,但是在这个埃及人身上潜藏着生龙活虎般的力气,精神一错乱,那力气便越发大得惊人,他的副手们不得不把他牢牢捆住。即使这样,他还在吊床上说胡话。他就这样穿着拘束衣,随着大风引起的剧烈晃动打秋千。等驶进气候好受些的地段,船便扯起吃风较小的翼帆,驶过平静的热带海面。这时,老人的精神错乱也似乎和波涛汹涌的合恩角一道被扔在后面了,他走出暗黑的洞穴,来到明亮舒适的甲板上,尽管脸色还很苍白,但坚定泰然,重又用平静的声调发号施令,他的副手们全都感谢上帝,他那可怕的疯狂总算是过去了;但即使是在这时,亚哈内心深处还照样在说胡话。人的疯病常常表现得非常狡猾阴险。你以为已经痊愈了,它却很可能只是改形易貌,以一种更难以捉摸的形式出现。亚哈那十足的疯狂并未消逝,而是向内心深处凝缩了,就像北方巨人哈得逊河窄窄地然而是深不可测地流过高原的峡谷,水势并未减退。正如在他那窄窄地流去的偏执狂中,他那十足的疯狂一点儿也没有落下一样,在他十足的疯狂中,他那天生出众的智力也一点儿没有消失。以前那种起作用的力量,现在成了起作用的工具。打个比方说,他那特殊的疯狂向他展开猛攻并攻占了他,转而又将全部炮弹集中轰击那使其致疯的目标;要是这样一个不伦不类的比喻站得住的话,那么亚哈的力气非但丝毫没有丧失,而且为了达到那一个目的,反比以往大脑清醒时为达到一个合理目的所需的力气要大上1000倍。

这已经说得不少了。然而有关亚哈那更大、更阴暗、更深邃的一部分还没有提到。但是,要把深奥的事物通俗化是徒劳的,而所有的真理又恰恰都是深奥的。从我们所置足的这个尖顶的克吕尼宫正中心远远地蜿蜒前行吧——不管它多么壮丽堂皇,我们现在且扔下它。

向古罗马那些宏伟的浴场走去吧,你们这些高贵而忧伤的灵魂;在那儿,在人类地面巨大城堡下的深处,人类宏伟庄严的根本、人类整个令人敬畏的精髓髯腮端坐;一件深埋于众多古物之下、君临于众多未竟之作之上的古物!于是,众神便拿一个破碎的宝座来嘲弄那被俘的君王;他则很像一根女像柱,耐心地坐着,僵硬的前额上顶着年代久远的重叠的檐口。你们这些高傲而忧伤的灵魂,你们就左拐右拐走到那下面去吧!去问问那位高傲忧伤的君王!就像是一家人!是呀,他还真生下了你们,你们这些被放逐的年轻贵胄;也只有从你们那严厉的祖先那里才能弄清你们的身份年代久远的渊源。

如今,亚哈心里也隐隐约约感觉到了这一点,就是:我所有的手段都是清醒的,我的动机和目的则是疯狂的。然而,没有能力去消灭,或改变,或回避这一事实。他也知道他早就对人掩饰了这一点,现在仍有点儿这样。不过他这种掩饰只以他的觉察力为依据,与他的决心无关。尽管如此,他还是掩饰得很成功,在他终于迈着鲸骨腿上岸时,所有的南塔开特人都认为他是遭到一场可怕的灾难而深感悲伤。

海上关于他那无可否认的精神错乱的传闻,也被普遍地归之于类似的原因。而事后那免不了的阴晴不定的情绪,一直到这次开航他冥思苦想地坐在"裴廓德"号上,人们也归之于同样的原因。正因为他这样一些隐秘的症状,一贯以谨慎闻名的海岛上工于心计的人不但丝毫不以为他不再适合出海捕鲸,反而认为他更适合、更急于投入捕猎大鲸这样一个本来就需要满怀愤怒与狂热的行业。一个深印脑际如毒牙般冷酷无情、无法根除的念头啃咬心灵、烧灼皮肤的人要是能找得着,似乎是以标枪、鱼枪对付那可怕的海兽的最佳人选。要是出于什么身体上的原因做不到这一点,那在鼓舞号召部下进行这一攻击上也会是最胜任的。但不管怎样,可以肯定的是,亚哈是带着满腔怒火和疯狂念头,一心要逮住白鲸而特意踏上这次航程的。他岸上的老熟人要是对他的想法稍有觉察,准会吓得脸色惨白,并理所当然、毫不犹豫地从这个恶魔手里把船夺过来！他们关注的是有利可图的巡航，是能把造币厂铸造的银圆赚个精光的暴利，而他专心致志的则是一次大胆的难以想象的复仇。

于是，这个满头白发不信神的老头就此发誓要驶遍天涯海角去追寻一条约伯的大鲸。他所率领的一群水手也主要是由混血的叛教者、光棍和生番组成——这伙人在3位副手的直接领导之下，道德观念更加淡薄：斯达巴克仅凭独善其身的美德或正义感而力不胜任；斯塔布则漠不关心，鲁莽成性，整天嬉皮笑脸，谁也拿他无可奈何；弗拉斯克则平平庸庸，毫无可称道之处。这样一班水手，又配备这样几位副手，就像是冥冥中命运特意挑选出来协助他完成他那偏执狂的复仇大业。他们怎么会那么毫无保留地响应这老头的愤怒——他们的灵魂究竟中了什么邪，竟至于把他的仇恨当成自己的仇恨，把他的死敌白鲸当成他们的死敌。这一切究竟是怎么发生的——这白鲸又关他们什么事，或者就他们无意识的领悟来说，它怎么可能就模模糊糊、不受怀疑地仿佛成了悄悄滑行的海中魔头——这一切，将是我以实玛利所难以弄清的。那个在我们每人身上起作用的地下矿工，他老是东挖一镐，西挖一镐，镐声又闷在地下听不清楚，教人怎么知道他挖的坑道要把我们往什么地方引呢？谁不感到一只难以抗拒的胳臂在拽呢？什么样的小艇连装有74门大炮的军舰都会拖不动呢？就我来说，我已经下定决心，对身处何时何地概不过问。不过，当大家迟早会蜂拥而上攻击那条大鲸时，我在那畜生身上却只看到致命的灾难。

第四十二章　大鲸的白色

亚哈怎样看大鲸，前文已经提及。我有时怎样看它则还只字未提。

关于白鲸，除了那些比较明显的原因在任何人的灵魂深处都难免引起某种惊慌外，还有另外一种想法，或者说一种相当模糊无以名之的恐惧，由于过分强烈而完全压倒了所有其他的感觉。然而它又这么神秘、这么难以言述，以至于很难把它说清楚。这就是为什么它那浑身的白色比任何别的东西都更让我害怕。

但是白色怎么会令我害怕，我不能指望在这里解释清楚；然而我又必须加以解释，哪怕解释得比较模糊，没有什么条理，要不所有这些章节便可能等于零了。

虽然在许多天然事物上，白色显得优雅，能增加美感，比如大理石、山茶花和珍珠；虽然许多国家都以某种方式极力推崇这种颜色，甚至古代野蛮的庞古的君王们还把"白象之王"这一称号置于显示统治权的所有其他夸张的赞美词之上，现代暹罗的国王们还把这种白色的四足兽作为王旗上的图案，汉诺威公国的国旗上唯一的图像就是一匹白色的战马，还有奥地利帝国，那尾大不掉的罗马帝国恺撒王朝的继承者，也指定这诸色之首的颜色为皇室的颜色；虽然视白色得天独厚的观念用之于人种，便给了白种人高出诸有色人种的优越感；虽然，除上述种种之外，白色甚至还用来表示愉快，在罗马人眼中，一块白色的石头就是一个欢乐日子的标志;虽然在人的其他感情和象征上,这种颜色被用来作为诸多感人的高贵事物的标志——诸如新娘的纯洁、老人的慈祥;虽然美洲的红种人把赠送一条白色的贝壳串珠带当作最崇高的敬意;虽然在许多地区,法官礼服上装饰的白貂皮象征正义女神的威严,乳白色的辇马显示国王和王后的王家气派;虽然甚至在最尊严神秘的宗教仪式上,白色被视为神的圣洁和威力的象征,在波斯拜火教教徒眼中,白色的叉状火焰是圣坛上最神圣的东西,在希腊神话中,伟大的朱庇特自身会变成一头雪白的公牛;虽然对高贵的易洛魁人来说,把神圣的白狗作为仲冬的祭品一直是他们神学中最神圣的庆祝典礼,他们把这纯洁忠实的动物看作是他们所能派出的最纯洁的使者,向伟大的神一年一度表白他们自己的忠诚;虽然基督教神父们穿在黑袍法衣下面的部分圣衣的名称、白麻布长袍或白色长紧身衣,都直接从意为白色的拉丁词派生而来;虽然在神圣、浮夸的罗马教教义中,白色特地用在我主受难的圣餐礼上;虽然在圣徒约翰的《启示录》[①]中,白色长袍是给被赦免者穿的,24位长老穿着白色法衣

[①] 《启示录》是《圣经·新约》的其中一卷书,本卷书共22章。记载了使徒约翰在拔摩海岛上看到的异象。公元81年至96年,罗马皇帝图密善在位,当时他的战功横跨欧、亚两洲,因他醉心于攀登上帝的宝座,便在全国各地竖起自己的雕像,强迫人们向他献祭膜拜,基督徒因拒绝偶像而被视为罗马公敌,开始受到迫害。这迫害很快就以雷霆万钧之势爆发到亚洲的基督徒身上,当时教会领袖约翰的被放逐——似乎已指出执政当局已决心要根除神的教会。而当时教会内部也正面对异端的骚扰,信徒的灵性也渐趋堕落。面对罗马帝国的残酷迫害,他们心中充满了恐惧。此时,主把天上的奥秘启示给了使徒约翰,一面促使教会向神悔改,一面鼓励安慰受迫害的教会务要至死忠心,阴间的势力不能胜过教会,最终的得胜是属于基督和教会的,殉道者的苦难正是为自己赢得宝座和生命的冠冕。

《启示录》的中心内容是论述基督的得胜和他的荣耀显现。在他快要再来做王之前,首先用启示呼吁他的教会向他回转,儆醒预备迎候他的再来;然后是针对那些刚硬不化的世人,施行空前未有的大灾难,以审判刑罚他们的不信(其实灾难也是人类自造的恶果),且借此摧毁一切执政掌权者的邪恶势力,更要得着一部因悔改而属于他的子民,而后在人间建立他的国,使那些与他同患难的百姓同进入其中,与他同掌王权,同享荣耀。至终撒旦,敌基督者、假先知和不悔改的罪人都要过去,新天新地从天而降,神人同居,永享无限福乐。

站在伟大的白色宝座前,上帝则端坐其上,像羊毛一样白;虽然罗列了这么多联想,愉快的也好,可敬的也好,庄严的也好,在这种颜色的概念之最深处却总是隐藏着一种什么难以捉摸的东西,其引起惊慌的程度超过了鲜血那吓人的红色。

正是这种难以捉摸的性质,在白色这一概念一旦与比较亲切的联想脱钩,而与任何本身就很可怕的东西结合在一起时,就会把它引起的惊慌提升到极限。以南北极的白熊和热带的白鲨为证,不正是它们那光滑的鳞片状的白色使它们成为最可怕之物吗?

正是那种可怕的白色给它们那默不作声与虎视眈眈的容貌披上了一张和善的画皮,使它们不但令人害怕,甚至更令人厌恶,所以一身黄毛上有黑色斑纹的老虎,哪怕张牙舞爪,也远不如一身白的熊或鲨鱼来得可怕[①]。

请你想想信天翁吧,在这白色的幽灵随心所欲轻快地飞翔时,哪来的那些令人感到神奇而又可怕的云彩?最先施展那魔法的不是柯勒

---

① 提到北极熊,那些乐意对这一问题做进一步钻研的人可能会强调说,单是白色不足以使那种野兽如此令人害怕。因为,一加分析,可以说,它之所以令人倍感害怕仅仅是由于这一情况,即这种胡作非为、凶猛成性的动物竟然有一身无比天真可爱的白色皮毛。因此,把这两种截然相反的感受搁到一块儿一掂量,就会了然原来北极熊之所以如此吓人正是由于这种出人意料的对比。不是因为那种白色,人们也不至于那么害怕。——原注

至于白鲨,在它经常出没的浅水处看到它时,你会发现它身上那种安闲地悄悄游动的白色幽灵般的姿态与那北极四脚兽的姿态出人意料地吻合。这一特点在法国人给它起的名字上表现得最为突出。天主教给死者做弥撒时一开头总是说"Requiem etasnam"(永久的安息),这里的"Requiem"指的是弥撒本身和任何一种哀乐。用来称呼这种鲨鱼,则是借喻它那种白色的死一般的悄无声息以及它那还没让你来得及感到疼痛便已死于非命的一贯作风。——原注

律治，而是上帝伟大的我行我素的桂冠诗人大自然①。

在我们西方的历史记载和印第安人的传说中，有匹草原白驹很出名。那是一匹体型优美的乳白色战马，眼大，头小，腹陡，在它那睥睨一切的高傲神态中有一种至高无上的威严。它是野马群拥戴的泽克西斯②。那时候那些野马的牧场仅以落基山脉和阿利根尼山脉为界。它像一团火似的在它们前头带领它们往西走，就像每天晚上上帝选中的那颗星星率先出现，众星随后跟上一般。那如瀑布般泼飞的鬃毛，如彗星长曳的尾巴，把它打扮得灿烂夺目，金箔匠、银箔匠再怎么装

---

① 我还记得我有生以来头一次见到信天翁的情景。那是发生在靠近南极海大风刮了好久的海面上。我从午前班下来，登上雾蒙蒙的甲板；一跨上主舱口就瞧见一个很有气派的羽毛丰满的家伙，浑身雪白，一只罗马式的大钩嘴。它时而拱起它那巨大的、天使般的翅膀，好像要拥抱什么神圣的方舟似的。那翅膀神奇而有规律地颤动着。它虽然没有受伤，那叫声却像哭声，好像哪个君王的鬼魂在不可思议的灾难里的哭声。通过它那难以形容的怪异的眼睛，我觉得我窥见了上帝的秘密。我像亚伯拉罕站在天使们跟前一样，赶紧鞠躬致敬。这个白颜色的家伙身子好白，翅膀好长，而在海洋上无尽的流放岁月中，对习俗和城镇那可怜的、乱丝般的记忆在我脑中早已不复存在。我久久地凝望着那羽族中的神物。当时掠过我心头的诸般印象很难言传，只能意会。但我终于回过神来了，我转过身来问一个水手这是什么鸟。古尼，他答道。古尼！我从没听说过这个名字，简直难以想象岸上人对这个壮丽的家伙竟一无所知！从没听说过！晚些时候，我才知道古尼就是信天翁，那是水手们的叫法。所以柯勒律治那些狂热的诗句绝无可能跟我看到那只鸟在我们的甲板上时掠过我心头的神秘印象有任何联系。因为那时我既没有读过他那首诗，也不知道这鸟就是信天翁。不过，我这么一说，却正好间接地为这难得的诗和诗人扬了名。

可是，我坚决认为，主要就是那神奇的鸟一身白色中隐藏着那符咒的秘密；由于用词不当而出现了一种叫作灰信天翁的鸟就更证实了我所言不虚；这种鸟我经常见到，却从来没有见到这只南极鸟时这样的感受。

但是，这种神秘的家伙是怎样逮住的呢？别说悄悄话，听我道来：趁它在海上漂浮时，用一只带饵的钩和一根绳就行。后来船长要它做信使，在它脖子上系一块皮子制的牌牌，写上船当时所在的地点和时间，然后把它放了。但是，我敢肯定，等这白色的鸟飞到那合着翅膀、神通广大、受人崇拜的小天使群时，那块原是为人类准备的牌牌会在天国里被摘下！——原注

② 泽克西斯（公元前519—前465），波斯国王。

饰它也赶不上。它是那尚未堕落的西方世界一个最具帝王气派和天使神采的形象。在古代捕猎人眼中,它再现了原始时代的光荣。那时亚当昂首阔步有如一尊天神,挺胸无畏犹如这匹骏马。无论是在文武百官的前呼后拥下,率领无尽的部队川流不息地挺进在那广阔如整整一个俄亥俄州的大草原上,还是置身在它一望无际、埋头啃草的子民中间,这匹白驹总是跑得飞快地检阅它们,凉爽的乳白色衬托出热得发红的鼻孔。无论从哪个方位看,在最勇敢的印第安人眼中,它总是他们无比敬畏的对象。根据这匹名马传奇似的记载,可以肯定,主要是它那超凡脱俗的白色才使它显得如此神圣;而这种神圣感虽然使人顶礼膜拜,却同时也不由得让人感到一种莫名的恐惧。

但是,这种白色虽然能赋予那匹白驹和信天翁以额外的、奇特的光荣,在另一些场合,它却完全失灵了。

这该怎么说?白化病患者让人看着格外不舒服、害怕,有时连他的亲友都躲着他!就是他那个病的名称之所由来的白色在作祟。白化病患者也跟别人一样五官四肢齐全——并没有什么实质上的残疾——然而就是这全身皆白的外貌使他比最难看的畸形胎儿还要显得奇丑无比。为什么会这样?

在其他方面,大自然在最难以觉察地但恶意并不消减地有所施为时,也没有忘了录用恐怖事物的最高标志作为部属。南海那戴着铁护手的幽灵,正是因为那雪白的外貌,才被称为白色风暴。在一些历史事件中,人类的阴谋诡计少不了这样一位有力的帮手。那忍无可忍的根特白巾党人就是戴着他们团体雪白的蒙面标志,在集市上干掉了当地的最高行政长官;弗鲁瓦萨尔在记载这一段历史时,写得多么有声有色!

在有些事情上,全人类世代相传的共同经验也为这种颜色的神秘性提供了例证。很难令人怀疑的是,死人脸上那格外可怖之处就是那滞留不去的大理石惨白色;好像另一世界恐惧的象征也同样是人间望之发抖的象征。而裹尸布那意味深长的颜色正是借用了死人脸上的惨白色。甚至在迷信里，我们也总给想象中的鬼魂披上雪白的披风；所有的鬼魂总是出现在乳白色的蒙蒙烟雾之中——而且当我们吓得魂不附体时，甚至那摇身一变而为巡回传教士的恐怖之王跨的也是苍白色的坐骑。

因此，不管人们在其他心情下把白色视为伟大的或仁慈的事物的象征，也没人能否认就白色最奥妙的、理想化的含意来看，它总会给人招来一个异乎寻常的幽灵。

但是，虽然这一点大家都有同感，可究竟该怎样解释？要把它分析一下，又似乎无从着手。那么，我们能不能通过引用某些例子——且让我们把白色所有引起恐惧的直接联想全部或大部暂时撇开，不过，尽管如此，我们还是发现它在对我们施展哪怕是很轻微的魔力——而碰上一种意想不到的线索引导我们找到深藏不露的原因呢？

且让我们试试看。不过，像这种事情。微妙之物得求助于微妙之道，没有想象力，要跟着别人登堂入室是会不得其门径的。虽然，毫无疑问，在这些即将提出的纯属灵机一动的想法中，至少有一些是大多数人可能有过的，不过当时完全意识到这些想法的人或许寥寥无几，因而现在可能想不起来了。

为什么对一个于当代奇人怪事所知不多而又想象力平平的人，一提到圣灵降临周的司仪，在他的想象中就会出现一支冷冷清清、不言不语、垂头丧气地慢慢走着、浑身落满新雪的长长的香客行列？为什么对美国中部一个一字不识思想单纯的新教徒无意中提到白衣修士或白衣修女，他心里就会涌现这样一个没有眼睛的雕像？

再说，伦敦的白塔，除了好些武士和国王被囚禁于此的传说（这并不能解释一切）以外，究竟是什么东西使它比其他一些历史建筑，它的邻居们——小监塔，甚至血塔，更能激发一个罕出远门的美国人的想象？而那些更雄伟的塔，如新罕布什尔州的白山脉，为什么一提到它的名称，那高大阴森的身影便在异样的心情下涌上心头，而一想到弗吉尼亚的蓝岭，便宛如进入柔和酣甜、不知身在何处的梦幻状态呢？还有，为什么不论在什么地方一提到白海，脑际便浮现鬼蜮横行的画面，令我们胆战心惊，而一提到黄海，则会想到海上那漫长、明亮、温和的下午和那最艳丽但也最困倦的傍晚，从而令我们心灵平静呢？或者，我们就挑一个完全脱离现实的例子，纯粹诉诸想象的，我们看中欧的古代童话，哈茨森林里那个"苍白巨人"那一成不变的苍白色身影在小树林中的草地上悄无声息地走动时——为什么比起布洛克斯伯所有吵吵嚷嚷的小恶魔来更让我们害怕？

完全不是地震震坍它那大教堂后的痛定思痛，不是海浪对它疯狂的冲击，不是久旱不雨的天空片云皆无，不是满目遍地倾斜的尖塔、歪倒的盖顶石、歪斜的十字架（就像连碇泊其中的船队一起倾斜了的船坞），以及郊区街道倒塌的屋墙互相重叠，就像一副散乱的纸牌——不单是因为这些东西才使欲哭无泪的利马成为一座你所见到的最奇怪、最悲伤的城市。主要是因为利马戴上了白色的面纱。这白色加在它的悲伤之上便成了最大的恐怖。尽管这白色跟皮萨罗①一般古老，它却使它覆盖之下的废墟永远保持了废墟原有的模样；毫无彻底腐朽、杂草丛生的盎然绿意；弥漫在断垣残壁之上的是那种牢附在中风部位的死白色。

我知道，一般人并不认为原来就可怕的事物变得更加可怕主要应归咎于白色。而一个缺乏想象力的人认为毫无可怕之处的那些表象，对另一个人来说，其可怕之处恰恰就在这个表象里，特别是当这个表象表现为任何完全近于沉默的或普遍存在的形式时更是如此。我之所以提出这两种说法或许可以用下述的例子来说明。

第一，船要是在夜里驶近异国海岸时，一个水手听到海浪扑岸的呼啸声惊醒过来，这时他会感到很紧张而百倍警觉；但是如果在完全同样的情况下，半夜里把他从吊床上叫起来，让他去看船在一片乳白

---

① 弗朗西斯科·皮萨罗（1478—1541），秘鲁的发现者和征服者。

色的海里航行的情景——仿佛从环抱的崎岬冲出无数头白熊在他四周游动，那他感到的就会是一种鸦雀噤声、毛骨悚然的恐惧了。那盖着裹尸布幽灵似的泛白的大海，对他来说，就像一个真正的幽灵一般可怕。人家跟他百般解说也白搭，他心里还是没有底。这时为了躲开海岸，船要往下打舵背风，他的心也往下沉；一直要等脚下重现蓝色的海水，他才能定心。然而有哪个水手会跟你说："喂，老兄，触礁是可怕，不过还比不上那可怕的白色，一见它我就会坐立不安。"

第二，在秘鲁的印第安人眼中，那冰雪封顶的安第斯山脉已司空见惯，除了或许偶尔想到高处那么辽阔的地方竟然永远遭雪封冰冻的凄凉景象，以及自然而然地想到一旦迷失在这样杳无人踪的荒野里会有多么可怕，再也没有什么可怕之处。西部林区居民也一样，那积雪覆盖的辽阔草原上，找不到一棵树、一根树枝的影子来打破一直在昏睡状态中的白色世界，这一切他们看了也颇为冷淡。可是水手看到南极海的景色就不是这样。在南极海，风霜冰雪不时施展最可怕的魔法。水手浑身发抖，极力挣扎，看不到五彩缤纷的希望，看不到缓解灾难的安慰，看到的似乎只是无边无际的墓地，四处是东倒西歪、冰封雪盖的墓碑和破碎的十字架，在一齐向他狞笑。

但是，你这番关于白色的涂脂抹粉的话，我认为只不过是懦弱的灵魂竖起的一面白旗；你向忧郁症投降了，以实玛利。

告诉我，这是为什么，这匹健壮的小马，生长在佛蒙特州一个太太平平的山谷里，从未见过豺狼虎豹之类的猛兽——要是在风和日丽的一天，你只不过拿块新鲜的水牛皮围裙在它背后抖动抖动，看都不让它看见，只让它闻到一股野兽气味——为什么它就会大吃一惊，喷鼻息，吓得眼睛鼓鼓地一个劲儿刨地呢？在它那一片青绿的北方家园里，它从来没有被任何野兽角顶牙咬过，所以它闻到的这股奇怪的气味不可能让它回想起和以前危险的经历有任何联系的事情来；因此，关于遥远的俄勒冈州的黑野牛，这匹新英格兰的小马又知道些什么呢？

是的；但是在这里你却甚至从一个不会讲话的畜生身上看到了那种辨认恶魔的本能。佛蒙特州与俄勒冈州相距数千英里，但这小马闻到那股野性的气味，那猛抵狠斗的野牛群便宛如登时来到了这遭大草原遗弃的野驹子身边，这会儿说不定已经把它踩成肉泥。

这样，乳白色的大海低沉的澎湃声，漫山霜花凄恻的飒飒声，大草原上那一溜溜积雪孤寂的随风转移声，这一切对以实玛利来说，就犹如那块水牛皮围裙的抖动之于那受惊的小马！

虽然，发出这样一些暗示的神秘征兆所由来的无以名之的事物究竟在哪里我也不知道，然而，对我来说，就跟那小马一样，那些事物肯定存在于什么地方。虽然，从许多方面来看，我们看得见的这个世界似乎是由爱构成的，那看不见的天体却是由恐惧构成的。

但是我们至今还没有解开这白色的魔法，还没有弄清为什么有这么大的震撼灵魂的力量。而更奇怪也更可怕的是——嘿，正如我们已经看到的，白色既是精神方面的事物中最有意义的象征，而且是上帝的遮纱；如事实所证明的，还同时是一切事物中那种强化了的最令人类害怕的力量。

我们看到银河的白色深渊时，它是不是以它的混沌难定在暗暗表示宇宙残酷的空虚与无垠，并就此欲置人于死地，从背后捅我们一刀呢？或者，从本质上说，白色与其说是一种颜色，还不如说是颜色的视觉虚空，同时又是各种颜色的混合物，是不是基于这些理由，在一片茫茫雪景中就出现了一种充满含意的、无声的空白——一种令我们畏缩不前的无色而又众色俱备的无神论呢？自然哲学家们的另一种理解认为，世上所有其他的颜色——一切庄严的或可爱的色彩艳丽的装饰——落日斜晖下的天空和树林那可爱的色调，还有那披着金光艳艳的天鹅绒的蝴蝶，姑娘们蝴蝶般的脸蛋，不过是精巧的欺骗，不是事物的本质，只是从外面贴上去的；所以，普遍认为美得无以复加的大自然其实靠的只是涂脂抹粉，和妓女没有什么两样，她们精心打扮的外表下面只不过是一具具行尸走肉。想想这一看法，再进而想想那神乎其神的美容术，它拿出了调配的每一种颜色，拿出了伟大的光学原则，自身却永远保持白色或无色，如果要对物体发挥作用而缺乏媒体，它就会把自身的白色或无色加于一切物体之上，甚至包括郁金香和玫瑰花在内——仔细考虑了这一切之后，我们眼前这个瘫痪了的宇宙就成了麻风病人了。于是，像在拉普兰的那些任性的旅行者不肯戴有色的和变色的眼镜一样，这可怜的异教徒在凝望那大得覆盖了周围所有景物的白色裹尸布之后便双目失明了。而这白化了的大鲸便是这一切的象征。那么，这么心急火燎地追捕它，你们还觉得奇怪吗？

第四十三章 听！

"嘘，你听见那声音了吗，卡巴科？"

那是中更①时分，月色很好。水手们站成一条线，从船腰处的一只大清水桶延伸到船尾栏杆附近的一只日定量饮水桶。他们就这样传递提桶把饮水桶装满。他们大多是站在后甲板禁区内，一个个小心翼翼，不说话，脚也不弄出声音来。在一手一手传递提桶的过程中，只有风帆偶尔的拍击声和船在行驶中持续的嗡嗡声打破了深沉的寂静。

就是在这一片静谧当中，那个站得靠近后舱口叫阿基的水手对身边的一个裘勒人悄悄说了上面那句话。

"嘘，你听见那声音了吗，卡巴科？"

"接桶，好吗，阿基？你说的是什么声音？"

"又响啦——在舱口下面——你没听见？——一声咳嗽——听起来像声咳嗽。"

"咳个屁！把那只空桶递过来吧。"

"又响啦——就在那里！——好像是两三个人睡觉打翻身。听！"

"啊！得了吧，伙计，有完没完？那是你当晚饭吃下去的3块硬面包泡湿了在你肚子里打翻身——不是什么别的。瞧着点儿桶子吧！"

---

① 中更：船上值夜班的班次，从午夜0点至4点。末更从4点至8点。

"你爱怎么说都行，伙计；我的耳朵可尖得很。"

"是呀，你正是那号角色，你呀，哪怕离南塔开特50英里远，连老太婆织毛衣的声音都听得见。你正是那号角色。"

"你尽管拿我打哈哈，会出什么事我们总会看到的。你听，卡巴科，后舱里一定躲得有什么人，至今还没有在甲板上露过面的。我觉得咱们头儿好像也感觉到了。有一天值末更时，我听到斯塔布跟弗拉斯克说要出什么事。"

"啐，桶子！"

第四十四章　海图

那天晚上，在水手们狂热地赞同亚哈船长的意图，随即又刮起了一场大风之后，你要是跟着他走进船长舱，准会看到他走到船尾肋板上的一个小柜跟前，拿出一大卷起皱的淡黄色海图，摊开在用螺丝固定的桌子上。然后在桌子旁边坐下来，随目光所及全神贯注地研究起海图上的航线和阴影，用铅笔慢慢地但坚定地在空白处加上几条航线。他不时翻翻案旁成堆的航海日志。那里边记载了许多条船在以往的多次航行中捕获或者发现抹香鲸的季节和地点。

他这么忙着时，那用链子吊住悬在他头上的沉重的桅灯也随着船的晃动而不停地摇摆，时刻在变换角度的灯光和线条阴影也不停地投射在他刻满皱纹的前额上，到后来简直让人以为就在他自己用一支有形的铅笔在起皱的海图上标出一条条航线时，另有一支无形的铅笔也在往他前额那刻得深深的海图上画上一条条航线。

不过，也并不是这天晚上亚哈格外反常，一个人待在舱里对着海图沉思。差不多每个晚上他都把海图拿出来，差不多每个晚上都要擦掉一些铅笔印，又画上一些。他正凭借四大洋的全部海图在穿过一座由水流和旋涡交织成的迷宫，以便更可靠地实现他内心深处偏执的念头。

在任何一个不太熟悉这种大海兽生活习惯的人看来，要在这个星球无边无际的海洋中找到这一只孤零零的海兽，简直比登天还难。但是亚哈不这样看，他熟悉潮水的涨落和水流的方向，据此推算出抹香鲸的食物漂移情况，想起在特定的地点来捕猎它的正常靠得住的季节；至于捕猎最合适的时机以及最合适的渔场，他可以做出合理的几乎是万无一失的预测。

由于抹香鲸周期性地洄游到特定海域这一事实确实不容怀疑，因此许多捕鲸者都认为，如果全世界都能对抹香鲸进行一番仔细的观察和研究，如果整个捕鲸船队每一次航行的航海日志都经过核对，就会发现抹香鲸的洄游与青鱼的洄游或燕子的迁徙完全一样，都有固定的路线。基于这一提示，许多人曾经下过功夫想绘制出抹香鲸详细的洄游路线图①。

此外，抹香鲸从一个就食场转移到另一个就食场时，在一种准确无误的本能的指引下——还不如说，在上帝秘密情报的指引之下——准确得如人们所说的，基本上是在血管里游；它自始至终在海洋里沿着一条既定的路线赶路，准确得没有半点儿偏差，从来没有哪条船在自己的航线上行驶时，不管有多么精密的海图，能赶上这么惊人的准确性的十分之一。虽然，在这些情况下，任何一条大鲸所循的方向像测量器的平行线一般直，虽然它前进的路线也因而严格限制在它那势所必然的笔直的航迹之内，然而据说它那自有其一定之规的血管一般阔达数英里（或多或少略有出入则视血管之或胀或缩而定）。不过，它沿着这条阔阔的带子谨慎小心地游着时，从没有超出捕鲸船桅顶瞭望人的视野。关键是，在特定季节，在那个宽度内沿着那条路，就可以很有把握地找到洄游的大鲸。

因此，亚哈不仅可以指望在具体的时间、熟知的就食场伏击他的猎物，而且在横过就食场之间非常辽阔的海域时，他还可以神机妙算

---

① 以上所说很荣幸地为1851年4月16日华盛顿国家观测所的莫里上尉所发表的一份官方通报所证实。根据那份通报看，正是这样的洄游图正接近完成；部分图样已刊登在该通报中。"这张洄游图将海洋按经纬各5°划分为若干区。每一区又垂直划分为12栏，代表12个月。每区又拦腰画上三条线：一条线表示每月在每区所花的天数，另外两条线表示发现抹香鲸或露脊鲸的天数。"——原注

地在最合适的时间到达最合适的地点，这样甚至在半路上也不会完全没有碰上的可能。

有种情况，乍看之下，似乎会干扰他那疯狂的但仍然是有条不紊的计划。其实，也许并不见得。虽然群居的抹香鲸有在一定的季节到特定的就食场去的习惯，然而一般来说，并不能据此就断定，今年经常出没在某某地方的一群鲸正好就是上一季度在那儿发现的那一群；尽管与这种说法相反的、独特的、不容置疑的例子确实有。一般说来，这种说法只在较小的范围内适用于成熟的、老龄的抹香鲸中间那些离群者与隐士。所以，即使莫比·迪克头一年在，比方说，印度洋的叫作什么塞舌耳的就食场，或者日本海的火山湾，给人发现，却并不能由此就可以断定，下一年相应的季节，"裴廓德"号赶到上述两个地点中的任何一个去，就肯定可以在那里遇上它。它有时在其他就食场出现，情况也会一样。但是，所有这些地方似乎都只不过是它临时的休息站和客店，而不是它久居之地。在迄今为止所有谈到亚哈发现其目标可能性的片段中，只顺便提到了他赶在一个特定的时间到达特定的地点之前会有什么碰巧的、假定的、意料之外的前景；一旦赶在一个特定的时间到达了一个特定的地点，所有的可能性便都会成为或然性，而且正如亚哈一厢情愿的那样，每一个可能性都非常贴近必然性。那个特定的时间和地点是跟一个术语——"赤道线上的当令季节"联系在一起的。因为，其时其地，连着好几年，都定期地发现莫比·迪克在那片海域逗留一段时间，正如太阳，一年一度总要在黄道的任一宫中停留一段预知的时间一样。和莫比·迪克的生死搏斗也大多发生在那儿。那儿的波涛都把它的事迹当故事在讲。那儿也是这个偏执狂的老人萌发可怕的复仇动机的悲剧地点。但是亚哈既已冥思苦想、周密策划、时刻警惕、毫不迟疑地投入了这场猎捕，他就决不会把全部希望寄托在上述那一个最有分量的论据上，不管那论据多么有说服力，保证他能马到成功；再则他发的复仇大誓也让他夜夜无法入睡，他不能就此安下心来等着在那特定的时间到达特定的地点而耽误一切介乎其间的搜索。

如今,"裴廓德"号正是在赤道线的当令季节刚刚开始时从南塔开特出航的。当时,船长再怎么努力也不可能赶完这么远的航程,南下绕过合恩角,再南驶纬度36°,及时抵达赤道附近的太平洋地区,在那一带巡游。因此,他必须等待来年的这个季节。然而,"裴廓德"号的提前开航也许正是考虑到了这一复杂情况。因为亚哈面前明摆着365个日夜的间歇。这段时间与其在岸上焦急地挨过,他宁可用来多方面地出击。要是碰巧白鲸在远离它定期前往的就食场的海洋里度假,在波斯湾,或者孟加拉湾,或者中国海,或者它的族类常去的其他海域,露出它那满是皱纹的前额呢?所以,除了地中海上强烈的东风、非洲和阿拉伯地方的干热风外,其他任何风如季节风、草原风、强烈的西北风、燥风、贸易风等都可能把莫比·迪克刮到"裴廓德"号迂回曲折环航世界的大圈圈上来。

就算这一切都有可能,然而慎重冷静地考虑,不说这是个发疯的念头,似乎也相距不远。在辽阔无垠的海洋中,一条孤零零的大鲸,即使碰上了,保准就能辨认出来,就像在君士坦丁堡熙熙攘攘的大街上认出一个白须垂胸的伊斯兰教法典说明官那么容易吗?能。因为莫比·迪克那与众不同的雪白的前额和雪白的驼峰是绝对错不了的。"我没有认准它吗?"亚哈经常细看海图,看到半夜过后,便往椅背上一靠,陷入沉思,一边这样喃喃自语,"认准了的,它跑得了吗?它那宽阔的鳍已经被打穿了,像迷途羔羊的耳朵那样耷拉下来!"这时,他那疯狂的思想便会一路气喘吁吁地跑下去,一直跑得他筋疲力尽,头昏脑涨;他便到甲板上来透透气,想恢复恢复精力。啊,上帝!那个为一桩未遂的复仇愿望而耗尽心血的人在经受什么样的精神恍惚的折磨啊。他是攥着拳头在睡觉,醒来时指甲抠在掌心里,连血都抠出来了。

他脑子里白天转着急于复仇的念头,晚上便做非常累人、非常逼真的噩梦,常常从吊铺上惊起。那些念头在梦中改头换面地出现,相互疯狂地冲撞，在他灼热的脑子里转个不停，一直转得他连心脏的跳动都成了一种难以忍受的痛苦。有时候这种精神上的折磨使他痛不欲生，他体内仿佛敞开了一个大裂口，喷射出叉状火焰和闪电，好些该诅咒的魔鬼向他招手让他跳下去。他体内的这个地狱在他脚下张开了大口。这时全船便会听到一声惨叫，紧接着亚哈便会瞪着眼睛从他那单间卧舱里冲出来，就像床铺着了火急忙逃命似的。然而，这些表现也许并不表明他内在的弱点难以压抑，或者对自己的决定害怕起来了，而只不过是最清楚地说明了他内心痛苦的剧烈程度。因为，在这种时候，疯狂的亚哈，这个处心积虑、毫不妥协、坚定不移的白鲸猎手，这个上了吊铺的亚哈，不是对使他冲出吊铺这一举动负责的人。应该对此负责的是他永恒的、充满活力的本性或者他的灵魂。睡着时，由于暂时和性格化的精神失去了联系（在平时，精神用灵魂做它外部的手段或动力），灵魂在那种狂暴的事物过分迫近时便自发地逃避，对于那狂暴的事物来说，灵魂已经不再是个整体了。但是，由于精神只有和灵魂结合才能存在，所以，就亚哈的情况来说，他全部的思想和想象必然都已经从属于他那唯一的最高目的；而那目的，则纯粹以它自身的坚决顽强，强使自己和鬼神对立，成为一种独断专行的独立的存在。而且，当那与之结合在一起的一般的活力吓得发抖地逃避那不请自来、来历不明的事物时，它却能顽强地挺住，并且斗志更旺。因此，当那个好像是亚哈的人从船长舱里冲出来时，那瞪着一双肉眼备受折磨的灵魂便暂时只不过是一种被抽空了的东西，一个没有形体的梦游者，一线自然光。确实是这样，不过没有可以加上色彩的东西，所以它本身只是一片空白。愿上帝帮助你吧，老人，你的思想已经在你自身创造了一个生物。他就这样以夜以继日紧张的思索成了一个普罗米修斯。一只鹰终日在啄食他的肝脏。那只鹰就是他自己创造的那个生物。

第四十五章 我宣誓

就本书中可称为记叙文的章节而论,特别是就间接地提到抹香鲸的生活习惯中一两个十分有趣而奇特的细节而论,上一章的开头部分确是这部书的重要章节之一,但其主要内容还需进一步做更为通俗的阐述,以便人们能充分理解,也便于消除那些对这整个题材一无所知的人对这一事件主要之点的真实性所持有的任何怀疑。

我不打算有条不紊地来做这部分工作,只求能凭借一项一项就我这个捕鲸人看来是切合实际且可靠的引证来达到预期的效果,那就很知足了;我认为从那些引证自会得出所需的结论。

第一,我曾目睹了这样3个实例,都是一条鲸在中了一标枪后仍安然逃脱,过了一段时间(其中一例是3年)又中了原先那个人一标枪,给杀死了;两支标枪从鲸身上拔出来,发现上面都有同样的私人暗记。在两支标枪的投掷时间相隔3年的那个实例中,我觉得还有些更值得一说的东西;那个前后两次投掷标枪的人,在那段长达3年的间歇期中,搭上一条去非洲的商船并在那里上了岸,加入了一个探险队,深入内地,跋涉了近两年之久,经常和毒蛇、野人、老虎、瘴气打交道,还有深入到蛮荒腹地必然会碰到的其他大大小小的危险。这期间,那条被他掷中的大鲸也一定在到处游逛,它肯定环游了世界3圈,身子擦遍了非洲海岸;但是毫无效果。这个人和这条大鲸后来又碰上了,这个人还是干掉了这条鲸。

这种类似的例子我个人就知道3个,其中两个是我亲眼所见;大鲸第二次被掷中后,我看到从死鲸身上拔出的两支标枪都分别刻有记号。在那前后间隔3年的例子中,我碰巧两次都在那小艇上,后一次我清楚地认出了那大鲸眼睛下面3年前我就注意到了的一个很特别的大黑痣。我说是3年,其实肯定不止。那么,这里就是3个我亲眼目睹确有其事的例子;我还从一些完全信得过的人那里听到许多其他的例子。

第二,过去有过几个很有名的例子,尽管岸上人可能一无所知,在捕鲸业中却是尽人皆晓。说的是大洋中有一种很特别的大鲸,任何人见过它一次之后,再隔好长时间,相距很远都能一眼把它认出来。这种鲸之所以这样显眼完全不是由于它躯体上固有的与众不同之处;因为捕鲸人碰上任何一条鲸,不管它在这方面有什么特别之处,总是立即捕杀之,把它熬成一种特别珍贵的油,它那与众不同之处也就跟着被消灭了。不,它之所以特别显眼的原因是:捕鲸人从多次冒生命危险的经历中得知,这种鲸跟中世纪传奇中的一位英雄人物里纳尔多一样,可怕得出了名,大多数捕鲸人对它畏惧之至,在海上一看见它在他们船边闲逛时,只触触雨帽敬个礼认识认识便心满意足地离开,不想跟它建立什么更亲密的交情。

这很有点儿像岸上的一些可怜虫,他们碰巧认识一位脾气暴躁的大人物,要是在街上看见他,只是老远地向他致敬,从不敢冒昧地进一步套近乎,生怕人家因自己鲁莽无礼而当场训斥一通。

这些著名的大鲸不仅个个享有很高的知名度——而且,你满可以称之为威震海洋;它们不仅生前出名,死后也是船首楼里津津乐道的永恒的话题,而且还被认为是个主持正义、享有特权、身份高贵的角色,完全可以与古波斯国王坎拜栖兹或恺撒大帝媲美。

不正是这样吗,蒂摩尔·汤姆!你这出名的大海兽,遍体鳞伤犹如冰山,不是长期藏身在以你的名字命名的东方海峡里,你的喷水不是从奥姆湾遍地棕榈的海滩都能望见吗?不正是这样吗?新西兰的杰克!所有在这文身者的乐土附近驶过的巡洋舰不都挺怕你吗?不正是这样吗？莫宽！你这日本海之王，你那高耸的水柱不是说有时就像是一座屹立天空的白十字架？不正是这样吗？唐·米格尔！你这智利的大鲸，就像一只背上刻有神秘的古老文字的巨龟！用大白话说，这儿提到的这4条大鲸在鲸类学研究者的眼中就跟罗马将军梅厄里厄斯或罗马独裁者萨勒在古典学者眼中一样有名。

不过，话还没有说完。新西兰的杰克和唐·米格尔，在各式船只的捕鲸小艇中屡次闯下大祸之后，在勇敢的捕鲸船船长们的搜索、有系统的追捕杀戮之下终于消失了。那些船长怀着专门为了捕杀它们的目的而起锚出航，就像古代的巴特勒队长专门为了逮住印第安国王菲立浦的先锋武士，那个臭名昭彰、残忍成性的野人安那温而从内腊根塞森林出发一样。

我不知道在哪儿还能找到一个比这儿更好的地方来提及一两桩在我看来很重要的事，以书面形式在各个方面来证实有关白鲸整个故事的合理性，特别是它所造成的灾难方面。因为这是许多令人沮丧的实例之一，其中真理需要充分的依据，犹之如谬误不乏足够的借口。岸上大多数人对于海上世界有些最平常最明显的奇迹十分无知，如果不多少提及捕鲸业中一些很简单的事实，包括历史上的和其他方面的，他们可能会把莫比·迪克讪笑为无稽之谈，甚或更糟也更可恶的是，讪笑它为一个可怕的难以忍受的寓言。

第一，大多数人虽然对庞大的捕鲸业一般性的危险有些模糊肤浅的认识，但对那些危险及发生的频繁并没有一个清晰固定的概念。原因之一也许是，捕鲸业中实际的意外事故及死亡人数在国内见报的历来不到十五分之一，何况见报也如过眼烟云，瞬息即忘。这会儿也许就有一个可怜的家伙在新几内亚海面给捕鲸索缠住了，正被一只奇大无比的海兽拖向海底——你以为那个可怜的家伙的名字会出现在报纸的讣告栏内，第二天你吃早餐时就会见到？不会的。因为这儿与新几内亚之间的邮件往来毫无规律。事实上，你听到过直接或间接来自新几内亚的可称为定期的新闻吗？然而，我可以告诉你，在某次去太平洋的航程中,我们跟30艘不同的船只交谈过,得知每艘船上都给大鲸弄死过一个人,有的还不止一个,有3艘船还各损失了一个小艇的全部船员。千万请你省着点儿灯油和蜡烛!你点的油,每1加仑至少有一滴人血在里面。

第二,岸上的人对于大鲸之为力气很大的庞然大物这一点倒还真有个不太明确的概念,但是我发现每逢我就大鲸这双重巨大的特点向他们举一个特殊的例子时,他们便以为我在开玩笑而故意赞扬我的风趣。这时,我只好赌咒发誓,声明我跟摩西一样,他在写埃及各种灾害的历史时[①]不是开玩笑,我也不是开玩笑。

不过,幸亏我在这里探索的这个特殊论点,完全不用我出面,而是有事实为证。这个论点是:在有些情况下,抹香鲸力气特别大,很狡猾,也经过慎重考虑才蓄意行凶,好像事先就果断地想好了要撞破、彻底毁坏、弄沉一艘大船;而且,抹香鲸也已经这么干了。

第一,1820年,南塔开特的"埃塞克斯"号在波拉德船长的率领下,正在太平洋上巡游。有一天,这船上的人发现了喷水,便放下小艇去追捕一群抹香鲸。没多久,几条鲸便受了伤。突然之间,一条极大的鲸逃出小艇的包围,离开鲸群,直奔大船而来。它用前额对着船身撞去。这一下大船受创奇重,不到10分钟就下沉翻掉了。以后连碎木板都没有看到一块。

水手们乘着小艇在海上漂流,经过一番极严酷的考验,部分人上了岸。波拉德船长生还家乡后,又率领了另一艘船再度驶向太平洋,但是众神又让他的船在暗礁激浪下出了事,他的船再一次整个儿完了,他当场发誓再也不出海了。自那以后他就从没转过这念头。

现在波拉德船长仍住在南塔开特。我见到过欧文·蔡斯,"埃塞克斯"号出事时他是大副。我看过他关于那一事故的明白忠实的记

[①] 见《圣经·旧约·出埃及记》。

载,还和他儿子交谈过。这一切是在出事地点方圆几英里之内①。

第二,"联合"号,这也是一艘南塔开特的船,于1807年在亚速尔群岛附近由于遭到类似的攻击而沉没,不过那次灾难的可靠详情我一直没有机会获悉,只不时偶尔听捕鲸人提及。

第三,大约18年或者20年前,有位司令官率领一艘美国第一流的古式炮舰,碰巧在三维治群岛奥胡港的一艘南塔开特船上跟一群捕鲸船船长会餐。话题转到了大鲸身上,在场的行家们谈到大鲸的力气大得如何如何惊人,这位司令官对此深表怀疑。他打了个比方,断然予以否定说,随便哪条大鲸也奈何不了他那艘结实的炮舰,哪怕是教它漏出一酒杯底儿的水来都休想。真是豪言壮语;不过好戏马上就开场了。几个星期之后,这位司令官乘这艘坚不可摧的炮舰去瓦尔帕莱索,在半路上给一条仪表堂堂的大鲸拦住了,为一点私事儿要向这位司令官请教几分钟。原来它是给他的炮舰狠狠地来了一家伙,弄得他只好开动全部抽水机,盲奔最近的港口,抛锚修理。我是个不讲迷信的人,可是我认为这次会面是天意使然。塔苏斯的扫罗不是出于类似

---

① 下述是蔡斯原作的摘录:"所有的事情似乎都向我证明我可以做出如下的结论,那条大鲸采取这样的行动绝不是偶然的;它分别对大船进行了两次攻击,中间只有一个很短的间歇。两次攻击,从进攻方向来看,都是蓄意要使船只受到最严重的破坏,因为它是对着船头冲来,这样,这一冲击就是把两个物体的速度合在一起了;为了使冲撞取得最大的破坏效果,它做出这样精确的部署是完全必要的。它那模样可怕极了,显见得是怀有极大的仇恨和愤怒。我们伤了它所在鲸群中的三个同伴,它就立即从鲸群里冲出来,好像完全为替伙伴复仇的愿望激怒了。"原作中又说:"无论怎样,把整个情况一汇总,发生在我眼前的一切及当时在我脑子里产生的印象:这是那大鲸非常明确的经过周密考虑的破坏(当时还有许多其他的印象现在想不起来了),这一切都使我深信我的看法是正确的。"

下面是他离开大船后,一个漆黑的夜里,在一只没有甲板的小艇上,几乎完全没有希望登上任何较为平坦的海岸时的回忆。"那漆黑的海洋和汹涌的波涛算不了什么;怕被可怕的暴风雨吞掉,怕触礁,以及为一切其他一般性的问题担心的想法,似乎都不值一顾;我脑子里翻来覆去地只是那破船的惨状和大鲸那复仇的凶相,一直到第二天天亮心里才好受一点儿。"

在另一处——第45页,他提到"这只野兽神秘而致命的攻击"。——原注

的恐惧而认罪,重新皈依耶和华的吗①?确实,抹香鲸绝不会容许人家拿它胡说八道。

我现在想请你们读读兰斯多尔夫的《航海记》中一桩很能说明问题的小事故,该书作者觉得这事故特别有趣。顺便提一句,兰斯多尔夫这个人,你们一定听说过,他就是本世纪初俄国海军上将克鲁生斯丹恩的著名探险队的成员。兰斯多尔夫上校的《航海记》第十七章是这样开头的。

"到了5月13号,我们的船准备就绪,第二天就出发到了辽阔的海洋上,向奥绰兹驶去。天气很好,只是特别冷,我们不得不穿上皮衣。一连几天没有什么风,一直到19日才猛然刮起一股强劲的西北风。一条比我们的船还要大的、超常的大鲸几乎露出整个身子躺在水面上,但是船上的人谁都没发现,我们的船又吃饱了风,走得很快,等发现时,船已经快冲到它背上,再来想法子让开已经来不及了。大难临头,迫在眉睫,因为这个奇大无比的家伙弓着背,把我们的船拱出水面起码有3英尺高。桅杆摇晃,帆全落下,我们这些在舱里的人立即全部窜到甲板上来,都以为是触礁了。出乎意料的是,我们却看到这庞然大物非常严肃地、大摇大摆地游走了。德富尔夫船长下令开动全部抽水机来检查这一撞之下船身是否有任何地方进水。让我们非常高兴的是,船竟完好无损。"

这里提到的指挥这条船的德富尔夫船长是新英格兰人。他作为船长在海上度过了漫长的、极不寻常的冒险生涯之后,如今住在波士顿附近的达彻斯特乡镇上。我很荣幸地是他的侄子。我特地就兰斯多尔夫书中这一段问过他。他一字一句都给我做了具体说明。不过,这艘船并不大:它是西伯利亚沿海一带造的俄国船,我叔叔把自己从家乡驶出去的那条船廉价出让后买来的。

在那本十足男子气的老式冒险书——老前辈丹皮尔一个老友莱昂

---

① 见《圣经·旧约·撒母耳记上》第十五章。

内尔·韦斐的《航海记》中，充满了未加渲染的奇迹，其中我发现记有一件小事和我刚刚引自兰斯多尔夫书中的那件事非常相似，使我忍不住要把它插在这里作为旁证材料，要是有人嫌我上引的事例不足为凭的话。

莱昂内尔当时好像是在去"约翰·费迪南多"（这是他对现代的胡安·费尔南德斯群岛的叫法）的途中。"在去那里的途中，"他写道，"大约是早上4点钟，离美国本土约450英里，我们的船突然震动得非常厉害。船上的人全都惊慌失措，不知身在何处，也不知如何是好；反正一个个都在等死。确实，那震动来得又突然又凶猛，我们都以为是触礁了。但是惊魂甫定之后，我们把测深锤放下去，却没有够着底……这突如其来的震动震得大炮都从炮架上跳了起来，好几个人跌出了吊铺，头枕着枪躺着的戴维斯船长给扔出了船长舱！"莱昂内尔接下去便把这一震动归罪于地震，并且像是要证实这种转嫁罪责的说法，还说什么在某处，大概也是那个时候发生过一次大地震，给西班牙一带确实造成了极大的破坏。可是那时正处于黎明前夜最黑的辰光，我看很可能是船底笔直撞在一条谁也没有看见的大鲸身上，才引起了这场大震。

关于抹香鲸时而发威行凶的情况，我满可以再多举几个从各种渠道得知的例子。据说它不止一次把攻击它的小艇撑回大船，还追逐大船，长时间地顶住接二连三从大船甲板上投掷过来的鱼枪。那艘英国船"普西·霍尔"号在这方面的经历简直可以写成小说。至于它的力气之大，据说有过不少这样的例子，在风平浪静的海里，把拴在一条疾游的大鲸身上的捕鲸索交给大船，在船上拴牢，那大鲸便拖着大船疾驶，就像一匹马拖着车子飞奔一样。再者，人们常说，抹香鲸一旦被打中，如果它来得及恢复的话，那它下一步的行动就往往不是出于盲目的愤怒，而是出于蓄意的、周密的谋划，要毁灭追捕者；也不乏显示其性格的迹象，一旦受到攻击，它总频频张开大口，那种可怕的龇牙咧嘴状每次都要持续好几分钟。不过，我现在只准备再举一个结论性的例证算了；这个例证很值得注意，很有意义。从这个例证你就会看出，本书中最不可思议的事件不仅为今天一些很平常的事实所证实，而且，这些怪事（像所有的怪事一样）都只不过是历史的重复；所以，我们无时不赞同所罗门的教诲——的确，日光之下，并无新事[①]。

6世纪时，有个叫普罗科匹阿的，是君士坦丁堡一个信基督教的治安法官，那时候是查士丁尼当皇帝，培利塞留当将军。很多人都知道，普罗科匹阿就他那时代的历史写了一本书，一部在各方面都非同凡响的著作。据最可靠的权威介绍，他是一位翔实可靠、不事夸张的历史学家，虽然在个别细节上略有出入，不过与我们将要提到的这件事毫无关系。

普罗科匹阿在他那本历史著作中提到，在他在君士坦丁堡任职期间，在毗邻的普罗蓬拉斯，或者叫作马尔马拉海，曾捕获一个巨大的海怪。50多年来，它曾屡次破坏船只。在历史上如此言之凿凿的事实是很难予以否定的。也没有任何理由这样做。这海怪究竟属于哪一类，书中没有提到。不过，从它能破坏船只及其他理由来看，肯定是条大鲸，而且我认为很可能是条抹香鲸。我这就说说我的理由。长期以来我一直以为地中海及其相连的海里没有抹香鲸。就是现在，根据实际情况来看，我也肯定那些海不是，也许永远不会是抹香鲸惯常的群居地。但是近来进一步调查的结果证明，在现代，地中海里有过出现抹香鲸的个别例子。从可靠的权威方面得知，一个叫戴维斯的英国海军舰长在巴巴利海岸发现过一具抹香鲸的骸骨。如今，既然一艘军舰能够轻易地穿过达达尼尔海峡，那么一条抹香鲸自然也可以走同样的路线，出地中海来到马尔马拉海。

就我所知，在马尔马拉海里，没发现有露脊鲸的食物，那种称为"小浮游生物"的特殊物质。可是我完全有理由相信抹香鲸的食

[①] 见《圣经·旧约·传道书》第一章。

物——鱿鱼或者墨鱼——潜伏在那个海的海底，因为在海面发现有这种大生物，不过绝不是那种最大的生物。那么，要是把这些材料适当地综合到一块儿，再稍加推理，根据人类的理解能力，就会很清楚地看出，普罗科匹阿所说的那持续半个世纪屡次破坏罗马帝国船只的大海怪，十有八九是条抹香鲸。

第四十六章 猜想

亚哈的全部思想和行动始终念念不忘以捕获莫比·迪克为最终目标，虽然这一目标像一把火烧得他心劳神疲，似乎准备为这一热望牺牲一切重大利益。然而，他很可能出于天性和长期的习惯，捕鲸人那种猛打猛冲的作风已经根深蒂固，而不可能完全放弃此行出海的附带任务。或者万一不是这样的话，那他也不可能没有其他对他影响更大的动因。也许，就算是考虑到他的偏执狂，就说他对白鲸的报复心在某种程度上扩大到了所有的抹香鲸，就说他杀抹香鲸杀得越多，那越往后他碰上最恨的那一条的可能性就越大，这种说法却又未免编派得太过分。但是，要是这样一个假设真的排除在外，那也还有另外一些原因在，这些原因即使跟他那高于一切的狂热的愿望并不完全合拍，却绝非没有左右他的能力。

为了达到目的，亚哈必须使用工具；而天底下所有可供使用的工具中，人这个工具是最容易失控的。比方说，他知道他对斯达巴克来说，尽管在某些方面很有威信，然而那种威信却不足以控制这个完全以精神为重的人，犹之如单纯肉体上的优势并不等于智力上高人一筹；因为对于纯粹精神化的人来说，智力只不过是一种肉体上的联系而已。因此，亚哈只要对斯达巴克的大脑继续保持魅力，斯达巴克的身体和受到强制的意志便都会听命于他。然而，尽管如此，他也知道，这位大副在内心里是憎恶他的船长那搜捕白鲸的计划的，而且只要力所能及，他会乐于摆脱这个计划，甚至破坏它。可能还要好长一段时间之后才有望发现白鲸。在这期间,斯达巴克随时可能变本加厉地公开反抗他作为一船之长的领导,除非在日常事务上谨慎小心、相机行事地给他施加一些影响。除此之外,亚哈在涉及莫比·迪克问题上那种似疯非疯的心态,如今不只是表现在他最高的判断力和机灵性上,而是更加值得注意地表现在预见到,在目前应该设法把自然而然地蒙在这一追捕行动上的那怪异的、想入非非的、亵渎神明的外衣去掉,必须把这次航行的十足可怖之处掩盖起来(因为很少有人受得了那种难以诉诸行动以求解脱的、没完没了的冥思苦想),必须让他的副手和水手们在漫漫长夜值班时想些眼前的事情而不要去想莫比·迪克。因为,无论这些野蛮的水手在他宣布搜捕白鲸的计划时欢呼得多么热烈、多么激动,这些来历不同、想法各异的水手都或多或少有点儿反复无常,不可信赖——他们生活在户外多变的天气里,他们吸进的是它多变的气息——为了一个渺茫难期的目的把他们雇了来,不管他们怎样答应将来全力以赴,当务之急都是在这期间让他们劳逸结合,把身体养得棒棒的,等着做最后的冲刺。

亚哈也没有忽略另一件事情。人们在情绪激昂的时候往往把一切私心杂念置之度外,但是这种时候转瞬即逝。亚哈认为,人生下来其永恒的固有品质是卑劣的。就算白鲸使我这些野蛮的水手兴奋得全都跃跃欲试,甚至在野性大发的同时,还萌发了某种慷慨侠义的气质,然而,在他们自愿追捕莫比·迪克时,也必须让他们世俗的日常欲望得到满足。因为即使是往日那些高尚的富有骑士风范的十字军也不会心甘情愿地跋涉2000英里去为夺回圣地而战,如果不是可以顺便干些盗窃、小偷小摸的勾当,可以假圣战之名大捞其他外快的话,如果真把他们严格约束在那富于浪漫色彩的最终目标上,只怕不知有多少人会厌恶地背过身去,早就溜之乎也。亚哈心想,我不能剥夺这些人对于金钱的一切希望——是呀,就是金钱。他们现在也许不把金钱当回事,可是几个月一过,等他们看到不像有钱给他们的样子,那么,这种处于休眠状态的金钱欲望就会马上起来煽动他们造反,就会把亚哈这个船长的职位给撤掉。

也不是没有另外一个与亚哈本人关系更为密切的预防性动机。亚哈可能是一时冲动，以致也许有点儿过早地泄露了"裴廓德"号此次航行首要的但又是他个人的目的，现在他完全意识到了，这样一来，就等于是间接地把自己暴露在假公济私的、不容置辩的指控之下。而他的船员要是有意的话，完全有资格指控他。他们在道义上和法理上都可以百分之百地泰然地不再执行他的任何命令，甚至使用暴力夺去他的指挥权。哪怕是于他的假公济私略有微词的流言蜚语，以及日见加强的这样一种敢怒而不敢言状态可能带来的后果，对这些东西亚哈自然急于保护自己免受其害。不过，这种保护只能依靠他自己出众的大脑、他自己的心和手，再加上小心提防密切注视他的船员可能受到的周围的任何细微影响。

基于所有这些考虑，以及其他一些过于零碎也许不是在这里三言两语能说得清的理由，亚哈心里很清楚他必须在很大程度上忠于"裴廓德"号此次航行那不言而喻的名义上的目的，必须遵守一切惯例。不仅那样，还必须强迫自己在从事他这一行业的日常事务中显示出他全部一如既往的强烈兴趣。

即使如此，现在还是经常听到他高声提醒那3个桅顶值班人，要他们小心瞭望，连发现一只海豚都要立即报告。这种高度警惕不久就见了效。

第四十七章　织垫人

　　那是一个多云闷热的下午，水手们或是懒洋洋地在甲板上四处溜达，或是出神地凝望着铅灰色的大海。魁魁格和我在不紧不慢地编织一种所谓的剑垫，固定在小艇上供加强防护用。这时，整个场景非常安静柔和，然而不知怎的仿佛预兆要发生什么，空中又似乎潜伏有一种让人想入非非的魔力，使每个默不作声的水手仿佛都溶化得无影无踪了。

　　在忙着编织垫子的时候，我是魁魁格的随从或小厮。我用手做梭子，把纬绳来回地穿过长排的经绳。魁魁格侧身站着，不时用一把沉重的橡木剑在经绳之间滑动，一边懒洋洋地眺望着水面，一边漫不经心、不假思索地把每根纬绳敲击到位。这时，只觉整个的船、整个的海都进入了一种非常奇特的、如梦如幻的境界，只不时为木剑钝重的敲击声打破，好像这就是时间的织机，我自己仿佛一只梭子，机械地在命运上织呀，织呀，织个不停。但机上的经绳是固定的，只能作往返不变的摆动，而这种摆动仅够纬绳交叉通过，和经绳混合起来。这经绳好比是必然性。在这里，我心想，用我自己的手，投我自己的梭，把我自己的命运织进这些不能变更的经绳。此时，魁魁格那把急促、冷漠的木剑，根据不同情况，或斜，或曲，或重，或轻地敲击着纬绳。随着这不同的敲击，完工的织物在图案上便显出了相应的变化。我心想，这野蛮人这柄最后把经绳和纬绳二者如此定型的木剑，这柄自在、冷漠的木剑，一定就是缘分——是呀，缘分，自由意志和必然性——一点儿也不矛盾——全都交织在一起发挥作用。那象征必然性的笔直的经绳,不会越出它自己最基本的轨道——它每一次来回的摆动实际上都只循着这一轨道运行;自由意志则仍然自由地在特定的绳线之间投梭;而缘分,虽然它的活动范围局限在象征必然性的直线之内,它的行动又有自由意志从旁干预,虽然它这样受到必然性和自由意志二者的控制,最后却轮到它控制了它们,事情的成败就由它一锤定音。

我们正这样织呀,织呀,织个不停的时候,突然听到一声喊叫,那声音好怪,拖得好长,有板有眼地透出兴奋和神秘。我吃了一惊,那自由意志的线团从我手中掉下。我站起身来,仰望云端,那声音就是从那儿像一面帆似的直落下来的。高高地站在桅顶横木上的是发狂的塔希蒂格。他的身子迫不及待地朝前探出,一只手像乐队指挥棒似的高高举着,断断续续而又急促地高声大叫。那声音简直就像是几百艘捕鲸船高栖空中的瞭望者同时发出来的,在那一瞬间也许整个海上都听见了。不过,这一行当,这一声由来已久的惯常的呼喊能叫得像塔希蒂格这个印第安人这么惊人地富有抑扬顿挫韵味的,在那几百个嗓子里还真没有几个。

他仿佛在你头上飞翔似的半悬空中,那样狂热而急切地凝望着远方,你还真会以为他是个预言家或先知,看到了命运之神的影子,那狂热的喊声就是宣告她们的光临。

"它在喷水啦!瞧呀!瞧呀!瞧呀!它在喷水!它在喷水!"

"在哪个方向?"

"背风横前方,约莫2英里外!一大群哩!"

马上全船都轰动了。

抹香鲸断断续续地喷水,像时钟走时一样地均匀、准确、可靠。捕鲸人可以据此把它们和其他族类区别开来。

"甩尾巴啦!"这时,塔希蒂格又喊上了。跟着鲸群就不见了。

"快,小厮!"亚哈喊道,"看时间!看时间!"

汤团赶紧跑下去，瞧了一下表，就把准确的时间报告给了亚哈。

这时，船让开了风，顺风缓缓行驶。塔希蒂格又报告说鲸群已经朝下风头游去了。我们很有信心地盼着能马上再在船头前看到它们。因为抹香鲸玩的老花招就是，它头朝某个方向下潜，可是它隐身在水下后，突然兜转身来，迅速地朝相反的方向游走了——它这套欺骗伎俩现在行不通了。因为我们根本就不相信塔希蒂格所发现的鲸群受到了任何惊吓，或者知道我们就在它们附近。那些留守大船的人——就是那没有被派上小艇去的人，这时已经从中挑了一个去把主桅上的那个印第安人替换下来。前桅和后桅顶上的水手都下来了。索桶都已放在合适的地方。旋臂吊机都伸展开了。主桅下桁卸下了，3只小艇吊在空中打秋千，就像3只装着圣彼得草的篮子在悬岩上来回摆动。那些迫不及待的水手在舷墙外边一手抓住栏杆，一只脚踏在船舷上，准备起跳。看去酷似兵舰上一长排水兵正准备跳上敌舰。

但是，就在这个节骨眼儿上，猛听见一声大喊，大家的目光登时从那条鲸身上收了转来。大伙全吃惊地瞪着黑黝黝的亚哈，只见他给5个像是刚从空中冒出来的灰黑的幽灵团团围住。

第四十八章　第一次放下小艇

那些幽灵，之所以这样叫因为当时看去确实像幽灵，在甲板的另一边悄悄走动，不声不响在迅速解开那只来回摆动的小艇的索具。这只小艇被视为几只备用艇之一，虽然名义上叫船长小艇，因为它是吊在右舷船尾的。那个靠小艇艇头站着的幽灵又高又黑，一颗灿白的牙齿令人厌憎地突出在两片钢似的嘴唇外面。他像戴孝一般穿一件皱巴巴的黑棉布中式上衣，一条同样布料的宽大长裤。但是奇怪地高踞于这段黑檀木之上的却是一条白得发亮的头巾，乌黑的辫子一盘再盘地堆在头上。这个幽灵的几个伙伴，黑得略逊一筹，是马尼拉土人所特有的那种发亮的黄褐色皮肤；——这个种族以会一种阴险的妖术而恶名远扬。有些正派的白人水手认为他们是魔鬼主子雇来的海上细作和密使。主子的账房则设在别处。

然而，正当船员们惊异地望着这些陌生人时，亚哈却对那个领头的头缠白布的老头喊道："都准备好了吗，费达拉？"

"好啦。"这回答像是从嗓子眼里挤出来的。

"那就放下去，听见了吗？"他朝对面甲板大喊，"放下去，喂。"

他的声音像打雷一般。水手们顾不得惊骇，翻身跃过栏杆。滑轮在辘轳里飞转。一阵转动之后，3只小艇都下到了海里。水手们以其他行业所没有的那种熟练的、毫不在乎的大胆姿态，像山羊一般从起伏的船边跳到下面几只摇摇晃晃的小艇上。

他们刚刚划出大船的背风面，第4只小艇已经绕过船尾，从上风头划过来了。只见那5个陌生人在为亚哈划桨。亚哈笔直地站在船尾，朝斯达巴克、斯塔布和弗拉斯克大声招呼，要他们拉开距离，好把一大片海面包围起来。可是，那3只小艇上的人全都盯住了那个黑不溜秋的费达拉和他的水手，没有听从命令。

"亚哈船长？"斯达巴克说。

"你们散开，"亚哈喊道，"用力划，4条船都用力划。你，弗拉斯克，多往下风头去一些。"

"是，是，先生。"小中柱高兴地嚷道，手中的大舵桨划了一个圈。"往后扳！"他对水手们说："嗨！——嗨！——又喷水啦！它就在正前方喷水，伙伴们！——往后扳！"

"别理那边那些黄家伙，阿基。"

"哦，我才不在乎他们，先生。"阿基说，"我早就知道了。我不是说过听见后舱里有人吗？并且我不是跟卡巴科说过吗？你怎么说，卡巴科？他们是些偷渡客，弗拉斯克先生。"

"划呀，划呀，好汉们；划呀，孩子们；划呀，我的小宝贝。"斯塔布拉长腔调、哄孩子一般唉声叹气地对他的水手们说。他们中间有些人还显得很不安的样子。"你们为什么不使劲儿呀，伙计们？在瞧什么？那边小艇里那些家伙？喷！他们不过是给我们增加人手，给我们来帮忙罢了——别管他们是从哪里来的——人手越多越快活。好啦，划吧，使劲儿划；别理那些硫黄色的家伙——魔鬼也是好伙伴呀。好啦，好啦；就这样嘛。这一下要成了可是到手1000镑；这一下要成了可是通吃呀！我的英雄们，为争取鲸油金杯欢呼吧！欢呼三声吧，伙计们，好汉们！悠着点儿，悠着点儿；别急，别急。你们这些恶棍，为什么不使劲儿呀？咬紧牙，你们这些狗东西！好，好，好，嗯；——悠着点，悠着点！对啦，对啦！入水又长又有劲。用力划呀，用力划！该死，你们这些臭无赖。你们都睡着了。别打呼噜，你们这些睡不死的家伙，划呀。划呀，行不行？划呀，好不好？划呀，劳驾行不行？看在鲍鱼和姜汁饼的份上也不行？划呀，划出个样子来！划呀，哪怕把眼珠子都划出来！瞧！"随手拔出腰带上的尖刀，"有种的都把刀拔出来，咬住刀叶子划。对啦，对啦。这才叫划哩；这才像个划的样子，好样儿的。让它飞起来，让它飞起来，我的心肝宝贝！让它飞起来，解索针！"

斯塔布对水手的这番宣传鼓动原封不动地搬在这里，因为他跟他们谈话一般总爱用一种颇为怪异的方式，特别是在向他们反复灌输划船经的时候更是如此。可是你千万别根据以上他说教的样本就以为他真的对他的听众非常生气。一点儿都没有；而这就是他主要的怪异之处。他会把开玩笑和发火奇妙地混合起来，用这种口吻对他的水手说些最难听的话，而他发火又似乎发得恰到好处，只不过使他的玩笑开得别有风趣，结果没有哪个桨手听了这种闻所未闻之呼吁而不拼命划船的，而且偏偏就是为了这种逗乐儿才这么划的。再则，他自己自始至终都显得那样随便，那样懒散，那样吊儿郎当地掌着舵桨，那样大打呵欠——有时嘴张得大大的——结果只需瞧一眼这位呵欠连天的指挥官，仅仅是出于对比的力量，就教水手们一个个像中了邪似的。而且，斯塔布是那号与众不同的幽默家，他的说笑逗趣有时候含糊得出奇，不知道他葫芦里卖的是什么药，使他的手下人都心存戒备，觉得还是服从他为好。

这时，斯达巴克按照亚哈的手势正从斜刺里横过斯塔布的艇首。在两艇靠得很近的那一两分钟里，斯塔布招呼了大副。

"斯达巴克先生！是左舷的小艇咧。喂！跟您说句话，好吗？先生！"

"好咧！"斯达巴克应道，身子却纹丝不动，仍然在坚决地但是小声地催他的水手，打定主意绝不受斯塔布的影响。

"那些黄皮家伙是怎么回事，先生！"

"是开船之前想方设法溜上来的。（使劲儿，使劲儿，伙计们！）"他悄悄地对他的水手说，然后又大声说道，"没有这么多眼睛呀,斯塔布先生!(冲过去,冲过去,孩子们!)不过,不要紧,斯塔布先生,会有好结果的。叫你那些水手使劲儿划吧,管它哩。(拼命划呀,伙计们,拼命划呀!)前面就是大桶大桶的鲸油,斯塔布先生,你们就是为那个来的呀。(划呀,伙计们!)鲸油,鲸油,为的就是鲸油!起码这是职责所在;职责和进账是连在一起的呀!"

"是呀,是呀,我也是这么想。"两只小艇一分开,斯塔布就自言自语道,"我那天一瞧见他们,心里就是这么想的。是呀,难怪他老往后舱去,汤团早就怀疑了。他们就藏在那下面。这是白鲸在作祟。好啦,好啦,随它去!这也是没办法的事!好得很!用劲划儿吧,伙计们!今天还不是和白鲸打交道!用劲划儿吧!"

说来也是,迟不迟,早不早,刚刚把小艇从甲板上放下去,就在这个节骨眼儿上,这些奇怪的陌生人就出现了,这怎能不在一些船员心里唤起一种来自迷信的恐惧,好在阿基想象中发现后舱有异这一传言,他们早有所闻,尽管当时并不真的相信,毕竟使他们对这一事件多少有了些心理准备。这就大大减轻了他们心中的惊讶。除此之外,再加上斯塔布在说到这些陌生人时那种沉着自信的态度,使他们暂时不再去做什么疑神疑鬼的猜测了。虽然阴沉的亚哈在这个问题上的真正意图所在,从这些陌生人一露面开始就大有让人做各式各样漫无边际的猜想的余地。至于我,则默默地回忆起了在南塔开特那天天蒙蒙亮时我所看到的溜上"裴廓德"号的那些神秘的影子,以及那无法理解的以利亚所讲的那些谜一般的话。

此时,亚哈的小艇,在头目们听力所及的范围之外,已经顶风划到最靠外边的地方,仍然在其他小艇的前面;这一情况说明他那小艇上的水手多么有劲儿。他那些黄褐色的怪人似乎全身都是钢筋鲸骨。他们像5把汽锤,一起一落既有规律又有分量,每一个起落都使小艇猛的往前一冲,就像一只卧式锅炉从一条密西西比河汽轮里冲出来一般。至于费达拉,只见他划着标枪手的桨,黑上衣甩在一旁,胸膛袒露,上身整个露在艇舷上面,衬着水面上时俯时仰的身影,轮廓格外鲜明。亚哈则坐在小艇的另一头,像个击剑家似的,一只胳臂半向后举,好像借以维持身体平衡。只见他很沉着地掌着舵桨,就跟白鲸搞掉他一条腿以前无数次下小艇时一模一样。突然,他那只后伸的胳膊做了个很奇怪的动作便停住不动了,跟着只见小艇上的5支桨也同时竖了起来。连人带艇就这样在海上待着,一动不动。随即后面散开的3只小艇也都在半路上停住了。大鲸纷纷下潜,这样一来远处就看不到它们活动的迹象了,可是亚哈靠得近,还是看得见。

"各人注意各人的桨那个方向!"斯达巴克嚷道,"你,魁魁格,站起来!"

这野人一跃而起,笔直地站在艇头那三角形的平台上,聚精会神地盯着刚才发现猎物的地方。在艇尾也有个高与舷齐的三角形平台。只见斯达巴克也同样地站在上面,随着那一叶小舟的剧烈颠簸而沉着熟练地平衡自己,一声不响地注视着视力所及的广阔的蔚蓝色海面。

弗拉斯克的小艇离得不太远,也一动不动地待着。指挥官弗拉斯克满不在乎地站在艇尾的圆柱上。那是固定在龙骨上、高出艇尾平台约2英尺的一根粗柱子,用来卷捕鲸索的。柱顶的面积比手掌心大不了多少。弗拉斯克站在这么一块地方,就像是栖止在一艘只露出桅杆帽的沉船的桅顶上。但是,小中柱人虽又矮又小,却充满了雄心壮志,脚下这弹丸之地是绝对满足不了他的胃口的。

"我看得不太远,倒竖起一支桨,让我上去看看。"

达格一听,就两手倒换着扶住艇舷,迅速来到艇尾,然后挺直身子,献出双肩当作高高的台座。

"好得跟任何桅顶一个样,先生。你上去吗?"

"当然上去,非常感谢,我的好朋友。只是我希望你再高50英尺就好。"

于是,这个巨人似的黑人叉开两腿,稳稳地抵住两边的船板,稍稍弯下腰来,摊开手掌托起弗拉斯克的一只脚,然后把弗拉斯克的一只手放到他那扎彩灵车般的头上,并嘱咐弗拉斯克往上跳,因为他自己会摇晃,然后巧妙地一抛,这小个子就着陆在他双肩之上了。弗拉斯克就这样站在上面。达格还举起一只胳臂算是提供他一条胸带做扶手,也借以稳住自己。

　　捕鲸人甚至在小艇被罕见的任性胡来、互相冲击的波浪弄得颠簸不已时也能笔直地站在艇中,这种令人叹服、习以为常、若不自觉的特技,在一个新手眼中,任何时候都是一大奇观。奇而又奇的是在这种情况下还能栖止在望之令人头晕目眩的圆柱顶上。但是,看到小个子弗拉斯克登上巨人达格的肩头,那就更是奇中之奇了;因为这个令人肃然起敬的黑人竟然从容沉着毫不在意地随着海浪汹涌起伏的节奏而晃动自己雄伟的身躯,丝毫不减他野蛮人的威严。在他那宽阔的背上,浅黄色头发的弗拉斯克就像是一片雪花。在下者比在上者更显得高贵。虽然这个真是快活无比、非常激动又扬扬自得的小个子弗拉斯克隔三岔五不耐烦地在上面跺脚,这黑人昂然挺起的胸脯并没有因此多来一个起伏。同样,我也看到苦难和浮华在践踏宽宏大量的大地,大地却并没有因此而改变它的潮汐和季节。

　　这时,三副斯塔布①却并不急于朝远处眺望。鲸群也许是做一次例常的下潜,并不是纯粹出于惊吓来个紧急下潜。斯塔布在这类情况下似乎总是按老习惯行事,决定用烟斗来打发这段磨人的间歇。他从帽带上把烟斗抽出来。他总是像插羽毛似的把它斜插在那里。他装上烟丝,用拇指尖捺实。但是,他刚刚在他那粗砂纸般的手上擦着火柴,他的标枪手塔希蒂格——双眼像两颗一动不动的星星一直在盯着上风头——本来站得笔直的,这时突然一屁股坐在座位上,焦急万分地喊道:"坐下,都坐下,快划!——都在那边!"

　　那时,要是换上个陆地人,别说大鲸,连一条青鱼影子都看不到。什么都没有,只有一点儿绿里泛白的浑水,阵阵薄薄的水雾散悬

---

① 根据第二十七章介绍,斯塔布应该是二副,三副乃弗拉斯克。然查了三个版本均如此,姑照译。

其上，向下风头弥漫开去，就像翻腾的白浪轰然激起的飞沫。四周的空气好像突然沸腾骚动起来了，就像是烧得通红的铁板周围的空气一般。在这时起时伏、翻滚回旋的气流下，有一块水面，浅浅的水层下，鲸群正在游泳。它们喷出的阵阵水雾，是最先进入眼帘的，这似乎是它们先行的信使和打前站的快马侍从。

这时4只小艇猛追骚动的气流下的那一团骚动的水。可是要追上很不容易；它不停地飞速移动，就像是一团浑浊的随急流疾下山冈的泡沫。

"划呀，划呀，好伙伴们。"斯达巴克用一种尽可能低但非常有力的腔调对他的水手们说。他尖锐的目光死死地盯住船头正前方，简直就像是两只准确的罗盘指向同一个方向的两只指针。他说话简短，他的水手则一声不响。只有他那吓人的异样的低语声，时而是粗暴的命令，时而是柔声的恳求，间或打破了笼罩全艇的寂静。

大叫大嚷的小个子弗拉斯克可就大不一样了。"放开嗓子，说点儿什么，弟兄们。喊啦，划呀，我的霹雳火们！把我送上去，把我送到它们的黑背上去，伙伴们。只要你们做到这一点，我保证把我在马撒的维因耶德种植园都给你们，伙伴们。还搭上老婆和孩子。伙伴们，把我送上去——把我送上去！天啊，天啊！我可真要发疯啦。瞧！瞧那片白色的水！"他一边这么嚷个不停，一边把帽子揪下来放肆踩，然后又把它拾起来，往海里远远一扔，最后竟拳打脚踢起来，像来自大草原的一匹发狂的马驹。

"瞧瞧那家伙，"斯塔布冷静地拖着长音说，他那没点着的烟斗还听之任之地叼在嘴里，过了一会儿又说——"他又发作了，那位弗拉斯克。发作？是的，是说他发作了——说得一点儿也不过分——他是在让他的人跟他一起发作。打起精神来，打起精神来，机敏的小伙子们。晚饭吃布丁，知道吗？——就是要打起精神来。划呀，娃娃们——划呀，小伙子们——划呀，大伙儿。可是你们急什么？悠着点儿，悠着点儿，沉住气，伙计们。只管划，一个劲儿划，就行了。伤了脊骨，把刀都咬成两截——那就完了。别着急——喂，你们干吗这么急，会把肝肺都爆出来的！"

但是那猜不透的亚哈跟他那些黄褐色的水手说了些什么——这里最好一笔带过，因为你毕竟是生活在圣光普照的福音世界里。

亚哈眉毛一拧，眼中凶光毕露、嘴冒白沫、直扑猎物时说的那些话，只有横行海中没有信仰的鲨鱼才爱听。

此时，4条小艇继续猛冲。弗拉斯克一再郑重其事地提到"那条大鲸"，这是他对虚构出来的巨兽的叫法。他说那大鲸不断地用尾巴扫他的船头逗他——有时他绘声绘色，说得那么逼真，害得他一两个水手还真提心吊胆地回过头去瞧。可这是严格禁止的。因为桨手必须闭上眼睛，脖子不许动。在这种关键时刻，历来只许有耳朵，不许有其他器官；只许有胳臂，不许有腿。

那真是令人十分惊奇和敬畏的奇观！全能的大海滔天的波浪，就像木球场上巨大的木球冲击八面船舷时所发出的澎湃空洞的轰鸣；小艇给颠上浪尖刀锋，似乎即将被砍成两截时那一瞬间所感到的短暂的悬而未决的痛苦；往浪谷水底的陡然急降；抢占对面山头的拼搏；一个倒栽葱翻过山头如乘雪橇般的急滑——所有这一切，再加上指挥者和标枪手的喊叫，桨手们浑身发抖的喘气，以及那象牙色的"裴廓德"号，有如一只疯狂的母鸡在追吓得尖叫的鸡雏似的，张着满帆冲向它的4只小艇这一奇观——这一切都是令人惊心动魄的。一个刚刚吻别妻子首次投入硝烟弥漫的战斗的新兵，一个刚到另一个世界碰到头一个陌生的幽灵的鬼魂，他们各自奇特而强烈的感受都远远赶不上那个首次划进围击抹香鲸那如施魔法、泡沫翻腾的包围圈的人的感受。

追击所搅起的白色浪花这时越来越清楚了，因为水面上暗褐色的云影越来越黑了。那阵阵喷出的水雾不再抱成一团，而是忽左忽右到处乱射；鲸群似乎正在分散开来。小艇也随之拉开了距离。斯达巴克在追3条直向下风头游去的大鲸。我们的小艇升起了帆，乘着越来越大的风向前冲去。小艇这时像发了疯似的掠过水面，背风面的桨只有拼命加快划起来才勉强不至脱出桨架。

很快我们就冲进了一大片弥漫的水雾之中,大船小艇全都看不见了。

"快划,伙计们。"斯达巴克低声说,一边把帆更往后拽,"在起大风之前还来得及干掉一条大鲸。白色水花又出现了!——靠过去!铆足劲儿划!"

一会儿工夫,就听到我们艇的两边接连两声大喊,看来那3只小艇已经准备动手了。但是那两声喊刚刚落音,斯达巴克就闪电般低声发出了一道命令:"站起来!"魁魁格登时手握标枪一跃而起。

虽然桨手们当时所面对的生死关头的危险还不是很近,然而他们一看到艇尾大副那紧张的表情,就知道已经到了紧急时刻;他们也听到了巨大的翻滚声,就像是50头大象在铺垫的干草上折腾一般。此时,我们的小艇仍在隆隆地穿过水雾,波浪在我们周围翻卷,发出咝咝声,就像是无数暴怒的蟒一齐昂起了头。

"那是它的驼峰。嗨,嗨,给它一下!"斯达巴克低声说。

只听到迎风疾进呼的一声发自小艇,那是魁魁格投出的标枪声。于是,一下子一切全处于一团骚乱之中,艇尾遭到看不见的什么东西一推,艇头又像是触了礁;帆猛地塌下,四分五裂;一股滚烫的水雾在近处射出;什么东西在我们下面像地震似的滚动翻腾。艇上的人在狂风掀起的奶酪般黏糊糊的白色泡沫中颠簸得狼狈不堪,一个个全都闷得透不过气来。狂风、大鲸和标枪手全都搅成了一团;而大鲸仅仅受了点儿擦伤,跑掉了。

我们的小艇整个儿给淹没了,不过几乎没有什么损坏。我们围着它,拾起漂浮的桨,把它们捆在艇舷上,又翻身上艇,回到各自的位置。我们坐了下来,水够到了膝部,艇肋和艇板全泡在水里,我们低头一瞧,只见这只淹而未沉的小艇就像是从海底朝我们长上来的一只珊瑚艇。

风越来越大,索性怒吼起来了;波涛汹涌腾跃,互相冲撞;狂风围住我们一个劲儿呼啸、噼噼啪啪地响，就像是草原上的熊熊烈焰。这场大火把我们卷进去了，却没有把我们烧死；我们是死神嘴中的幸存者！我们徒劳地呼唤其他小艇；在大风暴中呼唤那些小艇，就跟对着烟囱朝火焰熊熊的炉子里吼叫一样。此时，随着夜幕的降临，那疾劲的飞沫、结索架和水雾都成了模糊一片；大船连影子也看不见。汹涌的大海逼迫我们放弃了保住小艇的念头。桨都派不上原先的用场了，现在只能作救命工具用。于是，斯达巴克割断了捆在防水火柴桶上的绳索，经过多次努力总算把灯笼里的蜡烛点着了，然后把它挂在一根信号旗杆上，交给魁魁格这个敢死队的旗手。他就坐在那里，十足一个失去信心的人的标志和象征，在绝望中聊尽人事地举着希望之火。

我们浑身湿透，冷得发抖，对大船和小艇都不再抱任何希望，到曙光初露才举目四顾。海上仍然弥漫着水雾，扁了的空灯笼躺在艇底上。突然魁魁格一跃而起，把手搁到耳边做兜风状仔细倾听。我们都隐隐约约听到一阵吱嘎声，好像是一直给风暴捂住了的绳索和帆桁的声音。那声音越来越近；浓重的水雾中隐隐现出一个轮廓模糊的巨物。我们都吓坏了，赶紧往海里跳，等到终于看清是大船时，它已经直冲到了我们跟前，相隔只有一个比船身长不了多少的距离了。

我们漂浮在波浪上，看到那只弃艇在大船船头的冲撞下，就像是大瀑布落点上的一块木片，翻腾了一下就裂开了；于是庞大的船体在它上面驶过，等它从船尾钻出来随波浮沉时才又被看到。我们又向它游去。波浪把我们冲到艇边。后来我们连人带艇给吊了起来，安全地上了大船。在大风刮过来之前，其他小艇也放弃追击，及时返回了大船。大船本来已经对我们不抱任何希望了，不过还在继续巡游，看看是不是碰巧能发现什么标志我们遇难的东西——一叶桨或者一根标枪柄。

第四十九章　贪婪的人

在我们称为人生这个千奇百怪无所不包的大舞台上，总会有某些出人意料的时刻和场合。如果我们把整个宇宙看作一出大恶作剧的话，虽然它巧妙的构思我们弄不清楚，但几乎能肯定它所嘲弄的对象不是别人而是我们自己。不过，这没有什么好丧气的，似乎也没有什么好反抗的。我们囫囵吞枣地咽下了一切结局、一切教条、一切信念、一切劝导、一切有形无形难以忍受的东西，不管它们多么疙疙瘩瘩难以下咽，就像一只消化力极强的鸵鸟吞下子弹和打火石一般。至于一些小困难、小麻烦、预料中的横祸、可能丢肢丧命的危险，所有这一切，甚至死亡本身，在我们看来，只不过是那看不见又不可理解的老家伙心情愉快，寻开心，偷偷地打你几下，腰眼儿上给你来几拳而已。一个人只有在极端困苦的时候才会为我所说的那种奇特的任性胡来的情绪所左右，而这正是他最认真地面对人生的时候，所以，以前对他来说可能是非常重要的事情，如今看来就只不过是这个大恶作剧的一部分而已。现在我对"裴廓德"号的整个航行及这次航行志在必得的大白鲸就是持这种看法。

"魁魁格，"他们最后一个把我拽上甲板，当我还在抖掉上衣上的水时，我说，"魁魁格，我的好朋友，这种事经常发生吗？"他虽然也跟我一样浑身湿透，却并不怎么动感情地告诉我，这种事确实经常发生。

"斯塔布先生，"我转过身来对这位大人物说，他油布上衣扣得严严的,正在雨中若无其事地抽着烟斗;"斯塔布先生,记得你说过,你所见过的所有捕鲸人中间,要数我们的大副斯达巴克先生最小心谨慎不过。那么,我想,在风狂雾重的时候扯起满帆去突袭一条疾游的大鲸,就是捕鲸人小心谨慎的顶峰了?"

"当然。我就曾经在合恩角海面上,在大风里,从一艘漏水的大船上放下小艇去追击过大鲸。"

"弗拉斯克先生!"我又转过身朝站在身旁的小中柱说,"这些事情你是很有经验了,可我还是个新手。可不可以请你告诉我,弗拉斯克先生,一个桨手是不是非得背朝前拼命划着船去送死,这是不是我们这个捕鲸业一条铁打的法律?"

"干吗这么啰唆?"弗拉斯克说,"不错,那是法律。我倒真想看到整个小艇的水手面朝前划到大鲸跟前去。哈,哈!要那样的话,大鲸也会对他们另眼相看,记住这一点!"

这样一来,对这整个事件,我就从3个信得过的证人那里得到了一份郑重的证词。因此,考虑到狂风、翻船以及随之而来的露宿海上是这种生活中经常发生的事;考虑到在追击大鲸最危急的时刻我必须把自己的生命交到指挥小艇的人手里——而这个人在这种生死立判的时刻又常常是个只知疯狂跺脚把艇底都快蹬穿的急躁冒进的家伙;考虑到我们这只小艇所遭到的这场灾难主要得归咎于斯达巴克正值狂风大作之际拼命把小艇往大鲸跟前赶;考虑到尽管如此,斯达巴克却还被认为是捕鲸业中出名的小心谨慎的人;考虑到我是这个格外谨慎的斯达巴克的小艇上的一员;最后还考虑到我卷进了这场涉及白鲸的该死的追捕;把这些考虑一归总,咳,我看我还是下去拟个遗嘱草稿来为妙。"魁魁格,"我说,"过来一下,我指定你做我的律师、遗嘱执行人和财产继承人。"

说来也许有点儿奇怪,水手修修补补起他们的遗嘱来竟然比什么人都来得勤,世界上确实没有什么人比他们更喜欢这项娱乐。这已经是我在海上生活中第四次做这件事了。这一次在一切手续结束之后,我觉得浑身轻松；一块压在心上的石头挪开了。再说，我今后所过的每一天就等于是拉撒路复活①以后所过的日子，都是白捡来的；今后能多活多少个月或者多少个星期，随情况而定，反正都是额外收入了。我本来死定了的而没有死，我把我的死和葬珍藏在心头。举目四顾，心情平静，怡然自得，有如一个一无所求的鬼魂，良心清白，舒畅地坐在家庭墓地的栅栏后面。

"行啦，"我心里想，无意识地卷起了工装袖子，"就此一切置之度外，朝死亡和毁灭冲去吧。落在后面会给魔鬼抓去变成小鬼的。"

---

① 见《圣经·新约·约翰福音》第十一章。

第五十章　亚哈的小艇和艇员

"谁想得到会有这种事，弗拉斯克！"斯塔布大声说，"我要是只有一条腿，决不会上小艇，除非可能要用我的木脚去堵排水孔。啊！他真是个了不起的老头！"

"我倒并不觉得那有什么好奇怪的，"弗拉斯克说，"要是他那条腿是齐根断掉的话，那自然是另一回事。那他就会动弹不了啦。可是他膝盖还在，膝盖以下一节也还剩不少，你知道的。"

"这我可不知道，我的小兄弟，我还从来没有看见他跪倒过。"

在捕鲸行家中，常常有这样的争论，即考虑到船长的生命对保证航行的成功至关重要，船长冒着生命危险亲自去参加追击是否可取。这正如铁木儿的士兵经常为他们的统帅是否该置他自己最宝贵的生命于不顾去亲冒矢石而一个个争论得眼泪盈眶一样。

但是，就亚哈来说，这问题却不可一概而论。因为一个人如果双腿健全，在危急情况下，只不过东摇西晃行走不稳罢了。而追击大鲸无时不会碰到极大、极不寻常的困难，可说每一分钟都危机四伏，在这种情况下，让一个残疾的人登上小艇参加捕猎，是明智之举吗？一般说来，"裴廓德"号的股东们肯定会明确地认为不明智。

亚哈很清楚，他为了亲临现场指挥而在一般不会有大的意外的追击中登上小艇，这事他老家的那些股东朋友虽然不大在乎，然而让他真正分管一条小艇，作为正式指挥员亲自率领出击——特别是额外配备5个人作为他那条小艇的艇员，这样慷慨的念头他的老板们的脑袋里可从来没有过。因此，他没有向他们要求过增加5名水手，也没有就这一想法做过任何暗示。然而他却就这事暗地里做了布置。这一招水手们很少料到，直到卡巴科发现了秘密才知道，虽然也不是没有蛛丝马迹，船离港后不大工夫，水手们就已经把小艇收拾妥帖，随时可投入使用；可随后不久，就经常看到亚哈亲自忙着为一条被认为是备用的小艇做桨耳，甚至还很讲究地削木头小尖扦，那是在捕鲸索快放完时用来钉在艇头槽沟里的。这一切大家都看在眼里，特别是他那么急于给艇底额外增加一副护板，好像是让它能更好地承受他那鲸骨腿尖端的重压。还有那大腿板，有时叫防滑板，也明显地让他放心不下；他一丝不苟地给它整形，那是安在艇头的一块横板，在投掷标枪或直接用标枪扎时用来顶住膝盖。大家都经常看到他站在那小艇里，那只孤零零的膝盖顶住防滑板上那半圆形的凹陷，拿一只木匠用的凿子这里抠进去一点儿，那里弄平一点儿。所有这些举动，嘿，当时就让大伙觉得很有趣，又很奇怪。不过，几乎我们每个人都以为亚哈这些细致周密的准备工作肯定只是为了一个目的，非逮住莫比·迪克不可；因为他早已透露了要亲自去猎捕那巨兽的意图。不过，这样的猜想根本没有涉及哪条小艇的船员会分派到那条小艇上去。

如今，由于那几个样子吓人的部下的出现，大伙心中的疑团消失了；因为捕鲸船上新鲜事太多，新鲜事很快就不新鲜了。再说，世界上经常总有那么一些不知从什么旮旯、垃圾坑里钻出来的莫名其妙的边角剩料，跑到这些行踪不定的亡命徒似的捕鲸船上来充当水手；而捕鲸船本身还经常从颠簸在海上的船板、破船碎片、桨叶、小艇、独木舟、被刮散的日本舢板等上面收留这么一些稀奇古怪的遇难者。甚至魔王本人都可能爬上船舷，走到船长舱里和船长聊聊，而这也不会在水手舱里引起什么了不得的骚动。

但不管怎样，可以肯定的是，这几个样子吓人的水手很快就和其他水手打成一片了，虽然仍让人觉得好像有点儿与众不同。只有那个缠白头巾的费达拉则始终是个难解的谜。他是从什么地方来到捕鲸船这个彬彬有礼的小天地的？他究竟有什么缘分很快就不可思议地和亚哈特殊的命运联系在一起，甚至还隐隐约约对他有某种影响，说不定还决定他的命运哩？这一切没人知道。但是，有一点可以肯定，谁也不能对他采取一种视而不见的态度。他是这样一个人，生活在温带地区温顺的文明人只有在梦里才会看到，而且很模糊，看不真切；但是，他这样的人在一成不变的亚洲社会中经常可以见到，特别是在亚洲东边那些东方小岛——那些与世隔绝、非常古老、严守祖宗法度的国家，在那些国家里，甚至今天还在精神上保留了不少远古时代的原始性，对始祖的纪念仪式记忆犹新，所有的后裔，都不知道是从哪来的，都不知上苍为什么要造出他们来，要达到什么目的。不过，根据《创世记》的记载[①]，当时神的儿子们确曾娶人的女子为妻，魔鬼也曾和违反教规的犹太教教士一道沉迷于世俗的情欲。

[①] 见《圣经·旧约·创世记》第六章。

第五十一章 神灵——喷水

许多个夜晚、许多个星期过去了，象牙色的"裴廓德"号已经一帆风顺地慢慢扫遍了4个巡游场：亚速尔海面，佛得角海面，普拉特河——由于在里奥·德·拉·普拉特河口处而简称如上，以及卡罗尔巡游场——位于圣海伦纳南边一个未立界桩的水域。

就在巡游最末一个水域时，一个明朗的月夜，波涛像银光闪闪的卷轴滚滚而过，徐徐沸腾的浪花四下弥漫，宛如撒下一片银色的寂静，并不让人感到冷清。就在这么个寂静的夜晚，在船头前老远的白色泡沫中出现了一股银色的喷水，月光映照下，显得分外超凡脱俗，就像是一尊宝相庄严的神从海中冉冉升起。费达拉头一个发现了这股喷水。因为他喜欢在这种月色皎洁的夜晚攀上主桅顶去瞭望，他能像在大白天一样把远处看得清清楚楚。然而，尽管夜晚发现过成群的大鲸，敢于放下小艇去追捕的捕鲸人百里未必有一。这就不难想象，当水手们看到这个东方老头在这种不寻常的时刻高栖于桅顶之上，白头巾与明月交映成趣时，心里会有股什么滋味。但是，他一连瞭望过几个晚上没喊过一声；在这一段时间的沉寂之后，突然听到他那毛骨悚然的声音，宣告月光下有一股银色的喷水，躺下了的水手全惊得跳了起来，就像有个长翅膀的妖精飞到索具上在招呼这些人间的水手。"它在喷水啦！"这声音让他们浑身那个抖啊，只怕比听到末日审判的号角声犹有过之。然而他们感到的并不是害怕，倒不如说是喜悦。因为这时间虽然很不合适，但那一声喊叫却惊心动魄，让人兴奋不已，几乎使船上每个人都禁不住跃跃欲试，想放下小艇去大干一场。

亚哈很快地一歪一冲在甲板上大步走动，命令拉起上桅帆和最上桅帆，张开所有的翼帆，让最好的水手去掌舵。于是，在每个桅顶都安排了人之后，这艘布置妥帖的船就顺风驶下去了。从船尾栏杆吹过来的那股奇怪的往上抬举的微风把所有的帆都吹得鼓鼓的，使轻快如飞的甲板似腾云驾雾一般。在船全速前进时，好像有两股作用于它的相互敌对的力量在斗争——一股要拉它直接上天，另一股却要拖它偏离航线，驶向水天相接的尽头。而那天晚上你要是注意了亚哈的脸色，你就会看出在他身上也有两种不同的东西在交锋。他那条好腿走在甲板上每一步听来都生机勃勃，而那条鲸骨腿敲在甲板上每一记都像敲在棺材盖上。这老头就在生与死的路上来回走动。但是，虽然船走得很快，每人的目光又像利箭似的瞄准了方位，那银色的喷水那晚却再也看不见了。每个水手都发誓说看见了一下，却再也没见着第二下。

就在大伙对这次午夜喷水差不多要淡忘了的时候，突然，几天之后，又在那同一个万籁俱寂的时刻，桅顶上又喊起来了，大伙又看到它了。但是，等你刚张起帆去追赶，却又不见了，好像根本就不存在似的。它这样逗了我们一个晚上又一个晚上，后来也没人理睬了，只是觉得纳闷。那神秘的喷水出现的夜晚，或是皓月当空，或是星斗满天，并不一定；隔一整天，或者两天，或者三天之后又出现了；而且不知怎么随着第一次的出现，跟我们的距离也拉得越来越远，这孤零零的喷水似乎一直在引诱我们往前走。

有些水手，出于种族的古老迷信，发誓说，那股可望而不可即的喷水，无论何时何地出现，不论时间隔得多久，地点拉得多远，都是由同一条鲸喷出来的，而且那条鲸就是莫比·迪克。这一说法与"裴廊德"号在许多事情上都令人不可思议这一点倒也似乎挂得上钩。有一阵子，对这行踪不定的怪物的一种特殊的恐惧感笼罩了全船，好像它是在心怀叵测地招呼我们一个劲儿往前走，以便在最偏僻、最荒芜的海面上猛然转身扑过来，最终把我们撕得粉碎。

这为时不长的惶恐不安，非常模糊却又非常强烈，与格外晴朗的天气对比之下，产生了一种奇妙的效应，在这一派蔚蓝的暖和之下，令人觉得潜伏有一种邪恶的魅力。因为日复一日我们总是在温和得如此乏味、如此孤寂的海面上航行。整个这段时间，与我们此行的复仇使命极不协调，似乎了无生气地流逝于我们这骨灰瓮般的船头之前。

不过，当我们转向东行时，从好望角吹来的风终于围着我们怒吼起来了。我们在那一片辽阔的、波涛汹涌的海面上给高高地掀起，又狠狠地摔下；象牙状的"裴廓德"号一头扎进狂风中，疯狂地冲破黑浪，只见一片片白沫像银箔阵雨飞过船舷。于是，那种了无生气的凄凉之感顿时一扫而空，只是代之而来的却是较之前更为沉闷的景色。

靠近我们的船头，水中一些奇形怪状的东西在我们面前窜来窜去；密密麻麻得不可思议的海鸥则跟在我们后面飞。每天早晨，这种鸟一排排地栖息在我们的支索上，并且不管我们怎么吆喝，偏要待在这绞索上，好久好久都不肯飞去，好像我们这船是艘漂流的空船，一件被遗弃了的东西，因此正好可以作这些无家可归的鸟儿的栖息处。而黝黑的大海则仍在汹涌，汹涌，不停地汹涌，好像那浩瀚的浪潮就是它的良心，它那伟大的尘世的灵魂在为它长年累月酿成的罪恶和苦难而感到痛苦和悔恨。

好望角，人们是这样称呼你吗？其实，还不如称你为暴风雨角。因为以前我们一直把你这有名无实的静默信以为真，结果闯入了你这片苦海。在这里，有罪的人变成了飞禽游鱼，似乎注定了终生要在这里游来游去，永远找不到避难所，或者终生要在这险恶的上空鼓翼奋飞，永远找不到陆地。但是，那个不时可以见到的、孤零零的喷水，平静、雪白、不变，仍在把它的喷泉指向天空，仍在前边招呼我们向前。

在这风浪交加的险恶处境下，亚哈虽然还在指挥这艘水漉漉的船,却显得格外地阴郁沉默,比以往任何时候都更少和他的3个副手说话。在这种暴风雨的时刻,甲板和桅顶上均已做了部署,除了消极地等着风息就再没有什么可干的了。这时,船长和船员实际上都成了宿命论者。于是,亚哈把鲸骨腿插在插惯了的钻孔里,一手紧紧抓住支桅索,一连若干个钟头站着死死地盯着上风头。偶尔一阵夹着雨雪的大风扑来,几乎把他的眼睫毛都给冻住。恶浪不时扑上船头,爆炸开来。水手们站不住脚,都给赶到船腰,沿舵墙站成一线。为了不给扑上来的波浪冲走,每人都用一种单套结圈住腰部,另一头系牢在栏杆上,就像在一根松了的腰带中荡来荡去。没人说话,有也很少;这艘沉默的船配备的好像全是些彩绘蜡塑的水手,日复一日地在和喜怒无常、恶魔似的巨浪拼搏中前进。到了夜里,全船仍然鸦雀无声,只听到大海的呼啸;水手们仍然默默地在单套结里荡来荡去。一声不吭的亚哈仍然挺立在疾风中,甚至看来体力不支很需要休息时,他也不肯到吊铺上去躺一会儿。斯达巴克永远也忘不了有天晚上他见到的这位老人的神色。那天晚上他到船长舱里去瞧晴雨表,只见亚哈船长闭着眼睛笔直地坐在他那固定在地板上的椅子里。他刚从外面进来不久,雨水和夹在风暴中的冰粒那半融的冰水还在慢慢地从他那尚未脱下的衣帽上往下流淌。在他身旁的桌子上放着一卷展开的、前面提到过的潮汐与水流的海图。灯笼在他握紧的手里摇晃。他身子虽然笔直地挺着,头却往后仰,闭拢的眼睛正对着挂在天花板横梁上荡来荡去的舵位指示器上的指针①。

"真是位可怕的老人!"斯达巴克情不自禁地想道,"在这狂风里小睡片刻,都还紧盯住目标不放。"

---

① 舵位指示器:此处即船长舱内的罗盘仪。船长不用去看舵轮旁的罗盘,只需待在自己舱里就可以知道船的航向。——原注

第五十二章 "信天翁"号

我们从好望角往东南方航行,来到遥远的克罗泽斯群岛海面。那是露脊鲸经常出没的巡游场。前面隐约出现了一艘帆船,名字就叫"信天翁"号。它慢慢地驶近时,我在前桅顶高高的瞭望台清清楚楚地看到了我这个远洋捕鲸业新手前所未见的景物——一艘捕鲸船,而且是久离家乡后在海上头一次看到。

波涛好像做过漂洗工,把这艘船漂白得就像是一副搁浅在海滩上的海象骨架。这艘外形像鬼怪的船,船身四处是起了红锈的长槽,所有的桅桁和索具就像是挂满了白霜的粗树枝,只张着较低的帆。桅顶上的3个瞭望人,胡子都老长了,看了真叫人心里好不难受。他们好像是穿的兽皮,经受了近4年的海上巡游,已经破得不成样子,补了又补。他们站在钉牢在桅杆上的铁环里,在无底的大海上颠荡摇晃。当他们的船慢慢驶近我们的船尾时,两艘船上的6个瞭望者虽然靠得很近,几乎可以从各自的桅顶跳到对方的桅顶上去,然而那3个样子很惨的瞭望人,在他们的船驶过去时,却只亲切地瞧着我们,一句话也没有跟我们的瞭望者说。这时下面后甲板上倒招呼开了。

"船啊,喂!你们看到白鲸没有?"

但是,当那个陌生船长,靠在灰白色的舷墙上,正待把喇叭筒举到嘴边去时,不知怎的却失手把它掉到海里去了。这时风偏又刮得很猛,没有喇叭筒,他放开嗓子喊我们也听不见。此时,他的船仍在继续前进,两船的距离拉得越来越大。正当"裴廓德"号的水手纷纷用各种不出声的方式表示他们都看到了头一次仅仅向另一艘船提一下白鲸就出现了的这个不祥的小事故,亚哈却有一会儿工夫停住了脚步,好像要不是因为风大浪急不允许的话,很可能他会放下小艇到那条陌生船上去问个明白。好在他沾了在上风头的光,再则看来这艘陌生船是艘南塔开特船,并且不久就要驶回家乡去,于是他又抓起喇叭筒高声招呼道——"喂!我是'裴廓德号',准备绕地球一周!告诉他们把信都捎到太平洋去!3年后的今天,我们要是还没有到家的话,就要他们把信捎到——"

这时,两艘船的航迹正好交叉起来了。于是,几天来一直在我们船边安静地游着的成群好玩的鱼,登时按照它们自己独特的方式,好像鳍在发抖似的箭一般快地游开,跑到那艘陌生船的前后左右游去了。虽然在多次出航途中亚哈肯定见过类似现象,然而,对一个有偏执狂的人来说,最微不足道的小事都可以随心所欲地赋予深意。

"躲开我,是吗?"亚哈遥望水中喃喃道。表面上这话似乎平平淡淡,语气里却流露出这神态失常的老人前所未有的、深深的、无可奈何的悲哀。这时,舵手一直在使船顶风行驶以减低速度,他却转过身来,对舵手吼道:"转舵迎风!环球去!"

环球去!那声音里很有一股激发人自豪感的力量;可是环到什么地方去呢?只不过是经历无数艰难险阻又回到原来出发的地方,把我们幸而得以脱身的东西又从头经历一遍。

如果地球是一片没有尽头的平原,那我们往东驶去,一路上就永远是一个个新的地方,看到的也会尽是比昔加那第群岛或所罗门王岛更美更奇的景色,那航行起来还有个奔头。可是去寻求我们梦想的玄而又玄的东西,或者不辞劳苦地追击那迟早会浮上我们每人心头的魔影,竟至于环绕全球地追下去,那不是在迷宫中一无所获地瞎转,就是在途中让我们船毁人亡。

第五十三章 联欢会

　　亚哈之所以没有登上那艘捕鲸船，我们已经说过表面的原因是：从风浪的势头看马上会有大风暴。但是，即使不是这种情况，他也许还是不会到那艘船上去——这是根据他在类似场合所做出的反应而言——如果这种估计没有错的话，那就是说，在打招呼的过程中，他已经就他所提出的问题得到了一个否定的答复。因为，正如后来所证实的，他不喜欢跟一个陌生的船长有任何交往，哪怕是5分钟都不干，除非他能提供一点儿他梦寐以求的情况。但是，这样说可能不够全面，要是我不在这里补充几句，说一说捕鲸船在外洋相遇时的特殊习俗，特别是在一个公共巡游场相遇的特殊习俗的话。

　　要是两个互不相识的人在穿过纽约州的派恩荒地，或者英国同样荒凉的赛利斯伯里平原时，碰巧在这样一个不好客的荒野之地相遇了，那么，这两个人，无论如何，总免不了要彼此打个招呼，停下来交谈几句，说不定还会一同坐下来歇一会儿。那么，要是两艘捕鲸船，在那有如无边无际的派恩荒地和赛利斯伯里平原的海洋上，在天涯海角——在荒凉的法宁之岛附近，或者在遥远的"国王的磨坊群岛"①周围，彼此望见了，不仅会相互招呼，还会有更为密切、更友好、更亲切

---

① 国王的磨坊群岛：King's Mills，乃作者对太平洋上Kingsmill Island的戏称，一般译为金氏米尔群岛。

的接触，那不是更加自然的事嘛。而且，要是再加上两艘船属于同一个港口，双方的船长、头目以及不少的水手彼此都很熟悉，那就更是理所当然了。彼此之间会有说不完的家常话自然也是顺理成章的事了。

那外洋船也许还捎得有信件给离家已久的船。再不济，也肯定可以给它些报纸，比起报夹上原有的那翻得又脏又破的报纸总要新个一年、两年。作为一种礼节上的回报，那外洋船则会得到有关它可能准备去的巡游场最新的捕鲸情报，这对它来说自然至关重要。这一切也程度不等地见之于两艘在巡游场上相逢的捕鲸船，即使它们同样都已久离家乡。因为其中一艘可能从现在已经去得很远的第三艘船手中接过来一沓有待转交的信件；而其中有些信件的收信人可能就在它现在碰到的这艘船上。此外，两条船上的人还可以交换交换捕鲸信息，可以畅心快意地聊一聊。因为他们不仅有水手相逢时的亲热感，也同样有职业相同、吃过的苦头相同、经历过的危险相同那种特殊的心气相通的亲近感。

国籍不同也无关紧要。只要双方说的是同一种语言，如美国人和英国人，就容易亲近。虽然，就英国人来说，他们的捕鲸船不多，难得遇上，即使真遇上了，双方都常常有点儿不够主动，放不开，因为英国人历来比较拘谨。而美国佬呢，则希望自己能拘谨一点儿就好。再则，英国捕鲸人有时还摆出一副绅士派头，认为自己比美国人高出一头，把有股土坷垃气的瘦长的南塔开特人看作是一种海上庄稼汉。不过，美国佬在一天之内捕获的鲸比起英国人在10年之内捕获的还要多。从这一点来看，英国人究竟优越在哪里，实在很难说。好在对英国捕鲸者来说，这只是个无伤大雅的小小的不足。南塔开特人并不因此而瞧不起人家；大概他们知道自己也有不足之处吧。

那么，由此我们就可以看出，在一切单独出航海上的船只中，捕鲸船是最有理由喜欢交往的——而它们也确实是这样。反过来，有些商船在大西洋中相遇，却经常几乎连一句招呼都不打就交臂而过，在公海上相遇都假装没看见对方，就像百老汇大街上的两个花花公子，并且也许总喜欢百般挑剔对方的装备。至于两艘兵舰偶然在海上相遇，它们首先要来上一大套表面文章，打旗语啦，下舰旗啦，说不尽的令人发噱的繁文缛节后面似乎说不上有什么真实的情谊。说到贩奴船吧，咳，它们只顾兼程赶路，相遇了，彼此躲都躲不赢。至于海盗船，各自的骷髅枯骨旗碰巧进入对方眼帘时，头一声招呼是"多少个脑壳？"——正如捕鲸船的招呼是"多少桶鲸油？"一旦这一问题得到答复，便马上各奔前程，因为双方都是罪该万死的恶棍，彼此都不想过多地从对方身上看到跟自己一模一样的恶棍嘴脸。

还是好好瞧瞧那虔诚、正派、不讲排场、好客、喜交往、自由自在的捕鲸船吧！两艘捕鲸船在天气不赖的情况下相逢会有何举动呢？它们会来个"联欢会"。对其他船只来说，这是个连名称都从未听说过的完全陌生的东西。即使碰巧听到了，他们也只会加以嘲笑，又搬出有关"捕鲸佬"和"鲸油锅"的笑料来，以及喊叫几声诸如此类的好听的称呼而已。为什么商船、兵舰以及贩奴船上的水手，还有海盗，全都这么瞧不起捕鲸船？这是个难以回答的问题。因为，就海盗而言，我们很想知道他们那个买卖究竟有什么特别光彩之处。不错，他们那买卖有时兴旺发达到了一个很不寻常的高度；可惜那只是在绞架上。再说，当一个人以那种独特的方式拔高时，他那逾常的高度并没有什么与之相称的基础。因此，我敢断定，海盗在自吹比捕鲸人高出一头时，他那种自信并没有什么坚实的基础可以站得住脚。

可"联欢会"究竟是什么东西呢？你翻开字典，从上到下一行一行仔细地找，可能连食指都指点酸了还是找不到这个词儿。英国著名的词典编撰家约翰逊博士的博学多闻尚未及于此。美国《韦氏大辞典》的编撰者挪亚·韦伯斯特的方舟也没有载上它。尽管如此，这个内涵丰富的词儿若干年来一直在15000左右土生土长的美国佬中使用。这样，理应给它下个定义，而且应该收入辞典。且让我从专业角度来给它下一个定义。

联欢会（名词）——两艘（或两艘以上）捕鲸船之间的联

谊活动,一般在巡游场上举行。两艘相逢的捕鲸船彼此打过招呼后,两船的水手便进行互访。两位船长暂时待在一艘船上,两位大副则待在另一艘船上。

这里还必须提到有关联谊会的另一个细节。各行各业都有小小的与众不同之处,捕鲸业也不例外。当一艘海盗船、兵舰或者贩奴船的船长登上小艇到别处去时,他总是坐在艇尾一个很舒服,有时还搁有靠垫的座位上,并且经常亲自掌舵,舵柄小巧精致,还装饰有鲜艳的彩绳丝带。但是捕鲸小艇艇尾上没有座位,那种沙发之类的东西一点儿也没有,也根本没有舵柄。要是捕鲸船船长们坐在装有万向轮的椅子上在海上转来转去,像患痛风的老郡长们坐在特制的椅子里一般,那才叫热闹哩。至于舵柄,捕鲸小艇上绝不容许有这类娇里娇气的东西。所以,举行联欢会时,得有一个小艇的全体成员去参加,小艇的舵手或标枪手也包括在内,在这种场合就由下属来掌舵,于是那无处可坐的船长一路上便只好像棵松树似的立着去拜访。这时你常常会看到,这位站着的船长由于感到两条大船上的人全在瞧着他,为了维持尊严,只好挺直双腿。可要做到这一点很不容易。因为在他背后,那支老长的舵桨不时撞击他的腰,身子前边的那支后桨则与之唱和似的使劲儿敲他的膝盖。他就这么整个儿夹在中间,腹背受敌,只能向两边叉开双腿挺着。可是小艇要是突然猛烈地一颠,他就很容易摔倒,因为立脚点如果只有长度而没有宽度,那是绝对站不稳的。仅仅把两个柱子一字排开,你没法把它们竖起来。那么,在众目睽睽之下那就更不行。我是说,要是让人家看见这位叉开腿站着的船长稍稍借助于双手抓住什么东西来稳住自己的话,那就更不行。通常这位船长总是双手插在裤袋里,以显示他完全能轻松自如地控制自己。不过,也许船长的手一般都很大、很沉,于是就把它们搁到那里作压舱物了。尽管如此,也发生过这样的情况,而且经证实确有其事:据说有船长在一两次特别紧张的时刻,比方说,突然刮来一阵大风——只好一把抓住身边桨手的头发,死也不松手。

第五十四章 "动嗬"号的故事

（一如在黄金客店所说的）

好望角和它四周的水域很像个四通八达的十字路口，你在那儿见到的旅客比哪个地方都多。

我们在大声招呼过"信天翁"号后不久，又碰上了另一艘返航的船"动嗬"号①，这船上的水手几乎全是玻利尼西亚人。在随后举行的简短的联欢会上，他们向我们提供了有关莫比·迪克的准确可靠的信息。他们的叙述中似乎隐隐约约说到这大鲸某次惊人的袭击体现了据说经常加诸某些人的天罚，这就使那些原先对这大鲸兴趣不大的白人关注起来了。这个新得知的情况及其种种独特的细节，虽然构成了即将讲述的这个悲剧中可称之为神秘的部分，却从未传到亚哈船长和他3位副手耳中。因为这个故事的神秘部分连"动嗬"号船长本人都不知道。那是那艘船上3个结盟的水手的私有财产，其中一个把它透露给塔希蒂格时好像还要求他严格遵守天主教保密的禁令。可是第二天晚上塔希蒂格说梦话露了馅，同伴把他弄醒之后，他只好和盘托出。然而，这事给了"裴廓德"号那些知悉了内情的水手很大的震动，也让他们，姑且这么说吧，感到很为难。于是他们决定严守秘密，所以从没有泄露到主桅后面的地方去。我现在适当地穿插进这已在"裴廓

---

① 动嗬（Town-Ho），这是古代捕鲸者在桅顶上发现鲸时的喊叫声，至今仍为猎捕著名的卡利巴哥斯水龟的捕鲸船所沿用。——原注

德"号水手中间传开的故事,把这件怪事原原本本地记载下来,以传之久远。

这故事我在利马讲过一次。那是某个圣徒节前夕,我在黄金客店金碧辉煌的连拱长廊上跟一伙懒洋洋的西班牙朋友抽烟闲聊时讲的,自然讲得比较轻松幽默。这次我准备尽量保留原来的声调口吻。那次我那些文雅的骑士听众中有两位年轻的绅士,佩德罗和塞瓦斯蒂安,和我关系最为密切,因而他们不时有些插问,当时我也做了适当的答复。

"先生们,我将要向各位讲的这个故事,发生在我得知它之前两年左右。那时,'动嚩'号这艘南塔开特的捕抹香鲸船正在太平洋这一带巡游,从这个挺不赖的黄金客店往东不用航行太多日子,在赤道北边某个地方就是。一天早晨,按照惯例开动抽水机时,发现从底舱抽出来的水比平常多。先生们,他们开头还以为是被一条剑鱼捅了个窟窿。可是,那位船长却有自己的理由认为那地方有难得的好运在等着他,因而不愿离开,而且也根本不把那漏洞当回事,虽然在那相当恶劣的天气下,他们确实在底舱尽可能细地检查了一遍也没有找着漏水的地方。于是,那艘船仍旧继续巡游,水手们也隔好久才马马虎虎地抽一次水。但是,并没有出现什么好运。又过了好些天,那漏洞不仅没有找着,还明显地扩大了。后来情况越发不对,船长这才感到事态严重,赶紧扯起满帆离开那地方向群岛中最近的港口驶去,准备在那里将船身露出水面进行维修。"

"虽然离那最近的港口也有好远,不过,只要不出大的意外,船长根本不担心他的船会中途沉没,因为他的抽水机都是第一流的,而且船上36名水手歇人不歇马换着班抽水,可以轻易地将船保住;哪怕漏洞再大一倍也不要紧。事实上,差不多一路上都是刮的顺风,要不是因为那个维因耶德人拉德尼大副的粗暴专横以及那个来自布法罗的大湖人、亡命徒斯蒂尔基尔特给激怒了而进行报复的话,'动嚩'号完全可以平安无事地抵达港口。"

"'大湖人——布法罗！请问，大湖人是什么？布法罗又是在哪里？'塞瓦斯蒂安从一个极大的草垫子上站起身来问道。"

"先生们，那是在我们的伊利湖东岸。不过——暂时对不起——也许你们马上就会什么都知道的。先生们，说到横帆双桅船和三桅船，几乎跟从你们古老的卡亚俄驶往遥远的马尼拉的那种船一般大，一样结实。这个大湖人，虽然出生在我们美国的这个内陆州，却是让那种普遍认为可以向大海劫掠财富的小农思想培育大的。因为我们这个州的那些大淡水湖——伊利湖、安大略湖、休伦湖、苏必利尔湖和密执安湖——要是合流在一起，便浩瀚如海洋，拥有许多海洋最著名的特点，也像在海洋边缘地区一样，有多种民族、多种气候。它们甚至像玻利尼西亚海一样，包含由许多风光旖旎的小岛构成的环形群岛。在沿湖的大部分地区，也像大西洋沿岸一样，有两个显著不同的大民族，它们从东边提供了长长的海上通道，通向我们许多准州的领地。岸上炮台星罗棋布，阴沉沉的，还有高峙的马基诺海峡悬岩峭壁上的大炮。它们听到过海军舰队胜利的隆隆炮声。它们也隔三岔五地把湖滩让给未开化的野人，他们那番茄酱似的红脸在毛皮小屋外闪亮。它们两边都有漫长的、古老的、尚无人踪的森林，里面那令人望之生畏的松树排列得密密麻麻，就像是哥特族王室的家谱。那些森林里也潜伏有非洲丛林的猛兽和皮毛柔软光亮的动物，它们的毛皮出口给鞑靼皇帝做长袍。它们的水面映照出街道整齐的布法罗和克利夫兰城及文尼伯哥村的倒影。它们一视同仁地托起装备齐全的商船、全副武装的巡洋舰、大轮船和山毛榉独木舟。它们遭受朔风和摧折桅杆的强风的袭击，那风就像那鞭打海浪的风一样可怕。它们知道船只失事是怎么回事，因为尽管是内陆湖，却浩瀚得看不见陆地。它们在半夜里不知淹没过多少艘船，呼号求救的船员一个都不曾幸免。先生们，由此可见，斯蒂尔基尔特虽然是个内陆人，却是狂暴的海洋生的，狂暴的海洋抚养大的，比起任何一个大胆的水手来毫不逊色。至于拉德尼大副，虽然他可能从小就在荒凉的南塔开特海滩上讨生活，是大海母亲哺育大的,虽然他后来长期在我们严峻的大西洋和你们沉思的太平洋上混,却很像刚刚来自鹿角柄猎刀之乡的一个边远森林地带的水手,报复心重,动不动就和人吵架。不过,这个南塔开特人并不是个坏人。而那个大湖人水手,确实脾气很坏,也可能是过于刚直倔强所致。只有尊重他的人格,顾全他最起码的体面,他的脾气才好一点。这本来也是一个最卑微的奴隶的权利。这样对待他,这个斯蒂尔基尔特才长期相安无事。不管怎样,迄今为止他一直没有出什么问题。但是拉德尼却注定了要乱来。而斯蒂尔基尔特呢——不过,先生们,请少安毋躁。"

"且说'动嘴'号掉转船头朝最近的岛港驶去最多还不到一两天,那漏洞似乎扩大了一倍,不过还不算太严重,每天只要抽上个把钟头水就行了。诸位肯定知道,在像我们大西洋这样一个安分守己、彬彬有礼的大洋上,有些小商船的船长,比方说,在横渡大洋的整个航程中就很不重视抽水。虽然,要是哪个安静、想睡的夜晚,甲板上带班的头头刚好忘了自己在这方面的职责,那结果大概就是他和他的伙伴们永远也不会想起这件事了,因为大家都慢慢沉到海底去了。即使由此往西好远好远荒凉汹涌的海面上,先生们,也有好些船,甚至航程相当长,也经常不把船上的抽水机全部开动起来;就是说,要是随时有比较平坦的海岸好靠船,或者不用走多远就有地方可以避难的话。只有当漏船在非常偏僻、见不到陆地的海面上时,船长才有点儿着急。"

"'动嘴'号在很大程度就是采取这种态度。所以,当发现漏洞扩大了一倍,船上有几个人还真有点儿担心,特别是大副拉德尼。他下令把上帆好好升起,重新用帆脚索扣好,尽量让它们多吃风。说起这位拉德尼,先生们,我认为,就他本人而言,正如诸位很容易想象的无论在陆上还是在海上任何一个天不怕地不怕又不爱动脑筋的人那样,他绝不是个胆小怕事、处处小心谨慎的人。因此,当他对船的安全表现出这种关注时,有些水手就说无非是因为这艘船有他的股份。

所以,那天晚上他们抽水时,就尽量拿这一点起哄开心。他们双脚一直是泡在潺潺的清水里。那水啊,先生们,清亮得跟山泉一般,汩汩地从水泵里出来,流过甲板,打船边的排水孔稳稳地喷射出去。"

"诸位心里都有数,在我们这个相沿成习的世界上——无论是海上也好,或其他地方也好,这种情况并非罕见:当一个人,身为领导,发现手下有人是条汉子,比自己各方面都强得多,他马上就会觉得很不是滋味,会对那个人怀有一种难以抑制的憎恨;一有机会,他就要把那个屹立如宝塔的下级打翻在地,碾碎,弄成一小堆垃圾。即使这可能是我个人的看法,先生们,但不管怎样,斯蒂尔基尔特这家伙身材高大,仪表堂堂,头颅长得像个罗马人的,飘垂的金色胡须像你们最后一位总督那打响鼻的战马鞍衣上的流苏。他也有头脑,有心,有灵魂,这一切早就让斯蒂尔基尔特成为查理曼大帝了,先生们,要是他是查理曼大帝的爸爸的儿子的话。而拉德尼这位大副呢,却其貌不扬,像头驴;而且驴一样地鲁莽、固执、心狠。他不喜欢斯蒂尔基尔特,斯蒂尔基尔特也知道。"

"这个大湖人在跟其他水手忙着抽水的时候,老远就看见这位大副走过来了,却装作没看见,还是若无其事地继续逗乐子开心。"

"'喂,喂,开心的小子们,这漏出来的水可有味道啦。你们谁接一小杯,咱们尝尝。天哪,简直好得可以装瓶!跟你们说吧,弟兄们,拉德尼这老小子的投资算是泡汤啦!他还是把他分内的船壳砍下来拖回家去算了。事实是,那条剑鱼只是开了个头,它又带了一帮造船的木工师傅回来了,像锯鳐啦、锉鲀啦等等。这伙暴徒正在船底乱砍乱刹,干得正欢哩,还干出了成绩。要是这阵子拉德尼那老小子在这里,我会劝他赶紧跳下海去把那些王八蛋轰走。它们是在毁他的家当咧,真的。不过,这老家伙头脑简单——拉德尼他还是个美男子哩。伙伴们,听说他把剩下的钱全花在买镜子上了。不知道他能不能把他那鼻子借给我这个丑八怪做个模子。'"

"'你们都瞎了眼啦!干吗把水泵给停了?'拉德尼装作没听

见,大吼道,'赶紧抽!'"

"'是,是,先生。'斯蒂尔基尔特说道,手舞足蹈像只蟋蟀,'使把劲儿,伙伴们,使把劲儿,嘿!'于是水泵就像50部救火车一样轰隆轰隆响开了。水手们甩掉帽子加紧抽,不大工夫只累得一个个呼呼直喘,连吃奶的力气都使出来了。"

"后来大家停下来休息。这个大湖人喘个不停地走到前边,在绞车上坐下;脸通红,眼睛充血,额头上大汗淋漓。这时究竟是什么鬼迷心窍,先生们,使拉德尼去招惹这么一个已经是筋疲力尽的人,我说不上。这事发生了。这个大副憋了一肚子火在甲板上大步走来走去,命令斯蒂尔基尔特拿把扫帚来打扫船板,还要他拿把铲子来把一条猪在甲板上乱跑一气后留下来的脏东西弄走。"

"先生们,这打扫甲板嘛,在海上,本是每天傍晚都要做的日常工作,除了刮大风例外。据说,这时候哪怕赶上船正在下沉也要把甲板打扫完。这个嘛,先生们,是海上雷打不动的规矩,也是水手们爱清洁的天性;有些水手在船出了事眼看就要淹死还要先洗把脸才死得闭眼哩。不过,在任何船只上,这打扫甲板的活儿历来是小厮的事,如果船上有小厮的话。再说,'动嚹'号上凡是身强力壮的都分了组,轮班抽水;而斯蒂尔基尔特由于身体最棒,总是被指定为一个组的组长;因此,与真正的航海勤务无关的杂务本来就不应该找他,也不应该找他组里的人。我之所以把这些细节摆出来无非是想让诸位能非常确切地了解这两人是怎么为这件事闹起来的。"

"这事还有更严重的一面:那道铲脏东西的命令就像是拉德尼照他脸上啐了一口唾沫,明摆着是要羞辱他。任何一个在捕鲸船上当过水手的人都懂。大副一发出这道命令,大湖人就看出他的用意,并且肯定比别的人看得更透些。但是,有一阵子他仍然坐着没动,坚定地直瞧着大副充满敌意的眼睛,感觉到他那满腔怒火就像是堆起了许多火药桶,引火索正在不声不响地燃过去;当斯蒂尔基尔特本能地看出了这一切时,不知打哪儿钻出来的自我克制,以及出于不愿意去激

起一个已经在生气的人更大的怒火的考虑——这是一种不想多事的矛盾心情,真正称得上勇士的人甚至在受了委屈时感受得最深——当时悄悄袭上斯蒂尔基尔特心头的就正是这种无法形容、难以捉摸的心情。"

"因此,他还是用平常的声调,只是由于暂时的极度疲劳,声音有点儿嘶哑,回答说,打扫甲板不是他的事,他不会去扫。然后,他根本没提铲子的事,指了指3个向来是打扫甲板的人;这3个人没有被派去抽水,整天没有怎么干活或者啥都没干。拉德尼见他这样,跟着就来了一句粗话,以极其蛮横粗暴的态度毫无商量余地地把命令又重复了一遍,还从身边的木桶上抓起箍桶匠的一把木榔头高高举起朝仍然坐着的斯蒂尔基尔特气冲冲地走过去。"

"这满头大汗的斯蒂尔基尔特本来就为刚刚抽水时那一阵抽风似的猛干弄得浑身发热,心头烦躁,开头还有一种无法形容的自我克制心情,这时实在忍不住了,不过,不知怎的他还是压下了心头的怒火,一声不吭,执拗得像生了根似的坐着不动,等到那越发暴跳如雷的拉德尼终于把榔头都挥得离他鼻子不到几英寸远、怒气冲冲地喝令他执行命令时,他这才坐不住了。"

"斯蒂尔基尔特站起身来,绕着绞车不慌不忙地退让,并慢条斯理地再一次声明他绝不会去做。那个大副则威胁地举着木榔头一步一步跟上。斯蒂尔基尔特看到忍让毫不起作用,就用扭伤了的手做了个非常严肃的难以言传的暗示,要这个蠢得要死,昏头昏脑的家伙不要再往前来,可是毫无效果。两人就这样对峙着围着绞车转了一个圈;最后,这个大湖人觉得自己已经忍到了最大限度,忍无可忍了,于是决定不再后退,在舱口处停住,对这个头头说道:'拉德尼先生,这事我绝不会听你的。把那榔头拿开,要不然,小心你自己。'但是,这个活该倒霉的大副还是继续朝他站立的地方逼拢过去,那沉重的木榔头眼看离他的牙齿已经不到1英寸了,一边还破口大骂;斯蒂尔基尔特这时寸步不让,毫不畏缩的目光匕首般地朝对方的眼睛扎过去,右手在背后握紧拳头又悄悄挪到身前,正告他的迫害者说,只要那椰头挨一挨他的脸,他(斯蒂尔基尔特)就要宰了他。可是,这蠢货已经给天上的神打上烙印,只待处决了。说时迟,那时快,那木椰头刚擦着大湖人的脸,大副的下巴就给一拳打碎了,倒在舱口处,嘴里像鲸喷水一般往外喷血。"

"还没等叫喊声传到船尾,斯蒂尔基尔特已经在摇晃一根一直扯到桅顶的后支索。桅顶上值班瞭望的是他的两个伙伴。他俩都是运河船的水手。"

"'运河船水手!'佩德罗先生嚷道,'我们在港口里看见过许多捕鲸船,可从没听说过什么运河船水手。对不起,他们是些什么人?'"

"'运河船水手,先生,就是我们伊利大运河上的船工。您一定听说过。'"

"'没有,先生;我们这种沉闷、温暖、人们世代相传格外懒散的地方的人,对你们精力旺盛的北方知道得很少。'"

"'是吗?那好,先生,请再给我满上。你们这种甜酒真好喝。我就暂且把我讲的故事搁一搁,先给你们说说我们这运河船水手是什么样的人。因为熟悉一点儿这方面的情况可能有助于从另一个侧面更好地理解我讲的故事。'"

"先生们,有一条一年四季长流的河,全长360英里,流域里触目皆是威尼斯腐化的且往往是无法无天的生活。这条河横贯纽约州,穿过大批人口稠密的城市和兴旺发达的村镇,穿过漫长、凄凉、杳无人烟的沼泽和肥沃得无与伦比的耕地,经过台球室与酒吧间,穿过神圣的大森林,经过印第安河流上的罗马式拱桥,穿过烈日炎炎和阴凉、欢乐与灾难并存的地方,穿过有名的莫霍克诸县所有对比鲜明的风景区,特别是经过成排雪白的教堂,它们的尖顶像里程碑似的打眼。先生们,那才是你们真正的黄金海岸阿散蒂地区。你们的异教徒在那儿号叫;你们哪儿都能见到他们,甚至就在你身旁,就在教堂那长曳的阴影和暖和安全的背风处。正如人们常注意到的，由于一种奇特的命运，大都市的匪徒总是落脚在正义之庭四周，所以，先生们，上帝的罪人也大多聚集在最神圣的地方附近。'

"'刚才走过去的是个修士吗？'佩德罗先生望着熙熙攘攘的广场，带着幽默的关注问道。"

"'我们的北方朋友还算走运，伊萨贝拉夫人的宗教裁判所在利马现在已经吃不开了。'塞瓦斯蒂安笑道，'接着说吧，先生。'"

"'且慢！对不起！'这伙人中又一个喊道，'水手先生，刚才你说到那地区腐化的时候，照顾到了我们的面子，拿遥远的威尼斯来打比方，而没有提眼下的利马，我只想代表我们全体利马人向你表示感谢。啊！请别客气，也请别觉得奇怪；你知道在这沿海一带有一句成语——腐化得像利马。这也正好证明了你所说的；教堂比台球桌还多，而且一年四季都开着门，然而，腐化得像利马。威尼斯也一模一样。我到过那里。那神圣的传福音者圣马克的圣城！——多米尼克圣徒，净化净化它吧！干杯！谢谢。再给您满上；好，请您接着说吧。'"

"先生们，运河船的水手是坏出了名的，坏得花样百出，又别有情趣，要是让他自己的志趣自由发展，他准可以成为一个挺不赖的戏角儿。他整天整天懒散地行船在两岸绿草如茵、鲜花盛开的尼罗河上，像马克·安东尼一样，公开和他红面颊的莉奥佩特拉调情，在阳光照耀的甲板上浴晒他那杏黄色的大腿。但是，一上岸，这种奶油小生味便一扫而空。运河船的水手自豪地炫耀他那身强盗式的打扮；饰有彩带的垂边帽显示出他堂堂的相貌。他行船经过村庄时，老是以笑脸迎人的纯朴村民看见他就害怕；他那黝黑的容貌和旁若无人的昂首阔步也让城里人见了直躲。我一度在他们的运河上流浪过，受过一个运河船水手很好的照顾。我衷心感谢他，很想有所报答。不过这往往是使用暴力的人一个最可取的特点，济贫常常与劫富同样地坚决果断。总之，先生们，这种运河生活之野性难驯到什么程度从这一点得到了有力的证明,即我们这很难对付的捕鲸业里就有许多原是运河船水手的'优秀毕业生',而除了悉尼人以外,再没有哪种人比起他们来更不为捕鲸船船长所信任。不过这丝毫没有减弱他们对捕鲸业的好奇心。对成千上万生长在大运河一带的农村青少年来说,大运河上的见习生活只不过是从安分守己地做个基督徒在麦地里收割,过渡到不顾一切地在最荒芜的大海上耕耘的一道桥梁而已。"

"'我明白啦!我明白啦!'佩德罗冲动地喊道,酒也泼洒在银白的领口褶边上,'用不着出门了!全世界跟利马一个样。我原先还以为,哎呀,在你们那气候温和的地方,老老少少都像山冈一样又冷静又圣洁。——不过,还是言归正传吧。'"

"先生们,我刚才是讲到那大湖人在摇晃后支索。他刚一摇,3个副手和4个标枪手便把他团团围住,把他架到了甲板上。但是,那两个运河船的水手像两颗砸向地球的彗星嗖地从桅顶滑下来,冲进喧嚷的人群,想把自己人弄到船首楼去。还有一些水手也跟他们一起干,于是甲板上就扭成一团,哄闹开了;那个勇敢的船长站在安全圈外,手拿鱼枪,跳来跳去,要他的副手狠狠整一整那个胆敢犯上作乱的恶棍,尽快把他弄到后甲板去。他不时奔到推来搡去的人群边缘,用鱼枪从人群中戳过去,想把他们憎恨的对象一枪扎住挑出来。可是斯蒂尔基尔特和他的那些亡命徒远不是对方所能轻易对付得了的。他们终于占领了船首楼甲板,赶紧滚动三四只大桶跟绞车排成一排,这些'海上巴黎人'就筑起了街垒固守起来。"

"'出来,你们这些强盗!'船长吼道。这时小厮给他送来两支手枪,他便一手一支对他们进行威胁:'出来,你们这些杀人犯!'"

"斯蒂尔基尔特则跳到街垒上,大步地来回走,看他敢不敢开枪;而且毫不含糊地告诉他,他的死就是所有水手掀起一场流血大暴动的信号。船长也生怕出现这样的局面,就放弃了动枪的念头,不过还是命令这些叛乱分子立即回去干活。"

"'要是我们回去干活,你能答应不来碰我们吗?'暴民头头问道。"

"'回去!回去!——我什么也不答应。——去干活!你们选在这种时候停工,是想要沉掉这艘船吗?回去!'他又举起了一支手枪。"

"'沉掉这艘船?'斯蒂尔基尔特嚷道,'是呀,让它沉掉好了。除非你发誓不用绳索抽我们,我们谁也不回去。你们说怎么样,弟兄们?'他朝伙伴们转过脸来。回答是一阵热烈的欢呼。"

"大湖人这时在街垒上来回走着,眼睛盯住船长,突然说出了这么一些话:'这不是我们的错。我们并不想这样。我跟他说了要他把榔头拿开。那是小厮干的活,他早该知道我是个什么样的人。我跟他说了不要去惹野牛。揍他那该死的下巴,我还打坏了一个手指哩。船首楼里不是还有剁肉的刀子吗,伙计们?那些木杠子也行,弟兄们。船长,真的,小心小心你自己,答应吧,别犯傻,把这事儿忘了,我们就回去。也得让我们过得去,我们都是你的水手。可我们并不想挨鞭子。'"

"'回去!我什么也不答应。回去,喂!'"

"'那你听着,'大湖人朝他挥动胳臂,大声嚷道,'我们这里这几个人(我是其中之一)是你雇来当水手出海巡游的,明白吧。你清楚得很,先生,船一抛锚,我们马上可以要求解雇。所以,我们并不需要打架。我们对此没有兴趣,只想太太平平。我们随时可以回去干活,可我们不准备挨鞭子。'"

"'回去!'船长大吼道。"

"斯蒂尔基尔特向周围瞧了瞧,然后说:'我现在跟你挑明了吧,船长。我们才不会为了那个卑鄙的流氓杀了你,自己去上绞架。我们不会动手,除非你先动手向我们进攻。但是你不做出保证不拿鞭子抽我们,我们就什么都不干。'"

"'那你们就都给我待到水手舱里去。你们都下去,我要让你们在那里待到不想待为止。你们都下去。'"

"'我们是不是下去?'这领头的朝他的同伴大喊道。大多数都不同意;可是,最后为了服从斯蒂尔基尔特,他们就走在他前头,像熊瞎子入洞似的,一个个钻进那黑窝里不见了。"

"等大湖人最后一个下去,光秃秃的脑袋刚刚齐船板的时候,船长和他的手下立即跳过街垒,扯过滑盖盖上。这一伙人死死地按住滑盖,一面大声喊叫小厮把升降口那把沉重的铜挂锁拿过来。船长把滑盖挪开一点点,朝那缝隙低声说了些什么,又盖上,锁好——里面一共是10个人——甲板上还有20多个人,一直是守中立的。"

"所有的头目通夜未睡,船头船尾严密监视,特别是水手舱口和前舱口,生怕叛乱分子会打通底下的隔板从前舱口钻出来。但是一夜平安无事。整个冷冷清清的夜晚,那些仍然忠于职守的水手都在辛劳地抽水。隆隆的抽水声不时凄惨地在船上回响。"

"天一亮,船长来到船头,敲敲甲板,要那些囚犯出来干活;可是他们在里面大叫大嚷不肯出来。于是,吊了些水下去,又扔下去几块硬面包,船长又把滑盖锁上,钥匙搁口袋里,回后甲板去了。这一套程序每天重复两遍,连着过了3天。到了第4天早晨,在照例喊他们上来干活之后,只听到下面一阵乱哄哄的争吵声,接着是打斗声,然后突然有4个人从舱里冲了上来,说是要干活去。底下又闷又臭,那一点儿东西又吃不饱,饿得慌,还怕最后受处罚,迫使他们终于无条件投降。这一来,船长来劲儿了,又一再动员其余的人。可是斯蒂尔基尔特在下面朝他大嚷,发出了一个可怕的暗示,使他闭上了嘴,赶紧回到船长舱去。到第5天早晨,又有3个造反的摆脱了下面死命的拦阻冲了上来。现在下面只剩下3个人了。"

"'还是干活去好些吧,呃?'船长冷酷地嘲讽道。"

"'你再锁上,别啰唆!'斯蒂尔基尔特嚷道。"

"'哦!好咧!'船长说道,咔嗒一声,又锁上了。"

"就在这个时候,先生们,斯蒂尔基尔特由于7个同盟者叛变而非常愤怒,船长刚才那嘲弄的语调又刺痛了他,再加上长时间地囚禁在这个地狱般的黑窝里而气得发狂,便向那两个至今仍和他一条心的

273

运河船水手提出,等下次上面再来喊时就冲出去;各人都用锋利的剁肉刀(一种又长又沉、两端均有柄的月牙形弯刀)武装起来,见人就杀,从船首斜桁一直杀到船尾栏杆;如果可能,就拼死拼活,不顾一切,占领这条船。他说,他自己主意已定,不管他们参加不参加。反正这是他待在这个窝里的最后一夜了。但是,这个计划并没有遭到另外两人的反对;他们发誓说他们一定参加,或者任何其他冒险的事,总之,除了投降以外,什么事他们都愿意干。而且,他们每个人都坚持等往外冲的时间一到要头一个冲上甲板去。但是他们的头领坚决反对,要把优先权留给自己,特别是因为两个伙伴互不相让,而两个人又不可能同时冲出去,因为梯子太窄,一次只能容纳一个人。到此,先生们,这两个恶棍的卑鄙行为非露馅不可了。"

"这两人一听到他们的头头这个发疯的计划,各自暗地里好像突然同时想到了这个背信弃义的阴谋,就是:首先冲出去投降,虽然已经是10个人中的最后一批了,毕竟在最后一批的3个人中还是头一个;这样一来也许还能有一线希望侥幸得到宽大处理。但是当斯蒂尔基尔特表明决定事事当先领导他们干到底时,他们又在一定程度上就各自预定的阴谋做了些微妙的调整,揉进了新的卑鄙成分。半夜里,等他们的头领打瞌睡时,他们只三言两语就心灵沟通,一齐动手把这睡着了的人用绳索捆起来,又用绳索堵住嘴,然后尖声叫喊船长。"

"船长以为船上杀了人,一边在黑暗中嗅寻血腥气,一边和全副武装的3个副手和标枪手们向水手舱冲去,很快就将滑盖挪开。那个脚手被捆、仍在挣扎的暴民头领被他背信弃义的同伴推上了甲板。这两人一出来马上表功,说他们抓住了一个已经做好充分准备就要动手杀人的家伙。但这3个人都被揪住脖领,像拖死牛似的在甲板上一路拖过去,并排捆在后桅索具上,像三爿肉似的在那里一直吊到第2天早晨。'该死的东西,'船长嚷道,一边在他们面前踱来踱去,'连秃鹫都不会来碰你们,你们这些恶棍!'"

"日出时,他把全体水手都集合起来;把那些闹事的和没有参与的分开来。他对闹事的说,他很想把他们通通抽一顿——要是从全体来看,他是会这么干的——他也应该这么干——赏罚分明;不过,眼下,考虑到他们及时投降,就申斥一顿算了,于是把他们臭骂了一通。"

"'至于你们,你们这些作尸臭的恶棍,'他转过身来,对3个吊在索具上的人说,'对你们,我要把你们剁碎去炼油。'他随手抓起一根绳子,用全身的力气朝那两个叛徒背上抽去,一直抽得他们喊不出声来,气息奄奄地头耷拉着歪到了一边,就像是图画上那两个钉在十字架上的强盗①。"

"'我抽你们把手腕子都扭伤了!'他终于嚷道,'不过绳子还有的是,你这好斗的家伙,饶不了你。把塞在他嘴里的东西拿掉,让咱们听听他还有什么可说的。'"

"那筋疲力尽的反叛者痉挛的嘴登时抽动了一下,然后,痛苦地扭过头来,声音嘶哑地说,'我要说的是——好好记住——要是你抽我,我就杀了你!'"

"'你是这么说的吗?那你就瞧瞧你把我吓成什么样。'船长拿起绳子,身子往后一仰,准备要抽。"

"'最好别抽。'大湖人嘶哑地说。"

"'我非抽不可。'——绳子又往后一甩,准备抽。"

"这时,斯蒂尔基尔特嘶哑地说了句什么,别人都没有听见,只有船长听清了;让大家大为惊奇的是,船长竟吓得一退,在甲板上快步地踱了两三个来回,然后突然把绳子往地上一扔,说,'不抽他了,随他去——把他放下来。你们听见没有?'"

"但是正当二副和三副急忙走过去执行命令时,一个头缠绷带脸色苍白的人喊住了他们——那就是大副拉德尼。他自从挨了那一拳之后一直躺在吊铺上;但那天早晨,他听到甲板上那一阵骚乱就悄悄出来了,并一直在瞧着事态的发展。他的嘴巴现在没法说话,只是咕噜

---

① 见《圣经·新约·路加福音》第二十三章。

咕噜地表示，船长所不敢做的他倒想试试看，于是一把抢过绳子，大步走到双臂捆住的仇敌跟前。"

"'你是个胆小鬼！'大湖人嘶哑地说。"

"'我是个胆小鬼，不过尝尝这个吧。'大副的绳鞭正要往下落，又一句嘶哑的话让他高举的胳膊没能落下来。他犹豫了一下，还是落了下来，说到做到，不理会斯蒂尔基尔特的威胁，管它会出什么事哩。然后，这3个人都放了下来，大家也都回去干活去了。于是，在闷闷不乐的水手死气沉沉的操作下，铁制的抽水机又如先前一般隆隆地响了起来。"

"那天天刚黑，一个下班的瞭望人从桅顶上下来，就听到水手舱里大吵大闹。接着那两个叛徒浑身发抖地跑了上来，堵住船长舱的门，说他们不敢和其他水手待在一块。劝也好，打也好，踢也好，他们怎么也不肯回去；为了救这两条命，只好按他们的要求将他们安置在船尾那狭窄的角落里。除此之外，船上就很安静，其他的人再也没有出现什么暴动的迹象。恰恰相反，好像主要是在斯蒂尔基尔特的鼓动之下，他们决定在船到港之前要服从所有的命令，保持全船百分之百的太平无事，只等船一到港，就来个集体离船。但为了要以最快的速度结束这段航程，他们又一致通过了另一个决定，就是：要是发现了大鲸，决不作声。因为，尽管船在漏水，又发生了其他事故，'动嚼'号还是照样安排了桅顶瞭望人。船长很想像刚进巡游场似的放下小艇去捕杀大鲸；大副拉德尼也时刻准备把吊铺换成小艇，带着他那缠着绷带的嘴巴去填塞大鲸那象征死亡的致命的嘴巴。"

"但是，这大湖人虽然说动了水手们采取这种消极对抗的行动，他自己对那个伤透了他的心的人如何报仇却秘而不宣（至少要等事成之后）。他值的是大副拉德尼领的班；这个昏头昏脑的家伙好像忙不迭要找死似的，在索具吊打事件之后，他不顾船长坦率的劝告，坚持继续晚上值班。斯蒂尔基尔特就根据这种情况及其他一两种情况，处心积虑地拟定他的复仇计划。"

"到了晚上,拉德尼有一种不像是海员应有的习惯,喜欢坐在后甲板的舷墙上,一只胳臂靠在那只吊在那里、稍稍高出大船的小艇上缘。船上的人都知道,他这么坐着有时会打瞌睡。小艇与大船之间有相当大的空隙,空隙下面就是大海。斯蒂尔基尔特一算,发现他下轮在舵上值班的时间是他被出卖后的第3天夜里2点。他就趁平常值班之余的空闲时间,在下面十分小心地编织起什么来。"

"'你在那里干什么?'一个伙伴问他。"

"'你说是什么?它像什么?'"

"'像是旅行袋上的带子。可是,又不是很像,挺怪的。'"

"'是呀,是有点儿怪,'这大湖人说,拿在手里伸过胳臂一瞧,'不过我想它会管用。伙计,我的麻线不够啦——你有些吗?'"

"'船首楼里可是一点儿也没有了。'"

"'那我就只好找拉德尼老头去要点儿来。'于是他站起身向船尾走去。"

"'你该不是向他去乞讨吧!'有个水手说道。"

"'为什么不?你以为他不会对我做点儿好事,这归根结底是帮他自己的忙,伙计?'于是大湖人走到大副那里,很沉着地瞧着他,问他要点儿麻线补吊铺。麻线要来了——后来就麻线也好,带子也好,都不见了;但第二天晚上,当大湖人把紧身短上衣当枕头塞到吊铺里去时,却从上衣口袋里露出了半拉用编织得非常紧密的网兜套上的铁球。24小时之后,就该轮到大副到这个始终保持沉默的舵上来值班了——这舵的位置靠近那个准备在为他挖掘的坟墓上打瞌睡的人——致命的时刻就要到来了;在斯蒂尔基尔特布置停当的心里,这个大副已经是头颅被砸碎、硬挺挺的有如一具死尸了。"

"但是,先生们,一个傻里傻气的家伙却把这个想要行凶的人从他计划好的流血事件中拯救了出来。然而他的仇却报得非常彻底,又不要他担半点儿责任。出于一种神秘的天意,老天爷似乎亲自出面干预,把这件他会付诸实现的罪行从他手里夺了过来,亲自来执行。"

"那刚好是第2天清晨介于拂晓与日出之间的时分,大家正在冲洗甲板时,一个蠢头蠢脑的特纳里符人站在舷侧测海水深度的链台上吊水,突然大叫起来,'它在那儿打滚!它在那儿打滚!'天哪,好大一条鲸!那是莫比·迪克。"

"'莫比·迪克!'塞瓦斯蒂安先生嚷道,'天哪!水手先生,难道鲸也有名字吗?你叫谁莫比·迪克呀?'"

"'叫一个很白、很出名,几乎是打不死的海怪,先生——不过,说来话长哪。'"

"'怎么着,怎么着?'在场的年轻的西班牙人都拥了过来,嚷道。"

"不,先生们,先生们——不,不!我现在不能详细讲。让我透透气,先生们。'"

"'酒!酒!'佩德罗先生喊道,'瞧我们健壮的朋友都快晕过去了;——把他的空杯子满上!'"

"不必,先生们,请稍等一等,我这就接着说。——这时,先生们,看到这条雪白的大鲸离船不到50码,太突然了——水手们把先前的协定忘得一干二净——在那个万分激动的时刻,那个特纳里符人不由自主、本能地高声喊了起来,虽然在这之前一会儿,桅顶上3个不高兴的瞭望者已经清清楚楚地看见了。这时,船上大乱。'白鲸——白鲸!'船长啦,副手们啦,标枪手啦,全都放开嗓子大喊,都急于要捕获这么出名、这么珍贵的一条大鲸。有关白鲸的可怕传言丝毫也不能拦阻他们。水手们则跟在后面斜起眼睛瞧着这美得惊人的乳白色庞然大物,一边骂个不停。那庞然大物让地平线上光灿灿的太阳一照,在清晨湛蓝的大海里变幻闪烁,就像是一大块有生命的乳色玻璃。先生们,这事件的发展路线充满了难以捉摸的天意,仿佛在世界本身尚未绘制成图之前就已经绘出来了。那个叛乱者是大副小艇上的船老大,在迅速逼近一条鲸时他的职责是坐在大副身边,当拉德尼拿着鱼枪在艇头站起来,他就听候命令将捕鲸索或收或放。此外,4条小艇都放下去时,大副的小艇需划在前头;当斯蒂尔基尔特奋力扳桨时,他高兴地喊叫得比谁都凶。紧张地划了一阵之后,标枪手把鱼枪牢牢地扎进了大鲸。拉德尼手执鱼枪,跳到艇头上。这人似乎一上小艇就成了个脾气特别暴躁的人。这时,他那透过绷带的喊声要求把他送上大鲸背上的最高处去。他的船老大就高高兴兴地让小艇穿过那把两种白色混在一起使人头晕目眩的泡沫,把他一直往高处送。突然小艇好像撞上了暗礁,翻掉了,把站着的大副一下子颠了出去。当他掉在大鲸滑溜的背上时,小艇又正过来了,被浪涛冲到一边。拉德尼则给颠到了海里,落到了大鲸的那一边。他从浪花里挣扎出来。有一会儿透过迷蒙的水花还隐约可以看到他在拼命游动想躲开莫比·迪克的眼睛。但是,那大鲸唰地转过身来,一口叼住那个游泳的人,带着他高高地一昂头,又一个俯冲,就直奔海底去了。"

"此时,在艇底头一次轻轻撞了一下时,这大湖人已经放松了捕鲸索,好落在大旋涡后面;他一边冷静地观察,一边想自己的心事。但是,小艇突然被狠狠地往下一拽,他赶紧拿出小刀,割断捕鲸索,大鲸就跑掉了。可在不远处,莫比·迪克又冒了出来,那张毁了拉德尼的嘴里衔着他的红色毛衬衣的碎片。4条小艇又一齐追过去,可那大鲸躲开了它们,最后整个儿消失了。"

"'动唰'号总算及时抵达它要去的港口——一个荒僻的地方——见不到一个文明人。就在这里,船上的人,除了五六个普通水手外,全都跟着大湖人从容地不辞而别,到棕榈树中逍遥去了;后来据说是从野人手中夺到一只联体独木舟,驶到另外哪个港口去了。"

"船上只剩下屈指可数的几个人,船长只好请岛上的人帮忙把船翻过来堵漏。但是,对这些不可靠的小工,这寥寥几个白人必须不分日夜保持不懈的警惕,干活又非常非常累,结果等船修好又能出海时,他们一个个筋疲力尽,船长不敢就此在人手严重不足的情况下启航。他和头目们一商量,决定把船停泊得尽量离岸远一点儿,在船头上架起他仅有的两门大炮,装好了弹药,船尾甲板上架好了毛瑟枪,并警告岛上居民不要冒险靠近船只;然后他带了一个人挑了一只最好的小艇,顺风直驶500英里外的塔希提,去补充一批水手。"

"他们出发后的第4天,发现了一只大独木舟,好像是停靠在一个低低的小珊瑚岛上。他避开了它,可是那只独木舟却朝他直冲过来。随即就听到斯蒂尔基尔特的声音叫他顶风停下来,否则就要把他撞到水里去。船长亮出了手枪。大湖人两脚分开站在那只联体战舟的船头上,蔑视地哈哈大笑,正告他只要他的枪哪怕只咔嗒一声打开保险就要他死无葬身之地。"

"'你要干什么?'船长嚷道。"

"'你上哪儿去?干什么去?'斯蒂尔基尔特问道,'不许撒谎。'"

"'我上塔希提去补充人手。'"

"'很好。让我到你船上来一下——我赤手空拳来。'说完他就从独木舟上跳入水中,向小艇游来;爬上小艇后,和船长面对面站着。

"'交叉起双臂,先生;头向后仰。好,跟着我说一遍:我发誓,斯蒂尔基尔特一走开,我就把这只小艇拖到那边岛上,在那里待6天。如果不这样做,雷劈了我。'

"'还真有学问,'大湖人笑道,'再见,先生!'他又跳到水里,游回到同伴那里。"

"斯蒂尔基尔特看着那小艇完全拖上了岸,拖到一些椰子树跟前,才划着独木舟离开,并及时抵达了他自己的目的地——塔希提。他运气不坏,那里正好有两艘船要开往法国,而且承老天爷照顾正缺水手,所缺之数不多不少正由他带领的这批人补上。他们上了船。这样他们就老是跑在他们原先的船长前头。就算他存心想诉诸法律,对他们进行报复,也无能为力了。"

"那两艘法国船开走约莫10天之后,那小艇才到。那船长招雇了几个比较开化的塔希提人,他们多少有点儿出海的经验。他雇了当地一条双桅纵帆船,带着他们一道回到大船,看到一切均已就绪,就重新开始巡游。"

"至于斯蒂尔基尔特如今在哪里,先生们,谁都不知道,只是在南塔开特岛上,拉德尼的未亡人仍然寄希望于那不肯交出死者的大海,仍然不断地梦见那条毁了他的可怕的白鲸……"

"'你讲完了吗?'塞瓦斯蒂安先生很平静地问道。"

"'讲完了,先生。'"

"'那我请求你,请你告诉我,根据你的良知来判断,你所说的这个故事是不是确确实实是真的?它实在太不可思议了!它的来源很可靠吗?请原谅我,要是我好像在为难你的话。'"

"'也请原谅我们大家,水手先生;因为我们都有跟塞瓦斯蒂安先生一样的想法。'那一伙人都嚷了起来,都很感兴趣。

"'先生们,黄金客店里有没有《圣经》?'"

"'没有,'塞瓦斯蒂安先生答道,'不过我认识附近一位很受人尊敬的牧师,他会很快帮我找到一本。我去拿;不过,你是不是仔细考虑过了?这一来可就太严重啦。'"

"'能不能请你把那位牧师也请来呢,先生?'"

"'只怕我们的水手朋友会冒犯了大主教,虽然现在利马没有宗教裁判所了,不存在对异教徒判火刑这一说。'那一伙子中间有人对另一个人说道,'咱们还是尽情赏月吧。我看大可不必这样做。'"

"'请原谅我老给你添麻烦,塞瓦斯蒂安先生,可不可以请你找一部最大的《圣经》。'"

"'这位就是牧师,他给你把《圣经》带来了。'塞瓦斯蒂安先生陪同一个高大严肃的人回来,庄重地介绍说。"

"'让我先脱帽,尊敬的牧师。请您靠近灯光一点儿,把《圣经》捧在我面前,我好按着它。'"

"'那么,请上天作证,我以人格担保,先生们,我跟你们讲的这个故事,除个别细节也许稍有出入,内容全是真实的。我知道它是真实的,因为它正好是我最有把握的见闻。我在那条船上做过水手,我认识那些水手。拉德尼死后我还见过斯蒂尔基尔特,并和他谈过话。'"

第五十五章　关于鲸的荒谬的画像

过一会儿，我将不用画布向你们描绘鲸真正的模样。捕鲸人把捕到的鲸系在捕鲸船边，近得一脚就可以踏上去。我要把它描绘得跟捕鲸人此时眼中所见到的那纤毫毕露的躯体一样的真实。因此，先提一提它那些臆造的古怪的肖像画也许很有必要，因为甚至在今天，那些肖像画还在大言不惭地糊弄陆上人，让他们信以为真。现在也该是匡正视听，证明它们全是骗人之作的时候了。

所有那些欺世的肖像画，寻根溯源，可能主要来自最古老的印度、埃及及希腊的雕刻。因为自从那个富于创造但极不审慎的时代以来，在庙宇的大理石镶板、雕像的座石、盾牌、大奖章、奖杯以及钱币上，海豚都被画得如萨拉丁的锁子甲一般大小，戴头盔的头颅都画得如圣乔治的头颅一般；自从那时以来，世所认可的、同样的东西便不仅流行在鲸的最通俗的图画上，也普遍见于有关鲸的学术著作的图像上。

毫无疑问，现存的不论从哪个方面看都说得上是鲸的最古老的图像，可以在印度象岛著名的穴塔中找到。婆罗门都认为，在那大塔无数的雕刻中，各行各业，人所能想象出的各种玩意儿，在它们出世之前老早就雕塑出来了。那么，我们高尚的捕鲸业多少也在表现之列就丝毫不足为奇了。那穴塔内壁单独有一块地方发现有前面提到的印度鲸，是作为大海兽的形状来表现毗湿奴的化身而刻绘的，学名叫马兹·亚瓦达。但是，这件雕刻是半人半鲸，只有尾部是鲸，然而连这一小部分也弄错了。它看起来更像是一条蟒蛇尖细的尾巴，而不像是一条真正的鲸的威风凛凛宽大扁平的双叶尾。

可是你现在到古代画廊去看看一位基督教徒大画家所画的这种鱼，他也并不比远古时代的那位印度画家强。那就是意大利画家基多那幅帕修斯从海怪或鲸口中救出安德罗米达的画。基多是从哪里弄到那样一个四不像的怪物作原型的呢？英国画家霍格斯在他自己那幅《柏修斯突袭》中画的是同一场面，也并不略见高明。他画笔下的那个怪物胖得出奇的躯体在水面上波动起伏，吃水还不到1英寸深。它背上有个像搁在大象背上那种座位似的东西，滚滚波涛流入的它那张开的有长牙的大嘴，也许会被当作是泰晤士河通向伦敦塔的"叛徒之门"。再就是古苏格兰西鲍尔德的预警鲸以及那吞了约拿的鲸，像古版《圣经》上的版画以及从前的小祷告书中的插图所表现的那样。对这些图像又能说些什么呢？至于那装订工人的鲸像缠绕在下落的锚杆上的葡萄藤——镀上金，印在古今许多书的书脊和扉页上——那倒是很美，不过纯粹是神话中的动物，我看，那是模仿古代花瓶上类似的图案而来。虽然普遍称之为海豚，我却认为装订工人的意图是在画鲸；因为最初采用这一图案时就是这样打算的。那是15世纪左右，文艺复兴时代，意大利一个老出版商首次采用的；那时候，甚至一直到后来一个相当晚的时期，人们都把海豚当作这种大海兽的种类之一。

在一些古老书籍章头章尾的小插图及其他小花饰中，你经常能看到画成各种古怪形状的鲸，千姿百态的喷水、喷泉，有热的和冷的，有萨拉托加的和巴登—巴登的，全都从它那永不竭尽的脑袋汩汩地迸发出来。在《科学之进步》一书初版的扉页上，你也能看到一些奇形怪状的鲸。

不过，我们且撇开这些外行的大作，来看看那些内行给大海兽画的据说很慎重、很科学的图画。在老哈里斯的《航行集》中就有几张鲸的插图，引自1671年荷兰人的一本关于航行的书，书名叫《乘弗里斯兰的彼得·彼得逊船长的"鲸腹约拿"号赴斯匹兹卑尔根捕鲸记》。插图之一画的是一些大鲸像大木排一样躺在一些小冰岛中间，白熊在它们的背上奔跑。在另一幅插图中，最大的失误是把鲸尾画成垂直的了。

还有一本气魄很大的四开本书，是英国海军一个叫科尔内特的小军舰舰长写的，书名叫《为扩展抹香鲸业绕合恩角入南海航行记》。这本书中有一幅草图，据说是一幅"抹香鲸图，根据1793年8月在墨西哥海岸捕杀的一条抹香鲸，吊放在甲板上，按比例画成"。我敢肯定，这位舰长是为他的水手着想才让人画了这幅精确的图画的。我只需指出一点，这画上的鲸的一只眼睛，按照图上所附的比例尺来折算，要是长在一条充分发育成长的抹香鲸身上，那么，那条抹香鲸的眼睛就会有长达5英尺左右的弓形窗那么大。啊，我的雄伟的舰长，你何不索性让我们看到约拿从那只眼睛里探出头来向外张望呢！

即使以最严肃认真的态度为青少年编撰的《博物学》也免不了出现同样重大的错误。请看看那部通俗作品《戈德史密斯的活的自然界》。在1807年伦敦版的节本中，有几幅鲸的插图，一幅是所谓"鲸"，一幅是"独角鲸"。我并不想多嘴讨人嫌，不过那所谓的"鲸"实在太难看了，很像一只截去四只脚的母猪；至于那"独角鲸"，一瞥之下就足以叫人大吃一惊，时至19世纪的今天，居然还能拿这种半鹰半马的怪物以假充真硬塞给肯动脑子、有这方面爱好的小学生。

还有一个大博物学家伯纳德·哲尔曼，即拉塞佩德伯爵，于1825年出版的一本将鲸科学分类的书，其中有几幅不同种类的大海兽的图画。那些图画不仅全不正确，而且那幅神鲸或者格陵兰鲸（即露脊鲸）的图画，甚至连对这类鲸研究有素的斯哥斯比都说在自然界找不出第二条跟这一模一样的露脊鲸来。

但是，高居这一切错误之上的首席还得为科学家弗里德里克·居维埃，即那位著名的男爵的弟弟留着。他在1836年出版了一本《鲸博物学》，其中他画了一幅他称之为抹香鲸的图像。你在把那幅图像拿给任何一个南塔开特人看之前,最好先做好马上离开南塔开特的准备。一言以蔽之,弗里德里克·居维埃的抹香鲸并不是抹香鲸,而是个大南瓜。当然,他从没得到过出海捕鲸的美差(这种人难得有这样的好差事),可这幅画究竟是从哪儿来的呢?鬼才知道。也许他跟他在这同一领域内的前辈科学家德马雷斯一样,是从他那名副其实的奇形怪状的物品,也就是说,是从中国画那儿得来的。而那些活跃的中国小伙子拿着画笔能鼓捣个什么名堂来,看看他们那许多奇形怪状的笔洗和色碟就知道了。

至于油漆招牌匠画的挂在大街上油漆商店铺门前的那些鲸,又该怎么说呢?它们一般都是英王理查三世的鲸,背上有个单峰骆驼那样的驼峰,非常凶蛮;一顿早餐要吃三四只水手馅饼,就是说,要吃那么多装满水手的捕鲸小艇。它们那畸形的身躯在红、蓝油漆的海洋里折腾。

不过,这些五花八门的错误毕竟还是情有可原。请想想看!出自科学家们笔下的这些图画绝大多数是以捕杀了的鲸为蓝本的,以此来正确地再现这一高贵的动物,犹如画一幅龙骨断裂的失事船来再现它未受撞击前船体完整、桅桁挺立的雄姿一般。虽然大象可以站着让人给它拍个全身像,活的大海兽却从来不会整个儿浮出水面让人给它画幅肖像画。充分展示其威严骄矜的鲸只有在深不可测的大海中才能见到;它那庞大的身躯一浮上来,已经是在目所难及的远方,就像是一艘全速冲出的战舰;把它弄出水面,吊在空中,而又求保存在汹涌的波涛中翻腾起伏的千姿百态,那是人类永远无法企及的事。至于一条幼鲸与一条充分发育的柏拉图式的大鲸在外形上具有完全可以推想到的区别,那就更不待说了。然而,即使是把一条幼鲸吊上甲板,它的形态是那样奇特、鳗一般滑溜柔软,多种多样,要对它做出准确的描述,恐怕连魔鬼亲自出马也把握不住。

不过,也许人们认为,根据一条捕杀的鲸的骨架,也许可以就它真正的形状得出一些准确的线索。一点儿也得不出。因为这是关于这种大海兽更为奇怪的事情之一，即根据它的骨架很难想象它大致的外形。虽然杰里米·边沁的骨架当作枝形烛架挂在他的一个指定遗嘱执行人的图书馆里，能正确地传达出一位脑门粗大、功利主义的老先生的形象，以及他所有其他的主要特征。然而，从任何大海兽关节相连的骨头上却别指望能推断出这类东西来，实际上，正如伟大的亨特所说，鲸的光秃秃的骨架与富态厚实的活鲸的关系，犹如昆虫与密缠密裹的蛹的关系一般。这个特征在头部表现得尤为突出，本书以后将在个别地方顺便提及。它也非常奇特地表现在它两侧的鳍上，鳍骨的结构与人手骨骼的结构几乎完全一样，就只少了个大拇指。它的鳍有4根正经八百的指骨、食指、中指、无名指和小指。不过，这4根指头永远并居在共同的皮肉覆盖之下，就像人的手戴上连指手套一般。"不管鲸有时会怎样粗鲁地对待我们，"风趣的斯塔布有一天说，"它跟我们打交道时还真从没忘了戴上连指手套。"

  基于这种种原因，那么，无论你怎样看，你只能得出这样的结论，大鲸终归是世界上一种无法描绘的动物。不错，也许这幅图画比那幅更像一点儿，但是真正像到说得过去的程度却一幅也没有。所以，要想非常准确地知道它究竟是个什么模样毫无办法。想要对它活生生的外形得出哪怕是一个大致的概念，唯一的途径只有亲自去捕鲸。不过，那样一来，你就得冒被它弄得船破人亡的极大危险。因此，我看你对这种大海兽的好奇心最好还是不要过于认真为好。

第五十六章　错误较少的鲸画和真实的捕鲸场面画

联系到鲸的这些荒谬的图像，我很想在这里谈谈古今某些书中有关鲸的更为荒谬的故事，特别是在普利尼、珀切斯、哈克鲁特、哈里斯、居维埃等人的著作中，不过我还是略而不提。

我只知道4本已经出版的关于大抹香鲸的书的概要，即科尔内特、哈里斯、弗里德里克·居维埃和比尔四人的。科尔内特和居维埃的在前一章中已经提到了。哈里斯的比他俩的要强得多；但大体说来，比尔的书是最好的。比尔所有关于这种鲸的画都画得很好，只有第二章的头饰中那3条不同姿态的抹香鲸中间那一条除外。他那幅捕鲸艇围攻抹香鲸群的卷首插图，虽然肯定是为了激起一些空谈家对文明的怀疑，总的来说却非常准确，而且逼真。罗斯·布朗的有些画把抹香鲸的外形画得挺好，可惜雕刻得很糟糕。不过，那不是他的错。

关于露脊鲸，最好的略图得推斯哥斯比的，可惜画得太小，难以给人留下深刻的印象。他只画了一幅描绘捕鲸场面的画，而这是个非常遗憾的不足之处，因为只有根据这样一些画，当然都要画好，你才能得到一如活生生的捕鲸人眼中所见到的活生生的大鲸那样真实的形象。

不过，总的说来，迄今所见，画鲸和捕鲸场面画得最好的得数法国人的两幅大版画，虽然在某些细节上还不是很正确。这两幅版画都制作得非常好，都是以一个叫"卡纳里"的油画为蓝本。它们分别表现攻击抹香鲸和露脊鲸的场面。第一幅版画描绘一条高贵的抹香鲸刚刚威风凛凛地从大洋深处顶着小艇冒了出来，蹦起老高，背上还带着小艇惨遭失事的碎木板。小艇的艇头还有一部分保持完整。画面上把它处理成刚好危立在巨兽的背脊上；只有那难以分秒计的转瞬工夫，你看到艇头上站着一个桨手，半裹在那鲸沸腾的喷水中，正作势要从悬岩上跳下。整个画面处理得真实动人。半空的索桶在泛白的海上浮着；翻落水中的那些标枪的木杆在歪斜地摆动；惊恐万状的水手四散在大鲸周围极力挣扎，只剩头露出水面；而在黑云密布、风雨大作的远处，大船正朝出事地点冲了过来。从解剖学上着眼，这条大鲸有些小地方还存在严重的错误。不过，随它去吧；因为，就是要我的命，我也画不出这么好的一幅画来。

在第二幅版画上，一只小艇正向一条疾游的大露脊鲸盖满藤壶的侧腹靠拢。那鲸在海中滚动它那糊满水草的黝黑的身躯，就像是从巴塔哥尼亚峭壁上滑落下来的一块满是苔藓的岩石。它喷出的水束笔直、粗大，黑如煤烟；从烟囱里冒出这么浓的一股黑烟来看，你准会以为烟囱底下的大肚子里肯定正在煮一顿丰盛的晚餐。海鸟在啄食小蟹、牡蛎之类以及海里其他的甜食和通心面，这些东西，露脊鲸有时就携带在它那害死人的背上。这时，那厚嘴唇的大海兽一直在往前冲，一路上留下无数吨翻腾的白色凝乳，弄得那纤细的小艇随着凝乳的汹涌翻腾而不停地摇晃，就像是与一艘远洋巨轮的明轮靠得太近的一叶扁舟。这样，画面上最突出的是一片难以压抑的动乱；而背景呢，则是令人惊叹的艺术对比，风平浪静，海平如镜，无力动弹的大船帆篷全软绵绵地耷拉着，一条死鲸生气全无的庞大躯体就像是一座刚攻下的堡垒，它的喷水孔里插着一根旗杆，上面懒洋洋地垂挂着一面标志这战利品所属的旗子。

这位叫卡纳里的画家是谁，是否已经作古，我都不知道。不过，我敢打赌，他或是非常熟悉这一题材，或是受过富有经验的捕鲸人出色的指导。法国人真是描绘战斗场面的好手。不妨去仔细瞧瞧欧洲所有的名画,你在哪儿能找到凡尔赛宫凯旋厅里那样满满一画廊渗透了栩栩如生、呼之欲出的动乱的画布?在那里,观赏者会看得胆战心惊,在法兰西那一连串的大战中仓皇夺路而逃;在那里,每一剑都像是北极光的一闪,而全副武装的帝王接连不断地疾驰而过,就像是一群头戴王冠的名骑手发起了一次冲锋。卡纳里这两幅海战图完全够得上在那画廊里占有一席之地。

法国人之善于抓住事物之美的天赋似乎特别表现在他们所创作的那些捕鲸场面的油画与雕刻上。他们在捕鲸方面的经验还不到英国人的十分之一,更不到美国人的千分之一,然而他们却给那两个国家提供了唯一真正称得上传达了捕鲸神韵的完美的写生画。就大体而言,英美的大鲸制图员似乎纯粹满足于机械地描绘事物的外形,比如鲸的徒有其表的侧面图;这种图,就艺术效果而言,跟金字塔的侧面速写画差不多。甚至于斯哥斯比,这位名副其实的捕露脊鲸专家,在给了我们一幅格陵兰鲸生硬的全身像和三四幅独角鲸和小鲸精巧的微型画后,还拿出了一系列刻有小艇铁钩、菜刀和四爪锚的优雅版画来供我们欣赏;并且还以一个叫李文霍克的人极其细致的辛劳,提供了96幅放大的北极雪粒复制图给望之打冷战的世人检验。我无意于贬损这位优秀的航海家(我始终尊他为前辈),但是就这么至关重要的物体而言,竟没有在格陵兰的治安推事前为每一颗雪粒取得一份宣誓后的证书,实在不能不说是一种疏忽。

除了卡纳里这两幅优秀的版画之外,另外还有两幅法国人的版画,署名"H. 杜兰",也很值得注意。其中一幅虽然不太适合我们现在涉及的内容,不过从其他方面考虑还是很值得一提。那是一幅太平洋小岛宁静的午景:一艘法国捕鲸船靠近小岛停泊,其时风平浪静,水手们在懒洋洋地取水上船;松弛的篷帆和景深处棕榈树的长叶交织地低垂在无风的空中。这幅画表现了终日辛劳的捕鲸人一种难得一见的精神风貌——东方式的恬静。从这一点着眼,它的效果好极了。另一幅就完全是另一回事了：一艘捕鲸船顶风停航在辽阔的大海上，加上旁边还有一条露脊鲸，正处于船上生活最忙碌之际。这船（正在割取鲸脂）靠拢那庞然大物就像靠拢码头似的。一条小艇正匆匆离开这忙碌的现场，去追击远处的鲸群。标枪和鱼枪都平放着备用。3个桨手正把桅杆支起在桅孔里。突然大海一阵翻腾，小艇斜立着离开了水面，就像一匹前脚腾空的马。大船上正升腾起一股熬炼鲸油的呛人的浓烟，跟密布在有许多铁工场的村镇上空的烟一般。在上风头，涌现一片乌云，预兆狂风暴雨即将来临，似乎在催促兴奋的水手加快行动。

第五十七章 五花八门的鲸，诸如画里的，牙雕的，木刻的，薄铁板做的，石化的，山脊象形的，星星乱真的

你到伦敦码头去时，可能在塔山上看见过一个跛腿乞丐（或者按水手们的说法，叫小锚），捧着一块画板，画着他丢掉一条腿的悲惨场面。画面上可看到3条鲸和3只小艇；其中一只小艇（大概那条腿就是在这只小艇上丢掉的）正陷在最前面的一条大鲸嘴里被大咬大嚼。他们告诉我，这10年来，这个人一直捧着这块画板，并向世人怀疑的眼光展示他的残肢。不过，为他辩白的时候现在终于来了。无论如何，他画上那3条海上的鲸实际上就等于在瓦平公布的那些人间的鲸；而他的残肢也跟你在西部开垦区准能找到的树桩①一样不容怀疑。但是，这个可怜的捕鲸人虽然一直蹬在树桩上，却从未在树桩上发表过竞选演说；他只是耷拉着头，忧伤地站着，默默地瞧着自己的残肢。

在整个太平洋上，还有南塔开特、新贝德福和赛格港，你都有机会看到许多以鲸和捕鲸场面为题材的生动逼真的写生牙雕，那都是捕鲸人自己刻在抹香鲸的牙齿上，或者用露脊鲸的骨头做成的妇女胸

---

① 树桩与残肢，在英文中均为同一个词：stump。

衣里的鲸骨架上，和其他类似的所谓解闷的手工制品上。那是水手们闲下来时用粗糙的鲸骨精心雕刻出来的精巧玩意儿。有些水手还用小箱子装着牙科器械似的工具，专门用来干解闷的手工活儿。不过，一般来说，他们只用随身携带的大折刀来刻；用这把对水手来说几乎是无所不能的工具，他们可以凭水手的想象力做出任何你所喜欢的东西来。

长期与基督教地区和文明社会隔离，必然会把人回复到上帝最初给他安排的状态，即所谓野蛮状态。一个真正的捕鲸者就跟一个易洛魁人一样是个十足的野蛮人。我自己就是个野蛮人，只应效忠生番王；而我随时都准备反抗他。

说起来，野蛮人不胡来的时候，有一个特点，就是他那耐性惊人的勤劳。一个古代夏威夷人的战棒或者矛桨，上面雕满了复杂精巧的图案，是跟一部拉丁文辞典同等伟大的具有人类坚持不懈精神的纪念品。因为，只用一片碎贝壳或一枚鲨鱼齿，竟能做出木雕一般巧夺天工错综复杂的网眼细活来，那可得付出长年累月孜孜不倦的劳动。

夏威夷的野蛮人如此，变得野蛮的白人水手也一样。他能以同样惊人的耐心，同样的一枚鲨鱼齿，同样的一把不起眼的大折刀，给你刻出一件骨雕来，虽然不是太精巧，但其设计之紧凑复杂可以跟那个希腊野蛮人阿基里斯的盾牌媲美；而就其充满野性和新意来说，则比得上高尚的德国野蛮人艾柏特·丢勒老头的版画。

木刻鲸，或者用小块黑色、高贵的南海战木木板削成的鲸侧面像，都经常可以在美国捕鲸船的水手舱里见到。有些还做得很像。

在乡下一些老式人字形屋顶房子的大门上，你会看到有倒挂着当门环用的铜鲸。要是赶上看门人昏昏欲睡，那条砧头鲸就最管用了。不过，老去人家门上叩那个鲸头还不如坐下来写几篇实实在在的文章更能引起人家的注意。在一些老式教堂的尖顶上，你会看到有用薄铁板制的鲸，放在那里作风信鸡；不过，它们待的地方太高，而且实际上还贴得有"请勿动手"的牌子，你没法看得很仔细，从而决定它们的价值。

在一些贫瘠突兀的地区，那高高的裂开了的峭壁脚下，一堆堆怪模怪样的岩石散布在平地上，你常能从中发现一些像是鲸石化了的形象，半埋在青草中。那是一阵大风把它们刮到这片绿色波涛中来的。

再就是在崇山峻岭之间，旅行者始终处于圆形剧场似的群山环抱之中，一路之上不时能幸运地瞥见起伏的山脊所形成的轮廓分明的鲸侧面像。不过，你首先得是个地道的捕鲸人才看得见。而且，要是你想打转再来观赏这一奇景的话，你还得肯定正好是回到了你原先立脚的那个经纬度交叉点上，否则，要想再看到这样的山景就得完全凭运气了。就像是所罗门群岛，虽然那个系着轮状高褶领的门达纳曾经到过那里，菲格拉老头也记载过它，但它却像个乔装打扮的女人一般，要认出来，还得重新花番力气。

要是兴之所至，往更高处去，你也不会失望，你会在星斗满天的穹苍看到许多大鲸，还有小艇在追击它们，就像是苦于战乱频仍的东方民族在云中也看到了在交锋的军队。就这样我在北极随着北极星的转移追击过那灿烂的星斗最初在我眼中形成的轮廓分明的大鲸。而在南极灿烂的天空下，我登上了南船星座这艘船，一道去追击那远在水蛇星座和飞鱼星座最大范围之外的明亮的鲸星座。

要是用快速帆船的锚作我的系缆柱，用鱼枪的倒钩作踢马刺，我就能跨上那条鲸，跃上九重天，去瞧瞧那传说中的天空是不是真的扎着无数为我的肉眼所不能及的帐篷。

第五十八章　浮游生物

从克罗泽斯往东北方驶去，我们遇上了大片大片草原般的浮游生物，一种微小的黄色物质，那是露脊鲸的主要食料。这种生物不知绵延多少英里在我们周围波动起伏。我们就像是航行在无边无际成熟了的金色麦地中。

第二天，就看到了大批的露脊鲸。它们不用担心遭到像"裴廊德"号这样的捕抹香鲸船的攻击，正大张着嘴在那些浮游生物中懒洋洋地游动。那些浮游生物一粘在它们嘴里那奇妙的威尼斯式软百叶帘的边须上，就同从唇边流出的水分开了。

这些鲸像早晨的刈草人那样，并排慢慢地一起一落挥动镰刀，在那长长的长满青草的沼泽地上推进。恰好它们在游动时也发出一种割草似的怪声。在黄色的海面上，所过之处留下一片无穷无尽的刈过草后的蔚蓝①。

不过，纯粹是因为它们在吸食浮游生物时所发出的声音才让人联想到刈草人。要是从桅顶上望过去，特别是当它们暂停进食，静止不动的那一刻，它们那巨大的黑黝黝的形状看去就像是一堆堆没有生命的岩石。正如在印度的大狩猎区，一个外地人在这大草原上远远地瞧见横躺着的大象，有时会以为是光秃秃的黑土堆，而不知道是大象。

---

① 那部分海面，捕鲸人称之为"巴西浅滩"。但它之得名并不是像纽芬兰浅滩那样因为水浅易于测深之故，而是因为大量的浮游生物经常漂浮在这一带，看去很像个大牧场。这里也是经常追击露脊鲸的地区。——原注

同样,初次看到这种大海兽的人也往往如此。即使终于认出来了,它们那庞大的身躯也很难让人真的相信,长得这样臃肿的一大团肉会像狗或马一样活动自如。

确实,在其他方面,你很难想象以对待陆上动物一样的感情对待海中动物。有些老博物学家认为陆上所有的动物跟海中动物都是一样的,虽然从大的方面着眼,也很可能是这样;但是,一涉及各自的特点,比方说,海洋中有哪种鱼在秉性上能赶得上狗的聪明恋主?一般说来,只有可恶的鲨鱼还有点儿类似。

但是,虽然陆上人一般认为海洋生物极其孤僻,极不友好;虽然我们知道海洋永远是个未知的领域,所以哥伦布才航遍无数未知的世界去发现他一知半解的西方;虽然,肯定无疑地,人类最可怕的灾难自古以来就不加区别地降临在千千万万到海上讨生活的人身上;虽然只需稍稍动动脑子就会知道,不管幼稚的人类会怎样夸耀自己的科学和技术,不管在金色的未来,科学和技术会有多大的进展,然而永远永远一直到世界的末日,海洋都会蔑视人类,加害人类,把他们造的最壮丽、最结实的战舰都弄得粉碎。人类对这些感觉已习以为常,已经失去了原先对海洋所怀有的充分的敬畏感。

我们从书本上得知,第一艘浮泛在某个大洋上的船,带着葡萄牙人的报复心航行了世界一周,连一个寡妇都没有。今天,还是这个大洋在汹涌翻腾,还是这个大洋吞掉了上一年失事的船。是呀,愚蠢的世人,诺亚的洪水还没有消退;这个美好的世界它还占有三分之二的地盘哩。

海洋与陆地究竟哪一点不同,以致在海洋上的奇迹到陆地上就不成其为奇迹了?当可拉和他同党脚下的地开了口,把他们都永远吞了下去时[1],不可思议的恐惧落到了希伯来人身上;然而现代的太阳从来没有沉落过,倒是海洋以一模一样的方式吞没了船只和水手。

---

[1] 见《圣经·旧约·民数记》第十六章。

但是，海洋不仅对与之漠不相关的人类是这样一个对头，对自己的子孙也是个魔鬼，比谋害自己客人的波斯主人还要坏，连它自己繁殖的生物都不放过。就像是野性发作的母老虎在丛林中瞎折腾一气把自己的幼崽都压死了一般，海洋也甚至把最大的大鲸冲向礁石撞死，和破船的碎片陈尸一处。它毫无怜悯之心，除了它自己，任何力量也控制不了它。这唯我独尊的海洋，就像一匹失去了骑手的发狂的战马，又喷沫，又打响鼻，在地球上为所欲为。

想想大海的阴险吧，它那些最可怕的生物是怎样在水下悄无声息地滑行，绝大部分藏而不露，奸诈地隐身在最可爱的蔚蓝的海水中。也想想那些最残酷的水族暗藏杀机的光彩迷人的外表，就像许多种鲨鱼打扮得分外文雅一般。再想想大海里普遍存在的同类相残的行为吧，它所有的生物都相互捕食，自开天辟地以来便争斗不休。

想想这一切，再回过头来看看这温文尔雅的绿色大地；把海洋和陆地二者搁一起掂量掂量，你不觉得和你自己身上某些东西有一种奇怪的相似之处吗？正如可怕的海洋包围了青葱的陆地一般，人类的心灵中也有个孤立的塔希提岛，岛上充满宁静与欢乐，只是被捉摸不透的生活中的恐惧重重围困住了。愿上帝保佑你！千万别离开那个小岛，一离开，你就再也回不去了！

经·典·新·读

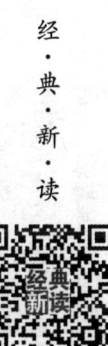

专家音频解读

英雄沉入海底,何尝不是英雄一生中最大的挑战,也是一场同宇宙的挑战

——解读者 崔一非

Moby Dick

白鲸（下）

［美］麦尔维尔／著　罗山川／译

名家全译本
国际大师插图

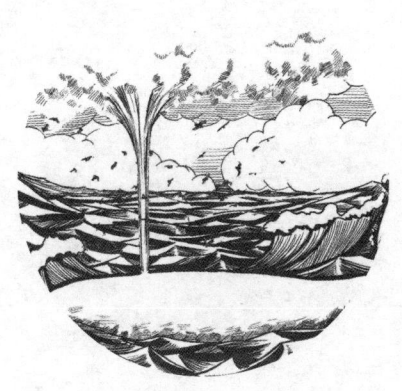

第五十九章 大乌贼

"裴廓德"号吃力地慢慢驶过那片草原般的浮游生物后，仍保持东北航向，向爪哇岛驶去。和风轻轻推着它前行。四周一片宁静。三根高高的尖细的桅杆随着倦怠的微风轻轻摆动，像是平原上三棵柔软的棕榈树。而在月色皎洁的夜晚，每隔好一阵子，仍然会看到那孤独的、撩人的喷水。

但是，在一个天空明朗湛蓝的早晨，海面分外寂静，然而并未伴之以一切停滞不动的平静；阳光照在水面上那一长条灿烂的反光就像是一根金手指摊平在水面上在嘱咐着什么秘密；微微荡漾的波浪在悄悄絮语中缓缓地向前涌动；就在这分外寂静、目所能及的范围内，达格从主桅顶上看到了一个很稀奇的生物。

远处，懒懒地冒出一大团白色的东西，越升越高，脱离了蔚蓝的海面，最后像刚从山冈上滑落的雪崩，在我们船头前闪闪发亮。这样亮了一会儿之后，又慢慢下沉，后来就整个儿沉下去了。然后又冒出来，又静静地闪亮。它看去不像是鲸；可说不定是莫比·迪克？达格在捉摸。这时这怪物又沉下去了，但等它再一次冒出来时，这黑人高声嚷了起来，声音之尖锐有如短剑一般，一下子把所有的人都从瞌睡中惊醒——"看啦，又出来啦！它跳出了水面！就在正前方！是白鲸，白鲸！"

水手们一听到这喊声，赶紧往帆桁两端跑，就像分群时的蜜蜂，你拥我挤地往树枝上冲一样。亚哈不顾酷热的阳光，光着头站在牙樯上,一只手直伸在背后,随时准备用手势指挥掌舵人,目光急切地朝桅杆上达格那一动不动、伸得直直的胳臂所指示的方向望去。

究竟是不是那股时隐时现的喷水逐渐起了作用,这才使得亚哈把那些温和悠闲的表象跟头一眼就认定是他追捕的那条大鲸联系起来的,还是他急切的心情让他上了个大当?不管是哪种情况吧,反正他一看清确实有一团白色的东西,便立即做出强烈反应,下令放下小艇。

四只小艇很快就下了水,亚哈的打头,全部迅速地朝猎物划去。那东西旋即又沉下去了,正当我们悬着桨等着它再度出现时,嘀!就在它沉下去的地方它又慢慢地冒出来了。这会儿我们几乎把莫比·迪克忘得干干净净,全都全神贯注地盯着神秘的海洋以前从未向人类展示过的这最大的奇观。那是一大团柔软的东西,长度都达好几百米,闪耀着奶油色,摊浮在水面上,不知道有多少长长的胳臂从它身体的中心向四面八方辐射出去,蜷曲扭结就像是一窝蟒蛇,好像在盲目地要抓住任何能够得着的、倒霉的东西。看不见它有副什么面孔,或有什么正面;也无法想象它有什么感觉或者本能;只见一个可怕的、无定形的、难得一见的活幽灵在波涛中起伏。

在它发出一种低低的吮吸声又慢慢消失了的时候,斯达巴克仍在盯着它沉下去的地方那搅动的水面,突然狂叫道:"我宁愿看见莫比·迪克,跟它干一场,而不愿看见你,你这白鬼!"

"那是什么东西,先生?"弗拉斯克问道。

"大乌贼,据说凡是看到它的捕鲸船没有几条能回到港口去说起它。"

亚哈什么也没说,掉转小艇,返回了大船,其他的小艇也跟着默默地回来了。

不管捕抹香鲸者看见这东西普遍有些什么迷信想法,可以肯定的是,因为这东西非常罕见,所以一看见它,竟至认为是一种不祥之兆。正因为它非常罕见,所以虽然大家都异口同声地说它是海洋中最大的生物，然而对它真实的秉性和形状哪怕具有最模糊的概念的只怕也寥寥无几；尽管如此，他们还是认为它是抹香鲸唯一的食料。因为其他的鲸都在水面上找食物，也能看到它们进食，抹香鲸却不知道是在水底下什么地方弄到它全部的食物，人们只能根据推论来说它吃些什么。有时候，它被迫得太急了，会吐出些估计是乌贼的残臂类的东西来，其中有些长达二三十英尺以上。人们认为这些胳臂所属的怪物一般就是用它们来抠住海底，而抹香鲸不同于其他种类的鲸，长有牙齿，可以进攻这种大乌贼，并撕裂它。

　　这样看来，似乎有理由认为蓬托波丹主教所说的大克拉坎原来就是大乌贼。这位主教描述大克拉坎的举止，如一会儿浮起，一会儿沉下，以及其他细节，都和大乌贼的情况完全吻合。但是，他认定它的躯体大得令人难以置信，这一点倒是得大打折扣。

　　关于这儿提到的这种神秘的生物，有些博物学家根据一些含糊其词的传说，把它归于墨鱼类，就其外表的某些特征来说，倒也确实言之成理，只不过它是这一族类中的巨人。

第六十章　捕鲸索

我得在这里谈谈那神奇的有时还很可怕的捕鲸索，因为它与即将描述的捕鲸场面有关，同时也为了让读者更好地理解别处说到的一切类似场面。

原先用在捕鲸业上的绳索是用最好的大麻制成的，薄薄喷上一层柏油，不像处理一般绳索那样让它渗透，因为，要是像平常那样使用柏油，固然能使大麻纤维更为柔软，便于制绳，水手用起来也更称手。然而，捕鲸索必须盘紧，柏油一多，不仅会使绳索过于僵硬，无法盘紧，而且正如大多数水手开始认识到的，一般来说，柏油尽管能使绳索大为紧密和光滑，却丝毫也增加不了它的耐久性和强度。

近年来，在美国捕鲸业中，马尼拉绳索几乎已经完全取代了大麻制的捕鲸索。因为马尼拉索虽然没有大麻索那么耐久，强度却要大些，并且柔软得多。我还要补充一点的是（既然现在一切都讲究美感），也比大麻索好看得多，跟小艇更加相称。大麻索带黑色，有点儿像印第安人；马尼拉索则看起来像个金发的高加索人。

捕鲸索直径只有三分之二吋。乍看之下，你准不会认为它真有那么牢。经过试验，这由51股合编的捕鲸索每一股都能吊起120磅的重量，所以整个捕鲸索的张力接近三吨。就长度而言，一般的捕鲸索大都在1200英尺以上。它给盘在船尾一个桶里，不过不是盘成蒸馏器上的蛇形管那样，而是盘成奶酪堆似的一层紧叠一层的"滑车轮"，或者说是一层一层地由里往外盘，除了一个"芯子"以外没有任何空隙，或者说只在奶酪堆的中心留下一个细长的管状空心。因为绳索在往外跑时，稍有扭结，势必会把人的手、脚或整个身子都给绞掉，所以往桶里盘绳索时得非常小心。有些标枪手几乎整个上午都花在这个活上，他们把绳索高高拎起，穿过一个滑车，朝桶里盘放，以此来避免任何可能出现的纠缠扭结。

在英国小艇上是两个索桶，而不是一个，一根捕鲸索接连不断地盘放在两个桶里。这样有它的好处；因为这两个一样的桶小得多，在小艇里更便于安置，小艇也不会感到吃力。而美国小艇上的索桶，直径将近三英尺，深度也差不多，对于一只船板只有一英寸半厚的小艇来说就是一个很可观的重载了，因为捕鲸小艇的船底有如薄冰，一个重物要是分散开来，倒还受得起，要是过于集中，那就承受不起了。美国索桶要是把那帆布漆盖咔嗒一声盖上，那小艇就像是载着一块奇大无比的结婚蛋糕给大鲸送礼去了。

捕鲸索的两端都露在桶外。尾端是一个眼圈形的结头，或者环孔，尾部从桶底紧贴桶壁向上，耷拉在桶的外壁上，完全不与任何物件相连。尾端之所以非得如此处理基于两点：第一，万一被击中的鲸下潜过深，这时就要把索尾接在邻近小艇的另一根索子上。在这种情况下，那大鲸自然就像一大杯啤酒一样，从一只小艇转移到了另一只小艇，原来那只小艇则始终在一旁转悠，准备随时支援它的僚艇。第二，这也是保证全艇安全必不可少的措施，因为如果把索尾系牢在小艇的任何部位，要是像有时出现的这种情况，差不离抽一袋烟的工夫大鲸就把索子拖光，还继续下潜，那这只小艇就注定非跟着它被拖到海底去不可，那时嗓门再大的人也别想再找到它了。

放下小艇去追击之前，得先把捕鲸索的首端从索桶里拿出来，绕过艇尾的圆柱，再斜贴着每只桨柄或橹柄拉往艇头。这样，划的时候就会轻触手腕。捕鲸索也从交错坐在两边艇舷的水手中间通过，一直拉到尖尖的艇头那含铅的导缆钩或凹槽里，那里有一个普通纬管大小的木栓或木签，使它不致滑脱。捕鲸索从导缆钩上略作花环状垂挂在艇头，然后再在艇内穿过；大约有60英尺或者120英尺长（称为桶索）盘绕在艇首索桶上，然后打艇舷再往后去一点儿，再接在短绞船索——那根直接跟标枪连在一起的绳子上。不过，在接上去之前，那绞船索上还有许多非外人能得知其详的准备工作要做好，要细说起来就不胜其烦了。

就这样，捕鲸索错综复杂地盘来绕去，把整个小艇都罩住了。所有的桨手都被裹在这张危险的索网里。在胆小的陆地人眼中，他们就像是印度的玩蛇艺人，让致命的毒蛇随心所欲地缠绕他们的四肢。任何一个血肉之躯的人头一次置身于这重索网之下，总是一边划桨一边想着标枪不知什么时候就会投出去，这可怕的索网就会像凌空劈下的闪电一般起作用；处在这种情况之下，没人不会浑身发抖，连骨髓都像颤悠悠的肉冻似的打战。然而，习惯——这个奇怪的东西！普天之下有什么是它力所不及的？——无比轻松的俏皮话、格外开心的欢笑、气死人的笑话、机灵出众的对答，这一切，你在餐桌上听不到的，在那半英寸厚的白杉木捕鲸小艇上那些这样吊在刽子手的绞索上的水手中间倒能听到。你可以说，小艇上的六个成员朝死神的血盆大嘴划去，就像是卡勒的六个市民，每人脖子上套根绞索到英王爱德华三世跟前去请死一般。

现在，你也许只需稍微想想就会明白，捕鲸事故之所以屡屡发生——其中有极少数给偶然记载下来了——不是这个人，就是那个人，被捕鲸索甩出了小艇而永远不见了。因为，捕鲸索一扔出去，这时坐在小艇里，犹如置身在一部开足马力的蒸汽机的呼啸声中。每一根杠杆，每一根轴，每一个轮子，都在擦着你飞转。而情况比这还要严重，因为你置身在这重重危险之中，不可能坐着一动不动，因为小艇像摇篮似的摇晃，根本不让你有些微准备就把你一会儿颠到这边，一会儿颠到那边；你只有拿出自我平衡的灵活劲儿来，思想与动作紧密配合，才不至于折腾得死去活来，到连无所不见的太阳都再也见不着你的地方去。

再者，正如深沉的寂静虽然只是暴风雨的前奏和预兆，却也许比暴风雨本身更可怕，因为寂静是暴风雨的包装，它把暴风雨包藏在里面，就像那貌似无害的来复枪里隐藏着致命的火药、弹丸和爆炸一般，捕鲸索在真正发挥作用前不声不响地缠绕在桨手们身上的那份优雅的安闲自在也一样——这是这一危险事件中比任何其他方面更令人真正感到恐惧的东西。不过，说这么多干什么？我们大家都是生活在捕鲸索的绳套里。我们大家一生下来脖子上就套上了绞索，不过只有在死神突如其来地迅速攫住了我们时，我们才意识到我们的生命一直处于暗藏的、难以捉摸的、永远存在的危险之中。你要是乐天知命，尽管是坐在捕鲸小艇里，你也不会感到一星半点恐惧，就像晚上坐在自家火炉边，身旁是一把火钳，而不是一支标枪。

第六十一章　斯塔布杀死了一条大鲸

假如在斯达巴克看来，这妖怪般的大乌贼是个不祥之物，在魁魁格眼中就完全是另一回事了。

"你一看到那大乌贼，"这野人说，边在他那吊起的小艇上磨标枪，"跟着你很快就会看到抹香鲸。"

第二天，没有一丝风，天气闷热。"裴廓德"号的水手没有什么特别的活要干，待在这空旷单调的大海上，一个个都抵挡不住睡魔的诱惑。因为我们当时航行其上的这片印度洋海域并不是捕鲸人所谓的活场；就是说，在这一带看到齿鲸、海豚、飞鱼以及其他一些生长在热闹得多的海域里的快活居民，比起普拉塔河或秘鲁附近一带海域来要少得多。

轮到我在前桅顶上值班了。我肩膀斜倚在最上桅松弛的支桅索上，着了迷似的懒洋洋地来回摆动。那种梦幻般的气氛简直令人无法抗拒，我神志模糊，终于灵魂出窍，神游九天去了。我的躯壳像钟摆一样，在最初使它动起来的那股力量撤掉之后，仍久久地继续在摆动。

我在神志完全模糊之前，曾注意到主桅和后桅顶上的两个水手都已经在打瞌睡。所以，后来我们三个人都睡着了，在桅顶上一无所知地晃动。我们在上面晃一下身子，下面坐着打盹的舵手就点一下头。波浪也在懒洋洋地躬身点头，整个似处于催眠状态的辽阔的海洋，由东往西一路点头过去。太阳则俯瞰一切。

突然，似乎就在我合拢的眼皮子下面冒出了股股泡沫，我双手像老虎钳一般抓住了支桅索，冥冥中好像有股神力保佑了我，我浑身一震，完全清醒过来了。嗬！就在我们的下风头，相距不到80米，一条巨大的抹香鲸正在海水中滚动，就像是一艘底朝天的快速战舰，它那阔大的背黑得发亮，在阳光下闪闪烁烁，像是一面镜子。只见它在波谷中懒洋洋地起伏，还不时安闲地喷出一股股水雾，看去像个大肚子市民在暖和的午后抽烟斗。但是那个烟斗，可怜的鲸呀，它要了你的命。好像给个魔术师的短杖敲了一下似的，这昏昏欲睡的船上每一个睡着了的人都给惊醒了。就在这大鲸从从容容有规律地把闪亮的海水喷向空中时，船上四处20多个人和桅顶上那三个人不约而同地高声喊起了那习惯性的话。

"小艇散开！抢风行驶！"亚哈喊道。他跟着就按照自己的命令，抢在舵手前面，猛地转舵背风。

水手们突如其来的喊叫声肯定惊动了那大鲸，小艇还没有下去，它已经堂而皇之地转过身来，朝下风头游去，只是游得极其平稳从容，微波不兴，直让人以为它或许还没有受到惊动。亚哈下令不许划桨，不许大声说话。我们就像安大略的印第安人坐在艇舷上，迅速地不弄出一点儿声音地用手划水前进，连悄悄扯起帆来都不敢，生怕打破了寂静。一会儿，就在我们这样悄无声息地跟踪时，那大鲸把尾巴垂直地翘向空中足有40英尺高，然后一个猛子就像一座大塔一般扎入水中不见了。

"钻下去啦！"水手们大喊，紧跟着斯塔布就掏出了火柴把烟斗点着，因为现在容许喘口气了。那大鲸在水下待到憋不住了的时候又冒上来了，这次刚好出现在抽烟斗的人的小艇前面，而且靠他最近，斯塔布有望好好露一手了。这时，很明显，那大鲸终于知道有人在追击它了，所以一切小心翼翼保持的寂静不再起作用了。大家不再用手划水，而是浪花飞溅地划起桨来。斯塔布则还在抽着烟斗，鼓动他的水手去进攻。

不错，那大鲸现在完全变了个样。它已经充分意识到处境危险，正准备"露头"，把头部斜着抬起在它自己喷出的那一大片稠密的泡沫中①。

"吓晕它，吓晕它，伙计们！别着急，有的是时间——不过要吓晕它，像打雷似的吓晕它，这就行了。"斯塔布大声喊叫，边喊边吐出了一口烟，"吓晕它，喂，要他们用那种入水深使猛劲的划法，塔希蒂格。吓晕它，塔希，小伙子——吓晕它，大家都来；不过要冷静，要冷静——沉着第一——别急，别急——只是要像厉鬼般吓晕它，把死尸从坟墓里拖出立起来，伙计们——这就行了。吓晕它！"

"唔——嗬！威——希！"那格黑特佬用几声尖叫作为回答，他把古代打仗的呐喊声喊得震天价响。这时，由于那迫不及待的印第安人领头使猛劲一划，这只紧张的小艇里每个桨手都不由自主地往前一扑。

不过，他那古怪的尖叫声也引发了其他人同样古怪的尖叫声。"基——希！基——希！"达格大声叫嚷，一边在座位上前俯后仰拼命划桨，就像只老虎在笼子里踱来踱去。

"卡——拉！库——路！"魁魁格吼叫着，好像口里含有一大块长尾鳕肉在咂嘴咂舌。小艇就这样在划桨声和喊叫声中破浪前进。斯塔布仍待在艇前的位置上，还在给手下人打气去进行攻击，嘴里的烟一直喷个不停。他们像一伙亡命徒，拼命地划，丝毫不敢松懈，好不容易听到一声如逢大赦的叫喊——"站起来，塔希蒂格——给它一家伙！"标枪应声投出去了。"向后！"桨手们都倒划起来。这时，有什么东西热烘烘、咝咝作声地掠过每人的手腕。就是那有魔力的捕鲸

---

① 我们将在其他地方看到，抹香鲸巨大的头的内部全是由非常轻的物质构成的。外表上鲸头虽然占全身最大一块，却比身体其他部分轻得多，所以它能轻而易举地把头抬离水面，在全速前进时总是采取这种姿势。再则，它的头正面上半部很阔，下半部是尖细的破浪结构，一斜着抬起头来，就可以说登时从船头平阔垂直的呆笨的平底小船一变而为纽约港尖头的领港船。——原注

索。片刻之前,斯塔布不失时机地飞速将捕鲸索往艇尾圆柱上又额外绕了两圈。由于捕鲸索转得越来越快,圆柱上这时冒起了一股大麻的蓝烟,和他烟斗里不断冒出的烟雾交织在一起。当捕鲸索一圈圈绕过圆柱时,也不断滚烫地擦过斯塔布的双手,他手上的护套,两块填了棉絮的方帆布(在这种时候就套上),也磨断掉下来了。这样一来,他就像赤手空拳抓着敌人利剑的刀刃,而敌人又一直极力要从你的紧握中把它抽出来。

"把索子打湿!把索子打湿!"斯塔布朝负责索桶的桨手喊道(他就在索桶旁边坐着),那桨手一把抓下帽子,打了一帽子海水[①]。又绕了几圈之后,捕鲸索就到位了。这时,小艇就像一条浑身是鳍的鲨鱼箭一般穿过翻腾的海水。斯塔布和塔希蒂格这时也调换了位置——两人在艇首和艇尾的位置互换——在颠簸得那么厉害的情况下做到这一点确实很不简单。

从小艇上部整个地都成了颤动的捕鲸索的延长部分看,再从捕鲸索现在绷得比竖琴弦还要紧来看,你准会以为这小艇有两副龙骨——一副劈波斩浪,另一副则腾云驾雾——因为这小艇正同时朝两个相反的空间猛冲。一道壁陡的小瀑布川流不息地泼溅在艇头上,艇尾的航迹是个不停旋转的涡流。而小艇里只要稍微动一动,哪怕只弹弹小指头,这只颤动的、噼啪作响的小艇便会倾斜,把它那抽风似的艇舷泡到海水里去。他们就这样往前冲。每个人都拼命贴紧在各自的座位上,以防被扔到泡沫中去。而掌舵桨的高个子塔希蒂格则几乎把身子弯成了两半,好降低重心。他们像子弹出膛一般直往前冲,整个大西洋和太平洋都似乎一闪而过,一直追到那大鲸终于多少放慢了逃跑的速度为止。

"收绳——收绳!"斯塔布朝船老大喊道!大家都朝那大鲸转过

[①] 为了多多少少表明这一举动的必要性,不妨在这里做点儿说明,在古代荷兰捕鲸业中,是用支拖把往飞跑的捕鲸索上泼水;在许多其他的船只上,则专门备有长柄木勺或者水斗。而帽子自然是最方便的。——原注

身来，把小艇往它那边划过去，这时小艇还在被拖着走。很快小艇就靠拢了大鲸的侧面。斯塔布，一个膝头牢牢地顶住粗陋的防滑木，一枪又一枪地投向那飞奔的大鲸。小艇则听从命令，时而后退，躲开那大鲸可怕的翻滚，时而又靠上去，投出另一轮投枪。

这时，鲜血潮水似的从大鲸全身涌出，像溪水奔下山冈一般。它痛苦的身躯不是在海水中而是在血水中滚动。鲜血在小艇后面奔流翻腾好几百米长。斜阳在这片殷红的血水上荡漾，反射到大家脸上，把一个个面孔都染成红红的，看去都成了红种人。这一阵子，一股股白烟不断地从大鲸的喷水孔里痛苦地喷射出来，而大口大口的热气则呼哧呼哧地从小艇兴奋的指挥者嘴里吐了出来，因为他每投出去一枪，再拽回来时（枪杆上吊得有绳子），又得把这已经弯了的鱼枪搁在艇舷上迅速地几榔头敲直，再投出，扎到大鲸身上去，如此反复不停。

"使劲儿拉——使劲儿拉！"这时眼看大鲸越来越没了力气，翻腾得不那么厉害了，斯塔布就朝船老大喊道，"使劲儿拉索！——靠拢！"于是，小艇靠到了大鲸身边。斯塔布从艇首探出去老大一截身子，把锋利的长柄鱼枪慢慢地插进大鲸体内，不再拔出来，细心地翻来覆去地搅起来，好像是在小心地摸索也许给大鲸吞下去了的什么金表，生怕在把它钩出来之前捅坏了。不过，他要找的金表却是大鲸最深处的生命所在——心脏。搅着搅着就捅中了；因为大鲸一下子从昏迷状态转入那种难以言传的所谓"剧烈抽搐"状态，它在自己的鲜血中可怕地翻滚，浑身裹在一片遮天蔽日的汹涌浪花之中。处境危险的小艇赶紧倒退，不辨东西南北地好不容易才从一片慌乱的朦胧中挣扎出来，来到明朗的晴空之下。

这时，大鲸已经抽搐得不那么厉害了，又滚出了水面，左翻右滚，喷水孔痉挛地时而扩张，时而收缩，呼吸短促、咯咯作响、上气不接下气。最后，一股股凝结的血，像红葡萄酒紫红的沉渣一般，射向为之变色的天空，又落了下来，沿着它不再动弹的身躯滴进大海。它的心脏炸裂了。

"它死啦,斯塔布先生。"达格说。

"死啦,两只烟斗都灭了!"斯塔布随手把含着的烟斗拿下来,把烟灰磕散在海里。然后,站了一会儿,沉思地望着所弄死的巨大的尸体。

第六十二章 投枪

就上一章的一件小事絮叨几句。

按照捕鲸业的传统,捕鲸小艇离开大船后,由指挥者或称杀鲸者充当临时舵手,由标枪手或称缚鲸者划前桨,一般称之为标枪桨手。至于朝大鲸投出第一枪的人,胳臂必须强壮有力,因为,在所谓"长投"中,那沉重的铁家伙经常得扔出20或30英尺远。但是,不管追击多久,多么疲劳,标枪手照例还得竭尽全力扳他的桨。事实上,他得给其他人树立一个具有超人精力的榜样,不仅要表现在不知劳累地划桨上,还要表现在勇气十足的反复高声叫喊上;在全身肌肉绷得紧紧的而且已经有点儿吃不消的时候,还得以最大的音量不断高声叫喊——个中滋味只有亲身经历过的人才会知道。就我来说,我可不能既劲头十足地大声喊叫,同时又不顾一切地拼命干活。那么,处在这种又要卖苦力又要大声叫喊的情况下,这累得要死的标枪手,背朝大鲸坐着,猛然之间听到那声激动人心的叫喊——"站起来,给它一家伙!"这时,他就得放好手中的桨,上半个身子转过来,从叉柱上抓起他的标枪,用可能剩下的那点儿力气,只想着如何把手上的利器投进那大鲸身体里去。难怪,就整个捕鲸船队来说,50次投枪的好机会成功的不到十分之一;难怪那么多倒霉的标枪手给骂得狗血淋头,还要受降级处分;难怪有些标枪手还真的当场血管破裂;难怪有些捕抹香鲸船出海四年只弄了四桶油回去;难怪许多船老板把捕鲸看作赔本买卖,因为航行的成败系于标枪手一身,要是你一口气都不给他留下,你怎么能指望在最需要他出力的时候他还有力可出呢?!

再则,要是一击而中,那么,下一个关键时刻跟着就来了,那就是,那大鲸一开始逃跑,小艇的指挥员和标枪手马上就得冒着他俩自己和艇上其他人的生命危险,艇头艇尾地奔忙起来。那时,他俩就得互换位置;那个指挥员,就是小艇的第一把手,得站到艇头他应该站的位置上去。

就这一点来说,别人和我的看法正好相反,我可是觉得这种做法既愚蠢又没有必要。指挥员应该自始至终待在艇头;他应该既投标枪,又投鱼枪,不论什么桨都不应该去划,除非是到了每个捕鲸人心里都有数的那种迫不得已的时候。我知道这样做多少会影响到追击的速度,然而根据不止一个国家捕鲸船长期以来的经验,我深信,捕鲸业中绝大部分的劳而无功,与其说是由于大鲸逃跑得太快,还远不如说是如前所述标枪手过于疲劳所致。

因此,为了保证投枪能收到最大的效果,干这一行的标枪手应该是养精蓄锐,始一跃而起,而绝不是劳累之余去应付差事。

第六十三章 叉柱

树干分权，权上分枝。同样，从丰富多彩的题材可演绎出无数篇章。

前一章提到的叉柱值得在这里单独说一说。那是一根有"V"形切口的特殊形状的木棒，约两英尺长，垂直地插在靠近艇头的右舷墙上，作支架用。标枪木杆的尾端就搁在那上面，带倒钩的锃亮的枪头则呈斜坡状伸出艇头。因此，投枪者一伸手就可以拿到，他从支架上抓起标枪，就跟一个林区居民从墙上摘下来复枪一样方便。按照惯例，一个叉柱上架有两支标枪，分别称为头枪和二枪。

但是，这两支标枪都以各自的尾绳连在一根捕鲸索上，目的是：尽可能把两支标枪都投出去，一支紧跟一支，投进同一条大鲸体内去，临到收时，万一一支拽出了鲸体，则还有一支留在体内。这是双保险。但是，经常会出现这样的情况，大鲸在挨了第一枪后，便立即发狂似的猛窜，这时，哪怕这标枪手动作快如闪电，也无法再给它补上一枪。然而，由于这第二枪已经连在捕鲸索上，而捕鲸索这时正在飞快地放出去，因此，无论如何，必须抢先把这支二枪扔出小艇，什么办法、什么地方都行，否则，全艇的人就会大祸临头。在这种情况下，总是把它扔进海中；这个高难动作之所以稳妥可行，在绝大多数情况下是得力于艇首索桶上多余的索圈（见第六十章）。但是，这个须随机应变的高难动作却并非从没出过最惨痛的事故的。

加之，你也知道，二枪一扔到海里，马上就构成新的威胁。它吊在水里,枪刃锋利,在小艇和大鲸左右胡蹦乱跳,或者把捕鲸索缠结在一起,或是把它们割断,引起围攻的小艇极度的不安。一般来说,只有在大鲸已经就擒、毙命之后才能把它收回。

因而,请想想看,当四只小艇全来对付一条格外强壮、活跃、狡猾的大鲸时,该会是怎样一个场面。要知道,他们面对的是这样一条大鲸,而这样一种大胆的行业又可能同时发生数不过来的事故,再加上可能还有8支或者10支二枪同时在这大鲸左右晃荡,因为每只小艇都配备了几支标枪,系在捕鲸索上,以防头枪万一没有投中而又收不回来。所有这些细节都如实地在这里做了个交代,因为在以后将要描述的场面中,它们将有助于说明几个非常重要然而又很复杂的细节。

第六十四章　斯塔布的晚餐

斯塔布的这条大鲸是在离大船相当远处杀死的。那天风平浪静。我们把三只小艇串联起来，慢慢地把这战利品朝"裴廓德"号拖将起来。这时，我们18个人，36条胳臂，180根手指，就在海上一个钟头又一个钟头没完没了地为这具一动不动、任凭摆布的尸体忙开了。它似乎生了根的，要好久才能挪动一点点。这就足以证明我们拖的这块死肉有多大了。因为，在中国那条叫衡河或者不管叫什么河的大运河上，四五个背纤的在羊肠小道上拖一艘重载的平底帆船一个钟头还能走上一英里，可是我们拖的这艘特大号货船却举步艰难，好像载的全是铅锭一般。

天黑了，不过"裴廓德"号的主桅索具上错落地挂起了三盏灯，微弱的灯光指示了方向。快靠拢大船时，我们看到亚哈从好几个灯笼中拿了一个放在舷墙上。他茫然地朝那待起吊的大鲸瞧了一会儿，就照例命令把它绑牢靠，明天再说。然后，他把手中的灯笼交给一个水手，就径自回船长舱去了，当晚没有再露面，第二天早晨才出来。

虽然，在督战追击这条大鲸上，亚哈还说得上表现出了往日的热情，然而这家伙一死，一丝隐约的不快，或者烦躁，或者失望，却袭上心头，仿佛一见到这具尸体就提醒他莫比·迪克尚有待擒杀，因而其他的鲸哪怕有一千条吊上船来，他那伟大的偏执狂的计划却仍然是毫无进展。从"裴廓德"号甲板上的响声来判断，你准会马上认为是水手们准备在海上抛锚了；因为沉重的铁链在甲板上拖过，正哗啦哗啦往舷窗外抛。但是,那叮当作响的铁链要固定的并不是船,而是这具巨大的鲸尸。它的头给绑在船尾,它的尾绑在船头,黑色的身躯紧靠着船身,在黑乎乎的夜里望去,这时桅桁和索具已经模糊难辨,船和鲸二者好像是套在一起的两头大公牛,一条躺下了,另一条则仍然站着①。

闷闷不乐的亚哈一声不响,至少在甲板上他是这个样子。斯塔布,他的二副,则因一战告捷而满面红光,流露出一种罕见的但仍不失为温厚的兴奋。他难得一回这样兴高采烈地忙个不停。连他的上司,那沉着踏实的斯达巴克见了都不声不响索性暂时把大小事务都交给他去处理。他如此浑身是劲,还有个小小的第二位的原因,他很快就使之出人意料地明朗化了。原来斯塔布还是个很会享受的人,他颇有点儿过于热衷于大嚼鲸肉,把它当作美味佳肴来品尝。

"来块鲸排,来块鲸排,在我睡觉之前!你,达格,你下水去,拣腰部那里割一块来!"

在这里说明一下,这些野蛮的捕鲸人,虽然并不按战争公理,照常规行事,要求战败一方支付军费(至少在弄清航行收益之前不提出这样的要求),然而,你偶尔会在这些南塔开特人中间看到有人对斯塔布所指定的抹香鲸的那个特殊部位感兴趣。

约莫午夜时分,鲸排割了来并且做好了。斯塔布在两盏鲸油灯下,腆着个大肚子,站在搁在绞车上的抹香鲸肉前大嚼起来,好像绞车就是餐具柜一般。那天晚上,出席鲸肉宴的并不只是斯塔布一个。

---

① 一点儿细节不妨在这里说说。要把鲸系住在船边,一定要拴住它的尾巴,那是个最得力最可靠的点。由于它的尾巴比重大,相对说来,这一部分比其他部分(两边的鳍除外)都要重,而且死鲸的尾巴仍然很柔软,因此就会沉到水下去。这样一来,你在小艇上就无法用手够着它的尾巴,铁链也就拴不上去了。不过,这个困难给巧妙地克服了:用一根结实的细麻绳,靠外边的那一头拴上块浮木,中间拴一重物,另一头固定在大船上;再用一种灵巧的手法,让浮木在鲸体靠外的那一边浮起来,这样就把鲸兜住了,铁链也就容易兜上去;再把铁链沿鲸体滑动,最后牢牢地嵌住尾巴的最细处,就是尾巴那阔大的叶突或者说裂口的叉口处。——原注

跟他一起大嚼的还有成千上万条鲨鱼,它们拥在死鲸周围啧啧有声地饱餐它的肥肉。少数几个在舱里床铺上睡觉的人经常给它们那尾巴敲打船体的刺耳的噼啪声惊醒。要知道它们仅一板之隔,离他们的胸脯才几英寸远哩。要是贴紧舷侧一瞧,正好能看到(就像刚刚听得那么真切那样)它们在阴森漆黑的海水里翻滚,一个翻身,仰面朝天,就剜下一坨人头大小圆圆的鲸肉来。鲨鱼这种特技动作简直令人不可思议。在这样一个显然没有谁敢上来和它们争食的海面上,为什么偏要这样匀匀称称一口口地抠,这却始终是宇宙中普遍存在的无法理解的问题之一。它们这样一口口留在鲸身上的创口,比作木匠为装木螺丝而先打下的孔眼再合适不过了。

虽然在烟雾弥漫、充满恐怖与暴行的海战中,总会看到鲨鱼渴望地仰望着船甲板,就像一群饿狗围着正在分切红肉的桌子,随时准备吞下扔给它们的东西;虽然当那些勇敢的屠夫把甲板当餐桌,一个个拿起镀金带流苏的切肉刀,吃人生番般互相分切对方身上的肉时,那些鲨鱼也在桌子底下用它们镶着珠宝的大嘴争相撕咬死人肉;即使你把整个场面倒过来看,也完全是一个样儿,就是说,不分桌上桌下大家干的都是够吓人的鲨鱼式的勾当;虽然鲨鱼也是所有横渡大西洋的贩奴船忠实的随从,总是亦步亦趋地在前后左右伺候,赶上有个包裹要送到什么地方去,或者有个奴隶死了要举行体面的海葬,它们总随时效劳;虽然还可以举出一两个其他类似的例子,有具体的日期、地点和场合,鲨鱼举行过最盛大的集会,热热闹闹地大吃大嚼过;然而就是想不出在任何时间或场合有过这么多数不清的鲨鱼,这么快活,这么热闹,能和夜里围绕系牢在海上一艘捕鲸船边的一条死鲸这样的场合相比。如果你从没见过这种场面,那么关于崇拜魔鬼是否合宜以及安抚魔鬼这一权宜之计是否势在必行之类问题,你最好别贸然表态。

不过,眼下斯塔布还没有注意到就在他身旁正大张宴席的咀嚼声,犹如那些鲨鱼没有注意到他自己大快朵颐的吧嘴咂舌声一般。

"厨子，厨子！——那个弗里斯老头哪去了？"他终于喊了起来，一边双腿叉得更开些，好像要拉开架势来享用这顿晚餐，同时像扎鱼枪一般把叉子朝盘子戳过去，"厨子，你这厨子！——过来，厨子！"

这老黑人，因为半夜三更被人从暖和的吊铺上叫起来而不太高兴，深一脚浅一脚地从厨房里走了出来。跟许多老黑人一样，他的膝盖锅有点儿毛病，没有其他的炊锅保养得那么好。这个大家称为弗里斯老头的黑人，用火钳作拐杖，一步一跛地走了过来。那火钳样子挺笨重，是用两个铁箍锤直了做成的。这黑檀木似的老头，吃力地走过来，按照斯塔布的吩咐，一动不动地立在斯塔布餐桌的对面；他双臂交叉在胸前，伏在他那根双棍拐杖上，弯了的背更向前倾，歪着头，好让那只好耳朵听得更清楚些。

"厨子，"斯塔布说道，一边叉起一块还带血丝的鲸肉往嘴里塞，"你不觉得这鲸排做得烂了一点儿吗？你煎的工夫太大了，厨子！它本来很嫩。我不是老说，鲸排要做得好吃，就得有点儿嚼劲儿？瞧瞧那边那些鲨鱼，你没看见它们不是喜欢吃半生半熟的吗？它们吵得好凶啊！厨子，去跟它们说说，就说欢迎它们来吃，不过要斯文一点儿，也别不要钱似的尽吃，不过主要还是别这么吵。真该死，吵得我连自己的声音都听不见了。去，厨子，去传我的话。给，拿着这个灯笼去。"他随手从他的餐具柜上抓起一个灯笼，说道："好啦，去跟它们讲讲道，开导开导它们！"

弗里斯满脸不快地拿着灯笼，一跛一跛地走过甲板，来到舷墙边。然后，一只手把灯笼低垂到水面，好看清他的听众，另一只手则煞有介事地挥舞着火钳，身子从舷墙上探出老大一截，开始对鲨鱼含糊不清地说起来。斯塔布轻手轻脚地溜到他背后，偷听了每一句话。

"同胞们，我是奉命来跟你们说，你们必须立刻停止他妈的吵吵嚷嚷。你们听见没有？那嘴巴不要他妈的老吧唧吧唧的！斯塔布大人说让你们胀满你们那该死的肚皮，堵到喉咙口都行，就是一点，看在上帝分儿上,一定不要他妈的大吵大闹!"

"厨子,"这时,斯塔布插嘴了,跟着猛地一拍他的肩膀,"厨子,嗨,你他妈说话也不看场合,跟人家讲道,怎么能这么满嘴脏话?那样开导人家,人家罪人怎么会痛改前非?厨子。"

"谁又咋啦?那你自己去开导它们好啦。"老头儿一肚子不痛快,转过身就想走。

"别,厨子。你继续说,继续说。"

"好吧,那我就说,深爱的同胞们!"

"对!"斯塔布赞许地嚷道,"好好劝劝它们,试试看。"于是弗里斯就继续说下去。

"你们都是十足的鲨鱼,生来的馋嘴贪吃,不过我跟你们说,同胞们,馋嘴归馋嘴——你们那尾巴别他妈的噼里啪啦行不行!你们要老他妈的又是噼里啪啦,又是吧唧吧唧,你们想想,人家听得下去吗?"

"厨子,"斯塔布一把揪住他的脖领,大声说,"不要老骂人家,跟它们和和气气地说。"

于是,讲道又正经八百地继续下去。

"你们的馋嘴贪吃,我也不想太责怪你们,那是天性,没有法子的。不过要管管自己那坏脾气,那才对头呀。你们都是鲨鱼,那是肯定的。不过要是你们管住了你们那鲨鱼脾气,那你们就成了天使了,因为天使无非就是管得住自己的鲨鱼。那么,听我一句,弟兄们,不妨试试看,你们吃起那条鲸来,能不能斯文一点儿。喂,别去抢邻居嘴里的鲸肉。你们中间又有谁对那条鲸享有权利呢?千真万确,你们谁都没有权利,那条鲸是别人的。我知道你们中间有的嘴非常之大,比别人大得多。不过,嘴巴大并不等于肚子大,所以那些大嘴巴就不应该一个劲儿大口地吞,应该给那些小鲨鱼崽子咬下点儿碎肉来,它们夹在你们中间弄不到吃的。"

"讲得好,弗老头!"斯塔布大声赞许道,"这才合乎基督精神。讲下去。"

"跟它们讲破了嘴皮子也没用,斯塔布大人。这些该死的恶棍照样会你推我挤,互相撕打,一个字都不听。你管它们叫馋鬼,真没错,跟这些馋鬼是讲不进油盐的,它们只顾填满肚子,而它们的肚子又是个无底洞。就算把肚子填满了,它们还是不会听你的,因为它们就游到海底,珊瑚礁上睡大觉去了,不管你说什么都听不见了,永远永远听不见了。"

"说真格的,我的看法也差不多。那就算了,给它们祈福吧,弗里斯。我也要吃我的晚餐去。"

一听这话,弗里斯就朝鱼群双手一拱,提起他那尖嗓门,高声说:"该死的同胞们!你们高兴吵就去吵翻天吧。你们那该死的肚子只管去填,胀破了活该——死了拉倒。"

"好啦,厨子,"斯塔布说,这时他又在绞车旁吃开了,"你还站到你先头站的地方去,就那儿,面对着我,注意听着。"

"注意听着啦。"弗里斯应道,就站在吩咐他站的地方,又伏在他那把大火钳上。

"好的,"斯塔布说,一边自在地吃着,"我们现在还是回到鲸排上来。我先问你,你多大年纪了,厨子?"

"那跟鲸排有什么相干?"这老黑人不耐烦地说。

"住嘴!你多大了,厨子?"

"大约90岁,人家说。"他苦着脸咕哝道。

"那你在这世界上快活了100岁,厨子,竟还不知道怎样做鲸排?"话刚落音,就飞快地往嘴里塞了一块肉,"你是哪里出生的,厨子?"

"在舱口后面,去罗阿诺克岛的渡船上。"

"在渡船上出生的,也真少见。不过我是问你老家在哪里,厨子?"

"我不是说了在罗阿诺克那里吗?"他有点火了。

"不，你没说，厨子。不过，我可以告诉你干吗问你这个，厨子。你得回老家去，重新投胎，你还连鲸排都不会做哩。"

"谢天谢地，别指望我再做了。"他非常生气，狠狠地说，转过身来就走。

"回来，厨子！——来，把火钳给我！你现在吃吃那块鲸排看，再告诉我你是不是认为鲸排就该这么个做法。嗨，吃吧，"把火钳朝他一伸——"吃吧，尝尝看。"

这老黑人用他干瘪瘪的嘴勉强把它咽吮了一会儿，嘟囔着说，"这是我尝过的最好的鲸排。很愣，愣得一咬满嘴油。"

"厨子，"斯塔布又摆起了架子，"你常去教堂吗？"

"在开普敦去过一次。"老头不高兴地回答道。

"唔，你一辈子还去过一次开普敦的教堂，那你想必总也听到了有个牧师把听众当作他亲爱的同胞讲话，对吧，厨子！可是你却在这里，像刚才那样跟我撒这样一个弥天大谎，呃？"斯塔布说，"你想上哪里去，厨子？"

"我想立马上床去。"他咕哝道，边说边转过一半身子。

"站住！转身！我说的是你死了以后想上哪里，厨子。这可是个非常重大的问题。这下你怎么回答？"

"等这个黑老头儿死了以后，"这黑老头边想边说，这时他整个神态变了一个样，"他自己不去哪儿，上帝自会派天使来接他。"

"来接他？怎么个接法？来辆四匹马拉的大马车，像接以利亚一样？还有接到哪里去呢？"

"接到那上面去。"弗里斯把火钳笔直地高举过头，就这样非常严肃地举着。

"唔，那么，你死了以后，是想上我们的大桅楼上去，是吗？厨子。可是，你爬得越高就越冷，你知不知道？你是说上大桅楼吗，呃？"

"我根本就没说想上那里。"弗里斯又绷着脸说。

"你说过上那儿去的,是不是?你瞧瞧你自己,看看你那火钳指向什么地方。不过,也许你是想钻过大桅楼升降口上天堂去吧,厨子。不过,那不行,不行,厨子,你到不了那里,除非是按常规办法,五花大绑还差不离。谁都不想这么干,可是非干不可,要不你就去不成。好在我们现在谁都不在天堂里。放下你的火钳吧,厨子,注意听我的命令。你听得见吗?我对你下令的时候,厨子,你得一只手拿着帽子,一只手搁在心口。什么!那是你的心吗?那个部位?——那是你的胃!往上!——对啦!——现在搁对了地方。就搁那里别动,注意听着。"

"注意听着啦。"这老黑人答应道,两只手也按要求的那样处理,还白费力气地扭动他那斑白的脑袋,好像要把两只耳朵挪到前面来似的。

"好啦,厨子,你看你这鲸排实在做得太糟糕了,我这才把它消灭光。这,你看到了的,对吗?这一次就算了。至于下次,你再端到我的专用餐桌——这绞车上来,单给我做的鲸排,我告诉你该怎样做才不会做得太老而白糟蹋材料。你一只手拿鲸排,另一只手夹起一块通红的炭,把鲸排稍微热一热,这么一弄以后,就把它搁到盘子里去。听清楚了吗?如今我们再说明天,厨子,明天我们割取鲸脂时,你一定要守在旁边,把那些鱼鳍尖尖拿走,放到泡菜水里。至于尾巴尖则拿去腌起来。就这样,你可以走啦。"

但是,弗里斯刚刚走了三步,又被叫住了。

"厨子,明天晚上值中更的时候给我弄个炸肉片当晚餐。听到了吗?好啦,你快走吧。——喂!站住!鞠个躬再走。——再停住,转身!明天早餐来个鱼丸——别忘了。"

"上帝啊!但愿是鲸鱼吃他,不是他吃鲸鱼才好。他要是不比鲨鱼大人自己更像鲨鱼,叫我不得好死。"这老头咕咕哝哝着这几句话,一步一跛地回吊铺上睡觉去了。

第六十五章　端上餐桌的鲸

世人居然有人吃给他们提供灯油的动物的肉。而且，你可能还会说，像斯塔布这样的，在吃它的肉的时候，居然还用它自身的油来照明。这事似乎很野蛮，实有必要就其源流和内涵做一番探索。

据记载，三个世纪以前，抹香鲸的舌头在法国被视为难得的美味，价钱很贵。亨利八世时代，有个宫廷厨师因为发明了一种蘸全烤齿鲸吃的美味酱油而获得了一笔可观的奖赏。齿鲸，想必你还记得，也是鲸的一种。确实，这种鲸，时至今日，仍被视为是一种美味。它的肉被做成台球大小的鱼丸，配上好佐料，味道跟海鳖丸或小牛肉丸不相上下。丹斐谟林的老修士就很喜欢吃，国王还赐给他们一条大齿鲸。

事实上，至少捕鲸人都把大鲸看作一道高贵的菜，要是分量不是太多的话。可是，当你坐下来，面前摆着一个100尺长的肉馅饼，也会叫你大倒胃口。如今只有像斯塔布这样毫无偏见的人才会把煮鲸肉一扫而光。不过，爱斯基摩人并不这么挑剔。我们都知道他们以大鲸为主食，还有罕见的陈年葡萄酒般的陈年上等鲸油。他们最有名气的医生之一，左格兰达，还把鲸脂作为最有液汁、最营养的食物推荐婴儿用。这让我想起很久以前的一些英国人，他们被一艘捕鲸船偶然遗留在格陵兰——这些人有好几个月就完全是以榨过鲸油扔在岸上发了霉的碎肉片为食。荷兰捕鲸人称这种碎肉片为"鲸油渣"，确实也很像，因为它又焦黄又脆，闻起来有点儿像古代阿姆斯特丹妇女新炸的小发面饼圈。这东西看样子很好吃,连最有自制力的外地人见了都忍不住要伸手去拿一块尝尝。

其实,鲸肉之所以受到轻视,被文明社会敬而远之,主要是因为它太肥。大鲸是海洋中的头号大公牛,太肥了,倒不好吃了。瞧瞧它那背峰,要不是这么一座实心的肥肉金字塔,准会像北美犁牛的背峰(这是一种有名的珍馐)一样好吃。可是,就鲸油本身而言,尽管它既柔和又稠厚,像是长了三个月的透明、半冻、白色的椰子肉一般,然而要把它拿来作黄油代用品,却仍然嫌太油腻了。尽管如此,许多捕鲸人还是有办法让它被其他东西吸取了以后再吃。在夜晚漫长难熬的值班时间里,水手们就经常把硬面包放在大鲸油锅里炸一会儿。我就这样做过多次美味的晚餐。

至于小抹香鲸,它的脑髓被视为一道好菜。用一把斧子把它的头盖骨砸开,把那两块丰满的、带白色的脑叶取出来(就像是两块大布丁一般),然后和上面粉,煮成一种很好吃的食品,味道有点儿像小牛脑,很为一些美食家所称道。谁都知道,美食家中有些纨绔子弟就是因为常吃小牛脑,没有多久他们自己居然也有了点儿脑子,能分得清小牛脑和他们自己脑子的区别了,而这两者确实是很难区分的。这就是为什么看到一个纨绔子弟面对一盘聪明模样的小牛脑准备大嚼时总让人感到特别难过的道理。这小牛脑带一种"布图,汝亦如此乎!"①的神情责备地瞧着这个花花公子。

陆地人似乎很不喜欢吃鲸肉。之所以如此,也许并不完全是由于鲸肉太肥,可能在一定程度上是由于前面提到的原因所致,就是说,不忍心食一只刚被杀死的海洋动物的肉,更不忍心以其油照明而食其肉。不过,毫无疑问,头一个杀死一头牛的人总被认为是个谋杀犯,也许会因此而被送上绞架。要是把他交付众牛去审讯,他肯定会被绞

---

① 这是恺撒发现谋害他的人中也有他的至交布图(一译布鲁图斯)时说的一句话。见莎士比亚《裘力斯·恺撒》三幕一场。

死；要是谋杀犯理应处以极刑的话，他当然也是罪有应得。随便哪个星期六晚上，你不妨到肉市上去一趟，去看看那许许多多活的两脚动物目不转睛地打量那一长排一长排死的四脚动物的情景吧。那情景不是大可以让吃人生番聊以自慰吗？吃人生番？谁不是吃人生番？确实，一个斐济人如果为了预防饥荒而将一个瘦削的传教士弄死腌在他的地窖里，他总还有个说法；而你为了满足口腹之欲将一些鹅钉牢在地上喂养，拿它们养肥了的肝做成鹅肝酱馅饼来大嚼。在最后审判日到来时，那个深谋远虑的斐济人比起你这个有教养、有知识的美食家来将更会得到宽恕。

可是，斯塔布，他不就是用鲸油灯照着吃鲸肉，对吗？这不是杀了它还要侮辱它吗？再瞧瞧你的餐刀柄，喂，我的有教养、有知识正在吃烤牛排的美食家，那餐刀柄是用什么做的？——还不就是用你正在吃的牛的亲戚的骨头做的吗？你饱餐一顿肥鹅之后，你又是用什么东西在剔牙？就是这种家禽的羽毛。还有那个"禁止虐待雄鹅协会"的秘书又是用的什么鹅毛笔正经八百地写出传单来的？该协会倡导只使用钢笔的决议才通过个把月哩。

第六十六章　大杀鲨鱼

在南海，捕鲸人往往花不少时间，十分劳累地把一条捕获的大鲸深夜拖回到船边之后，至少一般说来，并不马上就着手割取鲸脂，因为这活非常吃力，不是很快就能搞完的，需要大家一齐动手。因此，按照惯例，总是先把帆都落下来，转舵背风后固定抛锚，然后打发所有的人都回各自的吊铺上去睡觉，天亮以后再说。天亮以前这段时间，只留下几个值锚更的人，就是说，一个钟头有四个人，分成两组，轮流上甲板去看看是否一切正常。

可是，有时候，特别是处于太平洋赤道线上时，这种安排根本就行不通。因为不知道有多少鲨鱼围住了这系在船边的死鲸。如果听之任之，比方说，一连六个钟头之久，那第二天早晨大概也就只剩下一具骨架了。然而，在太平洋的其他大部分海域，鲨鱼并不像在赤道上那么多，只要拿几把锋利的捕鲸铲在聚拢来的鲨鱼群中使劲儿搅动，它们那种惊人的贪婪有时还有所收敛。不过这种做法也有失灵的时候，似乎反而会把它们挑弄得更为活跃。好在聚集在"裴廓德"号周围的鲨鱼还没有出现这种情况；虽然，说真格的，没有见过这种情景的人，那天晚上要是在船舷边看到了这一幕，恐怕会以为这整个圆圆的大海就是一块奇大无比的乳酪，而那些鲨鱼就是蠕动其中的蛆。

尽管如此，斯塔布一吃完晚餐就派好了值夜班的人。等魁魁格和一个船首楼水手，按照安排，来到甲板上时，在鲨鱼中登时引起了不小的骚动，因为他们一上甲板，就在船舷边挂起了割鲸脂的脚手架，垂下了三个灯笼,长长的灯光投射在浑浊的海面上,这两个水手拿起长柄捕鲸铲,朝鲨鱼群猛戳起来,把这锋利的武器深深地捅进那似乎是它们唯一的要害所在——脑壳,不停地杀戮它们[①]。不过,在它们极力挣扎乱成一团所搅起的重重泡沫中,这两个枪手并不是每一下都能击中目标。这一来就把这些敌人非常凶残的另一面也暴露出来了。它们不仅恶毒地互相猛咬对方的肚肠,还像可以扳弯的弓一样,蜷起身子来自己咬自己,直弄得那些内脏好像是被它们自己的嘴巴吞了一次又一次,再倒过来打咬破的伤口里排泄出来似的。这还不算。跟这种动物的尸体和鬼魂打交道还得特别小心,因为在那种可以称之为独特的生命离开它们的躯体之后,它们的筋骨里似乎还潜伏着一种为这类生物所共有的或归属众神的活力。为了剥它们的皮,把它们杀死后,吊到甲板上来,其中有一条魁魁格去把它那凶残的嘴合拢来时,竟差点儿被啃掉一只手。

"魁魁格才不在乎是哪个神造的鲨鱼,"这野人痛得手抬起又垂下说,"管他是斐济神还是南塔开特神,反正造它鲨鱼的奈个神肯定是个浑蛋神。"

[①] 用来割鲸脂的捕鲸铲是用最好的钢打造的,大小如摊开的手掌,形状跟花园里用的铲子差不多,只是捕鲸铲的边缘是平的,上端比下端窄得多。这种武器平时都精心养护,十分锋利,临到用时偶尔还磨一磨,快得像剃刀一样。承口装有硬棍作柄,20~30英尺长。——原注

第六十七章 割取鲸脂

猎捕鲸鱼是星期六晚上。第二天大家过的竟是这样一个安息日！由于职务上的原因，所有的捕鲸人都是不守安息年的教授①。象牙色的"裴廓德"号给弄成个屠宰场，所有的水手全成了屠夫。乍一看，准以为我们杀了一万头牛在祭海神。

最触目的是那巨大的割脂复滑车。笨重的部件中包括一串通常漆成绿色的滑车。它很沉，一个人举不起来——得把这一大串葡萄扯上主桅楼，牢牢地捆在主下桅顶上。这是甲板之上最牢靠的地方。一根粗如大缆的索子一端迂回地穿过那一串复杂的滑车，拉到绞车上。复滑车最面的一个大滑车就朝鲸垂下来，滑车上有个吊鲸脂的约100磅重的大钩。这时，大副斯达巴克和二副斯塔布站在船舷外的脚手架上，手执长铲，开始在鲸身两侧鳍的正中间割开一个洞，好把钩子插进去。洞割好之后，又在周围割了一条宽宽的、半圆形的槽路。钩子插进洞里之后，水手们就粗犷地唱起了大合唱，在绞车旁挤成一团，开始绞起来。登时，整个船身朝一边倾斜，船上的螺钉都松动了，就像霜冻天气下一所旧房子上那些钉头装饰一样。船身发抖，不停地颤动，受惊的桅顶也一个劲儿朝天空点头。绞车使劲儿绞，海浪也推波助澜地应和，船身便越发向大鲸倾斜。终于，听到一声吓人的、清脆

---

① 出自《圣经·旧约·利未记》第二十五章第三节至四节："……六年要耕种田地，也要修理葡萄园，收藏地的出产。第七年地要守圣安息，就是向耶和华守的安息，不可耕种田地，也不可修理葡萄园。……"另，美国大学，每七年让教授停止教学一年。

的断裂声,哗啦一声巨响,船身往上一颠,弹了回来,脱离了大鲸,那得胜的滑车拖着拽下来的第一块半圆形鲸脂升了起来。原来鲸脂裹住鲸身,犹如橘皮包着橘子一般,所以剥离鲸脂有时就恰如转着圈儿剥橘子皮一样。从绞车上连续地发出的那股拉力使得大鲸在水中不断地翻滚,一块块鲸脂都整齐划一地沿着斯达巴克和斯塔布这两位副手同时持铲切开的那条称作"纵向切割"的槽路而剥离,大鲸便随着鲸脂的迅速剥离而被吊得越来越高,最后,它的上端都挨着主桅楼了。这时,绞车旁的水手不再绞了。有一阵子,那滴血的巨大肉块在空中荡来荡去,好像从天而降似的,在场的人必须小心躲避,要不,它会啪的给他一个耳光,把他一个倒栽葱扔到海里。

  这时,伫立在一旁的一个标枪手拿着一支叫作"攻船刀"的锋利的长兵刃走上前来,瞅准时机,熟练地在那荡来荡去的大肉团下端捅出了一个不小的洞。于是,另一部备用的大复滑车的一端钩住了那个洞,把那块鲸脂抓住,为进行下一步做准备。这个功夫到家的剑客警告大家站开,一边瞅准角度朝那肉团猛戳一刀,又斜着狠狠地砍了几下,把它整个儿分成了两半;较短的下一半还固定不动,上面一长条叫作"毛毯片"的半爿却已毫无牵连地在摆动,随时可以卸了下来。这时,那些站在前面的转绞车的人又唱了起来。当这部复滑车在剥离并扯起第二块鲸脂时,先前那一部却慢慢地松开了,第一块鲸脂就正好穿过下面的大舱口,掉进一间叫作"鲸脂房"的空空荡荡的会客室。在这间昏暗的房子里,形状肤色各异的手一个劲儿灵敏地卷起那长长的毛毯片,仿佛它是一大团交织的蟒蛇。这活就这样进行下去。两部复滑车一起一落。大鲸和绞车二者都在转动,转绞车的唱个不停。鲸脂房里的先生们卷个不停,两位副手一个劲儿在鲸身上切开槽路。大船也在竭尽全力。大伙则偶尔咒骂两声,借以缓和一下彼此之间难免的摩擦。

第六十八章 毛毯

我曾经就鲸皮这个相当恼火的问题很费过一番脑子。为此,我和海上经验丰富的捕鲸人,和陆上学识渊博的博物学家都争论过。我还是坚持我原先的看法,不过也仅仅是个人的看法而已。

问题是,鲸皮指的是什么?在什么部位?你们都已经知道鲸脂是什么东西了。这鲸脂有点儿像纹理细密紧实的牛肉,不过更经嚼,更有弹性,更结实些,厚度是从8英寸或10英寸到12英寸或15英寸。

说来也是,谈及一个动物的皮,竟扯到它密度如何,厚度多少,乍一听,似乎荒唐之至。然而,就事论事,这样一个推论却不容置辩,因为除了那层鲸脂,你不可能从鲸身上揭起第二张细密的外皮来;而覆盖任何动物全身的那最外面的一层,如果具备适当的密度的话,不是皮又是什么呢?确实,从鲸的完整的尸体上,你可以用手捏起一层非常薄的、透明的东西来,有点儿像最薄的白云母片,只是几乎柔软得像缎子。就是说,在它还保持湿润的时候是如此,一干,它就不仅收缩,变厚,还发硬发脆。我有几小片这样的干片,用来做我那些鲸学书的书签。我曾经说过,这东西是透明的,把它搁到书页上,有时我还开心地以为它能放大哩。你也许会说,不管怎样,透过鲸自己的镜片来读有关鲸的书,总是愉快的事。不过,我在这里想说的是另一回事,我承认,那层很薄很薄、白云母片似的东西裹住了鲸的全身。不过,与其把那层东西看作这动物的皮,还不如把它看作,可以说是,皮上之皮。因为,庞然大物的鲸所特有的皮比新生婴儿的皮还要薄，还要嫩，那简直是荒谬绝顶，说不过去。不过，这一点先搁下。

假定鲸脂就是鲸皮，那么，以一条特大的抹香鲸为例，这张皮就能榨出100桶油。就量而言，或者不如说就重量而言，只占这张皮的四分之三，而不是全部。仅仅是它的皮这一部分就出了这么一个湖的油，由此我们对这精力旺盛的家伙之庞大便多少有点儿印象了。按十桶合一吨计算，十吨仅仅占鲸皮纯重的四分之三。

一条活的抹香鲸，在它所呈现的许多令人叹为观止的东西中，它的外表绝不是最不足称道的。它身上几乎无一例外地布满了无数呈45°角密密麻麻反复交叉的直线，有点儿像精美的意大利绒雕上的线条。可是，这些线条看上去好像并不是印在上述那种白云母薄片上面，而像是印在那薄片似的东西下面透过来的，好像是直接刻在鲸身上似的。这还不算。有时，在悟性高观察入微的人眼中，那些绒条，就像在真的版画中一样，只不过是为其他更多的图形打底子。这都是些象形文字，要是你把金字塔内壁上那些神秘的符号都称为象形文字的话，那这个字眼儿用在这里就再合适不过了。特别是有一条抹香鲸身上的象形文字格外清晰地留在我的记忆中，让我不由得想起密西西比河上游河畔那著名的有象形文字的断岩上一块削平的刻有古印第安图样的石板。这大鲸身上的神秘线条，跟那些岩石上的神秘图样一样，至今无人辨认得出。提起这些印第安岩石，又让我想起另一件事。抹香鲸除了其外表显示的其他各种现象外，它也常常露出背脊，特别是肋腹部分。由于有许多严重的擦伤痕迹，它外貌上整齐的线条大部分给磨掉了，完全是一副不规则、不整齐的样子。大概新英格兰沿海的那些岩石，据瑞典博物学家阿伽西猜想，那些岩石之所以带有严重擦伤的痕迹都是浮游冰山的撞击所致——大概那些岩石在这一点上和抹香鲸相似。在我看来，鲸身上的这样一些擦伤痕迹也可能是跟其他鲸相斗落下的，因为我在许多巨大的成年雄性抹香鲸身上几乎都看到有这种痕迹。

再就鲸皮或者鲸脂唠叨两句。前面已经提到，那是一长条一长条从鲸身上剥下来的，人们称之为毛毯片。这名称，跟大多数航海用语一样，非常恰当而又含有深意。因为包裹大鲸全身的鲸脂确实像是真正的毛毯或者床罩，说得更确切些，像是印第安人的套头披风，从头上套下去，把全身裹得严严实实。鲸正因为身上裹有这床舒适的毛毯，才能不论酷暑严寒，不分海域，不管潮涨潮落，任何时候都过得舒服惬意。比方说，在北极那些冰冷刺骨的海洋中，格陵兰鲸要是身上没有那件舒适的外套，它能受得了吗？不错，其他的鱼类在那些极北的海洋中照样优哉游哉。可是，请注意，这些鱼都是冷血、无肺的，它们的肚子本身就是冰箱，它们只要借冰山避避风就感到暖和，正如寒冬的旅客在火盆前烤烤身子一样。而鲸，则和人类一样，既有肺，血也是热的。把它的血一冻住，它就完啦。可见这多么令人惊奇——要是事先不加以说明的话——这个庞然大物于体温之不可或缺丝毫不亚于人类；它终生置身于北极那些海洋之中居然能过得悠闲自在又多么令人惊奇！在那种海域，水手要是掉下海去，有时若干个月后，会发现他们直挺挺地冻僵在白茫茫一片冰原之中，犹如苍蝇粘在琥珀中一般。但更奇怪的是，实验证明，北极鲸的血比夏天里婆罗洲黑人的血还要热。

我深深感到，在鲸身上，我们看到了一种坚强独特的生命力之罕见的品质，坚墙厚壁之罕见的品质，胸怀博大之罕见的品质。啊！人们，赞美鲸，以鲸为表率吧！你也能置身冰雪之中而仍然浑身温暖？你也能生活在这世界上而不为这世界所左右？置身赤道别升温；身处北极别让血凝住！啊！人们，你们要像圣彼得大教堂的大圆屋顶一样，要像大鲸一样，使自己的温度一年四季始终如一。

可是，这些美好的东西，讲授起来多么容易，要人家身体力行却是多么为难啊！建筑物中，像圣彼得大教堂那样有圆屋顶的能有几座！动物中，像鲸那样恢宏博大的更是寥若晨星！

第六十九章 葬礼

"收链！让尸体往后漂走！"大复滑车现在已经完成了任务。这剥得雪白的去了头的鲸尸像座大理石墓似的闪着光。这鲸尸虽然颜色变了，体积却看不出有什么收缩。它仍然跟原先一样庞大，它慢慢地越漂越远。它周围的海水在贪得无厌的鲨鱼冲刺之下向四面泼溅。尖叫的鸟群在上空贪婪地穷追不舍，一张张利喙就像是一把把短剑，肆无忌惮地插进鲸尸。这无头的白色巨怪漂得越来越远离大船。它每漂上一段，就新跟上不少鲨鱼，闻讯而来的飞鸟就更多，二者都成几何级数递增，杀气腾腾的鼓噪声越来越高。好多个钟头，从几乎是静止不动的大船上可以看到这丑恶的场面在继续。在晴朗柔和的蓝天下，在快活舒展的海面上，愉快的和风吹送着这巨大的死尸漂呀，漂呀，最终消失在目力难穷的远方。

真是个够凄凉够嘲弄的葬礼！空中的秃鹫全都虔诚地哀悼，海中的鲨鱼全都一丝不苟地披麻戴孝。鲸生前要是真需要帮助的话，我只怕它们中间没有几位会到场，可是在为鲸举行葬礼的宴席上，它们却都虔诚地一拥而上。啊，死亡那可怕的贪婪啊！最有威力的鲸也在劫难逃。

可是，这还没有收场。尽管它的身躯遭到亵渎，它却还留着个复仇的鬼魂盘旋于其尸体之上来吓唬人。如果老远地偶然被一艘过于小心的兵舰或冒险的探险船发现，因为距离太远看不清密集的鸟群，只看见雪白的一团在阳光下漂浮，再加上朝它高高冲击起的白色浪

花，于是人们会用颤抖的手指把这已不会伤人的鲸尸记载在航海日志上——附近发现鱼群、暗礁和危险物：留神！也许以后若干年，所有的船只都会躲开这个地方，就像傻乎乎的羊群在平地上猛地跃起似的，只因为它们的头羊原先看到这里架有一根棍子就是这么跃过去的。这就是你们以先例为依据的法律！这就是你们的传统之实用价值所在！这就是你们那原先就缺乏根据现在已没有市场的古老信念仍然顽固地存在的真相！这就是正统！

由此可见，大鲸生前，它那庞大的身躯很可能真让它的敌人恐惧过；死后，它的鬼魂还能在人间引起无休止的虚惊。

你相信鬼魂吗，我的朋友？除了为了讹诈而虚构的鸡巷鬼外，世界上还有好多别的鬼，比约翰逊博士还要渊博得多的人也相信哩。

第七十章　狮身人面怪

应该做一点补充的是，大海兽在整个被剥光之前，先行被砍头。且说这砍抹香鲸的头，可是一项需要通晓解剖学的技艺。富有经验的大鲸外科大夫深以此自豪，并不是没有道理的。

请想想看，鲸身上并没有个什么地方可以合适地被称为脖子；恰恰相反，它的头和身子似乎直接连在一起，而那连接处却正好是它身上最粗的部位。也别忘记，这位大夫必须悬空作业，距离他的解剖对象约8英尺或10英尺，而这对象又几乎整个儿隐蔽在浑浊、翻腾，并经常是汹涌迸溅的海水中。也请记住，在这种困难重重的情况下，他还得在它身上砍进去好几英尺深；同时因为是在水中开刀，切开的裂口时刻在收缩，哪怕看上一眼都很不容易，开刀的人必须熟练地避开所有紧挨着的、不该砍的部分，准确地紧靠着脊椎与头颅的交接点砍下去，所以斯塔布吹嘘说他只需十分钟就可以砍下一条抹香鲸的头来，你还能不觉得了不起？

鲸头砍下后，先扔在船尾，用根大缆捆住，等鲸身剥光后再行处理。要是赶上条小鲸，在鲸身剥光后，就把鲸头吊上甲板来慢慢处理。可是，赶上是条成年的大鲸，就不能这么办了，因为抹香鲸的头几乎占它整个身躯的三分之一，即使动用船上巨大的复滑车，要把这样大的一个家伙完全吊起来，也犹如想用珠宝店里的戥子来称荷兰的谷仓一样白费力气。

"裴廓德"号捕获的这条鲸的头部切下之后，给吊在船边——大约有一半露出水面,这样它就可以大部借助水的浮力浮起。而吃力的大船则由于下主桅顶上一股巨大的下拉力而向一边倾斜得很厉害。那一边的每一根桁臂都像起重机的长臂似的伸出去,悬空在波浪上。血淋淋的鲸头吊在"裴廓德"号的腰部,就像是巨人荷洛弗思的头挂在朱狄斯的腰带上一般。

等最后这件活干完已经是中午了,水手们都下去吃中饭。刚才还忙碌嘈杂的甲板现在已空无一人,悄无声息。四下里一片黄灿灿的宁静,像一株无处不在的睡莲正在海面上无声无息地展开它那巨大的叶子。

没隔多久,亚哈就从船长舱出来,独自来到这悄无声息的世界。他先在后甲板上走了几个来回,就停下来,凝望着船舷外边,然后慢慢跨上那些大锚链,拿起斯塔布那把长柄铲子——用来砍去鲸头后仍搁在那里——捅进那半悬空吊着的大家伙的下半部,把另一头像支拐杖似的抵在胳肢窝下,就这么倚在长铲上站着,眼睛盯住了鲸头。

这个黑色的头,吊在那里,四卜里是一片极其深沉的宁静,看去就像是沙漠里那狮身人面像的头。"说吧,你这又大又老的头,"亚哈喃喃道,"你虽然没有大把胡须,可到处长满苔藓,看去一片斑白;说吧,巨大的头,把深藏在那里面的秘密告诉我们。在所有的潜水者中,你是潜得最深的。这个天上的太阳照着的头一直是在海底活动的。那里有多少未经记录下的人和船只腐烂了,有多少没来得及吐露的希冀和指望化为乌有。在那快速舰似的地球残忍的底舱里,千千万万溺死者的尸体做了压舱物。在那可怕的水底王国里,却有你最亲切的家。你去过潜水钟或者潜水者从来没有去过的地方。你曾经躺在许多水手身旁,那是彻夜难眠的母亲甘愿舍身代之的地方啊。你看到过双双紧抱的情侣从熊熊大火的船上跳下大海,心贴心地沉没在狂喜的波涛中;在上苍似乎有意背弃他们的当口,他们却至死不渝。你也看到过被杀害的大副半夜里从甲板上被海盗抛入大海;他掉进那午夜般黑沉沉的贪得无厌的大口好几个钟头了,那艘杀人越货的海盗船照样毫发无损地在航行——而突如其来的闪电却把邻船打得粉碎，它本来会把顾家的丈夫送到盼望的亲人张开的双臂中去的。头啊，你见多识广，足以剖析休咎，足能教亚伯拉罕变成个异教徒，可你一言不发！"

"有船咧！"从主桅上传来一声欣喜欲狂的喊声。

"哦？好哇，那真是喜事。"亚哈嚷道，猛然挺直身子，额上的愁云一扫而空，"在这个死气沉沉的寂静里听到这声振奋人心的叫喊，简直能叫人百病皆消。——在哪里？"

"右舷船头三个罗经点，先生。还给我们带来一股和风哩！"

"那就更棒了，伙计。但愿圣保罗待会儿也会跟着过来，给我了无生气的心境带来一股春风！造物主啊！人的灵魂啊！你们彼此关联，何其相似乃尔！人的灵魂独立存在，丝毫不为外物所左右，在精神上却和造物主息息相通。"

第七十一章 "耶罗波恩"号的故事

那艘船跟和风齐头并进，只是风比船来得快些，随即"裴廓德"号就轻轻摇晃起来了。

不一会儿，从望远镜里看到了那艘船上的小艇和配备了人的桅顶，原来它也是条捕鲸船。可是它远在上风处，走得飞快，一闪而过，显然是在赶向另外哪个渔场。"裴廓德"号不可能赶上它。于是，打出信号，看有什么反应。

且在这里说明一下，美国捕鲸船队的船只也像海军的舰艇一样，都有自己的信号。这些信号及各自所属船只的名称都收在一本小册子里，每个船长人手一册。因此，捕鲸船船长在海洋上，哪怕隔得相当远，彼此也容易认出来。

"裴廓德"号打出信号后，终于那艘陌生的船也打出了自己的信号作为回答，原来那艘船是南塔开特的"耶罗波恩"号。它把帆桁跟桅杆扯成直角后，就疾驶过来，到并排时就在"裴廓德"号的背风面打横，放下一只小艇。小艇很快就靠过来了。但是，当水手们按照斯塔布的命令正在舷侧放下绳梯，迎接来访的船长上船时，小艇上的陌生人却在艇尾摇手，表示完全不必这样做。原来"耶罗波恩"号上闹过一场恶性传染病，船长梅休怕传染给"裴廓德"号上的船员。因为，虽然他和小艇上的水手都还没有传染上，虽然他的大船还在半个步枪射程之外，中间隔着不会感染的滚滚波涛和猎猎清风，他还是认真地遵守陆上那种过于谨慎的检疫规定，断然谢绝与"裴廓德"号直接接触。

不过,这绝不是就此不能有任何联系。"耶罗波恩"号的小艇和"裴廓德"号之间保持有几码的距离,小艇隔三岔五划上几桨,以便跟"裴廓德"号保持平行,因为这时风已刮得很急,"裴廓德"号的中主桅帆都吹得向后鼓了起来,船身还是慢慢向前移动。虽然有时确也冲来一阵大浪把小艇反而推到"裴廓德"号前面去了一些,不过很快又熟练地让它回到跟大船平行的位置上。双方的对话就在这种不时发生的诸如此类的干扰之下断断续续地进行,不过有时也并非没有另外一种性质大大不同的干扰。

"耶罗波恩"号的小艇上一个摇桨的模样十分奇特,甚至在本来就是由各式各样罕见的人物组成的野蛮的捕鲸业中都显得很突出。他身材短小,年纪不大,满脸雀斑,一头黄发。身穿一件褪了色的胡桃色老式长外衣,过长的袖子卷到手腕处。眼睛里流露出病根很深的精神错乱的神色。

斯塔布刚一发现这个人,便大喊道:"就是他!就是他!——他就是'动嘴'号上的人告诉我们的那个穿着上岸衣服的胆小鬼!"斯塔布这里指的是前些时候,"裴廓德"号和"动嘴"号对话时谈及"耶罗波恩"号的一个奇怪的故事和它的一个水手。根据当时所讲的及后来知道的一些情况,那个胆小鬼好像很奇妙地控制了"耶罗波恩"号上的每一个人。他的故事是这样的:

他本是在奈斯古威纳怪诞的震教派团体里长大的,曾是其中的一个大预言家。在他们那些精神失常的秘密集会上,他有好几次通过一个活门从天上下来,宣布马上就要打开第七碗[①],那碗就在他的外衣口袋里。但是,据说那碗里装的不是火药,而是鸦片酊。他曾突萌奇想,以使徒自居,离开奈斯古威纳,来到南塔开特,凭着他那种疯

[①] 七个碗盛的都是上帝的大怒,即七种灾难。第七碗为大地震。见《圣经·新约·启示录》第十五章至第十六章。

头疯脑所特有的狡黠，装出一副通情达理、稳重可靠的模样，自愿做个生手后备船员，参加"耶罗波恩"号的捕鲸航行。他被雇用了，但是等船一出海刚见不着陆地，他的神经病就突然发作。他宣布他自己是迦百列天使长，并命令船长跳海。他发表了宣言，声称自己是海上诸岛的拯救者、大洋洲的代理监督。他宣布这些事情时神态是多么的堂而皇之、一本正经——他暗中肆无忌惮地发挥他那兴奋得彻夜不眠的想象，再加上来自真正的精神错乱的各式各样异常可怕的举动，在大多数无知的水手心目中成了个带有浓厚神圣色彩的人物。他们都很怕他。然而，这样的人在船上实际上没有多大用处，除了赶上他高兴的时候以外，他什么活都不肯干，船长便怀疑他装神弄鬼，早就想让他滚蛋。不过，船长当众说是那个人自己要求在头一个方便的港口上岸。这位天使长立刻搬出上帝来威胁——如果这个如意算盘付诸实践，他就听任这船和全体水手彻底毁灭。水手中他有不少信徒，都信死了他，他们集体跑到船长那里，说要是打发迦百列走路，那他们一个都不会留下。船长只好放弃自己的计划。他们还要求不得虐待迦百列，不管他说什么、做什么，这一来，迦百列在船上就为所欲为了。结果是，这位天使长很少或者根本就不把船长和三个副手放在眼里，船上发生传染病以后，他更是趾高气扬，声称这场瘟疫完全听命于他，他高兴让它终止才会终止。那些水手大多是些可怜虫，在他面前战战兢兢，有些还曲意逢迎；他们遵从他的指示，有时还对他顶礼膜拜，奉若天神。这些事似乎很难令人置信，然而不管它们多么怪诞，却是千真万确的。连整部宗教狂徒史都远不如这个如此善于自欺欺人的狂徒引人注目。不过，还是让我们回到"裴廓德"号上来吧。

"我不怕你们的传染病，朋友，"亚哈在舷墙边对站在艇尾的梅休船长说，"上船来吧。"

但这时迦百列跳起身来。

"你想想，想想得热病的后果吧：肤色变黄，胆汁增多！当心这种可怕的瘟疫！"

"迦百列，迦百列！"梅休船长嚷道，"你应该——"可这时一个大浪把小艇冲出去老远，汹涌的波涛盖住了说话的声音。

"你看到过白鲸吗？"等小艇慢慢荡回来时，亚哈问道。

"想想，想想你的小艇吧，会给打碎下沉！当心那可怕的尾巴！"

"我再跟你说一遍，迦百列，你——"但这时小艇又给冲到前面去了，仿佛被魔鬼拖着似的，好一阵子无法交谈。喧闹的波浪连绵不断地滚滚而过，这时而任性胡来的波涛一发作，便不是一起一伏，而是狂翻乱滚。同时，那颗吊着的抹香鲸头也颠簸得很厉害。人们看到迦百列以似乎与他那天使长身份很不相称的恐惧瞧着那颗鲸头。

这阵干扰过去之后，梅休船长就讲起了有关莫比·迪克的一个悲惨的故事。然而，在讲的过程中，一提到迦百列的名字，他便从中打岔，那疯狂的大海好像也跟他联合起来，一致行动。

"耶罗波恩"号离家后不久，在和一艘捕鲸船交谈时，船上的人就从人家那里确实可靠地得知有这么一条叫莫比·迪克的大鲸和它毁船伤人的事了。迦百列一字不漏地把这消息听入了耳。他非常严肃地警告船长说，万一碰上这个巨兽，千万不要攻击它；他疯疯癫癫地胡言乱语一气，宣称白鲸正是震教神的化身；这是震教派从《圣经》中领悟的。但是，一两年后，桅顶上的瞭望者清清楚楚地看见了莫比·迪克。大副梅赛火烧火燎的要跟它去干一仗，船长本人也不想扫他的兴。于是，梅赛不顾这位天使长事先的一切警告和恐吓，说服了五个水手登上他的小艇。他领着他们用桨推离大船，在划得非常疲劳，多次危险而徒劳的攻击之后，他们终于把一支标枪牢牢地扎进了大鲸的身体里。这时，迦百列爬到主桅顶上，使劲儿摇胳膊，打手势，一边高声预言，那些攻击他的天神、罪孽深重的人，马上就会大祸临头。这时候，正当梅赛大副站在艇首，以他那个部族所特有的旺盛精力满不在乎地朝大鲸狂呼乱喊，并举起了鱼枪正想伺机投出时，嗬！海里突然冒出一个巨大的白影来，尾巴飞快地来回拍打，登时那几个桨手全吓呆了。紧接着，那倒霉的大副，刚才还生龙活虎一般，给一下子抛到了半空中，划了一个大弧，掉在约50码外的海里。小艇丝毫无损，桨手们连头发都没有触动一根，可是，大副却再也没有上来。

不妨在这里顺便说两句，在捕抹香鲸业严重的意外事故中，这种情况可说是经常发生的。有时，除了那个完蛋的人以外，其余人毫无损伤。更常见的是，艇首给砸掉了，或者指挥者站的那块粗板子，连人带板给撕下去了，其余部分却安然无恙。但最奇怪的是这种情况，找到遇难者的尸体之后，上面竟看不到半点儿伤痕。

这整个灾难，以及梅赛是怎样掉下海去的，大船上看得清清楚楚。迦百列一声尖叫——"那碗！那碗！"随即命令那些吓破了胆的水手停止追击。这个可怕的事件更加扩大了这位天使长的影响，因为他那些轻信的信徒都认为他早就预告过了，他就此成为船上一种说不出的恐怖。

梅休刚把故事讲完，亚哈就刨根刨底地问白鲸的事，这位陌生的船长便反问他是不是打算去追捕白鲸，亚哈回答道："是呀。"话音刚落，迦百列马上又跳起身来，瞪着这个老头，手指朝下指着，气鼓鼓地嚷道："你想想，想想那个亵渎神明的人——死了，就在那下面！——别也落个同样的下场！"

亚哈不为所动地转过脸去，对梅休说："船长，我刚想起了我的信袋。有一封是给你手下一个头头的，要是我没记错的话。斯达巴克，到信袋里找一找。"

每艘捕鲸船出航时都捎有好些给别的船只的信件，能不能交到收信人手中，则决定于是否能凑巧在海上碰上他们。因此，大部分信件永远到不了收信人手中，有一些则要耽误两三年或更长时间才能收到。

很快斯达巴克就拿着一封信回来了。那信因为长时间搁在舱里一个阴暗的橱柜里，皱巴巴的，挺潮，还有一层暗绿色的霉斑。递交这样一封信,信差也许是死神本人。

"没法子看?"亚哈嚷道,"给我,朋友。是呀,是呀,写得是有点儿潦草。——这是什么?"在他仔细辨认的时候,斯达巴克拿起一根长长的割鲸脂铲铲柄,用小刀稍稍剖开柄端,好把信夹住,就这样朝小艇伸过去,小艇就不必再朝大船靠拢了。

这时,亚哈拿着信,喃喃念道:"哈——对啦,哈利先生——(是女人纤细的笔迹——准是这人的老婆写的,我敢打赌)——哦——哈利·梅赛先生,'耶罗波恩'号。——嘿,是给梅赛的,可他已经死啦!"

"可怜的家伙!可怜的家伙!还是他老婆写来的哩。"梅休叹息道,"不过还是给我吧。"

"不,你自己留着。"迦百列朝亚哈嚷道,"反正你很快也会那样完蛋的。"

"鬼掐死你!"亚哈大喊,"梅休船长,还是请你接信吧。"他从斯达巴克手里把那封不祥的信拿过来,夹在柄端的缝里,朝小艇伸过去。可是,在他这样做时,桨手都期待地停止划桨,小艇稍稍朝大船船尾漂去;这样一来,仿佛鬼使神差,那封信伸到迦百列那迫不及待的手跟前来了。他一把攫住,抓起小艇上的砍索刀,捅穿那封信,连刀带信扔回了大船,正好掉在亚哈脚边。然后,迦百列尖声大叫,要他的伙伴赶紧划桨,就这样这违抗命令的小艇飞快地驶离了"裴廓德"号。

这段插曲过去之后,水手们又继续处理大鲸的外套,可是这荒唐的事件却为以后许多怪事埋下了伏笔。

第七十二章 猴索

在处理大鲸的一片繁忙中,水手们跑前跑后,忙得不亦乐乎。一会儿这里需要人手,一会儿那里又需要人手。人人简直是马不停蹄,因为这里那里的活都得同时进行。这个在努力描绘这一场面的人也忙得手不停笔。现在我们必须回过头来说说,前面已经提到,在鲸背上切割之前,得先把鲸脂大钩钩在原先由两位副手用铲子戳开的孔里。但是,那么笨重的钩子怎么才能钩到那孔里去呢?这活由我的密友魁魁格来完成。作为标枪手,那是他职责内的事,他得下到那巨兽背上去执行这一特殊任务。而且,他得一直待在鲸背上,等整个剥皮手术做完了才能下来。请注意,那条鲸,除了正在动手术的部分外,几乎整个儿都浸在水里。因此,这个可怜的标枪手就在低于甲板约十英尺处,半个身子趴在鲸身上,半个身子泡在水里,不停地挣扎,因为他脚下的巨兽像踏车似的总在转。在这种场合,魁魁格总是一身苏格兰高地人装束——一件衬衣,一双短袜——这身打扮,至少在我眼中,显得格外潇洒。谁要看他,这就是再好也没的时机了。

作为这个野人的前桨手,就是说,在他的小艇里划头桨(从前面数第二个位置上),我很高兴的是,我的职责是在他极其艰难地爬上死鲸背时,好好照料他。你们想必见过意大利手风琴手,用一根长绳牵着只蹦蹦跳跳的猴儿。我也正是那样,用一根捕鲸业中的所谓猴索,拴在他腰部一根结实的帆布带子上,从壁陡的船舷边把他送到海面去。

这事儿对我们两人都很危险,虽然看起来很滑稽。因为在往下讲之前，我必须说明的一点是，这根猴索两头都拴得牢牢的，一头拴在魁魁格的宽帆布带子上，一头拴在我的窄皮带上，所以不管是祸是福，我们俩都拴在一起了。万一可怜的魁魁格沉了下去，再也上不来，那按照这一行的惯例，并为了个人名誉，我不能割断绳索，只能跟着被一块儿拽下水去。这样一来，一根细长的绳子就把我俩连在一起。魁魁格就是我连体的孪生兄弟，我无论怎样都不能摆脱这条大麻绳让我承担的风险。

当时我也确实把处境想得太惨、太玄了。在聚精会神地注视着他的动作时，我似乎清清楚楚地看到我的身家性命都寄托在一家两人开的合资公司上了，看到我的自由意志已经受到致命的创伤，也清楚地看到别人的差池或不幸很可能把无辜的我投入我本不应有份的灾难或死亡中去。因此，我认为神意在这里出现了空白，因为大公无私的神绝不会容许这样大的冤屈存在。然而，我又进一步想——在我不时猛拽他一下以免他给卡在死鲸与大船中间时——嘿，我这种处境跟每一个活着的人的处境其实一模一样，只不过，在大多数情况下，他们那根绳子是这样那样地跟更多的人连在一起而已。要是你的银行家破了产，你也就跟着倒霉；要是你去抓药，药铺里给你错放了一味毒药，你就完了。不错，你也许会说，只要小心在意，就可能躲过生活中许许多多诸如此类的厄运。我小心在意地掌着魁魁格的猴索，可有时他猛一拉，劲儿一大，我就差点儿滑到海里去了。我非常清楚，随我怎么小心在意，我所能控制得了的也只是猴索的一头而已[①]。

我曾间接提及过，我常常要把魁魁格从死鲸和大船之间拽出来——因为二者都在不停地滚动摇摆，他有时就会掉到这夹缝中去。可是他面临的危险还不仅仅是陷于夹缝。那些鲨鱼一点儿也没有为头天夜里的大屠杀所吓退，反而为鲸尸原先蓄积于体内现在开始流出的

[①] 所有的捕鲸船上都有猴索。不过，仅仅在"裴廓德"号上，猴儿和牵猴的人才拴死在索的两端。就原有的惯做这一改进的不是别人，正是斯塔布，目的在于向处境危险的标枪手提供最让他放心的保证，既然牵索人跟他生死与共，自然对他的安危不敢有丝毫松懈。——原注

血所引诱，变得更加放肆更加活跃——这些发疯的畜生就像蜂窝里的蜜蜂似的团团围住了死鲸。

而魁魁格就处在这些鲨鱼的包围之中。他时时乱踢乱蹬把它们赶开，要不是它们都给死鲸吸引住了，这简直是难以置信的事。无所不食的鲨鱼，只要有别的肉可吃，是很少碰人的。

尽管如此，还是宁可相信这一点，既然它们如此贪得无厌地分享死鲸，那对它们还是小心谨慎些为妙。因此，除了这根猴索——我用它时时拽一下这个可怜的家伙，免得他太靠近一条看去似乎特别凶狠的鲨鱼的嘴巴，船上还提供给他另一重保护，塔希蒂格和达格俯身在脚手架边，不停地挥舞两把锋利的鲸铲，把凡是他们够得着的鲨鱼全部干掉。他们这种做法自然毫无私心而且是慈悲为本。他们是为了魁魁格好，我承认。可是，在他们急于想保护他的热情中，以及在他和鲨鱼二者均不时半没在浑浊的血水中的情况下，那两支不够慎重的鲸铲很可能剁掉的是一条人腿而不是一条鲨鱼尾巴。但可怜的魁魁格，我想，在气喘吁吁吃力地敲捣那大铁钩时只有祈求他的约约，把他的生命交给他的神祇了。

"好啦，好啦，我亲爱的伙伴和孪生兄弟，"我随着波浪的起伏把索子一收一放时，心里想道，"归根结底，那又有什么要紧？你跟我们捕鲸界里所有的人不是一模一样的吗？你在其中累得喘不过气来的深不可测的海洋，就是生活。那些鲨鱼是你的敌人，那些铲子则是你的朋友。可它们同样使你的处境万分危险，可怜的伙伴。"

不过，还是鼓起勇气来吧！好多人在等着为你欢呼喝彩呢！魁魁格。因为，这时，当这个筋疲力尽的野人，嘴唇发青，两眼充血，终于攀着锚链，跨过船舷，站在甲板上，浑身淌水，不由自主地全身发抖时，那小厮走上前来，带着怜惜和安慰的眼神递给他——什么呀？热白兰地吗？不是！天哪！递给他一杯温热的姜水！

"是姜水吗？我是不是闻到了姜味？"斯塔布怀疑地问道，一边走了过来，"没错，这肯定是姜水。"他盯着那尚未喝的饮料直瞧。然后好像难以置信地站了一会儿，就不动声色地朝那个惊诧的小厮走过去，慢吞吞地说道，"姜水？姜水？能不能劳驾告诉我，汤团先生，姜水的功用何在？汤团，你就打算用这种燃料来烤暖这个冷得浑身打战的野人？姜汤！——姜水究竟是什么东西？——是矿化煤？是木柴？——是安全火柴？——是火绒？——是火药？——喂，姜水究竟是什么东西，你竟端了一杯到这里来，给我们可怜的魁魁格？"

"是戒酒协会在暗地里搞鬼吧？"他突然又补上一句。这时，斯达巴克走拢来了，他刚从船头过来。"请您瞧瞧那小杯东西，先生，请您闻一闻。"然后，他瞧着大副脸上的表情又说，"斯达巴克先生，这小厮竟敢把那种泻药拿来给魁魁格。您瞧，他刚从鲸身上爬上来。难道这小厮是药剂师吗？先生，我可不可以问问，是不是就是这种苦味药，它能用来恢复这个淹得半死的人的元气呢？"

"我看靠不住。"斯达巴克说，"这东西管不了什么用。"

"对啦，对啦，小厮，"斯塔布嚷道，"你再拿药给标枪手吃，我们就要教训你了。这里完全用不着你这药剂师的药。你想毒死我们，是不是？你给我们都办了人寿保险，因此想把我们都害死，好独吞保险金，是不是？"

"别怪我，"汤团嚷道，"是慈善大婶把姜带上船来的，吩咐我千万不要给标枪手酒喝，只给姜汤喝——她是这么叫这东西的。"

"姜汤！姜你这个混蛋！拿走！赶紧去，到橱柜里拿点儿好些的东西来。我想我没有做错，斯达巴克先生。这是船长的命令——拿烈酒给从鲸身上下来的标枪手喝。"

"好啦，"斯达巴克回答道，"别再打击他了，不过——"

"哦，我打击归打击，决不会伤害他，除非是打击一条鲸或者那一类的东西。而这个家伙却是只黄鼠狼。你刚才想说什么来着，先生？"

"没别的，你跟他一块儿到舱里去，要什么，你自己拿就是了。"

斯塔布再出现在甲板上时，一手拿着个黑瓶子，另一只手拿着个茶叶罐样的东西。前者装的是烈酒，他给了魁魁格，后者是慈善大婶的礼物，他随手扔给了大海。

第七十三章　斯塔布和弗拉斯克杀死了一条露脊鲸；而后关于它的对话

　　这一段时间，"裴廓德"号一侧一直挂着个巨大的抹香鲸头，这一点必须记住。但我们只好让它继续挂在那里，以后有工夫再处理。因为还有好多事亟待处理，目前我们对那个头所能做的只有祈求上天让那部复滑车挺住。

　　经过一个晚上和一个上午，"裴廓德"号已逐渐漂入一处海域。从那偶尔出现的一片片浮游生物来看，肯定附近就有露脊鲸。这种大海兽会在这种时候潜伏在这一带倒是很少有人会想到的。虽说水手们一般都不屑于捕捉这种二等货色；虽说"裴廓德"号根本就不是为它们而来的，在克罗泽斯附近碰见过好多条，却连一条小艇都没有放下去过；然而，使大家大为惊奇的是，在捕获一条抹香鲸且将之砍头之后，竟下来了命令，要是有机会的话，当天就要求捕到一条露脊鲸。

　　这倒没有等多久。在下风处就看到了高高的喷水，斯塔布和弗拉斯克奉命分别率领两只小艇去追击。小艇划出了老远老远，最后连大船桅顶上的人都几乎看不见它们了。但是，突然远远地，他们看到一大堆翻腾的白浪。跟着他们报告说，有一只或者两只小艇都把鲸拴住了。过了一阵，两只小艇都看得很清楚了，它们正被那拴住了的鲸拖着直奔大船而来。眼看这巨兽就到了跟前，开头还以为它要对大船行凶，但突然在离船不到20米处，它一个猛子，搅起了一个大旋涡，就整个消失得无影无踪，好像是钻到船底下去了。"快割，快割！"大船对小艇直喊，而小艇在那一瞬间好像就会给拖得狠狠地撞碎在大船身上似的。但是，索桶里还有好长的索子，而这鲸又下潜得并不算太快，他们就尽量把索子放出去，又拼命划桨，好抢到大船前边去。有那么几分钟的工夫，情势达到了白热化的程度，因为就在他们朝一个方向放松那绷紧的捕鲸索又朝另一个方向拼命划桨时，这两股紧张对峙的力量随时有把他们都拖下水去的危险。不过，他们只消争取到几尺的优势就行。他们硬是坚持下来，并赢得了那几尺。于是，陡然之间，一阵震动闪电似的掠过龙骨，那根绷得紧紧的捕鲸索，擦过船底，猛然从船头弹出，震颤有声；索上的水珠跟着四射开去，点点滴滴像碎玻璃片似的落在水面上。那条鲸也在老远的地方冒了出来。两只小艇再次毫无阻碍地如飞赶去。但跑累了的鲸这时已减低了速度，并盲目地改变方向，迂回到大船船尾去了，拖着那两只小艇也跟着绕了一个整圈。

这时，两只小艇把捕鲸索收了又收，最后逼近到了鲸的两侧。斯塔布和弗拉斯克便紧密配合，你一枪我一枪地捅过去。战斗就这样围着"裴廓德"号在进行。而原先麇集在抹香鲸尸体周围的鲨鱼则都蜂拥到这新流血的鲸跟前来了。它们聚集在每个新的创口前痛饮，就像迫不及待的以色列人从敲开的磐石中新涌出的泉水痛饮一般①。

终于，它的喷水浑浊了，一阵猛滚猛喷之后，肚皮朝天，死了。

这两个指挥者一边忙着往死鲸尾上拴绳，准备拖走，一边在交谈。

"我真不懂老头子要这块臭肉干什么。"斯塔布说，他一想到得和这么瞧不上眼的大海兽打交道就有点儿恶心。

---

① 见《圣经·旧约·民数记》第二十章。

"干什么？"弗拉斯克说，一边把艇头多余的捕鲸索绕起来，"难道你从来没听说过？船上右舷挂上了一只抹香鲸头，左舷就得挂上一只露脊鲸头，这样往后就绝不会翻船。斯塔布，难道你从来没听说过？"

"为什么就不会翻船。"

"我也不知道，可我听到那黄鬼费达拉这样说过。有关船的一切邪魔外道他似乎全知道。可我有时觉得他那邪魔外道最终会把船断送的。我一点儿也不喜欢那家伙。斯塔布，你有没有注意到他那龅牙像个蛇头。"

"那该死的家伙！我根本都不瞧他。要是我碰巧在哪天夜里赶上他正紧靠舷墙站着，旁边又没有人，你瞧瞧那下边，弗拉斯克，"一边双手做了个动作，指着海里，"对啦，我会干得出来的！弗拉斯克，我认为那个费达拉是个幻化为人的魔鬼。你相信他是给偷偷弄上船来的那种无稽之谈吗？他就是个魔鬼。之所以看不到他的尾巴，是因为他把它卷起来了，他把它盘好藏在口袋里，我想。该死的东西！我也想起来了，他老找棉絮塞进他的靴尖①。

"那他穿着靴子睡觉，是不是？他又没有吊铺。不过我看到他晚上经常躺在一盘索具上。"

"没有错，那就是因为他那该死的尾巴。你可知道，他把它卷起来，放在索具中间的孔眼里。"

"老头子干吗跟他这么密切？"

"是在搞什么交易或者买卖，我想。"

"买卖？——什么买卖？"

"咳，你可知道，老头子一心一意只想追捕白鲸，这恶魔就利用这一点跟他套近乎，做交易，要老头子把银表，或者灵魂，或者那一类的东西给他，然后，他就给老头子莫比·迪克。"

---

① 按西方民间传说，魔鬼有尾巴，双脚为山羊蹄。

"呸！斯塔布，你是在穷开心哩。费达拉怎么办得到？"

"我也不知道，弗拉斯克。不过，这恶魔是个怪家伙，而且坏透了，真的。咳，据说有一次他逛到一艘老旗舰上去了，大摇大摆，非常潇洒地摇着尾巴，问老司令官可在家。刚好，司令官在家，就问恶魔什么事。这恶魔就拱拱蹄子，起身说，'我找约翰'。'找他干什么？'老司令官说。'关你什么事'，这恶魔说，一下子来了气，'我找他办事儿。''把他带走。'司令官说。老天在上，弗拉斯克，要是这恶魔不是先让约翰得上亚洲霍乱，再把他制服，我就一口把这条鲸吞下去。可是，注意——你那儿是不是都弄好了？那好，往前划吧，把它弄到船边去。"

"我想我记起你刚才提到的故事来了。"弗拉斯克说。这时，两只小艇终于拖着死鲸慢慢朝大船划去，"不过，我记不起是在什么地方了。"

"在《三个西班牙人》里？那三个残忍的士兵的奇遇？你是从那里看到的吧，弗拉斯克？我想你一定看过那本书吧？"

"没有。从没有看过这样一本书。倒听说过。不过，斯塔布，老实告诉我，你认为你刚才说的那个恶魔就是咱们船上的这一个？"

"现在的我不就是刚才和你一起杀死这大鲸的我吗？恶魔不是永生的么？谁曾听说过魔鬼死了的？你什么时候见过牧师给魔鬼做法事？再说要是那魔鬼有司令官舱室的钥匙，你以为他就爬不进舷窗吗？你倒说说看，弗拉斯克先生？"

"你觉得费达拉有多大岁数了，斯塔布？"

"你看到那边那根主桅了吗？"他指着大船，"好，那就算数字'1'；你再把'裴廓德'号舱里所有的铁箍都拿出来，把它们当'0'，跟那根桅杆排成一排，弄清了吧。就那样子，还远远赶不上费达拉的岁数。哪怕普天之下所有的桶匠把他们的铁箍都拿出来当'0'也不够。"

"不过，喂喂，斯塔布，你刚才还说，你要有机会，一准把费达拉扔到海里去，我看你有点儿吹牛皮。按你说的，要是他真有把你所有的铁箍排成一长行那么大岁数，要是他长生不死，那把他推下海去又有什么用——你倒说说看？"

"不管怎么着，浸也要好好浸他一下。"

"可他又会爬上来。"

"再浸，没完没了地浸。"

"不过，假如他也想起浸你一家伙——是呀，甚至把你淹死——那又会怎样呢？"

"我倒要看看他敢不敢。那我就会揍得他鼻青脸肿，叫他长时间都不敢再在司令官的舱室里露面，更不要说敢在他栖身的底层甲板上露面，或者像他经常干的那样，再偷偷摸摸溜到上层甲板附近来。老天收了这恶魔去才好，弗拉斯克。你以为我怕他？谁都不怕他，怕他的只有那老司令官。他不但不把他抓起来，扣上他罪有应得的两副手铐，反而听任他四处绑架人。对啦，还跟他订有合同，凡是这恶魔绑架来的人，他就帮着烤熟。真是个好司令官！"

"你以为费达拉想绑架亚哈？"

"我以为？你很快就会知道的，弗拉斯克。不过，今后我会死死盯住他，只要我看出什么事情苗头不对，我就会一把揪住他的后颈皮，对他说：'喂，你听着，恶魔，这可不行！'要是他撒泼耍赖，老天在上，我就会到他口袋里一抓，攥住他的尾巴，把他拎到绞盘跟前，狠狠地绞一番，把他的尾巴绞下来，只给他剩个尾茬儿——你明白吧。我看，他发现自己的尾巴给截成了那么个怪模样，准会悄悄溜掉，再也臭美不起来了。"

"那你拿那截尾巴干什么去，斯塔布？"

"干什么去？等我们一到家，就把它当牛鞭子卖给人家。——还能干什么？"

"那么，你所说的，你这一路上所说的，是当真的吗？斯塔布。"

"当真也好，不当真也好，我们已经到船跟前啦。"

这时，船上招呼小艇把死鲸拖到左舷去。在那边，用来缚住它的尾链和其他必需品都已经准备停当了。

"我不是跟你说过吗？"弗拉斯克说，"一点儿都不错，你马上就会看到这条露脊鲸的头在那颗抹香鲸的头对面挂着。"

弗拉斯克的话及时给证实了。原先，"裴廓德"号朝挂抹香鲸头的那一边倾斜得很厉害，现在两个头一平衡，船身就又摆正了。当然，船很吃力，那是可想而知的。正如你在一边挂起洛克的头，你就倒向那一边；你在另一边挂起康德的头，你就恢复正常了；只是你的处境十分尴尬。有些人就老是这样调整船身的平衡。哦，你们这些傻瓜！把这些挺唬人的头全扔到海里去，不就能轻松地扬帆直航啦。

把一条露脊鲸的尸体弄到船边进行处理时，一般说来，最初的程序跟处理一条抹香鲸一模一样，只是抹香鲸的头是整个儿砍下来的，而露脊鲸呢，则是把它的双唇和舌头分别割下来之后，连同那紧附在所谓冠饰上的著名的黑骨头一起吊到甲板上来。但是，这一次，这一套一概没搞。两条鲸的尸体都甩在船后。这艘挂着两个头的船就像是一头驮着两个不胜其沉的货筐的驴子。

这一阵子，费达拉若无其事地望着露脊鲸的头，不时瞧瞧那头上深深的皱纹，又回过来瞧瞧自己手上的纹路。亚哈也刚好站得那么巧，影子正好落在这个袄教徒身上。这袄教徒要是真有影子的话，好像也只是和亚哈的混在一起，把亚哈的影子延长了而已。那些水手一边忙着干活，一边就眼前发生的事漫无边际地议论开了。

第七十四章　抹香鲸头——对比观

现在，这儿有两条大鲸，把头凑在一起，我们也来凑个热闹，把我们自己的头也加上去。

在对开本型大海兽的大小顺序上，抹香鲸和露脊鲸排在最前面。它们是人类经常猎捕的两种大鲸。对南塔开特人来说，它们代表所有已知鲸类中的两个极端。由于它们外表上的不同主要见于头部，如今各自的头又分别挂在"裴廓德"号两边，只需跨过甲板，便可从这颗头走到那颗头跟前。——请问，哪儿去找比这儿更好的机会来实地研究鲸类学？

首先，把这两颗头做个一般性的对比，便会给你留下深刻的印象。两颗头确实都很大，但抹香鲸头有一种精密的对称美，可惜露脊鲸却没有。抹香鲸的头更有性格。你瞧着它，会不由自主地觉得，就威严气概而论，它远远高居露脊鲸头之上。就拿眼前这颗头来说，它头顶上的灰白色象征年事已高，阅历丰富，更增加了它的威严。总之，它就是捕鲸人所专门称之为的"白头鲸"。

现在我们且来看看这两颗头最不相似的地方——那就是，两个最重要的器官：眼睛和耳朵。在头的两边顶靠后，再往下，靠近嘴角处，你要是过细找的话，好不容易才找着一对没有睫毛的眼睛，你还会以为那是一匹小马的眼睛哩，小得跟那颗巨大的头实在太不成比例了。

再从鲸的眼睛这样格外偏在两侧的情况来看，显然它绝对看不见任何处于正前方的东西,正后方的东西也同样看不见。一句话,鲸的眼睛的位置就相当于人的耳朵的位置。你可以设身处地想一下,要是你用两边的耳朵来看东西,你会怎么样。你会发现你只能看到正斜方约30°角的东西,往后看则大概能看到30°多。要是有一个跟你势不两立的仇敌,在大白天里,举着匕首正面朝你走来,你会看不见他,正如从他背后偷袭你,你也看不见一样。总之,等于说,你会有两个后背,但是,同时,你也会有两个正面(侧正面):因为构成一个人正面的是什么——不就是他的眼睛,舍此还会有什么呢?

此外,就我目前所能想到的绝大多数其他动物来说,两只眼睛的位置生得正好使双眼所见之物不知不觉地重合在一起,这样在脑子里就只产生一个画面,而不是两个画面。而鲸的两只眼睛,位置生得那样奇特,实际上中间隔着若干立方尺的头部,这部分头耸立在两只眼睛中间,仿佛一座大山分隔开了山谷中的两个湖泊。这样一来,势必把两只失去联系的眼睛各自输送给大脑的视像完全分隔开来了。因此,鲸必然在这边看到一个清晰的画面,在那边又看到另一个清晰的画面,而在这两个画面之间的东西必然是一团漆黑,一无所见。人类实际上可以说是从有两个窗框的窗子向外看世界的。可是,就鲸来说,这两个窗框是分开安装的,明明白白是两个窗子,反而有损视力。大鲸双眼的这种与众不同之处是捕鲸人所必须牢牢记住的,也是读者在以后的一些场景中必然会想起的。

由此,就大海兽的视力可能会冒出一个很奇怪很令人困惑的问题。不过,我暂时只能稍微提一提。人的眼睛,只要在亮处一睁开,就自然而然地会看到东西;就是说,他必然会无意识地看到一切在他眼前的东西。尽管如此,经验告诉他,虽然他可以一眼把眼前的事物无选择地一概收入眼帘,但要他同时专注地、完整地观察任何两样东西——不管是多大的或多小的,都完全不可能,哪怕它们是并排放着或互相挨着也好。但是,要是你把这两样东西分开来,各给围上一个黑黑的圈,那么,为了看清其中一个,你把全部心思都集中在这一个上面，那另一个就暂时会排除在你的意识之外。那么，就大鲸而言，又会怎样呢？不错，鲸的两只眼睛，肯定都同时在看东西，但是，它的大脑，对事物的理解、组合和领悟，难道比人的大脑还强得多，竟然能同时专注地观察两个不同的画面，一个在这边，而另一个则在方向截然相反的另一边吗？如果它做得到，那就犹如一个人能同时论证出欧几里得两道不同的难题一般，简直是奇迹了。经过严格考察之后，看来这个比喻还没有什么失当之处。

这可能只是一种毫无根据的怪想。不过，我总觉得，有些鲸在受到三四只小艇围攻时，之所以在行动上格外地犹豫不决，经常显得很胆怯，动不动就莫名其妙地惊慌失措，我想这一切都是间接地由于它们的意志处于一筹莫展的困惑中所致，而它们的意志之所以处于这种状态，又肯定是受到那对分隔开来，方向正好相反的视觉器官的连累。

但是，鲸的耳也跟它的眼睛一样的古怪。如果你对鲸类一无所知的话，可能你在这两颗头上搜索好几个钟头，也发现不了那个器官。它们的耳朵，在外形上没有任何可以称之为耳朵的东西；那耳孔也小得出奇，连一根鹅毛管也插不进。它位于眼睛后边一点点。就它们的耳朵而言，这是抹香鲸和露脊鲸之间可以看到的不容忽视的区别。抹香鲸的耳朵是个敞开的孔，露脊鲸的则是整个平平地盖着一层薄膜，外表上一点儿也看不出来。

鲸这样的庞然大物居然通过这么小的眼睛来看世界，通过比兔子耳朵还要小的耳朵来听雷鸣，这不是很奇怪吗？不过，如果它的眼睛长得跟老赫谢耳的大望远镜上的透镜那么大，耳朵长得跟大教堂的门廊一般宽，它是不是就看得更远，听得更清呢？一点儿都不会。——那你又干吗只想扩大你的头脑呢？你仔细去剖析一番吧。

现在，让我们用手边随便什么杠杆和蒸汽机来把抹香鲸头翻个身，让它朝天躺着。然后，搬个梯子爬到顶上去，往下瞧瞧它的嘴巴。要不是那头现在已经跟身子整个儿分家了，我们还可以拿个灯笼钻到它那肯塔基州大钟乳洞般的肚子里去。不过，我们还是在这颗牙齿这儿停住，四下里瞧瞧。这嘴巴真够漂亮雅致的！从地板到天花板全镶上了，或者不如说全糊上了一层闪亮的白色薄膜，光滑得像新娘的缎子礼服一般。

不过，我们现在还是出来看看这个非同寻常的下巴。它看去像是个巨大的鼻烟盒狭长的盖子，只是那铰链是安在一头，而不是安在一边。要是把它撬起来，使之高过头顶，它那一排排的牙齿，就像是一道铁栅吊闸。那样的牙齿，哎哟！捕鲸业中许多可怜虫对这些长钉落将下来的巨大杀伤力都深有体会。但更为可怕的是，看到一条愠怒的鲸悬浮在若干英寻深的海里，它那约莫15英尺长的大下巴，和身子成直角，笔直地耷拉着，活像一艘船的第二斜桅。这鲸并没有死，它只是没有精神，也许是情绪不好，患了忧郁症，显得这么没精打采，连下巴的铰链也松脱了，那样子实在够狼狈难看的，纯粹是它整个族类的耻辱，毫无疑问，它们肯定会祈求上天让它害牙关紧闭症。

在大多数情况下，这个下巴——一个精于此道的能手可以轻而易举地把它卸下来——卸下来之后，吊上甲板，拔下那些乳白色的牙齿，并把又白又硬的鲸须供应给捕鲸人做出各种非常精致的物品，包括手杖、伞骨和马鞭柄等。

花了好长时间辛苦地把那下巴绞起来之后，终于把它像铁锚一般拖上了甲板。等到一个合适的时间——其他工作完成之后没几天——魁魁格、达格和塔希蒂格这些熟练的"牙科大夫"便开始拔牙。魁魁格先用一把锋利的割脂铲割开牙龈，把下巴缚在环端螺栓上，顶上已经装好了一部复滑车，就像密歇根州的公牛在野林中拔老橡树根似的，把鲸牙一颗颗拔出来。鲸通常有42颗牙。老鲸虽然牙磨损得很厉害，不过没有蛀空，并没有模仿我们人为的做法给填起来。拔过牙后，他们就把下巴锯成一块块的厚板子，像用来起房子的托梁一般堆在一旁。

第七十五章　露脊鲸头——对比观

现在，让我们跨过甲板，好好瞧瞧露脊鲸的头。

就总的形状来说，高贵的抹香鲸头可以比作一辆罗马战车（特别是从正面看去，又宽又圆），而露脊鲸头则不文雅地很像一只前端狭长的巨鞋。两百年前，荷兰一个老航海家曾把它的模样比作鞋匠的鞋楦头。就在这只鞋楦头或者鞋子里，童话里那个儿女众多的老太太和她所有的子孙后代都可以住得很宽敞。

但是，等你靠拢这颗巨大的头，从不同的角度瞧它，它便会呈现出不同的模样。要是你站在它的头顶上，瞧着那两个"f"形的喷水孔，你会把这整个头当作一把低音大提琴，把这两个喷水孔当作共鸣板上的隙缝。然后，要是你再两眼盯住那大头顶上如鸡冠般奇特地隆起的外壳——这个盖满藤壶的绿东西，格陵兰人称之为"王冠"，南海捕鲸人称之为露脊鲸的"无边帽"——要是你两眼只盯住这一件东西，你准会把这颗头当作是一株大橡树的树干，丫杈上筑了个鸟巢。总之，你要是看到那些活螃蟹舒舒服服地趴在这顶帽子里，恐怕你会有这样的想法，除非你一心想着它的另一个专有名称"王冠"。若是那样，你就会很有兴趣地琢磨，这个大怪物的绿色王冠是这么稀奇古怪地凑合起来的，它怎么真成了海上戴王冠的王。不过，这鲸要真是个国王的话，它那副脸色阴沉的尊容可真给王冠增了光。瞧它那耷拉的下唇！好阴沉、好生气的样子！就是这阴沉、生气的东西，根据木匠的尺寸，大约有20英尺长，5英尺深。就是这阴沉、生气的东西，能给你出五百多加仑的油。

　　这条不幸的鲸竟然是兔唇,嘿,这真是太遗憾了。那裂缝大约有1英尺阔。可能是它母亲在关键时刻沿秘鲁海岸游去时,刚好地震把海滩震裂了的缘故。跨过这片嘴唇,就像跨过一道滑溜的门槛一般。现在我们已经滑进了它的嘴里。我绝不说假话,要是在密歇根州的马启诺的话,我准会以为是置身在印第安人的棚屋里。天哪!这就是约拿走过的路吗[①]?那屋顶大约有12英尺高,角度很陡,好像有根正规的梁在那里;那弯成弓形、起棱、多毛的两边呈现在我们眼前的是那些奇妙的、半垂直的、弯成弓形的须骨,一边有300来根,从头的上部或者头顶骨垂挂下来,形成我们在别处曾着重提到过的那种威尼斯窗帘。这些须骨边缘上满是绒毛。露脊鲸进食时,就张开大嘴朝浮游生物群游去,水从这些绒毛中间滤过,小生物则被它们拦住。那须骨窗帘的中央部分,有一些按照天然顺序出现的奇怪标志:弧形、凹坑和山脊。有些捕鲸人据此可以推算出这鲸的年龄,犹如根据年轮可以知道一株橡树的树龄一样。虽然这一标准的可靠性远未得到证实,却也大致不差。总之,如果我们认为这种说法成立,那这条露脊鲸的年龄比我们头一眼所认为的还要大得多。在古代,对这些窗帘似乎流行过一些非常奇特的想象。在柏查斯的著作中,有一个航海家称之为鲸嘴里奇妙的"胡须"[②];另一个航海家则称之为"猪鬃";在哈克鲁特的著作中,则有一位老先生用如下的文雅的语言来描述它们:"在它的上颚两边,各长着大约250片鳍,交互弯拱在舌头之上。"

　　谁都知道,这东西叫它"猪鬃"也好,"鳍"也好,"胡须"也好,"窗帘"也好,或者随你怎么称呼,无非是给女士们做束腰带和其他硬衬装饰。不过,在这一方面,需求早就日趋衰落。鲸须骨出尽

[①] 见《圣经·旧约·约拿书》第一章。
[②] 这倒提醒我们露脊鲸确实有点儿胡须,或者不如说有点儿小胡子。那是在下巴外端的上部稀稀落落长着几根白毛。有时,这几根白毛给它那本来很庄重的外貌带来一点儿匪气。——原注

风头是安恩女王时代,那时用鲸骨衬箍撑开裙子风行一时。正如早先那些女士们快活地走来走去一般(虽然你们也许会说,她们是在鲸口里走动)今天我们赶上一场阵雨时,也会同样轻率地飞奔到鲸口下去寻求庇护,雨伞不就是撑开在这种须骨上的帐顶么?

不过,我们现在暂且把什么窗帘啦、胡须啦都抛开,还是站在露脊鲸嘴里,重新打量打量四周。看到这些像廊柱般排列得井然有序的须骨,你不觉得宛如置身在哈尔雷姆出的那种大风琴里,满眼尽是声管吗?我们还可以踏着土耳其最柔软的地毯向那些声管走过去,那地毯就是它的舌头,仿佛是黏着在那嘴巴的地板上似的,那舌头又肥又嫩,把它吊上甲板去时很容易撕成碎片。这条与众不同的舌头现在就摊在我们面前,我眼睛一瞟,就知道它大概是位六桶先生,就是说,它大概能出六桶油。

至此,你肯定已经很清楚地看到我开头所说的不是假话了——即抹香鲸和露脊鲸的头几乎完全不同。总的来说,露脊鲸的头出不了多少油,根本没有乳白色的牙齿,没有像抹香鲸一样修长的下巴。抹香鲸头则没有那种窗帘似的须骨,没有巨大的下唇,也无所谓舌头。此外,露脊鲸有两个喷水孔,抹香鲸只有一个。

现在,且让我们趁它们摆在一起的时候,最后瞧一眼这两颗年事已高,或有冠饰,或与身体颜色截然不同的头吧。因为一颗很快就会不加标志地沉入海中,另一颗要不了多久也会跟着下去。

你能领会那抹香鲸头的表情吗?它就是带着这副表情死去的,只是前额上有些皱纹现在似乎已经消失了。我觉得它对死已经大觉大悟,因而它那饱满的天庭充满了一种大草原上所特有的宁静。可是,再一看另一颗头的表情。瞧它那大得惊人的下唇,因为碰巧紧贴船舷,结果把嘴包得严严实实。这整个头不就像是在表示一种临死不屈的巨大决心?我认为这条露脊鲸生前一定是个禁欲主义者;这条抹香鲸则是个柏拉图主义者,晚年可能成了斯宾诺莎的信徒。

第七十六章　破城槌

在暂时搁下抹香鲸头之前,我想请你暂且做一回明智的生理学家,专门特别注意一下正面它最显得镇静的面貌,纯粹用个人的观点研究研究它,做出一个毫不夸张的、客观的估计,看那颗头究竟潜伏有多大的破城槌似的力量。这是至关重要的一点,你必须,或者亲自就此得出一个满意的答案,或者就对一件最可怕但并不因而消减其真实性,也许到处有案可查的事情永远持怀疑态度。

抹香鲸平常游动时,可以看到它的头正面几乎和水面完全垂直;正面的下端后斜得很厉害,因而衔接那下桁似的下巴的长长的承口便更向后缩。它的嘴则整个儿到了头下面,就好像你自己的嘴整个儿到了你的下巴下面一样。而且,还可以看到它没有单独的鼻子——那喷水孔——是在头顶上,它的眼睛和耳朵则在头的两边,距离正面几乎远达全身长度的三分之一。因此,你现在应该已经看出抹香鲸的正面是一道平滑的空墙,上面没有一个器官或者任何敏感的突出部分。而且,你现在还得考虑到,只是在头的正面那后斜下部的极端才稍稍有点儿骨头;并且你非得距它前额近20英尺处才得窥它头盖的全貌,所以这整个没有骨头的巨大一团就像是一大团棉絮。最后,正如你很快就会发现的,虽然它的里面有一部分是很珍贵的鲸油,但你将会知道这一切明显很娇嫩的东西外面裹着的是一层坚不可摧的物质。在前面某个章节里,我曾经描述过鲸脂之裹住鲸的全身犹如橘皮裹住橘瓣一般。鲸头也正是这样,不同之处是,裹住头的这层东西,虽然没有鲸脂那么厚,又没有骨头,却极为坚韧,没有和它打过交道的人根本无法想象。哪怕是最尖锐的标枪,最锋利的鱼枪,由最有力的胳臂投出去,都会丝毫不起作用地弹开。抹香鲸的前额就像是用马蹄铺就的,我认为它不可能有任何感觉。

请你再想想另一件事情。要是两艘满载的大型印度航线班轮碰巧在码头上挤在一起,互相冲撞起来,水手们怎么办?他们不是在两船将要撞上的部位挂上铁或者木头之类硬邦邦的东西。不,他们是用一大团乱麻和软木,裹在最厚最韧的牛皮里,往那儿一搁。那东西就勇敢地且丝毫无损地把两船相撞的挤压化解了,要不,这种挤压会把他们所有的橡木杠子和铁撬棍都给轧断。这个例子本身已足以说明我想要证明的明显事实。不过,要补充的一点是,我有一个假设,既然普通的鱼都有一个所谓鱼鳔,可以胀缩自如;而就我所知,抹香鲸身上并没有这种设备;那么,如果不做我这种假设,那抹香鲸一会儿低头入水、一会儿又昂头出水的姿态便非常费解。我的假设是,裹住鲸头的那层东西能自由伸缩,鲸头的内部结构又很是独特,那些神秘的肺细胞组成的蜂窝窝,很可能跟外面的空气有一种至今尚未被发现且无人想到的联系,这才使它能吞吐空气,伸缩自如。如果这一假设能够成立,那就请你想象一下四大元素中那最难了解最有破坏力的元素不可抗拒的威力吧。

现在,请注意。要形容准确无误地拖动这道平滑、坚固、刀枪不入的墙和里面最有浮力的东西,以及后面活生生一大团前进,恐怕比之为绳索拖着一堆木头较为允当,而且就像最小的昆虫一样,这一切全服从于一个意志的指挥。所以,等我以后详述这一庞然大物全身潜力的种种特点及其集中运用的方式时,等我摆出它一些更大得无法估量的脑力上的本领时,我相信那时你就会放弃一切出于无知的怀疑,即使听说抹香鲸打穿了德利英地峡,沟通了大西洋和太平洋,你也连一根眉毛都不会吃惊地耸动一下。因为除非你承认大鲸的价值,否则,在真理面前你只不过是个孤陋寡闻、多愁善感的角色而已。然而,十足的真理只有历尽艰险的巨才才有望遇见;孤陋寡闻的人能有多少机会?那个在舍易斯揭起可怕女神面纱的柔弱少年,落了个什么下场呢?

第七十七章　海德堡大油桶

现在轮到取脑油了。但为了便于准确理解，必须对所开刀的东西的奇特内部结构有所了解。

你可以把抹香鲸头看成一个实心椭圆体，在斜面上把它横着切开成两个楔块①，下面那一块是骨质结构，构成头盖和牙床，上面那一块是滑溜油腻的一团，不带半点儿骨头。它那宽阔的前端构成大鲸垂直伸展开的明显的前额。再在前额正中把上面这个楔块按水平方向一分为二，这样就成了差不多相等的两爿。它们原先是天然地被一道厚腱质物质的内墙分隔开来的。

这经过再分割的下面那一爿，叫作脂肪组织，是只盛满油的大蜂窝，那无数个渗透了油的小蜂房完全是由坚韧有弹性的白色纤维反复交织而成。上面那一爿叫脑窝，可以看成是抹香鲸的海德堡大油桶。正如那只著名的中号油桶正面雕刻得很神秘一般，大鲸那起皱的巨大前额也形成了无数奇形怪状的图案，作为它那奇妙的大桶带有象征意义的装饰。而且，正如海德堡大桶装的总是莱茵河流域最好的葡萄酒一般，鲸的大桶里装的也一直是它所有的油中最珍贵的油，也就是最名贵的鲸脑油。它格外纯净，透明，且芳香扑鼻。这种名贵而纯净的东西在鲸的其他任何部分都找不到。这种东西，在活鲸身上完全是液

---

① 楔块（Quoin）不是个几何学上的术语。它纯属海洋数学上的用语。我不知道以前是否有人给它下过定义，楔块是个立方体，它跟尖楔不同之处，它那个尖端是由一个平面、一个斜面，而不是两个斜面构成的。楔块也用于印刷业。——原注

体，但鲸死后，一暴露在空气中，很快就凝固起来，长出了美丽透明的嫩芽，犹如初冬水面上刚刚出现的悦目的薄冰一般。一条大鲸的脑窝一般大约能出500加仑鲸脑油。不过，由于一些难以避免的情况，相当一部分溢出、漏掉了，或者在干这件很棘手的活时，一心想多弄到点儿油，而造成其他状态下无法挽救的损失。

我不知道衬在海德堡大桶里面的是什么昂贵的高级材料，但是再高级，也无法跟那层柔软的珍珠色泽的薄膜相比。它就像一件高贵的轻便女大衣的衬里，构成抹香鲸脑窝的内衬。

你将看到抹香鲸的海德堡大桶环绕它整个头部；而既然——正如在别处已经提到的——它的头占全身长度的三分之一，那么，把一条大号鲸的长度定为80英尺，再把它垂直吊在船边，这大桶的深度就是26英尺多了。

砍鲸头时，操作者下刀处距鲸脑油宝库的入口非常近，所以他得格外小心，以免一不留神，过早地打开了那个内殿，把里面的无价之宝白白地放掉了。砍下来的头，用那部巨大的切割复滑车悬在空中吊出水面。与复滑车配套的麻索在船舷边堆了一地。

说了这么多，现在，请你仔细看看，打开抹香鲸的海德堡大桶取油的操作过程是多么难以想象——特别是这一次——还几乎搭上一条人命。

第七十八章 蓄水池和水桶

塔希蒂格灵活得像猫一般爬上大桅，连腰都不弯直接跑上挑出船身的大桅下桁桁臂，来到正好吊着那大桶的部位。他随身带上去一件仅由两个部件组成、叫作小滑车的轻便器械，靠一个单轮滑车来移动。他把单轮滑车绑好，让它从桁臂上垂下。接着，他把绳子的一头一甩，甲板上一个人接过，牢牢抓住。然后，这个印第安人就双手交替地沿着绳子从空中下来，熟练地降落在鲸头顶上。待在那里——仍然比船上众人要高出好多，他快活地朝他们大喊——就像土耳其伊斯兰教寺院的报时人站在塔顶上呼唤善男信女们去做祷告。下面给他送上去一把锋利的短柄铲子。他不厌其烦地仔细寻找一个合适的地方来动手打开大桶。这活他干得非常小心在意，就像一个寻宝人在一所老宅子里敲遍一道道墙壁，看金子是砌在哪里。到这细致的查找工作告一段落时，下面的人给小滑车的一端挂上了一个挺结实的箍了铁箍的桶子，样子跟井边吊水的桶子一模一样；另一端则伸过甲板，由两三个机灵的水手把住。这几个人把桶子吊到那印第安人伸手可及的地方，另一个人则递给他一根很长的竿子。塔希蒂格便用竿子顶着桶子往大桶的油里送，直到没进去为止；然后发令给那几个把住小滑车的人，把桶子吊上来。桶里装满了油，泡沫翻滚，就像奶场女工刚刚挤出的一桶新鲜牛奶。这盛得满满的桶子给小心翼翼地从高处放下来，由专人接住，马上倒进一个大木桶里。然后又把桶子吊上去，就这样往返重复，一直到这深深的油池汲光为止。快到底的时候，塔希蒂格得使劲儿把长竿往下顶,到后来竿子进去有20来英尺了。

这时候,"裴廓德"号上的人已经这样汲了好一阵子了。芳香的鲸脑油已经装满了几个大木桶。陡然之间,发生了一个很奇怪的事故。究竟是那个塔希蒂格,那个印第安野人过于粗心大意,竟把那只抓住悬在他头上的复滑车大缆的手松了一下呢,还是他脚下太湿太滑,或是魔鬼本人无事生非,故意捣乱?现在也说不清楚。总之,突然之间,就在汲上18桶或是19桶的时候——天哪,可怜的塔希蒂格——就像在一口直井里交替上下的吊桶中的一只,一头栽进了海德堡大桶。只听到里面的油可怕地汩汩作响,人登时无影无踪!

"人掉下去啦!"达格大喊道,他是吓得目瞪口呆的人群里头一个清醒过来的。"把桶子甩到这边来!"跟着他便把一只脚伸进桶里,以便他那滑溜的手能更好地抓牢小滑车,那些拽绳的人随即把他扯上了鲸头顶。这时塔希蒂格大概还没有沉到桶底。可这时,又是一阵大乱。原来船上的人看到船舷外边那原先了无生气的鲸头正贴在水面下一个劲儿动弹,好像这会儿它又想起了什么未了的大事似的。其实,那只不过是可怜的印第安人掉下那可怕的深渊时下意识的挣扎罢了。

正在这时,当达格站在鲸头顶上解开小滑车时——不知怎的它跟那部巨大的切割复滑车缠在一起了——传来一阵刺耳的断裂声。让大家吓得面如土色的是,吊着鲸头的两个大钩子有一个脱钩了,这巨大的头便一阵大震,往斜里晃荡,弄得大船像喝醉了似的摇摆震动,像撞上了一座冰山。剩下的那个钩子,现在承受着鲸头的全部重量,似乎每时每刻都到了脱钩的边缘;而从鲸头剧烈的摆动来看,这更是一件随时都可能发生的事。

"下来,下来!"水手们都对达格高声大喊,不过他一只手抓住了那沉重的复滑车,即使鲸头掉下去了,他还是会悬空吊着。达格把纠缠在一起的索子解开后,就把桶子塞进那已经塌陷下去的井里,心想那陷在里面的标枪手要是能抓住的话,就可以把他吊上来。

"怎么搞的,你,"斯塔布嚷道,"你是在那里装子弹吗？——住手！把那只铁箍桶在他头顶上堵得严严的，怎么救得了他？住手，好不好！"

"躲开那复滑车！"猛听到像火箭爆炸似的一声大喝。

话音刚落，就听到"轰"的一声巨响，那巨大的鲸头掉到海里去了，就像尼亚加拉瀑布上的大石板掉进了旋涡中一般。顿时卸去重负的船一阵摇晃，就离开了那颗头，把它那闪光的印第安人扔得远远的。大家都屏住了呼吸，隐隐约约瞧见达格在浓雾般的浪花中，抱住那摆来摆去的大复滑车，高高地荡来荡去——一会儿到了水手们的头上，一会儿又到了水面上，而可怜的遭活埋的塔希蒂格则一个劲儿直往海底沉去！但是，那模糊视线的浪花刚刚散开，就看到一个人光着身子，手握攻船剑，一眨眼间便飞过了舷墙。跟着，"扑通"一声大响，宣告勇敢的魁魁格已经跳水救人去了。大家不约而同地冲到船边，所有的眼睛盯住了每一道微波，时间一分一秒地过去，既看不见下沉者的踪影，也看不到跳水者的踪影。这时，有几个水手跳进了靠在船边的小艇，撑着离开了大船一点儿。

"哈！哈！"达格突然从荡来荡去的高空栖身处喊了起来；我们应声从船边向远处瞧去，只见碧波中笔直地伸出了一条胳臂，格外奇特，就像是从青草覆盖的坟墓中伸出来的。

"两个！两个！——是两个！"达格又狂喜地大声嚷道。转眼之间就看到魁魁格勇猛地一只手奋力划水，一只手揪住那印第安人的长发。水手们把他俩拖上正在等着的小艇后，立即抬上大船。但塔希蒂格过了好久才苏醒过来，魁魁格的样子也够呛。

那么，这个了不起的营救工作是怎样完成的呢？魁魁格手持利剑，泅水紧跟着那慢慢下沉的鲸头，在靠近最下面的部位从侧面猛捅了几剑，捅开了一个大洞；然后扔掉剑，把他长长的胳臂尽量伸到洞里，上下一摸，抓住可怜的塔希的头，就把他硬拽出来了。他说，开头伸手进去摸时，只摸到一条腿；但是，他很清楚，应该拽的不是腿，那可能会误大事；——他又把腿推回去，很熟练地连举带抛，把那印第安人翻了个筋斗；这样，他第二次往外拽时，那印第安人就按照真正古老的方式——头先脚后地出来了。至于那大鲸头，则反正已经汲得差不多了。

就这样，通过魁魁格在助产术上所表现出的勇气和技巧，塔希蒂格的获救，或者还不如说，塔希蒂格的出生，才得以在困难重重、明明无望的危急关头顺利完成。这是一个应该好好记住的教训。接生婆同样应该接受击剑、拳击、骑马和划船方面的训练。

我知道，这个格黑特佬的这番奇特的冒险经历，在有些陆地人看来，似乎很难置信，虽说他们自己也可能亲眼目睹或者耳闻有人掉进蓄水池里。这样的事故并非罕见，而且比起那个印第安人之失足落水更没有道理，因为抹香鲸那口深井的井栏边毕竟滑得很。

不过，万一有精明的人紧追着问，既然抹香鲸头的内部组织都薄如绢，且渗透了油，是它身上像软木塞一样最轻的部分，而你却让它在比重大得多的元素中下沉，这是怎么回事？其实，他没有弄清楚。因为在可怜的塔希掉进去的时候，脑窝里面那些很轻的物质差不多都汲光了，只留下密度很大的腱质体井壁——一种双层焊合再锤薄的物质，正如我前面说过的，比海水重得多，一团那样的东西几乎像铅一样地往下沉。但是，这种物质迅速下沉的势头却为鲸头其他未被割掉的部分所牵制而大大减弱了，因而下沉得很慢，可以说，真像特意给魁魁格提供一个大好良机，让他在游动中随机应变地施行接生术。不错，这还真是一次游动中的分娩。

话说回来，要是塔希蒂格真的死在那颗头里，那可真是死得至尊至贵：闷死在那么美、那么白的芬芳的鲸脑油里，装殓、棺葬在大鲸最隐秘的内室和它至为神圣的处所。叫人立即联想到的更为甜美的结局只有一个——俄亥俄州一个采蜜人美妙的死。他爬到一个中空的树上，发现了很多蜂蜜，不料上身探进去太多，竟让蜂蜜吸了进去，闷死在蜂蜜里了。你想想吧，有多少人也同样掉进了柏拉图那甜如蜜的脑袋里，就此美美地葬身在那里面呢？

第七十九章 大草原

　　细看这大海兽的面纹，或者摸摸它的头骨，这可是没有哪个相面先生或是骨相学家干过的事。这样一个行业之大有前途，似乎跟相士拉瓦特察看直布罗陀岩石的纹路，或者骨相家迦耳爬上梯子，抚摸圣哲祠的圆顶相距不远。但是，拉瓦特在他的著作中，不仅探讨了人各式各样的面孔，还仔细研究了马、鸟、蛇和鱼的面貌，并对其中各种可以辨认的表情变化都做了详细论述。迦耳和他的门徒斯柏深也并非不曾就人以外其他动物的骨相特征提出过一些看法。因此，就运用这两门处于萌芽状态的科学观察鲸来说，我虽然远算不上先驱者，却还是想在这方面全力以赴。我是什么事都想试试，能做成多少就全凭本事了。

　　从观相术的角度来看，抹香鲸是反常的动物。它连个正经八百的鼻子都没有。而由于鼻子是处于面部中心最显著的部位，在面部表情上起着举足轻重、最终控制全局的作用，它付之阙如必然会大大地影响鲸的尊容。正如在园林布置中，塔、亭、山、石之类均被视为构成整个景致不可或缺之物，从相貌上说，一张面孔没有一个拱起的如透雕细工的钟楼般的鼻子，那也很不协调。要是把菲迪亚斯的朱庇特大理石雕像上的鼻子敲掉，那会是一件多么可惜的残品！不过，大海兽是庞然大物，它全身各个部分都非常雄伟，同样的缺陷在朱庇特的雕像上显得很难看，在它身上就根本不是什么缺点。不但不是缺点，反而更增加了它的威严。大鲸有了鼻子，反而不合适。当你坐着你那单座艇围着它那巨大的头绕一圈，替它看相时，你绝不会因为它没有鼻子而改变原先认为它很高贵的想法。

鲸的相貌给人印象最深之处，也许是从正面看去的全貌。这容貌非常庄严。

在思考什么的时候，一个天庭饱满的人前额犹如朝曦初上的东方天空。一头大公牛在牧场上休憩时，它那纹路卷曲的前额也有点儿宏伟的气概。大象在狭隘小道推着重炮上山时，它的前额是庄严的。无论是人是兽，那神秘的前额都如德国君主盖在告示上的大金印一般。它象征——"主啊，这就是我今天亲手所做的。"但是，对大多数动物而言，甚至人类自己也是如此，前额常常只是雪线上的一片高地。很少有人的前额跟莎士比亚和梅朗克吞的一样，高高地隆起，深深地下陷，使得他们的眼睛就像是高山上永远清澈无潮的湖泊；而从满额的皱纹中，你似乎可以跟踪那么多权鹿角似的思想正走下湖边来饮水，正如高原上的猎人跟踪雪地上的鹿脚印一般。但是，就大抹香鲸而言，它前额上天生的这种睥睨一切、天神般的尊严却无边无际，你从正面打量它整个的容貌，会从中更强有力地感觉到造物主的存在和可怕的威力。因为，它没有任何一点儿可以让你看得非常精确，脸上没有哪个部位可以看得很清楚。它没有鼻子，没有眼睛，没有耳朵，也没有嘴巴，连面孔都没有。严格地说，它什么都没有，有的只是一个广袤如苍穹的前额，皱纹里满是猜不透的谜。这前额不声不响一个猛子下去，小艇、大船便会大祸临头。就是从侧面看去，这前额令人惊奇之处也毫不逊色。虽然从那个角度看去，它的宏伟并不如从正面看那么咄咄逼人。从侧面看去，可以明显地在它前额正中看到月牙状陷下去的一块。要是在人的前额上，按照拉瓦特相书上的说法，便是天才的标志。

但是，那怎么说呢？难道抹香鲸也有天才吗？它是写过一本书还是做过一次讲演？不，它伟大的天才就表现在它的无所事事上，而且就表现在它那种金字塔般的沉默上。这让我想起，如果大抹香鲸为发现不久的东方世界所知的话,在那些人童稚未开的思想中,它准会被奉祀为神。他们崇拜尼罗河的鳄鱼,因为它没有舌头,而抹香鲸正好没有舌头,有,也小得可怜,伸都伸不出来。今后要是哪个文化极高、富有诗意的民族诱使古代快活的五朔节诸神重获与生俱来的权利,让他们生气勃勃地在已经自私自利的天上,在众神不再光临的卡彼托山上,重登高位,那么,可以肯定,跃登朱庇特的宝座、威风凛凛的将是大抹香鲸。

尚波利翁破译了皱褶起伏的花岗岩上的象形文字,可是却没有个尚波利翁来破译每个人和每个生物脸上的象形文字。相面术,正如人间一切其他学问一样,也只不过是个风行一时的话题。如果懂得30种语言的威廉·琼斯爵士尚且读不懂最纯朴的农民脸上较为深刻奥妙的含义,又怎么可以指望不学无术的以实玛利读懂抹香鲸额上那令人望而却步的迦勒底语?我只好把那额头交给你,你有本事,就去读读看吧。

第八十章 脑壳

如果从相面术上说，抹香鲸是个斯芬克司之谜，那么对骨相家来说，它的脑袋就像是几何学上不能化作等面积方形的圆。

一条充分发育成长的鲸，它的脑壳至少有20英尺长。把它的下巴卸下后，从侧面看去，这脑壳就像是一个平放着的角度不大的斜面体。不过，在活鲸身上——正如我们在别的地方已经见到的——这个斜面体角角落落都塞得满满的，而且为大量重重压着的脑块和脑油几乎弄成了长方形。这脑壳的顶端有个陷口，就藏着那部分东西。在陷口长长的底板下面——在长宽都很少超过10英寸的另一个洞穴里——盛着这个大海兽手不盈握的脑髓。活鲸的脑髓至少离那明显可见的前额有20英尺远；它隐蔽在巨大的外围工事后面，就像是魁北克那些加固的防御工事后面最深处的城堡一样。它很像一只精致的珠宝盒，秘密藏在鲸头里。就我所知，有些捕鲸人就因而武断地否认抹香鲸有什么脑髓，有的只不过是由几立方码鲸脑油所构成的很像脑髓的东西而已。这油隐藏在奇形怪状的凹坑、断层和卷褶中。在他们看来，把它身上这一神秘部分看作是它智力中枢的所在地，似乎与它给人的威力奇大的感觉更为协调。

那么，从骨相学的角度来说，这大海兽在活着并且毫无损伤的情况下，它的头纯粹是个骗局。至于它真正的脑子，既看不到，也感觉不到。凡属伟大的事物，对外界总是戴着一副假面具，大鲸也不例外。

要是把它脑壳里大量的鲸脑油卸掉，再从后面看那脑壳的后端，也就是顶端，你会大为吃惊。因为它和从同样位置、同样角度看去的人的脑壳非常相似。确实，要是把这个倒过来的鲸脑壳（把它按人体比例缩小）放在一盘子人脑壳中间，你就会在无意之间把它们混在一起而分辨不清了。再看那脑壳顶上的陷口，按照相面术的说法，你会说——这家伙没有自尊心，没有受人崇敬的骨相。根据这些否定的话，再结合它那巨大的身躯及威力这一铁的事实一块儿来考虑的话，你对什么是最高的潜能这一点就会很好地得出一个最真实虽然并不是最令人高兴的概念来。

不过，要是你认为大鲸真正的脑髓太小，无法按比例绘制成图的话，那我倒给你想出了另一个主意。如果你仔细看看几乎所有四足动物的脊柱，就会看到脊柱上那些脊椎骨跟一串项链般串起来的缩小了的头盖骨极为相似，都非常像发育不全的正式的脑壳，你因而感到很吃惊。德国人认为那些脊椎骨百分之百地就是没有充分发育的脑壳。那是一种奇谈怪论。但是，二者外表上那种奇特的相似，我认为头一个发现的并不是德国人。有一回，一个外国朋友拿他杀死的一个仇敌的骷髅上的脊椎骨，以一种半浮雕的形式，镶嵌在他那独木舟的尖船头上时，就向我指出过这一点。这里，我认为骨相学家漏掉了一件大事，他们没有把调查研究从小脑推向椎管。因为我深信一个人的性格在很大程度上可以从他的脊柱上见出端倪。不管是谁，我宁可摸摸他的脊柱，而不摸他的脑壳。从来就没有一根小支柱似的脊梁撑起过一个完整而高贵的灵魂。我很为自己的脊梁高兴，它犹如坚定无畏的旗杆，挂着我那面半向世界伸展的旗子。

把骨相学的这个脊柱支配说应用到抹香鲸上看看。抹香鲸的脑盖窝跟第一节颈脊椎骨连在一起。那节脊椎骨的椎管底横量为10英寸，高为8英寸，呈底朝下的三角形。脊管在通过其余的脊椎骨时便逐渐变细，不过有相当长一段，容量还是很大。那么，这根脊管里，当然充满了脊髓——跟脑髓大体相同的一种奇特的纤维状物质，并直接跟脑髓相通。而且，脊髓从脑髓窝处开始，循脊柱下行若干英尺之后，粗细并未消减，几乎仍跟脑髓的粗细相等。在这种情况下，还不应该按骨相学上所说的来测绘出大鲸的脊柱吗？因为，从这个角度来看问题，大鲸那相对大得出奇的脊髓便绰绰有余地弥补了它那相对小得出奇的正式的脑髓。

不过，还是听任骨相学家去跟这种迹象打交道吧。我只想借用一下这种脊柱理论和鲸的背峰挂上钩。要是我没有弄错的话，这令人敬畏的背峰是从一节较大的脊椎骨上冒出来的，因而有点儿像这节脊椎骨凸出在外面的模型。就与它有关的情况而言，我将称这高高的背峰为抹香鲸坚定不移或不屈不挠的器官。至于这大海兽是否不屈不挠，以后自会让你明白。

第八十一章 "裴廓德"号遇见"处女"号

命中注定的日子到了,我们就在那一天遇见了"处女"号。船长德立克·德·第尔是布雷门人。

在全世界的捕鲸队伍中,荷兰人和德国人曾经显赫一时,如今却排不上号了;但是,零零落落地,每隔不知多远还偶尔能在太平洋上看到他们的旗帜。

不知什么缘故,"处女"号似乎急于拜访"裴廓德"号。它离"裴廓德"号还相当远时,就掉头迎风停下,放下一只小艇,送船长过来。他焦灼地站在艇头,而不是艇尾。

"他手里拿的什么?"斯达巴克嚷道,一边指着那德国船长拿在手里挥舞的东西,"不可能!——一把加油壶!"

"不是加油壶。"斯塔布说,"不是,不是,是把咖啡壶,斯达巴克先生。他是来给我们煮咖啡的,这德国佬。你没看到他旁边那个大洋铁罐吗?——那里头盛的是开水。哦!没有错,这德国佬。"

"去你的,"弗拉斯克嚷道,"那是把加油壶,旁边是个油罐。他没油了,来跟我们讨点儿。"

不管这事看起来多么稀奇,鲸油船竟在捕鲸场跟人家借起油来了,也不管这事正好跟"运煤到产煤地纽卡斯尔——多此一举"这句老谚语对着干了,这样的事有时还真会发生。就拿眼前的事来说,第尔船长还真像弗拉斯克说的拿了把加油壶在手里。

他登上甲板,没料到亚哈马上就跟他问这问那,根本没注意他手里拿的是什么。但是,从这德国人前言不搭后语的回答中,亚哈马上看出他对白鲸一无所知,便把话题转到他那把加油壶上。第尔说起他不得不摸黑上吊铺去睡觉——他从布雷门带出来的油连最后一滴都点光了,至今还没逮着一条飞鱼来补充油料。末了他拐弯抹角地说,按行话说,他的船真只能称为一条"光"船了(就是说,一条空船)。"处女"号这个名称还真是名副其实。

德立克在需要得到满足后,就告辞了。但是,还没等他回到他的大船边,两艘船的桅顶上几乎同时大喊起来,发现大鲸了。德立克急于要去追捕,等不及把加油壶和油罐送回大船,就掉过头来追那些巨兽加油壶去了。

这时,猎物已经在下风处出现。德立克的小艇和另外三只随后跟上的德国小艇已经大大抢在"裴廓德"号那些小艇的前头。被追击的鲸总共八条,不大不小的一群。它们已经觉察到危险,全都靠成一排,身子贴着身子,就像套在一起的八匹马似的,顺风疾游,留下一路又大又阔的浪花,好像一卷又大又阔的羊皮纸在海面上不停地展开一般。

正好在这路湍急的浪花当中,落后几十英尺,游着一条有驼峰的巨大的老雄鲸,从它那相当慢的游速和一身罕见的淡黄色外皮来看,它似乎得了黄疸症或什么别的病。这条鲸跟前面那一群是不是一伙的,似乎也是个问题;因为像这样年高德劭的巨兽照例是很不合群的。不过,它还是紧紧跟着它们,虽然事实上,它们游过去后那回流的水肯定会影响它的速度。它喷起水来慢而吃力,水柱也不高,好像哽住了似的,一喷出来,便四散纷飞,跟着体内便涌起一阵奇怪的骚动,似乎隐在水中的身子另一端还有个出口,使它身后的水面咕咕地直冒泡。

"谁有点儿止痛药?"斯塔布说,"我看它是肚子痛。天哪,那么大的肚子痛起来,该多少药才止得住!逆风正在它肚子里过圣诞节狂欢呢!伙伴们。逆风从后面吹过来我倒是有生以来头一回知道。可你瞧,什么时候鲸游起来这么摇摇晃晃过?肯定是它把舵柄给弄丢了。"

正如一艘超载顺风驶向印度斯坦海岸的东印度公司商船,甲板上满是受惊的马匹,一路上倾斜起伏摇摆翻滚一般,这条老鲸也拖着它那年迈的身躯,不时朝笨重的两侧半翻半滚。原来它的右鳍只剩下一截反常的残桩,它这才东歪西拐地游。那鳍究竟是在战斗中丢掉的,还是生来就没有,就很难说了。

"稍等一下,老伙计,我给你一根绷带,把受伤的胳膊吊起来。"铁石心肠的弗拉斯克指着身旁的捕鲸索嚷道。

"当心别让它把你吊起来。"斯达巴克喊道,"快划,要不,那德国人就会把它弄走了。"

双方混在一起争相追逐的小艇都把注意力集中在这条鲸身上,因为它不仅最大,因而最值钱,而且也因为它靠他们最近,而其他的鲸不仅隔得远些,还游得飞快,不是一时半刻能追得上的。在这个节骨眼儿上,"裴廓德"号的小艇已经飞一般地抢在后来放下的三只德国小艇前面。只有德立克的小艇因为原先起跑占了很大的优势,仍然一马当先。不过,他的外国竞争者正在逐步赶上。他们唯一担心的是,因为德立克已经很接近目标,生怕他抢先投出标枪。至于德立克,他似乎信心十足,胜券在握,偶尔还做出嘲弄的样子,举起加油壶,朝其他小艇摇晃两下。

"这忘恩负义的狗!"斯达巴克嚷道,"他竟拿我刚刚给他灌满的那不要脸的罐子来嘲弄我,向我挑衅!"然后,他还像以往那样,特别重地低声说:"快追,猎狗!撵上去!"

"老实跟你们说,伙计们,"斯塔布朝他的水手嚷道,"我这个人不爱发火,可是我真想吃了那个恶棍德国佬——划呀——好不好?你们真想让那恶棍抢在前头?你们不是爱喝白兰地吗?那么,最卖力的,我奖他一大桶。喂,你们怎么没人气炸了血管?是谁把锚抛下去了——我们一点儿都没动——我们给风顶住了。喂,这艇底都长草啦——那边船上的桅杆都发芽啦。这样划不行,伙计们。瞧瞧那个德国佬!一句话,伙计们,你们是拼还是不拼?"

"啊!瞧它吹的那些肥皂泡!"弗拉斯克手舞足蹈地嚷道,"多大的驼峰——啊,快冲到那块牛肉上去吧——像根木头那样躺着哩!啊!伙伴们,使劲儿冲呀——晚饭薄煎饼加圆蛤,你们也知道,伙伴们——烤蛤肉加松饼——啊,加油,加油,冲呀——它是100大桶哩——千万别错过了——千万别,啊,千万别!——瞧那德国佬——要吃布丁就赶紧划吧,伙伴们——这么一条大鲸!这么大一条鲸!难道你们不喜欢鲸脑油?那值3000块哩,弟兄们!——一个银行!——整整一个银行哩!英格兰银行——啊,划呀,划呀,划呀!那德国佬在干什么?"

这时,德立克正准备把加油壶,还有油罐,朝冲上来的小艇扔过去。这样做,也许有双重意图,一方面可以阻一阻对手的来势,同时又可以用一种最经济的方式借助往后一掷短暂的冲力而加快自己的速度。

"这德国划子简直不像话!"斯塔布嚷道,"划吧,伙伴们,像装有十万红毛鬼子的战舰一样冲上去。你说呢,塔希蒂格?你不是为了格黑特的名誉连命都可以不要吗?你说呢?"

"嗨,拼命划。"这印第安人嚷道。

"裴廓德"号的三只小艇,在那个德国人一个劲儿嘲弄刺激之下,这时几乎在并排往前冲,而且每时每刻都在向他逼近。就在那个指挥员快接近猎物摆出一副优雅从容、骑士般的派头时,这三个副手毫不相让地站了起来,兴高采烈地为背后的桨手鼓劲:"喂,那只小艇溜过去啦!和风万岁,正好划桨!打倒德国佬!抢到他前头去!"

可是,德立克原先的优势实在太大了,他们再怎么鼓劲加油也白搭,要不是因为他小艇中部那个桨手一桨入水过深夹住了桨叶,从而突然对他做出了正义的裁决,他在这场竞赛中准拿第一。这个笨手笨脚的水手极力拔桨,差一点儿把小艇都弄翻,急得德立克大发雷霆。这正是斯达巴克、斯塔布和弗拉斯克求之不得的良机。一声大喊,他们来了个全速冲刺,一下子就打斜里跟德国人的艇尾并排了。片刻之后,四只小艇就并排紧追在那大鲸后面了。在四只小艇的后面和两边则是大鲸搅起的泡沫四溅的浪花。

那真是一个非常可怕、可怜、使人发狂的场面。这鲸这时头露出水面游着,不断以忍受折磨的样子朝前面喷水。那个可怜的残鳍则在身子一边吓得要死地划水。它一会儿偏向这边,一会儿偏向那边,摇摇晃晃地向前逃,每冲破一个巨浪,便抽搐地往下一沉,每划一下水,那半边身子就翻一下。我看见过一只折翅的鸟儿惊慌地在空中圈不成圈地乱飞,徒劳地极力想逃脱几只海盗似的鹰。但是,鸟儿毕竟还可以出声,还可以用哀鸣来表达恐惧,而这只大哑巴海兽的恐惧却被禁闭在体内。它发不出声来,只有那喷水孔里出来的断断续续的呼吸声,让人听了感到格外凄惨。然而,它那大得吓人的身躯、吊闸般的嘴和威力无穷的尾巴,仍然足以使对它表示怜悯的最强壮的人望之胆寒。

且说德立克这时看到再稍微挨一挨,"裴廓德"号的小艇就会占上风,与其就此认输,还不如趁尚有一线希望的时候,冒险来一次在他来说肯定是远非寻常的长距离投掷。

可是,等他的标枪手刚刚站起来,准备投枪的时候,三只猛虎——魁魁格、塔希蒂格、达格——便本能地一跃而起,斜站成一排,同时举起了带倒钩的标枪;三支南塔开特的标枪从那个德国标枪手头上飞过去,扎进了那条大鲸。一股冲天怒火和令人眼花的浪花飞雾!三只小艇,在大鲸头一阵大发作向前猛冲中,把德国人的小艇狠狠地撞到了一边,把德立克和那个措手不及的标枪手都摔到了水里。三只小艇就飞一般地掠过去了。

"别害怕,我的黄油罐子,"斯塔布嚷道,飞驶而过时还瞧了他们一眼,"马上会有人把你们捞上来的——一点儿不假——我看到艇尾有几条鲨鱼——那是圣·伯纳的救援犬,你也知道——专门搭救遇难的旅客。万岁!这个快法才来劲。每只艇就像一道光!万岁!——我们现在就像一只发疯的美洲豹尾巴上拖着的三口铁锅!这让我想起有点儿像在平原上把一头象套在双轮马车里——这么一套,伙伴们,车轮便再也收不住,要撞上山冈,也有摔出车来的危险。万岁!这就是到海底去见海魔时的感觉——朝一个无穷无尽的斜坡一直冲下去!万岁!这条大鲸携带的是永远送不出去的邮件!"

可是,这巨兽没跑多远就停下了。一阵急喘之后,便急忙潜入水中。三根捕鲸索跟着嘎嘎作响地一冲,飞一般地在艇尾圆柱上转,劲道奇大,竟在三根圆柱上勒出了深槽。标枪手们非常担心大鲸这样迅速地下潜会很快把捕鲸索扯光,于是熟练地竭尽全力,把一圈圈摩擦得仿佛要冒烟的索子拉住。最后,由于三根捕鲸索都是通过各自小艇上拴测锤绳的导缆器笔直入海从而产生的那股垂直的牵引力,三只小艇艇首船舷几乎都平着了水面,艇尾则高高地翘起。这鲸很快停止下潜。可他们还是抓紧绳索不敢松手,生怕又会给扯走一些,虽然这么待着不太好受。但是,尽管三只小艇给拖成这个样子,到了快要翻船的地步,却正是这种拉扯,使锋利的倒钩钩住了鲸背上的肉,它经受不住,往往很快浮出水面,面对敌手锐利的鱼枪。然而,且不说这样做是否危险,究竟这是不是最好的办法却大可怀疑,因为这样的设想应该是很合乎情理的:一条受伤的鲸在水下待的时间越长,消耗的力气便越大。因为,鲸面积很大——一条成年的抹香鲸平面将近2000平方英尺——水的压力相应地也必然很大。我们都知道,我们自己处于一个多么大的大气压之下,而我们还是在这里,在地面上,在空中,那么,背上压上200英寻深的海水,大鲸的负担该有多大!那至少相当于50个大气压的重量。一个捕鲸人曾估计过,那相当于20艘包括全部大炮、给养和人员在内的战舰的重量。

当三只小艇躺在微微起伏的海面上,俯视着中午一片永远的蔚蓝时；当大海深处没有透出任何呻吟或叫喊，甚至连一个微波一个气泡都没有时，在这样的沉寂和宁静之下，那最大的海兽在痛苦地翻滚折腾，陆上人会怎样想呢？在艇首看到的垂直下垂的绳索还不到8英寸长。看来这是可信的，三根这样的细索子吊起了这个大海兽，就像一座走八天的钟吊着个大大的摆锤一般。吊起来？吊在什么上面？三块木板上面。难道这就是耶和华一度百般夸赞的生物——"你能用倒钩枪扎它的皮？能用鱼叉叉它的头吗？人若用刀，用枪，用标枪，用尖枪扎它，都是无用。它以铁为干草；箭不能恐吓它，使它逃避，棍棒算为禾秸；它嘲笑短枪飕的响声！"[①]这就是这个生物吗？就是它吗？啊！先知的这些话肯定兑现不了了，因为那大海兽虽说尾巴有千钧之力，却一头扎进浪涌如山的深海中，以躲避"裴廓德"号的鱼枪！

在午后斜晖中，这三只小艇落在海面上的影子肯定又阔又长，足可以荫蔽波斯王瑟克西斯的半支军队。几个这么巨大的幽灵在这受伤的大鲸头上游荡，谁说得上它会怕到什么程度！

"做好准备，伙伴们！它在动啦。"斯达巴克嚷道，三根捕鲸索在水中都突然抖动起来，仿佛磁导线一般，把这大鲸临死前的抽搐清清楚楚地传达上来，连坐在各自座位上的每一个桨手都感觉到了。一会儿后，那股把艇首往下拽的拉力便去了一大半，三只小艇一下子就弹了起来，就像一片大浮冰上密密麻麻一群白熊受惊纷纷窜入海中，大浮冰登时升了起来一样。

"往里拉！往里拉！"斯达巴克又喊道，"它浮起来了。"

刚刚还连一掌宽都收不回的捕鲸索现在一大圈一大圈迅速地收了回来，水淋淋地扔回小艇，很快大鲸就露出了水面，距猎手们不到两条船的长度了。

它的动作清楚地表明它已经筋疲力尽。大多数陆上动物，血管都有活瓣或者闸门，一旦受伤，借助它，至少可以在一定程度上遏止

---

① 见《圣经·旧约·约伯记》第四十一章。

血液向某个方向流动。鲸可不是这样。这也是它的特点之一。它的血管里根本就没有活瓣这种结构,一旦被标枪尖这样小的东西扎了一下,整个动脉系统便立即会致命地流血不止。如果它再潜入深水中,那么,加上海水超常的压力,它的生命就可以说是像溪水一样不停地往外流了。然而,它有很多血,源泉又多,且深布体内,即使这样流个不停,也要流相当长的时间;甚至就像在干旱季节,河水照样会流一样,它的水源来自许多遥远而隐蔽的山泉。甚至就是现在,这三只小艇都划到它身边,冒险地靠拢它摇晃的尾巴,把鱼枪戳进它的身体时,也有血从这些新伤口里匀匀地冒出来,流个不停。至于它头上那个天生的喷水孔还只是隔三岔五恐惧地喷水,虽说每次都喷得很急,但还没有喷出血来,因为至今还没有击中它的要害。它的生命,正如他们耐人寻味地说的,还没有被触动。

这时,三只小艇把它围得更紧。它整个上半个身子,平常大部分是隐在水下的,现在可以看得很清楚了。它的眼睛,或者毋宁说曾经是眼睛的地方,也看得到了。正如高贵的橡树,一旦趴下,它的节孔里便反常地长出许多奇怪的块块,同样,那曾经是大鲸的眼睛的地方,现在只鼓着两个瞎眼球,看去真是触目惊心地悲惨。但是,水手们对它却没有半点儿怜悯,尽管它年纪一大把,只剩下一只胳膊,眼睛又瞎了,却非死非挨宰不可,才好去照亮快活的婚礼和其他寻欢作乐的勾当,也去照亮庄严的教堂这宣扬无条件逆来顺受的地方。它还在血泊里翻滚了一阵后,终于在肋腹部下端露出了一个奇怪的变了色的约莫1蒲式耳大小的瘤子或者疙瘩。

"一个好地方,"弗拉斯克嚷道,"让我给那里扎一下。"

"住手!"斯达巴克喝道,"没这个必要了!"

可是,于心不忍的斯达巴克已经迟了一步。一枪扎下去,一股脓水从这残忍的伤口里应声喷出。鲸痛得要死,盛怒之下,边喷着浓血,边向三只小艇盲目地猛冲过去,把急雨似的血块劈头盖脸地泼在三只小艇和扬扬得意的全体船员身上,冲翻了弗拉斯克的小艇,撞坏了艇头。这是它临死前的挣扎。因为,到了这个时候,它由于失血过多,非常衰弱,侧着身子喘个不停,残鳍无力地拍打着,然后慢慢地滚呀,滚呀,仿佛一个在逐渐消失的星球。后来,它白肚皮朝上,把最隐私的部位都露了出来,像根木头一动不动地躺着,死了。它最后一次喷水,模样十分凄惨,就像有许多看不见的手在用力把一个大水池里的水慢慢地压出来。水柱带着半哽住的哀伤的咯咯声越来越低,终于消失——这大鲸临死前最后一次长长的喷水就此结束。

不久,就在船员们等着大船驶过来时,死鲸还没有等身上的财富被搜刮干净就显出了要下沉的迹象。斯达巴克下令用绳索把它不同的部位绑住,这一来,三只小艇登时就成了三个浮筒。下沉的鲸就靠这些绳索吊在小艇下面。等大船靠拢过来后,这鲸就给小心翼翼地转移到它的舷边,用最结实的锚爪链把它紧紧绑住,因为很明显,要是不用人为的办法把它举起来,它马上就会沉到海底去。

也真巧,几乎就在割脂铲头一铲下去时,就发现它肉里嵌着一个锈蚀的、长长的标枪头,位置就在前面提到的那个瘤子下部。在捕获的鲸尸上发现标枪头,本是常有的事,周围的肉一般都完全长好了,也不会拱起一块,标明标枪头的所在。因此,非得有什么别的为人所未知的理由,才能充分解释出现在这条大鲸身上的脓疮。但更奇怪的是,在鲸鱼体内竟发现了一个石枪头,离那个嵌在肉里的铁枪头不远。石枪头周围的肉都长得很结实。那石标枪是什么人投的呢?又是什么时候投的呢?很可能还是在美洲被发现之前好久,西北部某个印第安人干的。

在这巨兽的陈列室里是否可能搜出什么别的奇迹来,那很难说。但是,进一步的搜查突然被迫中止了,因为,由于死鲸下沉的势头大增,大船被拽得空前地向一边倾斜。然而负责全盘事务的斯达巴克却坚持要挺住。可要是仍旧死抱住鲸尸不放,船就会翻掉。他只好下令把鲸尸卸下来,但是船舷之上肋骨顶端上拴紧的锚爪链和缆绳绷得太紧,根本解不下来。这时,"裴廓德"号都斜过来了,要横过甲板,就像是爬壁陡的斜屋顶一样。大船发出了呻吟声,透不过气来。镶嵌在舷墙上舱室里的牙骨物件,由于这超常的倾斜,都脱落了。用杠子和撬棍来撬那些纹丝不动的锚爪链,把它们从肋骨顶端撬开,也是白费力气。这时,死鲸已经沉下去好多,浸在水中的头尾都够不着了,每时每刻这正在下沉的庞然大物的分量似乎在成吨地往上涨,船也好像就要翻了。

"等一下,等一下,好吗?"斯塔布朝鲸尸嚷道,"别这么奔丧似的急着下沉!真的,伙伴们,我们非得想点儿什么办法,或者拿个什么来不可了。撬不管用。喂,把杠子扔下,哪一个赶紧去拿本祈祷书来,一把小刀来,把大链割断。"

"小刀?好的,好的。"魁魁格嚷道,他抓起一把木匠用的沉重的斧子,从一个舷窗口探出身去,用钢来对付铁,对准那最粗的锚爪链一顿猛砍。开头几斧子下去,只砍得火星迸射。不过链索上那股极大的绷劲倒是给随后砍下去的斧子帮了大忙。只听到一声可怕的"啪嗒"声,所有的链索一下子全散开了。船正过来了,尸体沉下去了。

说起来,这种在关键时刻不得不把刚杀死的抹香鲸沉掉的情况是很罕见的。至今还没有哪个捕鲸人对此做出过充分的解释。死抹香鲸向来都是毫不费力地浮着,或者侧躺着,或者肚皮朝上,有很大一部分露出在水面上。这么沉下去的只是那些又老又瘦、忧伤过度的鲸,脂肪层很薄,骨头重,还有风湿病。你还可能有理由硬说,这样的鲸之所以下沉是由于一种不常见的比重所致,是它体内缺少有浮力的物质之故。可是,事实并不是这样。因为有些身体非常健康,满怀雄心壮志,红光满面,正当盛年,胖得走路都喘气,不幸过早辞世的鲸,有时也照样下沉。

话是这么说,抹香鲸却远不如其他鲸那么容易发生这种意外。抹香鲸要沉下去1条,露脊鲸就会沉下去20条。它们之间的这种差别,毫无疑问,在很大程度上要归咎于露脊鲸骨头多得多,单是它那威尼斯式的窗帘有时就重达1吨多。抹香鲸就完全没有这个累赘。但是,有这样的情况：沉下去的鲸尸，经过好多个钟头或者几天之后，又重新浮了上来，并且比活着时更浮出一些。这原因很明显。它体内产生了大量气体，胀得鼓鼓的，成了个气球似的。那时连一艘兵舰也很难把它压下去。在新西兰的海湾之间，在测锤能够着的海滨捕鲸时，如果发现露脊鲸尸有下沉迹象，人们就给它系上好些浮标，留足绳子；这样，尸体下沉以后，要再把它弄上来时就知道到哪儿去找它。

且说就在那抹香鲸尸沉下去不久，"裴廓德"号的桅顶上又大喊起来，通知下面说"处女"号又放下了小艇，虽然极目所及只看到一条脊鳍鲸在喷水。这种鲸属于很难追捕之列，因为它的速度快得不可思议。不过，它喷起水来很像抹香鲸，不老练的捕鲸人经常弄错。因此，德立克和他的一伙子这时正铆足了劲在追这只无法追上的猛兽。"处女"号扯起满帆，紧跟在它那四只小艇崽子后面，就此远远地消失在下风头，仍然满怀希望地一个劲儿猛追。

啊！这世界上脊鳍鲸多得是，德立克也多得是，我的朋友。

第八十二章　捕鲸业的声誉和荣耀

有些艰险的事业，在其得以完成的实际过程中，既需小心谨慎，又无一定之规可循。

我对捕鲸这个行业钻研得越深，一直追溯到它的源头，它的崇高声誉与悠久历史所给我的印象便越深，特别是当我发现有这么多伟大的半神和英雄人物及各式各样的先知们都以某种方式在这上面建立过丰功伟绩时，我自己虽然微不足道，却为能跻身于这样一个备受赞颂的团体而深为激动。

朱庇特的儿子，英勇的柏修斯，是捕鲸的创始人。而且应当说我们这一行业可以永远引以为荣的是，我们的老同行杀死的头一条鲸并不是出于任何贪婪的意图。那是我们这一行业充满骑士情怀的时代，那时我们拿起武器是为了援救受难者，而不是为人们的加油壶去弄油。人人都知道柏修斯和安德罗美达之间动人的传说：可爱的安德罗美达，一个国王的女儿，被捆在海边一块大石头上，正当大海兽要把她攫走时，柏修斯这位捕鲸者之王勇猛地冲去，用标枪把它杀死，解救了这个姑娘，并和她结婚。一标枪投出去，就干掉这只大海兽，那真是令人钦佩的技巧高超的一击。今天最优秀的标枪手也只能望而兴叹。谁都无须怀疑阿基特人的这一传说，因为在叙利亚海岸那个古代叫约帕、现在叫雅弗的地方，一个异教徒的寺庙里，多少年来保存有一条大鲸巨大的骨架，根据这个城市的传说及全体居民的众口一词，都认为那就是柏修斯杀死的那条大鲸。罗马人占领约帕时，就把这具骨架作为战利品运往意大利去了。这一传说最为奇特、值得寻味之处似乎是：约拿也正是从约帕上船出逃的①。

柏修斯与安德罗美达的冒险经历和圣乔治屠龙的著名传说很类似。有人认为前者就是后者的原型。那条龙，我认为就是条大鲸，因为在许多古代编年史中，鲸和龙总奇怪地混杂在一起，难分彼此。"你如同列国中的狮，你像海中的龙。"以西结说。他这显然指的是鲸。实际上，《圣经》有些译本就是用的鲸这个词。再者，圣乔治要是只不过是和陆地上的一只爬行动物交手，而不是和大海中的巨兽大战一场的话，那他的光荣事迹也会大为减色，谁都可以杀死一条蛇，但只有柏修斯、圣乔治、科基这样的才有勇气毫无畏惧地冲向一条大鲸。

千万别让描绘这一场面的现代绘画把我们引入歧途。因为，虽然古代英勇的捕鲸人所攻击的动物给含糊地画成了鹫头、飞狮般的模样，虽然画面上人兽之战是在陆地上进行，圣者是骑在马背上，然而，考虑到当时人们的孤陋寡闻，画家们对于大鲸的真实形象一无所知；考虑到正如柏修斯当时所面临的情况一样，圣乔治杀死的这条大鲸很可能也是从海中爬到岸上来的；考虑到圣乔治的坐骑很可能只不过是一只大海豹或者海马；把这一切都考虑进去的话，那么，认为所谓的龙不是别的，正是大海兽这一看法，跟神话和最古老的绘画就并不见得是完全对立的了。实际上，如果把这整个神话放到最严格、最苛刻的事实面前去检验，它似乎就像非利士人对鱼、兽、禽的崇拜一样，只不过是换上了"龙"的名称；把这龙竖在以色列人的方舟前，它那颗马头和两只手掌便会掉下来，只剩下残缺的鱼身。这样一来，我们自己的高贵标志之一，哪怕是身为捕鲸人，就是英国的守护神了；而我们南塔开特的标枪手也就理所当然地应该编入最高贵的圣乔治骑士团。因此，那个荣誉集团的骑士们（我敢说，他们中间没有一

---

① 见《圣经·旧约·约拿书》第一章。

个像他们伟大的保护神那样和大鲸打过交道）休得用轻蔑的眼光瞧我们南塔开特人，哪怕我们穿的是毛绒卫生衣和黑油布裤子，也比他们更配得上圣乔治勋章。

究竟要不要接受大力神赫尔克里斯为我们中间的一员，好长时间我拿不定主意。因为，根据希腊神话，那个古代的克罗克特和基特·卡森①——那干出了不少令人高兴的漂亮活的孔武有力的汉子，曾被一条大鲸吞下去，又吐了出来。尽管如此，严格地说，他是否因此就算得上是个捕鲸人，还值得商榷。因为没有看到他在什么地方真正用标枪戳过大鲸，除非是在它肚子里差不多。不过，他也许可以算作个铤而走险的捕鲸人。不管怎么说，即使他没有抓住大鲸，大鲸还抓住了他。我还是主张把他算作我们家族中的一个成员。

但是，最有权威的专家们却持相反意见。他们认为，这个有关赫尔克里斯与大鲸的希腊神话是脱胎于更早的关于约拿与大鲸的希伯来传说。可以肯定的是，二者很相似。既然我主张把这位半神算作我们家族中的一员，那为什么不把这位先知也算作一员呢？

英雄人物、圣者、半神和先知还不是我们这个骑士团名单上的全体成员，还得把我们大师的名字列上去。因为，就像古代的那些帝王一样，我们发现我们行会的祖师爷竟就是伟大的神明自己。我现在根据印度经书上所记载的来重述一遍那神奇的东方传说。经书上说，令人敬畏的毗湿奴是印度教三大神之一，并说这位神圣的毗湿奴就是我们的祖师爷。毗湿奴对大鲸始终是另眼相看，以他十大尘世化身的第一化身把大鲸神化了。据经书记载，当婆罗门，即众神之神，在这世界一次周期性的毁灭之后，决心重造世界时，他生下了毗湿奴来主持这一工程。但是，毗湿奴在动手兴建这项工程之前，似乎必须仔细研读那神秘的经书《吠陀经》。因此，那部经书对于年轻的建筑师必然

---

① 戴维·克罗克特（1786—1836）和基特·卡森（1806—1868），美国两位功勋卓著的边疆开发者。

有些什么在实践中可资借鉴的东西。而这部《吠陀经》深藏在海底。于是，毗湿奴就托身于鲸，借大鲸之身潜入海底，把这神圣的经典打捞了上来。这样说来，这个毗湿奴难道还算不得个捕鲸人？这不正如骑马的人被称为骑手一样吗？

　　柏修斯，圣乔治，赫尔克里斯，约拿，还有毗湿奴！一份很有分量的会员录！除了捕鲸人俱乐部，还有哪个俱乐部有这样久远的历史渊源呢？

第八十三章 从历史上看约拿

关于约拿与大鲸的传说,上一章已经有所提及。如今有些南塔开特人对这个关于约拿与大鲸的传说颇为怀疑。但还有些持怀疑论的希腊人和罗马人从他们那个时代正统的异教徒立场出发,对赫尔克里斯与大鲸及阿赖翁与海豚①的传说同样表示怀疑;然而,尽管如此,他们对那些传说的怀疑丝毫无损于它们确有其事的声誉。

萨格港的一个老捕鲸人对这一希伯来传说持怀疑态度的主要理由是:他有一本古雅的老式《圣经》,里面有许多稀奇古怪缺乏科学依据的插图,其中一幅画着吞没约拿的大鲸头上有两个喷水孔——只有一种鲸才有这种特征(露脊鲸及其变种)。关于这种鲸,捕鲸人有这么句话,"一个一便士的小面包卷就会噎住它"。可见它的食管非常之小。但是,对这一点,哲布主教早就准备好了答词。他说,我们大可不必认为约拿是葬身鲸腹,他只不过是暂时栖身在它嘴里的哪个角落里而已。善良的主教这一说法也似乎很有道理。因为,露脊鲸的大嘴里还真可以摆下两张牌桌,玩牌的人都可以坐得很舒服。也很可能约拿是平安无事地藏身在它一颗蛀空了的牙里;不过,再一想,露脊鲸是没有牙的。

这个萨格港佬(他就叫这个名字)强调说,他之所以不相信这

---

① 阿赖翁,一位希腊诗人兼音乐家(公元前7世纪),据说曾被水手投入海中,为一海豚救起,驮之背上,送往丹那拉斯。

位先知有过这么回事的另一个理由是：约拿的身体闷在大鲸的胃液里而能安然无恙这事有点儿叫他弄不明白。但是，这个反对意见也同样落了空，因为有一位德国的《圣经》注释家认为，约拿肯定是栖身在一条死鲸的浮尸肚子里——甚至就像俄法战争中的法国士兵把死马拖进帐篷，爬到马肚子里去躲起来一样。此外，还有欧洲大陆其他一些注释家推测说，当约拿被人从自约帕启航的船上抛入海中后，他随即又爬上了附近的另一艘船，一艘船头雕饰有一条鲸的船，躲了起来。我还想补充一句的是，很可能那艘船就叫"大鲸"，犹之如现在有些船取名"鲨鱼""海鸥""老鹰"一般。也不乏学识渊博的注释家认为《约拿书》中提到的大鲸实际上只不过是一种救生用具——一只充满了气的皮袋——这位处于危险中的先知向之游去，得以逃避了一场灭顶之灾。因此，可怜的萨格港佬倒似乎成了众矢之的，被驳得一无是处。不过，他还有个理由，要是我没有记错的话，那个理由是这样的：约拿是在地中海被吞入鲸腹的，三日三夜之后，那大鲸就把他吐在旱地上，那地方离尼尼微（底格里斯河边一个城市）有三日路程。实际上，从尼尼微到地中海沿岸最近的一点也远远不止三日的路程。这又做何解释呢？

但是，那大鲸难道就没有别的办法让这位先知在离尼尼微三日路程的地方上岸吗？有。它可以带着他绕道好望角。不过，这样一个假设，势必要环游整个非洲，姑且不说要穿过整个地中海，或者取道波斯湾，过红海，姑且不说靠近尼尼微的那一段底格里斯河水太浅，大鲸根本无法在其中游动。再说，在那样早的年代，约拿就驶过了好望角，这种想法势必会从据说是这个大海岬的发现者巴塞洛缪·第亚士手中夺走他那份荣誉，从而使得现代史成了一片谎言。

但是，萨格港老头所有这些愚蠢的论点只不过表明了他自以为高人一筹、实则愚蠢之至的判断力而已——尤其应受到指责之处是，他除了有点儿人生阅历和海上体验之外，并没有多少学问。我认为那只不过显示了他那种目中无神的狂妄自大，对受人尊敬的牧师们一种可鄙的极大的不敬。因为，认定约拿取道好望角去尼尼微的这种想法曾被一位葡萄牙天主教神甫大事渲染为一个天大的奇迹。也确实是个天大的奇迹。再说，一直到今天，非常开明的土耳其人仍然虔诚地相信有关约拿的这一传说。大约三个世纪以前，一个英国旅行家在《赫黎斯老头游记》中提到过为纪念约拿而建立的一座土耳其寺，寺中有一盏神奇的灯，不用任何灯油，却照样有光。

第八十四章 投杆

要让车轴转得又快又不费力，就给它们上点儿油；有些捕鲸人为了同样的目的，对他们的小艇采取了类似的措施。给艇底涂上油。油和水互不相容，油是种很滑的东西，而用意又在于使小艇滑行得更快，因此，这种做法自不用担心有任何坏处，很可能好处还大得很。魁魁格就特别相信艇底抹油的好处。一天上午，就在德国人的"处女"号消失后不久，他比往常更经心地做这件事。小艇吊起在船舷上，他趴在艇底下使劲儿往上擦油，好像要极力做到让光秃秃的艇底长出头发来似的。他仿佛是在某种不祥的预感支使之下才这么干，而这种预感以后并不是没有得到证实。

快中午时，又发现了大鲸。可是等大船朝它们驶过去，它们立即掉过头去，慌慌张张地逃跑了；一群乌合之众，就像克莉奥佩特拉的船队从亚克兴溃不成军地败退一般。

不过，几只小艇照样追，斯塔布的小艇一马当先。费了好大的劲，塔希蒂格终于投中了一枪。可是那被击中的大鲸非但没有下潜，反而加速继续逃窜。捕鲸索老这样绷得紧紧的，那支插在它身上的标枪迟早免不了会拔出来。当务之急是在这飞奔的大鲸身上戳上几枪，要不然就只好听任它跑掉。可是，又无法靠拢它，它游得太快太猛。还有没有别的办法呢？

在捕鲸老手经常被迫采用的奇妙器械和技巧、各种手法和妙招之中，最有效的首推称作投杆的鱼枪。小剑也好，阔剑也好，在实际运用中都远不如它。它是专门对付疾游的大鲸的克星。它最足以令人信服之处和最大的特色就是从一只高速前进、剧烈摇晃颠簸的小艇上,极远地将一支长长的鱼枪准确地投中。整个鱼枪钢枪头带木杆10到12英尺长;它的枪杆比标枪杆细得多,用的材料也轻些——松木。它系有一根称作绞船索的细绳,枪投出去之后,又能用这根绳子把它拽回来。

不过,在继续讲下去之前,有必要先在这里提一下的是,虽然标枪也可以作为投杆,像鱼枪一般使用,但水手很少这样做,即使这样做了,命中率也不高,因为和鱼枪比起来,标枪重得多,也短些,这两点就成了严重的障碍。因此,一般说来,一定是先把鲸拴住,然后再让投杆发挥作用。

现在且瞧瞧斯塔布。这个人在最紧迫的关头仍能风趣横生,从容不迫,沉着冷静,比任何人都适合于投杆。你瞧他在如飞的小艇颠簸的船头上站得笔直,周身裹在毛绒般的泡沫里,那拖着小艇飞奔的大鲸就在前方40英尺处。他轻轻地摸了摸那长长的鱼枪,瞟了两三眼枪身,看它是不是挺得笔直,嗖嗖地把一卷绞船索收在一只手里,紧握住索尾,不让余索受到任何干扰。然后,他把鱼枪拎起在他裤腰带中部的正前方,对准大鲸。瞄好之后,他便稳稳当当地放低枪尾,让枪尖翘起有15英尺高,两头平衡地握在手掌心里。他让你想起有点儿像个玩杂耍的,把一根长杆子竖起在下巴上。一刹那,他神速地难以形容地奋力一掷,那明晃晃的钢枪高高地画了一个漂亮的弧,飞过那段泡沫弥漫的距离,颤悠悠地插进了大鲸的要害。这时,它喷出的就不再是闪亮的水,而是鲜红的血了。

"这一下把它的塞子拔掉了!"斯塔布嚷道,"这是不朽的7月4日,所有的泉眼今天应该涌出酒来!但愿现在流出来的是奥尔良的陈年威士忌,或者俄亥俄州的陈酒,或者摩嫩加希拉河妙不可言的陈年老窖!那么,塔希蒂格,老弟呀,我就会要你提个小桶过去,咱们来个一醉方休!对啦,真的,哎哟,咱们干吗不到它那喷水孔那边去酿起上等奔趣酒来,就着男医源源不断的奔趣酒碗,把那刚酿出的好酒咕咚咕咚喝个痛快!"

一边这样开心地胡扯,一边熟练地一杆又一杆地投个不停,鱼枪飞去又飞回主人手中,就像一条奔来奔去训练有素的猎犬一样。这条在痛苦中挣扎的鲸张皇失措。紧绷着的捕鲸索松弛下来了。这时投杆人退到艇尾,交叉起双臂,一声不吭地瞧着这大海兽死去。

第八十五章　喷泉

六千年来——没人知道这之前还有多少万年——大鲸应该已经喷遍了普天下的海洋，喷洒浇遍了海洋中的园圃，就像是许许多多浇水壶和喷雾器一般。而过去几个世纪以来，也该有成千上万的捕鲸人靠拢过大鲸的喷泉，观察过它们的喷洒——这一切应该不成问题，然而，一直到眼下这一刻（1851年12月16日下午1时15分15秒），这些喷泉里喷出来的究竟是水还是水汽，却仍然是个悬而未决的问题——这还真是件值得注意的事。

那么，且让我们把与之有关的一些有趣的细目拿到一起来研究看看。谁都知道，一般鳍类动物都有特别灵巧的鳃，它们在水中游动时，就是用鳃来呼吸和水结合在一起的空气。因此，鲱鱼和鳕鱼可以活上一百年而从来不用把头冒出水面。但是，大鲸却由于它那明显不同的内部结构，而像人类一样，有正常的肺，因此，它只有靠吸进水面上与水游离的空气才能生活。这就是为什么它要定期地冒上来看看水上世界的原因。可它又一点儿都不能用嘴来呼吸。因为，就抹香鲸平常在水中的姿势而言，它的嘴至少是深藏在水面八英尺以下；而且，它的气管跟嘴又不相通。是的，它仅仅是通过喷水孔来呼吸；而喷水孔又是长在头顶上。

假如我说，无论任何动物，呼吸只不过是维持生命的一种不可或缺的功能，因为它从空气中吸收某种元素后，随即使之与血液发生接触，将它富有生气的要素注入血液。我想我这样说大概没有什么错误,虽然我还满可以用上一些多余的科学名词。如果我说得没有错,那由此可以得出,假如一个人吸一口气,就能供足他全身血液所需要的氧,那他就可以有相当长一段时间堵上鼻孔,用不着再去吸第二口气。就是说,他可以不用呼吸而活相当长时间。

尽管这事看起来有点儿反常,可大鲸却正是这种情况,它经常在海底待上一个多小时,连一口气都不吸,也不以任何方式接受一星半点儿空气,因为,请记住,它是没有鳃的。这是怎么回事呢?因为在它的肋骨之间以及脊柱两边,有像克里特岛上的迷宫一样极其复杂的、通心粉面条似的血管。它离开水面时,这些血管就充满了饱含氧气的血液。所以,在上千英寻深的海底,它所储备的生命力维持一个多小时绰绰有余,正如穿过无水大沙漠的骆驼在它那四个备用胃囊里携带了足够的水以备不时之需一样。这个在解剖学上有根有据的迷宫是不可争辩的,建立在这个迷宫之上的假设也是合理的,站得住脚的,当我想到非此便无法解释大鲸为什么硬要如捕鲸人所说的"把水都喷出来"时,我就觉得这个假设更有说服力了。就是我所要说的。抹香鲸冒出水面,如果没有受到干扰的话,就会在水面上停留一段时间,而每次停留时间的长短,只要不受到干扰,都是完全一样的。比方说它在水面上待11分钟,喷水70次,就是说,呼吸了70次;那它任何时候再冒出水面,肯定还是呼吸70次,不多也不少。可是,如果它刚刚才呼吸了几次,你惊动了它,它就会潜入水中,随后它又总会偷偷地冒上来,补足它正常所需的那份空气。它不做完那70次呼吸,绝不会真正下去待足那一个多钟头时间。不过,请注意,不同的鲸有不同的呼吸次数,但呼吸总归是要的。可见,要不是为了在真个潜下去之前补足空气库存,大鲸为什么定要把水都喷出去呢?非常明显,正因为它非冒上来不可,才给它自己招来了被追击的有性命之虞的危险。因为这个大海兽游到上千英寻深的海洋深处,无论钩钓网捕都是奈何不了它的。这样说来,猎人啊,你之所以能赢得胜利,与其说是你的技巧,还不如说是它本身那种迫切的需要!

就人类来说，呼吸是无时无刻不在进行——一次呼吸只不过供脉搏跳动两三次；所以不管他在做什么别的事，醒来了也好，睡着了也好，他总是在呼吸，要不然他就会死。但是抹香鲸呼吸的时间却只占它全部时间的七分之一，或者说，它只有星期天才呼吸。

前面已经说到，鲸仅仅通过喷水孔呼吸。如果再实事求是地补充一句，说它的呼吸里夹杂的有水，那么，我们就不难理解为什么它没有嗅觉了，因为它唯一可以称为鼻子的就是那个喷水孔，而那喷水孔里又是水，又是空气，塞得严严的，很难指望它还有什么嗅的能力。不过，由于它喷出的东西让人摸不透——究竟是水还是空气——至今还没有得出绝对肯定的结论。但，可以肯定的是，抹香鲸没有正式的嗅觉器官。不过，它要嗅觉器官干什么呢？海洋里是没有玫瑰花，没有紫罗兰，没有科隆香水的。

再者，因为它的气管只和喷水道管子相通，也因为那长长的水道——就像伊利大运河一般——安装有几个可说是闸门样的东西（管开和关），扣留下行的空气，放走上行的水，因此，大鲸发不出声来，除非你想侮辱它，在它弄出非常奇怪的轰隆轰隆响时，说是它的鼻子在说话。不过，又要请问，大鲸有什么可说的呢？

我就没怎么听到过很有深度的人有什么要对这世界说的，除非是为生活所迫，才不得不结结巴巴说点儿什么。啊！幸喜这世界对他人的疾苦是如此善于倾听！

且说抹香鲸的喷水道，实际上主要是为了输送空气，有几英尺长平铺着，就在头顶层下面，稍稍偏向一边。这条古怪的管道很像铺设在城市街道一侧的煤气管道。但是，又回到了那个老问题，这根煤气管是不是也是自来水管呢？换句话说，抹香鲸所喷出的究竟仅仅是呼出的废气，还是呼出的气里夹杂有从嘴里吸进去的水，再从喷孔里排出来？因为它进食时附带地也把水吸了进去，它似乎非这样把水排出去不可。不过，抹香鲸的食料都是在深水中，它即使想喷水，在深水中也喷不出来。再说，如果你非常仔细地观察它，还拿出表来计时，你就会发现，在不受外界干扰的情况下，它的喷水周期与正常的呼吸周期相互之间，有一种一成不变的节奏。

不过，在这个问题上，你干吗要拿这许多推理论证来烦人呢？你直说吧！你见过它喷水，就直截了当地说明它喷的是什么好啦。难道你连水和空气都分不清吗？先生，在这个世界上，这些简单的事并不是那么容易弄清的。我就碰到过你们眼中最简单的事情却是最棘手的。至于大鲸喷出来的这玩意儿，也许就算你置身其中，也照样断定不了它究竟是什么东西。

它喷出的东西被一团雪白耀眼的雾气裹着。等你尽量靠拢一条大鲸，想看清它究竟喷的是什么时，也总是它翻滚折腾得最厉害的时候，它周围掀起的水就像瀑布一样往下泼，你又怎么有把握能断定那是喷出去又落下来的水哩。假如在这种时候，你觉得你真看到喷出了水珠，它们也许仅仅是由水汽凝结而成，你又怎么知道就一定不是呢？或者它们是满满地蓄积在鲸头坑洼处的水，你又怎么知道那就不是薄薄一层存在喷孔缝隙里的水呢？因为即使它在中午风平浪静的海面上悠闲地游着，那隆起的背峰就像沙漠中骆驼的驼峰给太阳晒干了的时候，它头上也总是带着一小盆水，就像是烈日下，有时你会看到岩石洼处盛满了雨水一般。

大鲸喷出的究竟是什么，猎人如果过于好奇，那是很欠考虑的事。他不能凑到跟前去瞧，把脸也贴上去，那样做可不行。你不可能提个大水罐到那喷泉跟前去，灌满一罐拎走。因为，哪怕你只稍稍接触一点儿那喷出物外围的雾气（这种事是经常发生的），它的腐蚀性就会叫你的皮肤火烧火燎地痛。我就知道有个人，他向那喷出物靠得太近了一点儿。他是不是想做番科学考察还是有什么别的意图，我闹不清，反正他的脸和胳膊脱了一层皮。因此，捕鲸人都认为它喷出的东西是有毒的，避之唯恐不及。还有一件事，听人家说起过，我觉得也很有可能，说是那喷出物要是喷到眼睛里，眼睛就会瞎。如此说来，这种极其有害的喷出物，我看，喜欢探个究竟的人最好还是离远

点儿。

不过，即使我们不能证实什么，做一番假设总还是可以的。我的假设是这样的：这喷出物无非是些雾气。之所以促使我得出这一结论，除了其他理由外，是由于考虑到抹香鲸所固有的那种非同一般的尊严与气魄。我认为它绝非等闲、浅薄之辈，因为谁也不能否认，它从不在水浅或靠岸的海域露面。那种地方，其他的鲸有时会去走走。它既呆板，又深沉。我确信所有呆板、深沉的人，诸如柏拉图、皮洛、魔王、朱庇特、但丁等等，他们在深思时，头上都会冒起一股半隐半现的蒸汽来。我在构思一篇论永恒的小文时，曾好奇地摆了一面镜子在面前，不久，我就在镜子里看到一缕古怪的烟雾在我头上缭绕起伏。盛夏八月的正午，我待在屋顶薄薄的阁楼里，喝了六大杯热茶后冥思苦索，头发里一个劲儿往外冒热气。这似乎也给以上的假设提供了一个额外的论据。

看着这雾蒙蒙的庞然大物在平静的热带海洋上庄严地游着，我们心里不由得会激起一种崇高的联想；它巨大、温和的头上悬着一重由无法表达的沉思所产生的雾罩，而彩虹——正如你有时看到的那样——又把这雾罩渲染得光辉灿烂，仿佛上苍对它的思想也十分欣赏。因为，你可知道，彩虹从不光顾晴空，它只照耀雾气。因此，神圣的直觉不时穿透我心头的疑云，仿佛有道来自天国的光驱散了我的迷惘。为此我感谢上帝。因为人人都有疑惑，尽管许多人否认；不过，有也好，没有也好，有直觉的人却不多。对一切世俗的事情有疑惑，对某些神圣的事物有直觉；这种组合造就的既不是善男信女，也不是离经叛道者，而只是对二者一视同仁的人。

第八十六章 尾巴

别的诗人讴歌羚羊温柔的眼睛和飞鸟美丽的羽毛,我没那么高雅,我赞美尾巴。

计算特大型抹香鲸的尾巴是从它的身躯逐渐变小到人腰大小的地方开始的,单是它上面的平面,就至少有50平方英尺。它根部那结实的圆圆的主体扩展成两片阔大、坚硬、扁平的掌状物,或者叫尾叶,然后逐渐变薄到不足一英寸厚。在分叉处或者会合处,这两片尾叶稍有重叠,然后像一对翅膀似的相互斜着展开,中间留下好阔一片空白。这两片尾叶新月形的边缘那优雅的曲线美,盖过了所有的生物。一条成年的鲸,两片尾叶展开的最阔处,远远超过20英尺。

整个尾巴像是一个厚实的、有蹼的、结合得很紧的肌肉层,但是,一刀切下去,就会发现它明显地分成三层——上、中、下。上下两层肌肉的纤维直而长,中层的则很短,交织在上下两层之中。这种三位一体的结构,给予尾巴的威力,一点儿也不比任何别的东西为少。在古罗马城墙的专家看来,鲸尾的中层,跟那令人惊叹的古墙中和石头交错地砌在一起的那层薄薄的花砖奇特地相似。而这层花砖毫无疑问,在加固这道石墙上出了大力。

但是,好像还嫌这腱质尾巴自身所有的巨大力量不够似的,这大海兽全身肌肉的长短纤维,横一道竖一道地交织起来,通过腰部两侧,直达两片尾叶,不知不觉地跟尾叶融合为一体,从而大大地增加了尾叶的威力,所以整个大鲸汇聚起来的那种无可估量的力量似乎集中在尾部一点上。要是什么物体遭到它毁灭性的打击，那就是这尾巴干出来的。

然而，它这种惊人的力量丝毫也不会破坏它的动作优雅的弧线美，巨人般的力气本可以使动作笨拙如婴儿。恰恰相反，它尾部的活动反而由于尾巴巨大的力气而获得了一种最令人惊异的美。真正的力量绝不会破坏美或和谐，反而往往会赋予美，凡是美得令人叹为观止的东西，总是由于力量从中起了很大的作用。要是把赫尔克里斯大理石雕像上那遍布全身仿佛要绽开来的紧绷的肌腱都去掉，它的魅力也就跟着完了。忠心耿耿的爱克曼掀起盖在歌德赤裸的尸体上的麻布床单时，死者的胸膛让他极为感动，因为那胸膛看去像罗马凯旋拱门一样雄伟。安哲罗甚至在把上帝画成人的模样时，把他画得多么强壮。那些把耶稣基督画成性格温柔、头发卷曲、雌雄难辨的人的意大利画，关于他对世人神圣的爱，不管告诉我们些什么，它们还是非常成功地体现了他的思想。这些画，尽管没有画上一点儿结实的肌肉，显不出任何力量，可是就凭那种一味退让、崇尚顺从与忍耐的消极、柔弱的力量，形成了耶稣基督教导的独特的品德。

我谈论的这个器官非常灵活，不管鲸是在嬉戏，在干正经事，或者在生气，无论它处于任何情况之下，这尾巴活动起来总是格外的优美柔和。在这一点上，连神仙的胳膊也望尘莫及。

鲸尾的习惯动作有五种。第一，前进时作鳍用；第二，战斗时作钉头锤用；第三，摇尾；第四，用尾叶拍打水面；第五，翘起尾叶。

第一，大鲸的尾巴是平躺着的，活动的姿态和所有其他海兽的尾巴都迥然不同。它从不扭动。无论是人或鱼，扭动就是低对方一头的标志。对鲸来说，尾巴是它唯一的推进工具。尾巴在下面向前一卷，然后迅速地向后弹起来，正是这种动作使大鲸以独特的前冲、跳跃的姿态飞速前进。它的侧鳍只用来把把舵而已。

第二，颇有深意的是，抹香鲸与抹香鲸干仗，双方只用头和嘴，然而与人类发生冲突时，它轻蔑地主要使用尾巴。在攻击一只小艇时，它迅速掉过头来把尾叶翘成弧形，然后一个反弹，就狠狠一记敲了下来。如果没有受到任何阻拦，正好击中目标的话，那这一击之下就很难幸免。没有哪个人、哪只小艇经受得住。你唯一的生路就是躲开这一记。不过，要是这一记受到海水阻隔，横扫过来，那么，在一定程度上，由于捕鲸小艇浮力大，材料又有弹性，一般最严重的后果无非也就是打裂根把艇肋，或者砸碎一两块船板，艇舷拉了一道口子而已。这些水下侧击在捕鲸业中司空见惯，他们把它视同儿戏。谁扒下一件毛绒卫生衣来，就把洞堵住了。

第三，我无法证实，不过，据我看来，大鲸的触觉似乎集中在尾巴上，在这方面，鲸尾的敏感只有象鼻的善于挑剔与之相若。这种敏感主要通过摇尾的动作表现出来。这时候，大鲸像少女一般文雅，慢条斯理地把它那巨大的尾叶在海面上扫来扫去，哪怕它只扫上水手的一根胡须，活该那个水手倒霉，连胡子带人全部完蛋。你看，先头那一触是多么温存！要是这尾巴抓得住东西，我会马上联想到达蒙诺德斯的大象。那象经常光顾花市，跟姑娘们低声问候几句，献上芳香的花束，然后用鼻子轻轻抚摸她们的腰带。鲸尾没有具备抓东西这一长处，其遗憾实不止一端，因为我还听说过有一头大象，在战斗中负伤之后，竟把长鼻子绕过去，拔出了插在它身上的标枪。

第四，要是趁大鲸自以为安全、毫无戒备、孤零零地待在海洋中时，悄悄地到它跟前瞧一瞧，你会发现这个庞然大物竟然放下架子，像壁炉边的小猫一般，在大洋中嬉戏。不过，它在嬉戏中，你仍然可以看到它的威力。它那阔大的尾叶高高举起，然后猛地打在水面上，那雷鸣似的冲击声，几英里外都能听到。没准你还以为是放了一炮。要是你还注意到另一端那喷孔里冒出的一圈圈袅袅的雾气，你会以为是从大炮火门里冒出的烟。

第五，在大鲸通常的游姿中，它的尾叶远在它背部水平线之下，完全没在水中，一点儿也看不见。但是它准备一个猛子往深水中扎时，它整个尾叶连带至少30英尺身子往空中一甩，倒竖起来，还晃动一会儿,然后箭一般地往下一冲,就不见了。除了雄伟的鲸跳——这以后将在别的地方说到——大鲸竖起尾叶的这种雄姿也许是整个动物界中最壮观的景象。那巨大的尾巴从无底的深渊中一跃而起,好像想猛地抓住九天似的。我也同样梦见过堂堂的撒旦从地狱的火海中伸出备受折磨的巨爪。不过,在凝望这样的场面时,想到什么完全决定于你的心情。如果是但丁式的,你想到的便全是魔鬼;如果是以赛亚式的,你想到的便全是天使。有一次,在太阳刚刚升起,天空与海面一片绯红时,我站在桅顶上,看到东方一大群鲸,全都头朝太阳,竖起尾叶,一齐晃动一会儿。当时我觉得,这样壮丽的对众神表示崇敬的场面,即使是在拜火教之家的波斯也是前所未见的。正如托雷密·非罗派德为非洲的大象做证一样,我也为大鲸做证,宣称它是世界上最虔诚的动物。因为,据朱巴王说,古代的战象经常默不作声地高举鼻子迎接黎明。

在本章中,偶然就鲸尾与象鼻二者某些方面做了些比较,可千万不要把这两个位置相反的器官等同看待,两个器官各自所属的动物就更不用说了。因为,正如再大的象在大鲸看来只不过是一条小狗,同样,和鲸尾相比,象鼻只相当于一根百合花梗。象鼻最可怕的一击,和大鲸沉重的尾叶那无可估量的毁灭性力量比起来,就像是拿把扇子开玩笑地轻轻一敲。鲸尾那摧毁性的力量曾多次把一只又一只小艇整个地连人带桨扔到空中,就像是一个玩杂耍的印度人把小球接二连三地抛到空中一样[①]。

我越是琢磨这强大的尾巴,便越恨自己力不胜任,表达苍白。它不时做出一些示意,却没人能懂。有时,一大群鲸在一起,做出的神秘的示意非常引人注意,我听到猎人们说,那跟共济会的暗号和标志很相似。实际上,大鲸就是借助这些动作跟外在世界交往。鲸全身

[①] 就鲸与象的身材方面所做的各种比较都荒谬之至,因为就那方面而言,象之于鲸犹如狗之于象;不过,二者之间也不乏某些奇特的相似之处,喷射即其中之一。谁都知道,象经常用鼻子吸水或者尘土,然后高高举起鼻子,绵绵不断地喷出去。——原注

也不乏其他动作，即使在捕鲸老手看来，也是见所未见，无法解释。不管我怎么仔细推究，我所知都极为肤浅，这尾巴对我是个谜，永远都是。不过，假如我连这种鲸的尾巴都弄不明白，又怎能弄得清它的头？再说，既然它没有面孔，又让我怎样去理解它的面孔呢？你可以看我的背部，我的尾巴，它好像在说，可是我的面孔不让你看。可它的背部我也无法完全弄清。至于它的面孔，它愿意怎么说都行，我再说一遍，它没有面孔。

第八十七章 大舰队

狭长的马六甲半岛，延伸于缅甸东南方，位于亚洲本土的正南端。从这个半岛出发，苏门答腊、爪哇、巴里、帝汶等长长的岛屿组成一条断断续续的线，伸展出去。这些岛屿和许多其他岛屿一道，形成一道巨大的防波堤，或者说，城墙，纵向地连接亚澳两洲，把长长的浑然一体的印度洋和东方星罗棋布的群岛分割开来。这堵城墙，为了船只和大鲸的出入方便，给捅开了几道暗门，其中最显眼的数巽他海峡与马六甲海峡。从西方去中国的船只主要打巽他海峡进入中国海。

那狭窄的巽他海峡分隔开苏门答腊和爪哇，位于那道由岛屿构成的巨大城墙的中部，靠在水手们称之为爪哇角的那个陡峭的绿色海岬上，很像是通向有围墙的幅员辽阔的帝国的一道大门。考虑到东方大洋中那无数岛屿得以富裕起来的取之不尽的香料、丝绸、珠宝、黄金和象牙，这种地理优势似乎是大自然别有深意的安排，这么多的财富，至少也要摆出个样子来，对贪得无厌的西方世界严加戒备，哪怕丝毫不起作用。巽他海峡沿岸并没有构筑居高临下的要塞，像把守地中海、波罗的海及马尔马拉海的入口的那种。这些东方人，不像丹麦人，并不要求那些顺风而来、无尽无休的船队放下中桅帆，表示曲意逢迎的顺从，那些船队，多少世纪以来，满载着从东方掠夺来的财富，不分日夜地从苏门答腊与爪哇岛之间通过。不过，他们虽然在礼仪上像这样很大方地不予计较，但要求起更为实在的进贡来却绝不通融。

很早很早以来,马来人海盗的快速帆船就潜伏在苏门答腊灌木丛荫蔽的浅湾小岛间,袭击通过海峡的船只,用长矛比着,恶狠狠地勒索财物。虽然他们在欧洲人的巡洋舰手下一再遭受到血腥的惩罚,气焰近来有所收敛。然而,即使是在今天,我们也时而听到有英美船只在那一带海域被强行登船、洗劫一空的消息。

"裴廓德"号这时在迅疾的和风吹送下,快靠近巽他海峡了,亚哈特意要在这里通过,进入爪哇海,然后往北巡弋据说经常有抹香鲸出入的那一带海域,扫荡菲律宾诸岛附近水面,到达遥远的日本沿海,以便及时赶上那儿的大捕鲸季节。这样做,环航世界的"裴廓德"号在突然袭击太平洋上的赤道线之前,就差不多已经扫荡了抹香鲸在世界上全部已知的巡游渔场。即使在其他各处的追捕全以失败告终,亚哈也算准了在太平洋赤道线这一带据说是莫比·迪克最常去的海面跟它干上一仗。他估计那时到了它最可能在那一带出没的季节了。

但是,现在如何进行呢?在这种分区分片的搜索中,亚哈就根本不靠岸吗?他的船员都喝空气去吗?当然,他会停船装淡水。可他不会靠岸。那在狂热的马戏场里跑圈圈跑了好长时间的太阳靠的是它自身的热量,并不需要任何给养。亚哈也一样。请记住,捕鲸船也是这种情况。当其他船只装满了奇怪的货物,准备运往外国码头去,浪游世界的捕鲸船却什么也不装,只是一艘空船装着全体船员、他们的武器和必需品。它装了整整一个湖的水,装了瓶,搁在宽敞的货舱里。它装了一些有用的东西作压舱物,不完全是不能用的铅锭和生铁。那是几年的饮水。清澈、优质的南塔开特淡水。南塔开特人在太平洋上漂泊的三年期间宁愿喝这种水,而不是新近从秘鲁或印第安溪流用木筏运来的装在大桶里略带咸味的水。因此,就出现了这种情况,当其他的船只从纽约出发到中国,走了一个来回,其间停靠过一二十个港口,而捕鲸船在这么长一段期间里,可能连一个土块都没有见着,船员除了像他们一样漂泊在海上的水手之外,什么人也没见过。所以,假如你给他们捎信说,又发第二次洪水啦,他们的回答只会是:"没事,伙伴们,这儿就是方舟!"

由于在爪哇西边的海面靠近巽他海峡处曾经捕到过许多抹香鲸,更由于大多数渔场附近一般都被捕鲸人认为是最好的游弋场所,所以"裴廓德"号在越来越靠近爪哇角时,便一再招呼瞭望的人格外留神。但是,虽然爪哇角那棕榈荫遮的绿色悬崖不久便在大舷前方隐约出现,空气中也闻到了好闻的新鲜肉桂香,却连一个喷水都没有见到。大家差不多都不再指望在这一带碰到任何猎物,船也快要进海峡了。突然桅顶上发出了惯常的欢呼声,不一会儿,一幅异常壮丽的景色呈现在我们面前。

不过,得在这里先提一下之所以欢呼的原因,由于近来抹香鲸在各大洋受到追捕而奔波不息,已经不再像过去一样老是成小分队活动,而是经常一大群一大群地出现,有时集结数量之大,竟似许多国家为互助互卫而庄严地立下誓约,结成联盟。抹香鲸集结成这样一支浩浩荡荡的队伍,也许正好说明了这种情况,为什么甚至在最有指望的巡游渔场,你现在一连转悠上几个星期,几个月,仍可能一无所见,而突然之间却恍如有成千上万道喷雾呈现在眼前。

在船头前两侧两三英里处,老大一片,形成一个很大的半圆形,占去了前方半拉水平面。一长溜连绵不断的喷水在正午的阳光中飞扬闪耀。抹香鲸喷起水来,不同于露脊鲸笔直的双股喷,在最高处分开落下来,就像是分叉下垂的杨柳枝,而是单股斜着朝前喷出一片厚密的灌木丛一般的白雾,不断地向上冒,又朝下风头飘落。

这时,从"裴廓德"号的甲板上看去,这艘船好像会登上海中一座高山。这一大片蒙蒙的喷雾,一股股袅袅地升入空中。透过那融合成一片的浅蓝色雾霭看去,就像是一个骑者站在山丘上,在一个芬芳的秋晨,突然发现了一个人烟稠密的大城市里无数自在地冒烟的烟囱一般。

正如大部队靠近一条地形复杂的峡谷时赶紧加速行进,急于通过这条危机四伏的过道,好再度舒畅地走在比较安全的平原上,这浩浩荡荡的鲸群这时也像是急于通过海峡。它们逐渐收拢那半圆形的两翼,挤得紧紧的,但仍维持新月形的阵势,向前游去。

"裴廓德"号扯起满帆,在后面紧追。标枪手们边摆弄武器,边在还没放下的小艇头上大声鼓噪。他们都毫不怀疑,只要风势不减,一追过巽他海峡,这一大群鲸在东方的海洋中一散开,就会有不少给捕获。说不定莫比·迪克也临时加入了这支密集的队伍,跟它们在一起游,就像是暹罗人举行加冕式游行走在行列中的那只受人崇敬的白象一般哩!所以,我们把一张又一张补助帆全都扯起,全速前进,紧追就在我们前头的这些大鲸。这时,突然听到了塔希蒂格的声音,他在高喊要我们注意后面跟上了什么东西。

和我们前面那一弯新月遥遥相对,后面也跟上来了另一弯新月。它好像由一股股分离的白色雾气组成。那雾气一起一落,有点儿像大鲸的喷雾,只是它们并不是一冒出来就不见了,而是老在那里回旋,最终并不消失。亚哈拿起望远镜一瞧,鲸骨腿赶紧在钻孔里转了180°角,掉过头来大喊道:"爬上去,装上小滑车和提桶,吊水泼湿帆篷。——老兄,马来人在追我们哩!"

这时,这些亚洲歹徒好像是发现自己埋伏在海岬后面的时间太长了,"裴廓德"号都已经驶进海峡好长一段路了,于是拼命地追上来,想抢回因过分谨慎而耽误的时间。但是"裴廓德"号自身也正在拼命地追,乘着这股疾劲的顺风正跑得飞快。这些黄皮肤的慈善家在加快它本身自愿追赶的速度上可真是帮了大忙——他们无非是起了个马鞭再加马刺的作用。这时,亚哈腋下夹着望远镜,在甲板上踱来踱去,身子朝前时就看到了他所追赶的巨兽,转身朝后时就看到了在追赶他的那些凶残的海盗。他的船这时正在这水上峡谷中疾驶,当他把目光投向两边的绿墙时,他心想,通过这道门,就走上了他的复仇之路,同时他看到,也正是在通过这道门时,使他处于追击与被追击二者之间,正在把他赶上绝路。不仅如此,那伙凶残野蛮的海盗,毫无人性、目无神明的魔鬼,还在穷凶极恶地咒骂起哄,为他鼓劲加油。当这些想法在亚哈脑子里一一闪过时,他眉头紧皱,脸色阴沉,就像久在怒潮冲蚀下的沙滩,只剩下棱状起伏的黑色地面。

但是,满不在乎的水手却没有几个为这样一些念头感到苦恼。"裴廓德"号越来越把那些海盗远远地甩在后面,终于如飞地掠过了苏门答腊这边青翠欲滴的科卡都小岬,好不容易出现在海峡外面辽阔的海面上了。这时,标枪手们为没有撵上飞奔的鲸群所感到的痛心疾首,似乎还超过了为顺利地摆脱了那些马来人所感到的欢欣愉快。不过,他们还是继续跟在鲸群后面紧追。终于鲸群似乎放慢了速度。船离它们越来越近。这时风也渐渐停下来了。命令下来,让水手赶紧跳上小艇。但是,这一大群鲸,可能是出于抹香鲸一种奇妙的本能,刚一觉察到有三只小艇在追击,虽然还远在后面一英里之外,马上又重新集结起来,列成密集的队形,它们的喷雾看去像是一排排高举的闪亮的刺刀,正以加倍的速度挺进。

我们把外衣脱光,只剩下衬衣衬裤,跳上白蜡木小艇,划了几个钟头之后,看看难得撵上,正想就此罢手,突然之间,鲸群中出现了一阵骚动,暂时都停止不前了,这生动地表明它们终于陷于前所未有的无所作为、优柔寡断的困境中而不知如何是好。捕鲸人一旦发现这种情况,就说大鲸吓破了胆。那一直迅速而井然有序地游在一起的密集的战斗纵队,这时分裂成七零八落的乌合之众。它们就像是与亚历山大作战的印度波拉斯王的象队,都快吓疯了。它们散开成残缺不全的大圈圈,向四面八方逃窜,晕头转向地东躲西藏,从它们那短促浓密的喷水来看,明显地透露出它们的惊慌失措。更为奇特的是,有些鲸仿佛完全瘫痪了,就像是进了水、机器失灵的船只束手无策地漂浮在海面上。就算这些大鲸是一群微不足道的羊,在牧场上被三条恶狼追赶,也不至于垂头丧气到这种超乎寻常的地步。不过,这种偶尔表现出的胆怯却差不多是所有成群动物的特征。那有狮子般鬣毛的西部水牛,哪怕是成千上万头聚在一起,都会在一个单身骑手面前落荒而逃。再看看人,无一例外,当他们群集在羊圈似的剧场里,一听到有火警,哪怕火再小,都会手忙脚乱地朝出口涌去,推呀,踩呀,挤呀，冲呀，相互之间冷酷无情，谁也不管谁的死活。因此，面对这些奇怪地吓破了胆的大鲸，我们大可不必大惊小怪，因为普天之下再愚蠢的野兽，在这方面也远远不如丧失理智的人。

虽然许多大鲸，正如已经提到的那样，还在东逃西窜，然而可以看到，就整体而言，这一大群既未前进，也未后退，而是待在一起。正如在这种情况下历来的做法那样，小艇立即散开，各自盯上鲸群外围一条落单的大鲸。大约还不到三分钟，魁魁格的标枪就投出去了。那被击中的大鲸瞎喷一气，弄得我们满脸都是水雾，然后它就快得像一道光一样拖着我们飞跑，直朝鲸群的中心奔去。虽然，被击中的大鲸在这种情况下会这样行动绝不是没有先例，并且实际上也差不多总在预料之中，然而这却是瞬息万变的捕鲸业中出现的一种甚为危险的情况。因为当那飞奔的巨兽把你越来越深地拖入疯狂的鲸群中时，你就再也别想小心谨慎地过日子，而是每时每刻都在品尝胆战心惊的滋味了。

就在那又聋又瞎的大鲸一个劲儿往前冲，好像想单凭速度的力量来甩掉那牢牢地附着在它身上的铁蚂蟥时；就在我们跟着它飞奔，前后左右都受到疯狂的大鲸冲来冲去的威胁，就这样在海上撕开一道白色的口子时，我们被包围的小艇，就像是暴风雨中被无数大浮冰推来搡去的船只，冒着随时都可能被围住、挤碎的危险，正力图通过它们之间错综复杂的大小水道。

可是，这丝毫也没有吓倒魁魁格。他果断地把着舵，一会儿绕过正好挡在我们前面的这条鲸，一会儿躲开巨大的尾叶高举在我们头上的那条鲸。斯达巴克则一直站在艇头上，手执鱼枪，用短距离投掷来对付他够得着的大鲸，借以开出一条路来。这时候他没有工夫来做远距离投掷。桨手们也没有怎么闲着，虽然他们的本职工作现在完全停下来了。现在他们主要负责叫喊。"闪开，护航指挥官！"一个水手朝一只巨大的单峰骆驼大喊，那庞然大物突然整个身子冒出水面，大有马上就会把我们的小艇弄翻的势头。"喂，把你的尾巴全放下去！"又一个水手朝另一只巨大的单峰骆驼大喊，那庞然大物靠我们的舷缘很近，好像在从容不迫地用它那扇子似的大尾巴给自己扇风。

所有的捕鲸小艇都携带有一种制作得很奇巧的物件，叫作"得拉格"，是南塔开特的印第安人发明的。把两根同样大小的木头方子钉在一起，彼此的纹理成十字交叉，然后把一根相当长的绳子系在这块组合木中间，绳子的另一头打个活结，用时可立即拴在标枪上。这得拉格主要在吓破了胆的鲸群中使用。因为那时候，紧紧围在你四周的鲸太多，你不可能同时追击它们。可是，抹香鲸又不是每天都能碰得到的，于是，你必须竭尽全力，把你所能捕杀的全部捕杀。要是你一下子捕杀不完，你必须弄得它们游不动，等以后有工夫再来捕杀。因此，在这种时候就用得着得拉格了。我们的小艇有三个这种东西。头两个很顺利地投出去了。我们看到有两条鲸被拖在后面的得拉格那股巨大的横力铐住了，跑得摇摇晃晃。它们就像是套上了带铁球的脚镣的歹徒。但是，投第三个时，这块笨重的组合木挂住小艇的一个座位，登时就把那个座位掀起，一块带到海里去了。那个桨手摔在艇底上。海水从小艇两侧损坏了的船板处涌了进来。不过我们塞了两三件衬衣衬裤就暂时把漏洞堵住了。

要不是因为我们已经推进到鲸群中，和鲸的距离大大地缩短了，这些带得拉格的标枪就很难投出去。由于我们越来越远离那骚动的外圈，那种可怕的混乱似乎还减弱了。所以，当那颤巍巍的标枪终于飞出，那中枪的鲸拖着绳子打横里消失时，我们就趁着它临走那股势头渐衰的余劲，悄悄从两条大鲸之间滑进了鲸群的核心，这一来，仿佛从一道山洪急流一下子掉入了谷底一个宁静的湖泊。在这里，外围鲸群中那种有如峡谷山洪暴发的奔腾喧嚣声虽然还可以听见，却感觉不到了。在这个中心广场上，海面如缎子般光滑，像盖上了一层油膜。那得归功于大鲸在比较平静的心境下喷出的稀薄的水雾。确实，当时我们就是置身在那样一种令人心醉神迷的宁静之中。据说，任何骚乱深处都隐藏着宁静。而在乱哄哄的远处，我们看到最外围的同心圈仍然是一片喧嚣，一群群8条或10条一伙的大鲸在接连不断地迅速绕来绕去，就像是无数对共轭的马在兜圈子一般。它们肩并肩靠得很拢，一个身材高大的马戏团骑手可以很轻易地在游在中间的鲸身上架成圆拱形，就这样待在它们的背上绕圈子。由于那伙在休息的鲸密密麻麻，紧紧围住那隐蔽在鲸群中的轴心，我们要想突围而出暂时绝无可能。我们必须等待那堵把我们困在里面的活墙出现缺口。那堵墙是为了要把我们关在里面才放我们进去的。我们待在这大湖中心时，不时有些温顺的小母牛和牛犊——这支溃败的军队里的妇女和儿童，来看望我们。

这时，如果把旋转不息的外圈之间偶尔出现的那些大空隙计算在内，再加上各个外圈鲸群之间的空隙，这些大鲸所占的面积至少有两三平方英里。无论如何——尽管在这样的时候做这样一个目测结论确实可能不大可靠——从我们低矮的小艇里看去，那喷雾简直像是铺天盖地一般。我之所以提到这种情况，是因为，那些母牛和牛犊好像是被特意关在这个最靠里面的牛圈里似的；好像这个大范围的鲸围使它们完全无法了解鲸群之所以停止不前的真正原因；或者也可能是因为它们太年轻，不懂世故，各方面都很幼稚，没有经验；不管是出于什么原因，这些小鲸——不时来探望我们这只无法前进的小艇——却显示出令人惊奇的无畏和信心，要不然就是让恐惧给弄迷糊了，这也不能不令人感到惊讶。它们就像家里养的狗似的围着我们嗅，一直来到我们的艇舷边，这边那边挨挨，就像是有什么符咒把它们弄驯服了。魁魁格还拍拍它们的前额，斯达巴克用鱼枪搔搔它们的背，只因为怕后果难测，才暂时没有用鱼枪去戳。

但是，当我们探身舷外，向下凝望时，在水面上这个奇妙的世界下面深处，我们看到了另一个更为奇妙的世界。因为倒悬在水底苍穹之上，漂浮着许多在哺乳的母鲸，和从巨大的腰围来看似乎即将做母亲的母鲸的身影。这个大湖，正如我提到过的，好深的地方还非常清澈，可以看到那些在吮奶的小鲸像婴儿似的，眼睛没有看着母亲的胸脯，而老是安静而专注地凝望别处，仿佛同时在过着两种不同的生活:一边在吸取肉体上不可或缺的营养,一边却在精神上享受神游天外的遐想。这些小家伙甚至在这样神游时,眼睛也似乎在朝上瞧着我们,可对我们又视而不见,仿佛在它们新生的眼光中,我们只不过是些马尾藻而已。母亲们则侧浮着,好像也在静静地瞧着我们。一个小家伙,从某些难以言喻的迹象来看,似乎生下来还不到一天,已经约莫有14英尺长,腰围达6英尺左右。它是个小淘气,虽然身体似乎还没有完全摆脱前不久在母腹中所采取的那个令人厌倦的姿势;在母腹中时,它像鞑靼人的一把弓,尾对头地蜷着身子躺着,随时准备做最后的一跃。它那娇嫩的边鳍和尾叶还新鲜地保留着新从异国他乡来的婴儿的耳朵那种皱皱巴巴的形状。

"绳子!绳子!"魁魁格望着艇舷外喊道,"它拴住了!它拴住了——谁拴上它了!谁打中的?——两条鲸,一条大的,一条小的!"

"你怎么啦,伙计?"斯达巴克嚷道。

"你瞧。"魁魁格指着水里说。

看来像是一条被打中的鲸。索桶里已经让它带出去了几百英寻长的绳索,它深潜之后又浮了上来,使得那松弛下来的绳索也跟着浮了上来,成螺旋形冒出水面。斯达巴克这时也看到一位鲸太太的一大卷脐带,似乎还把母亲和崽鲸拴在一起。在追捕中,情况瞬息万变,这种事并非罕见,这根天然的绳子,母亲的那一端脱落下来后,和捕鲸麻绳缠结在一起,结果就把崽鲸也给拴住了。海洋中一些最隐秘的秘密似乎也在这个令人心醉神迷的鱼塘里向我们透露了。我们看到年轻的大鲸在大海深处做爱[①]。

[①] 抹香鲸生育不受季节限制,这一点和其他种类的鲸一样,但有别于大多数鱼类。它在大约九个月的怀孕期后,每次产下一崽,虽然也有极个别的时候一次产下以扫和雅各,一种它有所准备的意外事件。为哺乳方便,它长有两个乳头,位置很怪,分别在肛门两侧。不过,两个乳房都是向上扩充。一条哺乳期的母鲸这个要害部位一旦被鱼枪戳中,流出的奶和血会使好几平方杆(一平方杆为三十又四分之一平方码)的海水变色。鲸奶甜蜜芳香。有人尝过,就草莓吃味道可能很不错。彼此爱慕之时,鲸也像人一样吻脸。——原注

就这样，这些在圈子中央令人捉摸不透的动物，尽管在惊惶与恐惧的氛围之下，仍然自由自在、无所畏惧地过着太平的日子，真正是无忧无虑地尽情寻欢作乐。不过我也正是这样，虽然处于龙卷风肆虐似的大西洋中，内心却始终平静地欢娱自适，尽管我时运不济，命途多舛，我却仍然沉醉在欢乐的温柔乡里。

这时，就在我们这样神魂颠倒地待着时，远处不时出现的激动人心的场面，说明其他小艇还在对鲸群边缘的鲸使用得拉格；也可能是在第一个鲸圈里继续追击，在那里，他们有回旋余地，退却也方便。但是，那些被得拉格铐住了的愤怒的鲸在圈圈里盲目地冲来冲去的情景，和最终进入我们眼帘的景象比起来，就简直不值一提了。有时候，在拴住了一条力气特别大、特别机灵的大鲸时，通常要想方设法像割断人的脚筋似的，把它那巨尾上的筋腱切开，使之残废。这项工作是靠投出一把短柄的砍鲸铲去完成的，这铲上系有一根绳子，投出后还可以收回来。有一条大鲸在这个部位受了伤（我们后来才知道），但好像并不严重，拖着半截标枪绳，摆脱了小艇。但由于伤处疼痛难忍，它便在那些转个不停的鲸圈圈里横冲直撞，就像是萨拉托加战役中单人匹马奋不顾身的阿洪德将军一般，冲到哪里，便把沮丧情绪带到哪里。

不过，这条鲸的伤口尽管痛得厉害，而且，不管怎么说，样子也够吓人的，但它让整个鲸群感到格外恐怖的原因，因为距离太远，我们起先没有看清楚，后来我们终于看清了，原来这条大鲸，由于捕鲸业中一件难以想象的意外事故，被它拖着的捕鲸索缠住了。它逃跑时把插在它身上的砍鲸铲也带走了，而系在砍鲸铲上的那根绳子未固定的那一端，已经跟那卷绕在它尾巴上的标枪绳死死地纠缠在一起，一来二去，那插在它身上的砍鲸铲就松脱出来了。在痛得要发疯的情况下，它在水中死命地翻腾，使劲儿拍打它那柔软的尾巴，吊在尾巴上的那把锋利的砍鲸铲就跟着一起乱甩，把周围自己的伙伴都给砍伤了。

这个可怕的家伙好像把整群鲸都从麻木的恐惧中惊醒过来了。首先是构成我们的湖边缘的那些鲸开始挤拢了一点儿，并互相碰撞，仿佛是被从远处冲来、力气消耗过半的巨浪抬起来的似的。然后，这湖本身也微微起伏波动起来。水下的新人房和育儿室不见了。在更靠里的圈圈里，那些鲸越来越密集地绕着越来越小的圈。是的，那种长时间的安静不复存在了，很快就听到一种低沉的逐渐加大的嗡嗡声。然后，就像冰封的哈得逊大河在春天解冻时喧闹的大冰块一般，整个鲸群你推我挤地往内圈中心涌来，好像要把自己堆成座大山似的。斯达巴克和魁魁格当即调换了位置，斯达巴克到艇尾去了。

"划呀！划呀！"他抓住舵柄，着重地悄声说，"握紧桨，死命地划，喂！天啊，伙计们，准备好！把它推开，你，魁魁格——就是那条鲸！——戳它！——捅它！——站起来，别动！把船划得飞起来，伙计们——使劲儿，伙计们。管它们的背呢——擦过它们！——擦过去！"

这只小艇这时简直就是夹在两个黝黑的庞然大物之间，它们长长的身躯之间只留下一道狭窄的达达尼尔海峡。拼命猛划一阵之后，我们总算冲进了一块暂时还是空着的地方，于是又是一阵快划，同时又急迫地寻觅下一个出口。在多次类似的间不容发的侥幸脱险之后，我们终于迅速地驶进了刚刚还是个外圈、现在却成了群鲸奔赴内圈中心必经之地的地段。这一次得以侥幸逃脱，倒没有付出多大代价，只是魁魁格损失了一顶帽子，当时他正站在艇头戳那些逃亡的鲸，旁边一对阔大的尾叶陡然一甩，掀起一股旋风，一下把他的帽子给卷走了。

这场大乱尽管乱哄哄的，毫无秩序可言，可它似乎很快就变成了一种有条不紊的行动，因为鲸群终于结成了一个密集的整体，加快速度往前奔逃。再追下去也没有什么用了。不过，这几只小艇仍跟在它们后面，收拾那些被得拉格铐住而可能掉在后面的大鲸，同时还要把弗拉斯克杀死的那条鲸缚好，插上旗标。这是一根插有细长三角旗的棍子，每只小艇都带有两三根。每逢手边还有别的猎物要追捕时，就把一根旗标笔直地插在死鲸浮起的尸体上,一则用以标明它在海上的位置,再则也是在万一有别的船的小艇靠近它时用以表示优先所有权。

这次小艇出击恰如捕鲸业中一句经验之谈:大鲸越多,到手越少。在所有用得拉格铐住的大鲸中,只逮住了一条。其余的暂时都逃脱了,不过正如以后会看到的,它们只落得让"裴廓德"号以外的船只逮住的下场。

第八十八章　学校与校长

上一章说到了特大群的抹香鲸,也说到了之所以出现那种特大群体的大致原因。

如今,虽说这样大的群体不时可以碰上,不过,正如我们看到过的那样,分散的小群鲸也时有所见。每群从20条到50条不等。这种小群叫作队。一般有两种:一种几乎全部是雌鲸,另一种则全部是年轻力壮的雄鲸,或者说公牛,像人们亲热地称呼的那样。

雌鲸队总有一条体魄雄伟、正当壮年的雄鲸骑士般地照顾;一有危险,它便英勇地殿后,掩护太太小姐们逃命。其实,这位先生是个骄奢淫逸的奥托曼帝国的贵族,在水下世界游来游去,周围妻妾成群,享尽艳福。这个贵族和它的妻妾之间的对比非常鲜明,因为它总是特大号体型的大鲸,而那些女士们,即使充分发育了,身材也不到普通雄鲸的三分之一。实际上,它们是相当娇小,我想,腰围不会超过六码。不过,不容否认的是,总的来说,它们生来就体质好。

这群妻妾跟它们的王爷在懒散地漫步时,还真有个看头。它们像时髦人物一样,老是挪地方,无所事事地赶新鲜,换口味。它们也许刚刚从北海一带消夏归来,在那里打发了盛夏难耐的疲累和炎热,又在赤道食料丰富的旺季及时赶到赤道线。在赤道线上闲逛了一阵,又动身去东方的海洋,在那儿等着过凉爽的秋季,借以躲过酷寒的冬天。

在这种宁静的旅游途中,如果发现任何可疑情况,这位王爷会非常警惕地注视着它最关心的那群家属。如果哪条年轻的鲸,未经许可，冒失地游过来，擅自跟它的一位太太套近乎，这位王爷会怎样大发雷霆地攻击这个冒失鬼，把它赶走啊！要是听任那样寡廉鲜耻的浪荡公子侵入这个神圣幸福的家庭，那就真有热闹看了。不过，不管这位王爷采取什么手段，它也无法把这个臭名昭著的浪子从它的床铺上赶走，因为，唉！鱼类的床铺都是公用的。岸上的太太们经常是她们的情敌进行可怕的决斗的祸因。大鲸也一样，它们有时拼个你死我活，也无非是为了爱情。它们用长长的下巴作武器，有时下巴咬下巴，互相咬住，都想把对方压下去，就像两只大麋鹿干仗时，双方的鹿角扭结在一起一般。不少被捕获的大鲸身上便带着在这类冲突中留下的重创痕迹——头上开了沟，牙打断了，鳍成了锯齿形，有的连嘴巴都扭歪走样了。

但是，假如这个幸福家庭的侵入者在那群妻妾的主人头一轮攻击之下便抽身逃走，你再观察观察那位主人的神态，那可真有意思透了。它转来又把它那巨大的身躯在她们中间绕来绕去，跟她们温存一会儿，就像虔诚的所罗门王待在他无数的妃嫔中间专心致志地做礼拜一般。而那个年轻的浪子则心急火燎、垂涎欲滴地侍在附近。假定同时还发现了其他的鲸的话，捕鲸人是很少追捕这些土耳其王爷的，因为它们在寻欢作乐上耗费了太多的精力，身上没有多少油脂。至于这些王爷的子女，嘿，它们得自己照顾自己，至多也只是当母亲的去照料一下。因为这种王爷鲸像普天之下见一个爱一个、用情不专的情夫一般，对女人的卧室情有独钟，对育儿室却是毫无兴趣。再加上，它又是个大旅行家，于是，它扔下的无父婴儿便遍布全世界，一个个全成了小杂种。然而，随着时间的推移，年轻时的热情衰退了。年事日高，烦恼日增，反思也使它越发绝迹于闺房。总之，这个沉醉于温柔乡中的土耳其人已经对声色之好感到厌倦了，于是，爱的不再是女人，而是安闲与德行了。我们这位土耳其贵族就此进入了体力衰弱、深自忏悔、劝人行善的人生阶段，断然放弃、遣散所有妻妾，成了个堪为表率、悲天悯人的老头，孑然一身，走遍世界，到处做祷告，并告诫年轻的鲸，切切以自己的渔色为鉴。

至于鲸的闺房，捕鲸人管它叫学校。这一家之主的职称就自然是校长了。这个校长在那所学校里任教，而后周游世界去讲学，谆谆教诲的居然不是它在学校里所教的东西，而是大讲其罪恶。这就很不合适，不过倒也讽刺得入木三分。它这个校长的称号似乎是自然而然地来自那赐给它的闺房的名称。不过，却有人推测，给这种奥托曼贵族鲸想出这个称号的人一定看过维克多的回忆录，熟悉那个著名的法国人年轻时候是个什么样的乡村教师，也知道那位先生对他的一些女学生灌输的那些不便公开的课程的性质。

这位校长在晚年所过的隐退独居的生活，也就是一切上了年纪的抹香鲸所过的生活。这几乎是一种普遍现象，一条孤鲸——人们这样称呼一条单独行动的鲸——同时也是一条老鲸。它就像年高德劭、一脸络腮胡的丹尼尔·布恩一样，身边谁也不要，只以大自然为伴；在茫茫大海中，他以大自然为妻，而大自然也确实是最贤惠的妻子，虽然她也有许多捉摸不透的隐秘。

前面提到的单纯由年轻力壮的雄鲸组成的雄鲸队，则和雌鲸队形成鲜明的对比。那些雌鲸的特色是羞怯胆小而年轻的雄鲸，或者如捕鲸人称呼它们的，四十大桶公牛，却是所有的大鲸中间最好斗的。谁都知道，碰上它们，是最危险的。此外，有时碰上那些脑壳灰得出奇、满头斑白的老鲸，这些家伙会像让难忍难熬的痛风病折磨得怒火中烧的恶魔一般跟你斗。

四十大桶公牛队比雌鲸队规模要大。它们像一伙年轻的大学生，爱好打架、开心、使坏，满不在乎、嘻嘻哈哈地开英雄车，满世界横冲直撞。没有哪个谨慎的保险商会找他们揽生意，他宁可去找耶鲁或者哈佛那些酗酒滋事的小伙子。不过，它们很快就会不再这么任性胡来，它们一长到成年鲸四分之三那么大就散伙了，各自去找落脚处，也就是，雌鲸队。

雄鲸队与雌鲸队之间另一个不同处，更带有性别的特征。比方说，你打中了一条四十大桶公牛——这个可怜的家伙！它的同伴就都把它扔下，各自逃命去了。但是，你要是打中雌鲸队的一个成员，姊妹们就会非常关怀地围着它转，有时靠得太近，待得时间太长，连她们自己也跟着成了牺牲品。

第八十九章　有主鲸和无主鲸

在第八十七章中，提到了旗标和标杆，这就有必要就捕鲸业中通行的行规做点儿说明。旗标可视为它们最大的象征和标志。

经常有这样的情况：几艘船在一起巡游，其中一艘可能打中了一条鲸，那条鲸又跑掉了，最后被另一艘船杀死弄走。这一过程中间接地包含许多不大不小的偶然事件，全都涉及这一重大标志的性质。例如，经过疲累危险的追击，捕获一条鲸后，尸体可能让猛烈的暴风雨从船舷边冲走了，漂到下风头老远的地方，被另一艘捕鲸船捡着了。这艘船既不用冒生命危险，也不会损失捕鲸索，就在风平浪静的海面上轻而易举地把它抢走了。这样一来，要是没有一些适用于一切情况、共同遵守、无可争辩的成文法或不成文法，捕鲸人之间势必会经常大吵大闹，问题仍然得不到解决。

也许唯一一部通过立法生效的正式捕鲸法典得数荷兰法典。那是荷兰国会于1695年颁布的。别的国家虽然没有任何捕鲸的成文法，美国捕鲸者自己在这方面却一直既是立法者又是律师。他们制定了一套制度，其简洁明了超过查士丁尼下令编纂的《学说汇纂》和《中国社会禁止干预他人事宜法细则》。确实，这一制度的条文简短到可以刻在安妮女王的铜元上，或者标枪的倒钩上，将之挂在脖子上。

1. 有主鲸属于将鲸拴上的一方。
2. 无主鲸是谁先捉到就归谁的合法猎物。

可是，这个巧妙的法规的毛病正出在它可贵的简短上，非得有卷帙浩繁的注释来加以说明不可。

首先，什么叫有主鲸？一条鲸，无论死活，只要占有者通过完全在其控制之下的任何媒介物——一根桅杆，一叶桨，一节九英寸长的缆索，一根电线，或者一块蛛网状织物都可以，将该鲸与属自己所有的船或小艇联系在一起，那么，这条鲸，从专业角度上说，就是一条有主鲸。同样，一条鲸，如果身上插有旗标，或者任何其他足资识别所有权的标志，只要插旗标的一方清楚地表明有能力在任何时候把它拖走，或者有拖走的打算，那么，从专业角度上说，这条鲸就是一条有主鲸。

这都是些符合科学的说明，但是捕鲸人自己的说明有时却是诉诸粗话和武力——打得赢的算数。不错，在一些正直本分的捕鲸人看来，有些特殊情况应该在考虑之列，如果一方把另一方先前追击的或杀死的鲸据为己有，那是一种不能容忍、道德败坏的侵权行为。可是，其他的捕鲸人绝不会考虑那么多。

大约50年前，在英国曾发生过一桩为大鲸遭侵占要求赔偿而打官司的奇案。在这个案件中，原告说，他们在北海一带艰苦地追击一条大鲸后，他们（原告）确实用标枪投中了那条鲸，但末了由于有生命危险，他们被迫抛弃了捕鲸索，而且连小艇都抛弃了。可是，后来被告（另一艘捕鲸船的船员）撵上了这条鲸，打中了它，把它杀死，捕获了它，最后并当着原告的面公然将之据为己有。等原告向被告提出抗议，被告一方的船长把手指头都杵到原告的嘴巴上去了，并向原告郑重宣布，在捕获这条大鲸时还附着在它身上的捕鲸索、标枪和小艇，他现在要全部予以扣留，借以表彰他的业绩。因此，原告现在要求赔偿他们在大鲸、捕鲸索、标枪和小艇上的损失。

厄斯金先生是被告的辩护律师。法官是埃伦巴勒勋爵。在辩护过程中，机智的厄斯金引用了当时刚刚发生的一件通奸案来说明他的观点。在那个案子中，有个老公在屡次制止他妻子的放荡行为无效之后，就把她抛弃了，听任她到茫茫人海中去漂流。但是，几年之后，这位仁兄又后悔了，就打官司，想重新把她据为己有。厄斯金是女方辩护人。他当时辩护说，尽管这位仁兄原先也用标枪投中了她，并且是头一个把她捕获的人，后来因为她芳心别属，绿帽子戴着太沉，就把她抛弃了。然而，既已抛弃了她，那她自然而然就成了一条无主鲸；因此，随后另一位仁兄又用标枪投中了她，那这位太太自然就成了这第二位仁兄的财产，她身上原先插上的标枪，自然也一并归他所有。

而在眼前这个案件中，厄斯金认为，大鲸和太太这两个例子正好可以互相说明。

那位学识渊博的法官，在充分听取了双方的答辩和反答辩之后，做出了明确的判决，那就是，关于那只小艇，他判归原告，因为原告仅仅是因为有生命危险才把它放弃的。至于大鲸、标枪和捕鲸索的归属问题，他把它们判为被告所有；因为就大鲸而言，在最后被捕获时，它是一条无主鲸；就标枪和捕鲸索而言，因为大鲸是带着它们逃跑的，这些物品自然也就成了大鲸的财产，以后任何人逮住了那条大鲸，自然也就同时取得了那些物品的所有权。既然被告后来捕获了那条大鲸，所以，上述物品也是被告的。

一个普通人看到这位学识渊博的法官的判决，很可能不同意。但是，就这一问题穷本溯源的话，埃伦巴勒勋爵在上述案件中所应用并加以说明的两大原则，也就是前引的两条捕鲸法律条文中制定的那两大原则，这两条涉及有主鲸与无主鲸的法律条文，仔细想想，原来就是人类所有法律体系的基础，因为，法律的圣殿，尽管它那窗格花的透雕工艺十分复杂，其实也像腓利斯人的圣殿那样，只有两个支柱。

有了所有权，法律就有一半向着你，就是说，不管那东西是怎样搞到手的。这难道不是人人挂在嘴边的口头禅吗？但实际情况往往是，有了所有权，整个法律都向着你。俄罗斯的农奴和合众国的奴隶二者的精髓和灵魂不就是有主鲸，谁对他们有所有权，法律就倒向谁吗？寡妇的最后一文钱，在贪婪的地主看来，不是有主鲸是什么？你看那边那个尚未暴露本来面目的恶棍所拥有的那栋用门牌充当旗标的大理石大厦，那不是有主鲸是什么？捐客摩得开借了一笔钱给那个走投无路的破产者，拿到一笔高得要人命的预付利息，那笔毁灭性的利息不是有主鲸是什么？那位以拯救灵魂为己任的大主教每年收益达十万镑，全是从千百万累断腰的工人那本来就不够吃的面包和乳酪上硬刮下来的（他们的灵魂根本用不着那位主教大人来拯救，肯定全都会升入天堂），那一点一滴刮拢来的十万镑不是有主鲸是什么？丹达公爵世袭的村镇不是有主鲸是什么？对那个令人敬畏的标枪手约翰牛来说，可怜的爱尔兰不是有主鲸是什么？对那个使徒似的鱼枪手美国佬来说，得克萨斯州不是有主鲸是什么？从这一切看来，不正好说明，谁有所有权，法律就整个儿向着谁吗？

不过，假如有主鲸原则应用范围相当广的话，那同出一源的无主鲸原则就更广，那是全世界都通用的。

1492年的美洲不就是条无主鲸？哥伦布不是为他的主子兼情妇在它身上插下一面西班牙旗作旗标吗？在沙皇看来，波兰是什么呢？在土耳其看来，希腊是什么呢？在英国看来，印度是什么呢？在美国看来，墨西哥归根结底又是什么呢？全都是无主鲸。

人权和世界上的特权不是无主鲸又是什么？所有的人的思想和见解不是无主鲸是什么？他们的宗教信仰原则不是无主鲸是什么？对那些得意扬扬、善于剽窃的辞章家来说，思想家的思想不是无主鲸是什么？连这个巨大的地球本身不是无主鲸又是什么？还有你，亲爱的读者，不也无非是无主鲸和有主鲸二者兼于一身吗？

第九十章　要正面还是反面①

De balena vero sufficit,si rex habeat
caput,et regina caudam.

布雷克顿，第三卷第三章

这句引自英国法律典籍的拉丁文，根据上下文来理解，意思是，任何人在英国沿海捕到的大鲸，鲸头一定是伟大的名誉标枪手国王的，鲸尾则必须献给王后。一条大鲸这样一分开，就等于是将一个苹果分成两半，中间什么也没有剩下。如今，由于这一法律略加修改之后在英国仍然有效，也由于它在各方面都跟有主鲸和无主鲸这两个法律条文总的精神大相径庭，所以在这里另辟一章来讨论，犹如出于同样的礼貌原则，英国铁路上专门保留一个车厢供皇室使用。首先，我想把两年前发生的一件事说给你听听，作为上述法律至今仍然有效的最好证据。

　　好像是多佛港，或者三维治港，又或者是辛格港，有几个老实的水手，在远离海岸处发现了一条好肥的大鲸，一番艰苦的追击后，终于杀死了它，把它拖上了岸。且说那辛格港是部分管辖地，或者不管怎么说吧，反正在一个叫作"港口监督"的可说是警察或者小官吏的管

---

① 要正面还是反面（Heads or Tails），原文字面上见头（Heads）见尾（Tails），紧扣了本章内容，实则为掷钱币决事或打赌用语。打赌时常说："Heads I win, tails you lose."（"正面我赢，反面你输。"）反正你输定了。此处语意双关，暗喻头也好，尾也好，反正都是皇家的，真正出了力的输定了，一样都得不到。

辖范围之内。我想,他是由国王直接任命的,凡属辛格港地区的皇家收益指定都归他管。有些作者把这个职务叫作闲职。其实不然。因为这位港口监督经常忙于征收特权收入;他的收入主要来自这些征收。

这些晒得黑黑的可怜的水手,赤着脚,裤腿高高地卷在鳝鱼似的大腿上,疲累地把那条肥鲸拖上岸来,指望从珍贵的鲸油、鲸骨中弄到足足150镑,还想用各自分得的那份钱回去跟老婆喝上壶好茶,跟老朋友喝两杯好啤酒。这时,走过来一位很有学问、非常正派厚道的先生,胳肢窝里夹一本布雷克顿的法律书。他把书往鲸头上一搁,说道:"请勿动手!师傅们,这是条有主鲸。我以港口监督的名义把它没收。"一听这话,这些可怜的水手一个个全都傻了眼——真正是十足的英国人——不知道说什么好,全都一个劲儿挠脑袋,一边可怜兮兮地瞧瞧大鲸,又瞧瞧这个陌生人。可这丝毫无济于事,这位胳肢窝下挟着本法律书的有学问的先生的铁石心肠一点儿没有被打动。其中一个水手挠了半天脑袋想主意之后,终于鼓起勇气说:

"请问,老爷,港口监督是哪位?"

"公爵。"

"可是公爵大人不是没有来跟我们一块儿捕获这条鲸吗?"

"这鲸是他的。"

"我们费了不少力气,冒着危险,还有些花销,就都给公爵大人白干了。我们吃尽千辛万苦,除了两手血泡,就什么也没有落着?"

"这鲸是他的。"

"难道公爵大人就穷到这种地步,非得走上这条路,来弄口饭吃?"

"这鲸是他的。"

"我还想用分得的一份钱给病倒在床的老娘治病呢。"

"这鲸是他的。"

"公爵大人拿四股一或者一半,行不行呢?"

"这鲸是他的。"

总之，这条鲸还是没收了，卖掉了，惠灵顿公爵大人也收下了这笔钱。当地一位正直的牧师认为，从某些特殊的角度来考虑，在这种情况下，这件事再怎么说也未免有点儿过分，就恭恭敬敬地给这位大人写了封信，请求他对那些不幸的水手的情况予以充分考虑。公爵大人的答复（两封信都发表了）大致是，他已经充分考虑过了，也收到了那笔钱，并说如果牧师先生不再干预他人事务，他将不胜感激。难道那个斗志昂扬一如当年的老人，竟会脚跨三个王国，从各方面胁迫穷人捐献？

从这一事件不难看出，公爵在这条大鲸上提出的权利就是来自国王委托的权利。那么，我们不禁要问，国王又是根据什么原则享有这一权利的。法律本身已经做了说明。不过，普洛顿还给我们举出了理由。普洛顿说，大鲸之所以捕获后要上交国王和王后，"乃因其超群出众"。许多逻辑性强的注释家一直认为这是在这类问题上最有说服力的理由。

但是，为什么国王就一定要头，王后又一定要尾呢？你们律师们，说个道理来看看！

一个叫威廉·晋林的高等法院老作家，在他论"王后的钱"或者"王后的零用钱"的论文中，是这样说的："你的尾巴该是王后的，王后的衣橱里才会有鲸须哩。"他写这篇文章的时候，正是格陵兰鲸或露脊鲸的黑色软骨大量用来制作妇女的乳褡的时代。可是，这种软骨不是在尾部，而是在头部。这是聪明如普林这样的律师一个可悲的错误。但是，难道王后是条美人鱼，这才要把鲸尾献给她？这里面可能别有所指。

被英国的法律著作作者称为皇家鱼的有两种——鲸和鲟鱼，在一定的范围之内，二者均属皇家财产，名义上是皇室的第十项日常收入。我不知道是否有其他作者提及这一问题。不过，据我推断，鲟鱼肯定也像大鲸一样一分为二，国王拿鲟鱼所特有的非常紧密而又富有弹性的头，就其象征意义来看，国王拿头，很可能是幽默地基于一种假定的相似性。这样一来，似乎任何事物都言之有理，甚至法律也不例外。

第九十一章 "裴廓德"号遇见"玫瑰蓓蕾"号

> 尽管难以忍受的恶臭挡不住寻宝的人，但谁要想在这大鲸肚子里找到龙涎香却是徒劳的。
>
> 托马斯·布朗爵士阁下

在上面细述的那次捕鲸场景之后的一两个星期，一天中午，我们正缓缓地行驶在令人昏昏欲睡、雾气弥漫的海面，甲板上的许多鼻子竟比桅顶上的三对眼睛还管事，闻到海里有一股很怪的不大好闻的气味。

"我敢打赌，"斯塔布说，"附近什么地方有我们前些日子用得拉格铐上了的大鲸。我原先还以为它们很快就会肚皮朝天的。"

不久，前方的雾气散开了，露出远处停着的一艘船。从收拢的篷帆判断，它的船边一定拖着条什么鲸。等我们逐渐驶近一些时，看到它的斜桁尖头上挂着一面法国旗。从那群秃鹫似的海鸟旋风般地围着它盘旋、飞翔、下扑来看，它船边拴着的那条鲸一定是捕鲸人所谓的瘟鲸，就是说，这是没有受到任何伤害、自己死在海里的鲸，结果成了一具无主尸体在海上漂浮。不难想象这样一个庞然大物会发出多么难闻的气味，甚至比遭瘟疫袭击过死掉的人多得埋不过来的亚述城的气味还要难闻。有些人觉得这股臭味实在太难以忍受，连有横财可发都打动不了他们,硬是不肯靠拢它停泊。不过,还是有愿意的,尽管从这种鲸身上得到的油质量很次,也绝没有玫瑰油的香味。

在越来越小的微风伴送下,我们靠得更近了一些,看到这艘法国船船边还有一条鲸,这一条似乎比原先那一条气味还要芬芳得多。实际上,它只不过是出了毛病的一条鲸,有些鲸似乎是因为非常严重的消化不良或者积食症,逐渐干瘦而死,结果它们的尸体几乎一点儿油都没有了。然而,我们将在合适的场合看到,一个老练的捕鲸人尽管对于一般的瘟鲸避之唯恐不及,对这样一条大鲸却不会置之不理。

"裴廓德"号这时直向前驶,已经跟那艘船很近了。斯塔布赌咒说他认出了他的砍鲸铲柄,就缠裹在其中一条鲸尾巴上捆绕的绳索中间。

"喂,一个挺不赖的家伙哩,"他站在船头,哈哈大笑地嘲弄道,"给你们准备了条吃腐肉的野狗哩!我很清楚,这些赖(癞)蛤蟆似的法国人只不过是假充内行。有时他们把白浪当成抹香鲸在喷水,放下小艇就去追。真的,有时他们离港出海,底舱里装满了整箱的牛油烛和成盒的烛花剪子,预先就料到了他们将来弄到的油连船长舱里的灯都不够用。是啊,这些个事儿我们都一清二楚。你们瞧,这儿就有只赖蛤蟆拿我们扔了不要的东西当宝贝,我说的是那边那条我们用得拉格铐住了的大鲸。不错,他还心满意足地在刮他另一条宝贝鲸干巴巴的骨头哩。可怜的家伙!喂,你们哪位出面做点儿好事,咱们送他一点儿油。因为他从那用得拉格铐住的鲸身上弄到的油,连拿到监狱里去点都不配。不,连到死囚牢里去点都不配。至于另一条,嘿,我看把咱们船上这三根桅杆劈碎来熬一熬,比他从那一大把鲸骨里熬出来的油还要多些。不过,我倒想起来了,那条鲸也许有什么比油值钱得多的东西。对啦,龙涎香。不知道咱们的老头儿这会儿想到这点没有。值得一试。对啦,我非得去试一下不可。"他一边说,一边就朝后甲板走去。

但这时候,那点儿微弱的风也已经整个儿停了,所以不管怎么着,

"裴廓德"号完全陷在那股臭味的包围中了,除了再起风以外,根本无法摆脱。斯塔布这时从船长舱里出来,招呼他的小艇成员,向那艘陌生的船划去。等划到那艘船船头,斯塔布看到那上头按照法国人奇特的口味雕着一枝奄拉着的巨大的花梗模样,漆成绿色,梗上到处是突起的铜尖尖算是刺;花梗低垂的尽头是个对称地收拢的鲜艳的花苞。船头舷板上写着几个挺大的镀金法文词:"Bouton de Rose"——"玫瑰苞"或"玫瑰蓓蕾"。这艘芳香扑鼻的船就取了这么个富有浪漫情调的名字。

　　斯塔布虽然不认得Bouton这个词,但Rose这个词还是认得的,再加上那个蓓蕾形的头,整个船名的意思就一目了然了。

　　"一朵木头的玫瑰蓓蕾,是不是?"他掩着鼻子喊道,"太棒了。可是那股味儿好呛人呀!"

　　这时,为了和船上的人直接交谈,他非得绕过船头,划到右舷边去不可,这样就跟那条瘟鲸靠得很近了。

　　划到位之后,他仍然一手掩着鼻子大声喊道——"Bouton de Rose,喂!你们船上有人会讲英语吗?"

　　"有。"舷墙边一个革恩齐人回答道,后来知道这人就是船上的大副。

　　"那好,'玫瑰蓓蕾',你们见到过白鲸吗?"

　　"什么鲸?"

　　"白鲸———一条抹香鲸——莫比·迪克,见过吗?"

　　"从来没听说过这么一条鲸。Cachalot Blanche!①白鲸——没见过。"

　　"好啦!再见,等会儿再来打扰。"

　　于是,他掉过头来飞快地朝"裴廓德"号划去,看到亚哈还倚在后甲板栏杆上等着听回音,就两手窝成个喇叭大喊道:"没有,先

---

① 法文:白鲸。

生!没有!"亚哈一听,就回到船长舱去了。跟着,斯塔布又回到这艘法国船旁。

这时,他看到那个革恩齐人钻在锚链里,拿把砍鲸铲在砍,鼻子上还吊着个袋子样的东西。

"喂,你那鼻子怎么啦?"斯塔布说,"弄破了?"

"我巴不得它破咧,干脆没有鼻子才好!"那个革恩齐人回答道,他似乎不太喜欢他正在干的活。

"可是你为什么捂着你的鼻子?"

"哦,没事儿!那是只蜡鼻子,我得捂住它点儿。今天天气很好,是不是?空气也好,有点儿像在花园里一样。给我们扔一束花下来,好吗,玫瑰蓓蕾?"

"你究竟来干什么?"那革恩齐人大吼道,突然来火了。

"哦,冷静点儿——冷静?对,没错。你鼓捣这两条鲸的时候,干吗不用冰镇住?不过,笑话归笑话,想从这种鲸身上榨出油来,纯粹是白费力气,你知不知道,玫瑰蓓蕾?至于那条干巴巴的,喂,它整个尸体连一滴油都没有。"

"我清楚得很。可是,你知道吗,咱们的船长硬是不相信。这是他头一次出海,以前他是个科隆香水制造商。不过,请上船来。他虽然不相信我的话,但也许你说的他会听。这样,我就可以甩掉这份肮脏活啦。"

"愿意为您效劳,我愉快可爱的朋友。"斯塔布回答道,随即攀上了甲板,一个古怪的场面登时呈现眼前。水手们都戴着带流苏的红绒线帽子,在装置那老沉的复滑车,准备吊这两条大鲸。不过,他们干活拖拖拉拉,说话却急急忙忙,一个个都没精打采的样子。他们的鼻子全像第二斜桅似的朝上竖着。不时有两三个人扔下手里的活,迫不及待地爬上桅顶去吸几口新鲜空气。有些水手生怕染上瘟疫,把麻絮浸在煤焦油里,隔一会儿便拿到鼻孔跟前闻一闻。还有些水手则把烟斗柄去掉一截,叼在嘴里,差不多只剩个烟斗锅在外面,使劲儿地喷烟，这样，鼻孔里就老是有烟熏着。

这时，从船长的后甲板舱室里传来一阵叫嚷和咒骂声，让斯塔布吃了一惊。他朝船尾瞧去，看到那朝里半开着的门后面，伸出一张气得通红的脸来。这就是那苦恼不堪的船医，他对眼前的搞法百般抗议无效之后，只好跑到船长的后甲板舱室（他管它叫门诊室）里去，以免染上瘟疫。然而，他还是禁不住不时大喊大叫一阵，既是恳求，也是发泄一下愤怒。

斯塔布把这一切看在眼里，暗自打好了主意。他转过身来跟那个革恩齐人聊了聊，了解到他非常厌恶他们的船长，认为他是个自高自大、不学无术的家伙，害得他们大家都陷在这么一个臭气熏天又无利可图的困境里。斯塔布在仔细试探他之后，又进一步发现他根本没有想到龙涎香上去。于是，他在这方面绝口不提，在其他方面却非常坦诚，无所不谈，因而这两位很快就炮制出一个小小的阴谋，让船长掉入圈套，捉弄他一番，还得让他做梦也想不到他们是在搞他的鬼。这个小小的阴谋是这样的：那个革恩齐人，以担任翻译为掩护，可以对船长想说什么就说什么，就当是斯塔布说的；至于斯塔布呢，在和船长的交谈中则随意胡扯，想到什么就说什么。

等他们商量好，那注定要上当的主也从船长舱出来了。他是个黑皮肤的小个子，不过作为一个与大海搏斗的船长来说还算是比较秀气的，尽管他有一脸的络腮胡子，还有短髭。他穿一件红色平绒马甲，露出的印章表坠垂在腰间。那个革恩齐人很客气地把斯塔布介绍给这位先生之后，马上得意扬扬地拿出一副翻译的神态来。

"我先跟他说些什么好？"他说道。

"嗨，"斯塔布说，眼睛瞧着那平绒马甲和印章表坠，"你不妨先跟他说，我看他像个小娃娃，虽然我不想扮法官，下判语。"

"他说，先生，"那个革恩齐人转过脸来用法语对船长说，"就是昨天，他的船和一艘船交谈过，那条船就因为船边拖着一条瘟鲸，结果船长、大副和六名水手都死于热病。"

船长一听吓了一跳,急于想多了解一点儿情况。

"再说些什么呢?"那革恩齐人对斯塔布说。

"嗨,既然他这么容易就上了钩,你就告诉他我已经仔细观察过他了,我可以肯定他跟圣·雅哥的猴子一样不适合当捕鲸船船长。你就老实跟他说,我看他像只狒狒。"

"先生,他赌咒发誓说,另外那条鲸,就是那条干巴巴的,比起那条瘟鲸来,更加要命。总之,先生,他一再劝我们,既然我们珍惜生命,就该赶紧把它们扔掉。"

这船长当即跑到船边,高声命令水手们停止架复滑车,马上把那两条鲸捆住在船边的缆索和锚链解开。

"现在说什么呢?"等船长一回来,那个革恩齐人问道。

"嗨,我想想看;对啦,你现在不妨告诉他,就说——就说——你就直截了当跟他说,我骗了他,并且,受骗的也许还有一个哩。"

"先生,他说,他非常高兴,能为我们效劳。"

一听这话,船长信誓旦旦地说,他们(指他自己和大副)才应该是表示感谢的一方,最后还邀请斯塔布到船长室去喝瓶波尔多白葡萄酒。

"他邀请你跟他喝一杯。"那位翻译说。

"非常感谢他。不过你跟他说,跟一个上我当的人喝酒是有悖我做人的原则的。你直接告诉他,我得走啦。"

"先生,他说,根据他的原则,他还是不喝为好。不过,先生将来还想喝酒的话,那最好把四只小艇都放下去,把船拖离那些大鲸,因为现在风平浪静,它们漂不走的。"

这时,斯塔布翻过了船舷,到了自己的小艇上,他高声交代那个革恩齐人,大意是说——他的小艇有根很长的拖索,他愿意尽力帮助他们,把那条小点儿的鲸拖开。于是,那艘法国船的四只小艇忙着把大船往一边拖时,斯塔布则好心肠地把那条小点儿的鲸往另一边拖,故意引人注目地甩出一条非常非常长的拖索。

没多久就起风了。斯塔布假装扔下那条大鲸。那艘法国船则把小艇都吊了上去，很快就拉开了距离。这时，"裴廓德"号也正好驶到了那法国船和斯塔布的那条大鲸之间。斯塔布趁机赶紧划到那具浮尸旁边，高声招呼"裴廓德"号，通知船上他的意图，并马上着手收获靠阴谋弄来的不义果实。他抓起一把锐利的舟形铲，在鲸尸侧鳍靠后一点的地方挖掘起来。乍一看，你几乎会以为他是在海里挖地窖。他一铲接一铲，终于撞上那些瘦削的肋骨时，就像是发掘深埋在英国肥沃的黏沙土里的古罗马砖瓦和瓷器一般。他小艇上的成员全都非常兴奋，迫不及待地帮着他们的头儿，一个个像淘金人一般焦急。

　　这时，无数飞鸟一直围着他们俯冲、入水、尖叫和争斗。斯塔布开始露出失望的神情，特别是那股难闻的气味越来越浓。突然就从那臭味最重的正中心散发出一缕淡淡的清香，它从臭气的重围中涌出而没有被同化，就像一条河的水流入另一条河，终归会混合在一起，却暂时还没有混合而是并排地在一起流一样。

　　"有啦，有啦，"斯塔布高兴得大叫起来，他的铲子在腹地深处碰到了什么东西，"一个钱袋！一个钱袋！"

　　他扔下铲子，把两只手都插了进去，掏出一把把像红润饱满的温莎香皂或油腻斑驳的陈乳酪似的东西来，又松软又芬芳，大拇指轻轻一捏就会凹进去，色泽介于黄灰之间。而这个，朋友们，就是龙涎香，随便哪个药房老板都愿意出一个金畿尼一盎司。大约搞到了六大捧，但不可避免地洒落到海里的还不止这些；要不是亚哈等得不耐烦，高声命令斯塔布停止，快点儿上船，要不然大船就会径自开走的话，他们也许还可以多弄一些。

第九十二章 龙涎香

龙涎香是一种非常稀罕的物质，也是一种很重要的商品。1791年，南塔开特人咖芬船长还为此受过英国下院法庭的审问。因为，在那时候，实际上一直到前不久为止，龙涎香的真正来源，也像琥珀一样，对学者们来说还是个谜。虽然，ambergris（龙涎香）这个词只不过是grey amber（灰色琥珀）的法文复合词，这两种物质却截然不同。就琥珀而言，经常在海岸上有所发现，在远离大海的内陆土壤中也可以挖到；至于龙涎香，则只有海上才找得着，别的地方都没有。再说，琥珀是种坚硬、透明、很脆、没有气味的物质，一般用来做烟斗的烟嘴，做念珠和各式各样的装饰品；而龙涎香则柔软如蜡，芳香扑鼻，因而大量用来制造香水、香锭、贵重的蜡烛、发粉和润发香脂。土耳其人把它用于烹调，也把它带往麦加，正如为了同样的目的，人们把乳香带往罗马圣彼得大教堂一样。有些酒商往红葡萄酒里搁一点儿以增加香味。

那么，谁想得到，这么体面的太太先生们生活中不可或缺的一种要素，竟是来自一条病鲸很不体面的内脏！然而，事实就是如此。有些人认为龙涎香是大鲸得消化不良症的原因，有些人却认为是得了消化不良症的结果。要怎样才能治好这样一种消化不良症，那很难说，除非是一次给它服下三四小艇的布兰德雷思泻药丸，然后赶紧逃离危险区，就像工人炸岩石那样。

我还忘了说了，在这龙涎香中还发现有某些又硬又圆的骨片，开头斯塔布还以为可能是水手们的裤纽扣,后来才知道只不过是在龙涎香里防腐保存下来的一片片小乌贼骨头。

既然那不朽的、芳香扑鼻的龙涎香是在这样腐朽的东西的最深处找到的,难道这是无足轻重的事?请你想想圣保罗在《哥林多书》中说的有关朽坏与不朽的话。我们怎样在羞辱中躺下,却在荣耀中复活。同样地,也请你回忆起巴拉赛尔斯关于最好的麝香是什么制成的话。也请别忘了这个奇怪的事实:科隆香水,在其制造中的初步阶段,是所有难闻的东西中最难闻的。

我本想以上述的呼吁来结束这一章的,但是,一想不行,因为我急于驳斥世人经常对捕鲸人所做的攻击,这种攻击,在某些心存偏见的人看来,已经为关于那艘法国船的两条大鲸所说的一切所间接地证实了。这种毁谤中伤性的攻击,说什么捕鲸这个职业纯粹是一种非常邋遢肮脏的话,本书在其他处已经将之驳倒。但还有一件事也要加以驳斥。人们说所有的鲸都有一股臭味。这个恶名又是从哪里来的呢?

我以为可以明显地追溯到两百多年前首批到达伦敦的格陵兰捕鲸船。那些捕鲸船那时不,现在也不,像南海捕鲸船一直做的那样,在海上把油熬好,而是把新鲜的鲸脂剁成小块,朝大桶口里塞,就那样带回家来。由于在那些冰冷的海洋中,猎季很短,再说他们又时常受到突如其来的暴风雪的袭击,他们只能采取这种做法。其结果是,一打开船舱,在格陵兰码头上卸下一个鲸脂桶时,散发出的那股气味,就跟为了给一个产科医院打地基而挖掘了城里的一块古坟地所发出的气味差不多。

据我推测,对于捕鲸人的这种恶意攻击也多少与古时格陵兰海岸上的一个荷兰村庄有关。这个村子叫施梅伦堡或斯米伦堡,后一种叫法被博学的福戈·冯·斯拉克采用在他论气味的伟大著作中,这部著作也是这门学科的教科书。正如那村子的名称所表明的那样(斯米——smeer,意思是油脂;堡——berg,意思是贮藏),之所以建立这个村子,就是为了给荷兰捕鲸船队提供一个熬油的地方,这样就用不着回到荷兰去熬了。那村子里满是炉灶、油锅和油库,等炉灶全部点火熬油时,那股气味肯定不大好闻。但是,一艘南海捕抹香鲸船的做法跟这种做法完全不同。它在四年的航程中,也许花在熬油上的时间还不到50天,就把船舱给装满油了,而且装进桶里的油几乎没有一点儿气味。事实是,不管死鲸、活鲸,只要处理得当,大鲸绝不是一种有臭味的动物,捕鲸人也绝不是让人用鼻子一嗅就能认出来的,就像中世纪的人假装用鼻子一嗅就能在人群中把犹太人提出来一样。实际上,大鲸也不可能不是气味芬芳的,因为,一般来说,它非常健康;它有充分的运动,老是待在户外;虽然,这也是确实的,它很少待在露天环境中。大概一条抹香鲸的尾叶在水面上一甩所发出的香气,犹如一位满身麝香气的太太在暖和的客厅里沙沙地抖动她的衣裳一般。考虑到抹香鲸身躯之庞大,我拿什么气味芬芳的东西来和它相比呢?不只能是被簇拥着走出一个印度城镇去向亚历山大大帝致敬、长牙上饰着珠宝、浑身散发没药香气的那头著名的大象吗?

第九十三章　遭遗弃者

在遇到那艘法国船几天之后,一件举足轻重的事落到了"裴廓德"号一个无足轻重的水手身上。那是一件非常悲惨的事。这件事末了还给这艘有时快活万分然而命运已被决定的船提供了一个预言,预言它自己也会遭到粉身碎骨的下场。

说起来,在捕鲸船上,并不是每个人都要下小艇。总要留下几个人守船,他们的职责就是在小艇追击大鲸时驾驶大船。一般来说,这些守船的人跟小艇上的成员一样地健壮结实,不过,要是船上刚好有个身子单薄、笨手笨脚、胆子又小的人,那个人肯定会留下来守船。"裴廓德"号那个绰号叫皮平、简称皮普的小黑人就正是这号人。可怜的小皮普!你们已经听说过他了。你们一定还记得那个激动人心的午夜,他是多么强颜欢笑地敲着小手鼓。

外表上,皮普和汤团刚好是一对,就像一匹小黑马和一匹小白马,身材相若,肤色却不同,反常地套在一起拉车。不过,倒霉的汤团天生迟钝;皮普呢,虽然心肠太软,却是格外聪明,具有他那个种族所特有的愉快、亲切、快活爽朗的天性。这个种族,每逢节日喜庆,比任何别的种族都会过得更开心,更奔放。对黑人来说,一年三百六十五天就应该天天是国庆节,天天是过年才好。所以请别见笑,假如我说这小黑人老是容光焕发,因为即使是黑色的东西,也不是没有它自身的光泽的,请看看那镶嵌在国王家具上光彩照人的黑檀木细板就知道了。但皮普爱生活,爱一切使生活安宁可靠的东西,所以他不知怎的莫名其妙地陷进这令人惊惶不安的行业，给他快活爽朗的天性蒙上了一层可悲的阴影。虽然，正如不久就会看到的那样，在他心中暂时变得暗淡的一切，注定终归会被奇特的野火照得通明透亮，凭空十倍地展示出他原有的光彩。他曾以此在康涅狄格州托兰郡老家的草地上使许多提琴手的狂欢倍加奔放热情，也曾在充满诗情画意的黄昏，以他快活的哈哈大笑使周遭一片化为一只声音清亮、引人入胜的铃鼓。因此，悬在青筋显露的脖子上的波光粼粼的钻石耳坠，虽然在大白天里也会发出正常的光辉，然而，狡猾的珠宝商为了要显出它夺目的光华，特意把它搁在一个阴暗的场所，然后不是借助太阳光，而是用非天然的煤气灯光把它照亮。那时，它发出的火焰般的光华，简直美得邪乎。于是，这闪烁着邪恶之光的钻石，一度是水晶般的苍穹绝妙的象征，现在看去却像是盗自地狱里魔王王冠上的宝石。不过，我们还是言归正传吧。

话说在龙涎香事件中，斯塔布的后桨手碰巧扭伤了手，一时还好不了，便暂时由皮普来顶替。

头一次斯塔布带他一起下艇的时候，皮普非常紧张。好在那次并没有逼近大鲸，总算还没有太丢人。不过，斯塔布还是看出来了，就耐心鼓励他一定要拿出最大的勇气来，因为胆小害怕总归是不行的。

第二次下艇时，小艇逼到了大鲸紧跟前。那大鲸被投中了一枪时，像往常一样尾巴急拍一气，而这次正好是在皮普的座位下面。当时他惊慌失措，不由自主地握着桨就蹦出了小艇。这一蹦出去，那根松弛的捕鲸索正好兜住了他的胸部，他就套在捕鲸索上翻了出去，"扑通"一声掉到海里。就在同一瞬间，那条中枪的大鲸开始狂奔，捕鲸索很快就绷紧了。也就一眨眼工夫！可怜的小皮普给无情的捕鲸索在脸部和脖子上绕了好几圈，给勒得满嘴泡沫地拖到了小艇的导缆钩跟前。

塔希蒂格站在艇头上。这次出击他正铆足了劲。看到皮普是个胆小鬼让他气不打一处来，他从刀鞘里拔出短刀，把锋利的刀刃搁在捕鲸索上，转过身来朝斯塔布问道："割不割？"这时，皮普那窒息得发青的面孔明明白白地表示：割吧，看在上帝面上！这一切快如闪电，整个事情发生前后连半分钟都不到。

"混账东西，割！"斯塔布大吼道。于是，大鲸跑掉，皮普得救。

等这可怜的小黑人刚刚清醒过来，水手们朝他好一顿嚷嚷咒骂。斯塔布一声不作地等这阵非同寻常的咒骂发泄过之后，才直截了当、讲究实效而又不无幽默地训斥了他一通。之后，又非正式地给他许多忠告。大意是：千万别跳离小艇，除非——至于除非什么就不明确了。其实，最好的忠告也往往不过如此。总之，钉牢在小艇上，就是捕鲸业中你应该切实遵守的座右铭。不过，有时也会出现最好跳离小艇的情况。再进一步，他仿佛终于预见到要是跟皮普完全讲心里话，将来留给皮普可钻的空子就太多了，于是，斯塔布突然把一切忠告全撇在一边，以一项果断的命令结束说："钉牢在小艇上，皮普，你再跳，跟你实打实说，我绝不捞你，你好好记住。为你这号人老让大鲸跑掉可划不来。在阿拉巴马，一条大鲸的价钱要比你高出30倍，皮普。好好记住这一点，再也别跳了。"也许斯塔布是借此暗示，人虽爱其同类，然而人毕竟是种唯利是图的动物，这种秉性经常会打消他做好事的念头。

可是，我们全由上帝掌握，身不由己，因而皮普又跳出去了。这回的情况跟上回极为相似。不过，这一回捕鲸索没有兜住他胸部。因此，等大鲸一开始狂奔，皮普就给孤零零地撇在海面上了，就像一个匆匆忙忙的旅客落下的一口箱子一样。唉！斯塔布也太说一不二了。那是阳光普照、天空湛蓝、很美的一天。灿烂的大海风平浪静，凉爽宜人，一如金箔匠锤得最薄的金箔一般，平坦地从四面八方朝天边远远地伸展开去。皮普在海中忽沉忽浮，他那黑檀木的头像一簇丁香花冠。他飞快地从艇尾掉下去时，没人举起短刀来割断捕鲸索。斯塔布无情地转过身去，背对着他，而大鲸这时已经跑起来了。才三分钟工夫，无边的大海已经在皮普和斯塔布之间拉开足足有一英里。在大海的中央，可怜的皮普把那头发卷曲、黑乎乎的头转向太阳这另一个遭遗弃者，虽然它至高无上，至亮无比。

话说回来，在风平浪静的天气里，在辽阔的大海里游泳，对一个游泳老手来说，犹如在岸上乘坐弹簧马车一般轻松自如。不过，那种可怕的孤独感却真叫人受不了。非常清楚地意识到自己孤零零地处于这样一片无情的汪洋大海之中，天哪，那种滋味谁能说得上来？你注意注意，在一片死寂的辽阔大海上，水手们是怎样洗澡的——注意注意他们怎样紧挨着大船，只在船边活动活动。

但是，斯塔布真的扔下这个可怜的小黑人不管，听之任之？那倒没有，起码他没有这么想。因为在他后面还有两只小艇，他以为，毫无问题，它们肯定会很快来到他身边，把他捞上来。虽然，实际上，对于因胆怯而危及生命的桨手的这种照顾，猎人们在所有类似的情况下，并不是总会表现出来的，而这种情况又并不是不经常出现。在捕鲸业中，人们眼中的胆小鬼，几乎无一例外地会遭到犹如海陆军中所特有的那种同样无情的鄙视。

但是，偏偏那两只小艇没有看到皮普，却在小艇一侧突然发现了鲸群，于是掉过头来就追下去了。而斯塔布的小艇这时已离得很远，他和小艇上其他成员又全都全神贯注在他们正追击的大鲸，于是把皮普孤身一人困在其中的水面便大大地扩大了。完完全全是出于偶然，大船总算把他救了起来。可是，打那时起，这小黑人就成了个白痴在甲板上转悠，至少，他们是这么说的。大海嘲弄地放过了他有限的身体，却淹死了他无限的灵魂。不过也没有完全淹死。不如说是把他的灵魂活生生地带到了奇妙的深渊，在那儿，未经歪曲的原始世界中各种奇形怪状的东西在他眼前闪来闪去，他不看也得看，别无选择。那守财奴人鱼——智慧之神则显示了他贮藏的财富；而在快活、无情、永远年轻的永恒不变的事物中，皮普看到了大群无所不在的珊瑚虫，看到巨大的天体从大海的苍穹中升起。他看到上帝的脚踩在织布机的踏板上，并说了出来。于是他的伙伴都叫他疯子。所以，人发疯是老天的意思。人一迷失了凡人的理性，终归会以天国为思想归宿，这，推究起来，既荒谬而又昏乱，但人一到了这般地步，便顾不上是祸是福，而是横下了心，像他的上帝一样坚定、冷漠。

至于其他方面，也别过分责怪斯塔布。这种事在捕鲸业中是司空见惯的，在本书的结尾将会看到什么样的遗弃落到了我的头上。

第九十四章 捏挤

斯塔布花了极大代价得到的那条大鲸被及时弄到了"裴廓德"号船边,前面已详细叙述过的所有那些切割、吊拉等工序,甚至在海德堡大桶或者脑窝里汲油,都已经按部就班地完成了。

一些人忙着在脑窝里汲油时,另一些人则把一个个大桶装满鲸脑油拖走。到适当的时候,这种鲸脑油经过仔细处理后,便送往炼油间。这个过程以后再说。

等我和另外几个人在一个康斯坦丁大浴桶的鲸脑油跟前坐下来时,它已经冷却凝结起来。我发现它奇异地凝固成一块一块的,在还没来得及凝固的油中晃荡。我们的任务就是把这些块块再挤捏成液体。这倒是一项又芳香又滑腻的任务!难怪在过去,鲸脑油是种格外走俏的化妆品。一种抢手的清洗剂!一种抢手的香精!一种抢手的软化剂!一种可口的镇静剂!我的手搁在里面才几分钟的工夫,手指头就滑溜得像鳝鱼似的,而且能像蛇似的弯绕扭曲了。

我舒舒服服地坐在那里,双腿交叉在甲板上。刚刚在绞车旁干得腰酸背痛。眼下头上是宁静蔚蓝的天空,船在懒洋洋地、安闲地滑行。我双手浸在那些差不多是在一个钟头之内形成的、渗透肌肤、滑腻轻柔、半液体的小球中;它们纷纷触手而碎,释放出了扑鼻的浓香和满手的油,正如熟透了的葡萄榨出了香甜的酒一般。我闻着那股纯净的香气——那股千真万确跟春天的紫罗兰一模一样的香气。跟你说吧,那会儿我就像是置身在麝香馥郁的草原上。我忘了一切有关我们的可怕的誓言。在那难以言喻的鲸脑油里,我洗净了双手,也洗涤了心灵。我几乎也信起古代巴拉赛尔塞斯的迷信来了,认为鲸脑油有祛心火的神奇功效。我像整个身子都泡在那个大浴室里,心灵净化了,不管什么样的怨恨、怒火,或者恶念,通通给荡涤得干干净净。

捏呀!捏呀!捏呀!整整一个上午捏个不停。捏来捏去,捏得我自己都差不多融化在鲸脑油里了。捏来捏去,捏得我奇怪地神思恍惚起来了,我发觉自己不知不觉在油里捏起同伴的手来,以为是在捏那些轻柔的小球。一捏之下,竟引发了一种充满友爱的感觉,于是,我索性继续捏下去,一边还充满感情地瞧着他们的眼睛,那神情等于在说——亲爱的伙伴们,干吗我们之间总有疙瘩,或者总有那么点儿不和或者妒忌!得啦,让咱们大家都捏捏手,而且,让咱们捏得再也不分彼此,让我们相互捏得通通融化在这体现友爱的乳状鲸脑油中。

我要能把那鲸脑油捏上一辈子就好了!因为,通过长期重复的经历,我现在终于看清了,人类那种认为可以得到完美幸福的想法,必须放下,至少也得加以修正。不要把幸福寄托在智力或幻想上,而要寄托在妻子、内心、床铺、饭桌、马鞍、炉边、家乡上。既然我已经看清了这一切,我就只想这样永远捏下去。我想到在夜晚的幻影中,看到过天堂里一长列一长列的天使,一个个都把双手搁在一个鲸脑油罐子里。

在谈论鲸脑油的时候,应该谈谈跟它有关的其他事情,谈谈把抹香鲸往炼油间送的事。

首先要说的是所谓白马,那是大鲸身子逐渐尖细的那一部分,和尾叶上较厚的那一部分。它有好些变硬了的筋腱——一大团肌肉——很坚韧,不过还有些油。把这叫白马的东西从鲸身上切下来以后,先剁成便于搬运的长方形块,再交给剁肉手处理。这些块块看去很像是帕克郡大理石。

鲸肉上某些零碎部分叫葡萄干布丁,零零落落地黏附在鲸脂毛毯上，往往在一定程度上增加了它的滑溜性。它是宴席上提神悦目的珍品。顾名思义，它的色彩鲜艳斑驳，底子是金黄与雪白相间的条纹，姹紫嫣红的点点星罗棋布。它是红宝石中的精品，很像香橼皮蜜饯。明知不妥，却禁不住想吃吃看。我承认，有次我躲在前桅后面偷尝过它。那味道，按我的想象，有点像胖子路易的大腿肉炸得很好的肉片，假如在狩猎季节后的头一天就把他宰掉，而那个特定的狩猎季节又正好赶上是香槟省葡萄园最好的收获季节。

在捏挤过程中还发现另外一种东西，一种非常奇特的东西，不过要加以适当的描述却很困难。它叫泥膜，是捕鲸人叫起来的。这东西也确实是种难以形容的淤泥似的黏糊糊的东西，在经过长时间的捏挤，把液体轻轻倒出后，就会发现它留在鲸脑油桶里。我认为它是用来愈合鲸脑窝里那层非常薄的衬膜的断裂处的。

所谓gurry（鲸的碎肉）这个词，本是专用于露脊鲸的，不过有时也偶尔用于抹香鲸。它指的是从格陵兰鲸或露脊鲸背上刮下来的那种黏质的黑东西，那些专捕这种贱鲸的二流人物的甲板上多的是这玩意儿。

刷子，严格说来，这个词儿不是属于鲸所固有的词条。不过因为捕鲸人这么用，约定俗成罢了。捕鲸人的刷子是从鲸尾尖细处割下的一小块腱肉，一般是一英寸厚，大小形状跟锄头的锄板差不多。把它斜着在多油的甲板上移动，就像个橡皮扫帚一样。它仿佛有魔法似的，以一种无以名之的诱惑力，一路上把甲板上所有不干净的东西全给吸住了。

但是，要把这些深奥难懂的东西全弄清楚，最好的办法还是马上下到鲸脂间去，跟里面干活的人好好聊聊。前面已经说过，鲸身上的毛毯给一片片地剥离并吊走以后，这地方就是贮放毛毯片的仓库。等到把这些毛毯片再切成小块的时候，特别是在夜里，这个房间对所有的新手来说就是一个充满恐怖的场所。房间的一边点着一只昏暗的灯笼，给干活的人清除了一块地方。他们一般是两个两个地配套操作，一个拿捕鲸枪和鱼钩,一个拿铲子。捕鲸枪很像以往快速帆船攻登敌船的武器,那也叫捕鲸枪。鱼钩则有点儿像小艇上用的钩子。那个拿枪和鱼钩的先用鱼钩死死钩住一块鲸脂,不让它滑脱,因为船身老在颠簸摇晃。这时,那个拿铲子的则站在那块鲸脂上,铲子垂直地一上一下把它剁成便于搬运的小块。这把铲子磨得锋利无比。铲手光着脚,脚下的鲸脂有时又难免像雪橇一样滑脱。要是他剁掉他自己一个脚趾,或者他助手的一个脚趾,你会奇怪吗?鲸脂间一般老手的脚趾都没有剩下几个。

第九十五章　黑袍法衣

你要是在解剖大鲸尸体的某个时刻登上"裴廓德"号，又溜达到绞车跟前，会看到在背风的那一排排水孔处直挺挺地躺着一件非常奇特费解的东西。我肯定，你会万分惊讶地细细察看一番。那不是鲸巨大的头颅里那奇妙的蓄水池，不是那被卸下了的畸形下巴，不是它那奇迹般对称的尾巴。这些东西都不会让你吃惊到那种程度，就像乍一瞧见这莫名其妙的圆锥物一样。这东西的长度超过一个肯塔基人的身高，底盘直径将近一英尺，像魁魁格的黑檀木偶像约约一般乌黑发亮。这东西也确实是个偶像，或者，还不如说，像是古代的偶像。这样一个偶像，跟在犹大的玛迦太后的秘密园林里找到的偶像一个样。她的儿子亚撒王因为她膜拜偶像废黜了她，还砍下她的偶像，作为一种可憎的物件在汲伦溪边烧掉，就像《列王纪上》第十五章中模糊地说到的那样。

再瞧瞧那个叫作剁肉手的水手。这时他走过来了，在两个助手的帮助下，费力地扛起那件水手们称之为大法衣的圆锥物，拱着肩膀，走得歪歪倒倒，就像个掷弹兵扛着战友的尸体从战场上下来一般。他把它放倒在船首楼甲板上，成圆筒形地剥下它黑色的皮毛，就像非洲的猎人剥下一条大蟒的皮一般。剥下来以后，就把皮毛的里子翻过来，像条裤腿一样，把它挂起来，在索具上晾一晾。过一会儿把它取下来，在尖的那一头去掉三英尺左右，再在另一头开两个口子作袖筒口，然后整个身子钻了进去。这个剁肉手现在就穿着他那行业的法衣站在你面前了。这身装束对他的行业来说历史悠久得无法记忆。在他履行特殊职责时,单是这身装束就足可以保护他了。

他的职责就是把业已剁成长方形块的鲸脂再剁碎,准备上锅熬。操作是在一只样子古怪的木马上进行的,那木马尾部顶着舷墙,下面是个大桶,剁成片片的鲸脂就落在木桶里,速度之快有如从一位滔滔不绝的演说家的讲台上纷纷飘落的讲稿。穿着一身庄重的黑衣,占着个很打眼儿的讲坛,全神贯注在《圣经》纸[①]上,这个剁肉手多么像个大主教职位的候补人,多么像个教皇的侍从!

[①] 《圣经》纸!《圣经》纸!这是伙伴们对这个剁肉手翻来覆去不变的喊声。要他小心,要他剁得越薄越好,因为这样就会大大加快出油速度,也会增加出油率,也许质量还能有所提高。——原注

第九十六章 炼油间

一艘美国捕鲸船,除了从它吊起的小艇上,还可以从它的炼油间辨认出来。它的炼油间是个怪模怪样非常坚固的泥、石、麻刀和橡木的混合结构,乍一看就像是从田野里搬上船来的一座砖窑。有了它,才算得上一艘设备齐全的捕鲸船。

炼油间设立在前桅与主桅之间,那是甲板上最宽敞的处所。它底下的方木有特别大的负荷力,正好承受一座约10英尺宽、8英尺长、5英尺高,几乎是实心的长方形砖头灰浆结构的重量。它的地基并未透过甲板,而是用笨重的角铁四面箍住,再用螺钉拧紧在方木上,牢牢地固定在甲板上。它两边都覆盖有木板,顶上有一个倾斜的钉有板条的大舱盖把舱口死死盖住。挪开这个盖,就看到两口大炼锅,每口都有几大桶的容量。不用的时候,保管得非常干净。有时还用皂石和沙子来打磨,把锅里擦得像银子的五味酒大酒钵般发亮为止。值夜班的时候,有些吊儿郎当的老水手会爬到里面,蜷起身子打打瞌睡。轮到把它们擦亮的时候——一个锅里一个人,并排着——隔着锅沿,推心置腹地聊个没完。那也是做深奥的数学思考的地方。就是在"裴廓德"号左边的那口炼锅里,我拿着皂石不停地绕着圈儿擦时,首次间接地联想到这个值得注意的事实,即在几何学上,一切沿旋轮线运动的物体,会在同一时间从任何一点上落下来。以我的皂石为例,便是如此。

把炼油间正面的挡炉板挪开,纯属砖头灰浆结构的那一面便露出来了。上面开有两个铁炉口,就在炼锅下面。这两个炉口都安装有沉重的铁门。整个箍起来的炼油间的底层下面是个浅蓄水池,借以防止炉火的高温传导到甲板上去。蓄水池后面装有管道,随着水的蒸发,可以源源不断地补充冷水。它没有另外安烟囱。而是直接把后墙敞开。这里,且让我们回过头去说一说。

大约是晚上9点钟光景,"裴廓德"号的炼油间在这次航程中首次启用。这项工作是斯塔布的分内职责。

"都准备好了吗?那就打开顶盖,开始吧。你,厨子,烧火。"这活儿很容易,因为木匠把整个炉膛都塞满了刨花。这里要说明的是,在海上捕鲸期间,炼油间头一次举火,得先烧一会儿木柴。然后,除了作为辅助燃料使主要燃料快些着起来以外,就不再烧木柴。总之,那酥脆、皱缩的鲸脂片,炼过油后,就称为油渣,里面还含有不少油质。就拿这些油渣来作燃料。正像一个熊熊烈焰焚烧中的殉道者或自焚的厌世者,一旦点着了火,这大鲸便以自己的身体为燃料焚烧自己。要是它能把自己的烟都烧光就好了!因为它那股烟特别难闻,可你又非闻不可,不但闻,还得暂时在那股烟中待一个时辰。那烟有种说不出的刺鼻的印度人的气味,犹如潜伏在阴森森的火葬柴堆附近的气味一般。它闻起来就像是最后审判日左方被告席上那股气味。这是肯定有地狱的一个论据。

半夜,是炼油间最忙的时候。我们清除了鲸尸,扯起了帆,风也刮得大起来了。茫茫的大海一片漆黑。可是,那片黑暗却让熊熊的火焰烧光了。火舌不时从乌黑的烟道里窜出来,像著名的希腊火药一般,把高处的索具照得通明。船带着这团大火疾驶,好像视死如归地赶着去执行一项什么复仇使命似的。正如勇敢的海德里沃特和凯纳里斯驾着两艘满载松脂和硫黄的双桅船,半夜从港口出发,冲得好高的火焰犹如扯起的风帆,直扑土耳其人的快速帆船队,把它们吞没在大火之中。

炼油间顶上的舱口盖挪开之后,就露出了阔大的平炉。站在平炉前当司炉工的总是地狱里的凶神恶煞般的异教徒标枪手们。他们拿着巨大的木柄铁叉，把一团团咝咝作响的鲸脂拨到滚烫的炼锅里，或者拨拨炼锅下的火，那蛇似的火苗便轰然冲起，卷出炉门，直舔他们的脚边。一股一股的浓烟阴沉沉地朝外翻滚。船身每颠簸一下，沸腾的油也跟着颠簸起来，似乎全都急于要溅到他们脸上去。正对着炼油间的炉门，远离呆笨的平炉的那一边，就是绞车所在。这绞车派上了海上沙发的用场。值班的在上面靠一靠，休息休息，无所事事时便注视着炉膛里熊熊的火焰，瞧到眼睛给烤得难受了为止。炉前的标枪手们这时给浓烟和汗水弄得一个个全成了大花脸。他们乱蓬蓬的胡子，以及恰成对比的他们那亮得吓人的牙齿，在炼油间红色火焰的衬托下，全显得奇形怪状。他们相互讲述可怕的奇遇，一个个耸人听闻的故事讲得他们眉飞色舞，兴高采烈；他们放肆的大笑声此起彼伏，就像炉子里跳跃的火焰；他们拿着巨大的铁叉和长勺使劲儿地在面前挥舞比画。风在吼，海在跳，船在呻吟、在猛冲，却又坚定地把它邪恶的红色火光远远地射入大海和午夜无边的黑暗中。它满不在乎地破浪前进，恶狠狠地把浪花泼向四面八方。这时，这载着一伙野蛮人、驮着一团大火、烧着鲸尸、投入茫茫黑暗中奋进的大船，就像是它那患偏执狂症船长的灵魂有形的副本。

我把着舵，一连几个钟头默默地为这条火船掌握着海上的航向。在我看来，它似乎就是这个样子。那时，只因我自己置身在黑暗中，炉前那些人在火光映照下通红、疯狂、可怖的身影反而看得更清楚。午夜掌舵，我本来就很容易打瞌睡，这时老瞧着在烟火中时隐时现的憧憧鬼影，刚有了点儿莫名其妙的睡意，心灵中便出现了类似的幻影。

但是那天晚上特别，一件怪事（至今无法解释）落到了我身上。我刚刚站着打了会儿瞌睡，猛地惊醒过来，便恐怖地发觉有什么致命的事不对头了。我身子抵着的牙床骨，舵柄重重地撞击我的腰；耳朵里是风帆低沉的哼声，它们刚开始在风中颤抖。我以为我的眼睛是睁着的。我睡意蒙眬地把手指伸到眼皮上去，无意识地把它们更撑开一些。但是，尽管我眼睛睁着，眼皮又尽量撑开了，眼前却看不见有掌握航向的罗盘，虽然我好像刚刚还在稳定的罗盘柜灯光下瞧过罗盘面。现在眼前似乎什么都没有，只有一片黑暗，给红红的火光照耀得阴森恐怖。首先浮上我心头的印象是，我是站在什么跑得又快又急的东西上面，与其说它是朝前方的任何港口奔，还不如说它是急于离开后边的一切港口。我突然惊慌失措地僵住了，有一种等死的感觉。我双手痉挛地抓住舵柄，可是有一个怪诞的念头闪过，这舵柄不知出了什么鬼，怎么倒过来了。天哪！这是怎么回事？我心里在琢磨。哦！就在我站着打那一会儿瞌睡的时候，我身子转过来了，面朝着船尾，背朝着船头和罗盘。我当即转过身来，刚刚来得及把住舵，没让风把船掀起翻掉。好悬哪，亏得摆脱了夜里这种不应有的错觉，没有因逆风而造成致命的意外事故，我好高兴啊！

　　人们啊，眼睛直望着火的时间千万不要太长！切不可在把舵的时候打瞌睡！不要背朝罗盘；舵柄突然撞你一下，应该马上警觉起来；不要相信人烧的火，那红色的火光会把一切事物都渲染得阴森可怖。而明天，在自然的阳光里，天空是明朗的；那些在火舌中像魔鬼般吹胡子瞪眼的家伙在晨曦中会一派慈眉善目，至少样子温和得多；那灿烂辉煌、令人欢欣鼓舞的金色的太阳，才是唯一的真正的明灯，其他的全是骗子！

　　然而，太阳并不隐瞒它普照之下还有弗吉尼亚州凄凉的沼地，还有罗马郊区的坎佩纳沼泽，还有辽阔的撒哈拉大沙漠，还有举目皆是的贫困与灾难。太阳也不隐瞒它普照之下还有海洋，这是地球上最愚昧的部分，而它占了地球的三分之二。因此，那种生活中欢乐多于忧患的人，是不可以信赖的——是不可信赖，或是少不更事的。书籍也一样。人中最可信赖的是耶稣，书中最可信赖的是所罗门的书，《旧约·传道书》是出世之作中千锤百炼的精华。"凡事都是虚空。"①这

---

① 见《圣经·旧约·传道书》第一章。

个任性的世界迄今还没有掌握非基督徒的所罗门的智慧。但是,凡是避开医院和监狱,加快步子穿过坟地,宁可大谈歌剧,避而不提地狱的人;凡是把考珀、扬、巴斯噶、卢骚都称为病态的可怜虫的人;凡是终其一生深信拉伯雷是极其聪明的,也是最快活的人——这种人像所罗门一样聪明绝顶,是不会坐在坟墓的台石上沉思默想,不会去挖青绿湿润的坟土的。

但是,甚至所罗门也说:"迷离通达道路的人必住在(就是说,即使在他活着的时候)阴魂的会中。"[①]因此,千万别让火给迷住了,以免它弄得你晕头转向,失去知觉,就像刚才那会儿把我弄成那个样。有一种智慧,那是忧伤;但也有一种忧伤,那是疯狂。在某些人的心灵中,有一种卡茨基尔山的鹰,既能俯冲进最暗黑的峡谷之中,又能重新一飞冲天,消失得无影无踪。即使它老是在峡谷中飞翔,那峡谷也是在群山环抱之中。所以,即使山鹰俯冲到最低处,也还是比翱翔在平原上的其他鸟类飞得高得多。

[①] 见《圣经·旧约·箴言》第二十一章。

第九十七章 灯

你要是从"裴廓德"号的炼油间下来,到不当班的水手正在睡觉的水手舱去待上一小会儿,你几乎会以为自己是置身在供奉被追认为圣徒的王侯将相的灯光明亮的神殿里。每个水手都是一具沉默的雕像,躺在三角形的橡木窝里,20盏灯光照在他们蒙着的眼睛上。

在商船上,对水手来说,灯油比王后的奶还要稀罕。摸黑穿衣,摸黑吃饭,摸黑跌跌撞撞地上床,已经习以为常。但捕鲸人,因为有的是油,便不把油当油。他把床铺弄成一盏阿拉丁的神灯,就躺在灯光里。所以,就是在漆黑的夜里,黑乎乎的捕鲸船上仍然是满船明亮的灯光。

你瞧,捕鲸人是多么满不在乎地拿着一大把灯具——不过往往只是些大大小小的旧瓶子——到炼油间的铜冷却器那里去把它们灌满,就像在一个大桶里大杯大杯地舀麦酒一般。他点的还是没有经过加工的,因而也是没有受污染的、最纯净的油:一种为太阳、月亮或星星普照无遗也没有在岸上见到过的液体。它像四月里清晨的草浆一般芳香。他特地出海来猎取鲸油,自然讲究新鲜与纯净,甚至就像大草原上的游客,讲究自己打样野味来做晚餐。

第九十八章　装舱与打扫

　　前面已经叙述过，怎样从桅顶上老远发现大鲸，怎样在茫茫大海上追逐它，在它无法逃脱时杀死它，然后怎样把它拖到船边砍去头，怎样把它身上裹着的棉外套变成死刑执行人的财产（根据古代被砍头者身上的衣着归刽子手所有这个原则），怎样在适当的时候把它打入炼锅，又怎样像沙得拉、米煞、亚伯尼歌[①]一样，它的脑、油和骨头都毫无伤损地从火中出来了——不过，现在还剩下这方面的描述的最后一部分——这一部分，我将以朗诵——叫惜我个会歌唱——如何将它的油注入大桶，又如何将大桶存放在底舱这个传奇式的过程来结束。因为一旦进了底舱，大鲸便再度回到了故海，又像原先一样在水面下活动，只是，唉！再也不能浮上来喷水了。

　　油还温热，就像热五味酒似的，灌进有六琵琶桶容量的大桶里。这时船在午夜的大海上也许正在颠簸中忽左忽右地行驶。这些巨大的油桶便会旋转，倒立，翻筋斗，有时还轰隆隆排山倒海一般，危险地猛滚过滑溜溜的甲板，好不容易才把它们控制住，一排一排放好；大家在铁箍周围，敲呀，敲呀，能使得上多少榔头就使多少榔头，因为这时，按职务来说，每个水手都成了箍桶匠了。

　　终于，等最后一品脱油都灌进了大桶，又全都冷却了以后，就把大舱口都打开，大船的肚皮敞开了，大桶就纷纷奔向它在海中的最

[①] 见《圣经·旧约·但以理书》第二章。

后安息处。装完舱以后,就关上舱口,又密封起来,像一间砌在墙里的密室一般。

在捕抹香鲸业中,这也许是整个捕鲸事务中最重大的事件之一。在这一天,船板上血与油汇流成河,连一贯视为禁区的后甲板上也大不敬地堆起了巨大的鲸头块;生锈的大桶到处都是,犹如酿酒厂的院子里一般;炼油间里冒出的浓烟把所有的舷墙都熏黑了;水手们浑身油腻腻地忙着;整艘船仿佛成了大鲸自己;船上四处嘈杂声震耳欲聋。

但是,一两天之后,你再登船四下打量,再侧耳细听,要不是有那些泄露天机的小艇和炼油间,你准会咬定这是艘冷清清的商船,还有位一丝不苟、特别爱整洁的船长。未加工的抹香鲸油具有一种独特的清洁功能。为什么在刚刚干完他们所谓的油活之后,甲板会分外白亮,道理就在这里。再者,拿鲸油油渣烧剩下的灰烬可以很容易溶解成强有力的碱水。一见到有鲸背上的什么黏糊糊的东西还粘在船舷上,这种碱水一去,马上就把它消灭了。许多双辛勤的手,拿着水桶和抹布,擦遍了舷墙四处,还它个干干净净、纤尘不染。低处索具上的烟垢全刷掉了,许多用过的工具也都同样一丝不苟地收拾干净搁好。那块大盖板也擦洗干净,盖在炼油间顶上,把炼锅全遮住了。大桶一个也看不见了,所有的滑车都卷起来放在不打眼儿的角落里。在几乎是全体出动、人人动手、齐心合力之下,这项任务终于得以认真负责地完成。然后,船员们把自己全身洗干净,从头到脚换上干净衣服,最后都涌到一尘不染的甲板上来,一个个生气勃勃,容光焕发,像是刚刚来自最爱整洁的荷兰的新郎。

这时,他们昂首阔步,三三两两地在船板上走动,开心地聊客厅、沙发、地毯和精美的麻纱手帕之类,建议给甲板铺上席子,给桅楼打扮打扮,挂上点儿什么,也不反对在月光下到船首楼的外廊上喝喝茶。这时候,跟这些满身麝香气的水手先生们提起什么油啦、骨头啦、鲸脂啦,那简直是太不识相了。你小心翼翼,旁敲侧击,他们却根本不知道世界上有这些物事。去,给我们把餐巾拿来。

不过,请注意:在那三根高高的桅顶上还站着三个人在聚精会神地侦察更多的大鲸,一旦逮住,势必又会弄脏那些古老的橡木家具,至少又会在什么地方弄上一点儿油渍。一点儿也不假。这样的时候有的是,就在不分昼夜,连续苦干,四天四夜连轴转之后;就在划了一整天的桨,连手腕子都划肿了,刚刚从小艇登上大船,无非又是去搬运大铁链,去转动沉重的绞车,去砍去剁,再加上在汗流浃背中,还得重新去忍受赤道上的太阳和赤道上的炼油间烟熏火燎的夹攻;就紧跟在这一切之后,他们最后竭尽全力来大搞卫生,把船洗刷得像间纤尘皆无的牛奶房;这样的时候有的是,这些可怜的人,就在他们刚刚扣上干净的水手衫的领扣,一声"瞧,喷水啦!"又把他们吓一跳,忙不迭地又去追击另一条鲸,而那整套令人厌倦的活儿又得从头到尾过一遍。啊!朋友们,这才叫要命哩!然而,生活就是这样。因为我们这些凡人刚刚通过长时间的劳累,从这个世界的庞然大物身上提取了它数量不多十分珍贵的鲸脑油,然后不顾疲劳,洗掉满身的肮脏,并力求生活在灵魂的干净的圣室里时;刚好就在这时候,一声"瞧,喷水啦!"——那鬼家伙就喷水了,我们又飞速赶去展开一场殊死的战斗,年轻的生命又在老一套的常规里走上一遍。

啊!灵魂的轮回!啊!毕达哥拉斯,在鼎盛的希腊,两千年前,竟死得这么善良,这么博学,这么温厚;上次航行,我还和你一起驶过了秘鲁沿海——并且,虽然我很笨,我还教过你这稚嫩的憨小子怎样接绳头呢!

第九十九章　古金币

先前说过,亚哈平素总习惯于在后甲板的两头,罗经柜与主桅之间踱来踱去。不过,在其他许多有待说到的事情中,还得补充一点的是,他在来回走动中,有时会由于心事重重而交替地在每个尽头停留一阵子,站在那里令人不解地盯着面前某样东西。他停留在罗经柜跟前时,眼睛盯在罗盘的指针上,目光像投枪一般对准目标射出去;等他又踱到主桅跟前停下来时,专注的目光又盯住了钉在主桅上的金币,仍然是那副死死盯住的神情,只是射出的目光里带着一种狂热的渴望,如果不是满怀希望的话。

但是,有天上午,他转身经过那枚古金币时,那上面奇特的图案和铭文似乎重新引起了他的注意,仿佛现在才入迷着魔地首次读懂它们可能隐藏的含义。万物本来都有一定的含义的,否则便一文不值,那圆圆的地球也就等于一堆毫无用处的废土,只有像处理波士顿周围的山土一般论车出卖,去填满银河的沼泽。

且说这古金币是直接用最纯净的沙金铸成的。这种沙金是在壮丽的群山深处搜集到的,好多条帕克托拉斯河都发源于山里,从东西两面流经这片沙金地。这古金币现在虽是钉在一些浑身铁锈的螺钉和遍体铜绿的长钉中间,却没有受到任何污染,仍然灿烂如新,保持着来自首都基多的光彩。它虽然置身在铁石心肠的船员们中间,虽然每时每刻都有铁石心肠的人打它跟前经过,而且多少个漫漫长夜,漆黑的夜幕满可以掩护小偷小摸的行径,然而,头天日落时在那里,第二天日出时仍会看到它安然无恙地在那里。因为,它是公认为能起到令人敬畏的作用而特意保留在那里的。不管这些水手的举止行为多么放肆,他们全都把它奉为制服白鲸的护符。有时,他们在夜晚值班疲累之余谈起它,不知道它最后归谁所有,不知道那个人是否命长,能活到花它的那一天。

如今,那些高贵的南美金币都成了太阳的纪念章和热带象征的纪念品。那上面的棕榈树、羊驼和大山,太阳表面和星星、黄道,许多动物的角和飘扬的鲜艳的旗帜,都刻印得满满的。因而,这些珍贵的金币,经过这么富有西班牙式的诗意地、别出心裁地铸造出来,看去更抬高了身价,增加了迷人的光彩。

碰巧"裴廓德"号这块古金币上的这些图案特别丰富。它圆边上刻着的文字是,REPUBLICADELECUADOR:QUITO①。可见这块光闪闪的金币是来自一个位于地球中部,正好在赤道大圆之下,并以赤道命名的国家,而且是在气候稳定,不知有秋天的安第斯山脉中部铸造出来的。那些文字划分的地段有类似安第斯山脉的三个高峰,一个峰巅上是熊熊火焰,另一个上面是一座高塔,第三个上面是一只打鸣的公鸡。在这三个之上则弓着一条分格的弓形黄道带,十二宫全都标上了各自通常的神秘星座标志,作为拱顶石的太阳则正在走进昼夜平分点的天平宫。

这时,亚哈并不回避众人的视线,就在这枚满是赤道标志的金币前停住了脚步。

"山峰,高塔,以及所有其他宏伟高大的东西,总有一种以自我为中心的味道。你瞧,——这三个高峰就像恶魔一样非常傲慢。这挺立的高塔,是亚哈;这火山,是亚哈;还有这勇敢无畏、打了胜仗的公鸡,也是亚哈。一切都是亚哈。而这枚圆圆的金币也无非是比它更圆的地球的缩影。它,就像是一面魔镜,神秘地挨个儿照出了每个人

---

① 厄瓜多尔共和国:基多。

的本来面目。那些辛劳终日难得温饱的人要求这世界给他们个解答,这世界连它自己的事还解答不清哩。现在,据我看来,这铸在金币上的太阳容光焕发。但是,你瞧!唉,它走进了风暴之宫那昼夜平分点去了!而仅仅六个月前它才从前一个昼夜平分点白羊宫驾车出来!从风暴走向风暴!这就随它去吧。人在阵痛中出生,而后竟会在辛酸中生活,在痛苦中死去,那也没有什么可说的!也随它去吧!在这世界上,悲痛是大有施展身手的场地的,还是随它去吧。"

"仙女的手指没有按过这枚金币,但是,打昨天起,魔鬼的爪子就在上面留下爪印了。"斯塔布靠在舷墙上喃喃地自言自语,"老头子好像在读伯沙撒王宫粉墙上可怕的文字①似的。我从没有细瞧过这枚金币。趁他回舱里去了,我来读读看。一条幽暗的山谷在三座寿与天齐的高峰之间,这有点儿像三位一体在尘世的象征。原来上帝把我们围困在这死亡之谷里,而公正的太阳仍然给我们阴暗的生活投下了一线光明和希望。如果我们往下瞧,看到的尽是山谷中发霉的泥土,可我们如果仰起头来,明亮的阳光半路上就会接住我们的视线,鼓舞我们。然而,唉,伟大的太阳并不是老待在那里不动,我们要是半夜醒来,想从它那里得到点儿安慰,再怎么找也瞧不见它!这枚金币跟我说话倒是又体贴,又温厚,又真诚,可是调子仍然太低沉了。我得赶紧离开它,要不,真话我也会觉得是假的了。"

"那老蒙兀儿刚才还在那里,"斯塔布在炼油间旁边自言自语道,"他已经读懂了。斯达巴克也从这金币前走开了,两人的面孔大概没有拉得一尺长也差不多,而又都是因为瞧了一枚金币的缘故。我要是在黑人山或者柯尔拉尔河湾到手这么一枚,是不会怎么瞧它就把它花掉的。哼!根据鄙人无足轻重的看法,我觉得这东西很怪;在以前的航行中,我也见过好些古金币,有西班牙古金币、秘鲁古金币、智利古金币、玻利维亚古金币、波巴扬古金币,还有葡萄牙旧金币,

---

① 见《圣经·旧约·但以理书》第五章。

西班牙旧金币；还有四便士的，二便士的和四分之一便士的银币。那么这个赤道图案的古金币究竟有什么特别奇妙之处呢？天哪！我还是亲自去看一看。啊呀！还真有这么些宫和奇迹！那么，那就是波狄奇老头在他的《概论》中叫作黄道的东西了。我放在舱里的那本天文历上也是这么叫的。我要去把天文历书拿来，听说用达波尔的数学可以推算出魔鬼来，我倒要用马萨诸塞历书来推算推算这些古怪的弯弯曲曲的标志，看究竟是什么含义。好啦，天文历拿来了。咱们瞧瞧看。这么些宫和奇迹，总有太阳的份儿。哼，哼，哼，找着了——就在这里开始——全生气勃勃的：白羊座，或者叫白羊宫；金牛座，或者叫金牛宫！再就是双子座，或者双子宫了。对啦，太阳就在它们中间转动。啊呀，在这枚金币上，太阳正跨过这一圈十二宫中一个宫的门槛。天文历呀！你就说得不对头了。其实，你们这些书本子说话应该要有分寸。你们只要把话说明白，把事实摆出来就行了，我们自然会去思考。就马萨诸塞历书、波狄奇的航海书和达波尔的数学书来说，这是我自己的一点儿小体会。这么些宫和奇迹，呢？假如那些宫毫无奇妙之处，奇迹又毫无意义，那不太遗憾了吗！什么地方一定有点儿名堂。等一等。嘘——听！好家伙，我想出来啦！听着，你这古金币，你那上面的黄道十二宫图是代表人自始至终的一生；我现在就根据这本历书一一指出来。请吧，天文历！开始：先是白羊座，或者叫白羊宫——这只淫荡的母狗，它生下了我们；然后是金牛座，或者叫金牛宫——它首先顶伤我们；然后是双子座，或者叫双子宫——那就是善与恶；我们正努力向善靠拢，可是，哎哟！跑来了巨蟹——巨蟹宫，一家伙就把我们钳住拖回去了；而在离开善的途中，狮子宫，一只怒吼的狮子，躺在路当中——它狠狠地咬了我们几口，还粗暴地给了我们几爪子；我们赶紧逃命，向处女座——处女宫，呼救！这是我们生命中的第一次爱情；我们结了婚，想就此幸福地过一辈子，突然冒出来个天秤座，或者叫天平宫——把幸福放上去称一称，原来分量并不足；我们正非常伤心的时候，天哪！我们猛地蹦起多高啊,那天蝎座,或者叫天蝎宫,照我们的屁股蜇了一家伙;我们正在养伤时,猛然砰砰澎澎,四面八方,箭如雨下;原来人马宫,或者叫射手座,正在射着玩哩。我们正拔箭的时候,站开!那摩羯宫,或者叫山羊座,像破城槌一般全速冲过来了,把我们顶了个大跟头;等水瓶宫,或者叫水瓶座,把宝瓶里的洪水全倒出来,把我们淹没;而后由双鱼宫,或者叫双鱼座,出来收场,我们就长眠了。当时,九天之上写下了一道圣谕,太阳每年执行,然而出来还是精神抖擞,欢天喜地。它快活地高高在上,历尽艰难困苦;快活的斯塔布低低在下也一样。啊,但愿能快活一辈子!再见吧,古金币!可是,且慢,小中柱来了。他躲躲藏藏地从炼油间那边来,好的,咱们听听他说些什么。瞧,他到了古金币跟前,他马上就会说出点什么来了。唔,唔,他说开了。"

"我什么也看不出,只知道这是金子制的一块圆东西,只知道谁发现了一条什么鲸,这圆东西就归谁。所以,他们一瞧就是老半天,是怎么回事呢?它值16块钱,这不假;两分钱一支的雪茄烟,那就是960支(原文如此——译者)。我才不像斯塔布一样抽那种脏兮兮的烟斗,我喜欢抽雪茄,这里就是960支。所以,我还是打这里爬上去瞭望,好弄到手这一大堆雪茄。"

"我该说那样做是聪明呢,还是愚蠢?要说聪明吧,看上去又很蠢;要说蠢吧,又好像有点儿聪明。不过,且慢。我们的老头过来了——这个赶灵车的老头,我是说,他下海以前一定是干这个的。他顶着风到了古金币跟前。哎呀,又转到桅杆那一边去了。哦,那边钉有块马蹄铁。现在又转回来了。那是为什么?听!他在嘟囔呢——声音就像一架磨坏了的咖啡豆磨具。侧起耳朵来,听吧!"

"要想找到白鲸,那也得过一个月零一天,等太阳刚好走进一个宫的时候。我研究过这些宫,懂得它们的标志。那是40年前哥本哈根一个老巫婆教我的。那么,那时,太阳是在哪个宫里呢?在马蹄宫里,因为它正好就在这金币背后。那马蹄宫又是什么呢?马蹄宫就是狮子座——那咆哮如雷张牙舞爪的狮子。船啊,老船啊!一想起你,我这白发苍苍的头就发晕。"

"这又是一种看法了,不过还是一个版本。你知道,各式各样的人都是在同一个世界里。赶紧再躲开!魁魁格过来了——一身的刺花——就像黄道十二宫搬到了他身上。这生番会说些什么呢?千真万确,他瞧着自己的大腿骨,在作比较哩。我看,他以为太阳是在大腿上,或者小腿上,或者肚皮上,就像乡下老太婆谈论外科医生的天文学一般。天哪,他还真在大腿附近发现什么了——我估计是人马宫,或者叫射手座。不,他弄不清那枚古金币是什么玩意儿,他把它当作国王裤子上掉下来的一颗旧纽扣。不过,赶紧再躲到一边去!费达拉那个魔鬼过来了,尾巴还是像平常一样盘起来了看不见,鞋子前端还是像平常一样塞了棉絮。以他那副模样,他会说些什么呢?啊,只朝十二宫做了个手势,鞠了一躬。这金币上有个太阳——他肯定是个拜火教徒。嗬!越来越多了。这边过来了个皮普——可怜的孩子!他不是死了吗?还是我死了?怎么的,我还真有点儿怕他。他也一直在观察所有这些前来做出各自解释的人——包括我自己在内——看来他也要把那张可怕的蠢脸凑过去,仔细瞧一瞧啦。还是再站到一边去听听看。听!"

"I look, you look, he looks; we look, ye look, they look. "①

"我的天哪,他一直在学习默里的《语法》哩!可怜的家伙,在长学问哩!不过他现在又在说什么呢——嘘!"

"I look, you look, he looks; we look, ye look, they look. "
"嗨,他在背呢——嘘!再听。"

"I look, you look, he looks; we look, ye look, they look. "
"嘿,这就怪啦。"

"我,你,他;我们,你们,他们,都是蝙蝠;我是只乌鸦,尤

---

① "我看,你看,他看;我们看,你们看,他们看。"

其等我站在这棵松树顶上就更是乌鸦。呱！呱！呱！呱！呱！呱！我这不是乌鸦吗？吓唬乌鸦的稻草人在哪里呢？就在那儿。两根棍子插在两只破裤脚管里，还有两根棍子套在两只破袖筒里。"

"他是不是说我呢？——嘴真甜！——可怜的小兄弟！——我真没有面目见他。不管怎样，我暂时还是躲开他好。其他的人我都受得了，因为他们一个个都脑子清楚，可他对我这个头脑清醒的人来说就太疯疯癫癫了。好啦，随他嘟囔去吧。"

"这枚古金币是船上的命根子，而他们都火烧火燎地想把它起下来。可是，一旦把你们的命根子起下来，会是什么后果呢？话又说回来，要是老让它待在那里，那也难看，因为不管什么东西钉在桅杆上，那都是情况会越来越糟糕的标志。哈哈！亚哈老头！白鲸。它会把你钉起来呢！这是棵松树。有一回，我父亲在托兰郡老家砍下一棵松树，发现里面有枚银戒指，是枚老式的黑人结婚戒指。那是怎么到树里面去的？因此，他们说，到复活节，等他们捞起这根旧桅杆，会看到上面有枚古金币，毛茸茸的树皮上还有牡蛎趴在上面。啊，金币！这贵重的，贵重的金币！——没见过世面的守财奴还会马上把你当宝贝收藏起来哩！嘘！嘘！上帝在天地间采黑莓。煮吧！嗨，煮吧！给我们煮吧！詹妮！嘿，嘿，嘿，嘿，嘿，詹妮，詹妮！把我们的玉米饼做好吧！"

第一〇〇章　腿和臂。
南塔开特的"裴廓德"号遇见伦敦的"撒米耳·恩德比"号

"船呀，喂！看到过白鲸吗？"

亚哈看到后面驶过来一艘挂英国旗的船，就又向它这样喊道。这老头，喇叭筒凑在嘴边，站在吊在后甲板边的小艇上，他那鲸骨腿，那轻松地靠在自己小艇头上的陌生船长看得清清楚楚。那船长晒得黑黑的，个子高大，面貌和蔼，仪表堂堂，60岁左右年纪，穿一件宽敞的短上衣，海员蓝粗呢的穗边荡来荡去，一只空袖筒向后面飘去，就像中世纪武士铠甲上披的外衣的绣花袖筒。

"看到过白鲸吗？"

"你看到这个了吗？"他把藏在上衣褶层下的手臂伸出来，高高举起。那是抹香鲸的一截白骨，当头是块木槌样的木头。

"我的小艇就位！"亚哈急躁地嚷道，一边翻动手边的木桨——"准备下水！"

很快他和他的小艇成员就上了艇，连人带艇一齐下到海里，一会儿工夫，就靠拢了那艘陌生船。可是，这时出现了一个很尴尬的场面。刚才亚哈过于激动，竟忘了自从失掉一条腿以来，他在海上，除了自己的船，从没登上过别的船只，而且还总是借助"裴廓德"号上所特备的一种构思精巧、使用方便的装置，这东西却不是一时半刻就能运送、安装到别的船上去的。说起来，在茫茫大海上，从小艇攀登到一艘大船上去，这对任何人来说——除了像捕鲸人这样几乎无时不在攀登而习惯了的人以外——都绝不是件很容易的事，因为汹涌的巨浪，一会儿把小艇高高地朝大船的舷墙抛去，一会儿又突然从半路上把它甩下来，落得跟大船的内龙骨一般平。这样，既缺了一条腿，陌生船又不可能备有予人方便的新装置，亚哈便垂头丧气地发现自己竟又成了只笨拙的旱鸭子了。他绝望地瞧着那变化不定的高度，看来没有什么希望上去了。

前面也许提到过，就是亚哈一碰上什么由他那不幸的灾难间接引起的不称心的事，他差不多总是非常激动，甚至非常生气。而这一回，他看到陌生船上两名高级船员在钉牢的楔形垫木的直梯子边探出身来，扔给他一副装饰雅致的舷梯索，就更是火上加油，因为他们起先似乎没有想到一个一条腿的人无法攀上他们的海上扶梯。不过，这种尴尬场面很快就过去了，因为那位陌生船长一眼就看出了怎么回事，当即大喊道："我明白，我明白！——别从那里上！快，伙伴们，把那大复滑车弄过来。"

刚好一两天前，他们在船边处理过一条大鲸，大复滑车还高高地挂着，巨大的鲸脂钩，如今洗得干干净净，还吊在上面。那大钩很快朝亚哈放了下来。他登时就领悟了，于是把那条好腿伸到钩弯里（就像坐在锚钩里或者苹果树杈上一般），抓牢了以后，就让他们起吊，同时自己还双手交替，一把一把地拉着往上快速提升的滑车索，帮着往上吊。一会儿工夫，他们就把他吊到了高高的舷墙里，轻轻地落在绞盘顶上。那位船长走上前来，真诚地伸出那只鲸骨胳膊表示欢迎，亚哈则伸出了那条鲸骨腿，和鲸骨臂交叉在一起（就像两条箭鱼喙一般），海象式地嚷道："哎呀，哎呀，老朋友！我们就握握骨吧！——一只胳臂和一条腿！——这可是一只决不会往回缩的胳膊和一条决不会逃跑的腿。你是在哪儿看到白鲸的？——什么时候？"

"白鲸，"那英国人用鲸骨臂指着东方说，眼光也悲怆地顺着骨臂望去,仿佛那是架望远镜一般,"我是上个季度在赤道上看到它的。"

"它就搞掉了那只胳臂,是不是?"亚哈问道,一边搭着那英国人的肩膀,从绞盘上滑了下来。

"是呀,至少根子是它。你那条腿呢,也是?"

"从头到尾给我说说。"亚哈道,"怎么回事?"

"那是我有生以来头一回在赤道上巡游,"那英国人就开始讲。"那时我还没听说过什么白鲸。好,有一天,我们放下小艇去追一小群鲸,有四五条,我的小艇已经拴上其中一条了。那家伙真称得上是正规的圆形马戏场里的马,拼命地兜圈儿,害得我小艇上的水手屁股都挪到艇舷外缘来了。也就一会儿工夫,海底竟蹦起一条大鲸来,乳白色的头和背峰,满头满脸的皱纹。"

"就是它,就是它!"亚哈嚷道。屏住的一口气一下子开了闸。

"它右鳍附近还插的有几支标枪。"

"对,对——那是我的——我的标枪。"亚哈狂喜地嚷道,"不过,快往下说!"

"我这就如实交代,"这英国人开心地说,"好啦,这位白脑袋白背峰的老爷子,浑身泡沫地冲进那群鲸,恶狠狠地去咬我那根拴上了的捕鲸索。"

"对,我知道——它是要把它咬断,救那条鲸——这一招它搞惯了的——我很清楚它。"

"究竟是怎么搞的,我也不知道。"那位独臂船长继续往下说,"不过,它在咬索子时,不知怎么一来,那索子把它的牙齿缠住了,就卡在那里。这情况我们当时并不知道。所以,后来我们一使劲儿拽索子,一个反弹,我们就都扑通扑通落到它的背峰上!而不是落到我们拴住的那条鲸的背峰上。那条鲸倒侥幸朝上风跑掉了。我看到是这种情况,又看到确实是条很贵重、很大的鲸——老兄,这是我一生中所看到的最贵重、最大的鲸——于是,我不管它当时似乎怒火冲天的样子,决定捕获它。考虑到那根碰巧拴上的索子会滑脱,或者那颗让索子缠住的牙齿会拔出来（因为我那小艇上的水手一个个凶神恶煞一般，力大无穷，我让他们全来拽那根捕鲸索）。看到这种情况，嗨，我当即跳到我的大副的小艇上——就是这位蒙托普先生的小艇（顺便介绍一下，船长，这是蒙托普。蒙托普，这位是船长）。我刚才说我跳到大副的小艇上，因为当时我俩的小艇紧挨着。我一跳上去，就顺手抓起一支标枪，让这位老爷子尝了尝滋味。可是，天啊，嗨，老兄——千真万确，喂——紧接着，一瞬间，我就像只蝙蝠似的什么也看不见了——两只眼睛全瞎了——黑色的泡沫把四周弄成一片昏天黑地——那大鲸的尾巴从泡沫中浮现，直竖在空中，像一座大理石尖塔。当时，向后退已经不行了。可是，就在我在大白天里，在中午那皇冠上的宝石般炫目的阳光下，摸索，嗨，摸索到第二支标枪投入海中时——轰的一家伙，那尾巴像利马宝塔一般砸了下来，把我的小艇劈成两半，成了两堆碎片。然后，尾叶朝前，白色的背峰从破艇下退出来，好像那是一堆木屑似的。我们都手脚并用使劲儿地游泳。为了躲开它那尾巴接二连三可怕的打击，我死死抓住了那根插在它身上的标枪杆，有一阵子就像鲫鱼似的吸附在上面。可是，一个浪头把我冲开了。就在这时候，那大鲸朝前面猛地一冲，就闪电般地潜下去了。那该死的第二支标枪跟着拖下去时在我身边掠过，倒钩挂住了我这里（他拍了拍他的胳臂紧靠肩膀处），对，正好挂住了我这个地方。嗨，当时我想，只怕要把我拖到地狱之火里去了。可是，可是，突然之间，感谢仁慈的上帝，那倒钩在我胳臂上撕开了一道口子——纯粹是顺着整个胳膊撕下来——一直撕到手腕处才脱钩，我跟着就浮起来了。——其余的，那边那位先生会告诉你（顺便介绍一下，船长，这是彭格大夫，船医。彭格，老朋友，这是船长）。好吧，彭格老兄，请你接着说跟你有关的那一部分吧。"

这位被如此亲密地介绍出来的专家先生一直站在旁边，外表很平常，看不出在船上属于上层人士的身份。他面孔很圆，但很严肃。穿一件褪了色的蓝毛绒卫生衣或者衬衣，一条打了补丁的裤子。他时而瞧瞧一只手里的穿索针,时而瞧瞧另一只手里的药丸盒,偶尔也不以为然地望一眼这两位船长鲸骨制的残肢。但在听到他的上司把他介绍给亚哈之后,他很礼貌地鞠了一躬,马上就按照他的船长的吩咐说开了。

"那伤口真吓人,"那位捕鲸船上的医生说,"这位布默船长接受了我的劝告,把我们的老撒米耳——"

"我们的船叫撒米耳·恩德比。"这位独臂船长朝亚哈插了一句,"继续讲吧,老兄。"

"把我们的老撒米耳朝北开,好避开赤道上那火热的高温。不过,毫无用处——我尽了最大的努力,整夜整夜地陪着他,严格限制他的饮食——"

"啊,确实非常严格!"这伤员自己也附和道,然后声调突然一变,"每天晚上陪我喝热甜酒,喝得都看不见给我上绷带了;我也喝得半醉了,凌晨3点左右才打发我上床。啊,天哪!也确实夜夜陪着我,严格限制我的饮食。啊!彭格大夫真是个顶呱呱的看护人,饮食上也要求十分严格。(彭格,你这狗东西,笑吧!干吗不笑?你真是个大活宝。)不过,还是继续说吧,老兄,我宁可被你治死,也不愿被别人救活。"

"尊敬的先生,你一定早就看出我们的船长,"丝毫不为所动、面容严肃的彭格朝亚哈微微点点头说,"有时很喜欢开开玩笑;他经常给我们编出许多诸如此类的奇闻来。不过,我还是说一下好——像法国话说的,en passant(顺便)——我本人——就是说,我杰克·彭格,卸任不久的牧师——是个在生活上非常有节制的人,我从不喝——"

"水!"那位船长嚷道,"他从不喝水。一喝水就发病。淡水会让他得恐水病。不过,还是继续说吧——继续说胳臂的事吧。"

"好的,我还是,"那大夫平静地说,"继续刚才让布默船长的玩笑打断的话。先生,当时尽管我尽了最大的努力,伤口却越来越恶化。事实上,先生,那是做外科医生的所见到的最可怕的大裂口,有两尺好几寸长。我用测深索量的。总之,伤口发黑了;我知道这样下去会有生命危险,就把它锯掉了。可是我没有给他安装那只鲸骨臂;

那是违反常规的。"他用穿索针指着那只骨手。"那是船长干的,不是我干的,他命令木匠做的。他还让在当头装一个木榔头,好用来敲烂人家的脑袋。他就敲过一次我的脑袋。有时,他像魔鬼一样大发雷霆。你瞧瞧这个坑,先生。"他脱下帽子,把头发掠到一边,在头顶上露出一个碗状的坑来,可是丝毫看不出疤痕,也看不出是个伤口,"呶,那是怎么来的,船长会告诉你,他心里明白。"

"不,我不明白,"船长说,"倒是他妈明白,那个坑,他生下来就有。啊,你这个说得活灵活现的恶棍,你——好一个彭格!在海洋世界还找得出第二个这样的彭格来吗?彭格,你就是死,也应该死在泡菜水里,你这条恶狗,应该永远把你保存起来,你这无赖。"

"那白鲸怎么样了?"亚哈叫道,他对这两个英国人这场节外生枝的斗嘴已经听得很不耐烦了。

"哦!"独臂船长嚷道,"哦,真的!好啦,它潜进水里以后,我们有一段时间没有再见到它。实际上,正如我先前提及的,那时我还不知道是条什么鲸给我来了这么一手。过了些时候,再回到赤道,我们听人说起莫比·迪克——有些人这样叫它——才知道原来就是它。"

"以后还碰到过它吗?"

"还碰到过两回。"

"两回都没有拴住?"

"没打算去拴,丢了一只胳臂还不够?我要是连另一只胳臂也丢了怎么办?而且我还想到莫比·迪克只怕咬都不咬,而是干脆囫囵吞哩。"

"那好,"彭格插嘴道,"那就把你的右臂作鱼饵,去把左臂找回来。你们知道不,先生们,"非常严肃地一丝不苟地向两位船长各鞠了一躬,"你们知道不,先生们,老天爷把鲸的消化器官造得令人非常费解,甚至连人的一只胳臂都不能整个儿消化?而且,大鲸自己也知道。所以,你们以为大鲸很凶狠,其实只是样子难看罢了。因为它从来就没有真想要吞下人的一臂一腿;它只不过是做做样子,吓唬吓唬你。不过,它有时也像我过去在锡兰的一个病人。那是个玩杂耍的老头,经常表演吞小刀,有一次还真吞下去了一把,在里面待了一年或者还不止。后来我给他服了催吐药,才一小块一小块地吐出来,明白了吧。他根本消化不了那把小刀,也不是他整个身体组织所充分吸收得了的。真的,布默船长,假如你对此有足够的理解,并且为了那只胳臂享有厚葬的殊荣而想把这一只也搭上去的话,那你不妨试试,反正胳臂是你自己的,只消让那大鲸很快给你来一下就是了。"

"不,谢谢你,彭格。"那英国船长说,"它到手的那只胳臂,它怎么处理都行,反正由不得我做主。再说当时我也不认识它,这一只就免了吧。我再也不想跟白鲸打什么交道了。我已经追击过它一次,心满意足了。我知道,要能杀死它,那是莫大的光荣,而且还可以到手大量宝贵的鲸脑油。不过,听着,最好别去惹它。尊意如何,船长?"英国船长边说边瞟着亚哈那条鲸骨腿。

"它是不好惹。不过,不管怎么样,我还是要追捕它。凡是喜欢到处惹是生非的东西,就像那该死的家伙,往往并不是最没有吸引力的。它就是块大磁石!你最后一次看见它是什么时候?它往哪个方向去了?"

"愿上帝保佑我,诅咒那丑恶的魔鬼,"彭格嚷道,一边弓着身子围着亚哈转,像条狗一般很奇怪地嗅,"这个人的血——拿只体温计来——到了沸点啦!——他的脉搏跳得连船板都震动了!——先生!"一边从口袋里掏出把手术刀来,往亚哈胳膊上凑过去。

"住手!"亚哈吼道,一家伙把他推到舷墙边,"上艇!向哪个方向去了?"

"天哪!"那英国船长嚷道,"怎么啦?它是往东去了,我想——你们船长疯了吧?"他悄悄问费达拉。

可是,费达拉把一根手指搁在嘴唇上,不声不响地溜过舷墙,抄起了小艇上的舵桨,亚哈把复滑车摇过来,命令船上的水手把他放下去。

一会儿工夫,他就站在小艇艇尾了,那些马尼拉水手拼命划起桨来。那英国船长怎么招呼他都白搭。他笔直地站着,背朝那艘陌生船,板着脸朝着自己的大船,一直站到小艇靠拢"裴廓德"号。

第一〇一章　玻璃酒瓶

趁这艘英国船还没有从视野中消失，在这里提一下，这船是从伦敦来，是以该市的商人，著名的恩德比父子捕鲸公司的创始人，已故的撒米耳·恩德比的名字命名的。这家公司，就它真正的在历史上的影响而言，以我这个捕鲸人的浅见所及，它比都铎和波音联合王朝差不到哪里去。这家大捕鲸公司是在1775年之前多久成立的，我在许多有关文献中都没有查得出来，但是，在那一年（1775年），这家公司装备好了第一批有史以来正式猎捕抹香鲸的英国船队。虽然，20多年前（自1726年以来），我们英勇的南塔开特的咖芬家族和梅西家族以及维恩耶特人就已经有一大队一大队的船追击过那种大鲸，不过只限于南北大西洋一带，没有上别处去。因此，必须在这里毫不含糊地记上一笔，南塔开特人是人类首先使用文明社会的钢打成的标枪去猎捕大抹香鲸的人；而且长达半个世纪，他们是整个地球上唯一使用标枪去猎捕抹香鲸的民族。

1778年，很有魄力的恩德比一家独资特意装备了一艘漂亮的船"阿美尼亚"号，勇敢地绕过了合恩角，在世界各国中数头一个在浩瀚的南海放下了一只像模像样的捕鲸艇。这次航行操作熟练而又走运，"阿美尼亚"号回到停泊地时，船舱里装满了珍贵的鲸脑油。于是，其他英美船只纷纷起而效仿，太平洋上巨大的抹香鲸渔场就这样打开了。但是，这家不知疲倦的公司并不满足于这个辉煌的业绩，又跃跃欲试。撒米耳和他所有的儿子——究竟有多少个，只有他们的母亲才知道——直接主持，恐怕也出了大部分资金，终于使得英国政府动了心，派出大炮舰"响尾蛇"号深入南海做一次试探性的捕鲸航行。"响尾蛇"号在海军一名小舰长指挥下，做了一次响叮当的航行，也多少做出了些成绩。不过，事情并未就此为止。1819年，这家公司又装备了一艘自己的捕鲸探险船，远赴遥远的日本海域去做一次试探性的巡游。这条船——取了个怪好听的名字，"海妖"号——完成了一次顶呱呱的试验性巡游。这样，日本海的大捕鲸渔场就首先为人所知了。"海妖"号这次著名的航行就是在一个南塔开特人，咖芬船长的指挥下完成的。

因此，一切荣耀应归于恩德比一家。他们的公司，我想，至今还存在。虽然那位创始人撒米耳肯定早就撒手到另一个世界浩瀚的南海捕鲸去了。

以他的名字命名的这条船，作为一条速度极快且各方面都很出色的船，没有给他丢脸。有一次半夜里，我在离巴塔哥尼亚不远的洋面上什么地方登上过这条船，还在水手舱里喝过美味的香啤酒。那是一次愉快的联欢，他们全是好样儿的——船上每一个人都是。他们活得短暂，死得无憾。我欣逢其会的那次联欢——是在亚哈老头那条鲸骨腿接触到它的船板很久很久以后——老让我想起那条船上的人那种高贵、实在、撒克逊式的殷勤好客。我要是连这个也忘了的话，那天都不会容我，只配与魔鬼为伍了。香啤酒，我说过我们喝了香啤酒吗？对，喝过的，而且是以每小时10加仑的进度喝的。等大风一来（靠近巴塔哥尼亚的洋面上经常有风暴），所有的人——包括客人——都被动员去放下中桅帆，这时我们一个个都头重脚轻，只好都在腰上系上一个带缆结，互相往上吊。当时我们昏头昏脑地把上衣的下摆也卷到帆里面去了，结果我们都挂在上面，在咆哮的狂风中缩作一团，这对所有醉酒的水手都是一个很好的警戒。幸好桅杆还没有翻到水里去。一会儿工夫，我们就都爬下来了，一个个都清醒得很，只好又去灌一通香啤酒，虽然愤怒的浪花扑进了水手舱的小舱口，未免把酒冲得太淡了一点儿，而且还有好大的盐水味。

牛肉挺不错——虽然嚼起来费劲，肉味还是很浓。有人说是公牛肉，也有人说是单峰骆驼肉，究竟是什么肉，我也不敢肯定。他们也拿来了汤团：个儿小，但实在，溜圆的，牢不可破。我想，把它们吞下去以后，准还能摸得着，还能让它们在肚子里滚动，要是你身子朝前弯得太厉害，它们就有像台球似的从肚子里滚出来的危险。还有面包——不过，那实在不能怪人家。况且，它还是一种抗坏血病药。总之，面包是他们唯一的新鲜食品。好在水手舱里并不怎么亮，你吃进去以后，要想走到一个黑角落里去也容易得很。不过，总而言之，统而言之，从桅冠打量到船舵，看看厨师做饭菜锅的容积，包括他自己身上那口羊皮纸色的大锅，从船头到船尾，嗨，"撒米耳·恩德比"号硬是条棒极了的船：饭菜又好又多，船既漂亮又结实，人手都是第一流的，从靴跟到帽圈都是顶呱呱的。

不过，你会纳闷，为什么"撒米耳·恩德比"号和其他一些我所知道的英国船——虽然不是全部——这么出名，这么好客。餐桌上，牛肉啦，面包啦，罐头啦，传来递去，笑话一个连着一个，而且宾主都乐此不疲，吃个没饱，喝个没够，笑个没停。这是怎么回事？我等会儿再跟你说。这些英国捕鲸船上这种丰盛的吃喝大可作为历史研究的资料。只要有此需要，我是绝不会吝惜力气来考证一番的。

英国人在捕鲸业上比荷兰人、西兰人和丹麦人起步都晚，英国人从他们那里接过了许多至今还存在的术语，还接过了他们大吃大喝的阔绰古风。因为，一般说来，英国商船对待船员是很刻薄的，但英国捕鲸船却不是这样。因此，在英国人中间，捕鲸船上丰盛的吃喝这种现象既不正常又不自然，只是一种很偶然、很特殊的情况。所以，这种现象必然有它特殊的渊源，这种渊源就是这里所指出来的，以后还将做进一步的阐述。

我在研究捕鲸史时，偶然发现一本荷兰古书，从它那股霉臭的鲸味来看，肯定是本有关捕鲸船的书。书名是"Dan Coopman"，我断定这一定是捕鲸业中阿姆斯特丹一个桶匠珍贵的回忆录,因为每条捕鲸船都必须配备一名桶匠。等我看到是一个叫菲斯·斯瓦克哈姆玛[①]的人写的,就更加肯定了这一看法。但是,等我把这本书交给我的朋友斯诺黑特博士,一个很有学问的人,是山大·克劳斯大学和圣波特大学的低地荷兰语及高地德语的教授,请他翻译,并送给他一盒鲸油蜡烛作为酬谢。他一看书名,就对我说,"Dan Cooper"的意思不是"桶匠",而是"商人"。总之,这本用低地荷兰语写的古代学术著作讲的是荷兰的商业,其中也有一篇饶有趣味的关于荷兰捕鲸业的报道。在这章标题为"斯米尔"或"油脂"的内容中,我发现了一份很长的详细清单,记载了180艘荷兰捕鲸船食品库和酒窖中所配备的实物。那份清单,经斯诺黑特博士翻译后,今抄录其中部分如下:

牛肉	40万磅
佛里斯兰猪肉	6万磅
鳕鱼干等	15万磅
硬面包	55万磅
软面包	72000磅
黄油	2800小桶[②]
泰克塞尔和来顿干酪	20000磅
干酪(大概是次等品)	144000磅
杜松子酒	550安克[③]
啤酒	10800桶

大多数统计表看起来格外枯燥乏味;此表却不然,因为大桶小桶瓶瓶罐罐装得满满的佳肴美酒,简直看得人眼花缭乱。

---

① 斯瓦克哈姆玛(Swackhammer),意译为"用榔头重击"。
② 小桶(firkin),容量为8~9磅。
③ 安克(anker),荷兰容量名,约10加仑。

当时，我整整三天专心致志地消化这些啤酒、牛肉和面包，顺便也生出了许多深邃的想法，称得上是先验论和柏拉图学派的应用。而且，我还进一步补充了一些我自己编制的表，涉及每个荷兰标枪手先前在格陵兰和斯匹次卑尔根群岛捕鲸业中所消耗的鳕鱼干等的数量。首先，所消耗的黄油及泰克塞尔和来顿干酪的数量似乎就很惊人。不过，我认为这是他们天性爱好油腻所致，他们所从事的行业更加强了这种天性，特别是他们得在酷寒的北极海域，在爱斯基摩人住地的沿海一带追捕猎物。那些快活的土著就是用满杯的鲸油来祝愿干杯的。

啤酒的数量也很大，10800桶。由于北极捕鲸只能在那个地区短暂的夏季中进行，所以一艘荷兰捕鲸船整个的巡游时间，包括往返斯匹次卑尔根群岛短暂的航程在内，只有三个月零几天。比方说，180条船按每船30人计算，那么，总共是5400名荷兰捕鲸人。因此，正好合每人两桶啤酒，每人12个星期的定量，还不包括那550安克杜松子酒摊到每人名下相当可观的一份。那么，这些可想而知，给杜松子酒和啤酒灌得迷迷瞪瞪的标枪手，是不是适合站在小艇头上，瞄得中那些游得飞快的大鲸呢？这似乎不大适合。然而，他们硬是瞄得准准的，并且投中了目标。不过，应当记住的是，这是在极北的地区，啤酒只会加强他们的体质。要是在赤道上，在我们的南海捕鲸作业中，啤酒只会使标枪手在桅顶上昏昏欲睡，在小艇中烂醉如泥，从而使南塔开特和新贝德福蒙受惨重的损失。

不过，到此为止，所说的已经足以表明，两三百年前的荷兰捕鲸人是些生活很奢侈的人，足以表明英国捕鲸人并没有忽略这样卓越的榜样。因为，据说他们在空船巡游时，如果弄不到什么更好的东西，至少也要弄一顿像样的吃喝。于是，玻璃酒瓶倒空了。

第一〇二章　在阿萨息斯的树荫处

到目前为止，我在描述抹香鲸时，偏重于它外表的许多奇迹，或者孤立地着重谈它某些内部结构的特点。但为了对它有一个广泛而透彻的了解，我现在应该进一步解开它的纽扣，松开它紧身裤上的饰带，解下它的袜带，拆开它体内最深处骨头上的榫眼和搭扣，让它把自己的一切全部公开。就是说，让它把骨架一览无余地全部露出来。

但是，现在怎样着手呢？以实玛利，你，在捕鲸业中只不过是个微不足道的桨手而已，怎么对大鲸的内部结构竟了如指掌呢？难道万事通的斯塔布登上绞盘，给你讲解过鲸类动物的解剖学？用绞车吊起一根肋骨做标本让你观察过？你自己解释一下吧，以实玛利。你能像厨子把烤猪搁到盘子里似的把一条健壮的大鲸弄到甲板上来检验一番吗？肯定不能。你一直是个现场目击者，以实玛利。不过，你得留神，这大大侵犯了约拿独享的特权：那谈论构成大鲸骨架的托梁和桁条、椽子、正梁、地梁和支柱等等部件，以及它大肚子里很可能有的脂油桶、牛奶棚、食品库、干酪厂等的特权。

我承认，继约拿之后，极少有捕鲸人钻到一条成年大鲸皮肤下面很深很深的地方去过。然而，我却有幸解剖过一条小鲸。在一条我受雇的船上，曾经把一条抹香鲸崽子吊上甲板，好取它的鳔做标枪倒钩和鱼枪头的鞘套。你想我会放过那个机会，不使用船斧和折刀把它剖开，好好观察一番这小崽鲸整个的内部结构？

至于我对充分发育成长的大鲸的骨骼方面准确的知识，这难得的知识得归功于我那位已故的王室朋友托朗郭,他曾是托朗魁的国王,阿萨息斯王朝的一员。因为多年前,我供职于阿尔及尔的商船"德伊"号时,到过托朗魁,曾应托朗魁国王之邀,到他在蒲贝拉的幽静的棕榈别墅里度过几天阿萨息斯王朝的假日。那是个海滨幽谷,离他的首都,我们的水手称之为"竹城"的地方,并不太远。

我这位王室朋友托朗郭,除了许多其他的高尚品质之外,还生来酷爱一切野性十足的艺术品,凡是他属下的能工巧匠所创造的珍品都给他集中到蒲贝拉来了。主要是一些绝妙的小件木雕、细雕细刻的贝壳、镶嵌精巧的枪矛、贵重的木桨、芳香的独木舟。所有这些珍品都散置在那进贡的海浪为他送上岸来的许多天然珍物之间。

天然珍物中最主要的是一条大抹香鲸,那是在刮了格外久的狂风之后,死了搁浅在海滩上的。它头顶着一棵椰子树,椰子树羽毛状下垂的叶丛就像是它翠绿色的喷水一般。等它庞大的身躯上五六英尺厚的皮肉终于全部剥光,骨骼在阳光下晒得干干的,还落上了一层尘土,整个骨架就被小心地运送到蒲贝拉幽谷,许多气派十足的棕榈树像座雄伟的大庙荫蔽着它。

它的肋骨和战利品挂在一起;它那一节节的椎骨则用古怪的象形文字刻上了阿萨息斯王朝的年表;它的脑壳里,祭司们点燃了一盏芬芳的长明灯,这样,它那神秘的头颅又重新喷出了烟雾;它可怕的下颚则悬挂在大树枝上,在善男信女的头上颤动,就像那把用一根头发吊在达摩克利斯头上吓得他浑身发抖的利剑一般。

那真是奇观。树林绿得像冰谷里的苔藓;一棵棵树傲然挺立,洋溢着勃勃生机;树下辛勤的大地像一架织机,织的是一幅华丽的地毯,匍匐在地上的葡萄藤卷须是它的经纬线,朵朵鲜花是它的图案。所有的树连带果实累累的树枝,所有的灌木丛、羊齿丛和如茵的绿草,这一切在传递信息的和风轻拂下,都不停地翩翩起舞。那圆圆的太阳,透过交叉的树叶,宛如一只飞梭,在不停地织着那幅活的风景挂毯。啊,忙碌的织工!不见身影的织工!——请停一停!——听我说一句话！——织好了往哪儿送？它会去装饰什么宫殿？干吗要这么劳作不息？说呀，织工！手停一停！——就和你说一句话！不——梭子照样飞——图案照样浮现在织机上，地毯像奔流不息的河水不停地从织机上滑走。纺织之神，他在不停地织。织机声把他震聋了，他再也听不到凡人的声音。织机的嗡嗡声也把我们这些目不转睛地瞧着织机的人震聋了，我们只有躲开它，才能听到透过织机传来的万千声音。甚至所有的生产厂里都是这样。在锭子飞转的厂房里听不见的说话声，从打开的窗户飞出去，却可以在墙外听得清清楚楚。因此，坏事会让人发现。啊，人啊！可得小心啊，因为在这个世界大织机的一片嘈杂声中，你最隐蔽的思想同样可能老远地被人偷听去。

话说回来，在阿萨息斯树林里那运转不息的绿色织机中，那备受崇敬的巨大的白色骷髅架懒洋洋地躺着——一个大懒汉！然而，由于那绿色的经纬线老在它周围一起一落地交织着，发出嗡嗡声，弄得这个大懒汉就像是那个老练的织工。它自己浑身织满了葡萄藤，一月不同一月地显得越发蓬勃青葱，可它自己仍是一具骷髅架。生命裹住了死亡，死亡支撑起生命，严酷的神和年轻的生命相结合，从而给他生下了满头鬈发的漂亮的小宝贝们。

当时，我跟托朗郭国王一道去参观了这条令人惊奇的大鲸，看到了那兼作祭坛的脑壳，和从前真正的喷水处升起的人工烟雾。我觉得非常奇怪，这位国王竟把一个小教堂看作一件艺术品了。他笑了起来。但是，等我听到祭司们赌咒发誓说它那雾蒙蒙的喷烟是真的，我就更加奇怪了。我在这个大骷髅架前踱来踱去——撩开葡萄藤——从肋骨间挤了进去——手里拿着个阿萨息斯的麻线团，在它那许多曲折、荫蔽的柱廊和棚架之间转来转去地溜达了好大工夫。但不久我的麻线放完了，就循着原路打转，又从我进来的口子里钻出去。我在里面没有看到什么生物，除了骨头，什么都没有。

我砍了根碧绿的量竹，又一头钻进了那具骷髅架。那些祭司从骷髅头矢状合缝处的裂口看到了我在量最末一根肋骨的长度。

"哎哟！"他们都嚷了起来，"你竟敢量我们这个神！那是我们的事。""哦，祭司们——好的，那你们量着是多长？"但是，在这长度的尺寸上，他们展开了一场激烈的争论，彼此用量尺敲对方的脑袋——那大骷髅头也跟着发出了回声——我则抓住这大好时机，赶紧量好了尺寸。

我现在准备把这些量来的尺寸请你们过目。不过，首先请记住，在这件事上，这尺寸是不能随我高兴，信口开河，乱说一气的。因为有的是鲸骷髅权威，你可以去请教他们，看我说的是不是准确。据说，在英国的一个捕鲸港赫尔，有个大鲸博物馆，里面有几条脊鳍鲸和其他鲸精致的标本。同样，据说在新罕布什尔州的曼彻斯特博物馆里，有为所有主们称为"美国仅有的一个完美的格陵兰鲸或者河鲸的标本"。此外，在英国的约克郡一个叫伯顿·康斯特布尔的地方，有位克利福德·康斯特布尔爵士拥有一条抹香鲸的骨架，不过只是条中等大小的，绝对比不上我的朋友托朗郭国王那条长得十分健壮的庞然大物。

就这二者的情况而言，这两条后来只剩下骨架的搁浅的鲸，原先都是基于类似的理由而被它们的主人据为已有的。托朗郭国王是因为想得到它便把它充公；克利福德爵士呢，则因为他是当地的领主。克利福德的那具鲸骨架完全用枢轴连接起来了；这样一来，它就像一只巨大的五屉柜，它那些骨洞都可开关自如——可以摊开它的肋骨，像一把巨大的扇子——还可以整天在它的下颚上荡来摆去。有些活门和百叶窗还上了锁，一个仆役腰间挂着一串钥匙，会带领参观者到处看看。克利福德爵士还想到要收费：瞧瞧脊柱里传声廊的收费二便士；听听小脑洞里回声的，收费三便士；站在它前额上做一次无与伦比的总体观的，收费六便士。

我现在准备写下来的这骨架的尺寸是一字不差地从我的右臂上照抄下来的，我把尺寸刺在那上面，因为在我以四海为家的那段时期，实在没有其他更妥善的办法来保存这么珍贵的统计数字。不过，由于身上可以刺字的地方有限,而且我还想把身体的其他部位为我当时正在构思的一首诗留出一点儿地方来——至少在还没有刺字的部位挤出一小块地方——我就把那几英寸几英寸的零头都略掉了。实际上,几英寸几英寸的零头对一条大鲸来说也完全无足轻重。

第一〇三章　鲸骨架的尺寸

首先，我想特别就这条大鲸活的躯体做一个简单的说明，然后简明地展示它的骨架。这样一个说明在这里可能会很有帮助。

根据我仔细计算的结果，也参考了斯哥斯比船长的估计，一条60英尺长特大型的格陵兰鲸，重量为70吨，一条最大的抹香鲸，身长在85英尺到90英尺，腰围将近40英尺的，至少重达90吨。如以13人合1吨计，它的体重便大大超过了一个有1100个居民的村子人口的总重量。

那么，在陆地人的想象中，这种大鲸应该有像一对套在一起的耕牛那么大的脑子，它才动得起来，这种看法不是很自然吗？

我已经用各种方式向你介绍过它的脑壳、喷孔、嘴、牙齿、尾巴、前额、鳍，以及若干其他部分，现在只准备指出它完整的骨骼总体中最有趣的东西。不过，由于这巨大的脑壳在整个骨架中占很大的比例，且又是最复杂的部分，并且不准备再在本章中有所涉及，所以你必须把它记在心头，或者夹在腋下，否则你对我们将要观察的总体结构就不会有个完整的概念。

托朗郭的那具抹香鲸骨架长72英尺，如果把它完全恢复到生前的肉身模样，它肯定有90英尺长。因为就大鲸而言，它的骨架比它原来的身躯大约要短五分之一。而在这72英尺长的骨架中，脑壳和嘴巴占去了约20英尺，剩下约50英尺全是脊骨。附着在这根脊骨上将近脊骨全长三分之一的，是那曾经裹住它的内脏的肋骨大圆筐。

在我看来，这个肋骨围拱的大胸腔，连带那由此成一条直线远远地引申开去的又长又平的脊骨，只消再插上20来根光秃秃的弓形肋材，便很像搁在造船架上一条新造大船的船壳。否则，那龙骨就会暂时只不过是一根长长的、不相连接的木头。

肋骨是每边十根。从颈部数过来，第一根将近六英尺长；第二、第三、第四根，一根比一根长；到第五根，或者说中间的一根，则到了顶峰，有八英尺零几英寸长；从那一根往下，则越来越短，到第十根，也就是最后一根，就只有五英尺零几英寸长了。就总的粗细来说，都跟它们的长度成相称的比例。中间的几根弯得最厉害。在阿萨息斯有些地方用它们作横木，搭起过小河的小桥。

在掂量这些肋骨时，我不禁重新想起本书中多次提到这一情况，即鲸的骨架绝不是它原先皮肉俱在时的身体模样。托朗郭那条鲸最大的肋骨，也就是中间的一根，在活鲸身上所处的部位正是鲸身上最厚的地方。而这条鲸原先的身躯最厚的地方至少有16英尺，可是，处于相应部位的这根肋骨长度却只有八英尺挂零。所以，这根肋骨仅仅是活鲸身上那个部位长度的一半而已。此外，看来看去，我如今看到的只是一根光秃秃的脊骨，原先却裹有由血肉和内脏组成的若干吨重的躯体。还有，原先那丰满的鳍，我在这里看到的却只是几根凌乱的骨节；而原先那很有分量且威风凛凛但没有骨头的尾叶，如今干脆渺无踪影！

于是，我想到，那些胆小的没有出过远门的人，只凭反复研究躺在这个安静树林里的这具了无生气、面目全非的鲸骨架，就想正确地了解这条令人叹为观止的大鲸，该是多么自欺欺人而又愚蠢。不。只有在千钧一发的危急关头，只有在它那愤怒的尾叶搅起的大旋涡里，只有在深不可测无边无际的大海上，你才能对这活生生的大鲸真正有所认识。

但是，这脊骨，对于它，我们所能想到的最好的办法是，用一架起重机把它的骨头高高地叠起来。那可不是一蹴而就的事。不过，一旦完工,就很像是庞贝大柱①了。

  脊椎骨总共有40多节,不是在骨架上一节套一节地连锁在一起。它们大多像哥特式尖塔上的圆疙瘩大木头一般躺着,形成一排排笨重结实的石造建筑。最大的那一节,即中间的一节,还不到3英尺阔,却有4英尺多厚。最小的那一节,即整个脊骨越来越细跟尾巴相连的那一节,只有2英寸阔,看上去有点儿跟一只白色的台球相仿。他们告诉我还有几节更小的,被吃人肉的小顽童——祭司们的孩子偷去玩弹子游戏弄丢了。这样,我们就看到,即使是世界上最雄伟的生物的脊骨也会依次递缩,终至落到成为无知小孩玩物的地步。

---

① 庞贝大柱(Pompey's Pillar),竖立于埃及亚历山大港之圆柱,高近百英尺,为纪念罗马达奥克利兴(284—305)于296年征服该港而建。可能是旅游者昧于史实而误称此名。

第一〇四章 化石鲸

大鲸以它巨大无比的身躯提供了一个最宜于大肆发挥、全面阐述的题材。你想压缩也压缩不了。理所当然地应该用特大号的对开本来处理它才行。用不着再提它从喷孔到尾巴有多少浪①，它的腰围有多少码，只需想想它那巨大的盘来绕去的肠子，像盘卷在军舰最下层甲板里的锚链和缆索就行了。

既然我自愿来全面阐述这条大鲸，就应该证明自己在这件艰巨任务上无所不知地穷尽了各个方面，既不放过它血液中最细微的病原菌，又要探索到它最后一盘肠子。关于它的身体表面和内部组织的特点，我大致都已经谈到了，现在着重从考古学的、化石的和原始的角度来谈，这样一些煞有介事的提法，如果用之于大鲸以外的其他任何生物——诸如蚂蚁或者跳蚤——完全可以认为是不切实际地过分夸大其词。可是，对象是大鲸，情况就完全不同了。对这一冒昧之举，我不得不动用词典中分量最重的词汇来勉为其难。应该在这里先说明一下，每逢我在论述过程中要查找一个合适的词时，我总是去查专为这一目的买来的约翰逊博士编著的大四开本词典，因为这位著名的词典编纂者奇肥的身躯使他更适合于编出一本供我这样的大鲸作者使用的词典。

常听说作家们给他们笔下的事物大事渲染。虽然那看起来也许

---

① 浪（furlong），英国长度单位，合八分之一英里。

很平常，可又该怎样来写这条大鲸呢？我总不自觉地把字写得跟招牌上的字一般大。给我一支秃鹰羽管笔吧！把维苏威火山口给我做墨水瓶！把住我的胳臂吧，朋友们！因为我一提起笔来写我关于这条大鲸的种种想法时，便觉得劳累不堪，头昏脑涨，因为这些想法远远超出了我的理解范围，仿佛包括了科学的各个分支，过去、现在和未来世世代代的鲸类、人类和乳齿象类以及地球上不停地改朝换代的帝国全貌，贯穿整个宇宙，连它的近邻也不排除。一个博大丰富的题材的特点就是这样包罗万象！我们要把它写得跟它的躯体一般大！要写出一本巨著，就必须选择一个大题材。以跳蚤为题材是绝不可能写出任何经得起时间考验的巨著来的，尽管有很多人做过这样的尝试。

在着手探讨化石鲸这个话题之前，我以下述的说明作为我够得上一名地质学家的凭证。我有段时间，干过好多杂活，做过石匠，做过挖掘沟渠、运河、水井、酒窖及水槽等工程的头头。同样，作为开场白，我想提醒读者，在早期地质层中发现的化石巨兽现在差不多都绝迹了；随后在所谓第三纪形成物中发现的残遗体，似乎是介于史前生物与那些其遥远的后代据说进入了方舟的生物之间，或者无论如何也是二者相交的环节；迄今所发现的所有的化石鲸都属于第三纪，那是表层地岩形成之前的最后一个时期。虽然那些化石鲸没有一个和现存的任何已知的鲸类完全吻合，然而它们和现代鲸的大致相似，已经足以证明它们可以归入鲸类动物化石之列。

亚当以前大鲸的不完整的化石，它们的骨头和骨架的残片，在过去30年中，陆陆续续在下列地区有所发现：阿尔卑斯山麓，伦巴底，法国，英格兰，苏格兰，美国的路易斯安那州、密西西比州及亚拉巴马州。这些残遗体中最为稀奇的是一块头骨，那是1779年从巴黎多芬纳街（一条差不多直接通向杜依勒利宫的短街）发掘出来的，再就是在拿破仑时代，在挖安特卫普大码头时发掘出的一些鲸骨。居维叶宣称这些残片属于一种尚完全不为人所知的鲸。

但是，所有的鲸类动物残遗物中最令人惊奇的是1842年在亚拉巴马州的克雷法官种植园发现的一具已经绝种的巨兽几乎完整的巨大骨架。附近敬畏至极的老实巴交的黑奴把它当作是天上掉下来的天使的骨骸。亚拉巴马州的医生们认定它是一种巨大的爬行动物，把它命名为巴西洛梭鲁斯。但是，后来把它的一些骨头作为标本，跨过大西洋，送到英国解剖学家欧文那里，发现这所谓的爬行动物原来是一条鲸，不过这个种类的鲸早已绝迹了。这是本书中反复提到的事实的一个重要例证，即鲸的骨架并没有提供多少可据以认出其本来面目的线索。因此，欧文又重新命名这一巨兽为宙格洛东，并在伦敦地质学会上宣读的论文中宣称，这实际上是由于地球的变迁而灭绝了的一种非凡的动物。

当我置身于这些大鲸的骨架、脑壳、长牙、嘴巴、肋骨和椎骨中时，发现它们既带有和现存品种的海中巨兽相似的特征，同时又和它们老得无从查考的先辈，那些早已灭绝的史前大鲸，有相似之处。我仿佛被一阵洪水冲回到那个难以想象的时期，那个时间本身还说不上已经开始的时期，因为时间是随着人类的出现开始的。这时，一片灰蒙蒙浑浊世界的土星在我头上滚动，我颤抖地模模糊糊地朝永恒的北极天地溜了几眼，只见一个个楔形棱堡似的冰山紧压着现在的所谓热带地区。在这整个世界25000英里的圆周中，一小片可以住人的地方都看不见。那时整个世界是大鲸的世界。作为万物之王，它沿安第斯山脉和喜马拉雅山脉的航线留下了尾波。谁拿得出像大鲸这样的生物的家谱来呢？亚哈[①]标枪上的血比法老标枪上的滴得更早，玛土撒拉[②]就像个小学生。我举目四顾，想和闪[③]握握手。这种摩西以前的、从无穷的时间起就存在的大鲸难以言喻的恐怖把我吓坏了，它既然在有人类之前早就存在，在人类灭绝之后肯定还会继续存在下去。

但是，这种大鲸不仅在大自然的印版上留下了亚当以前的踪迹，

---

① 亚哈，指以色列王亚哈（公元前875—前853）。
② 玛土撒拉，活了969岁。见《圣经·旧约·创世记》第五章。
③ 闪，挪亚的长子。见《圣经·旧约·创世记》第五章。

在石灰石和泥土中留下了它古老的半身像,而且在埃及人的书板上(这种书板的古老程度似乎具备了被称为化石的资格),我们还准确无误地发现了它的鳍印。大约50年前,在丹德拉大庙的一个房间里,花岗岩的天花板上发现一幅雕好着色的星座一览图,上面满是半人半马的怪物、鹫头飞狮和海豚,跟现代人的天球仪上奇形怪状的图案很相似。星座一览图上的那些生物中间,就有我们熟识的大鲸在游动。所罗门还穿开裆裤的时候,它就已经在那里游了若干个世纪。

大鲸的古老,还有另一个很奇特的证据也不应该忽略,就是它自己在挪亚洪水之后留下的实实在在的骨头。这个证据是巴伯利的老旅行家,可敬的约翰·里奥提供的。

"离海边不远,有座古庙,庙的椽子和横梁都是鲸骨做的,因为特大的死鲸经常给冲上岸来。当地土人猜想是上天赋予了这座大庙一种神秘的力量,因此鲸一经过这里无不立即死亡。但事实的真相是,在庙的两旁都有暗礁伸入海中两英里之遥,大鲸偶尔来到这里便会撞伤。庙里有一根长得难以置信的肋骨作为奇迹保存下来,它立放在地上,中凸部分高高地拱起。它的顶端,人站在骆驼背上也够不着。这根肋骨(据约翰·里奥说)在我看到之前,已经在这庙里待了一百年了。当地的历史学家们断言,有个给穆罕默德做过预言的先知就是从这座庙里出去的,其中有些则毫不犹豫地断定,先知约拿就是给这条鲸吐在庙脚下的。

亲爱的读者,你就在这座北非古庙里陪大鲸多待一会儿吧。要是你是南塔开特人,又是个捕鲸人,你会对这根肋骨默默地膜拜一番的。

第一○五章 鲸的庞大身躯会缩小吗？

它会绝种吗？

既然这种大海兽摇摇晃晃地从时间的源头来到了我们眼前，也许可以适当地打听一下，在它世代递嬗的漫长过程中，它先辈原先的身躯是否有所退化。但是，一查看之下，就发现大鲸今天的身躯不仅远远大于那些化石残骸属于第三纪（包括人类出现之前的一个独特的地质时期）的鲸，而且就是同属于第三纪的鲸，后期的也比早期的来得大。

到目前为止，所有已发掘的亚当以前的大鲸中，最大的得数上一章提到的亚拉巴马州那一条，可它的骨架长度还不到70英尺。然而，我们已经看到，现代一条大型鲸的骨架，用卷尺一量，有72英尺长。我还听到捕鲸人说，好些捕获到的抹香鲸，刚被捕获时，身长将近100英尺。

今天的鲸在身躯上虽然超过以前所有地质时期的鲸，自从亚当时代以来，它们是否退化了呢？

但假如我们相信像普利尼那样一些先生以及古代所有的博物学家的说法的话，那我们就只好下肯定的结论了。因为普利尼告诉我们说，活鲸的身躯有好几亩大。阿德罗凡提则说，有些鲸长达800英尺——制索厂和泰晤士河隧道一般的鲸！甚至在班克斯·棱兰德和库克等博物学家的时代，我们还发现科学院一位丹麦院士写道，某些冰岛鲸（列丹—西斯库或者叫皱腹鲸）有120码长，就是说，长达360英尺。还有法国博物学家拉塞佩德,在他那本严肃认真的大鲸史中,一开头(第三页)就写道,露脊鲸有100米长,合328英尺。而这部著作还是近至1825年出版的哩。

但是,会有哪个捕鲸人相信这些说法呢?没有。今天的鲸跟它在普利尼时代的鲸一般大。我要是到普利尼那里去的话,我,作为一个捕鲸人(这一点比他强),一定会坦率地跟他这样说。因为我不能理解那怎么可能,既然在普利尼出生之前就已经埋葬了几千年的埃及木乃伊,在棺材里量起来,身高还赶不上一个脱了鞋子的现代肯塔基人;既然刻在埃及和尼尼微的最古老的书板上的牛及其他动物,就它们所刻的相对的比例来说,正好清楚不过地证明了,斯密斯非尔德纯种的、关起来养肥的、得奖的牛,不仅在身躯上和法老最肥的牛相等,而且还远远超过;面对这一切,我绝不承认,在所有的动物中,唯独鲸居然就退化了。

不过,仍然有一件事要弄明白,一件经常让比较深沉的南塔开特人争论得面红耳赤的事,大鲸能长期忍受这样大面积的追击,这样无情的屠戮吗?是不是注定要从海洋上绝迹?而最后一条鲸,就像最后一个人吸完最后一袋烟,就随着最后一缕青烟消失了呢?

试以长有背峰的鲸群和长有背峰的野牛群作个对比。不到40年前,成千上万的野牛曾遍布伊利诺伊州和密苏里州的大草原,抖动刚劲的鬃毛,皱起雷霆万钧一触即发的前额,怒视过人口稠密的河边都市的所在地,如今,那儿的地皮,殷勤的代理商要卖你100块钱一英尺。对比之下,似乎会得出一个无可争辩的论据,表明这些被追捕的大鲸现在已逃脱不了迅速覆灭的下场了。

不过,你应该从各个角度来看这个问题。虽然在很短一个时期以前——这个时期还没有一个正常人的寿命长——伊利诺伊州野牛普查的数字超过了现在伦敦人口普查的数字,虽然今天整个伊利诺伊州连一只野牛角或野牛蹄都见不着,虽然这种难以想象的灭绝是人类的枪矛造成的;但是,猎捕大鲸时远远不同的客观情况却断然否定了大鲸会落个如此不光彩的下场。40个人乘一艘船,出海捕鲸48个月,如果返航时能满载40条抹香鲸的油回去,那他们就谢天谢地,觉得自己干得很不错了,然而,过去加拿大和印第安猎人及西部捕猎手,在极西地区(那儿沉落的太阳正在升起)还是一片荒野的处女地的时候,他们穿着鹿皮靴,骑着马,而不是驾着船,以同等数目的人,干同样长的时间,那他们捕杀的野牛可不是40头,而是40000头,甚至更多。如果必要的话,这是可以用统计数字来说明的问题。

任何认为抹香鲸会逐渐灭绝的论点,例如,过去(比如说,18世纪后期)碰到鲸群比起现在来,次数要多得多,因而每艘船的航期就不要那么长,自然也合算得多,这类论点似乎也不见得正确。因为,一如在其他场合已经看到的,那些鲸,从安全上着眼,现在都是一大群一大群地游过海面,所以早先那些放单的、成对的、三五成群的、三十五十一伙的鲸,现在都在很大程度上集结成一支支巨大的但相距很远的队伍,自然也就难得碰上。情况就是这样。还有一种看法是,因为所谓的须鲸不再光顾它们早年群集的许多渔场,因而认为它们也在逐渐消亡,这种看法似乎也同样是错误的。因为,它们只不过是从这个岬给驱赶到那个角而已。如果这一带沿海见不着它们的喷水而失去了生气,那么,另一带遥远的海滨一定已经为新近出现的这一罕见的奇观而惊动了。

而且,就上面最后提到的这些大鲸而言,它们还有两个坚固的堡垒,大概尽人类之所能,也是永远攻不破的。正如冷淡的瑞士人,在他们的谷地受到侵袭时便撤退到群山中去一般,须鲸在大草原和沼泽地般的海洋中央受到追捕时,最后也能撤退到它们的北极城堡中去,钻到最远的玻璃壁垒和围墙下面,在满是大块浮冰的冰原上冒出来,在这个永远是严冬、远离危险的天地里,公然藐视一切来自人类的追击。

但是,也许因为在捕杀的大鲸中,往往是50条须鲸与一条抹香鲸之比,水手舱中一些思想家就据此断定说,这种大杀戮已经使须鲸队伍严重减员了。虽然早些时候,在西北沿海一带,单是美国捕鲸船捕杀的须鲸,每年就不下13000条,然而,有些需考虑到的实际事实甚至使这种情况作为在这一问题上不利论据的意义大大减弱,或者根本不值一提了。

尽管对地球上巨大型生物之稠密颇为怀疑再自然不过,然而,我们对于果阿的历史学家哈托的话又该怎样看呢?他说,暹罗国王有一次出猎就捕获了4000头象,并说那些地方的象跟温带地方一般多。因此,如果这些象,几千年来一直受到塞密拉密斯、波拉斯、汉尼拔以及东方一个接一个的君主大肆猎捕——如果它们今天仍然大量存在的话,那就似乎没有理由怀疑,大鲸更能经受住来自四面八方长期的猎捕,因为它们有个可供漫游的大草原,那个大草原有整个亚洲、南北美洲、欧洲和非洲、新荷兰以及海洋中所有的岛屿加在一起的总面积的两倍大。

而且,我们还得考虑到,大鲸一般被看作长寿动物,可能活上100多岁,因此在任何一段时间里,必然明显地有几代成年鲸是同时代的。这是一种什么情景,我们很快就可以有些概念,只需想象一下所有的墓地、坟场和家族墓室中那些死了75年的男女老幼尸体全部复活,再把这支浩浩荡荡的队伍加上地球上现有的人口就行了。

因此,由于这种情况,我们认为大鲸,尽管作为个体会死亡,作为种类,却是永存的。它在大陆冒出水面之前就在一片汪洋中浮游,它曾在杜依勒利宫、温莎宫和克里姆林宫的所在地上游过。在大洪水中,挪亚的方舟它不屑一顾,即使这个世界再度洪水泛滥,像荷兰发大水那样,连老鼠都淹个精光,永存的大鲸照样会活下来,而且出现在赤道洪峰之上,喷出泡沫,朝天挑战。

第一〇六章 亚哈的腿

亚哈船长急忙跳下伦敦的"撒米耳·恩德比"号,并不是没有给他个人带来什么伤害。他这么使劲儿地突然跳落到他小艇的坐板上,使他的鲸骨腿受到了要裂开来似的猛然一震。登上自己大船的甲板,鲸骨腿又插进那只老钻孔后,他给舵手下一道紧急命令时(这个舵手总掌得不够稳定),又猛地一旋身,结果,那已经震得够呛的鲸骨腿,又加上这么突如其来的一拧一扭,骨腿虽然还是完整的,外表看来也挺结实,然而亚哈却觉得它有点儿靠不住了。

其实,这并不足为奇。亚哈尽管看来处处鲁莽之至,对支撑他半边身子的那根死骨头的状况却是密切注意的。因为就在"裴廓德"号从南塔开特出航之前不太久,有天晚上,有人发现他趴在地上,失去了知觉。不知道出了件什么外表上看不出来又猜不透的事故,他的鲸骨腿整个儿杵了出来,像桩子似的一击,差点儿扎穿了他的大腿沟,想尽了办法才算把那伤透了脑筋的伤口完全治好。

当时,他那偏执狂的心里也不是没有想到,他现在活受罪的所有的痛苦都只不过是先前那场灾难的直接后果。正如沼泽中最凶猛的毒蛇必然像丛林中歌喉最美的鸣禽一样,要使自己的家族永远延续下去,同样,所有的不幸,跟所有的幸福一模一样,自然而然地会孕育出同样的东西来。而且,还远不是一模一样,亚哈想道,因为悲伤远比欢乐源远流长。且别提这一点:由某些教会法规的教导得出的一个推论认为,尘世一些出乎本性的享乐在另一世界不会延续下去。而且,恰恰相反,紧跟着的将是与欢乐绝缘的灰心绝望,而一些罪孽深重的苦难却会在另一个世界将悲痛永远地繁衍下去。完全不用提这一点,因为把这个问题做进一步的分析,似乎还有另一种不能画等号的东西在。因为,亚哈想到,即使是尘世最高的幸福也难免隐藏有百无聊赖的卑微,而一切内心的痛苦,本质上,都隐藏有一种神秘的意义,在有些人身上,还隐藏有一种天使长般的伟大,他们辛勤的追求同样也没有否定得了那个明明白白的推论。追溯这些深重苦难的根源,最终会把我们卷到众神毫无来由的家务纠纷中去。因此,哪怕天天是喜洋洋的红火大太阳,夜夜是小钹般圆圆的中秋月,我们也必须承认这一点:众神也并不永远是快活的。人类额上那抹不掉的阴郁的黑斑胎记只不过是独立宣言上签字人忧思的标记。

这里无意中公开了一个秘密,本来可以照老办法早点儿就揭开那样也许更合适些。亚哈有好些地方总让人摸不透,其中之一是,为什么在"裴廓德"号出海前后他都有一段时间像个孤傲的大喇嘛避不见人?而且,在那段时间里,仿佛在死者的大理石元老院里找到了个无言的藏身处。皮勒船长为这事编造的理由根本站不住脚。实际上,凡是涉及亚哈的内心隐秘,所显示出来的一切只让人越发糊涂,而不是令人能从中见出点儿什么来。但是,到头来,还是真相大白,至少在这件事情上是如此。原来那次可怕的灾难就是他暂时避不见人的根由。而且不仅在船上是这样,连对他岸上那个越来越小、交往日疏的亲友圈子也是如此。不管怎么说,他们总应该不在戒备之列吧。对那个胆小的亲友圈子来说,上述灾难——实际上,郁郁不乐的亚哈未做任何说明——充满了恐怖,因为它完全是来自那个充满妖魔鬼怪与悲号哭泣的世界。所以他们出自对他的关切之情,都商量好极力捂住这件事,不让人知道。因此,过了好长一段时间以后,这事才在"裴廓德"号上传开来。

但是,这一切就算是如此,让天上那看不见的模棱两可的众神会议,或者那司惩罚的大小火神去决定跟不跟这凡间的亚哈打交道,在眼下这条腿的问题上，他却采取了明确的实际行动；——他喊木匠来。

等那木匠到他跟前，他就吩咐他马上动手做一只新腿，并指示三个副手负责供应他材料，从一路上攒下来的那些大大小小的颚骨（抹香鲸）中仔细挑选出最结实、纹理最清晰的来。吩咐完了之后，他让木匠当天晚上就把新腿做好，并配好所有的附件，那条已经靠不住了的鲸骨腿上的附件一概不用。而且还让把暂时搁在舱里不用的熔炉抬出来，要铁匠马上动手打出所需的零部件。

第一〇七章 木匠

如果你像苏丹一般坐在土星的卫星环侍之中，把高度分离的人类单个儿看，那人类看去就是个奇迹，很伟大，也有自己的苦恼。但是，从同样的角度，把人类作个整体来看，那他们绝大多数就是一群多余的复制品，古往今来概莫能外。但"裴廓德"号上的这个木匠，虽然非常卑微，又远不是高度分离的人类的一个典范，他却绝不是件什么复制品，所以，他现在亲自登台了。

他跟所有海船，特别是捕鲸船上的那些木匠一样，很有点儿触类旁通解决实际问题的本事，跟他自己那一行沾上点儿边的许多行业，他都同样拿得起来。有许多手艺都或多或少与作为辅助材料的木头有关，木匠这门手艺则是那许多手艺的古老而枝叶繁茂的主干。不过，"裴廓德"号的这个木匠除了对上述一般的提法当之无愧之外，还格外善于应付那些层出不穷、无以名之的习惯性的突然事件，那对一艘要在荒僻遥远的海洋上航行三四年的大船来说是经常的事。且不说要随时准备应付一些日常任务——修理破艇及裂桅断桁，改进桨叶笨拙的式样，在甲板上嵌装小圆盘厚玻璃，或者在舷板上安上新木栓，以及其他许多跟他的本行挨边搭界的杂活。他还善于迅速处理各种风马牛不相及的活，既富有成效，又不拘一格。

他扮演五花八门角色的唯一大舞台，便是他的老虎钳工作台。那是一张粗糙笨重的长桌，装备有几套大小不一的老虎钳，有铁打的，也有木制的。一年到头，除了船旁系有大鲸时以外，这张工作台总是牢牢地捆住，紧贴炼油间后壁横摆着。

　　要是一根缠索栓大了点儿，插到栓孔里去时很费劲，这木匠便随手把它卡在老虎钳里，把它锉小一点儿。要是岸上一只羽毛奇特的鸟迷了路闯到船上来给逮住了，这木匠就用露脊鲸骨削得光溜溜的做直杆，用抹香鲸牙做横桁，给它做个宝塔形的笼子。赶上一个桨手扭伤了手腕，这木匠就给他配好止痛药水。斯塔布很想把所有的桨叶都漆上朱红色的星星，这木匠便把一支支桨拧紧在那套木制的大老虎钳里，给均匀地漆上了星星。有个水手喜欢戴鲨鱼骨耳环，这木匠就给他耳朵上钻孔。还有个水手牙痛，这木匠就拿出把钳子，一只手拍拍工作台，让他坐到那里；可是手术还没做完，这可怜的家伙已经痛得乱弹乱动，按都按不住了；这木匠摇着木制老虎钳的手柄，示意他把下巴搁进去，要是他想让他替他拔牙的话。

　　就这样，这木匠无论干什么都拿得起，而且都是漫不经心、满不在乎的样子。他把牙齿看作小片骨头，把脑袋看作顶上的部件，把人本身轻描淡写地看作绞盘。像他这样在许多方面都各有建树，手艺又出神入化，似乎应该足以证明他聪明绝顶。但也不尽然。因为，这个人身上最显著之处似乎莫过于那种不为个人情感所左右的迟钝。我说，不为个人情感所左右，是因为他这种迟钝和周围的万事万物融合无间，似乎已经和整个现实世界那种可以觉察得出的普遍的迟钝合而为一了。这种迟钝，尽管不停地以各种各样的方式表现得非常活跃，却始终无动于衷，并且哪怕你在给大教堂挖地基，也满不把你放在眼里。他身上这种迟钝还处处显得冷漠无情——然而这种迟钝有时也出人意料地为他那种洪荒时代的老掉牙的幽默冲淡了，其中还时而夹杂有一种老年人的机智。在挪亚方舟古老的船首楼里值夜班时，这倒还是满可以消遣时光的。难道这个老木匠曾经长期漂泊在外，在人间滚来滚去，不仅没有积得一身苔藓，甚至连原来可能附在身上的小小棱角都给磨掉了吗？他是个剥得精光的抽象体，一个没有零头的整数，不开窍有如新生的婴儿，今生与来世概不考虑地活着。你满可以说他这种不开窍的性格有点儿蠢里蠢气，因为他干起各式各样的手艺活来，似乎与其说是凭理智或本能，或者只因为他拜师学过艺，或者以上三种成分都有，比重或等或不等，还不如说是一种不闻不问、自发的实事求是的过程而已。他纯粹是个手艺人，他的头脑，假如说他有过头脑的话，肯定早就顺流而下渗透到他的十个手指头里去了。他像是英国设菲尔德出的那种"麻雀虽小，五脏齐全"的奇巧的制作物，设计不合情理，但很管用，外表——虽然还稍微大一点儿——像把普通的小折刀，但里面不仅有各种型号的刀头，还有改锥、螺丝锥、镊子、锥子、鹅毛笔、尺子、指甲锉、埋头钻。要是上头想把这木匠当改锥使，只需打开他那一部分，就可以把螺丝拧得紧紧的；要是想把他当镊子用，抓起他的两条腿就成了。

然而，一如前面已经提到的，这个万能工具似的、开合自如的木匠毕竟不光是一部自动化的机器。如果他没有一个普通人的灵魂，那他总有某种微妙的东西在起着灵魂的作用。那东西究竟是什么，是水银精，还是几滴氨水，那就不得而知了。但是，确实有这么个东西在那里，而且已经在那里至少待了60年了。这东西也就是他身上那难以解释的机灵的生命要素。就是这东西使他老在自言自语，不过只是像一只不按常规设计因而老发出嗡嗡声的轮子。或者还不如说，他的躯壳是个岗亭，这个自言自语者则在里面站岗，并且老在跟自己说话，以免睡着了。

第一〇八章 亚哈和木匠

甲板上——头更。

（木匠站在老虎钳工作台边，两只灯笼照着，正在忙碌地锉着骨腿上用的小梁骨。这块骨头已经牢牢地固定在老虎钳上。一块块骨头、一根根皮带、衬垫、螺丝和各式各样的工具摊在工作台上。前边，熔炉火光熊熊，铁匠正在干活。）

可恶的锉子，可恶的骨头！该软的偏偏硬，该硬的偏偏又软。算了吧，哪个锉硬邦邦的颚骨和胫骨。换一块吧。哦，对啦，这块就好多了（打喷嚏）。嗨，这块骨头锉起来真（打喷嚏）——嘿，真（打喷嚏）——这灰还真（打喷嚏）——哎呀，它硬不让我说话！这就是老家伙跟这种死木头打交道的好处。要是锯一棵活树，就不会有这种灰了；锯断一根新鲜骨头，也不会有这种灰（打喷嚏）。喂，喂，烟老头，喂，帮帮忙，快把铁箍和带扣螺丝打好，我等着用啦。还算走运（打喷嚏），不用做膝关节。那会有点儿费事。好在只要做根胫骨——那就跟做跳杆一般容易了，只是我想把它好好抛光一下。时间，时间。只要给我时间，我就能给他做出一条灵巧的腿来（打喷嚏），照样能在客厅里向太太小姐们行那种右脚向后退一下的鞠躬礼。我在橱窗里看到的那些鹿皮腿和小牛皮腿，休想跟这条腿比。那些腿吸水，真吸。自然就会得风湿病，还得去看大夫（打喷嚏）。用药水擦洗，就像对待真腿一样。哦，在下锯之前，我得去找一下老船长，看看长短合适不。只怕会短了点儿，我看。哈！那是脚后跟响。真巧，他过来了。要不就是别人，反正有人过来了。

亚哈（正走过来）

（在下一场里，木匠仍不时打喷嚏。）

弄好啦，造人师傅！

来得正是时候，先生。劳您船长驾，我现在要定长短了。让我量一下，先生。

量腿！很好。行，反正也不是头一回啦。量吧！喂，把手指撤上去。你这里倒有一把很管用的轧钳，木匠，让我试试它的夹劲儿看看。唔，唔，夹起来还很有点劲儿哩。

啊，先生，骨头都夹得断哩——小心，小心！

有什么可怕的。我就喜欢夹劲儿大。在这个滑溜溜的世界上，你什么都抓不住。我正想体验体验看有什么东西能帮我抓住，老兄。普罗米修斯在那里干什么啦？——我说的是那铁匠——他在那里干什么？

一定是在那里打带扣螺丝，先生。

对，这是通力合作，他提供筋腱部分。他那炉火烧得好旺啊！

是呀，干这种精细活没有高温不行。

嗯——嗯。他是非得有高温不行。我现在还真觉得这事意味深长，那个古希腊人普罗米修斯。据说是他创造了人类，一定做过铁匠，这才使人类火气十足，因为凡属从火里来的当然都得回到火里去，因而下地狱是完全可能的。那煤烟飞得好高啊！那一定是那个希腊人造完非洲人后剩下来的。木匠，等他打好了带扣螺丝之后，要他打一副钢肩胛骨。船上有个小贩货担太沉了。

先生？

等一下。趁普罗米修斯正忙着,我要按照理想的模样定做一个四肢齐全的人。首先,要有50英尺高;其次,胸膛要仿照泰晤士河隧道的式样;再次,双腿要生根,固定在一个地方;再就是胳臂,一直到手腕,3英尺长;心完全不要,前额要铜打的,出色的大脑要占四分之一亩;我再想想——要不要向外瞧的眼睛呢?不要,只在头顶上开个天窗,让光线进去就行了。好啦,拿着这张订单,去吧。

嗨,他在说些什么,跟谁说?真把我弄糊涂了。我还待在这里吗?

只有差劲儿的建筑物才弄个不透光的圆顶,这儿就是一个。不,不,不,我得有个灯笼。

嚯,嚯!对啦,嘿?这儿有两个,先生,我有一个就够了。

喂,你把那逮小偷的玩意儿杵到我脸上来干什么?用灯光对着人家比用手枪比着人家更忌讳。

我想,先生,您是跟木匠说话吧。

木匠?唔,那是——可是,不——你现在干的是一件挺不赖,可以说是,一件很文雅的活,木匠——或者你宁愿跟泥巴打交道?

先生?——泥巴?泥巴,先生?那是烂泥。还是让挖沟的跟泥巴打交道去吧,先生。

这家伙真坏!你干吗老打喷嚏?

骨头锯末有点儿呛人,先生。

那你就记住这一点,你死了以后,千万别埋在人们鼻子底下。

先生?啊!哦!——我也这么想——是的——啊,天哪!

喂,木匠,大概你觉得自己是个挺不错的、有本事的手艺人,呃?要真是的话,等我一会儿装上你做的这条腿。我要是觉得那地方又有了一条腿,就是说,木匠,又有了我原先失掉的那条腿,那条有血有肉的腿,那就充分说明你的活确实干得地道。你不能把那个老亚当撵走,取而代之吗?

真的,先生,我现在开始有点儿明白了。不错,在那一点上,我听说过一些很稀奇的事，先生。一个断了桅杆的人总无法完全忘掉对旧桅杆的感情，它还经常刺痛他的心。请问是不是这样，先生？

是这样，老兄。喂，把你身上这条腿安到我原先那条腿的地方看看，这样，眼睛里看到的分明只有一条腿，心里想着的却是两条腿。在那个地方，你感觉到生命在跳动。那里，就是在那里，丝毫不差，我就是这样想。这是个谜吗？

据我看，只怕还是个难解的谜哩，先生。

嘘。那你怎么知道不会有个既看不见也摸不透的能思想的活东西整个儿就站在你现在所站的地方，而且还不管你愿意不愿意哩？那么，在你独自一人的时候，你就不怕有人偷听吗？等一等，你先别说！如果我毁了一条腿，至今仍然感到疼痛，虽然它应该早就消失了，那么，木匠，你连身体都没有，怎么会一直不感到地狱之火烧灼的痛楚呢？哈！

天啊！真的，先生，要是那样的话，那我还得重新计算过。我想有个小数点没有打上去，先生。

唉，真是木头脑袋，连打个比方都听不懂。——这腿还要多久才能做好？

大概还得一个钟头，先生。

那就马虎一点儿算了，弄好以后给我送来（转身走开）。生命啊！我这人，高傲得像个希腊神，却为了一根腿骨欠了这木头脑袋一份人情债。真该死，这扯来扯去永远还不清的人情。要不，我会像空气一般自由自在；如今我到处欠了人情。我有的是钱，我满可以和罗马帝国（那就是全世界的帝国）最富有的执政官在拍卖场上竞争抬价，但我少了根自吹自擂的舌头。老天在上！我要弄个溶罐来，跳进去，把自己溶缩成一节小小的脊椎骨。就是这样。

木匠（重新开始干活）

唔，唔，唔！斯塔布最了解他，可老说他怪。什么都不说，就那么简短不过的一个词儿：怪；他怪，斯塔布说；他怪——怪，怪；而且老没完没了地把这个词往斯达巴克耳朵里灌——怪，先生——怪，怪，很怪。他的腿还在这里！对啦，既然说到他的腿啦，这还是他的老伴哩！真亏他拿根鲸嘴骨做老婆！这就是他的腿，他就要靠它支撑着。这是怎么回事，如今一条腿要应付三个地方，三个地方都归结到地狱——这是怎么搞的？哦，难怪他这么瞧不起我！他们说，我有时候有点儿想入非非，可那是轻易难得有的事。那么，像我这么个又矮又小的老头千万别跟苍鹭般的高个子船长们到深水里去，水很快就会卡住你的脖子，只好大喊救命，而这就是条苍鹭腿！又细又长，一点儿不假！对大多数人来说，一双腿要过上一辈子，那肯定能行，因为他们不会过分劳累双腿，就像心软的老太太不会过分劳累她们圆胖的驾车老马一般。但是，亚哈，他可是个不知体恤的马车夫。你瞧，一条腿已经给他赶死了，另一条也落了个终身残废，如今把骨腿带子都磨坏了。喂，喂，烟黑子！帮帮忙，快把那些带扣螺丝打好，好赶在那位使人复活的朋友吹起号角来催之前把腿做好。那位朋友是真腿假腿都要，就像酿酒人到处收旧啤酒桶来装酒一般。这是一条多好的腿啊！看起来就像一条真腿，已经锉得只剩下芯子了。他明天就会用上它了。就会趾高气扬了。哦，我差点儿忘了这块椭圆形的小石板，这块要打磨光滑的牙骨，他要在上面算纬度哩。好，好。凿子，锉子和砂纸，上吧！

第一〇九章　亚哈和斯达巴克在船长舱里

第二天上午，他们按照惯例抽船舱里的水。有不少油跟水一起抽上来了。底舱里的油桶一定漏得很厉害。大家都很关心。斯达巴克马上到船长舱里报告这件很不妙的事①。

这时，"裴廓德"号正从西南方向台湾和巴士群岛靠拢，在这二者之间是一条从中国海域通向太平洋的热带出口。因此，斯达巴克进去时，看见亚哈面前摊着一张东方群岛的总图，还有一张日本岛屿——日本本土、松前、四国长长的东边海岸分图。这怪老头雪白的新骨腿顶住用螺丝固定的桌腿，手里拿着把修枝镰般的小刀，背朝舷梯门，皱着眉头，又在查找他过去的老航线。

"谁？"他听到了门口的脚步声，可是没有回过头来，"到甲板上去！滚！"

"亚哈船长，是我。舱里在漏油，先生。我们必须吊起复滑车，把油桶起出来。"

"吊起复滑车，把油桶起出来？我们就要到日本了，在这里待上一个星期来毛手毛脚地修补一堆破桶箍？"

"先生，要不修补的话，那一天里漏掉的油可能比我们一年里弄到的还要多。我们漂洋过海好不容易到手的东西应该爱惜呀，

---

① 在装有相当数量的油的捕抹香鲸船上，每隔三四天就要引一根水龙带到底舱里，灌进海水把油桶浸湿。过一定的时候，再把水抽出来。这样，一方面使油桶保持湿润，不致开裂；另一方面，根据抽出的水，水手们可以很快发现底舱里宝贵的货物渗漏的程度。——原注

先生。"

"是呀，是呀，要是我们把它弄到手的话。"

"我说的是已经在舱里的油，先生。"

"而我说的想的根本就不是那个。走开！让它漏去！我自己还浑身都在漏哩。哼！漏上加漏！不仅那些油桶在漏，船也在漏。那是比'裴廓德'号眼下的处境更糟，老兄。不过我不准备停下来堵漏。因为在深装重载的船身里，谁找得出哪里漏？即使找着了，在这没完没了呼啸的狂风中，又怎么个补法？斯达巴克！我不同意吊复滑车。"

"船东们会怎么说呢？先生。"

"让他们站在南塔开特岸上去喊天吧。干亚哈什么事？船东，船东？你老拿那些要钱如命的船东来跟我纠缠，斯达巴克，好像他们就是我的良心似的。你听着，这艘船唯一真正的船东是船长；你也听着，我的良心就在这艘船的龙骨里。——到甲板上去！"

"亚哈船长，"脸涨得通红的大副边说边往船长舱里边走，胆子之大，出人意料，但他表现得既毕恭毕敬，又小心谨慎，似乎不仅极力避免有丝毫外露，内心里好像连自己都不敢相信自己会这么大胆似的，"一个比你年轻而且比你快活的人身上那种令一个比我高明的人一见就会厌憎的东西，出现在你身上，那个比我高明的人很可能一点儿都不会计较，亚哈船长。"

"该死的东西！你竟敢挖苦起我来了？——到甲板上去！"

"不，先生，等一下。我坚决请求你考虑。我这人就是不信邪，先生，沉得住气！难道我们到现在彼此还不了解吗？亚哈船长。"

亚哈从枪架（这是大多数南海捕鲸船船长舱家具之一）上抄起一支上了膛的毛瑟枪，比着斯达巴克大喝道："主宰人间的只有一个上帝，主宰'裴廓德'号的也只有一个船长。——到甲板上去！"

登时，大副双眼发光，满脸通红，令人几乎以为他真感受到了那端平的枪杆的热力。但是，他控制住了自己的激动，相当冷静地往外撤，在离开船长舱时停了一下，说："你不光侮辱我，还对我施加暴力,先生。不过我请你不必为此提防斯达巴克。你尽可一笑置之。不过,亚哈得提防亚哈,得提防你自己,老头。"

"他胆子大起来了,不过他还是服从了。这才是胆大心细!"斯达巴克走开后,亚哈喃喃自语道,"他刚才说什么来着——亚哈提防亚哈——这话里有话!"他不知不觉把毛瑟枪当拐杖,紧皱眉头,在小小的船长舱里踱来踱去,但不久,额上密密的皱纹便舒展开了,他把枪放回枪架,上了甲板。

"你这家伙还真是好样儿的,斯达巴克。"他低声对大副说。然后,他提高嗓门对水手们说:"大家注意,把上桅帆都卷起,中桅帆都收紧;装上大桅下桁;吊起复滑车,打开主舱。"

亚哈为什么这样一改初衷,斯达巴克要想猜得很准确,恐怕是白费力气。那可能是他一念之善,或者仅仅是为了谨慎行事。在这种情况下,千万不要让船上举足轻重的高级船员有丝毫公开不满的迹象,哪怕是暂时的也要避免。不管出于什么动机,他的命令都一一执行了。复滑车吊起来了。

第一一〇章　魁魁格待在棺材里

一检查，发现最后放进舱里去的一批油桶完好无损，漏桶一定在船舱深处。因此，正好风平浪静，他们便逐步深入，连底舱的大桶都搬动了，把那些大鼹鼠从漆黑的午夜般的船舱里赶到光天化日的甲板上来了。他们往里进去了好远好远，把最底层的大桶也起出来了，从它们那非常古老、腐蚀严重、杂草丛生的模样看，你几乎以为跟着就会出现一只长了绿毛的基石桶，里面装着挪亚船长的钱币，和许多份徒然警告失去理智的旧世界洪水即将到来的传单。一桶又一桶的淡水、面包、牛肉，成套的桶板和成捆的铁箍也吊出来了。甲板上堆得满满的，连走动都很困难。而掏空了的船体则在脚下发出回声，仿佛空无一物的地下墓窟，在海上摇晃起伏，像只装满空气的大瓶子。这艘脚轻头重的船就像腹中空空却整个脑袋装满了亚里士多德的学者。亏得当时台风没有来袭击他们。

而这时，我那可怜的异教伙伴，我最要好的朋友，魁魁格，却得了热病，已经临近生命的尽头了。

应当说明一下，在捕鲸这个行业中，是没有什么闲职的。职位跟危险并驾齐驱。你职位越高，活就越累越危险，一直到当上船长为止。所以，对魁魁格来说，作为一名标枪手，不仅必须承受活鲸无所不至的狂暴，而且——正如我们在别的地方已经看到的那样——还得在翻腾的大海中登上死鲸的背。最后，还得钻进阴暗的底舱里去，整天汗流浃背地待在那地下牢房里，使劲儿搬动那些笨重的油桶，负责把它们储藏好。总之,标枪手是捕鲸人中所谓的管舱人。

可怜的魁魁格!在船舱大约掏空了一半的时候,你真应该俯身舱口,望望他在下面的那副模样。这个文身的野人脱得精光,只穿了条羊毛衬裤,在潮湿黏腻的舱里爬来爬去,就像是井底一只绿色斑点的蜥蜴。不知怎的,这货舱对这可怜的异教徒来说还真成了一口井或者一间冰屋,尽管他在里面干得浑身大汗,却中了很厉害的寒气,又转成了热病,终于在吊铺上受了几天罪后,就要跨过死亡之门的门槛了。在那度日如年的几天折磨里,他瘦成什么样子了啊,仿佛就只剩下一张满身刺花的皮了。但是,尽管他全身消瘦,颧骨突出,他的眼睛却似乎越来越炯炯有神,双眼透出一种奇特的柔和的光。重病缠身,仍然温和而深情地望着你,这神奇地证明了他身上有一种死亡夺不走、疾病拖不垮的不朽的生命力。也像是水面上的圈纹,水纹越来越浅淡,圈儿却一个比一个大,他的眼睛似乎也圆而又圆,就像永恒之环,环环相套,绵绵不绝。坐在这个垂危的野人床边,一种无以名之的敬畏感会悄悄袭上心头,还会在他脸上看到一种奇特的表情,就像一旁侍立的人在袄教创始者佐罗亚斯德临终时脸上所看到的那样。凡属人类真正不可思议、真正可畏的东西本来就还没有人能说得出来,也从没有见之于文字,而人临死时那种无分贤愚贵贱,那种同样顿悟于最后的启示的感受,只有从死人当中找个作者才说得清楚。所以——且让我们再重复一遍——当可怜的魁魁格静静地躺在荡来荡去的吊床上,翻腾的大海似乎在摇晃他进入最后的安息,暗暗地上涨的潮水越来越高地把他拥入命中注定的天国归宿地时,悄悄掠过他脸上的那些神秘的阴影,比任何一个临终的迦勒底人或希腊人的思想更为崇高,更为圣洁。

没有一个水手不认为他已经不行了。至于魁魁格自己,他对自己病情的看法从他提出的一项古怪的要求上就充分显示出来了。他在灰蒙蒙的晨班时分,叫了一个人到他跟前,当时天刚破晓,他握住那人的手说,他在南塔开特偶然看见过用黑色木料做成的小独木舟,那黑色木料很像他老家岛上那种颜色很深的作武器用的木料。一问之下,他才知道,原来凡是死在南塔开特的捕鲸人都给放进这样的黑色独木舟。他说当时他很高兴,想到死后人家会这样待他;因为那很像他自己种族的风俗习惯,他们把一个死去的武士浑身涂上香料后,便把他平放在他自己的独木舟里,然后听任它漂到星光灿烂的群岛那边去;因为他们不仅相信星星就是岛屿,而且相信远在四望可见的地平线外,他们自己温和的无边无际的海洋和蓝天交接在一起,形成了银河中的滔滔白浪。他还说,他一想起这事就发抖,怕把他的尸体往吊铺里一裹,按照通常的海上习俗,像什么没用的东西似的往海里一扔,让鲨鱼三口两口吃掉。不,他想要一只在南塔开特见到的那种独木舟,而且作为一个捕鲸人,这种棺材似的独木舟也像捕鲸小艇一样没有龙骨,就更中他的意了,虽然那会没有个准航向,更不知要漂到何年何月了。

等这项古怪的请求原原本本地传到船尾后,那个木匠马上接到指示,按魁魁格的吩咐行事,不管需要什么材料。刚好船上有些带异教味道的、棺材色的旧木头,那还是上一次出海在拉加德岛的原始丛林中砍伐来的,于是这些黑木板就被挑来做棺材。这木匠接到命令,马上拿起尺子,以他素有的那种例行公事式的敏捷,匆匆走进水手舱,一丝不苟地量魁魁格的身长。他一边移动尺子,一边用粉笔有条不紊地记下魁魁格的身材尺寸。

"啊!可怜的家伙!这下子他硬要死了。"那长岛水手突然喊道。

这时,木匠走到他的老虎钳工作台前,为了方便及总体规划,把这具未来的棺材的精确长度转量在工作台上,然后又在两端砍了两道印子把这个移植的长度固定下来。之后,他就整理木板和工具,做起来了。

等敲进最后一枚钉子,盖子刨好装妥,他就轻松地扛起朝船首走去,一边还打听是不是已经等着要用了。

正当甲板上的人又好气又好笑地嚷嚷，轰他赶紧把棺材扛走，却让魁魁格听见了。让所有的人大吃一惊的是，他命令赶紧把那玩意儿拿到他跟前来，谁劝阻都不听。世上有些人临死时是格外霸道，再说他们也肯定很快就永远不会再给我们添什么麻烦了，应该对这些可怜的家伙迁就一些才是。

魁魁格趴在吊铺上，目不转睛地久久瞧着那具棺材。然后他吩咐把他的标枪拿来，去掉木柄，把枪头和他小艇上的一叶桨一起放到棺材里。一切都按他的要求照办。棺材里四周还放上一圈硬面包，头部搁一壶淡水，脚头是一小袋从货舱里刮拢来的含木屑的泥土，一块帆布卷起来做枕头，于是，魁魁格恳求把他抬到他最后的床铺里去，他好试试看舒服不舒服，如果躺在棺材里还有舒服可言的话。他在里面一动不动地躺了几分钟，然后让人到他的大帆布袋里把他的小神像约约拿来。于是，他交叉双臂，把约约抱在胸前，随即吩咐把棺材盖（他管它叫舱盖）给他盖上。棺材盖正当头顶上的那一小截装有皮铰链，就打了开来，魁魁格躺在里面，从外面只能看到他平静安详的面容。"拉米（这就行了；很舒服），"他终于喃喃道，然后打手势，要人把他搬回吊铺上去。

但是，还没来得及搬，一直暗地里在附近转悠的皮普来到了棺材边，轻轻地啜泣，一只手抓住魁魁格的手，另一只手里拿着小手鼓。

"可怜的漂泊者！老这样疲倦地漂泊，你就总没个够吗？现在又上哪儿？不过，如果水流把你送到美丽的安的列斯群岛，那儿只有睡莲拍击着海滩，你能给我去跑跑腿吗？替我去好好找个叫皮普的，他已经失踪很久了，我想他是在那遥远的安的列斯群岛。要是找着了，好好安慰安慰他。他一定伤心得很。瞧，他连小手鼓都落下了——我发现的。里——咯——哒，哒，哒！好，魁魁格，你去吧。我来给你敲起死亡进行曲。"

"我听说，"斯达巴克喃喃道，一边低头瞧着那个小舱口，"有些人得了很厉害的热病后，会烧得神志不清，尽说些听不懂的话，后来秘密一揭穿,才知道那些听不懂的话都是他们早已忘记的童年时代听一些伟大学者说过的古代语言。所以,我衷心相信,在皮普精神错乱时所说的这番古怪而又亲切的话里,提供了我们终归都会前往天国的最好证据,他要不是从那里来又怎么会知道呢?——听!他又说上了。不过,这会儿更没有谱了。"

"排成两路!让我们尊他为将军!嗬,他的标枪在哪儿?把它横搁在这里。——里——咯——哒,哒,哒!乌拉!啊,他头上这会儿应该有只斗鸡,并且引吭高啼才是!魁魁格死得英勇!嘿,英勇,英勇,英勇!可是,不要脸的小皮普,他临死是个胆小鬼,他是浑身发抖死去的。——滚皮普的蛋!你们听着:要是找着了皮普,就对所有的安的列斯人说,他是个逃兵,是个胆小鬼,胆小鬼,胆小鬼!告诉他们,他是从捕鲸小艇里跳出去的!这不要脸的皮普要是在这里再死一次,我绝不会为他敲手鼓,绝不会称他为将军。绝不,绝不!胆小鬼真可耻——可耻!让那些从捕鲸小艇上跳出去的人都像皮普一样淹死。可耻!可耻!"

这段时间,魁魁格闭上眼睛躺着,仿佛在梦中一般。皮普给带走了,病人又给搬回了吊铺。

于是,就因为魁魁格很明显地做好了一切死的准备,就因为他的棺材做得很中意,他的病突然好了,似乎马上就用不着木匠的这口箱子了。于是,当有人高兴地向他表示惊奇时,他说,他正要走的时候,刚好想起了岸上他还有件小小的未了的心愿,就改变主意不死了。他还不能死,他坚决地说。他们就问他,死还是不死这事是不是完全由他自己做主,随他高兴。他回答说,当然啰。总之,这是魁魁格的想法,他认为一个人要是决心活下去,单是生病是死不了的,除非是大鲸,或者狂风,或者什么猛烈的、无法控制的、愚昧的暴力之类,那才能置人于死地。

而这就是野蛮人与文明人之间一个显著的差别:一个病倒的文明人,一般说来,可能要躺上半年才能康复,而一个病倒的野蛮人在一天之内几乎就可以好了一大半。所以，我的魁魁格很快就恢复了体力。他在绞盘上懒洋洋地坐了几天（不过，胃口极好），终于突然一跃而起，甩甩胳臂踢踢腿，伸了个大懒腰，还打了几个呵欠，就跳进他那吊起的小艇，往艇头上一站，标枪一举，宣称自己完全可以出征了。

这时，他异想天开地把他那具棺材做柜子用，把帆布袋里的衣服全倒在里面，弄得整整齐齐。闲下来的时候，他花上许多个钟头在棺材盖上雕刻各式各样古怪的图形和花纹。他似乎是在极力以他拙劣的手法把他身上弯弯曲曲的刺花复制一部分下来。这刺花是他岛上一位已经去世的先知的作品，他用那些象形符号在他身上刺下了一个关于天和地的完整的故事，和一篇阐述如何获得真理的高深的论文。所以，魁魁格在他自己身上就有一个有待解开的谜，一个可以写成一部书的神奇的作品。不过，这作品的秘密连他自己也弄不清，虽然他那颗跳动不息的心时时在撞击它们。因而这些秘密注定会随着那张刻着它们的活羊皮纸一起腐烂，而不会被人解开。有天上午，亚哈仔细看过可怜的魁魁格，转身走开时肯定触发了这种想法。他大叫一声："啊，天上的神真能把人急死！"

第一一一章　太平洋

我们驶过巴士群岛后,终于来到了浩瀚的南海,要不是因为一些别的事情,我真会感激不尽地向可爱的太平洋问好,因为我青年时代的夙愿终于实现了。宁静的大洋在我眼前朝东滚滚三千英里一片蔚蓝。

这大洋有一种说不上来的愉快的神秘味道,它那不怒而威的波动起伏似乎在表明下面有个深藏不露的灵魂,就像埋着《福音书》著者圣约翰的以弗所草地,在传说中老波动起伏一般。而与之相当的是在这些海上大牧场、绵延起伏的水上大草原和五洲四海的公共墓地上,波涛忽起忽落,潮水时涨时退,永不停息。因为,无数幻影幽灵、沉迷的梦想家、梦游者、幻梦者,以及一切我们称之为生命与灵魂的,都在这里做梦,做梦,一直做下去,就像睡得不深的人在床上辗转反侧,他们的烦躁不安使得波涛汹涌不息。

这宁静的太平洋,一旦让古代一个沉思默想的袄教行脚僧看到了,从此以后必然成为他万念归一的大海。它是属于世界正中的大洋,印度洋与大西洋只不过是它的两只胳臂。最近代的民族刚刚移民过来新建的加利福尼亚城镇的防波堤,它的波涛在冲击;比亚伯拉罕还要古老的已经没落但仍壮丽如昔的亚洲城郭,它的波涛在冲刷;而浮在它中间的是银河般的珊瑚小岛群,和星罗棋布地势低洼的不知名的群岛,以及捉摸不透的日本四岛。这样,这不可思议的神圣的太平洋便箍住了整个世界的身躯,使各海沿岸都成了它的海湾,它似乎是整个地球潮涨潮落力量的源泉。当汹涌不息的波涛把你高高举起,你不得不顺从这富有魅力的牧神,向潘低下头来。

但是,当亚哈像尊铁像,往后桅索具旁的老地方一站时,脑子里却很少想到什么牧神,他一只鼻孔漫不经心地嗅着从巴士群岛(卿卿我我的情侣准在那些可爱的树林中散步)飘来的带甜味的麝香气,另一只鼻孔则聚精会神地吸着这新发现的海洋带盐味的气息。这可恨的白鲸这时甚至很可能正在这海里游着哩。终于进入差不多是航程中的最后一个大洋了。船朝日本海的巡游渔场缓缓前进,老人的决心越发加强了。他果断的双唇闭得紧紧的,就像老虎钳咬合的那一对钳片一般。他额头上那三角形的血管像满溢的溪流一般鼓了起来。即使在睡梦中,他那翻来覆去的喊叫也在有拱顶的船壳中回响:"倒划!白鲸在喷浓血啦!"

第一一二章 铁匠

珀斯，这个满身烟污、双手起泡的老铁匠，趁这地区夏天气候温和凉爽，为了给即将开始的特别繁忙的猎捕做好准备，在协助做好亚哈的骨腿后，并没有把轻便熔炉搬回舱里去，而是让它仍旧留在甲板上，紧紧地系在前桅旁的环端螺栓上。这时，小艇指挥啦，标枪手啦，船老大啦，老拿些零碎活来麻烦他；或是改改，或是修理，或是新打各式各样的武器和艇上用具。他经常给一丛迫不及待的人围着，要他马上动手。有的拿着小艇铲刀，有的拿着长矛头，有的拿着标枪，有的拿着鱼枪，全都眼红地瞧着他干活时搅起阵阵煤烟的每个动作。然而，这老头的胳膊挥得不慌不忙，榔头落得不紧不慢。他从不嘀咕，从不急躁，从不发火。他总是一声不吭、有条不紊、一丝不苟、早已佝偻的背更向前弯地干着，好像干活就是他全部生命之所在，榔头沉重的敲击就是他的心脏沉稳的搏动。正是这样。——真够惨的！

这老头走起路来与众不同，步子稍稍有点儿偏斜，很痛苦的样子。一开头大家都觉得很奇怪，在大伙的一再追问之下，他终于和盘托出，因此现在大家都知道了他充满羞愧感的悲惨的命运。

一个严冬的晚上，已经半夜了，这铁匠还执意向一个城镇赶路。他模模糊糊感到一阵致命的麻木悄悄袭上身来，便走进一个歪歪斜斜要倒坍的马厩去休息一下，结果把十个脚趾头全冻坏了。从这件事曝光开始，终于逐渐展开了他一生戏剧充满喜悦的前四幕和长长的尚未落下帷幕、充满悲痛的第五幕。

他已经是个老头了，在年近花甲的晚年，还逢上这姗姗来迟的、在灾难的专用词语上称之为家破人亡的惨事。他曾经是个远近闻名的手艺人，有的是活干，有栋带园子的房子，有个年轻得像女儿般的爱妻和三个活泼健康的孩子。每个星期天都上一所丛林环抱、赏心悦目的教堂去做礼拜。可是，一天夜里，一个恶贼，凭借黑夜的掩护，再加上伪装得格外巧妙，溜进了他美满幸福的家，把他家偷了个精光。说起来更冤的是，还是铁匠自己一时糊涂把贼引进门来的。这贼和那瓶中的恶魔没有什么两样！那要命的瓶塞一拔，魔鬼就出来了，他的家就跟着完蛋。且说这个铁匠出于谨慎、精明与节约，把作坊安在房子的地下室里，不过有个单独的门出入。他年轻漂亮、身体健壮的妻子听着她年老的丈夫用依然年轻有力的胳臂抡起榔头连连不断地使劲儿敲击着时，总不免感到几分胆怯，可又非常高兴。那猛烈的敲击声在空中回荡，透过地板和墙壁，大为减弱地传到育儿室中她的耳边时，听来很是动听。铁匠的几个小不点儿就在这壮健的劳动之神的钢铁催眠声中，由妈妈摇啊摇地入睡了。

啊，祸不单行！死神啊，为什么有时你又不及时赶来呢？你要是赶在这老铁匠彻底家破人亡之前就把他带走了，那年轻的寡妇还能让人赏心悦目地哭上一场，她的几个孤儿还能在以后的岁月里有位真正值得尊敬、神化了的老父亲供他们梦想一番，还能培养孤儿寡母在忧伤中挺起腰来的能力。可是死神却偏偏弄走了善良的哥哥，也不管另外还有个家庭指望他终日紧张的劳动来养家活口，却留下了这个纯粹是累赘的老头，非得要等他作尸臭了更容易下手才来收拾他。

何必再往下说呢？地下室里榔头的响声每天越来越密，却一记比一记轻。妻子僵坐在窗前，无泪的眼睛出神地凝望着孩子们哭泣的面孔。风箱停了，熔炉塞满了煤渣。房子卖掉了。母亲一头扎进了教堂墓地深深的青草丛中。她的孩子跟着又去了两个。于是，这无家可归、无依无靠的老头便戴着黑纱脚步蹒跚地四处流浪去了。他的悲痛没人尊敬。他的苍苍白头受到儿童的嘲弄。

寻条短路似乎是这样一种生涯唯一的解脱。可是，死亡无非是闯进一个"未曾身历"的异域。只不过是头一个为你到那无穷尽的"遥远""荒凉""汪洋""无际"的地方打声招呼。因此，对那些一心想死而又不肯寻短路的人来说，慷慨大方一视同仁的海洋便富有魅力地展开了一片难以想象、凶险难测、充满神奇的新生活的广阔天地。再加上无垠的太平洋中央，成千上万的人鱼朝他们唱道："到这儿来吧，伤心的人们。这儿有另一种生活，无须通过自杀这种犯罪手段便能开始。这儿有永生的超自然的奇迹。到这儿来吧！与其以一死来摆脱现在为你所憎恨也同样憎恨你的陆上世界，还不如投身到一种比死亡更能摆脱那个世界的生活中去。到这儿来吧！把你教堂墓地里的基石搁一边去。到这儿来吧，到我们这儿来成家吧！"

无分东西，不论早晚，总是这些话在铁匠的耳边回响，于是他的灵魂做出了答复，好，我来了！于是，珀斯就这样出海捕鲸去了。

第一一三章 熔炉

正午时分,胡子蓬乱的珀斯,系块翘起的鲨鱼皮围裙,站在熔炉与铁砧之间,一只手拿着个长矛头在炭火中烧,另一只手拉着风箱。这时,亚哈船长过来了,手里拿着个霉迹斑斑的小皮袋。心事重重的亚哈离熔炉还有几步远就停住了脚步,一直等到珀斯从炭火中夹出了矛头,在铁砧上锤打起来才说话——那烧得通红的矛头给锤打得火星飞溅,有的飞到了亚哈跟前。

"珀斯,这就是你的海燕吗?它们老跟着你飞。这种鸟也会带来好事,不过并不是对每个人都如此。——瞧这儿,给它们烧了个洞。——可你——你成天跟它们打交道,却一个伤疤都没有。"

"因为我浑身都是伤疤,亚哈船长。"珀斯回答道,手握榔头歇了歇气,"我已经久经考验了,再要烧个伤疤可不容易啦。"

"好啦,好啦!咱们不扯这个了。你那小心谨慎的声音听起来简直太平静了,对待自己的不幸也太冷静了。我不是什么天使,别人会冷静对待的不幸,我可是沉不住气。你应该发狂才是,铁匠。喂,你为什么不发狂?你不发狂怎么受得了?是不是上天整得你还不够惨,你才不发狂?——你在做什么?"

"在熔合一只旧矛头,先生。上面有好些裂缝和缺口。"

"这么狠狠地用过一气之后,还能把它弄得挺光滑吗?铁匠。"

"我想可以,先生。"

"我看大概随便什么裂缝和缺口,你都能修复得很光滑,不管材料有多硬，是不是，铁匠？"

"是的，先生，我想我能做到。所有的裂缝和缺口都能修复，只有一样东西除外。"

"那你瞧瞧这里，"亚哈激动地走上前去，双手搭在珀斯肩上，"你瞧瞧这里——这里——你能把这样的裂缝修平吗，铁匠？"说时他一只手往起棱的前额上一抹："你要做到了，铁匠，那我很乐意把我的头搁到你的铁砧上，让你的榔头在我两眼之间狠狠地锤上一通。回答我！你能把这条缝修平吗？"

"啊！就是这样东西没有法子，先生！我不是说过所有的裂缝和缺口都能修复，只有一样东西除外吗？"

"对，铁匠，就是这样东西。对，老兄，这是无法修复的，因为我这额头上的伤痕，你看到的还只是皮肉上的，实际上已经深入到脑骨上去了——所有的皱纹都是！不过，别逗闷子了。今天不打什么鱼叉长矛了。你瞧瞧这个！"一边把皮袋子摇晃得叮当作响，好像里面全是金币似的。"我，也要定做一根标枪，一根随你多少魔鬼齐心合力也弄不断的标枪，珀斯。扎到大鲸身上，就像长在它身上的鳍骨一般。这就是打标枪的材料，"随手把皮袋子扔在铁砧上，"你瞧，铁匠，这都是特意收集的给赛马上马掌的钢钉头。"

"先生，上马掌的钢钉头？嗨，亚哈船长，那你算是弄到打铁货的最好、最硬的材料了。"

"那不假，老头。这些钉头会像把杀人犯的骨头熔化成胶后一般熔合在一起。要快！给我把标枪打出来。先打好12根铁条做标枪底子，再把它们绞拧在一起像一根12股绳的拖缆似的，然后锤成标枪头。要快！我来拉风箱。"

等12根铁条都打好以后，亚哈便一根根检验，亲手把它们往一根又长又沉的铁螺栓上绕。"这根有裂缝！"他把最后的一根剔出来，"把这根打过，珀斯。"

珀斯把最后一根重新打过，正准备把12根铁条锻打成一个整体时,亚哈突然让他住手,说他要来亲自锻打自己的标枪。于是,亚哈便有规律地一喘一哼地在铁砧上锻打开了。珀斯则把通红的铁条一根一根递给他。熔炉在风箱紧逼之下蹿起好高的火苗。这时,那袄教徒悄悄地走了过来,俯看着炉火,似乎在对这活儿施法,不知是降祸还是赐福。但等亚哈抬起头来时,他却又溜开了。

"那蓬火星在那边闪闪烁烁的,是干什么哪?"斯塔布从船首楼望过来,嘟囔道,"那袄教徒硬像保险丝似的,一有火就发觉了。他自己就像发烫的毛瑟枪的火药池一样带火味。"

最后,打成了一根整铁棒的枪头送到炉子里去回火。当珀斯把它"嗤"的一声整个儿投进旁边的一桶水中去淬硬时,灼人的蒸气冲到了亚哈低头瞧着的脸上。

"你是给我打烙印吗?珀斯。"他痛得把脸缩回去了一会儿,"这不成了自己给自己打烙铁吗?"

"上帝保佑,那倒不是。不过我怕会出事,亚哈船长。这标枪是不是拿来对付白鲸的?"

"对付那白魔的!不过现在要打的是倒钩,你务必亲自打,老兄。这是我的几块刀片——最好的钢。喂,要把倒钩打得像冰海里的冰凌一般锋利。"

老铁匠瞧了瞧那些刀片一阵子,没有吱声,好像很不乐意用它们来做。

"拿去吧,老兄,我用不着它们了。因为我现在既不刮胡子,不吃晚饭,也不做祷告,非得等——不过,嘿——还是干活吧!"

珀斯终于把这些刀片打成了个箭头模样,又把它锻接在枪头上,这钢倒钩登时就指向标枪尾了。这时,铁匠准备给倒钩淬火了,他喊亚哈把水桶挪近些。

"不,不——水不行。我要用真正的独一无二的淬火剂来淬。啊嘀,喂!塔希蒂格,魁魁格,达格!你们说呢?你们这些异教徒!你们愿意给我点儿血来淬淬这倒钩吗?"他边说边把那标枪头高高举起。三颗黑色的头点了一点,表示同意。三个异教徒各自在身上刺了一个孔,那专用来对付白鲸的标枪上的倒刺便在流出的血中淬火。

"我不是以上帝的名义,而是以魔鬼的名义为你洗礼!"[①]恶毒的倒钩在咝咝地吸干洗礼的血时,亚哈极度兴奋地号道。

于是,亚哈把舱里备用的枪杆都搜集拢来,挑了一根还没有去皮的山核桃木杆,把标枪头装上。然后打开一盘新拖缆,牵出二三十英尺,系在绞车上,绷得紧紧的。他把脚踩上去,等缆索绷得像竖琴弦嗡嗡作响时,才迫不及待地俯下身去,看到没有散股,便大喊道,"好得很!现在可以缠上哩。"

于是,把索子的一头拆散,把散开的绳股编织缠绕在标枪头的承口处,把枪杆狠狠地往里敲紧,再把索子从枪杆下端一路交叉缠绕到杆子半中间,牢牢捆住。这样,枪杆、枪头和绳索——就像命运三女神——成了一个不可分离的整体。亚哈板着脸拄着标枪大步走开了,他的骨腿和山核桃木枪杆在船板上一路上空洞洞地响了开去。可是,他还没有走进船长舱,就听到了一种轻轻的、不自然的、半开玩笑的,却又非常可怜的声音。啊,皮普!你讨厌的笑声,你无所事事但毫不安定的眼神,你那些奇特的哑剧动作意味深长地比画着这艘忧郁的船的黑色悲剧,并加以嘲弄!

[①] 原文为拉丁文。

第一一四章 镀金工

"裴廓德"号越来越深入日本海巡游渔场中心。全船跟着就忙起来了。在风和日暖的天气里,他们经常在小艇里一连待上12、15、18或者20个小时,不断地或紧划,或扬帆,或慢划,追击鲸群,或者中间歇上个六七十分钟,悠闲地等着它们重新冒出水面,虽然这一切辛劳白费力气的时候居多。

每逢这种时候,船员在宜人的阳光下,坐在轻如桦树皮独木舟的小艇里,漂浮在水波微兴的海面上,和荡漾的微波亲切相处,倚着艇舷高兴得喉咙咕噜咕噜响,有如趴在炉边的小猫。这是梦一般宁静的时光,极目所及,海面上是一派美不胜收的静谧辉煌,人们常会忘记下面跳动的是一颗猛虎的心,也不愿意想起这毛茸茸的肉掌里隐藏的只是无情的利爪。

也正是在这种时候,漂泊者坐在捕鲸小艇里,会温情地对大海产生一种孝顺、信赖、宛如置身陆地的感情,把它看成鲜花盛开的大地。那遥远的只有桅顶隐约可见的大船,似乎不是在山涌的巨浪中拼搏前行,而是在青草深茂、翻腾起伏的大草原上时隐时现地前进:犹如西方移民的马群只露出竖起的耳朵、遮没了的身躯在一望无际茂密的碧绿中吃力地举步。

那杳无人迹的逶迤山谷,那郁郁苍苍的缓缓山坡,一片寂静中只有轻微的哼哼声;置身其间,几乎可以起誓说,是一个快活的五月天,一群在林中嬉戏、采摘鲜花、玩倦了的孩子,在这幽静的仙境中倒头大睡,而这一切跟你最神秘的心情交织在一起。于是,真实与幻想不期而遇，相互渗透，形成一个天衣无缝的整体。

这些令人心醉神迷的景色，尽管短暂，也未尝没有对亚哈至少暂时起了点儿作用。然而，假如这些神秘的金钥匙果真能启开他身上秘密的金库，他的呼吸却又使它们蒙上了一层水汽。

啊，绿草如茵的林中空地！啊，长驻心头的四季常春的景色，虽然人际间的冷漠犹如炎旱早早就烤干了你们，人们还可以在你们身上打滚，一如马驹子在清晨的三叶草上打滚一般。还能在转瞬间里，让他们的身子感受到不朽的生命之露珠的凉爽。但愿这种神圣的宁静能永远持续下去。但生命之线混杂交错，无所不在：宁静被风暴搅扰，有宁静便会有风暴。人生绝不是个从不走回头路一直向前的过程；我们并不是循着固定的阶段前进，走到最后一个阶段就停顿下来——孩提时期无意识的着迷，到少年时期盲目的信奉，到成年时期的疑惑（普遍如此），接着是怀疑一切，否定一切，最后以成年期静静地沉思默想的"假定"为终结。可是走了一道之后，我们又从头开始：又是孩提，少年，成人和永恒的"假定"。哪里才是我们最终的港口，从此不再拔锚出航？这世界要在什么令人着迷的气氛中航行，才会使对这世界最感到厌倦的人永远不会厌倦？这弃儿的父亲躲在哪里？我们的灵魂就像是那些无父的孤儿，在襁褓中就失去了没有正式名分的母亲：我们的父亲是谁，这秘密她们也一道带到坟墓里去了，我们只有到那里去打听才会知道。

也就在那一天，斯塔布俯身艇舷，望着金色的大海深处，嘴里低声念叨：

"真是美得深不可测，仍旧跟情人在他新娘的眼睛里所看到的一模一样！——别跟我说你那些牙齿成层的鲨鱼，你那些强行绑架的野蛮行径。且让信念取代事实，让想象取代记忆；我直往深处看，深信不疑。"

于是，斯塔布，像鱼一样，披着满身灿烂的鱼鳞，在闪闪金光中跳了起来：

"我是斯塔布。斯塔布有自己的经历。不过斯塔布可以在这里起誓说，他一直很快活！"

第一一五章 "裴廓德"号遇见"单身汉"号

亚哈的标枪打好三两个星期后,顺风而来的景象和声音显得快活极了。

那是一艘南塔开特船,叫"单身汉"号,它刚刚把最后一桶油硬塞到舱里去,把快要胀破的舱口盖上闩好。这时,像过节似的收拾得焕然一新,正兴高采烈地,虽然也有几分炫耀地,要赶在返航之前,在渔场上一艘艘相距甚远的捕鲸船中间兜上一圈。

"单身汉"号桅顶上三个水手帽子上垂着狭长的红色飘带。船尾吊着一只小艇底朝下。船首斜桁上牢牢挂着他们最后捕杀的一条大鲸的长长下巴。两侧的索具上飘扬着五颜六色的信号旗、船别信和国别旗。它那一个篮子形状的桅楼旁各横捆着两桶鲸脑油。鲸脑油桶上方,中桅桅顶横桁上也捆有装着同样珍贵液体的细长小桶。主桅桅冠上钉有一盏黄铜灯。

后来才知道,原来"单身汉"号获得了特大丰收。更不可思议的是,有许多捕鲸船也在那一带海域巡游,却整月整月地一无所获。"单身汉"号不仅把好些装牛肉和面包的木桶腾出来装贵重得多的鲸脑油,还跟遇见的捕鲸船交换来许多木桶。这些木桶都堆放在甲板上、船长和头目们的单间卧室里,甚至船长舱里的餐桌都劈了做引火柴。一只大油桶捆牢在地板中央。船长舱里集体用餐就在这大油桶宽大的桶顶上举行。水手舱里，水手们竟把他们的箱子用麻丝和沥青堵缝防漏后，也装满了油。实际上，不管什么东西，全拿来装满了鲸脑油。只有船长裤子上的两个口袋除外，那是他专门保留下来插手的，好显示显示他心满意足扬扬自得的心情。

当这艘快活的幸运之船朝郁郁寡欢的"裴廓德"号飞速逼近时，船首楼上几面大鼓响起了粗犷狂放的咚咚声。等靠得更拢一些时，便看见它那两个大炼锅四周站着一群水手。两口大锅用巨头鲸羊皮纸似的鱼鳔或肚皮蒙上，水手们握起拳头一擂，便发出咚咚的巨响。后甲板上，三个副手和标枪手们正和从玻利尼西亚群岛私奔出来的橄榄肤色的女郎跳着舞。一只装饰一新的小艇高悬于前桅和中桅之间，牢牢拴住，三个长岛人就在这小艇里，拿着光闪闪的鲸骨提琴弓，主持这场热闹轻快的舞会。这时，船上其他的人都在乱哄哄地忙着拆炼油间，两口大锅已经搬出来了，他们把这时已经毫无用处的砖头和灰泥往海里扔时，狂热地大喊大叫，让人几乎以为他们是在推倒那可恶的巴士底狱。

主宰这整个场面的船长腰杆笔直地站在高于船面的后甲板上，这整个戏剧性的欢庆场面便一览无余地展现在他眼前，好像是单为他个人娱乐举行的专场演出似的。

而亚哈，他也站在自己的后甲板上，须发蓬乱，衣着邋遢，脸色阴沉，神情固执。两船交错而过时——一个为辉煌的过去欢呼雀跃，另一个则为未卜的前途惴惴不安——这两位船长正好体现了这对比鲜明的整个情景。

"上船来，上船来！""单身汉"号那位兴致极高的船长一手举着酒杯，一手举着酒瓶高声喊道。

"看到过白鲸吗？"亚哈从嗓子眼里挤出声音来回答。

"没有。只听人说起过。不过，我根本就不相信。"那一位愉快地说，"上船来吧！"

"你们还真开心呀，你们请吧，人没有出事吧？"

"不值一提——总共才损失了两个岛民。——还是上船来吧,老朋友,来呀。我马上就会让你高兴起来。来呀,好不好(高高兴兴玩一玩)?我们是满载而归哩。"

"只有傻瓜才会这么异乎寻常地亲热!"亚哈喃喃道。然后提高嗓门,"你说你们是满满一船,正往回走;可我们是条空船,正往前奔。所以,还是你走你的,我走我的好。前进呀!把帆都扯起来,一路顺风!"

就这样,一条船高高兴兴地乘风而去,另一条则顽强地顶风而行。于是,两条船各奔东西。"裴廓德"号的船员心情沉重、依依不舍地注视着逐渐远去的"单身汉"号。"单身汉"号上的人则全沉醉在狂欢中,根本没注意到他们殷切的目光。亚哈这时倚在船尾栏杆上,望着那条回家去的船,从口袋里掏出一小瓶沙子,然后望望那条船,又瞧瞧手中的瓶子,似乎就此把这两件风马牛不相及的东西联系到一起来了,因为那瓶子里装的就是来自南塔开特海底的泥沙。

第一一六章　垂死的鲸

生活中经常有这样的情况，正当我们陷入困境一筹莫展时，幸运儿打我们身边擦过，带起一股疾风，让我们也多少沾了点儿光。于是，我们惊喜地发现我们松弛的帆鼓起来了。"裴廓德"号似乎正是这种情况。因为我们遇到快活的"单身汉"号后，第二天，就发现了鲸群，并捕杀了四条。其中一条是亚哈亲自捕杀的。

时已黄昏。一场刀枪砍杀的血战已经结束。泛舟在这霞光潋滟的大海上，太阳和大鲸已经一块儿悄悄咽了气。这时，一种异常甜美的情调和分外哀伤的气氛，以及宛如在花圈围绕中做的祈祷声，全袅袅升上玫瑰色的天空，就像放荡不羁的水手一般的西班牙陆风，老远地从马尼拉小岛中那些修道院似的、郁郁苍苍的幽谷刮过来，满载这些晚祷赞歌，出海去了。

杀了一条鲸，虽然又出了一口气，可是亚哈却觉得更加深了心头的郁闷。他倒划离开了那条鲸，坐在已安静下来的小艇里，全神贯注地望着它最后的挣扎。因为，在所有垂死的抹香鲸身上都会出现的那种奇异情景——头朝太阳方向转过去，然后慢慢地咽气——不知怎的总给予亚哈一种前所未知的神奇的感受。

"它转呀转的，把自己转向太阳——转得好慢，但是很坚定。瞧瞧它那表示崇敬和祈求保佑的神情，它那最后垂死时的动作。它也敬奉火，它是太阳最忠诚最明显最有身份的子民！——啊，但愿这情有独钟的眼睛会看到这情有独钟的情景。你瞧！在这里，深锁在水下，远离人世祸福的喧嚣,在这最正直无私的海洋上,没有岩石提供书板以记载传说,历经漫长的中国朝代,波涛始终无言地也无人与言地翻腾不息,一如照耀尼罗河那不为人知的源头的星星。在这里,生命也是满怀忠诚地头朝太阳死去。可是,你瞧!刚一断气,死神就围着尸体打转转,结果它头朝向了别的方向。

"啊,你这狠毒的印度神,你用淹死者的骸骨在这光秃秃的大海深处建起了你独自的宝座;你是个异教徒,你这女王,你用大肆杀戮的飓风和事后销声匿迹这种方式很真实地告诉我了。你的大鲸临死时头向太阳,然后又转过去,对我倒是个教训。"

"啊,加了三道箍、焊得牢牢的有力的髋部!啊,高耸如虹的喷水!——前者在拼命地扭摆,后者在徒劳地喷出!大鲸啊,你向那边那生气勃勃的太阳求情,纯粹是白费力气,它只能唤起生命,却不能重新赋予生命。然而你,还有更难理解的一半,却以一种更难理解却也更为自豪的信念使我震惊。你那叫不上名来的混杂的一切全在我这下面漂浮着。我依靠曾经活着的生物的呼吸才没有沉下去,它们原先呼出的是气,现在却是水了。"

"大海啊,且让我向你致敬,永远致敬。这只野鸟在你永恒的汹涌中寻找它唯一的栖身之处。生于大地,却为海洋所哺育;虽然山冈和峡谷抚养了我,你的波涛却是我的干兄弟!"

第一一七章　看守死鲸

那天傍晚捕杀的四条大鲸彼此相距很远：一条在上风处老远；一条在下风处，略近一点儿；一条在船前方；一条在船后方。后边那三条在天黑之前就拖到船边来了。可是在上风处那一条要到第二天早晨才能去拖。捕杀它的那只小艇就整夜在一旁守着。就是亚哈的那一只小艇。

旗标杆笔直地插在死鲸的喷水孔里。挂在杆顶的灯笼投下一道困惑、闪烁的亮光在它那黝黑光滑的背脊上，也远照到午夜的波浪上。它们轻轻地冲洗大鲸巨大的身躯，就像浪花轻柔地拍击海滩一般。

亚哈和他小艇的全体成员似乎都睡着了；只有那个袄教徒，裹紧身子，坐在艇首，瞧着一群鲨鱼鬼怪似的在死鲸周围嬉戏，尾巴轻轻拍打薄薄的杉木艇板。一个声音陡然颤抖地掠过长空，就像是蛾摩拉城罪孽深重的鬼魂在死海上发出的呻吟。

亚哈从睡梦中惊醒过来，发现那个袄教徒就坐在自己对面。在阴沉的夜色笼罩下，他俩就像是洪荒世界里留下的仅有的两个人。"我又梦见它了。"他说。

"梦见灵车了？我不是说过吗，老头儿，无论是灵车还是棺材，都没有你的份？"

"死在海上的人还用得着灵车吗？"

"可是我说过，老头儿，如果你死在这次航行中，那你死之前，一定会在海上清清楚楚地看到两部灵车；头一部不是凡人做的，另一部用的人间的木料一定是来自美国的。"

"唔,唔!那倒真是个奇观,师父,一部扎羽毛的灵车在海上漂,波浪做抬棺人。哈!这样的奇事可惜我们眼下看不到。"

"信不信由你,反正你要看到它才会死,老头儿。"

"你自己怎么样呢?"

"虽然全都完蛋,我还是走在你前头,做你的带路人。"

"既然你会这样走在头里——果真如此的话——那么在我跟你走之前,你一定还会现身,还会来给我带路?——你刚才是不是这么说的?那好,就算你说的都是真的,我的带路人啊!我在这里做出两点保证,我迟早要干掉莫比·迪克,要叫它死在我前头。"

"再给你一个保证,老头儿,"那袄教徒说,这时他的眼睛像萤火虫似的在黑暗中闪闪发光,"只有绞索才杀得了你。"

"你指的是绞架吧。——那我就死不了了,无论是在陆上还是在海上。"亚哈发出了嘲笑声,高声嚷道,"无论在陆上还是在海上,都死不了啦!"

两人又默不作声了。天蒙蒙亮了,睡在艇底的水手都起来了,不到中午,就把死鲸拖到了大船边。

第一一八章　象限仪

赤道上的捕猎旺季终于迫近了。每天当亚哈从船长舱出来,抬头望天时,那个机灵的舵手便卖弄地掌起舵柄,讨好的水手赶紧跑到转帆索跟前,站在那里一个个死死地盯住那枚古金币,急切地等着下令把船头指向赤道。这道命令终于及时下达了。那时逼近正午,亚哈坐在高高吊起的小艇艇头,正在对太阳作每天例行的观察以判断他所在的方位。

这时,在日本海上,夏季的白昼简直是一发不可挡的炫目的洪水。那一眨也不眨的神采奕奕的太阳,就像是这玻璃般的大海自身这面巨大的凸透镜炎炎灼人的焦点。天空像是涂上了一层漆,没有一丝云彩,水天交接处动荡不定。这种赤裸裸的令人无处藏身的照射,就像是上帝的宝座夺目的光华一般令人难以忍受。好在亚哈的象限仪上装的是彩色镜片,通过它来观察火一般的太阳。就这样,亚哈随着船身的颠簸时起时伏地坐着,眼睛凑近他那观察星象的仪器,待了好一会儿,想抓住太阳刚好达到最高点那准确的瞬间。这时,当他全神贯注在太阳上时,那袄教徒在他下面跪在甲板上,像亚哈一样仰面朝天,也在观察太阳,只是他的眼睛半眯着,他那充满野性的脸上大大收敛了往日世俗的热情。终于亚哈获得了他盼望的观察结果,随即拿起铅笔在鲸骨腿上计算起来,以求出在那一瞬间他所处的方位应有的准确数据。然后,他沉入了幻想之中,片刻之后,又抬起头来仰望太阳,并喃喃自语道:"你这海上的测标呀!你这高高在上的引路人呀！你真实地告诉了我现在在哪儿——可是你能不能稍稍给我一点儿暗示，我将来会在哪儿呢？或者你能不能说说，那儿除了我此刻还有什么别的东西活着哩？莫比·迪克在哪里？此刻你一定看见它了。我这双眼睛看出了你那只眼睛此刻甚至正在瞧着它，而且我这双眼睛还看出了你那只眼睛此刻甚至在同样地瞧着你那边，你这太阳那边的许多未知的东西！"

然后他凝望着象限仪，一个又一个地触摸那许多神秘的部件，又沉思起来，并喃喃道："可笑的小玩意儿！傲慢的海军大将、舰队司令和船长们手中的小娃娃玩具，人们把你吹得神乎其神，说你如何灵巧，如何神通广大，其实，充其量你最大的能耐无非是能说出你自己和拿着你的人碰巧出现在这个大星球上的某个无足称道的地点而已。就是这样！再要多一丝一毫的用处都数不上了！你连此时此地一滴水或者一粒沙明天中午会在什么地方都说不上来。然而，你这窝囊废却胆敢侮辱太阳！还美其名曰科学！见鬼去吧你，你这虚有其表的玩意儿。一切叫人们抬头望天的东西都见鬼去吧，天上那强烈的亮光只会把人们的眼睛灼伤。太阳啊，就像我这双老眼甚至现在就已经被你的亮光灼伤了一般！人眼的视线生来就是跟地平线平行，而不是从头顶上射出去，好像上帝特意要人注视它的天空。见你的鬼去吧，你这象限仪！"他把象限仪往甲板上一摔，"我再也不要你来引路啦。船上的水平罗盘，和根据测程仪及航线推算的稳定的船位推测法，我要这些东西来指引我，来告诉我在海上的位置。"他跨下小艇，来到甲板上："因此，我要踩你几脚，你这装模作样地指向天空的蹩脚货。我要把你踩烂，把你毁了拉倒！"

当这处于疯狂状态的老人这样边说边用一只好脚一只假脚交替踩着那象限仪时，那默不作声一动不动的祆教徒脸上掠过的神情，似乎既有对亚哈胜利的嘲笑，又有对自己认命的绝望。他悄悄地起身溜开了。那些水手则都为船长那疯疯癫癫的模样弄得不知所措，在船首楼里挤作一团，一直到亚哈心烦地在甲板上踱来踱去，大声叫喊"到转帆索跟前去！转舵迎风！——扬帆直航！"他们才各就各位。

登时，帆桁都转过来了。船来了个90°角的急转。那三根安装得很牢靠的桅杆稳稳地直立在用肋材加固的长长船身上，仿佛荷拉第三兄弟骑在一匹急转的身材修长的马身上。

亚哈在甲板上东倒西歪地走着。斯达巴克站在船首斜桁的支撑杆之间，瞧着"裴廓德"号那激动的样子，也瞧着亚哈那激动不已的样子。

"我曾经坐在煤炭满膛的炉火前，瞧着它烧得通红，充满了备受熬煎的、炽烈的生命力；我又看着它的火力逐渐衰微下去，越来越小，最后只剩下一膛死灰。海上老人啊！在你这整个火一般的生命中，最后剩下的也只不过是一小堆灰烬！"

"喂，"斯塔布嚷道，"不过是海煤灰——请注意，斯达巴克先生——是海煤，不是那种普通的木炭。好啦，好啦，我听到亚哈在嘟囔，'有人把这些牌塞到我这双老手里来了，还强调我非玩这把牌不可，没有别的牌'。说真格的，亚哈，你干得对。为这场赌博而活，为这场赌博而死！"

第一一九章 蜡烛

最热的气候哺育出最凶残的毒蛇猛兽，孟加拉虎就蹲在芳香常绿的丛林里。最灿烂的蓝天孕育着致命的惊雷骇电，艳丽多姿的古巴就饱尝那从不袭击单调平淡的北部地区的大旋风肆虐之苦。同样，在光辉灿烂的日本海域，水手们也会遇上最可怕的风暴——台风。有时晴空万里，它也会突然刮起来，就像一颗炸弹在昏昏然沉睡的村镇上爆炸开来一般。

那天天快黑时，"裴廓德"号被一股劈头盖脸袭来的台风把帆布撕个精光，只剩下光秃秃的桅杆和它奋战。入夜时，海天齐吼，雷鸣电闪，只见那形同虚设的桅杆上到处是破布片在狂风中翻飞。这是大风暴初施淫威后为它未尽的余兴留下的东西。

斯达巴克抓住一根护桅索，站在后甲板上，每亮起一道闪电，他便朝上望望，看是不是又有什么新的灾难落到了那边互相纠缠的索具上。斯塔布和弗拉斯克则在指挥人手把小艇吊得更高些，捆得更牢靠些。可是他们的努力似乎全是白搭。亚哈那只在船尾正好当风的小艇，虽然用吊车吊在最高处，也没有幸免。一个大浪高高卷起，猛地扑向摇摇摆摆的大船高高翘起的船侧，把那小艇艇尾处的艇底冲破了。大浪又卷了回去，扔下这只小艇像筛子一般到处漏水。

"不妙，不妙，斯达巴克先生，"斯塔布瞧着那只破艇说，"不过海浪总是想怎么着就怎么着。就拿我斯塔布来说，简直拿它没有办法。你瞧，斯达巴克先生，一个浪头在跃起之前，总是老远老远就作好准备。它先要跑不知多远,然后才猛地一跳!可是我呢,跟它对抗的全部助跑距离仅仅是横过这甲板。不过,不要紧;这都是说着玩的。那首古老的歌儿就是这么说的(他唱道):

> 啊!大风真快活,
> 大鲸作小丑,
> 把尾巴来挥舞,

十足一个滑稽、直爽、好斗、开心、诙谐、爱闹、愚弄人的家伙啊。这海洋!

> 浪花四面飞溅,
> 这只是它在搅香料,
> 它的香啤酒大喷泡沫;——

十足一个滑稽、直爽、好斗、开心、诙谐、爱闹、愚弄人的家伙啊。这海洋!

> 迅雷劈开了船只,
> 但它只咂咂嘴唇,
> 尝一尝它的香啤酒,

十足一个滑稽、直爽、好斗、开心、诙谐、爱闹、愚弄人的家伙啊。这海洋!"

"住嘴,斯塔布。"斯达巴克喝道,"还是让台风唱吧,让它在我们的索具上弹竖琴。你要是条汉子的话,你就会保持沉默。"

"可我不是条什么汉子呀。我从来没有说过我是条汉子。我是个懦夫，唱歌无非是给自己壮胆。我挑明了跟你说吧，斯达巴克先生，世界上还没有什么别的法子可以阻止我唱，除非割断我的嗓子。而且就算割断我的嗓子，十有八九我还要给你唱首赞美诗来收场。"

"疯子！要是你自己没有眼睛，那就把我的眼睛借给你瞧瞧吧。"

"什么！请别在意我问得有多蠢，夜里这么黑，别人都看不清，怎么独独就你看得清？"

"听着！"斯达巴克一把抓住斯塔布的肩膀，指着迎风的船头，嚷道，"你没注意到大风是从东边来，是从亚哈正要去追踪莫比·迪克的那个航向来的吗？那不是他今天中午转过去的航向吗？你再瞧瞧那边他那只小艇，破在哪里？就在艇尾座那里，老兄，那是他站惯了的老地方——他的立脚处给打穿了，老兄！好啦，你硬要唱的话，那你跳到海里去唱个够吧！"

"我一点儿也听不懂你的话，会出什么事吗？"

"对，对，绕过好望角是回南塔开特的最短航线。"斯达巴克没有理睬斯塔布的问话，突然自言自语起来，"那正在狠狠地抽击我们要弄沉我们的大风，我们满可以把它转成顺风送我们回家去。那边，朝上风走，凶多吉少，前途暗淡，可是朝下风走，却是回家的路——我瞧见那边亮起来了，可那不是闪电照亮的。"

就在这时，在断断续续的闪电之后的无边黑暗中，他听到身边有声音。几乎就在这同一瞬间，一阵隆隆的雷声在他头上滚过。

"谁？"

"老雷公！"亚哈应道，一边扶着舷墙一路摸索着到他那个钻孔那儿去。可是突然之间眼前一亮，肘弯状的火枪把周围照得一清二楚。

原来正如陆上建筑物的尖顶要安装避雷针，以便把危险的电流引到地下去，海上有些船只每根桅杆上也装有类似的避雷针，以便把电流引到水里去。但是，这避雷针插到水里去必须有一定的深度，使它的末端不能和船壳有任何接触才行，可是要是老让它在水中拖着走，除了很可能跟索具缠上,以及多少会影响船的航速外,还很容易发生许多意外事故。出于这种种考虑,海船避雷针的底下一截并不老插在水里,而是一般做成长长的细链条模样,以便更易于收起来搭在外面的锚链上,或者按情况需要,扔到水里。

"避雷针!避雷针!"斯达巴克朝水手们喊道,刚才就像扔出一个火炬给亚哈照明的强烈闪电,突然唤醒了他的警惕,"它们都在水里了吗?把它们扔到水里去。船头船尾都扔出去。快!"

"慢着!"亚哈嚷道,"就让我们在这里来一场公平的比赛,虽然我们实力不如人家。我还要把这些避雷针都贡献出去,安在喜马拉雅山和安第斯山上,让全世界都平安无事,我们可不需要特殊照顾!随它去,老兄。"

"你瞧瞧桅杆上!"斯达巴克嚷道,"那些桅顶电光!那些桅顶电光!"

所有的帆桁尖上都有一股苍白的火,每根避雷针顶端的三叉尖上都闪动着三支尖细的白焰。那三根高高的桅杆都不声不响地燃着,发出一股硫黄味,就像是插在祭坛前三支奇大无比的蜡烛的烛芯。

"该死的小艇!松开它!"这时,斯塔布大叫起来,因为一个大浪,在他缚绳子的时候,猛地从他的小艇底下涌了上来,艇舷的上缘狠狠地挤住了他的手。"该死!"可是他在甲板上往后一滑,仰起的头正好看到了桅顶上的白焰,登时变了声调,喊道,"桅顶电火发发慈悲吧!"

对水手们来说,粗话、脏话是常用语,张嘴就来。在风平浪静的催眠状态中他们会骂,在疾风骤雨大施淫威时会骂,在波涛汹涌的海上颠簸得最厉害时会从中桅帆桁端上破口大骂。可是,在我经历的航程中,碰到这样的情况,当上帝炽热的手指已经按在船上,当他用指头写的文字"弥尼,弥尼,提客勒,乌法珥新"[①]已经交织进护桅索和

[①] 见《圣经·旧约·但以理书》第五章。

索具中时,我还很少听到他们随口而出,骂上一句半句。

这苍白色的火高高地在桅顶上燃烧时,被迷住了似的水手话也不怎么说了。他们聚在一起,站在船首楼上。他们的眼睛在那股苍白的磷火照耀下都闪闪发亮,仿佛远在天际的星群一般。那个魁梧伟岸乌黑发亮的黑人达格,在那鬼火的衬托下,隐隐约约比他原来的个儿增大了三倍,而且霹雷似乎就是从他这团乌云发出来的。塔希蒂格张开的嘴露出了一口雪白的鲨鱼牙齿,奇特地闪闪发亮,仿佛上面也有一层电火光。魁魁格身上的刺花,在这股奇异的亮光照耀之下,像恶魔的蓝色火焰一般在他身上燃烧。

这动人的场面终于随着桅顶上苍白色的火光一道完全消逝了。"裴廓德"号和甲板上所有的人再度笼罩在夜幕里。过了一会儿,斯达巴克往船头走去时和一个人撞上了。那人正好是斯塔布。"你现在怎么看,老兄?我听见你喊来着,那可跟你唱歌的声调不一样。"

"是的,是的,是不一样。我说过要桅顶电火发发慈悲,我至今仍旧希望它大发慈悲。但是,难道它只对愁眉苦脸的人大发慈悲?——对笑容满面的人就没有怜悯之心?你看,斯达巴克先生——不过太黑了看不见。那你就听我说吧:我认为我们看到的那桅顶上的火光是好兆头。因为,那些桅杆直达舱底,就是说,货舱里将会装满鲸油,鲸油会渗透到桅杆里去,就像树身充满了树液一般。对啦,我们这三根桅杆到时候就会成为三支鲸油蜡烛——那就是我们刚才看到的好兆头。"

这时,斯达巴克看到斯塔布脸上开始慢慢有了点儿光,可以看得见了。他抬头一瞧,不禁喊道:"瞧!瞧!"桅顶上那细长的火苗又出现了,而且那苍白色里透露的神秘感似乎更加强了。

"桅顶电火发发慈悲吧。"斯塔布再一次喊道。

在主桅基座处,正好在古金币和火苗的下方,那个祆教徒跪在亚哈前面,头直向前奔拉着。附近,在垂拱的索具跟前,刚刚有几个水手忙着绑住了一根帆桁,这时,被那亮光吸引住了,都聚在一起,手搭着悬垂的索具,就像一小群落在下垂的果枝上失去感觉的黄蜂。其他的水手在甲板上像生了根似的,着迷的姿态各异,活像从火山灰覆盖下的赫鸠娄尼恩古城发掘出来的骷髅,或站,或走,或奔,但一个个都抬头仰望着上方。

"对,对,伙伴们!"亚哈嚷道,"往上瞧。好好记住,那白色的火焰只不过给我们照亮追捕白鲸的道路!把主桅上的那些链环递给我,我要摸摸它的脉搏,让我的脉搏贴住它的一起跳。血贴着火!就这样。"

说完,他转过身来——左手紧紧握住最后一节链环,脚踏在那祆教徒背上;他目不转睛地朝上望着,右手高高扬起,挺立在那三位一体的桅顶三叉火光之前。

"啊,你这明亮之火的真神,在这些海洋上,我曾经像波斯人一样地崇拜过你。后来在行圣餐礼时,你把我烧得好厉害,至今伤疤还在。现在我看透你了,你这火神,现在我看透了对你最好的崇拜莫过于反抗。反正爱戴也好,崇敬也好,你都不会领情。甚至出于厌恶,你动辄大开杀戒,要赶尽杀绝。现在没有哪个无所畏惧的傻瓜敢于和你对抗。我承认你有无法表达的无处不在的威力。可是在我充满大动乱的一生中,只要我一息尚存,我决不允许这种威力在任何方面无条件地控制我。在徒具人形没有个性的人中间,这儿挺立着一个有个性的人。虽然这充其量只不过是个特点。不管我是从哪里来的,我还要到那里去;然而,只要我在这世界上活一天,凛然不可侵犯的个性便在我身上存在一天,便享有它至高的权力。可是,对抗免不了痛苦,憎恨导致悲哀。哪怕你以最低限度的爱的形式出现,我也会匍匐在地吻你的脚。可是如果你仅仅以至高无上超凡的威力露面,尽管你出动全副武装的海军,这里还是会有人不把它当回事。啊,你这火神,你的火造就了我,我就要真正像个火神的孩子,把火给你吹回去。"

(突然,连连闪电,三根桅杆顶上的九股火焰蹿了起来,比原先高了三倍。亚哈,跟其他人一样,闭上了眼睛,用右手紧紧蒙住。)

"我承认你有无法表达的无处不在的威力。我不是这样说过吗?这并不是你逼我说的。现在我也不准备扔下这些链环。你可以弄瞎我的双眼,但我还可以摸着走;你可以把我烧光,我总还可以剩下一堆灰烬。请接受这双可怜的眼睛和蒙住眼睛的这双手的敬意吧。我自己可消受不起。闪电射穿了我的脑壳;我的眼球疼痛不已;我被击中的头好像整个儿砍下来了,目瞪口呆地在地上直滚。啊,啊!尽管眼睛蒙住了,我还是要走到你跟前来。尽管你是光亮,你跳出了黑暗;我却是黑暗,跳出了光亮,跳出了你的管辖!闪电停止了。张开眼睛,看见了没有?火焰在燃烧!啊,你真宽宏大量!现在我可为我的家族增了光。可是,你只不过是我的火性子父亲;我亲爱的母亲,我却一无所知。啊,真残酷!你把她怎么样了?这就是让我感到困惑的事。可是你的困惑比我的更大,你不知道自己的出身,所以称自己无父无母;你肯定不知道自己的根,才称自己为无始。我知道我的根,而你却不知道你的根,你这有无限威力的神啊!有种并不太明显的东西超出了你这火神的理解。对你来说,你的永恒只表现在时间上,你的创造力都是无意识的。通过你,通过你那燃烧的身躯,我被灼伤的眼睛还是隐约看到了这一点。啊,你这自小被不知名的父母遗弃的火神,你这远古的隐士,你也有你说不出来的谜团,无人分担的伤心事。我在这里再次怀着一种傲慢的痛苦,了解了先辈的苦衷。跳吧!高高跳起,让你的火舌去舔青天!我和你一块儿跳起来;我和你一块儿燃烧;我甘愿和你熔合在一起,不顾一切地崇拜你!"

"那小艇!那小艇!"斯达巴克嚷道,"瞧瞧你那小艇,老兄!"

亚哈的标枪,珀斯炉子里打出的那一支,还牢牢地缚在它那显眼的枪架上,因而伸到艇头外面去了。但是,那洞穿艇底的大浪把那松松地套在枪头上的皮鞘弄脱了,这时,从那精钢打就的锐利的倒钩上平平地射过来一道苍白的分叉的火焰。就在那支标枪上的火焰像蛇信子不声不响地一吞一吐时,斯达巴克一把抓住亚哈的胳膊——

"上帝,上帝都在跟你作对,老兄。还是克制一点吧!这趟航行很不吉利!一开始就不吉利,接下来现在又不吉利。趁现在还来得及,让我调整帆桁,老兄,变逆风为顺风往家走,这比眼下的航向要强得多。"

那些惊慌失措的水手,无意中听到了斯达巴克这番话,赶紧跑到转帆索跟前——虽然所有的帆都落下来了。一时之间,那惊惶的大副的想法似乎也就是他们的想法,他们发出了一阵近乎叛变的鼓噪声。可是亚哈把避雷针上的那串链环哗啦啦地朝甲板上一摔,抓起那支起火的标枪,像火把一样在他们中间挥舞,发誓说谁敢头一个解开一个绳头,他就要把谁扎个透心过。他那样子登时把他们镇住了,他手里那支在燃烧的标枪更让他们害怕,于是他们全都沮丧地退缩了。这时,亚哈接着又说:

"你们跟我一样都发了誓,要追捕白鲸,我们说话要算数。我亚哈是把心、灵魂、身体、五脏六腑和这条老命都跟我的誓言捆在一起了。这样,你们就可以想到我这颗心是按照什么调子在跳动。你们注意,我就这样来消灭最后一分恐惧!"他随即一口气就吹灭了枪头上的火焰。

在横扫平原的飓风中,人们赶紧从一株孤零零的巨大榆树周围跑开,因为它越高大,便越容易成为雷击的目标,待在它附近便越不安全。同样,许多水手在听了亚哈最后的话以后,都在灰心丧气的恐惧之中,赶紧离他远远地跑开。

第一二〇章　头更结束前的甲板上

［亚哈站在舵旁。斯达巴克走上前去。］

"我们必须把主桅中帆下桁落下来，先生。牵引绳松动了，背风面的帆桁吊索也散了一半。我是不是把它扯下来，先生？"

"不扯！把它缚好。我要是有第三层帆桅杆，我现在就把它们全扯上去。"

"先生？——上帝在上！——先生？"

"唔。"

"锚都活动了，先生。是不是都收上来？"

"不收，什么都不要动，都缚好就成。起风了，不过刮得还没有我的台面高。快，去照看一下。——天哪！他把我看作个什么沿海渔船的驼背船长了。要落下我的主桅中帆下桁！嗬，一脑袋糯子！最高处的桅杆帽自然要经得起最狂暴的风，我这脑壳桅杆帽此刻还正在狂风驱赶下的白云中跑哩。我是不是也把它扯下来呢？啊，只有胆小鬼才在风狂雨骤的时候把自己的脑壳桅杆帽扯下来。那上边乱哄哄的好激动啊！我要是不知道腹绞痛是一种会痛得大喊大叫的病，甚至还会把它当成什么庄严崇高的东西哩。啊。吃药吧，吃药吧！"

第一二一章 午夜——船首楼舷墙

[斯塔布和弗拉斯克爬上舷墙,把挂在上面的锚又加捆上几道绳索。]

"不,斯塔布,你爱怎么鼓捣那个结头都可以,可是你别指望把你刚才说的鼓捣进我耳朵里去。而且,和这完全相反的话,你才说了有多久?你不是说过,无论亚哈乘哪条船,那条船就得在保险单上额外多付一笔保险费,就像它船尾装的是一桶火药,船头装的是一箱火柴似的?停一停,喂,你说过这话没有?"

"唔,就算我说过,那又怎么样?说过那番话以来,我身体上多少起了点儿变化,为什么脑子就不能变?再说,就算我们船尾装的是火药桶,船头装的是火柴,现在这里浪花飞溅,什么都打湿了,火柴怎么划得着?喂,老弟,你倒是有一头好红头发,可你现在也着不起来呀。振作起来,弗拉斯克,你是宝瓶星座①,或者运水人②;你可以往你脖领子里灌水就是。难道你不知道,为了这些额外的风险,保险公司就有额外的保证吗?这就是给你的取水龙头,弗拉斯克。不过,你再好好听着,我还要回答你另一件事。你先把脚从这锚顶上挪开,我好扯根绳子过去。现在,听我说。假设有两种情况,一种是在暴风雨中手里握着一根桅杆的避雷针,另一种也是在暴风雨中,挨着一根

---

① 弗拉斯克,原文Flask,意译为"瓶"。
② 宝瓶星座是以一个男子持水瓶倒水为象征。

根本就没有装避雷针的桅杆站着,这二者之间有什么重大的区别?难道你看不出来,你这榆木脑袋?那个手握避雷针的人根本不会有什么危险,除非那根桅杆先给雷击中。那你还唠叨个什么呢?一百艘船里,安装避雷针的,还不到一艘,而亚哈,不,老兄,我们大家都算上——据在下看来,跟现在正在海洋中航行的千千万万艘船上所有的人一样,都没有危险。嗨,你这中柱,你呀,我看你是想让世界上每个人都在帽檐上架起一根小避雷针走来走去,就像国民军军官帽子上插的翎毛,并且像他的绶带那样拖在背后,这才称心。你为什么就不明白点儿事理,弗拉斯克?明白事理也并不难,那为什么你就做不到?任何人,只要稍微注点儿意,都会明白的。"

"我弄不懂,斯塔布。有时候觉得那挺难懂的。"

"是呀,一个浑身湿透了的人是很难明白事理的,那倒是事实。这浪花也快把我全身打湿了。不要紧,抓住关键,就行了。看来现在我们把这些锚捆得结结实实的,好像再也不准备派用场了。把这两只锚在这个地方一捆,弗拉斯克,就像反缚着一个人的两只手似的。而且还真是两只好大好仁慈的手。这是你的铁拳头,对吗?它们还抓得好有劲啊!弗拉斯克,我怀疑这世界是不是在什么地方抛了锚,真是那样的话,那可要一根非常非常长的锚链来吊着。喂,把那个结头敲下去,我们就完事了。行啦!回到甲板上去,虽比不上陆地,也够令人满意的了。喂,给我拧一拧外套下摆,好吗?谢谢。他们把上岸穿的外衣说得一无是处,大加嘲笑,弗拉斯克。不过,在我看来,在海上赶上暴风雨,就应该老穿燕尾服。燕尾服两个后摆那样一路尖细下去,正好很便当地让水顺流而下,你看是不是。那种两端尖的三角帽也一样,那卷边就像山墙端的屋檐槽,正好走水,弗拉斯克。我再也不要穿什么紧身短上衣和雨衣了。我非穿件燕尾服,齐眉毛戴顶高帽不可。就这样。喂!哎呀!我的雨衣给刮到海里去了。天哪,天哪,想不到从天上吹来的风竟这么不讲礼貌!这可是个很不好对付的夜晚啦,老朋友。"

第一二二章 午夜上空——雷电交加

[主桅中帆下桁。——塔希蒂格重新给它捆上几道。]

"唔,唔,唔。别打雷啦!这上面的雷够多的啦。老打雷有什么用?唔,唔,唔。我们不要打雷,我们要甜酒。给我们一杯甜酒吧。唔,唔,唔!"

第一二三章 滑膛枪

在台风一次次猛烈的冲击下,"裴廓德"号上那个掌着牙骨舵柄的舵手,好几次给舵柄抽风似的猛弹打到甲板上,摔得头晕眼花。尽管舵柄上系上了防震索,可那些防震索系得松松的,因为总得给舵柄留下一定的活动余地。

在这样厉害的狂风中,连船只都只不过是一只随风翻飞的羽毛球,看到罗盘的指针隔三岔五地转个不停,就丝毫不足为奇了。"裴廓德"号就正是这种情况。几乎每一次冲击之下,那个舵手总要瞧瞧指针在罗盘面上旋转的转速。这种情景,没有哪个看了不感到几分少有的激动。

午夜后几个钟头,台风大大减弱了。斯达巴克和斯塔布经过顽强的努力——一个张罗船头,一个张罗船尾——终于把三角帆、前桅中帆和主桅中帆的残片从桅桁上割下来,让它们随风飞扬,打着旋儿向下风头飘去,就像在暴风雨颠簸中飞行的信天翁,羽毛有时会被狂风吹飞一般。

三张换上去的新帆,这时还卷着没有打开。在尽靠船尾处扯起了一张风暴中用的斜桁纵帆。这样一来,船很快就又走得比较稳了。船的航向——暂时是东南东——又下达给了舵手,如果行得通的话,他是要按照执行的,因为在狂风大施淫威之下,他只能顺着风的变化来掌舵。可是现在,当他尽可能按照原定的航向走时,他一边瞧着罗盘,嘀!好兆头!风似乎转到船尾去了,哈,逆风转顺风了!

水手们高兴得唱起来"嘀！顺风啦！哦——嗨——哟，使劲儿哟，弟兄们！"一边和着这轻快的歌声马上就把帆桁调整到和桅杆成直角。没想到这么一件鼓舞人心的偶然事件竟很快造成一种假象，证明先前的凶兆是毫无根据的。

斯达巴克按照船长定下来的规矩——甲板上的事态如出现任何决定性的变化，必须随时报告——刚把帆桁调向迎风后——尽管他很不乐意而且很沮丧——就机械地走下舱去向亚哈船长报告情况。

在敲船长室门之前，他不由自主地在门前停了一会儿。舱室里那盏灯——大幅度地来回摆动——忽明忽暗地照着，在老头儿那上了闩的门上投下了忽浓忽淡的影子——那门薄薄的，上部没有镶嵌板，是装的固定的百叶窗。那孤零零的地下室似的舱室里静得出奇，虽然它被周围各式各样的喧哗声紧紧包围着。靠前舱壁立着的几支装了火药的枪，在枪架上闪闪发亮。斯达巴克是个诚实正直的人，可是看到那些枪的一瞬间，心里奇怪地涌起了行凶的恶念。但是，这念头跟许多随之而来的不好不坏的或者好的想法紧紧混杂在一起，以至一时之间他不知该怎样来看待这恶念本身了。

"他有一次本想朝我开枪的，"他喃喃道，"不错，他曾经用来比着我的那支枪就立在那里——就是枪托有饰钉的那支。让我摸摸它——提起来。真怪，我，一个跟不知多少支致命的鱼枪打过交道的人，真怪，这会儿我竟抖得这么厉害。装上火药啦？我倒要看看。对，对，药池里装了火药——这可不妙。最好倒掉？——等一下。我要亲自给自己去掉这个恶念。我要勇敢地握住这支枪，好好想一想。——我是来向他报告顺风消息的。可是，怎么个顺法？顺向死亡，顺向毁灭——那可顺了莫比·迪克的意。这只不过是一股顺了那该死的鲸的意的顺风——他比着我的就是这支枪！——就是这支。这支枪——现在握在我手里。他本想用现在握在我手里的这玩意儿干掉我的。——而且他还想把他所有的水手都干掉才好。他不是说，随它刮多大的风，他都不把帆桁扯下来吗？他不是把他宝贝似的象限仪都摔了吗？他不是仅仅依靠错误百出的航海日志上那光凭测程仪和罗盘得出的船位推算在这凶险的海面上摸索前进？而且就在这场台风中，他不是还赌咒发誓硬不要什么避雷针吗？但是，是不是就此俯首帖耳地听任这个发了疯的老家伙拖着整船的人跟他一起走向毁灭呢？——是的，要是这艘船出了事，那他就成了30多个人的蓄意谋杀犯。凭良心说，这艘船肯定会出事，要是亚哈一意孤行下去。要是此时此刻把他干掉，这谋杀罪他就犯不成了。哈！他是不是在说梦话？是的，就在那里——在那里边，他睡着了。睡着了？对，不过没死，一会儿就会醒来。那时，我真受不了你，老头儿。说理也好，规劝也好，恳求也好，你全听不进去，你把它们全当耳边风。你要求的是对你直截了当的命令做出直截了当的服从，这就是你大叫大嚷的全部内容。对啦，你还说，这些水手都是发过誓的，说我们大家都心甘情愿做亚哈。绝没有那样的事！——不过，是不是就没有别的法子可想呢？不能采取合法的方式？——要是把他囚禁起来，带回家去呢？什么！指望从这老头自己活生生的双手里把他的权力活生生地夺走？只有傻瓜才会去试试看。甚至就算绑起他的双臂，大大小小的绳索捆住他全身，用铁链子把他锁在这舱室地板的环端螺栓上，他也比关在铁笼子里的老虎还要可怕。我会连看都不敢看。他的咆哮声躲也躲不开。在这趟漫长的难以忍受的航行中，我会坐卧不安，辗转难眠，心烦意乱。那么，还有什么法子？陆地在几百英里以外，最近的却是闭关锁国的日本。我现在孤立无援地待在辽阔的大海上，在我和法律之间横亘着两个大洋和整整一个大陆。——唉，唉，就是这样。——如果上苍用雷电把一个伺机作案的杀人犯击毙在床上，连床单和皮肤一块儿烧着，那上苍是不是成了杀人犯呢？那我是不是也成了杀人犯，如果——"他慢慢地、偷偷地、稍稍转过身来望了望，便用那支装了火药的滑膛枪顶着门。

"亚哈的吊铺在里边摇来摆去，就在枪口的水平线上。他的头在这边。只要一扣扳机，我斯达巴克就可以生还老家，拥抱老婆孩子去了。——啊,玛丽!玛丽!——孩子!孩子!——可是,我要是把你弄醒了,没把你打死,老家伙,谁知道下个星期的今天,斯达巴克的尸体和全体水手会葬身在哪个无底的深渊。我动不动手?我动不动手?——台风已经减弱并且转向了,先生,前桅和主桅的中帆扯下来又升上去了,船正按航向行驶。"

"倒划!莫比·迪克啊,我总算揪住你的心脏了。"

这就是这个老人从噩梦中冒出的声音,仿佛是斯达巴克的声音使这个久久无声的梦开口说起话来了似的。

那支还平端着顶着门板的滑膛枪像醉汉的手臂一般发抖。斯达巴克似乎在和一个天使较劲。可是,他还是把那支可致人死亡的枪放回了枪架,转身离开了那地方。

"他睡得太死了,斯塔布先生。你下去叫醒他,跟他说吧。我要照料这儿甲板上的事。你知道该说些什么。"

第一二四章 罗盘针

第二天早晨,还没有平息下来的大海还掀起徐徐而来的滔天巨浪,像一个个巨人摊开的手掌,极力推着"裴廓德"号在它汩汩有声的航迹中前进。强劲的风漫天连绵不断地刮来,似乎整个天空成了大腹便便的风帆,整个世界呼呼地顺风疾驶。太阳裹在大白天的亮光里看不见了,只能根据它所在位置四散的强光才知道它的存在,那四散的强光像成排的刺刀缓缓移动。只见金光闪闪,像是巴比伦国王和王后宝冠上发出的光,君临万物。大海就像是一坩埚金水,沸腾冒泡,散发出光和热。

亚哈双腿叉开站着,着了迷一般久久地默不出声。每次这艘颠簸不已的船的第一斜桅摇晃时,他便掉过头去瞧着前面明亮的阳光。等船尾狠狠一落时,他便转朝后面,瞧着太阳在后方的位置,瞧着金黄色的阳光怎样和那不歪不斜的航迹搅和在一起。

"哈,哈,我的船啊!现在满可以把你看作太阳在海上的四轮马车了。嗬,嗬!你们这些在我船头前方的国家呀,我给你们把太阳带来了!套上远处的波涛,嗨!一辆好几匹马驾辕的马车,我驾着它在海上急驶。"

但是,他突然想起了什么事情不对头,便一勒马缰,急忙朝舵轮奔去,嗓门嘶哑地质问船在朝哪个方向走。

"东南东,先生。"那惊慌失措的舵手答道。

"你撒谎!"随手给了他一拳。"大清早的朝东走,太阳会在船后方?"

听他一说,在场的人都慌了神。因为这个现象,不知怎的,旁人都没有注意到。不过,肯定是因为它太明显了的缘故。

亚哈把头半伸到罗经柜里,瞧了一下罗盘,举起的胳膊慢慢放了下来。片刻之间,他几乎站立不稳似的。斯达巴克站在他后面一瞧,哎哟!两个罗盘都指着东方,而"裴廓德"号却丝毫不容怀疑地是在朝西走。

可是还没等开头那种极度的惊慌在水手中传散开来,这老人发出一声生硬的笑声,高声喊道:"我知道啦!这种事以前也发生过,斯达巴克先生。昨天晚上的雷电把我们两个罗盘的指针都反过来了——就是这么回事。我想,你以前也听到过这样的事。"

"是的,可是我从来没有碰到过,先生。"脸色苍白的大副沮丧地说。

这里,应该说明一下,在猛烈的暴风雨里,曾不止一次发生过类似事故。船只的罗盘针上所产生的磁力,谁都知道,基本上跟我们所看到的空中闪电是一样的。因此,出现这类情况就没有什么可大惊小怪的。闪电击中了船只,毁掉了一些帆桁和索具,有时给罗盘针带来的危害却更为严重,它那种天然磁石的特性完全给破坏了,于是,以前的磁针就无异于老太婆的缝衣针,失去了作用。而且,罗盘针受到破坏或者丧失磁性之后,再也无法自行恢复了。要是罗经柜里的罗盘受到了影响,船上任何地方的罗盘都逃不脱同样的命运,即使是安装在内龙骨最深处的罗盘也不例外。

这老人胸有成竹地站在罗经柜前,瞧着那指针起了变化的罗盘,一边举起手中的标枪,对准太阳准确的方向,确信指针正好转反了,便高声发出命令,让船的航向做相应的改变。帆桁都转过来了,"裴廓德"号那毫无畏惧的船头又朝逆风里猛插进去。原来刚才那股想象上的顺风只不过是骗人的。

这时,斯达巴克暗自有些什么想法,都没有说出来,只是埋头发出一切必要的命令。而斯塔布和弗拉斯克——他们当时似乎也多少有些同感,也默默地一声不吭。至于那些水手,虽然有些人在低声嘀咕,但他们对亚哈的恐惧都超出了对命运的恐惧。不过,那些异教徒标枪手,却跟以往一样,几乎完全无动于衷,即使有动于衷的话,也无非是亚哈刚毅顽强的性格所具有的魅力击中了他们与之意气相投的心罢了。

这老人思潮起伏地在甲板上踱了一会儿,可是他的牙骨腿脚跟一滑,刚好瞧见了他前天摔碎在甲板上的铜象限仪。

"你这妄自尊大的观天器兼太阳的向导!昨天我毁了你,今天这两个罗盘就想毁了我。好呀,好呀。不过,这种恒定的天然磁石还得听我的。斯达巴克先生——给我拿一支去掉木柄的鱼枪、一个大木槌和一口最小号的缝帆针来。快!"

他之所以冲动地口授他马上要做的事,也许还附带有某些考虑周密的动机,其目的是想在罗盘针倒转这件怪异非常的事情上一展他莫测高深的本事,来恢复水手们的信心。此外,这老人非常清楚,靠倒转的罗盘针来掌舵,虽然麻烦一点儿,问题并不大,但难以为迷信的水手所接受,他们会觉得其中隐含种种凶兆而惶惶不可终日。

"伙计们,"等大副把他要的东西递给他后,他从容地朝水手们转过身来说,"喂,雷电把我亚哈老头的罗盘针转了向,可是亚哈能用这一点点钢,自己制一根罗盘针,跟任何罗盘针一样准确。"

他说这番话时,水手们带着一种顺从成习的惊奇感,难为情地相互望了望,然后着迷般地盯着,看跟着会变出什么魔术来。可是斯达巴克却把脸转过去,望着别处。

亚哈举起大木槌,一下就把鱼枪的钢尖敲了下来,把长长的铁枪头递给大副,要他悬空竖拿着,不要碰着甲板。然后,他再拿起大锤,反复重敲长枪尖后,便把这弄钝了的针竖立在枪头上,再轻轻锤几下。大副跟原先一样拿着枪头。他再对这根针做了几个诡异的小动作——究竟是非如此不足以磁化这钢针呢,还是仅仅用以加强水手们的敬畏感？这就很难说了——就叫人去拿根亚麻线来。他来到罗经柜前，悄悄取出里边那两根倒转的罗针，再在那根缝帆针中间系上亚麻线，平悬在一个罗盘面上。起先那根钢针转个不停，两头都在微微震颤；可最后还是在它应有的方位上停下了。这时，一直在全神贯注地等着这一结果的亚哈坦然地从罗经柜前倒退了几步，伸直胳臂指着它，大声说："你们自己瞧瞧，看这恒定的天然磁石是不是还得听亚哈的！现在太阳在东方，那罗盘不是正好证实了这一点！"

　　水手们挨个儿凑上去瞧，因为只有亲眼目睹的东西才能使他们这样无知的脑袋瓜信服。瞧过之后，他们便一个跟一个地溜开了。

　　这时，从亚哈那冒得出火来的充满蔑视与胜利的眼睛里，看得出那副致命的骄矜自信的狂态。

第一二五章 测程仪和测量绳

在这次航程中，这在劫难逃的"裴廓德"号还很少使用过测程仪和测量绳。有些商船，特别是在巡游中的捕鲸船，由于过分信赖其他方法来测定船只的方位，根本不考虑使用测程仪，虽然走走形式，还是定期把船的航向及每小时大致的平均航速记载在石板上。"裴廓德"号也是这种情况。那只和木制的绕线筒连在一起的测程仪，就挂在后舷墙的栏杆下面，长期闲置。雨打浪溅使它浑身濡湿；风吹日晒使它干裂走样；霜雪雨露一起来侵蚀这老挂着不用的东西。但是，亚哈心情不好，根本就没注意到这些情况，在磁石事件发生几个小时后，他偶然看到了那个绕线筒，才想起他已经把象限仪砸了，才回忆起他就水平测程仪和测量绳所发的狂热的誓言。船正在向前猛冲，波涛在船尾狂翻乱滚。"喂，过来！投下测程仪！"

过来了两个水手。金黄色头发的塔希提人和灰白色头发的人岛人。"你们来一个，拿着绕线筒，我来投。"

他们靠船的下风面，朝船尾尽头走去，那儿的甲板，由于打斜里过来的一股风，这时都快要浸到打横里冲过来的奶油状的海水里去了。

那人岛人拿着绕线筒，抓住卷轴上突出的柄端，高高举起。卷轴上绕着个线卷，下面吊着测程仪。他就这样站着，等亚哈过来。

亚哈站在他面前，轻轻地松开了大约30圈或40圈，以便事先团在手里，才好往海里投。这时全神贯注地瞧着他和测量绳的老人岛人，突然鼓起勇气说：

"先生，我怕它靠不住，这测量绳看来已经不行了，长期的日晒雨淋已经把它给毁了。"

"它顶得住，老先生。长期的日晒雨淋，有没有把你给毁了呢？你的手也顶得住。或者，也许应该这样说才对，是生命抓住了你，而不是你抓住了生命。"

"我抓住的是线卷呀，先生。不过，您船长说得不会错。我这么满头白发的，和人家争论没有什么好处，特别是和上司争论，上司总归是有理的。"

"你说什么来着？这儿竟钻出来个建在花岗岩上的大自然女王大学的冒牌教授。不过，我看他太会拍了。你是哪里人？"

"我是那小小的遍地岩石的人岛人，先生。"

"太妙了！所以你就用那儿的石头砸人喽。"

"我不知道，先生，不过我是那地方人。"

"人岛人，是不？唔，那也不好。这儿有个从人里来的人，一个为一度独立的人所生的人，而今却成了一个非人的人。人给吞掉了——被什么呢？举起绕线筒！这堵麻木不仁的墙是任何爱刨根究底的脑袋都撞不开的。举起来！好。"

测程仪投下去了。原先松开来的绳圈迅速在船尾绷直，成了一根长长的拖绳，绕线筒也随之转起来了。测程仪在翻腾的波涛中抽风般地忽起忽落，拖曳起来便有一股很大的阻力，使得这个拿绕线筒的老人在甲板上古怪地东倒西歪。

"拿紧！"

"啪"的一声！绷得过紧的测绳成了个长长的弧形，在海中漂流，拖着测程仪跑掉了。

"我砸了象限仪，雷电使罗盘针转了向，如今这发疯的海又把测程仪绳给弄断了。但是，亚哈什么都能修好。拉上来，塔希提佬。卷好，人岛佬。听着，叫木匠再做一个测程仪，你修理测绳，负责弄好。"

"他这就走了。对他来说,什么事也没发生;可是对我来说,就像是塌了半边天。拉上来,拉上来,塔希提佬!这些绳子是根整的,飞快地放出去的,回来却是断的,还得悠着拽。嘿,皮普吗?来帮帮忙;好吗,皮普?"

"皮普?你叫谁皮普?皮普早就从小艇里跳出去了。皮普失踪了。老渔翁,让咱们瞧瞧,看你是不是在这儿把他打捞上来了。拽得好费劲,我看是他拉住了。猛拽一下,塔希提佬!甩掉他。我们是不把胆小鬼拉上来的。嗬!他的胳膊刚刚露出了水面。斧子!斧子!砍断它——我们是不把胆小鬼拉上来的。亚哈船长!先生,先生!皮普来了,又想上船来。"

"安静点儿,你这疯子,"人岛人嚷道,一把抓住他的胳臂,"滚开,这后甲板不是你待的地方!"

"大傻瓜总是拿小傻瓜出气。"亚哈喃喃道,一边走上前去。"别碰那无辜的孩子!你说皮普在哪里,孩子?"

"在船尾那边,先生,在船尾!瞧,瞧!"

"那你是谁?孩子。你瞳仁里空空的,我看不到自己的影像。天啊!人竟然成了一件为不朽的灵魂所视而不见的东西!你是谁?孩子。"

"我是钟僮,先生。船上报时的。叮,当,叮!皮普!皮普!皮普!谁找着了皮普奖一百磅泥土。五尺高——样子怯生生的——一看就认得!叮,当,叮!有谁看见了胆小鬼皮普?"

"冰雪长存的地方难得有善心。你这冷冰冰的上苍啊!低头瞧瞧这里吧。是你生下了这个不幸的孩子,又抛弃了他,你这创造万物的浪子。喂,孩子,从此以后,只要亚哈在世一天,亚哈的舱室就是皮普的家。你打动了我的心,孩子。我的心弦织成的绳索已经把你和我捆在一起了。喂,咱们下去吧。"

"这是什么?这是柔软的鲨鱼皮。"他凝神瞧着亚哈的手,还

摸摸它。"唉，啧，可怜的皮普只要早摸了摸这样柔软的东西，也许他永远不会失踪的！这东西在我看来，先生，就像是作扶手用的舷梯索，是胆子小的人可以抓住壮胆的东西。啊，先生，就叫珀斯老头来，把这两只手铆在一起吧。这只黑手跟这只白手，因为我不愿意松开它。"

"啊，孩子，我也不愿意松开你的手，除非我的手会因此而把你拖到比这更可怕的恐怖中去。那就到我的舱室里来吧。瞧呀，你们这些深信神明就一切都好人类就一切都坏的人，你们瞧呀！这些无所不知的神明把受苦受难的人类都忘诸脑后了。而人类，虽一无所知，连自己在做什么都不知道，却充满了爱和感激这样的美好的情愫。请进吧！我牵着你的黑手，比起哪怕是握着皇帝的手，都感到自豪得多！"

"这两个呆子走到一起去了。"那人岛老头喃喃道，"一个因为力气发胀而呆，一个因过于软弱而呆。不过，这根烂绳子头还是理出来了——还水淋淋的哩。修好它？我看最好还是换根新的。我找斯塔布先生去。"

第一二六章　救生圈

"裴廓德"号这时根据亚哈重新校准的罗盘针向东南方向行驶，航速也完全由亚哈的水平测程仪和测量绳决定，正继续朝赤道前进。在这样人迹罕至的水域，做这样长途的航行，见不到一艘船，而且不久打斜里吹来一股不变的贸易风，推着船在老是微波荡漾的海面上前行。这似乎平静得出奇的一切成了一个极端骚乱凶险万分的场面的前奏。

终于，当船快靠近似乎是赤道渔场的边缘，在黎明前的一片漆黑中驶过一群岩石重叠的小岛时，一声分外凄厉、令人毛骨悚然的叫声把值班的人吓得惊跳起来——当时是弗拉斯克带班——那叫声就像是所有遭希律王杀害的冤魂含糊不清的哀号——结果把大家都从睡梦中惊醒了。好一阵子，一个个或站，或坐，或倚，全都凝神谛听，像木雕的罗马奴隶一般。那凄厉的叫声则仍在继续传来。那些信基督教的或者文明些的水手说，那是人鱼的叫声，边说边发抖；可是那些异教徒标枪手却根本不把它当回事。只有那个白发苍苍的人岛人——全体水手中年纪最大的一个——却肯定说，他们听到的那阵阵惊心动魄的凄厉叫声是新近淹死的人的声音。

躺在舱里吊铺上的亚哈，是在天蒙蒙亮走上甲板时才听到这声音的。这时，弗拉斯克就详细地讲给他听，还加油添醋地暗示是不祥的预兆。亚哈姑妄听之地哈哈一笑，随即对这件怪事做了如下的解释。

这船所经过的那些岩石重叠的岛屿是大群海豹的聚居地。一些失去了母亲的幼豹,或者一些失去了幼豹的母亲,总会游到船只附近,跟着船,用它们那有点儿像人的哀哭声,不停地哭叫抽泣。可是,这种解释只是越发影响了一些水手的心情,因为大多数水手都对海豹怀有一种非常迷信的感情,这不仅因为它们在危难中会发出一种独特的声音,也因为它们浮现在船侧那隐约可见的圆圆的头颅和有几分灵气的面孔都和人的很相似。在海上,在某些情况下,海豹曾不止一次被错当作人。

但是,解释归解释,水手们预感到的凶兆,却注定要在那天早晨在他们中一员的命运上,得到似乎是无可争辩的证实。太阳刚出来,这人从吊铺上起来,爬上前桅桅顶。究竟是他还没有睡醒呢(因为水手们有时是半睡半醒就爬上桅顶的),还是命该如此,现在也不得而知了。反正,他在上面没有待多久,下面就听到一声大叫——一声大叫,一个倒栽葱——大家抬起头来,只见空中掠过一个急降的影子,低头一瞧,蔚蓝的大海里泛起一小堆翻腾的白色水泡。

救生圈——一个细长的木桶——从船尾放了下去。那桶子一直挂在那里,有个灵巧的弹簧,一按就松。可是却没看到有手伸出来抓住它,而这只桶由于长期曝晒,已经干缩了,所以它慢慢灌满了水,那干透了的木板也吃足了水。于是,这个带饰钉的铁箍桶便跟在那水手后面也沉到海底去了,好像是给他送去一个枕头,虽然实际上只是个硬邦邦的枕头。

"裴廓德"号上头一个爬上桅杆去搜寻白鲸的人,就这样在白鲸的私人渔场上给大海吞没了。但是,当时也许很少有人想到这一点。实际上,他们对这一事件并不怎么悲伤,至少不把它看作是个凶兆,而是把它看作应验了一个预告过的灾难。他们说,他们现在终于明白前天晚上听到的叫声之所以如此凄厉的原因了,可是那个人岛老头又不同意这种说法。

丢失了的救生圈现在得重新换上一个。斯达巴克奉命处理这事。可是一时找不到比较轻的木桶,再加上眼下正临近这次航行的关键时刻,大家都处于一片狂热的气氛中,除了与这次航行的最终目的直接关联的事情外,不管它会有什么样的结局,别的任何活都没有心思干。因此,大家准备就让船尾空着,不要救生圈算了。没想到魁魁格却用一些奇怪的手势和拐弯抹角的提法,暗示可以利用他的棺材。

"用棺材做救生圈!"斯达巴克吃惊地嚷道。

"是有点儿古怪,我看。"斯塔布说。

"那可以做个挺棒的救生圈。"弗拉斯克说,"这个木匠可以毫不费力地把它弄好。"

"把它拿上来吧!反正也找不到别的东西好做了。"斯达巴克忧心忡忡地停了一会儿才说,"把它改装好,木匠,别这样瞧着我——我说的是棺材。你听见我的话了吗?把它改装好。"

"我是不是要把棺材盖钉牢,先生?"他手里像拿着把锤子似的上下挥动。

"嗯。"

"是不是把缝都堵上,先生?"手里像拿着支捻缝凿似的左右摆动。

"嗯。"

"是不是再在缝上抹上一层沥青,先生?"手里像拿着个沥青罐子似的晃动。

"走开!什么东西缠住你了,这么没完没了?把这棺材做个救生圈,就这么个活儿。——斯塔布先生,弗拉斯克先生,跟我一起到前头去。"

"他气冲冲地走了。大事他沉得住气,小事他不管。我可不喜欢这种派头。我给亚哈船长做了条腿,他装上体面得很;可是我给魁魁格做个帽盒子,他却不肯把头搁进去。难道我做棺材所花的力气都白费啦?现在又让我把它改成个救生圈。这就像翻一件旧外套,把里子翻到外边来。我不喜欢这种修修补补的活儿——我一点儿都不喜欢。这很不体面,不该我干的。让那些打杂的臭娃娃去打杂吧,干我们这一行的可比他们强得多。除了干干净净、首创性的、正经八百的、要动动脑子的活儿,别的我一概看不上眼。我看得上的是那种像模像样有头有尾的活儿:从头开始,干到中间是一半,干到末了是收场;可不是补锅匠那种修修补补的活儿:在中间收场,在末了开始。给人家零七八碎的活儿干,那是老太婆想出来的馊主意。天啊!没有哪个老太婆不爱死了补锅匠。我知道有个65岁的老太婆就跟个秃顶的年轻补锅匠跑了。所以,我在维因耶德自己有个门面的时候,从来不给岸上孤零零的老寡妇干活。她们人老心不老,很可能会打我的主意,要跟我私奔哩。不过,嗨嗬!在海上没有这么多讲究。让我想想看。把盖钉牢,把缝堵上,再涂上一层沥青,弄得严严实实,再套上按簧,挂在船尾。过去曾经有人拿具棺材这么摆弄过吗?有些迷信的老木匠宁可让你给捆在索具上也不肯揽这种活。不过,我是用阿卢斯图克河边节疤累累的铁杉树做的,我不信这一套。船屁股上吊具棺材?拖着口墓地里的箱子到处跑!不过,无所谓。我们做木匠的不光做新人床和牌桌,也做棺材和灵车。我们或是做月工,或是做零工,或是卖成品赚几个钱。至于为什么要干这干那,那是无须我们问的事,除非是太不像话的修修补补的活儿,那我们是能回掉就回掉。哼!这活儿我接啦。而且要把它干好。我要弄上——让我想想看——船上总共有多少人来着?可是,我忘了。不管怎么着,我要弄上30根分开来的土耳其头巾结式的救生绳,每根3英尺长,团团地吊在棺材上。这样,万一船沉了,就会有30个大活人来争夺这具棺材。这倒是这世界上很不常见的奇观!来吧,锤子,捻缝凿,沥青罐和穿索针!咱们开始吧。"

第一二七章　甲板上

〔棺材搁在老虎钳工作台和敞开的舱口之间的两个索桶上。木匠在塞棺材缝。搓好的麻絮绳从他工作服胸兜里的大麻絮团慢慢散开来。——亚哈从容地从舱室舷梯口走过来，他听到皮普在跟着他。〕

"回去，孩子。我待会儿再来陪你。他走了！这个木匠还没有那个孩子跟我合得来。——教堂里的电间通道！这是什么？"

"救生圈，先生。斯达巴克先生让做的。啊，留神，先生！当心这舱！"

"谢谢你，老兄。你这具棺材就放在墓室边上啦。"

"先生，你是说舱口吗？哦！是呀，先生，是呀。"

"你不是那个做腿的吗？瞧，这条腿不是你作坊里出来的吗？"

"是的，先生。底下那个铁套套经磨吗？先生？"

"挺好。不过，你不也是承办丧事的吗？"

"是的，先生。我曾经拼凑起这玩意儿给魁魁格做棺材，可是，他们现在又要我把它改成别的东西。"

"那我倒要问问你，你不成了一个彻头彻尾、什么都抓、爱管闲事、垄断一切的老恶棍，一个今天一个劲儿做腿，明天就做棺材把那些腿装进去，而后又拿这些棺材来做救生圈的老恶棍吗？你跟那些神一样地没有原则，也是个什么活儿都能来两下的角色。"

"可是我什么都不管，先生。我只管做。"

"这一点又跟那些神一样。喂,你做棺材的时候,从来不唱点儿什么吗?据说,神话中的那些巨人给火山凿开喷火口时还哼上几句,挖墓的拿着铲子干活时还哼哼唱唱呢。你从来不唱?"

"唱歌儿?先生。我唱不唱?哦,先生,我对那玩意儿没有什么兴趣。不过,挖墓的为什么唱,那肯定是因为他的铲子干起活来没有一点儿声音,先生。可是,我塞缝的木槌干起活来却热闹得很。你听。"

"嗯,那是因为那棺材盖是块共鸣板。在一切事物中,共鸣板之所以得以形成,就是因为下面空无一物的缘故。然而,一具装了死尸的棺材也同样会响,木匠。你有没有帮人抬过棺材架,在抬进教堂墓地时,听到棺材撞在门上发出的响声?"

"真的,先生,我听——"

"真的?那是什么声音?"

"咳,真的,先生,只是一种像喊叫的声音——没有别的,先生。"

"唔,唔;说下去。"

"我刚要说,先生,那——"

"你是条蚕吗?难道你拿自己的身子织你自己的裹尸布?瞧瞧你的胸兜!快点儿搞!好把你这些家什都收起来。"

"他往船尾去了。咳,这真是搞突然袭击。不过,在热带地区,风暴总是说来就来。听说加拉帕戈斯群岛之一的亚伯马里小岛正好被赤道拦腰砍断。在我看来,有个什么赤道把那边那个老家伙也拦腰砍断就好。他老待在赤道下面——脾气暴躁得不得了,真的!他正朝这儿望呢——好啦,麻絮呀,快点儿。这里我们再来一遍。这个木槌是软木塞,我就是叫玻璃瓶唱歌的专家——嗒,嗒!"

(亚哈自言自语。)

"更好看的场面!多好听的声音!那只老啄木鸟在啄那中空的树身哩!我现在还真不如又聋又哑了才好。瞧!那玩意儿搁在两个索桶上，身上尽是拖绳。那家伙是个心肠歹毒的小丑。嘞—特—嗒！跟人的生命在一秒一秒地嘀嗒嘀嗒一样！啊！一切有形之物是多么无足轻重！除了无法估量的思想以外，还有什么东西称得上真实！现在，冷酷的死神那最可怕的象征，纯粹出于偶然，在这里成了处于极度危险小的生命得救与希望之意味深长的标志。一具棺材做的救生圈！它经得起严酷的考验吗？在精神意义上说，棺材会不会只是一种使永生得以长存之物呢！我得好好想一想。可是，不可能。我已经在人间的阴暗面里陷得太深了；人间的另一面，从理论上说是光明的一面，对我来说似乎只是阴晴未定的曙光。木匠，你那该死的敲打声还有完没完？我要下去了，等我再上来的时候，别再让我看到那东西在这里。喂，皮普，还是我们俩来扯一扯这事吧。我还真从你那里吸取了不少很玄妙的哲理！一定是来自未知世界的一些不为人知的导管灌输给你的！"

第一二八章 "裴廓德"号遇见"拉结"号

第二天,发现一艘大船,"拉结"号,直朝"裴廓德"号驶来,桅桁上密密麻麻的尽是人。当时,"裴廓德"号走得很快;但是,当这艘乘风鼓翼而来的陌生船飞快地向它靠拢时,饱满的风帆全部落了下来,像是炸了的气球瘪缩在一起,所有的生气也都从这艘遭受打击的船上消失了。

"坏消息!它带来了坏消息。"人岛老头喃喃道。可是,还没等那个喇叭筒凑在嘴边的船长在他的小艇里站起来,还没等他满怀希望地打招呼时,亚哈先开腔了。

"看到白鲸了吗?"

"看到啦,就是昨天。你们看到一只随风漂流的捕鲸小艇吗?"

亚哈克制住心中的喜悦,对那个意想不到的问题做了否定的回答。他当场就想登上这艘陌生船。可是,这时,那陌生船长却已经把船停下了,正从船舷边下来。小艇猛划了几下,他的艇钩就搭上了"裴廓德"号的大锚链,这位船长随即跳上了"裴廓德"号的甲板。亚哈一眼就认出他是他熟悉的一个南塔开特人。他们彼此没有做什么例行的问候。

"它在哪里?——没有干掉!——没有干掉!"亚哈嚷道,一边靠拢过去,"怎么回事?"

大概是前天下午稍晚一点儿，当时这艘陌生船有三只小艇在和一群大鲸周旋，已经离开大船追出去有四五英里远了。正当他们还在朝上风头猛追时，突然，莫比·迪克白色的背峰和白色的头隐隐约约从蔚蓝的海水中冒了出来，就在下风头不远处。于是，临时装备起来的第四只小艇——一只备用小艇——马上放下去去追捕。在顺风猛赶了一程之后，这第四只小艇——速度最快的一只——似乎已经把莫比·迪克拴上了——至少就桅顶上那个瞭望的人极目所见的情况来说是如此。他看到那只小艇在老远的地方缩成了一个小点。然后，只见一片白花花的海水一亮，就什么都没有了。据此得出的结论是，那条拴上了的鲸，像过去经常发生的那样，拖着追捕它的人不知跑到哪里去了。虽然有些担心，不过至今还没有引起已成定局的惊恐。大船索具上挂起了好些召唤归队的信号旗。天黑下来了，只好先去把远在上风头的三只小艇收回来——然后再朝相反的方向去找那第四只小艇——这样，大船不仅在午夜之前顾不上那只小艇，只能听之任之，而且还把它扔得更远了。幸好三只小艇上的人后来都平安地上了大船。于是，大船扯起所有的帆——连所有的翼帆都搭上——去寻找那只失踪的小艇，还在炼油锅里点起一把火作为烽火信号，每两个人中间就有一个人爬上桅桁去瞭望。大船这样行驶了好远后，到达了最后看到那些失踪者的大概地点，停了下来，放下它剩下的三只小艇，在周围到处找，却什么也没有找到，又赶紧往前驶，然后又停下来，又放下小艇，就这样一直找到天亮，那失踪的小艇却连半点儿影子也没见到。

　　陌生船的船长讲完这一情况之后，跟着就透露了他登上"裴廓德"号的意图。他希望"裴廓德"号能和他自己那艘船一道去寻找那只失踪的小艇。两艘船拉开四五英里的距离，平行前进，这样就等于把搜索的范围扩大了一倍。

　　"我敢打点儿什么赌，"斯塔布悄悄对弗拉斯克说，"我看那只失踪的小艇上一定有人穿走了那位船长最好的大衣，或许是拿走了他的表——他急于要把它追回来。在捕鲸季节的高峰期，谁听说过两艘捕鲸船大发善心,一起巡游,去寻找一只失踪的小艇?你瞧,弗拉斯克,你只消瞧瞧他脸色多么苍白——连眼珠子都变色了——你瞧——只怕还不是大衣——那肯定是——"

"我的孩子,我自己的孩子在里面。看在上帝分儿上——我请求你,我恳求你。"——这时,这陌生船的船长不禁朝亚哈喊了起来,亚哈一直到这会儿始终是冷冰冰地听着他的呼吁。"要不,你就把船租给我48个小时——我情愿付船租,你要多少我照付——仅仅48个小时——只求你这么一件事——你一定,啊,你一定要答应,你应该这样做。"

"他的儿子!"斯塔布叫了起来,"啊,是他的儿子不见了!我不该说什么大衣和表的——亚哈怎么说?我们应当去救那个孩子。"

"昨晚上,他跟小艇上其他的人一道淹死了。"站在他俩后面的那个人岛老水手说,"我听到了。你们也都听到了他们的鬼魂的哀号。"

很快就弄清楚了,还有一个情况,使得"拉结"号这一事件更令人感到沮丧。原来不仅在失踪小艇的船员中间有这位船长的一个儿子,而且在相反的方向,在吉凶难测、变化多端的追击中脱离大船的另一只小艇中,还有他另一个儿子。这可怜的父亲一时之间陷入了最痛苦的慌乱不安的深渊之中,亏得他的大副本能地采取了一艘捕鲸船在这种紧急情况下通常的做法,才帮他脱离了困境,那就是,当大船处于都遭到了危险而又分散的小艇之间时,总是先救多数。可是,这位船长由于某种未知的心理上的原因,闭口不提这一切,后来实在是为亚哈冷冰冰的态度所迫,才不得不提到失踪的人中还有他一个儿子,一个小不点儿,才12岁。做父亲的出自南塔开特人的父爱,以期望殷切而又心安理得的鲁莽大胆,老早就把他送到几乎自古以来就是他整个家族命定的职业中,去接受种种危险和奇观的启蒙教育。南塔开特的船长们也经常把自己的儿子在这么小的时候就打发出去,到别人的船上,而不是自己的船上,去过长达三四年的海上生活。这样,他们在捕鲸生涯上所受到的最早的教育就不会因为父亲天生的但不合时宜的偏爱或过分的担心和关怀偶然流露出来而有所削弱。

这时,这个人仍在苦苦哀求亚哈帮帮他的忙。可亚哈却仍旧像个铁砧般站着,随你怎么敲,怎么锤,他纹丝不动。

"你不答应,"这个陌生人说,"我就不走。帮帮我的忙,就像你在类似情况下要我帮你的忙一样。你也有儿子,亚哈船长——虽然还很小,并且现在平平安安地待在家里——你也是老年得子——好,好,你发慈悲心了。我看出来了——快,快,伙伴们,喂,准备调整帆桁。"

"站住,"亚哈嚷道,"一根纱都不许碰!"然后,他以毫无商量余地的口气,慢慢地一个字一个字吐出来:"加迪纳船长,我不插手。就这样我已经耽误了时间。再见,再见。愿上帝保佑你,老兄,但愿我自己宽恕自己,但我非走不可。斯达巴克先生,你看着罗经柜上的钟,从现在起三分钟之内,让外人一律离船,然后再把帆桁转直朝前,让船像原先一样行驶。"

他随即背过脸来,匆匆转身朝他下面的舱室走去,撇下那个船长为他自己如此迫切的请求遭到断然拒绝而目瞪口呆,不知所措。不过,他马上从这种昏迷状态中清醒过来,匆匆走到船边,连滚带爬地上了自己的小艇,回到了自己的船上。

这两艘船旋即分道扬镳。好久好久当这艘陌生船还在视野之内时,只见它东拐西拐,朝海上每一个黑点扑去,不管这黑点有多小。它的帆桁转过来转过去;它的舵柄时而转向右,时而转向左,老在抢风掉向;一会儿它冲向一个迎头大浪,一会儿大浪又把它推在浪前。这段时间里,它的帆桁上始终密密麻麻地攀满了人,就像是三株高高的樱桃树,孩子们在树枝中间采摘樱桃。

不过,从它那仍然一拐一拐的走法和迂回前进悲伤的样子看,可以明显地看出这艘裹在浪花中的船仍然没有得到半点安慰。它就是拉结,在哭儿女,因为他们都不在了[①]。

---

① 见《圣经·旧约·耶利米书》第三十一章。

第一二九章　船长室

［亚哈准备上甲板；皮普抓住他的手要跟他上去。］

"孩子，孩子，我跟你说，你现在一定不要跟着亚哈了。关键的时刻到了，这会儿，亚哈不会吓跑你，可也不要你待在他身边。可怜的孩子，我觉得，在你身上有种东西最能治我的病。以毒攻毒咧。就这次出猎来说，我的病成了我最期望的身体状态。你就待在这舱里，我要他们像伺候船长一样伺候你。喂，孩子，你一定要坐到我这把用螺丝拧紧的椅子上，你就算是另外拧上去的一颗螺丝，千万不要动。"

"不，不，不！您走路不方便，先生。您就拿小的做您那条失去的腿，只管踩在我身上，先生。我不要求别的，只求成为您身体的一部分。"

"啊！尽管这世上到处是恶棍，这却使我深信人间永远有忠诚在！——而且还是个黑人！还疯疯癫癫的！——不过我觉得，以毒攻毒也适合他，他现在又变得神志清醒了。"

"他们告诉我，先生，说斯塔布过去抛弃了可怜的小皮普，他淹死以后骨头都白了，尽管他生前皮肤墨黑的。不过，我决不抛弃您，先生，不像斯塔布抛弃他那样。先生，我一定要跟您走。"

"你要再这样唠叨下去，亚哈的决心就要完蛋啦。我跟你说不行。这不行。"

"啊，好主人，主人，主人呀！"

"哭成这样,我真要杀了你!你留点儿神,因为亚哈也是个疯子。听着,你会经常听到我的牙骨腿在甲板上走动的声音,你就知道我还在那里。现在我要离开你了。松开你的手!——握一握!孩子,你真像圆周围绕圆心一般忠诚。因此,愿上帝永远保佑你。真到了关键时刻——要来的就让它来吧。愿上帝永远保护你。"

〔亚哈走了,皮普上前一步。〕

"他刚才就站在这里;我照他的样子站着——可是,我是孤零零的。现在哪怕是可怜的皮普在这里,我也好受一点儿,可是,他失踪了。皮普!皮普!叮,当,叮!有谁看到皮普了?他一定在这里,推推门看看。怎么?既没有锁,也没有上插销,也没有闩,可就是开不开。一定是有什么魔法。他要我待在这里,还说这把用螺丝拧紧的椅子归我。那我就在这里,靠着门的横档,在船的正中央,整个龙骨和三根桅杆都在我前面。这里,我们那些老水手说,在那些装有74门大炮的黑乎乎的兵舰上,大将们有时就坐在桌边,向一排排的官佐训话。哈,这是什么?肩章!肩章!来了这么多戴肩章的!把酒瓶挨个儿传吧。很高兴看到你们。斟满,先生们!嘀,这是种多么奇妙的感觉,一个黑小鬼宴请起穿金边上衣的白人来了!——先生们,你们看到一个叫皮普的吗?——一个黑小鬼,五英尺高,一副下贱相,胆小如鼠!是从一只捕鲸小艇上跳下海去的——看到过他吗?没有!算了,再斟满吧,长官们。让我们为所有胆小鬼的丢脸干杯!我不指名道姓。他们真可耻!坍了大伙的台。所有的胆小鬼真可耻。——嘘!在那上面我听到了牙骨腿的声音——啊,主人!主人!听到您在我头上走动,我心里真不是滋味。不过,即使船尾触了礁,暗礁撞穿了船底,牡蛎来和我做伴,我也照样待在这里。"

第一三〇章　帽子

　　亚哈觉得，经过漫长而辽阔的准备阶段的巡游，扫遍了其他所有水域之后，已经在适当的时间和适当的地点把他的死对头赶进了海洋中的一个围栏里，更有把握在那里把它杀死了。他发现自己正好到了那使他受到莫大屈辱的出事地点的边上。他曾和一艘船交谈过，得知它就在前一天确实碰到过莫比·迪克；而且他相继碰到的许多船只，都从各个不同的方面一致证明，白鲸在撕碎攻击它的人时，不论是蓄意行凶，还是以牙还牙，都是魔鬼般冷酷。由于这一切，这时这老人的眼神潜伏一种让意志薄弱的人看了简直难以忍受的东西。正如不落的北极星，历经长达六个月的北极之夜，仍然闪烁着穿透一切、稳定明亮的光芒，亚哈的意志，也坚定不移地照在如永恒的午夜一般阴沉的水手身上。他把他的意志强加给他们，使他们不得不把一切凶兆预感、疑虑、不安、恐惧通通深藏心底，连一根幼芽、一片嫩叶都不让冒出来。

　　在这段预兆频频的间歇里，一切打趣逗乐，强装的也好，自然的也好，全都销声匿迹。斯塔布不再使劲儿地露出个笑脸，斯达巴克不再使劲儿地板着个脸。欢乐和忧伤，希望与恐惧，似乎暂时都在亚哈钢铁意志铸成的研钵里，不加区分地碾成了粉末。他们像机器一样，一声不响地在甲板上走动，时时感觉到这老人霸道的眼睛在盯着他们。

　　不过，要是在他闭门独处，自以为只有一个人的目光在注视他时，过细地瞧一瞧他，就会发现，甚至一如他的眼神让水手们十分敬畏一般，那个捉摸不透的袄教徒的目光也让亚哈感到敬畏，或者，不知怎的，至少会反常地对他有所影响。这个瘦瘦的费达拉这时披上了这样一层额外的飘移不定的怪异气氛，簌簌地抖个不停，使得水手们都以怀疑的目光望着他，似乎有点儿难以确定究竟他真是个普普通通的活人呢，还是个什么看不见的人的躯体投在甲板上的一个抖索的影子。那个影子偏又总在那里徘徊。因为，就是在夜晚，也从来难以肯定费达拉睡过觉，或者到水手舱里去过。他会一声不响地一站就是多少个小时，从来不坐一坐或靠一靠。他那双苍白而奇异的眼睛明明白白地在说——我们这两个值班的从不休息。

且说这时，任何时候，不论白天黑夜，水手们一走上甲板，总会看到亚哈也在甲板上，不是站在那只钻孔里，便是在主桅和后桅两点之间的船板上笔直地踱来踱去，再不然就是站在自己舱室的门口——他那只好脚踏在甲板上，好像要跨上来，他的帽子低低地压在眼睛上，所以尽管他站着一动不动，尽管多少个日日夜夜他没有沾过吊铺，他们却从来无法准确地知道，藏在压得低低的帽子下面的那双眼睛，究竟有时候是真的闭上了呢，还是仍在毫不松懈地盯着他们。即使他就这样在舱口一口气站上整整一个钟头，即使夜间的湿气悄悄地在他硬邦邦的外套和帽子上凝成了露珠，也不当一回事。反正头天晚上打湿了的衣服，第二天太阳又会在他身上把它们晒干。就这样，一天又一天，一夜复一夜，他再也不到下面舱室里去了。他需要什么，就打发人下去取。

他吃饭也在露天甲板上。就是吃饭，他每天也只吃两顿——早餐和中餐，晚餐从不沾唇。胡子也不刮，听任它长得黑乎乎的，纠结在一起，就像是许多挖出来的树根给吹翻了，还在裸露的基座上继续无用地生长，可上部的青绿却已经消失了。尽管他现在全部生活就是日日夜夜在甲板上守望，尽管那个袄教徒神秘的守望也和他一样地不分日夜，这两个人除了间或没话找话地谈上两句外，似乎从不交谈。虽然有一种无法抗拒的魔力把这两人悄悄地联在一起，表面上，在那些畏惧的水手看来,他们却像南北两极一般相距不知有多远。白天,他们还偶尔说上句把话,到了晚上,两人就都成了哑巴,彼此之间连半句话都没有了。他们经常相距很远,久久地站在星光之下,连一声招呼都不打。亚哈站在舱口,那袄教徒则站在主桅旁,目不转睛地对望着,仿佛在那袄教徒身上,亚哈看到了自己投在前面的影子,那袄教徒则在亚哈身上看到了自己被放弃了的形体。

然而,不知怎的,亚哈每日每时每刻都在向下属显露出他所特有的那种唯我独尊的气派——亚哈似乎是个独立的君主,那袄教徒则只不过是他的奴隶。然而这两人又好像是套在一个轭上,一个看不见的暴君在驱策他俩,瘦瘦的身影覆盖在结实的肋材上。因为,不管这个袄教徒是什么,亚哈都充当了肋材和龙骨。

晨曦刚刚隐隐出现,船尾就响起了他果断的声音:"上桅顶!"整整这一天,一直到日落,然后又到曙光初露,每个钟头,舵手的钟声一响,就会听到那同样的声音:"你们看到什么了?——留神!留神!"

但是,自从和"拉结"号碰头后,三四天过去了,还一直没有发现喷水,这偏执狂的老人似乎不大相信他的水手们的忠诚了。至少对那几个异教徒标枪手以外的水手,他几乎全都不相信了。他甚至似乎怀疑斯塔布和弗拉斯克乐意瞭望他所搜索的目标。不过,即使他心里真这么想,在举止上也对他们有所暗示,嘴上却很机灵,半点儿口风都没有露。

"我要亲自首先发现这条大鲸。"他说,"对啦!亚哈要得到那枚古金币!"于是,他亲自动手草草做成了一个篮筐状的帆脚索窝,打发一个人带着个单轮滑车爬上去固定在主桅顶上。他接住了那根穿过滑车孔垂下来的绳索的两个绳头,把一个绳头系在篮筐上,为另一个绳头准备了一个栓子,以便把它固定在栏杆上。然后,他攥着那个绳头,站在栓子旁边,望着周围的水手,一个一个地打量他们,目光久久地停留在达格、魁魁格和塔希蒂格身上,却避而不看费达拉。最后,他坚决信赖的目光落在大副身上,说:"拿住这根绳子,先生——我把它交到你的手里，斯达巴克。"然后，他坐到篮筐里，下令叫他们把他升到主桅顶上去，斯达巴克就是被指定为最后系牢绳索的人，以后就守在绳索旁边。于是，亚哈一手抱住最上桅，在这么高的高度所及的大范围内，瞭望着前后左右辽阔的海面。

每逢水手要在四面几乎全无依靠的高空用双手在索具上忙乎，脚下碰巧又没有立脚点时，就用一根绳子把他升上去，并且就用那根绳子把他绷在那里。在这种情况下，那根绳子固定在甲板上的那一头总是交给一个专人严加看管。因为，这一大片摇晃不定的索具，它们错综复杂的关系甲板上是很难辨别清楚的，而且它们随时都要解开来加以调整，如果那根绳子不配备专人看守，碰上哪个水手疏忽大意，把它解开了，绷在上面的那个水手便会"扑通"一声掉进海里，送了一条人命。所以，亚哈在这件事情上做这样的安排并不奇怪。唯一令人感到奇怪的是，斯达巴克，这个唯一多少有点儿胆量、曾经敢于反抗他的人——也是在瞭望方面被他列入怀疑对象的一个人，竟被他挑选出来作守护人。他随便地把自己的生命整个儿交到这个在其他方面并不为他所信任的人的手里。

且说亚哈有生以来头一回待在这么高的地方。在那上面待了还不到十分钟，那令人难以忍受地围着捕鲸船上的桅顶瞭望人飞的凶猛的红喙海鹰，就有一只发出尖厉的叫声，围着他的头兜着快得看不清的、迷宫般的圈圈。它一会儿直冲上一千英尺的高空，一会儿盘旋而下，又围着他的脑袋旋转起来。

不过，亚哈的目光死死地盯着迷蒙的远方，似乎没有注意到这只野鹰。事实上，这种情况并不稀罕，谁都不会怎么在意。只是，现在几乎连最粗心的人似乎都能从差不多每一样景象中看出点儿诡诈的含意来。

"您的帽子，您的帽子，先生！"那个西西里水手突然大喊道。他是在后桅顶上值班，正好在亚哈后面，虽然在高度上要低一些，中间还隔了一道深深的空中鸿沟。

但是，那黑色的翅膀已经掠到了老人的眼前，长长的钩喙已经到了他的头上，只听到一声尖叫，那只黑鹰已经叼着它的战利品破空而去。

　　一只鹰曾经绕塔昆的头三匝，叼走了他的帽子，又放回原处，因此，他的妻子丹娜魁说，塔昆会做罗马国王。但是，只有把帽子送回原处才是好兆头。亚哈的帽子却再也没有送回来。那只野鹰叼着帽子飞呀，飞呀，朝船头前方远远地飞去，终于消失得无影无踪。而就在那野鹰即将在视野里完全消失的一瞬间，隐隐约约看见一个极小的黑点从高空中掉进了大海。

第一三一章 "裴廓德"号遇见"喜悦"号

紧张的"裴廓德"号继续前行,滚滚的波涛和日子纷纷流逝。那棺材救生圈仍然在轻轻地摇晃。这时,发现了一艘大错而特错地命名为"喜悦"号的船。它驶近时,大家的眼睛都盯住了那叫作人字起重架的宽大的横木。这人字起重架,在有些捕鲸船上,就跨立在后甲板上,有八九英尺高,专门用来起吊备用的、没有装备好的,或者作废了的小艇。

这时,在这艘陌生船的人字起重架上看到的是一只小艇破碎的白色肋材和几片碎船板。这破艇的残骸一览无余,就像一具剥了皮、散了架、发了白的马骷髅摆在面前一般。

"看到白鲸了吗?"

"你瞧!"双颊凹陷的船长站在船尾栏杆边,用喇叭筒指着那破艇残骸回答说。

"干掉了?"

"干掉它的标枪还没有打出来。"对方回答说,眼睛悲伤地望着甲板上卷起来的一个吊铺。几个一声不响的水手在忙着把卷起的边边缝合。

"没有打出来!"亚哈从枪架上抄起珀斯打的那支标枪,往前一举,大喊道,"你瞧,南塔开特人,它的命就在这只手里!这些倒钩全是用鲜血回火、雷电锻炼出来的。我发誓,要在白鲸的致命处,它鳍后面那个热乎乎的地方,捅它三枪,再回三次火!"

"但愿上帝保护你,老兄——你瞧瞧那东西,"他指着那吊铺,"五个身强力壮的水手,只有一个归我来埋。他们昨天白天还生龙活虎一般,可是不到晚上就全完了。只有那一个归我来埋。其余四个都被活埋了。你是在他们的坟墓上行船。"接着他转过脸来对他的水手说:"都准备好了吗?那就把木板搁到栏杆上,抬起尸体。好,准备——啊,上帝!"他举起双手,朝那吊铺走去:"愿复活与生命——"

"升帆!转舵迎风!"亚哈闪电般连连下令。

但是,那突然启动的"裴廓德"号还是没有来得及躲开那具尸体撞击水面时的那"扑通"一声。那些溅起来的水沫还可能飞落到了船身上,给它来了个可怕的洗礼。

这时,就在"裴廓德"号从垂头丧气的"喜悦"号身边溜开时,吊在船尾的那只古怪的救生圈就轮廓分明地呈现在"喜悦"号眼前。

"哈!那边!瞧那边,伙计们!"只听到后面一个预警的声音喊道,"跑不了的,啊,你们这些陌生人,你们躲开了我们悲伤的葬礼,可你们转过身来,却让我们看到了你们船尾栏杆上的棺材!"

第一三二章　交响曲

　　一个湛蓝的大晴天，海水共长天一色。只是，那沉思的天空吹弹可破的纯净柔嫩，像女人的脸。那粗犷、男子汉似的大海绵绵不断地一起一伏，深长而有力，像是参孙熟睡中的胸脯。

　　在高空，这里，那里，掠过毫无斑点的小鸟雪白的翅膀，这就是那娇柔的天空飘逸的思绪。但是在大海里，在那一片无底的蔚蓝深处，强有力的大鲸、剑鱼和鲨鱼在横冲直撞，这就足以代表阳刚的大海心中苦恼又残忍的种种念头。

　　但是，虽然二者内部对比这么鲜明，表现在外部却只有明暗浓淡之分。二者似乎合而为一，仿佛只能从性别上来区分它们。

　　高高在上的太阳，有如万乘之尊，似乎把这温顺的天空赐给了这勇敢而狂暴的大海，就像把新娘给了新郎一般。而在那一线水天交接处，有一种轻柔的颤动——赤道上最常见的景象——标志着娇弱的新娘在献出一切时那种毫无保留的喜悦激动，那种充满爱意的惊惶。

　　毫不动摇的亚哈挺立在上午的晴空下，额头紧锁，形容憔悴，但坚定不屈。他的双眼像煤炭在燃烧，在熄灭了的灰烬中仍灼灼有光。他抬起破盔似的额头，仰望光滑如妙龄女郎前额的天空。

　　啊，不朽的天真无邪的蓝天！那些在我们周围嬉戏的、看不见的、有翅膀的精灵！可爱的童年时代的天空！你们对亚哈老头愁肠百结的苦恼多么健忘！不过，我也同样看到了可爱的米丽亚姆和玛莎，这两个整日笑呵呵的小淘气，无拘无束地缠着她们的老爸爸戏闹，拨弄他那熄灭了的火山口似的脑袋瓜边缘上那圈烧焦了的鬈发。

亚哈离开舱口,慢慢横过甲板,靠在船舷上,凝望水中,瞧着自己的影子一个劲儿地往下沉,越发想探索底蕴。可是,迷人的空中那令人心旷神怡的芳香似乎终于暂时驱散了他灵魂中腐蚀性的东西。欢愉的长空,迷人的蓝天,终于抚摸拥抱他了。那后娘般的世界,一直残酷地对待他——令人难以亲近——这时也伸出了慈爱的双臂搂住了他倔强的脖子,似乎抱住了他的头喜极而泣,仿佛是抱住了迷途的浪子,不管他曾经多么任性胡为,误入歧途,她仍然能以发自内心的慈爱来拯救他,为他祝福。从低垂的帽子下面,亚哈掉下了一滴眼泪,落进了大海,整个太平洋还不曾拥有过像这一小滴泪水这样的财富哩。

斯达巴克看到了这位老人,看到了他怎样心情沉重地靠在船舷上。他也似乎以自己真诚的心,听到了从周遭宁静的深处悄悄传出来的暗泣声。他小心翼翼地不去碰着他,或者引起他的注意,却靠拢了他,站在他身旁。

亚哈转过脸来。

"斯达巴克!"

"船长。"

"啊,斯达巴克!这风好柔和,天空看上去也好柔和。就是在这样一天——也像今天这样可爱的一天——我投中了我有生以来的第一条鲸——一个18岁的小标枪手!40——40——40年前!——40年前的事了!连续不断捕鲸40年!40年艰辛,40年危险,40年狂风暴雨!40年生活在无情的大海上!40年来,亚哈舍弃了安静的陆地,和可怕的大海斗争了40年!实实在在,斯达巴克,40年来,我在岸上的时间不到三年。想起我这一生,想起这一生所经受的寂寞凄凉,想起这与世隔绝的像待在石头围墙里的船长生活,几乎从四处的绿色田野里得不到一点安慰——好厌烦啊!好压抑啊!几内亚海岸孤独的奴隶主!——以前只是半信半疑,没有像今天这么感受深刻——想起40

年来我吃的尽是干透了的腌制品——正好是我的灵魂缺乏营养的象征!——而陆地上最穷的人打零工也吃的是新鲜水果、新鲜面包,而不是我吃的那种发霉的面包皮——远隔重洋,远离我年轻的妻子,我年过50才和她结婚,第二天就出海奔合恩角去了,只在新婚的枕头上给她留下一个压痕——妻子?妻子?——丈夫健在,却等于没有,还不如说是个寡妇!唉!斯达巴克,我头一天和那可怜的姑娘结婚,第二天就让她守空房!于是,亚哈老头就发了疯似的,热血沸腾,额头冒汗,无数次放下小艇,愤怒地追击猎物——这时,与其说他是人,还不如说是魔鬼!——唉,唉!40年来,亚哈老头是个多大的傻瓜——傻瓜——老傻瓜啊!干吗要这么拼命地追击呢?干吗要这么卖力气地扳桨、投标枪、扎鱼枪,累得腰酸背痛,胳臂发麻呢?亚哈现在又发了多大的财,得了多大的好处呢?你瞧瞧吧。啊,斯达巴克!肩上压着这副令人厌倦的重担,而且还给搞掉了一条腿,这容易吗?咳,替我把这簇白发撩到一边,它挡住了我的眼睛,弄得我好像要哭似的。这么白的头发,除了从灰烬里长出来,别处是决计长不出来的!但是,我是不是看起来很老,非常非常的老了呢,斯达巴克?我觉得非常虚弱,腰弯,背驼,仿佛我就是亚当,从进入伊甸园的第一天起,多少个世纪就是这么蹒跚地走过来的似的。天啊!天啊!天啊!——我挖空心思!绞尽脑汁!——徒成笑柄!笑柄!这成为刻毒讽刺的笑柄的满头白发,我是不是真正快快活活地生活了几十年才落下你,才看上去、才感觉得这般难以忍受地衰老呢?靠拢些!站到我跟前来些,斯达巴克;让我好好窥视窥视人的眼睛深处;这比凝望大海深处或天空深处要强,比凝望上帝要强。凭绿色的陆地发誓!凭舒适的炉边发誓!这是一面魔镜,老兄,我在你的眼睛里看到了我的妻子和孩子。不,不,你千万留在甲板上,留在甲板上!——我上小艇时,你不要上,打了烙印的亚哈去追击莫比·迪克时,你不要去追。你不应该去冒那个险。不,不!你不应该去冒那个险,万一出了问题,我就再也不能从你的眼睛里看到遥远的家了!"

"啊,我的船长!我的船长!高尚的灵魂!毕竟有非常宏大的心胸!为什么非得去追击那条可恨的鲸不可!跟我走吧!我们远远逃开这片致命的水域!我们回家去吧!斯达巴克也有妻子孩子——至亲至爱、青梅竹马的妻子和孩子。正如你这位深情思念的老父有你的妻子孩子一样!走吧!我们走吧!——请让我马上改变航向!啊,我的船长,那我们会多高兴多快活地往回走,重新见到南塔开特老家啊!我想,先生,在南塔开特也有这样柔和晴朗的好天。"

"有的,有的。我看到过——那是夏天里的上午时分。大概就是这个时候——对,现在是孩子的午睡时间——他生气勃勃地醒来了,爬起来坐在床上。他妈妈在对他说起我,说起这个地地道道的吃人生番的我,说我怎么离家远去在大海上,不过不久就会回来再来举高高,跟他玩了。"

"那是我的玛丽,我的玛丽自己!她答应过我每天早晨把孩子抱到山上去,好让他头一个看到他爸爸的船在远方出现!是的,是的!仅此而已!就这么定完了!我们改朝南塔开特走!喂,我的船长,定好航向,就照着走吧!瞧,瞧!窗口露出了孩子的脸!山上挥着孩子的手!"

可是,亚哈把目光避开了。他像一棵枯萎了的苹果树,浑身发抖,把最后一个枯了的苹果抖落到了地上。

"这是什么,这是什么难以形容、捉摸不透、神秘可怕的东西,是什么花言巧语、没露过面的主人和残酷无情的暴君在命令我,才使得我放弃一切出自天性的恋慕和欲望,始终一个劲儿地推呀,挤呀,钻呀地往前赶,才使得我轻率地随时准备做按我的本性来说根本不敢去做的事呢?是亚哈吗,亚哈?是我,还是上帝,还是别的什么人,举起了这条胳臂?不过,如果伟大的太阳不是凭自己的意志在运行,而只不过是天上一个跑腿的小厮,如果天上的星星是靠一种看不见的力量,才能运转,那么,这颗小小的心怎么会跳动,这颗小小的脑袋又怎么能够思想,如果不是上帝叫它跳,叫它想,叫它活的话?苍天在上,老兄,我们在这世界上给弄得团团转,就像那边的绞车一样,而命运之神便是那根推杆。自始至终,看啊!天还是那微微笑的天,海还是这个不知有多深的海!看哪!瞧那边那条金枪鱼!谁叫它去追,去捅那条飞鱼?杀人犯该上哪儿去才是,老兄!连法官自己都给拖上了被告席,谁来判决?不过,这风好柔和,天空看上去也好柔和。空气中这会儿好像有股从遥远的草原吹来的气息。人们在安第斯山山坡下什么地方翻晒干草哩,斯达巴克。割草人在新割倒的干草堆里睡觉。在睡觉?对,不管我们怎样努力劳作,到头来我们都睡在田野上。睡得着?对,不但睡着了,还在绿草丛中生锈腐蚀了,就像去年扔下的镰刀,遗留在没割完的草丛中一般——斯达巴克!"

可是,那位大副,由于绝望,脸色苍白得像具死尸,已经悄悄走开了。

亚哈横过甲板,靠在对面船舷上凝望海中,可是,让他大吃一惊的是,在水中看到了两只死死盯着的眼睛的倒影。原来费达拉也一动不动地靠在这边的栏杆上。

第一三三章 追击——第一天

那天夜里,午夜班时分,这个老人——像他往常那样——从他靠着的舱口上来,朝他的钻孔走去时,猛地、恶狠狠地伸出脸去,使劲儿嗅着海风,就像驶近一个蛮荒小岛时,船上一条聪明的狗会做的那样。他宣布附近肯定有条大鲸。不久,那股特殊的气味,那股有时老远就闻得到的活抹香鲸的气味,所有的值班人都闻到了。因此,亚哈在仔细看过罗盘,观察桅上的风向指示器,再尽可能精确地弄清那股气味的准确方向之后,便迅速下令稍稍改变船的航向,收缩风帆时,也就没有哪个水手觉得奇怪了。

第二天天一亮,便充分证明转向收帆的英明决策是完全正确的,因为发现了一个长长的、滑溜的东西横亘在正前方的海面上,光滑如油,在它周围还有皱褶绵延的水纹,很像是在一条水深流急的河流出口处,潮流冲击成的急浪中金属似的锃亮的潮标。

"上桅顶!全体集合。"

达格拿起三根大头棒,打雷似的在水手舱甲板上使劲儿擂,那种大难临头的隆隆声把睡觉的人都惊醒了,他们像是从舱口给抽了出来,连衣服都来不及穿,拿在手上就涌出来了。

"你们看见什么了?"亚哈仰脸朝上问道。

"什么也没有看见,什么也没有,先生!"上面大声回答道。

"上桅帆!——翼帆!上上下下,两边,全扯上去!"

所有的帆都扯上去了。这时他解开了救生索,那是专门为把他扯到主桅最上桅桅顶上去准备的。随即他们便把他往那顶上升去，可是，还只升到三分之二的高度，当他从主中桅帆和上桅帆之间的空隙向前方望时，就像海鸥似的叫了起来："它在那儿喷水！——它在那儿喷水！一个雪山似的背峰！那是莫比·迪克！"

亚哈的喊声刚落，三个瞭望人似乎就紧跟着同时喊开了。甲板上顿时轰动了。所有的人争先恐后地向索具跟前涌去，都想要看看好长时间他们一直在追击的这条名震遐迩的大鲸。亚哈这时已经升到了主桅顶上，比那三个瞭望者还高出几英尺。塔希蒂格正好站在他下面的上桅顶的粗木块上，所以这个印第安人的脑袋差不多挨着了亚哈的脚后跟。从这个高度看去，那大鲸大约在前方一英里开外，波涛每一次起伏之际，便露出了它那高耸的闪光的驼峰，和有规律地向空中默无声息的喷水。对那些轻信的水手来说，那似乎跟他们很久以前在月光下的太平洋和印度洋里所见到的喷水没有什么两样。

"你们先前谁都没有发现它？"亚哈朝他周围爬在帆桁上的人喊道。

"我几乎就在您亚哈船长发现它的时候也发现它了，并且跟着就喊了。"塔希蒂格说。

"不是跟我同时发现的，不是同时——不，那枚金币是我的，命运之神专门给我留着的。只有我，你们谁都不可能头一个发现白鲸。它在那里喷水啦！它在那里喷水啦！——它在那里喷水啦！它又在喷——又在喷！"他拖着长音，慢悠悠地，有条不紊地喊着，跟那大鲸明显可见的喷水间隔逐渐拉长的节奏遥相配合，"它要下潜啦！翼帆挺住！收下上桅帆！准备三只小艇。斯达巴克先生，请记住，你留在船上，守船。喂，把好舵！抢风，抢风，转一个罗经点！好，稳住，老兄，稳住！钻下去啦！不，不，只不过是一团黑水！小艇都准备好了吗？随时准备行动，随时准备行动！把我放下来，斯达巴克先生。放下来——快点儿，再快点儿！"于是，他从半空中滑落到了甲板上。

"它直奔下风去啦，先生。"斯塔布喊道，"跟我们拉开了距离；可能还没有发现我们的船。"

"别嚷嚷,老兄!转帆索准备!转舵背风!——帆桁扯直!撑上它!——撑上它!好的;行啦!小艇,小艇!"

很快,除了斯达巴克的小艇,其他的小艇都放下去了。小艇上的帆都扯起来了——所有的桨都拼命地划起来了。小艇飞快地搅起一路浪花,直奔下风头而去。亚哈一马当先。费达拉深陷的眼睛发出了一种苍白的、死亡的光,嘴巴可怕地抽搐着。

小艇轻快的艇头,像悄无声息的鹦鹉螺壳,飞快地穿过海面,只在接近对手的时候才放慢速度。他们靠拢它时,大海似乎变得更加平滑了,像是拉开了一张地毯,铺在波浪上;像是中午的草原,纹风不动,分外宁静。终于,屏息敛气的猎手离那似乎毫无觉察的猎物很近了,连它那整个白得耀眼的驼峰都看得清清楚楚,像个什么孤立的东西在水中滑动,不断地搅起纯净的、羊毛似的、淡绿色的泡沫。他还看到了它那稍稍露出水面的满是皱纹的巨大的头。在它前面,远映在那柔软的土耳其地毯似的水面上的,是它那乳白色的阔大额头闪闪发光的白色影子。涟漪回荡有声动听地陪着那影子嬉戏。在它后面,蔚蓝的海水交替流过,涌进它那稳定的航迹形成的活动深谷。两侧鼓起了明亮的水泡,在它身旁欢跃。可是,给大海披上一身柔软的羽毛盛装的成百上千只快活的飞禽,在时起时落的飞行中,轻飘的趾尖又把这些水泡泡给弄破了。它们像飞上油漆彩绘的大商船上的旗杆一样,飞上前不久扎进白鲸背上的一根捕鲸枪高耸的但裂开了的枪杆。这群白云似的软爪飞禽围着这条大鲸盘旋,来回掠过,像个华盖一般,不时地会有一只栖止在这根枪杆上,不停地摇晃,长长的尾羽像枪旗般飘垂下来。

这条大鲸悄悄游动时颇能自得其乐——飞速之中仍极其柔和从容。那化作白牛的朱庇特驮着被他劫走、紧扳着他优美双角的欧罗巴公主,他那双可爱的、狡黠的眼睛专注地瞟着这个美女,以平稳醉人的高速,搅起一路涟波,直奔克里特岛的新房时,也比不上这条令人赞叹的大鲸如此神妙的游姿。不,那位众神之王的朱庇特绝对比不上。

大鲸劈浪前游,汹涌的波涛随之敞开,它两侧柔软的肋腹也同时露了出来,发出明亮迷人的光彩。难怪有些猎手为这种平和安静难以形容地心醉神迷,轻率地去攻击它,往往悔之晚矣地发现这种平和安静只不过是龙卷风的罩衣。然而,大鲸啊!你从容游动时,初次见到你的人,眼中却只看到你的平静,迷人的平静,不管过去你以同样的方式让许多人上了当,丢了命。

莫比·迪克就这样在宁静的热带海洋中穿行,在悄无声息的波浪中前进,由于高兴得过了头,波浪都忘了鼓掌。它那没在水中的令人恐怖的巨大身躯仍然看不到,它那丑恶之至的、扭歪的下巴仍然深藏不露。但不久,它的上半身慢慢浮出了水面。片刻之间,它那整个大理石花纹的身躯便形成了一个高拱,像弗吉尼亚州的天然桥,一边在空中警告地挥着它那旗帜般的裂尾,这伟大的神显身了,然后又潜了下去,不见了。白色的海鸟依依不舍地逗留在它下潜时激起的水窝上,时而原地盘旋,时而低飞点水。

这时,三只小艇都竖起了大桨,放下了小桨,风帆则听其自然,就这样静静地浮着,等着莫比·迪克重新出现。

"一个小时了,"亚哈像生了根似的站在小艇艇尾说。他的目光越过大鲸下潜处,朝一片迷蒙的蔚蓝和下风头大有希望的广阔海面望去。那只有短短一瞬间,因为他的目光在海面上扫了一圈以后,似乎又头晕眼花了。这时,风加强了,大海开始汹涌起来。

"瞧那些鸟!——那些鸟!"塔希蒂格嚷道。

这时,那些白鸟,像飞行的苍鹭一般,排成长长的一字纵队,遥向亚哈的小艇飞去。等相距只有几码远时,便在那一块水面的上空拍击翅膀盘旋,发出愉快的有所期待的叫声。它们的视力比人的强,亚哈在海里什么迹象也没有发现。但是,当他一个劲儿往大海深处瞧时,真切地看到了一个活动的白点,大约一只白鼬鼠大小,正神速地上升,越来越大。等它一翻身,就清清楚楚地露出两排又长又弯又闪光的白牙,从那难以发现的海底浮了上来。那是莫比·迪克张开的嘴和涡卷形的下颚。它那巨大的、影影绰绰的身躯还有大半和蔚蓝的海水混在一起。那白牙森森的大嘴，在小艇下面张开来，活像是一座敞开了大门的大理石坟墓。亚哈把舵桨猛地往斜刺里一划，小艇一旋身，躲开了这个可怕的怪物。然后，他叫费达拉跟他交换位置，他来到艇首，便抄起珀斯专给他打的那支标枪，命令他的艇员握紧桨，准备倒划。

这时，由于小艇这及时的一旋，艇首正好按照预先设想的那样正对着还没在水中的鲸头。可是，莫比·迪克凭它那份天生的、恶毒的鬼聪明，识破了这一意图，它登时好像侧身一转，它那打褶的头就直向艇底冲来。

随之，每一块船板，每一根肋材，整个艇身从头到尾一抖。这大鲸半侧身仰卧着，有如一条要噬咬的鲨鱼，慢慢品尝地把整个艇头填进了它的大嘴。这样一来，它那狭长的涡卷形的下颚便高拱在空中，一根长牙还卡在桨架上。下颚浅蓝色的珍珠白内壁离亚哈的头不到六英寸，一落下来盖过头绰绰有余。这时，白鲸就保持这种姿势，摇晃起这脆弱的杉木小艇，像残忍的猫儿在温柔地逗弄已是口中之食的老鼠一般。费达拉处变不惊地注视着，还交叉起双臂，可是那几个虎皮黄肤色的水手却跌跌撞撞地跨过彼此的头，想抢到艇尾尽头去。

且说这条大鲸这般可怕地戏弄这只注定完蛋的小艇时，那有弹性的艇舷便也跟着弹出弹进。它的身躯还浸在艇底下的水中，无法从艇首用标枪扎它，因为艇首可说差不多都在它嘴里。其他几只小艇，面对这骤然发生的变故，束手无策，都不由自主地停住了。这时，这个偏执狂亚哈，看到自己的死敌逗弄人地近在眼前，自己偏又活生生地一筹莫展地陷身在这死敌的嘴巴里，不禁大发雷霆。暴怒之余，他光着双手，抓住那根长牙，发狂地想把它拧掉。正当他这么白费力气时，那下颚一滑落，脆弱的艇舷凹进，弯拢，"咔嚓"一声断了，等大剪刀似的上下颚更向艇尾一挤，便把小艇整个儿剪成两截。上下颚又闭得紧紧地在艇骸之间没入水中，两截残艇浮开了，破碎的零星物件在下沉。那半截艇尾上的水手都攀住艇舷，极力想抓住木桨，击水到艇头跟前去。

在这只小艇将断未断之际，亚哈头一个看出了大鲸的意图，便机灵地一抬头,手跟着暂时松开。在那一瞬间,他做了最后一次努力,想把小艇从鲸嘴里推出来。可是,这一下只不过使小艇往鲸嘴里滑进得更深了些,还翻向了一侧。小艇把他抓住鲸牙的手也震脱了。就在他俯身去推时,还把他摔了出去。于是,他整个儿跌落在海面上。

莫比·迪克缓缓地游开了一点儿,停下了,在波涛中竖起它正方形的白头,慢悠悠地滚动它整个纺锤形的身子。于是,它那巨大的满是皱纹的额头一冒出来——高出水面20多英尺——那正往上涌的波涛,和所有汇拢来的水浪一道,都炫目地撞碎在它的额头上,报复性地把那些轻飘的水花更高地抛向空中。正如狂风大作时,部分受阻于海峡的波涛从埃迪斯山脚下反弹回去,结果波涛飞沫胜利地跃过了山巅。

不过,莫比·迪克很快又恢复了平时的姿势,把身子放平,迅速地围着落水的水手兜圈子,从旁边搅起一路复仇的水花,仿佛在激励自己再进行一次更厉害的攻击。它一看到碎裂的小艇,就似乎怒火中烧,狂性大发,正如《马卡如父子书》中所描写的,把血红的葡萄汁和桑葚汁泼洒在安泰奥卡斯的象群前一样。这时,那蛮横的鲸尾所搅起的泡沫快把亚哈闷死了,加之他又只有一条腿,无法游泳——不过,哪怕是处于这样一个旋涡中心,他仍然挣扎着浮在水面上。亚哈现在完全处于一种孤立无援的境地,他的头看去就像是个随波上下的气泡,一点儿意外的震动就能使它爆破。费达拉则从碎裂的艇尾上漠不关心、不慌不忙地瞧着他。那些攀附在漂浮的另一端残片上的水手没法子救他,他们照顾自己还忙不过来。因为白鲸一个劲儿围着他们兜圈子,样子非常可怕,而且这些越来越小的圈子兜得快如流星,好像马上要朝他们直扑过来。其他小艇虽然都平安无事,仍在附近转悠,但也不敢划到旋涡中心去进攻它,生怕这样一来,那些处于危险中的遇难者,亚哈和所有落水的人,马上就会完蛋。再说那样做,只怕他们自己也很难幸免。于是,他们只好眼睁睁地停在这个可怕的地带的外围。这时,这老人的头成了这个地带的中心。

这一切,大船桅顶上从一开始就全看到了。于是,大船赶紧调整帆桁,直奔出事地点而来。等距离很近时,亚哈在水里朝它招呼:"驶到"——但话还没说完,从莫比·迪克那边打过来一个大浪,登时把他淹没了。可他随即又挣扎出来,而且正好给架在高高的浪峰上,他趁机大喊道,"驶到大鲸那边去!——把它撵走!"

"裴廓德"号掉转船头驶去,一下就冲破了那个像施了魔法的圈子,顺利地把白鲸跟那些遭难者分隔开来。白鲸很不痛快地游开了,那两只小艇赶紧去援救。

亚哈被拖上斯塔布的小艇。他两眼充血,什么也看不见,白花花的盐水凝结在他的皱纹里。由于长时间地处于紧张状态,他的体力完全垮了,身体遭此大难,他只好暂时听凭摆布,像一个被象群践踏过的人,一团泥似的躺在斯塔布的小艇里。他那发自内心深处难以形容的哀号,犹如来自远方深谷凄凉的声音。

可是,他这种体力虚脱的凶猛来势却正好把虚脱的时间大大缩短了。伟大人物有时把常人毕生经历的肤浅的痛苦的总和浓缩为一瞬间深沉的剧痛。这样一来,这种人物,虽然每次所受的折磨都很短暂,但是,如果命中注定,他们的一生便汇聚了整整一个时代的悲痛,而且全是由瞬间的剧痛组成的。因为,他们受到的折磨即使毫无实效,就其高尚的性质而言,也超出了常人毕生经历的痛苦。

"我的标枪,"亚哈慢吞吞地曲起一支胳臂支撑着,抬起了半拉身子,"还在吗?"

"在,先生,因为没有投出去。这就是。"斯塔布说,把标枪给他看。

"放到我面前。——人都回来了吧?"

"一、二、三、四、五,一共五支桨,先生,五个人都回来了。"

"好极了。——拉我一把,老兄。我想站起来。唔,唔,我看到它啦!你看!你看!还在朝下风游去。那喷水移动得好快!——放开我!亚哈骨头里那股永不衰竭的元气又在周身运行开了!扬帆,划桨,转舵!"

这是常有的事,每逢一只小艇给撞碎了,船员被救上另一只小艇后,便帮着另一只小艇干活;追击就用所谓双排座桨继续进行下去。现在就是这种情况。不过,这小艇上增加的力量和这大鲸所增加的力量并不相等,因为它每根鳍好像翻了三番,游速之快,可以明显地看出。在这种情况下,如果继续追下去,那么,这次追击即使不是毫无希望,也会无限期地拖下去。拖这么长时间,这么毫无间歇地拼命划桨,随便哪个水手也受不了的。这种事只能短时间地搞搞还差不多。于是,正如有时出现的情况那样,大船本身成了最有希望追上这一猎物的工具。因此,这些小艇这时就都向大船划去,很快就吊起在吊柱上——那两截破艇已经打捞上来了——再把所有的东西都吊在船侧,船帆全部扯起,翼帆往斜刺里展开,很像信天翁的有两个关节的翅膀。这样,"裴廓德"号就奔下风头紧追莫比·迪克去了。桅顶上的人,按照大鲸众所周知有条不紊的喷水间隔,定时报告这大鲸闪光的喷水。每逢报告它刚刚潜下去时,亚哈就把时间记下,然后在甲板上踱来踱去,手里拿着罗盘表,等预定的时间最后一秒刚过,马上就响起了他的声音。"这会儿古金币归谁啦?你们看到它了吗?"如果回答是没有,他马上就吩咐他们把他升到他的瞭望筐里去。这一天就这么耗着,亚哈一会儿高高在上,一动不动,一会儿不安地在船板上踱来踱去。

他就这样来回走着,除了跟桅顶上的人打声招呼,或者吩咐他们把一面帆扯得更高些,或者把一面帆更张开一些外,便一言不发——就这样踱来踱去,帽子压得低低的,每一次转身,都要经过自己那只破艇。这破艇给扔在后甲板上,破损的艇首和粉碎的艇尾相互倒置地挨着躺在那里。后来,他在这破艇前站住了,就像是已经乌云密布的天空偶尔还会有新的乌云掠过一般,这老人脸上也添上了一重阴沉。

斯塔布看到他停住了脚步,也许是有意(可是并非枉费心机地)显示一下自己丝毫未因这次意外而减弱的坚强精神,继续在他的船长心目中保留一个勇敢的形象,就走上前去,瞧着破艇喊道:"这是驴子不吃的蓟,刺扎伤了它的嘴,先生。哈!哈!"

"多么残忍的家伙,对着破艇笑得出来?嗬!嗬!要不是我早知道你勇敢得（也粗野得）像无畏的火神，我敢断定你是个胆小鬼。面对破艇，既不应该抽声叹气，也不应该笑。"

"是，先生，"斯达巴克靠拢去说道，"这个情景非同小可。这是个预兆，而且是个很不吉利的预兆。"

"预兆？预兆？——拿字典来！如果神明想不客气地跟人们说什么，他们会光明正大地说出来，不会摇摇头，老太婆似的给个含糊其词的暗示。——滚开！你们两人是一件东西的两个极端。斯达巴克是斯塔布的极端，斯塔布则是斯达巴克的极端。你们俩都很有男子气概，而亚哈却孤零零地置身在熙熙攘攘的人间，神也好，人也好，都不是他的邻居！真冷，真冷——我浑身直抖！——现在怎么样啦？喂，上边的！看到它了吗？哪怕它每秒钟喷十次，也都给我喊出来！"

天快黑下来了，只有太阳那金色长袍的边边还在沙沙作响。一会儿，就差不多是一片漆黑了，可是瞭望的人仍旧待在上面，没有下来。

"现在看不见喷水啦，先生——太黑了。"听到半空中喊道。

"最后看到它是奔哪个方向去了？"

"跟原先一样，先生——直奔下风头。"

"很好！天黑了，它会游得慢些。把最上桅帆和上桅翼帆放下来，斯达巴克先生。天亮之前，我们千万别追过了头。它正在移栖中，可能会歇一歇。掌好舵！让船吃满风！——上边的！下来吧！——斯塔布先生，换个人到前桅顶上去，天亮之前，你负责轮流换人上去。"他朝钉在主桅上的古金币走去，"弟兄们，这枚金币是我的啦，因为我头一个发现它。不过，我还是要让它继续待在上面，到白鲸死那天再取下来。而且，在打死它的那一天，你们要是谁先发现它，这金币就归谁；要是在那一天还是我先发现它，那我就拿出十倍的钱来分给你们大伙！现在你们走吧！——甲板上的事就归你啦，先生。"

说完，他就把自己安置在舱口梯子上，露出半个身子来，帽子压得低低的，在那里一直站到天亮，只间或提醒自己观观天象，看夜晚到了什么时候了。

第一三四章 追击——第二天

天刚破晓，三个桅顶上都准时重新上去了人。
"看到它了吗？"待天稍稍亮了一点儿后，亚哈大声问道。
"什么也没有看见，先生。"
"把所有的人都召集到甲板上来，赶紧加帆！它游得比我想象的要快。——上桅帆！——唉，昨晚上不该把它们收下来的。不过，也不要紧——这不过是休息一下，好更好地冲刺。"

应该在这里提一下的是，像这样夜以继日，周而复始地穷追个别的大鲸，在南海捕鲸业中绝不是空前的事。因为，南塔开特船长中间有些天才人物，他们有了不起的能耐、丰富的经验和战无不胜的信心，这使他们在特定的情况下，从最后远远地对大鲸所做的简单观察中，能在大鲸消失得无影无踪时，相当精确地预知它在相当一段时间内继续前游的方向及游速。在这种情况下，有点儿像个快要看不到海岸的领港，然而对海岸大致的走向他很熟悉，而且他正想很快就再回到岸边来，不过是在较远的某一点就是了。正如这个领港站在罗盘前，记下那暂时还看得见的海岬的准确方位，以便最后来停靠时能更有把握准确无误地到达这个遥远的看不见的老地方，捕鲸人也站在罗盘前，穷追不舍地跟踪他追捕的大鲸。因为，在白天跟踪了它好几个小时，又做了详细的记录，到了夜里看不见它的时候，它在黑暗中的行踪，对于精明的猎手来说，就像看不见的海岸之于领港一般，仍旧心中有数。所以对这个很有本事的猎手来说，这尽人皆知、写在水上转眼即逝的东西——航道,在达到他所渴望的目的上,犹如稳固的陆地一般可靠。就像现代铁路上那强有力的钢铁巨兽,人们非常熟悉它的行止,一块表在手,就能像医生数小孩的脉搏一样测算出它的速度,可以很容易地说出,上行车或下行车将在什么什么时候到达什么什么地方。几乎跟这一模一样的是,这些南塔开特人有时能根据所观察到的大鲸的游速,来测算出若干个钟头内,这大海兽会走上200英里,大约会到达某个经纬度。但是,要使这种准确的测算最终得以完全实现,还得有风和浪潮助捕鲸人一臂之力,因为如果赶上风停或者逆风,无法前进,即使捕鲸人有能耐测算出离目的地刚好还有九十三又四分之一英里,又有什么用处?由此类推,可见追击大鲸间接牵涉到许多微妙的情况。

大船继续向前猛冲,在海里留下一道深深的垄沟,就像一颗错发的炮弹,落下来变成了犁头,把平地犁翻了一片一般。

"乖乖隆的咚!"斯塔布嚷道,"这船跑这么快,甲板晃得人腿发痒,心发紧。这条船和我,两个都是不怕死的!——哈!哈!有人把我举了起来,脊梁点着海,——因为我的脊梁就是龙骨,我发誓!哈,哈!我们走得好轻快,背后没有扬起一点儿尘土。"

"它喷水啦——喷水啦!——喷水啦!——就在前面!"这时,桅顶上喊起来了。

"好,好!"斯塔布嚷道,"我知道的——你跑不了——你喷吧,细细地喷吧,大鲸啊!疯狂的恶魔亲自在追你哩!吹起你的喇叭——鼓起你的肺吧!——亚哈会封住你的血,就像磨坊主在溪流上压下水闸门一样!"

斯塔布正好说出了那些水手差不多都想说的话。这一向穷追猛赶,到这时候,一个个全都热血沸腾,就像陈年老窖的后劲儿上来了。不管在他们中间,有些人以前可能有过什么模糊的恐惧和预感,这些东西现在不仅由于对亚哈日益增长的敬畏而不敢抛头露面,而且都解体了,全面崩溃了,犹如草原上胆小的兔子见到了跳跃的野牛而四散奔逃一般。

命运之神似乎已经抓住了他们的灵魂,加上昨天白天那种惊心动魄的惊险场面,昨天夜里那种唯恐得而复失的惴惴不安,还有他们那艘发疯的船在猛追那飞逃的目标时咬住不放、毫无畏惧、盲目冒进的劲头,由于这一切,他们已经别无选择,只有一个劲儿地往前奔了。

风把船帆吹得像一个个大肚子般鼓起,用一双看不见的不可抗拒的手推着船猛冲。这似乎就是驱使他们进行这场赛跑的看不见的神力的象征。

他们已经成为一个人,而不是30个人了。因为,就像载着他们全体的这艘船一样,尽管它是由许多大不相同的东西拼凑拢来的——橡木啦,枫木啦,松木啦;铁啦,沥青啦,大麻啦——然而,这些东西已经相互紧密结合成为一艘具体的船,在长长的主龙骨的平衡与控制之下,飞速行驶。同样,这些各具特色的水手,这个勇敢,那个胆怯,有的犯了罪,有的心存恶念,形形色色,不一而足,全都融为一体,向他们唯一的头头和主心骨亚哈指给他们的命中注定的目的地奔去。

索具都经受了考验。桅顶就像是高高的棕榈树顶,上面展开了一簇簇的手和脚。有些人一手攀住一根桅杆,另一只手伸出去急不可耐地挥着;还有些人用手挡住射向眼睛的强烈的阳光,坐在摇晃不已的帆桁的外端。所有的桅桁上满是人,全都在等着走向命运的终结。唉!他们还在怎样拼死拼活地穿过那片无垠的蔚蓝,去搜索那很可能致他们于死命的东西!

"你们看到它了,为什么不喊?"亚哈看到在头一声喊过之后过了好几分钟再也没有听到喊声,就嚷道,"喂,把我升上去。你们都上当啦。莫比·迪克绝不会只喷这么一下就不见了。"

还真给他说中了。原来桅顶上的人过于激动,一时大意,竟把别的东西当成这条大鲸的喷水了。这个情况很快就得到了证实。因为亚哈刚刚到达他的瞭望筐,那根吊绳刚刚绕到甲板上的栓子上,他就给一支管弦乐队弹响了主调,使得空气像是一排枪声过后似的震荡起来。30个着鹿皮色服装的人发出了震耳欲聋、喜不自胜的欢呼声,因为——比想象中的喷水所在地要近得多——就在前面不到一英里处,莫比·迪克的身躯涌进了眼帘!因为这次发现它近在眼前,不是因为看到了它那从容自在的喷水,也不是因为看到了它头上那神秘的喷泉在安闲地喷射,而是因为看到了它的跳跃这一奇妙的现象。这条抹香鲸,以极快的速度,从海底深处一跃而起,就此把整个身躯猛然展现在纯净的空气中,随着涌起的是一座山似的炫目的泡沫,七八英里外都能看到它的所在。这时,被它撕裂的愤怒的波涛从它身上抖落下来,宛如鬃毛一般。有时候,它这种跳跃是种挑衅行为。

"它在跳咧!它在跳咧!"随着白鲸大张声势,鲑鱼般跳向空中时,船上响起了一片喊声。它掀起的浪花,猛然见于蔚蓝平原似的大海上,衬托在更为蔚蓝的天际,一时之间,闪耀炫目,宛如冰川。然后,这浪花便从最初炫目的亮度逐渐减弱,终于化为山谷中阵雨前的朦胧暗淡。

"嘿,莫比·迪克,朝着太阳跳你最后的一跳吧!"亚哈嚷道,"你的时辰到了,你的标枪就在手边!——下来!都下来,只在桅上留一个人。小艇——准备!"

那些水手,谁也不理睬那碍手碍脚的、用支桅索做成的绳梯,一个个流星似的,从一根根分开的后支索和升降索上滑溜到甲板上。亚哈虽不是那样利索,却也很快地就从他的瞭望筐里下来了。

"放下去。"他一走到他的小艇旁边——一只昨天下午才匆匆装备好的备用小艇,就嚷道,"斯达巴克先生,大船归你负责——要和小艇拉开一段距离,不过不要隔得太远。下去呀,大伙儿!"

莫比·迪克这时已经转过身子,遥奔三只小艇而来,好像要打它们一个措手不及。这一次,它首先发起了攻击。亚哈的小艇居中。他给三只小艇上的人打气后,对他们说,他要面对面地迎上去——就是说,直奔它的额头划去,——一种并非罕见的做法。因为,由于大鲸两眼斜视,在一定限度的距离内,采取这样的航向,反而可以躲开迎面而来的攻击。不过，在进入这个限定的距离之前，这三只小艇就像大船上的三根桅杆一样，它的眼睛看得清清楚楚。白鲸憋了一肚子火，几乎可说是一眨眼之间，就冲到了三只小艇中间，大嘴张开，尾巴抽击，在四面八方展开了一场可怕的混战。它毫不理睬这些小艇投向它的标枪，似乎一心一意只想把这些小艇的每一块船板统统毁掉。不过，这些小艇就像战场上训练有素的战马一般，进退自如，不停地左转右旋，暂时躲开了它凌厉的攻势，虽然，有时只是在一块船板宽度的空隙下死里逃生。在整个这段时间里，数亚哈可怕的呐喊声最为响亮，把其他人的喊声都压下去了。

但是，白鲸终于在它那无从追踪的游动中，冲过来又冲过去，把已经拴住了它的三根捕鲸索缠绕得跟一团乱麻似的，使这些捕鲸索先就缩短了，把这些注定要遭殃的小艇拽到插在它身上的标枪跟前。这时这大鲸暂时退了一点儿，仿佛要集中力量来做一次更厉害的冲击。亚哈抓住这个时机，头一个放出了一些捕鲸索，跟着就又拽又抖——想借此解开一些缠结——突然——一个比鲨鱼那城垛似的牙齿还要可怕的景象出现了！

松开来的标枪和捕鲸枪，缠绕在一团乱麻似的捕鲸索里，竖起枪钩枪尖，光闪闪、水滴滴地拥到了亚哈小艇艇头的导缆器上。只有一个办法可想。他抓起艇刀，小心地把那束钢枪里边的索子割断，再把外边的割断，然后把外边的绳索拽进来，递给艇里的前桨手，再把靠近导缆器的绳索割了两刀——把截断了的钢枪扔到海里。于是，一切又正常了。这时，白鲸又突然在其他缠成一团的绳索中猛地一冲。这一来，斯塔布和弗拉斯克这两只更多地纠缠在绳索里的小艇，便乖乖地被它朝它的裂尾拖去。它把这两只小艇像碎浪冲击的海滩上两块翻滚的干壳壳似的一起撞碎，然后一个猛子，消失在一个沸腾的大旋涡里。艇子残骸的杉木板碎片还在这大旋涡里兜圈子，就像是浮在一碗迅速搅动的五味酒上的豆蔻末。

这时，当两只小艇的水手还在水中打旋旋，伸出手去够那些翻滚的索桶、木桨和其他漂浮的用具时,当小个子弗拉斯克像斜浮着的空瓶子,忽起忽落,急急忙忙地曲起双腿,以躲开鲨鱼可怕的嘴巴时,当斯塔布拼命大叫,要人把他捞起来时,当这老人的捕鲸索——这时已经断了——还能派上用场,让他拖到奶油色的深潭里,碰上谁就救谁时——就在这形形色色、实实在在的危险同时降临正穷于应付时,亚哈那只尚完整无损的小艇似乎被些什么看不见的线直往天上拽去——白鲸箭一般笔直地从水里冲出来,宽大的额头撞在亚哈小艇的艇底上,把这小艇一个翻滚又一个翻滚地送上了半空,又掉了下来——艇底朝上——亚哈和艇上的几个人这才从艇底下钻出来,就像海豹从海边的岩洞里钻出来一般。

这大鲸最初上冲的势头——冲破水面时方向起了点儿变化——使它落入水中时,不自觉地偏离了一点儿它所一手造成的灾难的中心点。这时,它背对着出事中心点,稍稍停了停,裂尾慢慢地左右摆动,来摸摸情况。每逢漂过来一叶桨,一块碎木板,或者一星半点小艇的残余,擦着它的身子时,它的尾巴赶紧往回一收,横着一扫,狠狠地拍在海浪上。不过,不久,它仿佛觉得干到这等地步也可以收场了,那打褶的额头就往前一拱,拖着那缠成一团的捕鲸索,像个旅游者似的,从容不迫地朝下风头游去了。

跟先前一样,在一旁密切注视的大船看到了这场战斗的整个过程,又赶紧过来抢救。它放下了一只小艇,打捞起漂浮的水手、索桶、木桨以及其他一切能够打捞到的东西。有的水手扭了肩膀、手腕、脚脖子,有的受了挫伤皮肤发青。拧弯了的标枪和鱼枪,解不开的乱麻似的绳索,破碎的桨叶和船板,甲板上触目皆是。不过,似乎没有一个人受了致命伤,或者伤势严重的。至于亚哈,则跟昨天的费达拉一样,这时正脸色阴沉地攀住他的半拉破艇,不怎么费力就浮起来了,而且今天的意外事故也没有像昨天的那样使他筋疲力尽。

但是,等把他扶上甲板以后,大家的眼睛都盯住了他,因为他不是双腿站立,而是半靠在斯达巴克的肩膀上。斯达巴克从扶他上船起一直扶着他的。他的牙骨腿断了,只剩下短短一截尖茬。

"唉,唉,斯达巴克,有时候靠一靠真舒服,不管靠在谁身上。亚哈老头过去要是多靠了靠就好了。"

"那铁箍没有顶得住,先生。"木匠这时走了过来,说,"那条腿我还真下了功夫。"

"不过,没有伤着骨头吧,先生。"斯塔布衷心关切地说。

"唉!全都劈得粉碎,斯塔布!——你瞧。——不过,就是骨头碎了,亚哈老头也不在乎。我并不认为,我这条真腿就比我那条假腿多一星半点我亚哈的成分。白鲸也好,人类也好,魔鬼也好,对亚哈老头这个独具一格、难以参透的人来说,连粗皮都擦不掉他一块。这世界难道有什么子弹能射得到海底,有什么桅杆能够得着天?——喂,上边的!奔向哪去啦?"

"直奔下风头去啦,先生。"

"那就转舵迎风;把所有的帆又都扯起来。守船的!把剩下的备用小艇都放下来,装备好——斯达巴克先生,你去,把小艇水手都集合起来。"

"让我先扶你到舷墙那边去吧,先生。"

"啊,啊,啊!这会儿这碎骨头还真扎得我好痛啊!我的命真苦!灵魂上不可征服的船长竟摊上了这么一个胆小的大副!"

"先生?"

"那是指我的身体,老兄,不是说你。给我样什么东西做拐杖——喂,那根没用的鱼枪就行。把人手集合起来。真的我还没有看到他。老天在上,这不可能!——失踪啦?——快!把人都叫来。"

这老人心中的怀疑还真证实了。人都集合好之后,就是没有那个袄教徒。

"袄教徒!"斯塔布嚷道,"他肯定是卷在——"

"卷你的鬼去吧!——你们赶紧去甲板上,甲板下,舱里,船首楼——去找他——不会没有的——不会没有的!"

但是，去找的人很快就回来了，说那个袄教徒哪儿都找不到。

"没错，先生，"斯塔布说，"肯定是卷在你那缠成一团的绳索里——我好像看到他给拖下去了。"

"我的绳索！我的绳索！没啦？——没啦？这个简简单单的词儿什么意思？——这个词儿里敲响了什么样的丧钟，连亚哈老头都浑身发抖，仿佛他就是那钟楼似的。还有我那支标枪！——扔在那堆乱七八糟的东西上面——你看见了吗？——喂，那支专为白鲸打就的标枪——不，不，不——可恶的傻瓜！这只手确实把它投出去了！——它扎在那鲸身上！——喂，上边的！盯住它——快！——大家都去装备小艇——集中桨——标枪手呀！标枪，标枪！——把最上桅升高些——把所有的帆都扯上！喂，掌舵的！稳住，拼命稳住！我要把这无法测量的地球绕它十圈，还要钻过去，我非把它宰了不可！"

"伟大的上帝啊！您哪怕现身片刻也好。"斯达巴克嚷道，"你绝对，绝对逮不住它的，老兄——奉基督的名义，不要再蛮干啦，这比魔鬼发疯还要糟。追了两天，两天都艇碎人翻，你那条腿又被它搞掉。你那不祥的预兆应验了——好心的天使在纷纷向你发出警告。——你还想要什么？——难道我们还要继续追击这条凶残的大鲸，等把最后一个人都赔进去才收场吗？难道我们非得让它拽到海底去不可吗？难道我们非得都让它拖到地狱里去？啊，啊，——还要去追击它，就是不信神，就是对神的大不敬！"

"斯达巴克，我俩上次彼此在对方的眼睛深处看到了——看到了什么，你很清楚。打那之后，近来我感到和你说不出的心气相通。但是，在有关这条大鲸的问题上，你的面孔，对我来说，犹如这只手掌——一片没有嘴、没有面貌特征的空白。亚哈永远是亚哈，老兄。这幕戏是命中注定，无法改变的。在这个大洋汹涌翻腾之前若干万年，你我就已经排练过了。傻瓜！我是命运之神的助手，我只不过是奉命行事。注意，你这副手！你得听我的。——站到我周围来，弟兄们。你们看看一个老人给弄成这么一副残缺不齐的模样，倚在一根没用的鱼枪上，靠孤零零的一条腿支撑着。这是亚哈——他的身体方面；但亚哈的灵魂却像条蜈蚣，用一百只脚走路。我觉得自己绷得紧紧的，很吃力，就像是根绳子，在狂风中拖着折断了桅杆的快速帆船。我看起来很可能就是这样子。可是，在我这根绳子绷断之前，你们会听到嘎邦一响的。只要还没有听到那一响，你们就知道亚哈这根粗绳还在拖着他要拖的东西。弟兄们，你们相信所谓预兆这种玩意儿吗？那就大笑一阵，并且大喊重演一遍吧！因为任何东西沉没之前都要浮起来两次，等它再浮上来，就永远沉下去了。莫比·迪克也一样——两天它都浮上来了，明天是第三天。对，弟兄们，明天它还会浮上来——不过，只是上来喷最后一次水罢了！你们都有这个胆量，这个胆量吗？"

"我们都像火神一样大胆。"斯塔布嚷道。

"也一样粗野。"亚哈喃喃道。等大伙都往船首去了时，他还在那里喃喃不休："所谓预兆这东西！昨天，在谈到我那毁了的小艇时，我还就此跟斯达巴克说过同样的话。啊！当时我说得多么慷慨激昂，只想从别人心里攫走那紧紧揪住我自己的心的东西！——那袄教徒——那袄教徒！——没了，没啦？他早就要走的——不过，在我可能完蛋之前，他还会出来的——怎么会那样？——这会儿还是个谜，那些暗地里有一长串法官支持的律师恐怕也会无可奈何。这谜像老鹰的喙，把我的脑袋都啄痛了。不过，我一定，一定要把它解开！"

天黑下来时，仍看到那大鲸往下风头游。

于是，再一次收缩风帆，其余的部署几乎跟昨天晚上一模一样，只是榔头敲击声和磨刀霍霍声快到天亮才停。因为大伙都在为明天的战斗做准备，点着灯笼，通宵忙于细心完善地装备备用小艇和磨快没开刃的刀枪。同时，木匠也用亚哈那只破艇断了的龙骨给亚哈重做了一条腿。亚哈本人则仍跟昨天夜里一样，帽子压得低低的，一动不动地站在舱口舷梯上。他那隐蔽的、宛如从回光仪反射来的目光，有所期待地回到了回光仪的仪盘上，目不转睛地望着正东方，盼着第一抹朝阳。

第一三五章 追击——第三天

第三天一破晓便是个清新晴朗的好天，前桅顶上那个孤零零的值夜班的再度由一大群瞭望者接了班。他们散布在每根桅杆上和几乎所有的帆桁上。

"看到它了吗？"亚哈高声问道；可是那大鲸还没有露面。

"不过，肯定盯住了它，只要盯住了就行。喂，掌舵的，稳住，还是按照你现在走的，一直在走的航向走。又是一个多好的天！要是这是个新开辟的世界，是专为天使们开辟的消夏别墅，而今天清晨又是首次开放的话，那今天的天气真是再好不过的了。要是亚哈有时间思考的话，这里大有可供思考的东西。可是亚哈从不思考，他只凭感觉行事。对世人来说，这已经绰绰有余！思考是冒犯。上帝才有这种权利，也是他的特权。思考是，或者应该说是，一种冷静，一种沉着的表现，而我们可怜的心跳得太急，我们可怜的脑子动得太快，做不到这一点。然而，有时候我认为我的脑子很冷静——冷静得像冻住了，这个老脑壳裂开了好大的缝，就像玻璃杯里装的液体结了冰，把杯子给涨破了一般。可是这把头发现在还在长，此刻就在长，肯定是脑子里的热量把它催出来的。不过，它是那种到处都会生长的青草，在格陵兰那冰雪覆盖的地缝里，或者维苏威火山的熔岩里，都会生长。阵阵狂风使劲儿地刮着它，它们抽打着我周围的青草，就像是撕碎了的风帆鞭打着它们所依附的那东摇西晃的船一般。在这之前，这股风肯定吹进过监狱走廊和单人牢房，也吹进过医院病房，赶走了里面污浊的空气,现在又装得白雪般清白,吹到这里来了。这是一股恶风。滚吧! ——这风受到了污染。我要是风的话,我不会再在这个邪恶的世界上吹来吹去。我会爬到哪个洞穴里,偷偷地躲在那里。不过话又说回来,风这东西,既高贵又英勇!有谁征服过它?在每一次战斗中,它都有决定性的最厉害的一招。你朝它冲过去,结果却扑了个空。哈!它袭击一丝不挂的人,却从不站住接人家一招,这是一股胆小的风。甚至亚哈也比它勇敢,比它高贵。要是现在风有个形体就好了。不过,一切激怒世人,让世人大为光火的东西,都是没有形体的,但并非作为动力而言没有形体,而仅仅是作为物体而言没有形体。其间有一种非常特殊、非常狡猾,啊,非常恶毒的区别!不过话又说回来,我再说一遍,而且这回还要郑重其事地说,风里面还是很有些令人感到愉快亲切的东西。起码,拿温暖的贸易风来说,它在万里晴空中笔直往前吹,强劲有力,坚定不移,让你觉得很舒服。而且,不管海里的暗流怎样改变方向,不管陆上最强大的密西西比河怎样转折变化,摸不准最后流向何方,贸易风却绝不偏离自己的目标直向前吹。就是这股贸易风,这样一个劲儿地吹,会把我这条满不错的船一直吹到永恒的北极附近去!这股贸易风,或者什么类似它的东西——一种坚定不移、强劲有力的东西吹着我装有龙骨的灵魂往前走!走到它那里去!喂,上边的!看见什么了吗?"

"什么也没有看到,先生。"

"什么也没有看到!马上就是中午了!那金币正在找得主哩!瞧瞧太阳!唉,唉,肯定是这样。我追过头了。怎么会,倒跑到前头去了呢?唉,现在是它在追我,而不是我追它了——这可不妙。我早该知道的呀。真笨!它还拖着那么些索子——标枪哩。唉,唉,就是昨天夜里从它身边追了过去的。打转!打转!都下来,你们大伙儿,只留下正式的瞭望人!站住,准备转帆!"

按照"裴廓德"号原先的航向,风还多少在船尾部,所以现在一转到相反的航向,这艘转过帆来的船便重新搅起自己奶油般的白色尾波，吃力地顶风前进了。

"他现在是顶着风朝那张开的大嘴驶去。"斯达巴克把刚拉过来的主桅转帆索绕到栏杆上时，喃喃地自言自语道，"愿上帝保佑我们，可是，我觉得我浑身的骨头都发潮了，打里面往外湿到皮肉上来。我真担心自己服从了他，却同时违抗了上帝！"

"来把我升上去！"亚哈嚷道，一边朝麻绳筐走去，"我们很快就会跟它见面了。"

"是，是，先生。"斯达巴克马上照办了。于是亚哈再一次在高空晃荡。

整整一个钟头过去了，金色的太阳早已西移。时间老人现在也提心吊胆地屏住了呼吸，终于，在距迎风侧船头约三个方位点的地方，亚哈又看到了白鲸的喷水。登时三个桅顶上发出了三声尖叫，仿佛舌头着火了发出的声音似的。

"莫比·迪克，这是第三次我跟你面对面交锋啦！准备好！——转帆，角度再小一点儿；让船完全顶风。它隔得太远，下小艇还太早，斯达巴克。帆在发抖！拿把大木槌去监督那个舵手！唔，唔。它游得很快，我得下去了。不过，下去之前，且让我在这高处再好好四面看看大海；还有的是时间哩。一幅非常非常熟悉的景色，可不知怎的怎么也看不厌。唉，一点儿都没有变，跟我小时候从南塔开特的沙丘上头一次看到它时一模一样！一模一样——一模一样！——挪亚那时看到的跟我现在看到的一模一样。下风头下起了一场小雨。多可爱的下风头啊！这风一定会在什么地方落脚——在一个非同一般的地方，那儿的棕榈树都格外高大茂盛。下风头！白鲸就是奔那个方向去了。那么，看看上风头吧。船尾部越吃紧就越好。不过，再见吧，再见吧，老桅顶！这是什么？——绿的？哦，弯曲的裂缝中长起了小小的苔藓。亚哈头上可没有这种岁月留下的绿色斑点！这就是眼前人老了跟东西老了之间的区别。可是，唉，老桅杆，我们两个都老了。不过，身子骨还硬朗，是不是，我的船呀？对，是少了一条腿，这算不了什么。老天作证,这块死木头处处都比我身上的肉强。我没法跟它比。据我所知,有些用死木头做成的船,比起用富有活力的父母最有活力的要素做成的人来,寿命还要长。他说什么来着,我的那位领港。他还应该引导我才是。然而,还能见着他吗?要是还能见着的话,又是在哪里呢?假如我走下那些无穷尽的阶梯,来到海底,我的眼睛还看得见吗?不管他究竟沉没在哪里,我都甩下了他,整夜一直在赶路。唉,唉,你提到自己时吐露了可怕的真情,可是,亚哈呀,你还没有达到目的。再见吧,桅顶——我下去以后,你好好盯着那条大鲸。明天,不,今天晚上,等白鲸给缚住了头尾,躺在船舷边时,我们再好好聊聊。"

他发下话来,一边环顾四周,一边穿过蓝空,给稳稳地放下到甲板上。

几只小艇都在适当的时候放下去了。但是当亚哈站在艇头,小艇正晃荡着要放下去时,他突然朝大副挥了挥手——大副这时在甲板上操纵滑车绳——吩咐他停一下。

"斯达巴克!"

"先生?"

"这是这次航程中我的灵魂之舟第三次出发,斯达巴克。"

"是的,先生。是你决意要这么做的。"

"有些船从港口驶出,打那以后就失踪了,斯达巴克!"

"这是事实,先生,很可悲的事实。"

"有些人死在退潮里,有些人死在浅水里,有些人死在洪峰里——我现在觉得像个凌空腾起的巨浪,斯达巴克。我老了,——跟我握握手吧,老兄。"

他们的手握在一起,他们的目光交织在一起,斯达巴克满脸是泪。

"啊,我的船长,我的船长!——高尚的人——别去啦——别去啦!——瞧,掉眼泪的是个男子汉哩,可见这劝导让他感到多么痛苦!"

"放下去!"亚哈嚷道,一边甩脱了大副的手,"船员准备!"

登时这小艇就紧绕着船梢划开了。

"鲨鱼!鲨鱼!"从船梢低处的舷窗口传来一阵喊声,"船长啊,我的船长,快回来!"

可是亚哈什么也没有听见,因为他自己当时正在大声喊叫,小艇飞速前进。

然而,那喊声没有说假话。亚哈的小艇刚一离开大船,大群鲨鱼就仿佛从船底下黑沉沉的水中冒了出来,桨叶一点水,它们便恶狠狠地扑上去猛咬。就这样它们跟着小艇,边游边咬。捕鲸小艇在一片繁忙的海域碰上这样的事并不稀奇,鲨鱼有时显然具有先见之明地紧紧跟着捕鲸小艇,犹如秃鹫盘旋在东方的行军团队的军旗上一般。不过,这是"裴廓德"号第一天发现白鲸以来头一次看到鲨鱼。究竟是不是因为亚哈小艇上的水手都是虎皮黄肤色的野蛮人,因此他们的皮肉,鲨鱼闻起来麝香气更重——这种气味据说有时很吸引它们,——不管是不是这个原因,反正它们似乎就跟定了这只小艇,而不去打其他小艇的主意。

"铁打的心!"斯达巴克喃喃道。眼睛遥望远方,盯着那逐渐消失的小艇。"你放下小艇去追击,落在一群贪婪地捕食的鲨鱼中间,它们张着大嘴紧跟着你。而且这是关键性的第三天——面对这种景象,你还能夸海口吗?——如果把这三天连在一起,算作一次总的紧张追击,那第一天自然就是早晨,第二天就是中午,第三天就是傍晚,也是收场了——不管是个什么样的收场。啊!我的上帝!是什么东西穿透了我的心,让我如此可怕地平静,然而又有所期待,——终至浑身颤抖哩!未来的事物在我眼前晃动,却徒具轮廓,空有骨架。过去的一切,不知怎的变得模糊了。玛丽,亲爱的!我死后,你会在苍白的荣光中憔悴;我的孩子!我似乎只看到你的眼睛长得分外的蓝。人生许多挺奇怪的问题似乎都明朗了,可是片片乌云又从中掠过——是我旅程的终点快到了吗?我的双腿发软,就像站了一整天似的。摸摸你的心——还在跳——振作起来,斯达巴克!——及时阻止它——行动,行动!大声说!——喂,桅顶上的!你们看到山冈上我孩子的手了吗?——疯啦——喂,上边的!——仔细盯着那些小艇——密切注意那条大鲸!——嗨!又来啦!——把那头鹰赶走!瞧!它在啄哩——它在撕风信旗!"他指着飘扬在主桅杆帽上的红旗。"它叼着风信旗飞走了!——现在这老人在哪儿呢?你看看那个景象吧,亚哈啊!——真让人浑身发抖,浑身发抖!"

那些小艇没有走多远,亚哈看到桅顶上做了个手势——一只朝下指的胳膊,知道那大鲸下潜了。不过他想等它下一次冒出来时靠近它,便稍稍偏离了大船一点儿,继续往前划。水手们像中了魔法似的一直默不作声。劈头盖脸的大浪一榔头又一榔头地迎面敲击着艇头。

"敲吧,把你们的钉子敲进去,你们这些大浪啊!敲到只露出钉头为止!你们只不过是在钉一件没有盖的东西罢了。棺材和灵车都找不上我——杀得了我的只有绞索!哈!哈!"

突然,那些小艇四周的海面慢慢地鼓起了一个个大圆圈,然后迅速上涌,仿佛一座水下冰山迅速冒出了水面。响起了一阵低沉的隆隆声,一种发自地下的嗡嗡声,于是大家都屏住了呼吸。这时,一个巨大的形体,拖着一串绳索、标枪和鱼枪,纵身斜着跃出了海面。它裹在一团下垂的蒙蒙雾霭之中,在艳若彩虹的天空里稍稍停留了一下,便"扑通"一声又掉进了海里,海水哗啦一下腾空30英尺,一瞬间有如万泉齐喷,旋即化为无数碎片,阵雨似的落了下来,在荡漾的水面上搅起一层泡沫,跟新挤的牛奶一般,团团围住了那大鲸白如大理石的身躯。

"使劲儿划呀!"亚哈朝桨手们喊道。于是几只小艇都冲上前去攻击。可是莫比·迪克为昨天所受的枪伤所激怒,似乎还有从天而降的天使附身。那散布在它宽阔的白色额头上大片大片仿佛是焊接起来的筋腱,在透明的皮肤下,看去像是紧皱在一起。它边往前游,边用尾巴在小艇中间一阵搅动,把它们再度抽打得四散分开,把二副、三副艇上的标枪鱼枪摔了出来,还把他们的小艇艇首上部撞坏了一边,可是亚哈的小艇却几乎丝毫无损。

达格和魁魁格忙于修补撞坏了的船板。这时,那大鲸已远远离开了他们,却突然一转身,在再度掠过他们时,露出了整整半个侧面。

就在这时,只听到猛地一声喊叫。原来昨天夜里这大鲸把它周围一团乱麻似的绳索收集拢来,一圈一圈绕了又绕,缠了又缠,紧紧缚住,搁在背上的,竟赫然是那个袄教徒撕开了一半的尸体。他那套黑衣服擦来磨去成了碎布条。他那双瞪得圆圆的眼睛正好对着亚哈老头。

"上当了,上当了!"——倒抽了一口长长的冷气——"唉,袄教徒!我又看到你啦。——唉,你还是先走了。而这个,这个就是你所指望的灵车。不过,我还是完全相信你的话。第二部灵车又在哪里呢?去吧,两位副手,回大船上去吧!你们的小艇已经没有用了。要是你们能及时修好的话,就再回到我这里来。要是来不及,亚哈一个人去死也尽够了——往下风划,弟兄们!哪个家伙想临阵脱逃,我先给他一标枪。你们不是别的什么人,只是我的手足,所以要服从我。——大鲸在哪里?又下去了?"

可是它看起来离小艇很近很近,它仿佛一心一意想驮着那具尸体逃走,也仿佛最后这次遭遇战的这个地点只不过是它往下风去的航程中的一站,因而它现在又坚定地往前游。它几乎就在大船跟前游了过去,——大船一直跟它走的是相反的方向,不过现在暂时停下了。那条大鲸似乎在以最高速度往前游,而且现在只是一心一意地在海里笔直地赶它自己的路。

"啊!亚哈,"斯达巴克嚷道,"哪怕现在,第三天,住手,还不算太晚。你瞧!莫比·迪克并没有找你。是你,你在疯狂地找它!"

那孤零零的小艇看到起了风,便扯起了帆,借助桨和帆,迅速地朝下风赶去。当亚哈终于掠过大船时,近得可以看清趴在栏杆上的斯达巴克的脸。他招呼斯达巴克把船掉过头来跟着他,不要驶得太快,要保持适当的距离。他朝上一望,看到塔希蒂格、魁魁格和达格正迫不及待地爬上桅顶,那些桨手则摇摇晃晃地待在那两只刚吊到船侧的破艇里,正忙于修补它们。他迅速前驶时,目光穿过大船舷窗,也一个接着一个飞速地瞥见了斯塔布和弗拉斯克正在甲板上的一捆新标枪和鱼枪中挑挑拣拣。就在他看到这一切,又听到榔头在破艇里敲敲打打的声音时,他仿佛觉得有一把大为不同的榔头在把一枚铁钉往他心里敲。可是他马上摆脱了这种幻觉。这时他发现主桅顶上的风信旗不见了,于是朝刚刚爬上桅顶的塔希蒂格大喊,让他下去,另外拿一面风信旗、一个榔头和几枚钉子,把它钉在桅杆上。

究竟是由于三天来连续遭到追击而感到疲倦,以及背了个缠了又缠捆了又捆的障碍物,游起来增大了阻力,还是由于心怀叵测?不管是哪个原因,从那只小艇又如此之快地逼近了来看,这时白鲸的游速已经慢下来了,虽然实际上,它最后这次起跑并没有像先前那样抢先好长一段。而亚哈的小艇在波浪上轻快地前进时,那些毫无怜悯之心的鲨鱼照样不离左右。它们非常顽固地钉住了小艇,不断地咬着那些在使劲儿划着的桨,把桨叶咬得嘎嘎作响,咬成了锯齿形,几乎每划一桨,水面上就要留下一些细小的碎片。

"别理它们!那些牙齿正好给你们的桨提供了一批新桨架。只管划!硬邦邦的鲨鱼嘴巴总比软绵绵的海水要省劲儿些。"

"可是,先生,这么咬下去,薄薄的桨叶就会越来越小啦!"

"它们会坚持到战斗结束的!只管划!——可是谁知道哩"——他喃喃道——"究竟这些鲨鱼是赶来饱餐一顿大鲸呢,还是来饱餐一顿亚哈?——不过,继续划吧!喂,做好准备,现在——我们靠近它了。掌舵的!接过舵;让我过去。"——跟着就有两个桨手把他扶到这只仍在飞速前进的小艇艇首去。

最后,当这只小艇冲向一边,跟白鲸的侧面平行时,它似乎令人费解地毫不在意小艇来到了跟前——大鲸有时就是这样——这时,亚哈已经深入到那山似的雾团中,那是大鲸喷出的水雾,萦绕在它那摩那德诺克山似的大驼峰上。他甚至已经逼近到了它跟前。突然,他身子往后一仰,双臂高举,做了个投掷姿势,刷的一下把他那支凶狠的标枪,连带更加凶狠的咒骂,一起投进了那条可恨的大鲸身上。标枪和诅咒一道插进了它的眼窝,仿佛陷进了泥淖,它痛得把身子往斜里一扭,抽风似的一滚,靠小艇这边的肋腹撞在艇头上。小艇倒没有撞穿，却突如其来地给整个儿掀翻了。亚哈要不是早已抓住了那翘起的艇舷，只怕又给抛到海里去了。事实上，有三个桨手——他们事先都不知道标枪会在哪个瞬间投出，因此毫无思想准备——就给抛了出去；不过往下落的时候好巧，两个一下子又抓着了艇舷，借着浪头一起之势，身与舷平，猛地又把自己掼到了艇里；另外一个则无能为力地落到了艇尾，不过浮在水面上，还在游着。

差不多是同时，白鲸陡然坚决地全速冲进了翻腾的大海。但是，当亚哈朝舵手大喊，让他再放出几圈索子，并把索子紧紧抓住，又命令水手们原座转身，把小艇拖向目标时，那根靠不住的索子承受不了前拉后拽的双重力量，"啪"的一声在半空中绷断了！

"我身上什么东西断了？有根筋断掉了！——又接上了。划呀！划呀！冲到它跟前去！"

那大鲸见小艇以排山倒海之势猛冲过来，便霍地转过身来，抬起白色的额头来准备对抗。可是就在它转身的时候，正好瞧见了逐渐靠拢的大船黑色的船身，似乎看出了这条船就是它所受到的迫害的根子，认为它——很可能是——一个更大更值得一拼的仇敌，于是，突然之间，它扑向迎面而来的船头，大嘴在阵雨般愤怒的泡沫掩护下展开了攻击。

亚哈在艇上摇摇晃晃，他的手捶打前额。"我看不见了。手啊！快伸出来，我好摸着走。是夜里了吗？"

"大鲸！大船！"战战兢兢的桨手们嚷道。

"划呀！划呀！波浪啊，逃到海底去吧，好让亚哈最后、最后一次偷袭他的目标，否则就会永远来不及了！我知道。大船！大船！冲呀，弟兄们！难道你们不想救救我的船吗？"

可是，当桨手们拼命划着，强迫小艇穿过那浪头像大铁锤猛击似的海面时，先前被大鲸袭击过的两块船板突然爆开了，几乎在一瞬间，这暂时动弹不得的小艇就差不多跟波浪一般平了。半个身子泡在哗啦哗啦的水里的水手在拼命堵口子，把涌进的水舀出去。

这时，桅顶上的塔希蒂格一瞥之下，举起的榔头登时悬在空中不动了。那面红旗像方格披肩似的半裹着他,然后就像他自己向前飘落的心似的,从他身上飘了出去。斯达巴克和斯塔布站在主桅下的第一斜桁上,正好和塔希蒂格同时看到了那巨兽向大船扑下来。

"大鲸,大鲸! 转舵迎风,转舵迎风! 啊,你这可爱的万能的风,紧紧裹住我吧! 千万别让斯达巴克死去,如果他非死不可,也叫他像个女人般晕死。转舵迎风,喂——你们这些傻瓜,没看见那张大嘴! 那张大嘴! 这就是我无尽无休的祈祷的结果? 我毕生忠诚的下场? 啊,亚哈,亚哈,瞧,都是你干的好事。稳住! 舵手,稳住。不,不! 再转舵迎风! 它转过身来要和我们对着干哩! 它那愤怒已极的额头正朝一个职责所在不能离开的人冲了过来。我的上帝,帮帮我吧!"

"别帮我,撤下我,不管是谁,现在都去救斯塔布,因为斯塔布也坚守在这里。我向你挑战,你这龇牙咧嘴的大鲸! 谁救过斯塔布,或者让他保持清醒,还不是他自己那双眨都不眨一下的眼睛? 而现在可怜的斯塔布躺在一张只嫌太软的垫子上了,里面要是塞上些树枝就好了! 我向你挑战,你这龇牙咧嘴的大鲸! 你们听着,太阳、月亮和星辰! 我把你们跟那个置他于死的家伙一样叫作杀人犯。尽管如此,我还是愿意跟你们碰杯,只要你们还举得起杯来! 啊,啊! 啊,啊! 你这龇牙咧嘴的大鲸,很快就有的是让你狼吞虎咽的哩! 亚哈啊,你为什么不逃? 要是我,早就鞋子和外套都来不及穿就溜之大吉,就让斯塔布在他的橱柜里安息吧! 虽然,那里头发了霉,盐味也太重。——樱桃酒! 樱桃酒! 樱桃酒! 啊,弗拉斯克,让我们在死去之前,来一杯红樱桃酒吧!"

"樱桃酒? 但愿我们现在是在樱桃生长的地方。啊,斯塔布,我希望我那可怜的母亲已经支取了我那份工资,要是没有的话,那她就到手不了几个子儿了,因为这趟航程已经结束了。"

这时,差不多所有的水手都一动不动地趴在船头,榔头、小块木板、鱼枪和标枪,都还无意识地留在手里,好像他们一撂下手头的活,就直奔这儿来了。他们着了魔似的眼睛都死死盯着那条大鲸。那大鲸则一边奇特地左右摇摆它那命中注定的头,向前边喷出一道宽阔的泡沫,展开成一个覆盖一切的半圆形,一边往前猛冲。它整个的容貌充满了惩罚、迅速复仇和永恒的恶毒。不管这些凡人想尽了什么办法,它那像铁壁般结实的白色额头照样撞击右舷船头,撞得上面的人和船骨直摇晃。有的人脸朝下摔倒在甲板上。那几个在桅顶上的标枪手的头,像卸开了的枪帽一般,在他们那公牛般的脖子上摇晃。他们听到海水从裂口处涌进,就像山洪奔下峡谷一般。

"大船!灵车!——第二部灵车!"亚哈在小艇上嚷道,"它的木料只可能是美国的!"

那大鲸潜到下沉中的大船下面,抖索索地擦着龙骨游,可又在水下一个转身,飞速地冲出了水面,离左舷船头远远的,但距亚哈的小艇只有几码,暂时一声不响地待在那里。

"我转过身子,不再朝着太阳了。喂,塔希蒂格!让我听听你的榔头的敲击声。啊!你们这为我所有的三座巍然屹立的尖塔。你这无裂缝的龙骨。唯一让鬼神却步的船壳。你这坚定的甲板,高贵的舵和指着北极星的船头——死得壮烈的船啊!你非得撇下我就此撒手西去吗?难道一个最卑微的失事船船长最后引以为荣的骄傲都与我无缘吗?啊,孤寂的一生,孤寂的死!啊,我现在才感到我绝顶的伟大就寓于我最深沉的悲痛之中。嗬,嗬!你们这些在我毕生中和我打过交道的勇敢的巨浪啊,现在都从四面八方涌来吧,把这置我于死地的高头大浪盖过去!你这摧毁一切然而并不能征服一切的大鲸,我朝你摇摇晃晃地来了,要和你拼到底;到了地狱最深处,我也要戳你;为了心头的仇恨,我要和你拼到最后一息。把所有的棺材和灵车都沉到水塘里去!既然都没有我的份儿,那就让我给拖得粉身碎骨吧,虽然已经跟你拴在一起了,我不是还在追击你吗,你这该死的大鲸?这样,我标枪也不要了!"

标枪投出去了。中枪的大鲸往前狂奔。捕鲸索像着了火一般飞快地穿过细槽——卡住了。亚哈俯身去清除故障。故障清除了。可是那如飞的索圈一下子兜住了他的脖子,就像沉默的土耳其人一言不发地勒死受害者一样，连水手们都没来得及知道他已经完了，他就像箭一般射出了小艇。紧跟着，捕鲸索末端沉重的索眼从精光的索桶里飞出来，又打翻一个桨手，跌到海里，沉下去不见了。

小艇上吓呆了的水手一动不动地站着，半晌才回过神来。"大船呢？老天爷呀，大船哪去了？"随即他们透过令人迷惑的蒙蒙雾气，看到了大船倾斜的逐渐消失的身影，宛如出现在虚幻的海市蜃楼中一般，只剩下桅杆尖露出水面。那三个异教徒标枪手，不知是出于迷恋还是出于忠诚，还是听天由命，还死守在那一度高耸云中的瞭望岗位上，仍然坚持瞭望。这时，同心圆裹住了这只孤单的小艇，连带所有的水手、每支漂浮的桨和每根枪杆，一切有生命的和无生命的东西都在同一个旋涡里一个劲儿地转下去，"裴廓德"号最小的碎片终于在这个旋涡里消失得无影无踪。

但是，当交错涌来的浪潮最后漫过主桅上那个印第安人沉下去的头，水面上只露出几英寸笔直的桅顶和几码长的风信旗，以极具讽刺意味的巧合，镇静地起伏在几乎触及的那毁灭一切的波涛上。这时候，只见一支红胳臂和一把后扬的榔头高高举起在空中，准备牢而又牢地把那面风信旗钉在下沉中的桅杆上。一只苍鹰从群星中的老家下来，嘲弄地追随在主桅桅帽左右，边啄着那面旗，边跟桅顶上的塔希蒂格捣乱。这时，这只鹰碰巧把它那展开的宽阔的翅膀杵到了榔头和桅杆之间，已经沉下去了的这个野蛮人，在水中登时感到了那微妙的颤动，便在他弥留之际，把手中的榔头死死地定在那里。这样一来，这只来自天上的鸟发出了天使长般的尖叫声，它那威严的嘴向上翘起，被活捉住的整个身子裹在亚哈那面旗子里，跟他的船一道沉下去了。那艘船，跟撒旦一样，不拖住天上一件活物，把它顶在头上，是绝不肯沉到地狱里去的。

这时，一群小鸟在那还张着嘴的旋涡上凄厉地鸣叫。阴沉的白色碎浪拍打着它陡峭的周边。然后，一切归于平静，那大裹尸布似的海仍如五千年前一样地翻腾不息。

尾声

"唯有我一人逃脱,来报信给你。"①

约伯

戏已收场。那为什么还有人走到台前来呢?——因为还有个幸免于难的人。

非常凑巧的是,在那个袄教徒失踪,亚哈小艇上缺了一名前桨手之后,命运之神指定我去接替了那个位置。最后那天有三个人从颠簸的小艇上给抛到海里,其中那个落在艇尾的人正好是我。所以,我就漂浮在随后所发生的一切的现场边上,目睹了一切。后来,大船下沉时引发的那股吸力,耗损过半后够着了我,就把我拖向行将合拢的旋涡,不过很慢很慢就是。等我给拖到游旋边上时,它已经缩成个奶酪似的水坑。于是,我就成了第二个伊克塞翁②,在这慢慢旋转的圈圈里一个劲儿地旋转,转呀转呀,越来越逼近轴心那个纽扣似的黑色气泡。后来我转到了那个生死攸关的中心,那黑色气泡砰地迸裂,那只棺材救生圈从它那巧妙的弹簧钩上解脱出来,使劲儿往上一蹿,整个儿射出了海面,跌落下来,浮在我身边。借助那口棺材的浮力,我将近整整一天一夜漂浮在柔和的、挽歌似的大海上。那些鲨鱼也不伤

---

① 见《圣经·旧约·约伯记》第一章。
② 据希腊神话,伊克塞翁自吹赢得了宙斯之妻赫拉的芳心,受到惩罚,被绑在永远旋转的地狱车轮上。

人,它们像嘴上挂了把锁似的打我身边游过,凶猛的海鹰也像嘴套起了似的从我头上飞过。第二天,一艘船驶了过来,越来越近,终于把我捞起。那就是那艘航无定向的"拉结"号,在折回来搜索失踪的孩子时,找到了另一个孤儿。

(全文完)

附录：

关于《白鲸》

尚未开卷，人们早就知道《白鲸》是本象征性的书，满是"隐含的意义"。读不上50页，他就会问，"这个板凳代表什么？会是加尔文主义吗？"或"杂烩代表什么？"这样一种读法既有损于这本书，也有悖于象征主义手法。它把一部伟大的小说看成客厅消遣的猜谜游戏，把人类想象力的主要作用之一浅薄地神秘化了。

《白鲸》是一部有关捕鲸的自然主义小说，是迄今描写令人毛发直竖的、杀人的捕鲸产业的最好的小说。这一产业在19世纪初期拥有成千上万的人，吸引了以百万计的资金。它大部分篇幅都是详尽地描述怎样发现鲸，怎样追捕，怎样杀死它，以及怎样弄回大船，怎样割脂，怎样炼油，怎样装桶。所有的装备用具无不一一列举，用法也叙述得非常详尽，任何人细读过之后大概就会觉得自己也成了半个内行，可以出海捕鲸了。我们还欣赏到书中许多章节，从捕鲸史到鲸类学大纲，到大量关于鲸的引语，到一系列描述鲸的尝试。书中还告诉我们抹香鲸觅食、繁殖和迁徙的习惯，还有一篇给人深刻印象的宣誓书，让我们不得不相信莫比·迪克之确有其鲸。这是人们用鱼枪插进大海兽、用钩子把它拖离大海的一部严格写实的小说。

由赫尔曼·麦尔维尔来写捕鲸，那是当仁不让，因为他掌握了第一手资料。他父亲死于1832年，他的生活顿时陷入困境，只得四处去谋生。他在银行和商店里当过员工，做过短时间的小学教师，在商船上当水手跑过一趟利物浦，不过都没有挣到什么钱。走投无路，他决定冒险捕鲸去。1840年冬，他在马萨诸塞州的"新贝德福"和

"Acushnet"号捕鲸船签了约。是年他刚满21岁。他发现捕鲸这个活儿比他的小说所描写的还要艰苦得多、难受得多，于是于1842年夏秋之际在马尔萨斯群岛逃离了那艘船。随后的几个月里，他又在别的捕鲸船上干过一阵，但仍无法说服自己爱上这个行业，于是他就借在美国军舰上短期服役之便，回了老家。

根据捕鲸船上的这段经历，他写出了他多部作品中最伟大的一部。但他并不满足于仅仅根据他个人的经历和回忆。在酝酿这部鸿篇巨著时，他查遍了他所能找到的有关捕鲸业的最好的专著。关于鲸类和捕鲸他所写的，有许多都不是根据他个人独有的有限的经历，而是根据众多见多识广的人的著述完成的。这种参考有关书籍的做法是麦尔维尔由来已久的习惯。他的第一部作品《塔比》（*Typee*）（1846），是根据他与以之命名作品的那个可亲的野蛮人短期生活在一起的经历写的，但是他也参考了其他航海者的报道，核对并丰富了他的细节描写，在他随后的作品中，他也是这样做的。总之，在写作上他力求精确。如果我们对他那种严谨作风视而不见，那不仅委屈了他，我们自己也错过了阅读中的大部分乐趣。麦尔维尔说他不希望人们把《白鲸》看作一本可怕的、难以忍受的寓言小说，他这话并不全是当笑话说的。

可是读着读着，我们很快就怀疑我们是在跟某些超出一本自然主义小说的东西打交道。那倒不是说书中什么什么代表别的什么什么；它们是什么就是什么，这倒没有异议，可是它们却开始带上了某种含义和联想。我们开始注意到一再出现的主题，坚持强调的某些事物和观念，终于这种怀疑变成坚信：这部追捕一条大鲸的小说是一个大大的隐喻，一方面可以从字面上去理解，另一方面则要根据它的象征意义去理解。

首先看魁魁格的烟斗斧。一会儿它是杀人的工具——"你不说，他妈的我宰了你。"魁魁格吼道，一边拿着烟斗斧在怕得要命的以实玛利头上挥舞。翻过几页去，它又成了和平与友谊的媒介，因为一方面烟斗斧是烟斗,在两个舒舒服服地撑坐在床上的知心朋友之间递过来递过去。或者先来看看魁魁格本人,一个贩卖人头的无可置疑的文身生番,可是这个生番却教会以实玛利懂得了爱和宽容,把他从厌世的道上拉了回来。这种可做多种解释之处在书上触目皆是,不胜枚举。莫比·迪克这条抹香鲸在金色阳光照耀下的蔚蓝海面上从容地游着,它巨大的尾叶像神仙的翅膀优雅地摆动,纯粹是一幅美的缩影。可是没多大一会儿,它就成了一个可怕的怪物,毁舟伤人。再看看标题为《葬礼》的那一章,描写一具漂浮的剥光的鲸尸受到空中的和水中的食腐肉动物夹击的情景,再没有比那种情景更美,或者更可怕的了。那条发臭的奇大的瘟鲸体内有芬芳的龙涎香。棺材成了救生圈。讨论白色的那一章(四十二章),其中交织的漫无边际的模棱两可一定会在我们心中引起某种反应:代表纯洁和婚礼之色,同时也是象征死亡和极地的荒凉之色;对诸如鲨鱼和北极熊这类事物,白色之美增加一分,恐怖便也增加一分。以实玛利自己说,这一章对说明他的意图至关重要。我们把白色和光亮,和天使,和上帝联系在一起,可是以实玛利却也从白色中看到了"无色而又众色俱备的无神论"。正如我们看到"海面上是一派美不胜收的静谧辉煌",一定不要忘记"下面跳动的是一颗猛虎的心"(一一四章)。这些持续不断的模棱两可提出了一个问题——事物是否仅仅是它表面上见到的样子,并让我们立刻想到了亚哈那些斩钉截铁的话(三十六章)——一切看得见的事物都是纸板做的假面具,必须捅破它,揭露事物的本质。它们也让我们想起疯了的小皮普的嘟囔"I look, you look, he looks"(九十九章)。

　　一个至关重要的对象摆在我们面前,就是大鲸,更准确地说,就是莫比·迪克。斯达巴克瞧它,看到的是个哑巴畜生;可是亚哈看到的却是深不可测的歹毒意图,是狡黠的恶意,是专门挫败人们的希望、毁灭人们生命的所有那些大自然暴力的执行者(或主凶?)。他看到的是"生命海洋中浮游着的大魔鬼",他把他所有的仇恨都堆在它身上，他的偏执狂驱使他决心追遍天涯海角，直到它喷出黑血来为止。麦尔维尔特意赋予这一条大鲸以神秘色彩，并在某些方面把它和我们得以将其称作"原型"的古老的神话联系起来。捕鲸业中有个传说，说莫比·迪克是无处不在、永生不死的。麦尔维尔认为它和圣乔治的龙，和柏修斯为救安德罗美达而与之搏斗的那个怪物，几乎可以画等号；他始终把白鲸想象为《约伯书》中的大海兽。他是不是在暗示白鲸代表上苍的神秘，是事物原始状态的一个象征？那个疯疯癫癫的震教徒迦百列不瞧则已，一瞧准看到上帝（七十一章）。

以实玛利一再强调大鲸"没有面孔"。从正面瞧抹香鲸，你看不到鼻子，看不到眼睛，看不到嘴，看不到明显的脸型。你就像面对一堵空白的墙，以实玛利想起了上帝对摩西说的话——我的背部你可以看到，但你看不到我的脸。然而在那堵墙深不可测的空白后面却藏着一种灵性，有时还是一种具有明显恶意的灵性。当亚哈对着砍下的抹香鲸头沉思默想时（七十章），他猜想这颗头深悉万事万物的底蕴，可它秘而不宣。他说："你见多识广……足能教亚伯拉罕变成个异教徒。"大鲸一直是个谜，虽然麦尔维尔想让我们相信大鲸是艺术家喜爱的题材，但刻画得像样的石雕或绘画却很少。它的骨架（一○二章）和它强壮的躯体根本挂不上钩，它那和威力巨大的尾叶相连的那部分脊骨让小孩拿走玩弹子游戏去了，就像哲学家和神学家们玩弄抽象概念一般。它的实体你只有在追捕它时所感到的恐惧中才会知道。以实玛利称它为"约伯的鲸"，这让我们想起在那来自旋风的声音中，上帝把大海兽的恐怖称之为他自己无限威力的一种表现。大海兽是王，上帝说是"君临天下傲慢的子民"。

这一系列的暗示连续不断地对我们施加压力，却也从没有影响我们忘记那些大鲸有形的实体。大鲸并不"代表"神的创造物之美、之恐惧及神秘，但又确实让人联想到这一切，从而成为它们的象征。不能不提到的是，那种神秘，特别是那种恐惧，占据主宰地位，即使是斯达巴克这个基督徒，也不得不承认那种对生命的"潜在的恐惧"，只是他觉醒得太晚了;天真快活的皮普,遭遗弃而独自漂浮在浩渺无际的大海上,这才知道人之渺小,他就此疯了。他明白了上帝是冷漠的。亚哈也疯了。宇宙侮辱了他,他便像他样本李尔王一样,把他所有的悲痛和愤怒化作满腔仇恨。他把他的烟斗——心情平静的象征,扔进大海,他砸掉象限仪,故意丢失测程仪,磁化他自己的针,打造他自己的标枪——用各种方式拒绝安慰、拒绝友谊、拒绝世代传承的智慧,把自己孤立起来,坚持一切皆备于我。很晚很晚他才承认"有时候靠一靠真舒服"(一三四章),可他随即又忍痛离开,再一次投身到疯狂的追捕中去。

亚哈诅咒靠木匠做的腿骨才得以站立起来所欠下的"人情债"。不妨对比一下标题为"猴索"的那一章(七十二章),对比一下标题为"捏挤"的那一章(九十四章),对比一下魁魁格和以实玛利之间的友谊联结。特别是,拿亚哈和"撒米耳·恩德比"号捕鲸船船长布默(一〇〇章)对比一下。宇宙也侮辱了布默,而且是被同一个代理人——莫比·迪克。然而布默并没有因此而发狂,并没有要报仇。睡不着的亚哈把自己封闭在船长舱里,和整个基督教世界隔绝开来;布默却有个船医朋友,陪他聊天,陪他喝热甜酒,一直守着他度过残肢后的险境。他帮助他保持精神正常,一如魁魁格之安抚以实玛利残忍的心和愤怒至极的手。"一个孤独的人",海明威在他的作品《有和没有》(*To Have and Have Not*)中说,"是不会有一星半点……机会的。"显然,麦尔维尔说的与之非常近似。在第一章末尾,当以实玛利沉湎于捕鲸狂想时,他梦见了排成一队的大鲸;在第九十四章,他梦见一群天使,正如他在第十三章末尾说的,"这是个互相帮助、合伙经营的世界,到处都一样";因而他坚决提出,只有爱和友好情谊才是唯一对抗生命中无法辨认之恐怖的碉堡。

然而,亚哈毕竟不失为一个伟大的形象。书中妥协的布默和其他角色都比他矮了一截。他虽然疯了,而且上当了——他说他是命中注定要进行这次追捕的,实则显而易见是他自己主观决定要这么干的——尽管他疯了,他仍不失为一伟大的形象,也许和我们最喜欢拿来和他比较的莎士比亚的李尔王、弥尔顿的撒旦比,都毫不逊色。皮勒称他为"一个不信神又像神的杰出人物"(十六章)。最后的结局也证明他没有说错。如果说亚哈把所有的邪恶都堆在莫比·迪克的驼峰上,那他就把人间所有的忧患全搁到了自己肩上。他重新提出了约伯的问题:这是不是个道德的世界,那个柔弱少年在舍易斯揭起真理之神的面纱,没人知道他看到了什么,可后来他很快就死了,一个遭诅咒的人。亚哈一点儿也不柔弱,他总是勇敢地面对真理。"所有的真理都怀有恶意",即使是太阳侮辱了他,他也会还击,而他就在对抗那个真理或那种恐怖中倒下了。"这样,我标枪也不要了。"(一三五章)或者,也许可以做另外的解读,"然而我决心一如既往和它周旋到底"。

麦尔维尔在给霍桑的一封信中称这本书为"邪书",对胆小怕事的正统派来说可能一点儿不假。无可否认地,这本书没有做出任何保证,说上帝稳坐天堂,一切正常。它深思熟虑地对上帝的仁慈,甚至他的存在,都提出了疑问。以实玛利说,如果说这看得见的世界是由美构成的,那看不见的世界就是由恐惧构成的①。上苍对婚礼和葬礼一视同仁,对前者并无偏爱。它淹死顾家的丈夫,却送给海盗船一路顺风。假如有上帝的话,我们也主要是通过他手中的棒子才知道他的存在。这是个公然蔑视上帝权力绝对论说法的世界。"对一切世俗的事情有疑惑,"以实玛利说,"对某些神圣的事物有直觉。这种组合造就的既不是善男信女,也不是离经叛道者,而是对二者一视同仁的人。"(八十五章)

以上所说仅仅只给这本内涵丰富的书画出了一条主线:一篇后

---

① 译注:此句引自四十二章"大鲸的白色",但和原文略有出入。原文为:Though in many of its aspects, this visible world seems formed in love, the invisible spheres wereformed in fright. (虽然,从许多方面来看,我们看得到的这个世界似乎是由爱构成的,那看不见的天体却是由恐惧构成的。)

记并没有打算要呈献给读者一枚榨干的橘子。读者不妨，比方说，注意一下书中某些重要人物的名字——以实玛利，亚伯拉罕和婢女夏甲私通生的儿子。谁都瞧不起他，他也和谁都针锋相对。亚哈，以色列的王，太阳神的崇拜者，以利亚预言说群狗会舐他的血。费达拉也值得注意，这个帕西人是个拜火教徒，亚哈的一个摩菲斯特式的附庸，也许可以说是亚哈的化身，他的影子和船长的影子难以觉察地融合在一起。请品尝这些沉思：对水的沉思——"水和沉思总是结合在一起的"（一章）；对火的沉思——"人们啊，眼睛直望着火的时间千万不要太长！"（九十六章）对陆地的沉思——"别离开那个塔希提岛，一离开，你就再也回不去了。"（五十八章）请注意这艘船就是个小宇宙，一个小世界，装着来自世界各地的人，航行在生命之海上去探索它的秘密。这是麦尔维尔很喜爱的形象，构成了他好几部作品的核心。请细细咀嚼梅普尔神甫那些感人的话（九章），请默想布金敦那没有墓碑的坟墓（二十三章），还有拉德尼与斯蒂尔基尔特之间的冲突。读时会很激动，读完会深思；麦尔维尔是否在这里暗示斯达巴克可能会对亚哈采取什么态度呢？再看看探讨缘分、命中注定和自由意志的四十七章。首先，还是欣赏这个紧张的故事，莎士比亚式的戏剧场面，翱翔九天的艺术语言。

　　从这一切得出的结论是，摆在我们面前的是一部美国名著，一本值得经常反复阅读的书。它提供给我们高度冒险所感受到的紧张得发抖的激动，以及"所有深刻、真实的思考"所带来的更深层次的满足。

——Denham Sutcliffe
Kenyon College（凯尼恩学院）

作者年表

1819年　出生在纽约。外祖父是独立战争中一位有名的将军,祖父是波士顿茶叶党成员,独立战争中的少校,父亲是位商人。

1832年　父亲感染肺炎去世,一家人生活陷入困境。麦尔维尔自15岁起就开始工作,先后做过银行职员、农场工人、店员和小学教师等,饱尝生活的艰辛。

1840年　因家庭生活拮据,而决定在海上寻求财富。在马萨诸塞州的"新贝德福"与"Acushnet"捕鲸船签约。

1841年　乘Acushnet捕鲸船开始启航。

1842年　捕鲸船泊于马克萨斯群岛的努库希瓦岛,麦尔维尔因厌倦和好奇而逃离该船,然而却误入塔比族的一个山谷,并与这一被视为食人族的野蛮人共同生活了两三个星期。此后又在别的捕鲸船工作和生活了几个月。

1843年　加入美国海军,借在军舰上短期服役之便回了老家。翌年光荣退役,并在亲朋好友的鼓励下,开始着手《塔比》的创作。

1846年　根据自己在南太平洋的亲身经历写成的故事《塔比》问世。此书在英、美两国都受到了极大的欢迎。

1847年　出版《欧穆》,这也是一部以他自己的航海经历为素材的小说,发表后深受读者欢迎。是年,与一位著名法官的女儿结婚,并在纽约市定居。

1849年　写作属象征主义的书《玛地》,以及《雷得本》。是年,长子出生。

1850年　在皮茨菲尔德买了一块农地,并在那儿结识了住在邻近的著名作家霍桑,二人十分投缘。在霍桑的支持下开始创作《白鲸》。

1851年　《白鲸》发表。

1852年　创作悲剧《皮尔》。

1855年　创作《伊斯雷尔·波特》。

1856年　发表《广场故事集》,其中收录了麦尔维尔因维持生计而为《帕特南》与《哈泼》杂志所写的故事和小品文。

1856—1858年　完成讽刺寓言《骗子》。因《白鲸》不为大众所接受,麦尔维尔陷入精神沮丧状态,在岳父帮助下,他前往地中海与巴勒斯坦旅游,旅游中仍然坚持记日记。这部日记在他逝世后以"旅游欧洲及黎凡特的日志"为题出版。

1863年　卖掉皮茨菲尔德的农场,迁居纽约市。后在当地任职海关稽查员,以维持生计。直到1885年得到一些意外的遗产而退休。

1866年　创作有关南北战争的诗集《战事集》,然并没有得到赞赏。

1876年　创作长诗《克拉雷尔》,未获得大多数人的赞美。

1888年　创作《克雷拉尔》失败后,失败的主题吸引了麦尔维尔,他写出了《约翰·马尔和其他水手》,并私自出版。

1891年　逝世于纽约。

1924年　根据其遗稿整理而成的长篇小说《比利·巴德》发表。这是他一生中最著名的小说之一,仅次于《白鲸》。

经典新读
中央编译名著精选

书 名	作 者	译 者
海底两万里	[法]儒勒·凡尔纳	陈筱卿
钢铁是怎样炼成的	[苏联]奥斯特洛夫斯基	吴兴勇
昆虫记	[法]法布尔	陈筱卿
猎人笔记	[俄]屠格涅夫	力 冈
简·爱	[英]夏洛蒂·勃朗特	宋兆霖
童 年	[苏联]高尔基	郭家申
名人传	[法]罗曼·罗兰	陈筱卿
绿山墙的安妮	[加]蒙哥马利	姚锦镕
鲁滨孙漂流记	[英]丹尼尔·笛福	唐荫荪
格列佛游记	[英]斯威夫特	白 马
汤姆·索亚历险记	[美]马克·吐温	姚锦镕
老人与海	[美]海明威	张炽恒
假如给我三天光明	[美]海伦·凯勒	陈 才
傲慢与偏见	[英]简·奥斯丁	罗良功
飘（上下）	[美]玛格丽特·米切尔	黄健人
月亮和六便士	[英]毛姆	王晋华
瓦尔登湖	[美]梭罗	王光林
小王子	[法]圣埃克苏佩里	柳鸣九
爱的教育	[意]亚米契斯	夏丏尊
泰戈尔诗选	[印度]泰戈尔	冰 心 吴 岩
欧仁妮·葛朗台	[法]巴尔扎克	郑克鲁
培根随笔集	[英]弗兰西斯·培根	蒲 隆
了不起的盖茨比	[美]菲茨杰拉德	王晋华
居里夫人自传	[法]玛丽·居里	陈筱卿
伊索寓言	[古希腊]伊索	杨海英
人类的故事	[美]房龙	白 马
少年维特的烦恼	[德]歌德	杨武能
高老头	[法]巴尔扎克	许渊冲
《套中人》契诃夫短篇小说选	[俄]契诃夫	李辉凡
《羊脂球》莫泊桑短篇小说选	[法]莫泊桑	柳鸣九
《最后一片叶子》欧·亨利短篇小说选	[美]欧·亨利	张经浩
神秘岛	[法]儒勒·凡尔纳	陈筱卿
红与黑	[法]斯当达	罗新璋
雾都孤儿	[英]查尔斯·狄更斯	黄水乞
大卫·科波菲尔（上下）	[英]查尔斯·狄更斯	董秋斯
莎士比亚喜剧集	[英]莎士比亚	朱生豪
莎士比亚悲剧集	[英]莎士比亚	朱生豪
巴黎圣母院	[法]维克多·雨果	李玉民

书　名	作　者	译　者	
悲惨世界（上中下）	[法]维克多·雨果	李玉民	
福尔摩斯探案全集（上中下）	[英]柯南·道尔	姚锦镕	涂小榕
约翰·克里斯托夫（上中下）	[法]罗曼·罗兰	许渊冲	
基督山伯爵（上中下）	[法]大仲马	李玉民	陈筱卿
列那狐的故事	法国动物故事	罗新璋	
青　鸟	[比]莫里斯·梅特林克	郑克鲁	
小鹿斑比	[奥地利]费利克斯·萨尔登	杨曦红	
快乐王子	[英]王尔德	蔡荣寿	
绿野仙踪	[美]莱曼·弗兰克·鲍姆	张炽恒	
吹牛大王历险记	[德]拉斯伯	邵灵侠	
柳林风声	[英]格雷厄姆	杨静远	
尼尔斯骑鹅旅行记	[瑞典]塞尔玛·拉格洛芙	石琴娥	
木偶奇遇记	[意]科洛迪	刘月樵	
小飞侠彼得·潘	[英]詹姆斯·巴里	杨静远	
一千零一夜	阿拉伯民间故事集	郅溥浩	
安徒生童话	[丹麦]安徒生	叶君健	
爱丽丝漫游奇境	[英]刘易斯·卡罗尔	黄健人	
格林童话	[德]格林兄弟	杨武能	
森林报	[苏联]维·比安基	沈念驹	姚锦镕
苦儿流浪记	[法]埃克多·马洛	唐珍	
秘密花园	[美]F.H.伯内特	李文俊	
海　蒂	[瑞士]约翰娜·斯比丽	邵灵侠	
王子与贫儿	[美]马克·吐温	张友松	
希腊神话	[德]施瓦布	高中甫	
格兰特船长的儿女	[法]儒勒·凡尔纳	陈筱卿	
八十天环游地球	[法]儒勒·凡尔纳	陈筱卿	
《野性的呼唤》杰克·伦敦小说精选	[美]杰克·伦敦	石雅芳	雨　宁
《百万英镑》马克·吐温中短篇小说选	[美]马克·吐温	张友松等	
包法利夫人	[法]福楼拜	许渊冲	
茶花女	[法]小仲马	李玉民	
呼啸山庄	[英]艾米莉·勃朗特	宋兆霖	
双城记	[英]查尔斯·狄更斯	宋兆霖	
汤姆叔叔的小屋	[美]斯托夫人	李自修	
安娜·卡列尼娜（上下）	[俄]列夫·托尔斯泰	力　冈	
堂吉诃德（上下）	[西班牙]塞万提斯	刘京胜	
战争与和平（上中下）	[俄]列夫·托尔斯泰	董秋斯	
局外人	[法]阿尔贝·加缪	柳鸣九	
金银岛	[英]罗伯特·斯蒂文森	张友松	
白鲸（上下）	[美]赫尔曼·梅尔维尔	罗山川	
罗生门	[日]芥川龙之介	高慧勤	
我是猫	[日]夏目漱石	罗明辉	
人间失格	[日]太宰治	杨　伟	